변신 인형

活動變人形
王蒙 著

HUODONGBIANRENXING
by Wang Meng

Copyright ⓒ 1996 by Wang Meng
Which was published in China, 1987
Korean Translation Copyright ⓒ 2004 by Moonji Publishing Co., Ltd.
All Rights Reserved.

This Korean edition was published by arrangement with Wang Meng.

이 책의 한국어판 저작권은 Wang Meng과의 독점 계약으로 문학과지성사에 있습니다.
저작권법에 의해 한국 내에서 보호를 받는 저작물이므로 무단 전재 및 복제를 금합니다.

전형준 옮김

왕멍

변신인형

장편소설

변신 인형

제1판 제 1쇄__2004년 6월 7일
제1판 제14쇄__2025년 2월 14일

지은이__왕멍
옮긴이__전형준
펴낸이__이광호
펴낸곳__㈜문학과지성사
등록번호__제1993-000098호
주소__04034 서울 마포구 잔다리로7길 18(서교동 377-20)
전화__02)338-7224
팩스__02)323-4180(편집) 02)338-7221(영업)
전자우편__moonji@moonji.com
홈페이지__www.moonji.com

ISBN 89-320-1514-7

작가의 말

나는 이 책을 쓰면서 대단히 고통스러웠다. 나는 아직 이처럼 고통스러운 책을 쓴 적이 없다.

추악하기 때문에 고통스러웠다. 사랑과 선량이 왜곡되어 이런 잔혹으로 변할 수 있고, 가까운 사람일수록 사랑하는 사람일수록 더 서로를 괴롭히고 서로에게 정신적 혹형을 가하기 때문에 고통스러웠다. 이것이 실제 인생이고 사람들이 바로 이렇게 일생을 살아가기 때문에 고통스러웠다. 또 이 고통이 무가치해 보이고 창조의 고통도 분투의 고통도 아니며, 심지어는 피억압과 피착취의 고통도 아니기 때문에 고통스러웠다. 오랫동안 나는 이런 고통도 기록할 가치가 있다고는 생각해본 적이 없었다.

이 무가치한 고통을 돌이켜보자니 내 마음은 전율하지 않을 수 없었다.

어떤 사람은 니우청(倪吾誠)에 대한 나의 묘사가 너무 각박하다고 한다. 각박한 점이 있다면 그것은 니우청과 비슷한 성격을 가졌고 비슷한 곤경에 처한 모든 사람들이 현실을 대면하고 현실 속에서 자신의 위치를 찾을 수 있기를 내가 희망하기 때문이다. 더 이상 전철을 밟아서는 안 된다.

이상은 현실을 개조하지만, 이상은 반드시 현실의 노력을 통해 현실을 개조해야 하고, 그렇기 때문에 현실도 이상을 개조한다. 이 과정은 비록 고통스러운 것이지만 그래서 오히려 큰 의미가 있는 것이다.

이것으로 서를 삼는다.

왕멍

차례

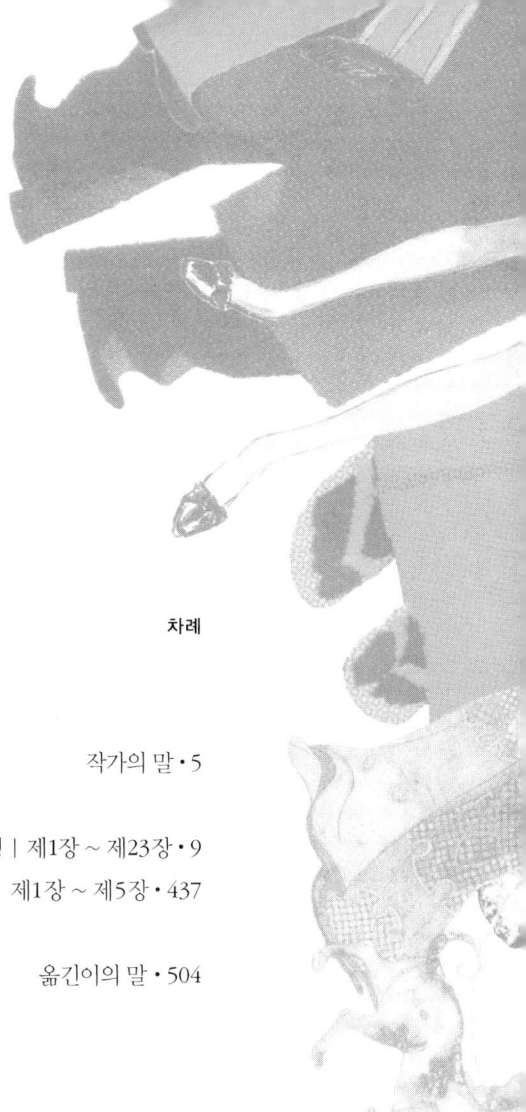

작가의 말 · 5

변신 인형 | 제1장 ~ 제23장 · 9
변신 인형 — 속집(續集) | 제1장 ~ 제5장 · 437

옮긴이의 말 · 504

일러두기

1. 이 책에 사용된 중국어 및 외래어는 옮긴이의 뜻에 따라 현지음에 가깝게 표기했다. 단, 이미 굳어진 외래어 지명 및 인명 표기는 '교육인적자원부 외래어 표기법'과 관용에 따랐다.
2. 원저자 주는 *로, 옮긴이 주는 아라비아 숫자 1, 2, 3으로 구분하였다. 본문 내 괄호( ) 〔 〕안 설명은 원저자의 것이다.

제1장

강남(江南)의 초봄, 나는 숲속의 그늘진 오솔길을 홀로 한가로이 거닌다, 쓸쓸하면서도 자유롭게.

이 현(弦)은 길이가 얼마나 될까?

줄기는 가늘고 길며, 연회색 껍질에는 검은색 반점과 갈색 반점이 얼룩져 있고, 부드러운 가지는 그물을 펼친 것처럼 하늘을 향해, 오랜 비 뒤에 개어 따뜻해지기 시작한 암청색 하늘을 향해 뻗어 있다.

이 현은 벌써 50년째, 그렇다, 50년째 깊은 잠을 자고 있다. 1년 또 1년 하다 보니 오늘에 이른 것이다.

나뭇잎은 북방의 홰나무 비슷한데, 홰나무 잎보다는 크고 두껍다. 기묘한 것은 나뭇잎이 빽빽하고 무성하면서도 그게 나무 꼭대기에서만 자란다는 점이다. 마치 얇은 양산처럼 말이다. 그래서 나뭇잎 아래 그물 모양으로 얽힌 가지와 선과 틈과 하늘이 아주 선명하다.

그 때문에, 이 현이 너무 길어져버렸다고, 꼬박 반세기가 지나갔다고 하면서도 나는 그걸 함부로 건드리려 하지 않고 또 감히 그러지도 못한다.

바로 옆에 아스팔트 길이 있고, 그 길로 고급 승용차가 수시로 지나다니고, 길 양편에 풍만하고 커다란 플라타너스가 있다는 것을 나는 안다. 다른 한쪽에는 매혹적인 아름다운 호수가 있다는 것을 나는 안다. 요즈음이 괴상하기 짝이 없는, 끝없이 계속될 듯하다가 어느 틈에 사라져버리는 또 한 번의 봄이라는 것을 나는 안다. 봄은 막막하고 아득하다. 그렇지만 나는 잠시 이 오솔길을 한가로이 거닐고 싶을 따름이다. 나는 이 길에만 속하고 이 길도 나에게만 속하는 것 같다.

만약 이 현이 울리기 시작한다면, 그 소리는 조화로운 것일 수 있을까? 꽃과 캔디를 좋아하는 사람들에게 듣기 좋게 느껴질 수 있을까?

1980년 6월 17일, 언어학 부교수인 니자오(倪藻)는 중국 학자 대표단의 일원으로 유럽의 한 선진국의 북방에 위치한 유명한 항구 도시 H시를 방문했다. 마흔여섯 살인 니자오는 새까만 머리칼이 풍성했고 말솜씨가 좋았고 눈빛이 살아 있고 동작이 민첩했다. 길을 걸을 때는 빈약한 편인 두 다리가 제법 빠르게 교차되었다. 얼굴에, 특히 눈꼬리와 입가에 잡힌 가느다란 주름살이 보이지 않는다면, 그리고 깊은 생각에 잠길 때 눈빛에 감도는 슬픔과 번민이 보이지 않는다면, 그는 젊음을 잘 가꾸고 조섭을 잘하고 주안(駐顔)에 솜씨가 있고 정력이 왕성한 사람으로 보였을 것이다.

아침 8시 13분에 니자오 일행은 B시의 공항에서 브리튼 항공의 비행기에 올랐다. 그의 왼쪽에는 고급 스프링 코트를 입은 늘씬한 반백의 부인이 앉았는데 표정이 엄숙한 게 꼭 남자 같았다. 부인은 고급 가방을 가지고 있었다. 비행기가 이륙하여 고도를 잡자 그녀는 가방을 열고 거기서 조그만 금빛 발바리를 꺼냈다. 그녀는 은빛 사슬을 잡은 채 장난감 같은 잘 길든 강아지를 발치에 내려놓았다. 그녀의 표정이 엄숙했던 것은 주로 동물 앞으로 끊어야 되는 표값을 절약한 때문임을 니자오는 알아차렸다. 니자오의 오른쪽은 열심히 계산기를 두드리며 뭔지 모를 표를 메우고 있는 남자였다. 남자는 어찌나 열심인지, 비행기의 이륙과 비행에 신경 쓰지 않고, 창밖의 풍경을 감상하지 않는 것은 물론이고, 마실 것을 가져온 스튜어디스에게도 '아니오'라고만 대답했다. 그는 정말 바빴다.

9시 조금 지나자 비행기는 H시 공항에 착륙했다. "자, 이제 H시에 도착했지? 그럼 난 스푸강(史福崗) 교수를 찾아가도 되겠소?" 그는 대표단의 안내와 통역을 맡은 미스 베티에게 물었다.

"당신의 옛 친구 스푸강을 찾는 데 제가 꼭 힘껏 도와드리겠습니다." 성실하고 빈틈없는 미스 베티는 명료한 표준 중국어로 대답했다.

니자오는 스스로에게 좀 화가 났다. 스푸강 때문에 그가 왜 신경을 써야 한단 말인가? 스푸강이 도대체 그와 무슨 상관이 있단 말인가? 무엇보다도, 진짜로 스푸강의 옛 친구였던 사람은 니자오가 아니라 니자오의 아버지 니우청(倪吾誠)이었다. 니자오의 이번 방문이 아버지 니우청과 무슨 상관이 있단 말인가? 니자오가 설사 출국하지 않았다 하더라도, 그와 그의 아버지가 같은 도시에서 함께 산다 하더라도, 그들 부자 두 사람 사이에 얼마나 관계가 있단 말인가?

그러나 반년 전, 외국의 유관 분야의 초청이 왔을 때 그는 즉시 스푸강을 떠올렸었다. 그는 줄곧 스푸강을 잊지 않고 있었던 것이다. H시에 가서 스푸강을 한번 만나보는 것이 소원을 하나 이루는 일인 것 같았고, 어떤 근본을 탐색하는 일인 것 같았으며, 깊이 잠들어 있는 오래된 현을 퉁기는 일인 것 같았다.

H시에 도착한 그는 먼저 동방서점(東方書店)을 구경하고 나서, 한 국제 학술 교류 단체에서 체구가 자그마하고 표정은 엄숙하며 커다

란 안경을 쓴 여박사와 회견을 했고, 그런 뒤 항구 구경을 하고 식사를 했다. 식사에는 그곳에서 가장 큰 신문사 주간이 동석했는데, 니자오는 자유롭게, 그러나 온 정신을 집중하여 세계 역사상, 특히 사상사에 있어서 마오쩌둥(毛澤東)이 차지하는 위치에 대해 그 사람과 토의했다. 신문사 주간은 1966년, 67년의 '마오이즘'의 홍위병(紅衛兵) 운동이 당시의 유럽 청년들에게 미친 커다란 영향 등등에 대해 이야기했다. 이야기가 하도 진지해서, 점심을 끝내고 H대학으로 가는 자동차에 올랐을 때, 니자오는 마지막에 나온 브랜디를 끼얹은 푸딩 말고는 점심으로 대체 무얼 먹었는지 생각이 나지 않았다. 그렇지, 걸쭉한 수프 한 접시가 있었지, 양파 맛이 지독한 데다 짠……일정이 너무 빡빡했다.

오후 2시에 H대학의 한학자 여섯 사람과 좌담을 시작했다. 여섯 중에 넷은 유럽인이었다. 한 사람은 아름다운 커다란 푸른 눈에 다갈색 머리를 길러 등 뒤로 늘어뜨렸는데, 가느다란 목소리로 말하는데다 예의를 잘 갖춰 대단한 신사 스타일이었다. 그러나 그는 선량한 미소를 띠고서, 듣기만 해도 난처해지는 문제를 수도 없이 제기했다. 또 한 사람은 팔다리가 긴데, 말할 때 눈짓하는 습관이 있어 일방 말을 하면서 끊임없이 혼자 웃었다. 세번째 사람은 남자인데도 머리카락이 어깨를 덮었다. 그는 중국어도 제일 잘했고 중국 사정에도 상당히 밝았는데, 자기가 중국통이라고 좀 젠체했다. 네번째, 다섯번째…… 여섯번째 사람은 눈빛이 몹시 음침하고 몸의 모든 부위가 둥실둥실하게 살쪘는데, 포동포동하고 깨끗이 씻어 흡사 반투명한 밀랍 같은 그의 손가락을 보노라니, 식탁에 놓인 소시지가 갑자기 살아나서 움직이는 것 같아 니자오는 좀 역겨운 느낌이 들었다.

다른 두 사람은 원래 니자오의 동포였다. 나이 많은 쪽은 한커우

(漢口)의 유명한 경극(京劇) 배우의 동생이었다. 그 배우가 무송(武松)으로 분한 모습은 몇 십 년 동안 중국 전역을 풍미해서 나중에는 『수호전(水滸傳)』에서 취재한 그림 이야기에서 무송을 그릴 때 그 배우를 모델로 할 정도였다. 이 명배우와 흡사하지 않으면 나이 많은 독자나 나이 어린 독자 모두 그를 무송으로 인정하지 않거나 무송같이 그리지 못했다고 생각했다. 명배우의 동생은 1940년대에 서양으로 유학을 나와 H대학에 정착했는데, 지금은 잘 맞는 베이지색 양복을 입고 두 가지 색깔로 디자인한 넥타이를 매고 테가 넓은 안경을 쓴 모습이 그 분위기나 동작에 있어 다른 사람들과 다를 바 없었고, 그의 형이나 무이랑(武二郞)에게서 받았음 직한 영향은 조금도 찾아볼 수 없었다. 흥미를 나타내거나 잘 알아듣지 못했을 때 눈을 좀 크게 뜨고 턱을 씰룩이는 모습은 충분히 서구화된 것이어서, 거기엔 경극이나 한극(漢劇), 혹은 그 밖의 중국 연극의 동작이나 표정의 영향이라곤 조금도 없었다. 다만 그의 어투에는 구식의 예의바름과 친밀감이 들어 있어, 니자오는 자신이 접해본 몇 안 되는 연극계 인사들을 문득 떠올렸다.

다른 한 사람은 잠시 니자오의 흥미를 불러일으켰다. 언젠가 본 적이 있는 것 같았기 때문이다. 그 사람은 넓은 어깨와 균형 잡힌 체격에 두 뺨이 칼로 자른 듯 반듯하고 힘이 있었는데, 큰 눈은 부드러운 가운데 위축되고 겁먹은 빛이 가득해, 미간이 좁고 추켜올라간 긴 눈썹과 부조화를 이뤘다. 니자오의 경험에 의하면, 이런 눈썹은 호승심이 강하고 조급한 성격의 징조였고, 따라서 이런 눈썹을 가진 사람의 눈빛은 자신만만한 것이어야 했다. 이치대로라면 이런 사람은 언제든지 손을 뻗어 다른 사람의 머리를 짓누를 준비가 되어 있으며, 어떤 상황에서건 조용히 있으려 하지 않는 그런 유형에 속했다.

이 사람의 전체적 태도는 니자오가 F시 공항에서 여권을 체크하고 입국한 이후로는 본 적이 없는 모습이었다. 이곳은 겸손을 최대의 미덕으로 여기는 동양과는 달라서, 남자든 여자든, 심지어는 아이들까지도 가슴을 활짝 펴고 자신만만하게, 당당하게 행동했다. 요즘 유행하는 말로 하자면, 개개인 모두가 자아 감각이 발달한 것이다. 그러나 지금 양복으로 빈틈없이 정장을 한 이 동포 형제는 자아 감각의 발달을 감지하게 하는 외적 표징들을 가지고 있음에도 불구하고 비애에 가까운, 알 수 없는 비겁을 나타내고 있었다. 도대체 왜, 드넓은 세상에서 한갓 부평초와도 같이 우연히 만난 사람에게 관심이 끌리는 것일까? 세상 어디에서나, 모습은 초췌하고 심정은 우울하고 고난을 겪으면서 스스로 더 깊이 고난에 빠져들되, 다른 사람에게는 친밀감을 주는 사람이 있는 법이다. 니자오와 직접 관계되는 사람들도 니자오의 관심을 끌지 못하지 않았던가.

먼지 한 점 없이 깨끗한, 천장도 높지 않고 넓이도 얼마 안 되지만 대단히 밝고 쾌적한 회의실에 들어서자마자 니자오는 첫눈에 이 동포 형제를 발견했다. 그에게 어려 있는 비극적 분위기와 그 비극적 분위기 아래 웅크리고 있는 사나움, 재능 혹은 고집이 불현듯 니자오에게 강하게 와 닿았다. 니자오는 그와 가까운 자리를 택하고, 그에게 미소를 지으며 자신의 명함을 건네주었다.

그 '형제'는 얼른 자신의 하늘색 명함을 꺼냈다. 한 면은 영어였고 한 면은 중국어였다.(중국어였다!)

H대학 부교수
문학 박사, 역사학 석사
자오웨이투(趙微土)

니자오는 그에게 고개를 끄덕여보였다. 원 세상에, 이런 이름이 다 있다니.

좌담은 비교적 피상적으로 진행되었는데, 주로 말하기 좋아하며 박학한 대표단 단장과 독일 측의 몇 학자가 이끌었다. 니자오는 조금 긴장을 풀었다. 그는 회의실 네 모퉁이에 설치된 큰 화병 모양의 스탠드를 잠시 살펴보기도 하고, 고개를 들고 창밖의 푸른 나무와 나뭇가지 위에서 팔짝거리는 두 마리 작은 새를 바라보기도 했다. 새들은 팔짝거리며 잠시 우짖다가 곧 조용해지더니 머리를 돌려 뾰족한 노란 부리로 자기 깃털을 쪼아 다듬었다. 니자오는 참 신기했다. 같은 종류의 새들도 서로 다른 나라에서 살고 있는 것이다. 그들은 하늘을 자유롭게 날 수 있지 않은가? 그들은 스스로 선택한 것일까? 새들에게도 제 나름의 운명이, 제 나름의 슬픔과 기쁨이 있는 것일까?

니자오 측 대표단 단장은 힘차게 말했다.

"여러분들은 중국 역사에서 근 100년 동안에, 혹은 근 30년 동안에, 혹은 근년에 일어난 일들이 예측은커녕 이해하기도 어려울 만큼 곤혹스럽고 뜻밖이라고 느낄 겁니다. 그 점 충분히 이해가 갑니다. 여러분들뿐만 아니라, 조상 대대로 중국에서 태어나 중국에서 자라고 숱한 사변(事變)에 참여하고 중국에서 일어난 숱한 희극적 사건들을 몸으로 겪은, 우리들조차도 곤혹스럽고 이해하기 어려우니까요……"

단장의 말에 웃음이 터졌다. 니자오도 웃었다. 웃음은 좋은 징조라고 니자오는 생각했다. 공동의 웃음은 뭔가 통했다는 뜻일 테지?

"…… 1949년에 중국 인민은 자신의 운명을 장악하고서, 혁명적 수단으로 중국 사회를 뒤엎고, 혁명적 수단으로 중국 사회에 대해 근본적 개조를 진행했지요. 이것은 절대적으로 필요한, 위대하고 신성한 일이었습니다. 하늘을 뒤집고 땅을 뒤엎는 이런 혁명이 아니라면, 낙후된 중국은 살아남을 수도 없었고 일보 전진할 수도 없었을 겁니다. 물론, 혁명의 길은 평탄치 않았지요……"

단장은 말을 계속했다. 니자오는 그가 말을 아주 잘한다고 생각했다. 정신을 차리고 단장의 말을 잘 듣기 위해, 니자오는 일어나서 투명한 보온 커피포트가 놓여 있는 곳으로 걸어가 커피를 한 잔 따랐다. 자오웨이투가 설탕과 흰 조미료(분유 대신에 사용하여 기름기 섭취를 막아주는 '커피의 친구')를 권했지만 사양했다. 블랙커피를 마시는 것은 어렸을 때 아버지에게서 배운 습관이었다.

"…… 그렇지만 저는 중국의 문화대혁명이 실패한 것을 유감으로 생각하는데요"라고, 포동포동하고 반투명한 손가락을 가진 둥실둥실한 학자가 중국어로 더듬거리며 말했다. 그는 통역을 찾아 한 바퀴 둘러보았지만 미스 베티는 거기 없었다. 자오웨이투가 그에게 '말씀하시죠'라는 뜻으로 손짓을 하자, 그는 자신의 모국어로 바꿔 말했고, 자오웨이투는 그의 말을 통역했다. "저는 중국의 홍위병 운동이 실패한 것을 유감으로 생각합니다. 1966년에 저는 아직 대학에서 공부하고 있었는데, 중국의 홍위병이 전 세계를 위해 하나의 모범을 수립했고 반전통·반체제의 젊은이들이 급속히 사회를 개조하는 한 방법을 찾았다고 생각했지요……"

살찐 학자의 말에 니자오는 깜짝 놀랐다. 이번에 출국하면서, 그는 우익으로부터, 즉 서방 세계의 반공 이데올로기로부터 비롯되는 각종의 오해와 의문 내지 도전에 대해 준비했었다. 여기에도 이런 극좌적 논조가 있을 줄은 생각지 못했던 것이다. 하지만 이 사람의 외모와 그의 관점은 전혀 조화를 이루지 못하는 듯했다. 공인된 기준에 의하면 이 사람은 분명 '부르주아지'에 속한다고 해야 했다.

"그렇지만 사회 개조의 임무는 자고로 급속히 완성될 수 있는 것이 아니지요." 단장이 간략하면서도 날카롭게 대답했다.

다시 한 번 공동의 웃음이 터졌다.

자오웨이투가 영어로 몇 마디 보충하고 나서 자기 말을 스스로 통역했다. "저 사람이 말하는 문화혁명과 홍위병 운동의 '실패'에 대해 저는 기쁘게, 정말로 기쁘게 생각한다고 말했습니다. 그러지 않았다면, 우리 중국은 망해버렸을 겁니다……"

자오 부교수의 중국어가 해외에서 오래 산 사람들의 발음과 어조와는 달리 '우리'와 꼭 같다는 것을 니자오는 즉시 알아차렸다. 상당히 구어투인 자오의 말은 그러나, 줄곧 부드럽던 좌담에 잠시 약간 무거운 분위기를 가져다주었다.

날이 갑자기 어두워져서 주인이 회의실 천장의 간접 조명을 켰다. 니자오가 시계를 보니 아직 5시도 되지 않았다. 다시 창 앞으로 날아가는 새는 좀 놀란 것 같았고, 곧 비가 올 모양이었다. H시의 새들은 비를 피할 곳을 찾을 수 있을지 몰라…… 이곳의 집들은 처마가 없는 것 같은데.

미스 베티가 총총히 방으로 들어왔다. 그녀는 걸어갈 때 절대로 허리를 흔들거나 교태를 부리지 않았다. 그 대신, 직업여성의 낮춰 볼 수 없는 엄숙함과 효율을 중시하는 긴장감을 띠고 있었다. 사실 미스 베티는 아직 젊었고, 바야흐로 사랑을 이야기할 나이였다. 그러나 그녀의 복장·거동·말투와 심지어는 웃는 모습까지도 중국식의 소박함을 띠고 있었다. 니자오는 이런 소박함이 중국식이라고 굳게 믿었다. 하나의 언어를 배우는 것은 자신도 모르게 그 문화의 감화를 받는 것이다. 니자오 자신이 그런 경험을 했었다. 한 언어를, 수시로 자신의 모국어와 바꿔 쓸 수 있는, 뜻을 나타내는 기호로만 여기지 않고 한 문화의 궤적으로 여기는 것이 그 언어를 잘 배우는 가장 중요한 조건이라고 니자오는 믿었다.

미스 베티는 곧장 니자오 곁으로 와 의자를 당겨 앉더니, 낮은 소리로 니자오에게 말했다. "스푸강에 관한 소식을 알아보러 갔었어요. 스푸강은 중국에서 돌아온 뒤로 계속 이 대학에서 교편을 잡았는데, 작년 12월에 퇴직했어요. 여기에는 없고, 아시아로 여행을 가거나 시골에 내려가 있거나 하죠. 얼마 전에는 부부가 같이 중국에 가 있었다는데, 지금은 아마 마닐라에 있을 거래요. 스(史)교수는 여기서 퇴직하고 나서 필리핀 대학의 초빙을 받았거든요……"

"당신 얘긴, 지금 여기서는 그나 그의…… 부인을 만날 수 없다는 건데." 하도 오랫동안 안 쓴 탓인지, '부인(太太)'¹이란 말을 쓰면서 니자오는 좀 이상한 느낌이 들었다.

창밖에는 이미 비가 주룩주룩 내리기 시작한 것 같았다. 나뭇잎과 가지가 떨리고 길에는 달리는 자동차가 물보라를 일으켰다. 창문은 방음이 아주 잘되어 있어서, 실내에는 빗소리가 들리지 않았고 그래서 꼭 한 폭의 그림처럼 보였다.

멀리 산은 푸르른데,
가까이는 물소리 들리지 않고,
봄이 가도 꽃은 지지 않고,
사람이 와도 새는 놀라지 않네.

---

1 타이타이(太太)는 남의 아내를 높이는 말로서 구중국과 타이완에서 사용되었다.

이것은 어렸을 때 이모가 가르쳐준 수수께끼였다. 여기서 새가 사람을 피하지 않는 것은 사람이 새를 해치지 않기 때문이다. 왜 우리는 새를 보호할 생각을 하지 않는 것일까? 법으로 보호하려고 해봐도 안 된다. 어떤 사람들은 사람을 해쳐본 적이 없는 새를 악착같이 해치려 한다. 기회만 있으면 다른 생명을 해치려 한다. 그러나 그들 자신이 또 항상 해를 당하는 것을······

"그래요, 여기에는 빈집만 있어요. 옛 친구를 못 만나게 되어 몹시 섭섭하시겠어요." 베티는 안타깝지만 할 수 없다는 듯이 말했다.

"거참, 못 만난단 말이지······" 니자오는 가볍게 한숨을 쉬었는데, 체념인지 슬픔인지 알 수 없는 그런 기분이었다. 자오웨이투가 그에게 싱긋 웃어 보였다.

좌담이 끝나자 사람들은 떠날 준비를 했다. 자오(趙)박사가 다가오더니 몸을 약간 숙이면서 니자오에게 말했다. "스푸강이나 그 부인을 만나시려구요?"

"그렇소, 그를 아시오?" 니자오의 눈썹이 추켜올라갔다.

"잘 알죠." '잘'이라는 말의 어감에 약간의 과장이, 해방 전의 연극무대에서 쓰던 말투가 섞여 있었다. 오늘날 중국 대륙에서 쓰는 말투와는 좀, 아니 완연히 달랐다. "최근 소식에 의하면 스(史)부인은 돌아왔소. 어제 밤에 왔죠. 스페인 항공사의 비행기를 탔는데, 거기 비행기표가 좀 싼 편이거든. 내가 알기론 그녀가 돌아온 게 틀림없소." 말을 하면서 그는 미스 베티에게 고개를 끄덕였다. 자기가 제공하는 정보가 베티와 달라서 미안하다는 듯이.

"잘됐네요. 니선생이 스부인과 연락하도록 좀 도와주시겠어요?" 미스 베티는 기쁘게, 맞장구를 치면서 말했다.

원래 계획대로면, 대표단은 이제 호텔로 돌아가 6시 반에 한 노부인과 만찬을 함께해야 했다. 이 노부인은 젊었을 때 급진적 사상을 가진 한 중국 유학생과 결혼하여 그와 함께 중국으로 돌아가 혁명 활동에 참가했고, 함께 옌안(延安)으로 갔으며, 함께 1949년의 해방을 맞이했었다. 중국 국적을 가지고 있는 그녀는, 이제는 나이 들고 쇠약해져 고향에서 요양하며 여생을 보내고 있지만 여전히 중국에 대한 열정으로 충만한 유명한 노혁명가였다. 만찬 뒤에는 8시 반에 고전 오페라의 공연을 보러 극장에 갈 것이었다. 다음 날의 일정은 더 빡빡했다.

자오박사가 제의했다. "그 노부인과 만찬을 함께할 기회만 포기하면 되겠소. 우리끼리 간단히 요기하고 스부인을 만나러 갑시다. 8시 반 전에 당신을 극장으로 보내드리겠소…… 이렇게 하면 나도 당신하고 좀더 이야기할 수 있겠고."

"좋은 생각이오." 니자오가 입을 열기도 전에, 대표단의 다른 동지들이 그럴 법하게 여기고 분분히 찬성의 뜻을 표시했다. 니자오는 그 노부인을 만나지 못하는 게 자못 유감이었지만, 생각해보니 이렇게 3시간 남짓한 자유로운 시간이 바로 자신에게 필요한 것 같았다. 또 자오웨이투도 그에게 할 말이 좀 있을 것으로 생각되었다. 그는 고개를 끄덕였고, 이렇게 해서 결정되었다.

자오웨이투는 자기 의견이 받아들여져서 퍽 기분이 좋은 듯, 활발한 몸짓으로 주머니에서 자그마한 전자계산기를 꺼내어 몇 개의 자모를 누르고는 화면에 나타난 슈트라우스 볼프강(스푸강)의 집 전화번호를 보여주었다. 수화기를 들고 그 일곱 자리 숫자의 순서대로 전화기의 작은 버튼을 가볍게 누르자 버튼에서 높낮이가 일정하지 않은 짧은 삐삐 소리가 났다. 잠시 후, 자오웨이투가 기운차게 말했다.

"스부인? 고생 많으셨습니다…… 내가 누구냐구요, 아, 못 알아들으시는군요, 비행기 엔진 소리가 시끄러웠나 보죠, 저 자오(趙)군입니다……"

　자오웨이투의 말투나 어감이나 태도는 그들이 발을 딛고 있는 이 유럽 국가의 땅이나 H시나 그와 '스부인'이 가진 국적 및 '스(史)선생'의 순수한 유럽 혈통과 전혀 무관한 것만 같았다. 수화기에서 베이징 분위기가 물씬한, 그것도 옛날 베이징 분위기(해방 전의 베이징 분위기)가 물씬한 스부인의 말소리가 흘러나왔다. "자오군이구나, 이 영리한 친구야, 내가 돌아왔단 말을 어디서 들었을까……" 잠시, 자기가 어디에 있는지를 니자오는 완전히 잊었다. 그는 융복사(隆福寺)의 둥쓰(東四) 인민시장(人民市場) 곁의 한 공중전화 부스에 있는 것만 같았다.

　"…… 베이징에서 온 한 친구가 자기 아버지가 스선생의 옛 친구라는데요…… 알아맞춰봐요…… 뭐라고요? 틀렸어요, 성이 니(倪)예요, 니자오 동지예요. 뭐라고요?" 짧은 침묵, 쌍방이 아무 반응이 없었다. 니자오는 좀 가슴이 아팠다. 자기가 만리를 멀다 않고 와서 그들을 수소문하고 오늘밤 대표단을 이탈하여 개인 행동을 하는 것이 현명한 일인지, 필요한 일인지, 황당하고 어리석은 일이 아닌지 의심이 들 정도였다.

　자오웨이투는 송화구를 가리고서, 전화할 때의 어조와는 전혀 다른 예의 바른 태도로 물었다.

　"춘부장 함자가 니우천(倪無塵)이냐고 묻는군요."

　"맞소, 니우청(倪吾誠)이오. 우런(吾人)의 우, 청스(誠實)의 청."

　"맞아요. 맞아요." 자오웨이투는 흥분된 말투로 전화에 대고 말했다. "바로 니우청씨의 아들예요, 그가 어른이 되어서 멀리 당신을 보러 왔어요…… 아니, 안 먹었어요, 여기서 해결할 거예요…… 그래요, 8시 전에 나서야 해요, 8시 반에 또 일이 있거든요…… 좋아요. 7시 20분에 그리 가서 한 40분쯤…… 대접하겠다구요? 방금 돌아온 사람이 무얼 가지고 절 대접해요? 아, 제가 아니죠, 니선생을 대접하는 거죠…… 필리핀서 가져온 망고 있어요? …… 그럼 녹차나 주세요."

자오웨이투는 껄껄 웃으며 수화기를 내려놓았다. 니자오의 손을 끌다시피 하며 회의실을 나와 엘리베이터로 들어갔다. "가만, 시간이 없지, 근처에 이태리 음식점이 있는데 어떻소? …… 좋소, 새로운 경험을 좋아하신다, 그건 장점이지…… 다 왔소, 내립시다." 그들은 엘리베이터에서 나왔다. 입구에는 테이블이 하나 놓여 있고 테이블 위의 스탠드가 부드러운 빛을 비추었다. 얼굴이 보이지 않는 여자가 고개를 숙이고 두 손으로 피아노를 치는 것처럼 앞에 놓인 타자기 자판을 두드리고 있었다. 자오웨이투는 그 옆을 지날 때 그녀에게 손을 흔들면서 한마디 인사를 했다. 그녀가 모호하게 응답하며 약간 고개를 들었다. 니자오에게는 그녀 이마의 주름살만이 겨우 보였다. 자오웨이투는 유리문을 열고 니자오를 먼저 나가게 하고서 따라 나와 산뜻한 자세로 유쾌하게 걸음을 옮겨 길 옆에 세워둔 자동차로 갔다. 니자오는 문득 한 가닥 맑고 촉촉한 내음을 맡았다. 나뭇잎이 빗속에 녹아 싱싱한 향기를 내뿜고 있는 것 같았다. 가는 비가 얼굴을 적시는 듯 마는 듯하는 게 기분 좋은 애무 같았다. 바람이 불어오자 니자오는 조금 싸늘하게 느껴졌다. 여름이라고는 하지만, 이곳의 위도는—출국 전에 니자오는 여러 차례 지도를 들여다봤다—중국 최북단의 도시인 헤이룽쟝(黑龍江)의 모허(漠河)와 비슷해서, 흐린 데다 비까지 오니 꼭 봄 날씨 같았다. 따뜻한 듯하면서도 여전히 싸늘한 이른 봄 날씨와 더 비슷할지도 모른다.

자오웨이투는 빗속에서 반짝이는 진홍색 자동차 곁으로 갔다. 차

위에는 빗줄기에 나뭇잎이 몇 개 떨어져 있었다. 나뭇잎은 축축했다. 그는 먼저 오른쪽 앞문을 열어 니자오를 태우고서 민첩하게 왼쪽으로 돌아가 차문을 열고 운전석에 앉았다. 차에 시동을 걸고서 그는 한숨을 쉬며 말했다. "할 말이, 당신들과 하고 싶은 말이 많은데……막상 만나고 보니, 어디서부터 말을 시작해야 할지 모르겠소."

차는 길에 들어서서 방향을 바꾸더니 쏴쏴하며 달리기 시작했다. 앞 유리 위에 걸린 백미러로 자오웨이투의 어둡고 수줍은 표정의 얼굴이 보였다.

"당신은……" 니자오는 탐색하듯 말을 꺼냈는데, 어조에 관심 어린 기색이 역력했다.

"난 총살당해 마땅한 놈일 거요"라고 자오웨이투는 갑자기 말했다. 핸들에서 오른손을 들어올려 한번 휘두르고서 그는 낮은 소리로 말했다. "난 1967년에 중국 대륙에서 도망쳐 나왔소…… 본래는 간부였는데…… 미안해요, 당신에게 별로 재미없는 얘길 텐데……"

"괜찮소, 편히 이야기합시다. 하고 싶은 말이 있으면 거리낌 없이 하시오."

길 오른쪽에 호젓한 회색 목제 건물이 나타났다. 이탈리아 식당과 이탈리아 피자라고 씌어진 네온사인이 엷은 커튼 속에서 희미한 빛을 비추고 있었다. 그들이 차를 세우고 내려서 문을 열자 먼저 짙은 버터 냄새가 코를 찔렀다. 자오웨이투는 바로 앞의 밝은 카운터로 가서 식사를 주문하고 돈을 냈다. 니자오가 출국한 뒤로, 돈을 먼저 내고 식사를 하는 음식점은 여기가 처음이었다. 그리고서 그들은 삐걱거리는 나무 계단을 올라가 작은 분수대를 끼고 돌아, 낮고 어둡고 후텁지근한 홀로 들어갔다. 실내라고는 하지만, 잎사귀가 크고 괴상하게 생긴 값비싼 식물이 잔뜩 자라 있는 데다가 벽에는 담쟁이덩굴이 달라붙어 있었다. 홀은 높낮이가 일정하지 않게 꾸며져 높은 곳도 있었고 낮은 곳도 있었는데, 손님이 내키는 대로 자기 자리와 '지세(地勢)'를 선택하게 되어 있었다. 그러나 손님은 아주 적었다. 그들은 작은 테이블 곁에 가 앉았다. 로큰롤 음악의 스테레오 사운드가 흐릿하게 들렸다. 원래는 목이 쉬도록 부르짖는 노래일 터이나, 볼륨을 최대한 낮춰놓은 탓에 무기력하며 힘을 내려 해도 도저히 힘이 나지 않는 허약한 흐느낌으로 변해버려서, 마치 목이 멘 환자들이 공기도 고막도 진동시키지 못하면서 애써 노래부르는 것 같았고, 니자오는 그것이 몹시 슬프게 느껴졌다.

"앉아서 쉬시오. 술을 사오리다." 자오웨이투가 말했다. 그러고 보니 홀의 안쪽 구석은 작은 바였다. "내가 가겠소." 그가 일어났다.

"당연히 내가 사야지⋯⋯ 맥주로 합시다. 이태리 피자에는 맥주를 마셔야 적격이니까. 좀 센 걸로 하겠소?"

"그럼⋯⋯ 위스키로 합시다."

"좋소!" 자오웨이투의 눈이 반짝였다. "얼음을 넣을까요? ⋯⋯ 안 넣어요? 당신 정말 대단하군⋯⋯" 그는 잠시 후, 맥주 한 잔과 위스키 한 잔, 그리고 자기 몫으로 보드카 한 잔을 더해서 익숙하고 민첩하게 날라 왔다.

"당신의 건강을 위해서!"

"당신을 위해서!"

그들은 잔을 들었다.

"에, 당신에게 내 소개를 좀 해야 할 것 같소. 사실 난 벌써부터 당신을 알고 있지⋯⋯ 내 형이 당신하고 동창이오."

"누구?"

"자오웨이다(趙偉達)."

"뭐라구? 자네가 자오웨이다의 동생이라면, 자넨……" 니자오는 자기도 모르게 '당신'을 '자네'로 바꾸었다.

"맞소, 난 웨이스(偉士)요."

"웨이스? 당신의 명함에는……"

"…… 난 무슨 위대한 지사가 아니니까." 자오웨이투는 쓴웃음을 지으며 장난스럽게 눈을 찡긋 했다. "도망쳐 나와서는 상가(喪家)의 개로 변해버렸소. 그래서 웨이다(偉大)의 웨이를 웨이샤오(微小)의 웨이로 바꾸었고, 스(士)는 위 한 획은 줄이고 아래 한 획은 늘려서 투(土)가 되었지. 난 작은 먼지 한 알갱이에 지나지 않소, 작은 먼지, 오케이?"

"유럽 사람들도 오케이라고 하나?" 니자오가 싱긋이 웃었다.

"그렇소. 미국인들은 자기들이 세계를 지배하고 있다고 생각하지. 우리는 지배를 받고, 그래서 이래도 오케이고 저래도 오케이 하는 거요. 당신이 알다시피, 우리 집안은 모두 공산당원이고 혁명가들인데, 유독 나만 이렇게 불초한 놈이 되어버렸소." 그는 말을 멈추고 니자오를 흘낏 쳐다봤다. 니자오의 반응은 차분했다. 웃음 띤 얼굴 표정에 아무런 변화도 일지 않았다.

"…… 난 원래 외교 분야에서 일했어요, 대학에서는 불어를 배웠고 제2외국어는 러시아어였죠. 1964년 '사청(四淸)'[2] 이후 나를 골라내더니 치롄산(祁連山) 기슭으로 하방(下放)시키더군. 난 기분 나쁘고 불만스러워서 어떤 일에도 마음이 안 내켰소. 1966년 문화대혁명이 시작되자 아버지, 어머니, 누나, 자형, 두 형, 두 형수, 모두 다 끌려 나갔는데, 우리 온 집안이 간첩이라는 거였소, 간첩의 소굴이라

---

2 사청 운동. 정치·사상·조직·경제를 정화하는 운동.

고…… 난…… 도망쳤소."

"도망치다니?"

"여권을 위조해서…… 아, 도망친 뒤 내가 얼마나 고통을 받았는지 모를 거요…… 몇 번이나 자살하려고 했었지…… 그러나 내 죄는 죽는다고 끝나는 것이 아니오…… 그렇지만 이해해주시오, 비록 도망쳤지만, 유죄일 거요, 서류를 위조해서 도망쳤으니까…… 그렇지만 난 조국에 손해 가는 일은 안 했소…… 결국 나는 마오쩌둥이 길러낸 세대 중의 하나요…… 타이완(臺灣)에 배경을 둔 놈들을 비롯한 반공 분자들은 내가 공산당에 대해 틀림없이 깊은 원한을 품고 있으리라 생각하고 나를 자기들 집회에 초청했지만, 난 그들과 싸웠소. 주먹을 휘두르기도 했고, 그 때문에 경찰에 구속되기도 했었소……"

니자오는 고개를 끄덕이고 미소를 지었다. 뭔가 말해야 할 것 같았다. "다 지난 일이오. 문화대혁명으로 모든 게 엉망이 됐었지만…… 당신은 나이도 젊고 몸도 건강하고 게다가 박사 학위까지 받았잖소……"

"개똥 같은 냄새나는 박사." 자오웨이투가 갑자기 얼굴을 붉혔다.

빨간 토마토케첩을 잔뜩 바르고 치즈 조각을 가득 얹은 이탈리아 피자가 나왔지만 자오웨이투는 쳐다보지도 않았다. 그는 눈에 눈물을 글썽이며 안타깝게 니자오를 바라보았다.

일순, 니자오는 자기가 무척 위대해진 것처럼 느껴졌다. 그가 그 방면에 대단한 권위라도 가진 것처럼 그의 말을 자오웨이투가 안타깝게 기다리고 있다는 걸 그는 알았다. 그는 말했다. "시간이 지나야 그 사람을 알 수 있다지. 지금 중국은 많이 달라졌어…… 자네가 돌아가서 대체 무슨 변화가 일어났는지 볼 기회가 있었으면 좋겠는데…… 어디에 있건 나라를 사랑하는 마음만 있으면 조국을 위해 유익한 일들을 할 수 있겠지."

자오웨이투는 눈물을 띤 채 다시 그를 향해 술잔을 들었다. 그는 금세 자신을 수습하고는, 화제를 돌렸다.

"스푸강 선생하고 당신 아버지는……"

"응, 내가 어렸을 때……" 니자오는 자기 집안과 스푸강의 관계를 자오웨이투에게 이야기해주었다. 자오웨이투는 망연히 고개를 끄덕였다. 아주 오랜 옛일을 이야기할 때면, 듣는 이나 말하는 이나 얼굴에 망연한 기색을 띠게 마련인 것이다.

그들이 충분히 먹고 마셨을 때쯤 해서 네댓 쌍의 손님이 연달아 들어왔다. 나이들이 지긋했고 한 점의 먼지도 없이 깨끗하게 차려입었는데 낮은 소리로 천천히 말하면서 니스 한 겹만 입힌 마룻바닥을 소리 없이 걸었다.

"여기 사람들은 저녁 식사가 좀 늦죠, 대개 저녁 9시쯤 돼야 한창이니까. 이제 겨우 시작이죠." 자오웨이투가 설명했다.

니자오는 고개를 끄덕였다. 손님이 늘어남에 따라, 오디오 시스템에서 울려나오는 로큰롤 음악의 볼륨이 조금씩 커지는 것 같았고, 노래하는 사람이 우울한 미소를 띤 채 문득 그들에게 다가온 것 같았다. 목멘, 온 정신을 집중한, 부르짖는 듯한 노랫소리는 노래하는 자의 창백한 우울과 고통을 열광적으로, 기쁘게 분출해냈다. 바로 이 순간, 중국과 외국을 연결하고 생활과 영혼을 연결하는 미묘한 한 가닥 끈이 문득 파르르 떨렸다. 이 정교하게 만든 넓은 식당에서 조야하게 울리는, 젊음의 가련한 격정으로 가득 찬, 절망적이라 해야 할 노랫소리에, 귀를 찌르는, 혼란스런 소음으로 가득 찬 이 아우성에 이토록 사람을 감동시키는 진정이 들어 있을 줄 니자오는 생각지도 못했다. 갑자기 눈물이 솟구쳤다. 문득 숨이 막히고 식당 안의 희미한 등불들이 온통 흔들리며 맴도는 것 같았다. 어렸을 때 그네 타던 일이 생각났다.

"이 식당은 마음에 드는군. 사랑스런 곳이야." 니자오가 말했다. 이렇게 말한 것은 여기서 저녁을 산 자오웨이투에게 고맙다는 뜻을 간접적으로 표시하기 위해서이기도 했고, 자신을 좀 진정시키기 위해서이기도 했다.

자오웨이투는 단정하게, 그러나 우울하게 웃었다. "하지만 이런 데는 오면 올수록 어색해져요, 이 음악, 이 시설, 이 음식, 게다가 언어가…… 하지만 오늘은 예외죠, 니자오 동지, 당신이 있으니까!" 말을 끝내고 자오웨이투는 웃음을 터뜨렸다. 농담을 하는 건지 아니면 겉으로는 농담하면서 속 깊은 곳의 격동을 은폐하는 건지 알 수 없었다.

"이제, 가야겠지?" 니자오가 몸을 움직였다.

자오웨이투는 시계를 보고는, 난처해하면서도 퍽 노련하게, 해맑게, 약간은 장난스럽게 웃었다. "할 말이 더 있는데, 괜찮겠죠?" 그는 이마에 흩어져 내린 머리카락을 추켜올리고 머리를 들어 천장을 바라보았다. 그 모습은 오만해 보였다. "내가 애국심 운운하면 좀 우스꽝스러울걸, 하하…… 말해두겠는데, 쉽게 그들을 믿지 말아요." 그는 갑자기 고개를 숙이고 허리를 구부리고 몸을 굽혀 의자 뒷다리를 들어올렸다. '그들'이라고 말할 때는 왼손을 뻗어 검지와 중지로 허공에 큰 동그라미를 그렸는데, 여기서 식사하는 손님들을 가리키는 것 같았다. 그는 니자오에게 다가와 꼭 움켜쥔 두 주먹으로 턱을 받치고 두 눈에 눈물을 글썽이며 말했다. "그들은 중국인을 경멸하죠. 당신은 모를 거요, 중국에 대해 뭐라고 말하는지, 듣는다면 당신은 그들과 목숨을 걸고…… 물론 스푸강 교수는 달라요. 그는 중국을 목숨 걸고 사랑하죠…… 언제 우리 중국이 기를 펼 수 있을까요? 언제 우리는 마땅히 되어야 하는 그런 모습이 될 수 있을까요? 거드름이나 피우는 멍청한 짓을 안 해도 되는 때가 언젤까! 아, 미안, 미안하오……"

니자오는 얼굴이 달아오르고 가슴이 뛰었다. 우국우민하고 비분강개하는, 때로는 몹시 편협하기까지 한 말들을 국내에서도 듣지 못했던 것은 아니었다. 사람들이 끝내 울분을 터뜨리게 되었다는 건 좋은 일이라고 할 수 있었다. 그러나 이건 이국 땅에서다. 여기서 듣는, 중국에 대한 비판의 뜻이 담긴 말은 한 마디 한 마디가 다 혼을 울리는 듯한 느낌을 주었다.

그는 알겠다는 듯이 고개를 끄덕였지만, 마음은 불타는 것 같았다.

"갑시다." 자오웨이투가 가볍게 몸을 일으켰다.

이것은 '출국'이었다. 그것은, 한 마리 물고기가 한 번도 떠나본 적이 없는 물을 떠난 것처럼, 너를 너의 세계로부터 갑자기 떠나게 했다. 그러나 거기에도 물이 마르지는 않았다. 또 다른 물기가 단절되었으면서도 이어져 있기 때문이었다. 그것은 너에게 초연하고 표표하게 너 자신과 너의 역사와 너의 나라를 돌아보고 조감하게 해주는 것 같았다. 그러나 초탈할 수는 없었으며 오히려 더더욱 힘껏 붙들렸고, 근심과 열망이 불꽃 같았다.

니자오와 자오웨이투는 가벼운 걸음으로 이탈리아 식당을 나왔다. 마치 각자의 마음에 인 따스한 느낌이 자칫 밟혀 깨질까 봐 두려워하는 것처럼. 립스틱을 짙게 바른 금발의 종업원이 그들에게 감사합니다, 또 오세요라고 말했고 자오웨이투가 대답했다. 니자오는 생각에 몰두했기 때문에 미처 반응하지 못했는데, 그가 최소한 콧소리로 "응응" 이라도 해야겠다고 생각했을 때는 이미 입구에 와 있었다.
순간의 차이였다. 그는 쓴웃음을 지었다.

자오웨이투의 진홍색 구식 자동차는 빗속을 17분쯤 달렸다. 교외라고는 하지만, 길 양편에서 여전히 상업용 네온사인이 반짝이곤 했다. 빗줄기 사이로 갖가지 색깔의 빛이 달리는 자동차 속에 있는 니자오의 눈에 비쳤다. 이곳에 와서 본 몇 장의 추상화에, 원래 아무것도 닮지 않은, 착종된 채 극히 불안정하게 흔들리는 색채의 점과 선 하나하나에 그 나름의 삶의 근거가 없는 것은 결코 아니라는 생각이 들었다. 그는 담배에 불을 붙였다.

바퀴 구르는 소리, 가는 비가 드세졌다 뜸해졌다 하는 소리, 물이 튀는 소리, 그리고 자동차 엔진 소리 들에 귀를 기울였다. 그는 이 나는 듯한 질주가 긴박하면서도 즐겁고 뿌듯하게 생각되었고, 그러면서도 이 긴장된 운전의 이면에 숨겨진 일종의 담담한 자조와 비애가 느껴졌다. 불현듯 이 낯선 나라에 와서, 웨이투씨 같은 사람을 만나고, 만나자마자 그토록 마음속 깊은 이야기들을 털어놓고, 그리고서 하늘이나 알 스부인을 만나러 급히 가고 있다⋯⋯ 인생에는 왜 맹목(盲目)과 맹목 비슷한 것이 이토록 많은 걸까?

그는 자신의 조국에서, 광활한 고원과 황량한 사막, 긴 강에 지는 해와 사막에 쓸쓸히 피는 연기 같은 환경 속에서 여행했던 일을 생각했다. 큰 트럭을 타고서였는데, 그는 짐칸에 서 있었고, 얼굴을 향해 불어오는 바람은 세차고 자유로웠다. 그의 입에는 끊임없이 모래알이 씹혔었다.

처음 F시 공항에 도착하여 입국하던 광경이 생각났다. 공항 곳곳에는 완전 무장을 하고 큰 적을 맞기라도 하는 듯한 금발 벽안의 젊은 경찰들이 왼손으론 무전기를 들고 오른손으론 권총 손잡이를 만지작거리며 서 있었는데, 무슨 일이 생겼다 하면 0.5초 안에 맹호처럼 달려올 것이었다. 그러나 일단 출입국 관리소와 세관을 지나자 눈부신 놀라운 세계가 펼쳐졌다. 공항 안인데도 양쪽 상점의 쇼윈도·광고·간판, 그리고 대낮에도 꺼지지 않는 전등 불빛, 특히 거의 대부분의 상업 광고 속에 숱한 서양 미녀들의, 아찔한 색깔·곡선·명암·자세…… 눈부시기 짝이 없는……

며칠을 계속해서 잔뜩 긴장한 채 방문하고 여행하고, 이륙하고 착륙하고, 승차하고 하차하고서 호텔로 가지고 돌아오는 것은 방 열쇠, 명함과 자기 소개, 공허한 말, 상투적인 말, 예의 차리는 말과 실질적인 데에 이르면 중단되어버리는 말, 약간의 긴장된 충실감과 무언가 잃어버린 듯한 느낌이라고 그는 생각했다. 세계로, 즉 외국으로 나온 뒤로 그는 약간의 쓸쓸함을 느꼈다. 중국은, 당당한 우리 중국은, 도대체 언제나 선진국의 대열에 끼어들 수 있을 것인가? 이 문제에는 엄숙한 쓴 맛이 있었다. 더 생각하다가는, 아마도 그는 슬그머니, 남모르게 눈물을 흘릴 것이었다.

그는 자신이 너무 많은 일에 관여하는 것이 잘못이라는 생각이 들었다. 집에서는 일을 하면 하는 만큼 수확이 있었다. 원조우(溫州) 방언에 관한 책도 처음부터 끝까지 한 번 교열해야 했다. 전문가이며 권위자인 연구소의 두 노인네의 학파적 편견을 띤 논쟁은 그를 난처하게 했는데, 끼어들기에는 자신의 준비가 충분하지 않다고 그는 생각했다. 일본 교토(京都) 대학의 사카다(坂田) 교수와의 토론은 그를 곤혹스럽게 했다. 아직도 7일의 일정이 더 남아 있었다. 그런 뒤에 중동에서 쉬는 것까지 포함해서 16시간을 날아가야 베이징으로 돌아갈 수 있었다.

물론 그는 스푸강에 대해 더 많이 생각했다. 어렸을 때, 스푸강은 그를 안고서 베이하이(北海) 공원 후문으로 들어갔었다. 그러나 그것은 벌써 지나버린, 벌써 깊숙이 묻혀버린 옛일이었고, 지금의 그와는 아무 관계도 없는 듯한 옛일이었다. 이국의 H시로 달려와 이미 그에게 별다른 의미도 없는 옛일을 되살린다는 것이, 조금 우습기도 하고 심지어는 좀 무의미하게도 느껴졌다. 그가 찾는 것은 대체 누구인가? 무엇인가?

차가 서면서 약간의 소리를 냈고, 니자오의 몸이 앞으로 기울었다. 핸들을 잡은 자오웨이투는 그 부드럽고 예의바르며 입가에 자조의 뜻을 띤 표정으로 돌아와 있었는데, 오른손 손바닥을 펼치면서 "다 왔소"라고 말했다.

니자오는 차에서 내렸다. 비가 섞인 서늘한 바람에 짐짓 몸이 떨렸다. 두 시간 정도 비가 내린 뒤에 교외로 나왔는데 기온이 이토록 내려간 것으로 느껴지다니, 뜻밖이었다. 차 안에 있을 때는 이탈리아 음식점의 오렌지빛 온기가 여전히 몸에 남아 있었다.

그는 자오웨이투를 따라 4층 건물의 현관 아래로 재빨리 걸어가 비를 피했다. 빽빽한 나뭇잎 뒤에 숨은 길쭉하고 목이 굽은 가로등이 알록달록한 불빛을 그의 몸에 떨어뜨렸다. 빛을 등진 나무는 시커멓게, 빗속에서 작은 물방울을 떨구면서 가볍게 몸을 흔들고 있었는데, 여유로우면서도 근심에 차 어쩔 줄 모르는 것처럼 보였다. 예쁘장한 철책문이 꼭 닫혀 있었는데, 철책 안쪽의 문은 나무로 된 것 같았고 가죽으로 만든, 호랑이 무늬같이 디자인한 덮개로 싸여 있었다. 건물에는 몇 개의 창에 불이 밝혀져 있어, 아름다운 커튼이 보였고, 창가의 덩굴 식물도 희미하게 보였다. 건물 옆에 주차한 다섯 대의 차가 빗물에 씻기고 있었는데, 비바람에 진 나뭇잎이 차 옆에 떨어졌다.

멀지 않은 큰길을 지나는 자동차의 전조등이 불시에 이곳을 환하게 비추었다가 더 짙은 어둠에 빠뜨리곤 했다. 확실히 조용한 곳이군, 하고 니자오는 생각하며 또 한 번 몸을 떨었다.

철책문 왼쪽에 불빛이 희미한 전등이 있었고, 전등 아래로 글자가 새겨진 철판이 붙어 있었으며, 초인종도 몇 개 있었다. 자오웨이투는 잠시 살펴보고는, 네번째 초인종을 눌렀다. 니자오는 깜짝 놀랐다. 바로 귀에다 대고 말하는 것처럼 나이 든 여자의 목소리가 들려왔기 때문이다.

"자오군인가?"

순수한 베이징 말로, 콧소리가 좀 섞였는데, 말하는 사람의 숨소리까지 들렸다.

"예예, 저흽니다, 저하고 니선생요." 자오웨이투가 얼른 대답했다.

그러자 끼익 하고 소리를 내면서 문이 '자동으로' 열렸다.

철책문 옆에 수화기와 송화기(마이크)가 있고 철판의 글자들은 각 호의 '호주' 이름 약자이며, 손님이 초인종을 누르면 그가 찾는 사람과 인터폰으로 연결되고, 통화해서 '확인'한 뒤에 주인은 손님이 들어오도록 '원격 조정' 장치로 '명령'을 내려 문을 열 수 있게 되어 있는 것임을 니자오는 그제야 알아차렸다. 이렇게 하여 좀도둑이나 거지나 미친 사람이나 불청객이 건물로 들어오지 못하게 하는 것이었다.

주인이 손님을 맞고 싶지 않으면 벨소리에 응답하지 않기만 하면 되었다.

그들이 들어가자 문은 다시 끼익 소리를 내며 빈틈없이 닫혔다.

기술이 낙후한 중국인이 보기에는, 사람을 철문 밖에 두고 거절하는 것은 인정없는 짓이다. 니자오는 생각했다.

자오웨이투는 손짓으로 니자오에게 길을 양보했다. "4층으로 올라가요……" 그가 말했다.

그들은 좁고 가파른 계단을 올라갔다. 두 사람의 발소리와 숨소리 말고는 아무 소리도 들리지 않았고, 어슴푸레한 벽등 이외에는 빛이라곤 없었다. 이 건물은 방음과 차광이 정말 좋군! 니자오는 감탄했다. 장딴지가 좀 저렸다. 한가한 날이 없었고 마음이 항상 긴장되어 가라앉힐 수가 없었다.

4층에 올라가자, 짐짓 닫은 시늉만 한 채 실오라기만큼 열어놓은 문에서 불빛이 흘러나왔다. 물론 스부인이 문을 열어놓고 그들을 기다리는 것이었다.

"스부인!" 자오웨이투가 반갑게 외치며 문을 열었다. 현관에는 아무도 없었다. 두 손님은 잠시 기다렸다. 니자오는 현관 바로 앞에 적갈색 바탕에 고아(古雅)한 녹색으로 '치원재(致遠齋)'라고 씌어진 작은 편액이 걸려 있는 것을 보았다. 편액 아래에는 붓글씨가 끼워진 액자가 있었는데, 초서체였고 단 한 글자였다. 자세히 보니 그건 우(愚)자였다. 양쪽은 표구한 대련(對聯)이었는데, '수신여집옥(守身如執玉)' '적덕승유금(積德勝遺金)'이라고 씌어 있었다.

니자오는 눈을 깜박였다. 도대체 여기가 어디인가? 도대체 지금이 무슨 시대인가?

그때 뚱뚱한 노부인이 뒤뚱거리며 걸어나왔다. 100퍼센트 중국 혈통이었다. 그녀는 자주색 중국식 평상복에 수놓은 비단 신을 신었고, 얼굴에 웃음이 가득하고 두 볼이 축 늘어진 게 온화하고 친근감 있어 보였다. 다만 미간에 깊고 얕은 주름이 세 가닥 패어 있어, 그녀의 성격이 좋지만은 않으리라는 생각이 들게 했다.

스부인은 그들을 알맞게 환영하며, 약간 의혹스럽다는 듯이 니자오의 눈빛을 살폈다. "아버님께서 찾아뵈라 하셨습니다. 편지랑, 당신하고 스푸강 아저씨께 전하라시는 작은 선물을 가져왔습니다." 스부인의 의혹 어린 시선을 대하자, 니자오는 좀 해명할 필요가 있을 것 같았다.

"들어와요, 자!" 스부인은 고개를 끄덕였다. "당신을 만나게 되다니, 정말 뜻밖이에요. 난 어제야 집에 돌아왔죠. 스선생은 아직 마닐라에 있고요."

니자오는 널찍하지만 어둑신하기는 마찬가지인 거실로 들어섰다. 그들은 새것이 아닌 검붉은 빛깔의 소파에 앉았다. 몇 마디 주고받고서 스부인은 뒤뚱거리며 손님에게 차를 내놓으러 갔고, 니자오는 한숨을 돌리고 방을 둘러보았다.

아무튼, 니자오는 이것이 유럽인의 방이라고는 상상할 수가 없었다. '인위고(忍爲高)'라는 세 글자가 바로 맞은편에 있었는데, 공자(孔子)의 몇 대 종손이라는 쿵링이(孔슈怡)가 쓴 것이었다. 치바이스(齊白石)의 그림은 알 것 같았다. 올챙이가 시냇물에서 헤엄치고 있었다. 다른 한 폭의 수묵 산수화는 작가가 누구인지 알아볼 수가 없었다. 산수화 옆은 검은 목기였고, 목기 위에는 난초 한 분이 놓여 있었다. 니자오의 시선이 오른쪽으로 움직여 문이 있는 쪽의 벽을 향했다. 눈이 부릅 떠지고 입이 벌어졌다. 그는 놀랐다. '난득호도(難得糊塗)'라는 고자(古字)가 탁본된 횡폭이 보였던 것이다.

왜 가슴이 뛰는지 알 수 없었다. 그는 일어나서 그 횡폭으로 다가갔다. 맞아, 바로 이거야. '難' 자가 '鷄'으로 씌어 있었다. 이건 정판교(鄭板橋)의 글씨였다. 필체는 힘찼고, 그 밑으로 '총명하기도 어렵고 어리석기도 어렵지만 총명함에서 어리석음으로 나아가기는 더욱 어렵다. 내버려두고 한 걸음 물러서면 곧 마음이 편안해지나니,

뒤에 복이 오기를 바라는 것이 아니다. 판교가 적는다'³라고 씌어 있었는데, 이는 그가 이미 옛날에 마음속 깊이 익혀 욀 수 있었던 문구였다. 그때는 그 뜻을 알지 못했었고, 그뒤로는 깨끗이 잊어버렸던 것이다.

그러나 바로 이 순간, 망각이란 불가능하거나 몹시 어려운 것임을 그는 알았다. 망각은 결코 진정한 위안을 주지 못한다. 오히려 벌써 잊어버렸던 기억이 돌연히 되살아나 숨막히는 느낌을 주었다.

초겨울의 그 햇빛, 뜰에 가득하던 그 낙엽, 창유리의 그 반짝임, 미끄러지듯 움직이자마자 지붕에 올라가 있던 그 늙은 고양이, 연근 가루 팝니다, 하던 그 고함 소리, 끼익끼익 하던 그 펌프 소리, 모서리가 닳은 그 계단, 양복을 입고 있던 그 아버지, 문에 걸린 그 자물쇠, '難'을 '鷄'으로 쓴 정판교 서법(書法)의 그 탁본, 땅에 가득하던 그 유리 조각들, 지금까지도 풀 길 없는 그 지독한 원한, 그리고 황금의 목소리 조우쉬엔(周旋)이 부르던, 순진하고 감미로우며 그럴수록 더 처량하기 짝이 없던 노래!

차는 그다지 신선하지 않은 것 같았고 그다지 뜨겁지도 않았다. 스부인은 과자를 한 접시 내왔는데, 카스테라를 먹어보니 아주 맛있었다.

스부인이 말했다. "작년에 베이징에 갔었더랬죠. 누이동생이 베이신챠오(北新橋)에 살거든. 둥쓰먼(東四門)이랑 시쓰먼(西四門)은 왜 다 없앴죠? 정말 가슴 아팠어. 교통에 방해가 된다고? 파리의 개선문도 교통에 방해가 됐지만 그네들은 길을 넓혀서 양쪽으로 차가 다니

---

3 한문 원문은 다음과 같다.
'聰明難, 糊塗難, 由聰明轉入糊塗更難.
放一著, 退一步, 當下心安, 非圖後來福報也. 板橋識.'

잖아. H시에는 며칠이나 더 있을 건가? 여기 음식은 먹을 만해요? 나보다 낫네. 아버지도 늙었다구요, 물론이겠죠. 어머니는? 아, 들은 적이 있어. 누나가 또 있지 아마. 물론 다 기억해요. 난 심장병이 있어요. 아니 그게 아니라, 비행기를 오래 탔더니 다리가 부은 건데, 오늘까지도 여전한걸……"

스부인은 또 말했다. "마흔 몇 살이지? 아, 자네도 이제 나이가 많군. 아이는 몇이고? 잘됐네, 축하해요. 그래도 아들이 있어야지, 중국에선 아들이 없어선 안 되니까. 방은 몇 개죠? 그거 가지고 되나? 좋기야 사합원(四合院)⁴이 좋지, 꽃도 기르고 물고기도 기르고 새도 기르고 말야. 여름에 모기가 많긴 해. 뭐가 우스워요? 우리 조상들이 우리에게 가르쳐준 거고 우리 중국 사람들의 상징인데. 좀 참고 양보하고 한 걸음 물러서서 마음을 편히 먹고 자기를 보존하면 모든 게 천천히 변하게 돼 있는걸. 사람이란 필경은 죽음을 맞게 마련이고, 그래서 없어져버리는 건데. 그래도 난 아직 살아서 힘을 쌓고 있지. 스선생은 하루 종일 나하고 그 문제를 연구해요. 그는 중국에 감복했어, 중국 문화에 감복한 거지. 그 사람 말로는, 세계에서 제일가는, 어느 것과도 비교가 안 되는 문화라는 건데, 거기엔 거기대로 이치가 있는 게지. 싱가포르나 말레이시아, 필리핀 같은 곳에서 이야길 좀 해보면, 끝에 가선 다들 중국 문화의 정신이 아직 필요하다는 걸 알게 돼요. 조급할 필요도 없고, 무서워하고 욕하고 할 필요도 없어, 중국은 중국 나름의 방법이 있는 거예요."

스부인은 계속 말했다. "유럽? 유럽이 뭐가 좋아? 냉장고, 세탁기, 자동차, 컬러텔레비전, 스테레오 전축, 이런 게 우리하고 도대체 무

---

4 ㅁ자형으로 지은 구식 가옥. 가운데는 뜰이 있다.

슨 관계가 있죠? 국내에서 이러쿵저러쿵해봤자 우리 고충은 몰라요. 그렇지만 우린 자유롭게 말하지, 그렇잖음 입을 봉할 수밖에…… 아야, 다리가 또 저리네, 아이고……"

어렸을 때 니자오는 늘 공상에 잠겼었다. 아침에 학교에 갈 때면 군고구마를 사가지고는 찬바람 속에서 그걸 먹으면서 걸었고 긴 무명옷 소매로 콧물을 훔치면서 생각에 잠겼다. 나는 지금 길을 가고 있는 건가? 조금 전 곤하게 이부자리 속에서 몸을 데우면서는 정말 일어나고 싶지 않았는데. 빨리 일어나는 사람은 나으리, 늦게 일어나는 사람은 요강. 이렇게 말해도 소용이 없었지. 그럼, 내가 지금 학교 가는 길을 가고 있는 건 어떻게 된 거지? 이 세상에 니자오가 둘 있는 걸까? 한 니자오는 군고구마를 먹으며 학교 가고, 다른 한 니자오는 이불 속에서 자고 있는 건가? 그 니자오는 너무 피곤해서 깨우려야 깨울 수가 없고 눈곱이 가득하다는 걸 나는 아는데……

이렇게 생각에 잠긴 채 학교에 다 와가는데, 하얀 담 아래 사람들이 모여 있었다. 무슨 일이지? 거지 하나가 죽은 거로구나…… 그는 보고 싶지 않았다. 보기가 무서웠다. 더 보다가는 지각할 것이었다. 누군가가 가마니를 덮어놓았는데, 죽은 사람의 두 발이 밖으로 나와 있고 신발이 아가리를 쩍 벌렸고 발이 구부러진 게 꼭 닭발 같고…… 갑자기 니자오는 깜짝 놀랐다. 그 죽은 사람이 바로 자기 자신인지도 모른다는 생각이 들었던 것이다. 자기는 살아 있고 죽은 건 다른 사람이라고 어떻게 그렇게 알 수 있단 말인가? 그 죽은 사람에게 살아 있는 또 다른 화신이 없다고 어떻게 장담할 수 있단 말인가? 죽은 사람이 또 하나의 니자오라고, 또 하나의 니자오가 죽었다고 가정해보자. 또 하나의 니자오의 두 발이 구부러져 있고 몸에는 가마니가 덮여 있다. 또 하나의 니자오와 함께 있는 사람들은 또 하나의 엄마, 또 하나의 아버지…… 또 하나의 세계일 것이다. 또 하나의 니자오가 죽은 뒤에는, 또 하나의 엄마, 아버지, 누나, 이모, 외할머니는 물론 달려와서 운다. "내 아들(동생, 조카, 손자)아, 이게 어찌 된 일이냐!" 여자들이 하도 슬프게 우는데다 소리가 커서 이 니자오에게까지 다 들릴 것이다. 정말 그럴까? 살아 있는 한 니자오가 매일 활동하는 것과 동시에 다른 한 니자오는 죽어가고 있을지 모른다…… 그렇게 생각하면서 이 니자오가 교문을 들어서니, 급사실 입구에 '멧대추국수·살구절임·귀단피(果丹皮)'[5]라고 쓰인 쪽지가 붙어 있었다. 전부 여자아이들이 잘 먹는 것들이었다. 그제야 그는 기분이 좀 좋아졌다.

　유럽에서, 외국에서, H시에서, 스푸강 부인 곁에서, '난득호도(難得糊塗)'라는 횡폭 아래에서, 자오웨이투 곁에서 지금 그는 옛일이 결코 사라지지 않았다는 것을 갑자기 발견했다. 옛일은 H시의 스부인 집에 보존되어 있었을 따름이었다. 아니, 옛일은 그 일을 겪은 사람들 각자의 마음속에도 보존되어 있었다. 원래부터, 현재의 그 말고도 또 다른 그가 옛일 속에서 살고 있는 것이었다. 원래 사람들은 1950년대에는 1940년대와 작별하고 또 1960년대에는 1950년대와 작별하는데, 그것은 상하이(上海)를 떠나 칭다오(靑島)로 가고 또 칭다오를 떠나 옌타이(烟臺)로 가는 것과 같았다. 일반적으로 사람들이 생각하기에는, 공간의 여행은 가역적이지만 시간의 여행은 불가역적이다. 그러나 오늘 밤, 그는 온통 마음을 뒤흔들어놓는 체험을 했다. 1980년대에 이역에서, 그는 오래전에 묻어버린 과거를 발견한 것이었다.

---

[5] 말린 아가위로 만든 음식.

고고(考古)하는 건가?
계속해보자. 또 무엇이 계속될 것인가?

제2장

  고양이가 밤새 소란을 피웠다. 간밤에는, 날이 저물고 얼마 되지 않은 것 같았는데 그 처량하고 고통스럽고 탐욕스럽고 흉악한, 단속적인 고양이 울음소리가 들려왔다. 그 울음소리는 짝을 찾는 소리라기보다는 싸우는 것 같기도 하고 악귀가 울부짖는 것 같기도 하고 사람을 잡아먹는 것 같기도 한 그런 소리였다. 그 울음소리에 징전(靜珍)은 손이 떨려 자기(磁器) 술잔을 땅에 떨어뜨려 산산조각을 냈다.

  징전(지금 호적상의 이름은 조우쟝씨〔周姜氏〕[6]이다)은 몽당비를 들고 뛰쳐나가 담을 향해, 별빛 속에 희미하게 보이는 회색 기왓골을 향해 고함을 질렀다. 그녀는 펄쩍펄쩍 뛰며 "이놈 이놈 이놈 이놈" 하고 소리 지르면서, 그 뱃가죽이 탱탱하고 눈에서 녹색 빛을 뿜는 호랑이 무늬의 고양이를 자기가 이미 잡았다고 상상했다. 그것은 사악과 파렴치의 화신이었다. 그녀의 몽당비는 내리쳐질 때마다 그 악마 같은 고양이의 하복부를 온통 피투성이가 되도록 격타했다. 숨이 가빠져 헐떡거리게 되어서야 그녀는 천천히 방으로 돌아갔다. 그녀

---

[6] 구중국에서는 여자가 결혼을 하면 자기 성 앞에 남편의 성을 붙였다.

의 여덟 살 난 조카 니자오와 아홉 살 난 조카딸 니핑(倪萍)이 이모가 돌아오는 것을 놀란 얼굴로 쳐다보고 있었다. 조우쟝씨는 아이들을 사랑스럽게 바라보고는 풋 하고 웃고서 설명해주었다. "요즘 우리 집에 액운이 끼었어. 전부 그 죽일 놈의 고양이가 가져온 거야. 내가 그 액운을 물리칠 거다. 액운이 있어도 내가 혼자서 물리치고 있으니까……" 니핑과 니자오는 알 듯 말 듯 싶은 눈을 깜박거렸다. 조우쟝씨가 말했다. "됐어, 됐어, 그 얘긴 관두고. 너희들 노래나 가르쳐줄게." 말을 마치고서 그녀는 목청을 가다듬고, 헛기침을 하고, 가래를 뱉고, 숨을 길게 내쉬고, 다시 음음 하고 목청을 가다듬었다. 마침내 목청이 트였다. 그녀는 한 구절 한 구절 노래했다.

바람이 일고, 구름이 날리네.
풀들은 '생각하네 거시기 생각.'

두번째 구절은 잘 생각이 안 나, '생각하네'와 '거시기'(대체 무얼 말하는 걸까?)로 바꿔 불렀다.

말할 줄 아는 나무, 노래할 줄 아는 새,
다들 잠들었고,
버들은 나부끼네……

노래하다가 콧구멍이 간질간질해져서 그녀는 한바탕 재채기를 했는데, 어찌나 요란했는지 온 얼굴과 온몸이 주체할 수 없이 부르르 떨렸다. 두 아이가 웃음을 터뜨렸다.
엄마가 불러들여 두 아이는 자러 갔고, 징전―조우쟝씨는 이불을 덮으면서 갑자기 백거이(白居易)의 「장한가(長恨歌)」를 읊기 시작했다.

>……양씨네 딸 다 큰 처녀 됐는데,
>규방 깊이 숨어 있어 아무도 몰랐지만,
>하늘이 낸 미인은 숨길 수 없는 법,
>하루아침에 임금님 곁에 뽑혀갔네.
>'거시기 거시기'……
>시녀의 부축받는 하늘하늘 교태로운 몸,
>이때부터 님의 사랑을 받았네……

자리에 누운 지 얼마 안 되어, 높아졌다 낮아졌다 파도치는 듯한 고양이 울음소리와 잇달아서 푸—푸 하고 숨을 내쉬며 선반을 긁어대는 소리가 들렸다. 징전은 또 뛰쳐나가고 싶었지만, 자리에 눕자 사지가 돌덩어리나 납덩어리같이 느껴지고 널빤지 위에 못 박혀버린 것처럼 몸이 마음대로 되지 않아 움직이려야 움직일 수가 없었다. 한황(漢皇)은 미색을 중히 여겨 경국(傾國)의 미인을 그렸지만, 분명히 당명황(唐明皇)인데 한황이라고 했구나, 아이참!

얼마나 잤을까, 1시간쯤 된 것 같기도 하고 1분밖에 안 되는 것 같기도 했다. 아무튼 고양이 울음소리에 쭈뼛해서 눈을 떴다. 어디서 이 많은 고양이들이 왔을까? 고양이 대회인 건 아니겠지? 고양이가 귀신이 됐나? 긴 소리, 짧은 소리, 높은 소리, 낮은 소리, 슬픈 소리, 떠들썩한 소리, 천 마리 만 마리의 고양이가 그녀에게 달려드는 것만 같았고, 천 마리 만 마리의 고양이 발톱이 한꺼번에 그녀의 얼굴과 심장을 할퀴는 것만 같았다. 바로 그때, 천장에서 천군만마가 치달리는 듯한 우르릉거리는 소리가 났는데, 쥐떼가 제멋대로 날뛰는 것이었다. 이 쥐 소리가 고양이 소리보다 사람을 더 혼란시켰다. 듣고 있자니 바로 지척에서인 것만 같고, 천지가 뒤덮이는 것만 같고, 쥐떼가 자기 관자놀이 — 태양혈(太陽穴)로 기어오르는 것만 같았다. 쥐들이 이사하는 것이거나 결혼하는 것이라면 모두 큰 경사일 터였다. 그런데 왜 조우쟝씨는 마음이 오그라들고 등골이 무슨 차디찬 마귀의 발톱에 잡힌 것같이 느껴지며 풀려야 풀 수도 없고 펴려야 펼 수도 없게 근육이 뻣뻣해지는 것일까? 고양이와 쥐가 함께 울어대는 속에서 그녀는 고통스럽게 몸부림쳤지만 끝내 그 지경을 벗어날 수는 없었다. 끝에 가서는 누군가가, 누군가가 베갯머리에서 흥흥 하고 차갑게 웃고 그녀의 귀에다 대고 숨을 불어넣는 것 같아 그녀는 비명을 질렀다. 눈은 부릅떠졌고 눈물이 얼굴 가득 흘렀고 식은땀이 온몸을 적셨다. 내가 방금 깜빡 죽었던 것이 아닐까 — 지옥에 떨어졌던 것이 아닐까?

아마 가위에 눌린 걸 거야, 돌아누우면 나아지겠지. 그녀는 스스로를 위안했다.

돌아눕자, 눈앞이 아찔한 게 하얀 그림자가 하나 번뜩이는 것 같았다. 그 그림자는 아주 경쾌하면서 외롭고 헤아릴 수 없이 신비로웠다. 그녀는 정신을 모으고 자신의 고아사(鼓兒詞)[7]를 암송했다.

저 꾀꼬리를 놀래,
가지 위에서 울게 하지 말아요,
울음소리에 내 놀라 꿈 깨면,

---

[7] 중국 전통 연행 예술의 한 양식. 우리나라의 판소리와 비슷함.

아득한 서쪽에 갈 수가 없어요.

그녀는 시(詩)·사(詞)·가(歌)·부(賦)와 희문(戲文)[8]을 많이 욀 줄 알았다. 집안 식구들은 모두 그녀가 외는 그 운문들을 '고아사'라고 불렀다.

고아사 중에 이 오언절구는 언제부턴가 징전의 주문(呪文)이 되어 있었다. 그녀는 그것을 수도 없이 읊었다. 때로는 소리 내지 않고 속으로만 읊기도 하고, 때로는 낮은 소리로 웅얼대기도 하고, 때로는 소리를 길게 빼어 고향 사투리로 낭송하기도 하고, 때로는 스스로 터득한, 반은 민요 가락 「배추」 같고 반은 방자희(梆子戲)[9] 「두십랑(杜十娘)」에 나오는 노래 같은 자유로운 곡조로 부르기도 했다. '저 꾀꼬리를 놀래'라는 구절에 그녀는 정신이 아찔해지고 살고 싶지 않을 만큼 가슴이 저리고 학질에 걸린 듯 폐렴에 걸린 듯 몸이 떨렸으며, 무한한 열기와 무한한 한기, 무한한 권태와 쓸쓸함이 몸을 엄습하는 것처럼 느껴졌다. 통곡하면서, 쓴웃음을 지으면서, 미소를 지으면서, 또는 깊은 사념에 잠기면서 '저 꾀꼬리를 놀래'를 십수 번, 수십 번 암송하고 읊고 노래하고 나면, 하염없이 눈물을 흘리고 한정 없이 땀을 흘리고 나면 그녀는 일종의 해탈감과 어떤 희망이 느껴지는 것 같았다. '울음소리에 내 놀라 꿈 깨면,' 결론적으로 잘라 말하자면, 옛날이나 지금이나 여자의 운명은 언제나 깨져버리는 꿈에 지나지 않는 것을! '아득한 서쪽'에 어떻게 갈 수 있겠는가?

이날 밤도 그녀는 경(經)을 암송하는 것처럼 끈질기게, '꾀꼬리'를 수도 없이 놀랬다. 마침내 고양이 소리와 쥐 소리를 몰아내고, 그녀

---
8 노래 중심의 중국 전통 연극의 한 양식.
9 허베이성 중부 일대의 지방극 양식.

는 바람이 나뭇가지를 흔들고 나뭇잎이 가지를 떠나 땅으로 떨어지는 소리를 들었고 갑작스런 기차의 기적 소리와 그뒤를 이어 처음엔 컸다가 작아지면서 차츰 사라져가는, 기차 바퀴가 철로에 부딪히는 소리를 들었다. 기이하게도, 덜컹덜컹대면서 갈수록 잦아들어 거의 사라져가는 소리가 5, 6분이 지났는데도 조우장씨에게 들렸다. 거의 사라져가면서도 끝내 사라지지 않는 것이었다. 기차가 어쩌면 이렇게 길 수도 있을까? 어쩜 기차가 아직도 다 지나가지 못했을까⋯⋯ 이 끝이 없는 기차에 실릴 만한 물건으론 대체 뭐가 있을까? 왜 칸마다 빈 차로 끝없이 가는 것일까? 그녀는 이렇게 생각하면서, 점차 덜컹덜컹 하는 소리 이외의 다른 감각을 잃어갔다.

 조우장씨가 깨어났을 때는 이미 날이 환히 밝아 있었다. 그녀는 자기 이불을 아주 단정히 갰다. 태도가 엄숙한 게, 중대한 사명이라도 수행하러 가려는 것 같았다. 그녀는 양철로 수선한 자신의 세숫대야에 더운 물을 푸고, 그 자기(磁器) 세숫대야를 낡은 주황색 나무 받침에 올려놓았다. 그러고서 그녀는 얼굴을 씻고 또 씻었다. 그녀가 얼굴을 씻는 방법은, 먼저 희끗희끗하고 구멍이 숭숭 난 수건을 적시고 거기에다 비누를 힘껏 문지르고 그런 뒤 손으로 조금씩 물을 묻혀가며 수건을 비비는 것이었는데, 그러면 물에 젖은 수건 위의 비누는 엷은 거품을 일으키고 세숫대야의 물은 얼굴을 씻기도 전에 벌써 혼탁해졌다. 그때 그녀는, 홍분하여 거의 충동적이라 해도 될 정도로, 비누와 물에 흠뻑 젖은, 매끄러우면서도 끈적거리는 수건으로 얼굴을 마구 문지르기 시작했다. 그러면서 그녀의 코에서는 앓는 소리가 흘러나왔는데, 누군가가 그녀의 입과 코를 막아 질식시키려 해서 그녀의 호흡기가 바야흐로 소리를 내며 몸부림쳐 반항이라도 하는 것 같았다. 이렇게 한 번 씻고 나서 수건을 물에 넣어 헹구면 물은 더욱

더 더러워졌다. 그러나 아직 끝난 게 아니었다. 다시 또 젖은 손으로 비누를 집어 수건에다 문지르고, 이렇게 몇 차례나 되풀이하고 나면, 세숫대야의 물은 이제 거의 검은색으로 변하고 징전의 얼굴은 점점 더 하얘졌다. 세숫대야의 물이 점점 더 더러워지는 것을 보노라면, 물의 변화가 그녀의 세수의 효과를 표시하는 것이었으므로, 징전은 만족스럽고 흐뭇한 마음이 되었다. 그래도 그녀는 세수를 끝내려 하지 않고 한 번 더 씻었다.

이모가 세수하고 화장할 때는 절대로 훼방을 놓아서는 안 된다는 것을 니자오는 벌써부터 알고 있었다. 보통 때 이모가 아무리 그를 예뻐하더라도, 세수하고 화장할 때의, 어떤 대가를 치르고라도 방해를 용납하지 않으려는 그녀의 무시무시한 모습을 보면 니자오는 슬슬 뒷걸음질을 쳤다. 그는 나이가 들면서, 이모가 세수하는 목적이 대체 무얼까, 하고 그 이유가 점점 더 이상하게 생각되었다.

마침내 징전은 세수를 끝냈다. 그녀는 네모난 작은 걸상을 끌어내어 흰 칠이 군데군데 벗겨진 테이블 앞에 놓았다. 걸상은 어찌나 단정하게 놓였는지, 테이블과의 거리가 자로 잰 듯이 정확했다. 그녀는 걸상에 앉아 장방형의 화장대를 끌어당겼다. 자주색 칠을 한 화장대는 오래되어 색깔이 바랬는데, 거뭇거뭇하게 변색한 곳도 있고 곰보 자국이 난 곳도 있었다. 그녀는 뚜껑을 열고 장방형의 거울을 뚜껑 위에 적당한 각도로 비스듬히 세웠다. 그녀는 왼쪽 윗모서리에 있는 두 개의 작은 서랍의 손잡이를 잡아당겼다. 손잡이는 하트형 잎사귀 모양으로 구리로 만든 것이었다. 열린 서랍에서 그녀는 빗과 참빗, 비녀, 분합, 질이 낮은 연지, 립스틱과 크림파우더, 그리고 갖가지 크기의 머리핀과 낡은 헤어네트를 꺼냈다. 서랍이 열리자 야릇한 향기가 풍겼다. 이어 오른쪽의 여닫이문을 열고 어두컴컴한 상자 속의 상자에서 물에 담근 톱밥 한 접시를 꺼냈다. 그러고 나서 조우장씨는 서랍과 여닫이문을 하나하나 꼭 닫았다. 그녀는, 얼룩이 졌지만 표면은 매끈해서 영상이 아직도 정확하게 비치는 거울을 들여다보았다. 누렇고 길쭉하면서 각이 진 남자 같은 얼굴이 보였다. 눈과 머리칼만은 아름다웠다. 눈은 까맣고 반짝였으며 눈가에는 짙은 애수와 총기와 광기, 그리고 때 이른 초췌함이 어려 있었다. 머리칼은 숱이 많고 까맣고 기름지며 가늘었다. 그녀는 자신의 머리카락이 다른 사람들보다 좀 가는 편이라고 믿었다. 지나치게 높은 광대뼈와 지나치게 각이 진 턱, 그리고 지나치게 뾰족한 콧등은 모두 그녀가 싫어하는 것들이었다. 그녀는 이것이 '남편 잡아먹는' 상이라고 믿었고, 그녀가 평생토록 고통받고 불행해질 징조라고—아마도 그 근원일 것이라고 믿었다. 자기 얼굴을 자세히 살피자니 혐오스럽고 불쌍하게, 더 많게는 피곤하게 느껴질 따름이었다. 이 낯익은 얼굴을 그렇게나 많이 들여다봤지만, 그녀가 보고 싶은 얼굴을 보게 되는 경우는 너무도 적었다.

　그녀는 화장을 하기 시작했다. 하루 중 이때만은 일종의 신비로운 힘이 바야흐로 발효하고 축적되며 그녀를 재촉하는 것같이 느껴졌다. 심장의 박동이 빨라지는 게 느껴지고, 몸에서 열기가 피기 시작하며, 울고 싶고 목매고 싶고 세상을 한바탕 뒤집어놓고 싶은 강렬한 충동이 솟구쳐서 그녀는 차갑게 웃음으로써 스스로를 억제했다. 그녀는 먼저 손바닥에 물을 적셔 크림파우더를 얼굴에 골고루 바르고서 두 손으로 얼굴을 가볍게 두드렸다. 별로 힘을 주지 않은 것 같은데도 얼굴에서는 '팍, 팍' 하는 가느다란 파열음이 났고, 그 소리는 점점 더 커졌다. 이 소리에 니자오는 늘 가슴이 아팠다. 이모가 분명히 자기 뺨을 때리고 있는 거라고 생각되었던 것이다. 한 차례 두들

기고 나서 그녀는 분합을 집어 들었다. 그것은 두꺼운 종이로 만든 둥근 합인데, 뚜껑에 '현대 여성'의 얼굴 그림이 붙어 있었다. 그녀는 빈틈없이 꽉 닫힌 합을 용을 써서 열고 보들보들한 분홍색 분첩을 꺼냈다. 문틈으로 해서 실내로 비집고 들어온 햇살 속에서 분가루가, 그 미세하고 정처 없는 존재가 부침하기 시작했다. 징전은 취한 듯한, 경건하면서도 무한히 슬픈 표정을 띤 채 분첩에 분을 묻혀 얼굴에다 가볍게 두드렸다. 분첩의 야릇한 온유함은, 그 따스하면서도 부드러운 감촉은 운명이 그녀에게 유일하게 남겨준 따스하고 부드러운 것인 듯 느껴졌다. 그것이 볼의 부드러움을 느끼게 해주었다. 마음은 벌써 돌덩이처럼 굳어버렸지만 그래도 아직 부드러운 볼이 남아 있는 것이었다. 그녀는 거의 울음을 터뜨릴 뻔했다. 그녀의 눈은 눈물을 머금은 탓에 더욱 아름다워지기도 했고 더욱 초췌해지기도 했다. 그녀는 쉬지 않고 바르고 문지르고 두드렸다. 질이 나쁜데다 납 성분을 지닌 분은 그녀의 얼굴을 창백하게 만들었다. "얼굴에 회칠을 했네!" 이 말은 니자오와 누나와 엄마와 외할머니가 그 모습을 형용하며 비난의 뜻을 나타내는 핍진한 말이었다. 이모 지금 뭐 하는 거예요? '얼굴에 회칠을' 하는 거야. 그러면 니자오 같은 아이조차 울 수도 웃을 수도 없고 그저 한심하다는 표정을 지었다.

얼굴에 회칠하는 일이 끝났다. 연지와 립스틱을 바르기 시작했다. 이건 형식적인 것일 따름이었다. 사람들이 연지곽과 립스틱통에 아직 연지와 립스틱이 남아 있는지를 의심하는 데는 그럴 만한 이유가 충분히 있었다. 연지와 립스틱을 다 쓰고서 새로 사 넣은 뒤에도 징전의 얼굴에는 붉은 색깔이라곤 조금도 없었기 때문이다.

립스틱을 거두는 바로 그 순간에 광대뼈 위의 살과 피부가 미세하게 떨리자, 징전은 흥 하고 자신을 향해 코웃음을 쳤다.

조우장씨는 거울에서 외롭고 비참하고 절망적이며 잔혹한 자기 모습을 보았다. 그녀는 또 흥 하고 코웃음을 쳤다. 날 해코지하고 싶다 이거지, 네 술수에 걸려들었음 좋겠지, 내 가죽을 벗기고 내 힘줄을 뽑고 내 피를 빨고 내 살을 씹고 싶다 이거지, 너 드디어 눈이 멀었구나!

그녀는 두 눈을 부릅뜨고 격동해서 '썅' 하고 소리치며 거울에다 침을 퉤 뱉었다. 오랫동안 쌓여온 원한과 악독, 비애와 분노가 갑자기 솟구쳐 나왔다.

넌 정말 마음이 모질고 손이 독하구나. 안녕하세요, 당신? 담이 작으면 군자가 아니요, 독하지 않으면 장부가 아니니라! 사람을 죽이는 일은 머리를 땅에 떨어뜨리는 일에 지나지 않는다. 안타깝게 애걸해도 머물지 않는구나! 바람 드세고 하늘 높은데 원숭이 슬피 우네! 가없는 숲에 쓸쓸히 지는 잎! 그야말로 생리사별(生離死別)의 때로구나! 널 곤죽이 되도록 칼로 다지리라! 선악을 가리지 말고 다 죽여라, 닭도 개도 남기지 말아라! 시작했으면 끝장을 봐야지, 내가 천하의 사람들을 저버릴지언정 천하의 사람들이 나를 저버리게 하지 않으리! 군자의 복수는 10년이 걸려도 늦지 않다! 내가 지옥에 가지 않으면 누가 지옥에 가겠는가? 죽어서야 만사가 헛됨을 안다! 내가 만만해 보이니? 가위 학자 집안의 자제로다, 글을 알고 도리를 아는구나. 충후(忠厚)는 영원히 집안에 전해지고, 시서(詩書)는 영원히 세상에 이어진다. 방초가 푸르러 또 한 해가 오고, 폭죽 소리 속에서 한 해가 저무네. 사랑하는 부부도 만사가 헛되다. 굶어죽는 것은 작은 일이나 절개를 잃는 것은 큰일이다. 여자의 일생은 정절(貞節) 두 자 아닌 것이 없다. 물고기를 숨게 하고 기러기를 떨어뜨리는 미인, 달을 숨게 하고 꽃을 부끄럽게 하는 미인. 음, 음, 음. 작약이 피고, 모란이 피니, 붉은 꽃 한 덩어리네. 햇빛 화창하고, 봄 경치 좋으니, 만가지 새가 다투어 우네. 춘심(春心)을 꽃과 다투지 말라, 일촌상사(一寸相思)가 일촌회(一寸灰)로다. 결초함환(結草銜環)하여, 내세에 그대에게 보답하겠소. 양진미경(良辰美景)은 어느 세상이고, 상심낙사(賞心樂事)는 누구 집인가? 원한에는 상대가 있고, 빚에는 빚쟁이가 있는 법. 당신이 비바람 속에서 목숨을 잃을까 그것이 두려울 뿐, 홀로 쓸쓸히 지낸들 어떠리오!

이렇게 중얼중얼하며 토막난 문장들을 두서없이 외워대는 징전의 얼굴에는 고통스러운 표정, 슬픈 표정, 애석해하는 표정, 홀린 듯한 표정, 냉혹한 표정 등 온갖 표정이 나타났다. 그녀의 감정은 갈수록 격앙되었고, 그녀와 거울 속의 또 다른 그녀의 대화는 점점 더 뜨거워졌다. 눈썹을 찌푸리고 눈알을 굴리며, 이빨을 앙다물고, 온몸을 떨어대는 모습이 꼭 몸에 귀신이라도 들린 것 같았다. 그녀는 몸부림쳤고, 말하면서 온몸으로 용을 썼고, 위 아래 왼쪽 오른쪽 할 것 없이 사방에 대고 악착같이 침을 뱉었다—이때 이모 곁에 갔다가는 얼굴이 온통 침투성이가 될 것이 분명함을 니자오는 알았다. 바로 이때에는 이모를 멀찍감치 피해야 한다는 것을 집안 사람들은 누구나 다 알았다.

조우쟝씨는 쿵 하고 테이블을 치고 바닥에다 가래를 한 움큼 뱉고서는, 목을 놓아 울기 시작했다.

양심도 없는 금수 같은 년, 나같이 불쌍한 과부를 괴롭히다니! 사갈같이 악랄하고 오독(五毒)[10]을 합쳐놓은 것같이 지독한 년, 사람을 죽여도 눈 하나 깜짝 않을 년, 사람을 죽여도 피 한 방울 안 보일 년!

---

10 전갈·뱀·지네·도마뱀·두꺼비 등 다섯 가지 독벌레.

이리 와봐, 이리 와보라고! 덤벼! 덤비라고! 흰 칼을 붉은 칼로 만들 테다! 팔대 할애비 개잡놈까지 다 불러내봐! 안 덤비면 후레자식이다! 이 바람난 화냥년아, 조리돌림을 할 갈보년아, 인정머리 없는 더러운 년아! 불충 불효 불인(不仁) 불의(不義)하고 염치도 없고 마음이 흉악한 잡스런 년, 냄새나는 거지년, 강도년! 화살에 맞아 벌집이나 되라, 육시랄 년아, 차에 치여 죽어라, 벼락에 맞아 뒈져라, 목에 종기나 나고 배꼽에 고름이나 흐르고 뇌수를 다 빨려라, 죽으면 묻힐 땅도 없을 거다!

조우장씨의 음성은 그다지 크지 않았다. 그녀는 자기 목소리가 '중얼거리는' 정도의 크기를 넘지 않게 의식적으로 조절하고 있는 모양이었다. 그렇지만 그녀의 표정은 광기로 가득 찬 데다 무아지경에 깊이 빠진 듯한, 완전히 비이성적인 것이었다. 누구든 가까이 가 그녀의 모습을 본다면 오싹한 공포감을 맛볼 것이었다.

그녀는 마침내 조금씩 조용해지기 시작했다. 혼란한 슬픔과 광포한 소리는 공기를 진동시키고서 벌써 흔적도 없이 사라져버렸지만, 테이블이나 화장대, 그녀 근처의 방바닥, 그리고 그녀의 옷깃에는 그녀가 퉤퉤퉤 하고 뱉은 침의 흔적이 남아 있었다. 이때쯤 그녀는 거뭇거뭇한 수건을 마지막으로 한 번 더, 이미 차가워진 더러운 물에 적셨다. 그녀는 한 번 더 얼굴을 씻어 얼굴에 바른 화장품을 몽땅 씻어내려 했다. 화장품을 사용할 이유와 권리와 역사가 이미 다 끝나버려서 이제 화장품은 그녀와 무관하다는 것을 그녀는 잘 알았다. 방금 전의 화장은 옛날을 그리며 장례를 지내는 일종의 의식 같은 것이었다. 한 번 더 씻고 나면 '회칠 한 얼굴'은 누런 본모습을 회복했다.

그녀는 조용히 머리를 빗기 시작했다. 먼저 검은 돼지털 솔에 대팻밥 물을 적신 다음, 수지(樹脂)와 수교(樹膠)가 용해된 대팻밥 물을 머리칼이 축축하고 반짝이며 끈끈해지도록 바르고 나서, 빗(발이 성긴)으로 한번 빗으면 젖은 머리칼이 가지런해졌다. 그런 다음 빨간 셀룰로이드 비녀로 정중앙으로 가리마를 탔다. 이어서 발이 가는 참빗으로 머리칼을 한 차례 빗었다. 그러면 머리칼은 머리에 찰싹 달라붙은 것처럼 보였다. 그녀는 낡은 헤어네트로 정수리를 감싸고 거울에 요리조리 비추어보고서 머리칼을 말아올려 바나나 모양으로 크게 쪽을 지기 시작했다. 다 지고는, 거울 하나와 약간의 머리핀을 더듬더듬 찾아내어, 머리핀을 입에 문 채 한 손으로는 거울을 뒤쪽으로 가져가 바나나 모양의 쪽을 비추며 거울을 조금씩 움직여 눈앞의 거울을 통해 머리 뒤쪽의 거울 속에 비친 자신의 바나나 모양의 쪽의 모양을 살펴보았고, 다른 한 손으로는 입에서 머리핀을 하나씩 가져다가 적당한 자리에 꽂아 머리 모양을 고정했다. 머리를 빗으면서 그녀는 더 이상 중얼거리거나 허세를 부리지 않았다. 그러나 때때로 자기도 모르게 갑자기 웃거나 흥 하고 코웃음을 치거나 문득 한숨을 내쉬는 건 여전했다. 그 돌발적인 웃음과 한숨은 방금 전에 자기 자신에게 말하고 욕하며 마구 침을 뱉던 것과 마찬가지로 보는 사람의 머리털을 곤두서게 했다.

이것은 조우쟝씨―징전이 매일 아침 반드시 치르는 행사였다. 그녀는 아주 엄숙하고 진지하게, 무의식중에 이 모든 것들을 진행했다. 중병이 들어 고열이 날 때 말고는 하루도 예외가 없었다. 무슨 종교의 신도가 경건하게 기도하는 것 같기도 했고, 무당이 몸에 신이 들린 것 같기도 했다. 보통 1시간 반쯤 걸려야 정해진 순서에 따라 그녀의 의식이 끝났다.

그녀는 올해 우리 나이로 서른네 살이었다(이하, 나이는 모두 우리 나이다). 그녀는 열여덟 살에 결혼하여 열아홉 살부터 수절했다. 그녀의 말로는 '수절(守節)'이 아니라 '수지(守志)'였다. 그녀가 지조를 지키기로 결심하고서부터 일종의 힘이 그녀를 낚아채, 그녀는 매일 아침 세수하고 화장할 때면 이 유일무이한 절차를 다 밟아야만 했다. 그녀가 이 의식을 견지해온 것으로 말하자면 10여 년을 하루같이 했다고 할 수 있다.

제3장

언니인 조우쟝씨의 이 '아침 행사'에 충분히 익숙하고 또 그것을 충분히 존중했음에도(존중하지 않고 싶어도 어쩔 수 없었지만), 징이(靜宜)는 오늘 아침 징전의 화장 의식이 늦어지며 좀처럼 끝나지 않는 데 대해 자못 초조해했다. 징이는 징전보다 세 살 아래였는데, 몸집이 조금 작고 통통한 편이었고 눈도 좀 작았으며 얼굴 생김새는 징전과 완전히 달라서 앞이마가 톡 튀어나와 얼굴이 거위알 같았다. 징전의 외모가 강직하게 혹은 잔혹하게 느껴지고, 시시각각 차갑게 계산하고 있는 것같이 느껴진다고 한다면, 징이의 타원형 얼굴과 반짝반짝 하는 작은 눈은 천진하고 어리숙했고, 또 경박하고 고집스러웠다. 그녀도 잠 못 이루는 밤을 보낸 참이었다. 그녀의 남편 니우청(倪吾誠)이 또 집에 안 들어온 것이었다.

이것으로 사흘째였다. 이날 밤 그녀는 연옥을 경험하는 것 같았다. 두 달 전, 그녀는 요 1년 사이에 네번째로 서방(西房)[11]으로 옮겨 어머니 쟝자오씨(姜趙氏)와 언니 조우쟝씨와 함께 기거했다. 니핑과

---

[11] ㅁ자나 ㄷ자형 집의 서쪽 부분을 가리킴. 옛날에는 서상(西廂)이라 했음. 북쪽 가운데 부분은 정방(正房) 혹은 북방(北房)이라 함.

니자오 두 아이도 서방으로 데려왔고 니우청 혼자만 세 칸짜리 정방에 '고립'시켰다. 매일 끼니때만 아이를 시켜 먹을 것을 남편에게 보냈다. 그리고 어머니와 언니의 의견에 따라, 보내는 음식의 수준을 그녀들이 먹는 것보다 낮추었다. "그러지 않으면 집을 더 안 돌볼 거야!"라고 말하면서 징이와 징전, 그리고 그녀들의 어머니 쟝자오씨는 귀를 세우고 눈을 크게 뜨고 신경을 곤두세워 서방에서 북방의 동정을, 니우청의 집 안에서의 일거일동을 시시각각으로 주시했다. 어떻게 신문을 보고, 어떻게 책을 읽고, 어떻게 담배를 피우며, 어떻게 걸어다니고, 어떻게 눈썹을 찌푸린 채 문밖으로 나오는지, 어떻게 외출했다가 귀가하는지, 그리고 특히 어떤 손님이 오며 그가 어떻게 대접하는지에 일일이 주의를 기울였다. 살피기 쉽게, 한쪽 눈을 다 내놓을 수 있을 만한 크기로 창호지에 구멍을 뚫었다. 그녀들은 번갈아가며 이 구멍을 통해 니우청을 감시했는데, 그것은 마치 전문가가 접근할 수 없는 맹수를 관찰하는 모습이나 형사가 범인을 감시하는 모습, 혹은 어린아이가 자기가 좋아하는 신기하기 짝이 없는 장난감 인형의 희한한 동작에 온 정신을 쏟는 모습 같았다. 그녀들은 또 흰 천으로 커튼을 만들고 감시를 하지 않을 때는 그 커튼을 드리웠다. 이렇게 하면 여기에 감시용 눈구멍이 있다는 것을 안에서도 밖에서도 발견할 수 없을 것이었다. 감시를 시작하려면 이 흰 커튼을 살짝 들치기만 하면 되었다.

엄마와 이모와 외할머니가 하는 양을 배워 니핑과 니자오도 이 커튼 아래의 구멍을 통해 정방, 즉 아버지가 있는 방을 훔쳐보곤 했다. 누나 니핑은 대체 무슨 일이 어떻게 된 것인지 제대로 이해하지도 못하면서 동작에서 표정까지 어른들을 흉내 내려고 몹시 애썼다. 훔쳐보기 전이나 훔쳐볼 때나 훔쳐본 뒤나 그녀는 근심 어린 표정을 지었고 태도도 엄숙했으며 숨소리조차 크게 내지 않았다. 그녀는 이렇게 훔쳐보는 일이 무슨 위대한 일이거나 아주 위험하며 위대한 투쟁이거나 아니면 큰 죄악이라고 생각하는 것 같았다. 니자오는 커튼을 들치고 창호지에 눈을 대고서 한눈 한 번 팔지 않고 정방을 바라보고 아버지의 모습을 바라보는 걸 꼭 무슨 놀이를 하는 것처럼 몹시 재미있어 했다. 눈이 따가웠지만 여기에는 어떤 신비롭고 무서운 심상찮은 분위기가 있는 것 같았고 아이들은 이해할 수 없는 신기하고 예측을 불허하는 무엇인가가 있는 것 같았다. 흥미진진하게 정방의 아버지의 모습을 훔쳐보고서 교활한 표정을 하고 낄낄 웃으면서 돌아설 때 누나의 우울해하면서 책망하는 눈빛과 종종 마주치곤 했는데, 그럴 때면 자기가 무슨 잘못이라도 저지른 것 같아 그는 아주 분명하게 무거운 억압감을 느꼈다.

징이는 밤을 꼬박 밝히며 이번에 또 속고 조롱당하고 모욕받게 된 경과를 돌이켜보았다. 그녀와 남편 니우청의 불화는 이미 거의 1년을 끌어온 것이었다. 두 달 전에 그녀는 세번째로 남편을 '피했다.' '피하는 것'은 이제 그녀가 니우청과 '투쟁'하는 한 수단을 가리키는 고유 명사가 되어버렸다. 그것은 아이들을 데리고 서방으로 옮겨가 어머니와 언니와 함께 사는 것을 뜻했다. 2주일 뒤, 남편이 그녀와 이야기를 좀 해야겠다는 전갈을 아이를 통해 보내왔다. 그녀는 굳은 표정으로 입을 삐죽 내밀고 고개를 숙인 채 정방으로 들어갔다. 니우청은 "미안해요, 미안해"라고 하고서 또 뭐라고 약간 더, 혹은 많은 다른 말을 한 것 같은데, 그녀의 귀에는 하나도 들리지 않았고 또 기억나지도 않았다. 바로 그때, 어떤 말보다도 더 강렬하고 사람의 마음을 더 감동시키는, 기적이라고 할 만한 일이 생겼기 때문이다. 남편은 사과하면서 주머니에 손을 넣어 잠시 쑤석거리더니 거기서 전서체(篆

書體)로 새긴 그의 타원형 상아 도장을 꺼내어—고개를 숙이고 있기는 했으나 징이는 이 모든 동작을 다 볼 수 있었다—친절하면서도 결연한 태도로 그 도장을 징이의 손에 쥐어주었던 것이다.

많은 세월이 지나고서 니자오는 언어학자가 되었다. 그는 '보디랭귀지'라고 불리는 외국인들의 화법이 말하지 않고 표정이나 손짓·자태·몸짓 그리고 옷차림·액세서리 등으로 일정한 뜻을 표현하는 것임을 안다. 그때 니우청의 도장 꺼내기는 바로 이 '보디랭귀지'의 위력을 유감없이 보여주었다.

한 가닥 따스한 기운이 곧 징이의 심신을 덥혀주었다. 목석 같은 사람이라도 감동할 것이 분명했다. 모든 투쟁은 그 근저에 있어서 경제적 이익을 위한 투쟁이다. 징이는 무슨 이론이라곤 아는 바 없었지만, 이 일종의 '유물(唯物)'의 원리를 몸으로 실행했다. 1년 동안 진행된 감정 투쟁과 성격 투쟁, 생활 방식의 투쟁이 필경 대적을 맞이한 듯하고 대재난에 봉착한 듯한 '반(反)외도' 투쟁으로까지 번지게 되었지만, 그 근저에 있는 것은 여전히 경제—돈이었다. '반외도'로 말하자면, 만약 니우청이 연합준비은행의 화폐를 다달이 충분히 가져왔더라면, 니우청이 금쪽 아니라 은전만이라도 가져왔더라면, 니우청이 어느 여자와 놀아났으며 댄스홀에 갔다거나 기생집에 갔다거나 하는 소식이 들려왔다 하더라도, 내심 괴로워하기는 하겠지만, 필경 그녀는 부도(婦道)를 지키기로 스스로 다짐할 수 있을 것이고 따라서 싸울 리도 없고 더더구나 그를 '피할' 리도 없을 것이었다. 그녀의 절친한 친구들은 남자의 외도는 남자 자신의 일이라고 말했다. 하물며 니우청은 멋쟁이인데다 풍채가 늠름하지 않은가. 남자가 '외도'를 한다는 것은 심지어는 마누라의 영광이기까지 하며 마누라가 남자의 상투를 틀어쥐고 우위를 차지할 중요한 기회를 제공해주는 것이었다. "그렇지만 두 달 동안 돈 한 푼 안 갖고 왔다니까!" 징이는 즉각, '외도에는 까닭이 있다'라거나 '외도에는 이로움이 있다'라거나 '외도는 영광이다'라는 논리가 남편 니우청과 그녀에게는 적용되지 않음을 증명하는 유력한 논거를 내놓았다(물론 그녀의 그 논거는 과장된 것이었다. '두 달 동안 돈을 주지 않았다'고 했지만, 사실은 첫 달엔 보통 때보다 준 게 적었고 둘째 달엔 더 나빠져서 좀더 적었던 것이다). 이렇게 말하면, 그녀는 물론이고 그녀의 절친한 친구들까지 다들, 니우청을 가증스럽게 여겼고, 니우청이 천리(天理)를 어긴다고 생각했으며 니우청이 '외도' 값도 못하는 걸, 값도 못하면서 놀아나는('외도'하며) 걸 창피한 일이라고 생각했고, '이걸 참을 수 있다면 무엇인들 못 참겠는가' 하고 분개했다.

　니우청은 두 대학에서 강의를 맡았는데, 두 대학의 월급을 전서체로 새긴 타원형 상아 도장 하나로 수령했으므로 이 도장을 징이에게 준다는 것은 두 곳의 월급을 수령하여 관리하는 권한을 징이에게 준다는 것을 뜻했다. 징이로서는 꿈에도 생각지 못했던 일이었다. 자기 남편이 백에 하나 있을까말까 한 좋은 남편이어서 월급을 받았다 하면 몽땅 다 그녀에게 갖다 주고 그러면 그녀가 남편에게 일정한 액수의 용돈을 떼어주고 하는 것을 그녀는 꿈꾼 적이 있었다. 그런 좋은 남편을 그녀가 착취할 수는 없을 터였다. 오히려 자신은 굶주림을 참더라도 그 남편을 멋지게 치장해주고 용돈도 충분히 줄 것이었다—친정에서 오는 수입이 있다면 그것으로 남편의 용돈을 더 늘려줄 수도 있을 것이었다. 이런 생각을 하노라면 그녀는 언제나 눈에 뜨거운 눈물이 그렁그렁해졌다. 문제는 '권한' 두 글자에 있었다. 그녀는 그러한 재권(財權), 즉 돈의 권한을 획득하여 행사하기를 갈망했다. 돈 문제는 금세 권한의 문제로 바뀌었다.

그러나 아니었다. 그녀는 그런 남편을 찾지 못했다. 그녀가 심기를 다하고 온갖 힘과 술수를 다 써도 니우청을 그런 남편으로 바꿀 도리가 없었다. 니우청의 사람됨은 그런 남편과는 멀어도 한참 멀었다.

그런데 오늘 갑자기 해가 서쪽에서 뜬 것이다. 그녀는 자기 눈을, 자기 손을 믿을 수가 없었다. 손바닥에는 그 작은 도장이 맡겨져 있었다. 차가운 상아가 오히려 손을 델 듯 뜨거웠다. 이것은 니우청이 면모를 혁파하고 마음을 씻었으며, 환골탈태하였으며, 후천개벽하듯 새 사람이 되었다는 것을 의미했다. 황당하던, 허황하기 짝이 없고, 구름 낀 산, 안개 낀 못처럼 종잡을 수 없고, 주색에 빠져 집안과는 담쌓고 지내던 남편이 갑자기 1분도 안 되는 사이에 특급 남편으로 변했다. 그녀는 현기증이 날 정도로 기뻤다.

1분 동안, 징이의 얼굴은 긴장하여 창백해졌다. 그녀는 확실히 이게 꿈인가 생시인가를 열심히 따져보고 있었다. 1분 뒤에 그녀는 사람이 변했다. 웃음이 그녀의 얼굴을 복숭아꽃으로 만들었다. 그녀는 흥분해서 가쁜 숨을 쉬며, 계란 두 개 삶아 먹겠느냐고 남편에게 급히 물었다. 그녀는 이야기보따리를 풀었고, 드디어 고향의 C현 제일중학에서 두 사람이 처음 만나 '선을 보던' 광경을 회상했다. 그 다음엔 후스(胡適)를 이야기했고 루쉰(魯迅)을 이야기했다. 그 다음엔 왕이탕(王揖唐)과 왕커민(王克敏)을 이야기했다. 그 다음엔 물표도 사야 하고 양동이 새는 것도 때워야 한다고 말했다. 그 다음엔 허베이(河北) 방자희(梆子戱) 「큰 나비 술잔(大蝴蝶杯)」에서 명배우 금강찬(金剛鑽)의 힘찬 목소리가 꼭 금강석 송곳같이 하늘을 찌르더라고 말했다. 그리고 나서 니핑과 니자오를 불렀다. 그녀는 니우청이 여차하면 시위하듯 눈썹을 찌푸리는 데 대해 언제나 대단히 민감했고 또 그것 때문에 대단히 가슴 아파했으면서도, 이번에는 그녀가 말할 때 니우청이 눈썹을 잔뜩 찌푸리는 데 대해 별로 마음을 쓰지 않았다. 그녀는 니우청이 그녀의 말에 대해 아무런 흥미를 느끼지 않는다는 것을 알아채지 못했고 또 알아차리려 하지도 않았다. 아이들을 불러 오고서야 니우청의 얼굴에 웃음기가 나타났다.

그녀가 그것에 마음을 쓸 생각을 않은 것은, 도장이 웃는 얼굴보다 더 중요했기 때문이었다. 그녀는 서방으로 달려가 즉각 이 엄청난 희소식을 언니와 엄마에게 알렸다. 늙고 젊은 두 과부가 믿지 않자 그녀는 도장을 꺼냈고, 도장을 살펴본 뒤에야 그녀들은 이것이 사실임을 확신했다. 그리고는, 바로 5분 전에 셋이서 함께 인간이 할 수 있는 가장 악독한 말로 이 도장의 주인을 저주했던 것은 까맣게 잊어버리고 입을 모아 칭찬했다. 그뒤로 징이는 다시 북방으로 돌아왔고, 아이들도 북방의 건넌방으로 데려왔다. 이 모든 것은 다 아주 자연스러운 변화였고, 진심에서 우러난 것이었다. 남편이 남편다운 남편이 되었으니 아내도 아내다운 아내가 되고 아이도 아이다운 아이가 되는 것이었다. 위대한 '복귀'는 이렇게 이루어졌다. 기실 징이는 이토록 솔직하고 천진했으며, 그녀의 요구란 것도 이처럼 가련한 것에 지나지 않았다.

흥분도 되고 기쁘기도 했다. 아주 잠깐이었지만, 어떻게 기뻐해야 좋을지 모를 정도로 기뻤다. 그러나 그녀의 기쁨은 니우청의 반응을 얻지 못했다―도장을 내주고 마음이 아픈 것인지도 모르고, 후회가 되고 사뭇 미련이 남는 것인지도 모른다고 그녀는 생각했다. 그러나 그녀는 여전히 만족스러웠다. 돈을 주고 집안을 돌보고 싸우지 않고 생계를 꾸리고 아이들을 키우는 것, 이것이 삶이었다. 이것이 그녀가 니우청에게 요구하던 것의 전부였다. 그뒤로 그녀는 허베이 방자희를 콧노래로 부르는 데 취미를 붙였다. 주로 박자와 곡조가 흐느끼는 듯, 울부짖는 듯했기 때문에 무슨 노래를 부르든 간에 영혼을 사로잡는 격동적인 분위기를 냈다.

　　이 몸이, 이당(二堂)에서,
　　눈으로 살펴보니,
　　이당에는, 무릎 꿇은,
　　아름다운―여인!

그녀는 마르고 닳도록 이 가사로 노래를 불렀다. 곡조는 변하기도 하고 다시 원래 곡조로 되돌아오기도 했지만, 가사는 언제나 똑같았다. 그러나 그녀는 이 가사가 무슨 뜻인지는 아예 생각해본 적이 없었다.

니우청은 도대체 연극에 나오는 노래라곤 부르지도 않았고 연극 구경이라곤 가지도 않았다. 그가 유일하게 부를 줄 아는 노래는 악비(岳飛)의「만강홍(滿江紅)」전반부뿐이었다. '화가 나 머리털이 곤두섰구나'에서부터 '검은 머리 희어진 뒤에 헛되이 슬퍼하지 말지라'까지만 부를 줄 알았다. 그가 좋아하는 것은 몹시 혀 꼬부라진 발음으로 영어와 프랑스어와 라틴어를 하는 것이었다. 그가 외국어를 할 때면, 징이는 그게 살쾡이 울음소리를 듣는 것보다도 더 혐오스럽고 불길하게 느껴졌다. 그의 외국어에 그녀는 구역질이 났다. 그러나 징이가 노래를 할 때면 이번엔 니우청의 입이 겹나게 삐죽거렸다.

도장을 얻은 뒤 아침부터 저녁까지 흥얼흥얼 노래부르며 기뻐하는 징이를 보노라니 니우청은 자신이 수렁에라도 빠진 듯한 느낌이었다. 결국 니우청은 화를 내면서 다시는 '무릎 꿇은 아름다운 여인'을 부르지 말라고 징이에게 엄중히 요구했다. 옛날 같으면 징이는 절대로 이런 간섭을 용납하지 않고 어김없이 대들었을 것이었다. 그러나 '도장'의 위력으로 말미암아, 이번엔 태연히 눈만 흘겼을 뿐 아무 소리도 하지 않았다.

마침내 월급날이 되었다. 그 전날 밤 니우청은 옌징(燕京) 대학의 무슨 파티에 간다며 집에 들어오지 않았다. 원래 징이가 가장 의심스러워하고 가장 싫어하며 가장 괴로워하는 것이 남편의 외박이었지만, 이번에는 다음 날이 바로 월급이 나오는 좋은 날이었고 그녀가 월급 수령권을 장악하고 있었기 때문에 그냥 참았다. 다음 날 징이는 아침 일찍 일어나 화장을 하고서 옷을 갈아입었다. 몇 번이나 옷을 바꿔 입어보았지만 마음에 드는 것이 없었다. 그녀는 학교에 가서 사람들에게 니우청 강사의 부인으로서 부끄럽지 않은 인상을 주고 싶었다. 그녀가 주는 인상이 좋으면 좋을수록 사람들은 그녀를 동정하고 니우청의 황당함을 책망할 것이다. 만약 그녀의 모습이 시골 항아리에 3년쯤 담가놓은 소금에 절인 무 덩어리 같다면, 사람들은 니우청이 '외도'하는 걸 그럴 법하게 여길 것이다. 몇 번이나 바꿔 입어보다가 결국은 몸에 맞지도 않는 치파오(旗袍)[12]를 억지로 입었다. 그리고는 구두 문제로 골머리를 앓았다. 구두를 신을 때마다 발이 아팠다─그녀는 전족을 했었는데, 넉 달 만에 풀어버렸다. 전족을 했던 일을 그녀는 전혀 기억하지 못했다. 정말 이상한 일이었다. 어렸을 때 전족하기 이전과 이후에 생긴 일들은 다 기억이 났는데 유독 어떻게 전족을 했었는지는 기억나지 않았다. 그녀에게 보이는 것은 단지 아치형으로 불룩 솟은 한 쌍의 발등과 뼈가 손상된 좌우 각 네 개의 발가락뿐이었다. 그 발가락은 완성된 전족처럼 발바닥 아래로

---

[12] 일종의 원피스로, 원래 만주족의 부인 의복으로 청나라 때부터 중국인에게 일반화된 복장이다.

까지 휘지는 않았지만, 네 개의 작은 단추같이 구부러져 발톱만 있고 발가락 자체는 없는 것 같았다. 이런 발에 구두를 신는 일은 쉽지 않았다. 그래도 그녀는 조그맣고 영롱한 빛의 비단을 씌운 구두를 샀다. 이런 구두를 신으려면 발가락 앞에 솜을 잔뜩 넣어야 했다. 구두를 신고서, 그녀는 테가 없고 다리에 금도금을 한 도수 없는 안경을 썼다. 거울에다 대고 요리조리 비추어보니 보면 볼수록 어설펐지만, 달리 뾰족한 수가 없었으므로 염치 불구하고 뛰쳐나갔다.

그녀는 인력거를 불러 사범대학으로 갔다. 위축되는데다 흥분되면서도, 월급 수령권을 행사하고 싶은 욕망의 힘에 떠밀려, 불퇴전의 기운이 자기도 모르게 끊임없이 솟구쳤다. 그녀는 학교 사무처 경리과로 들어갔다. 입구에는 미혼인 듯한 예쁘장한 여자가 거울을 들여다보며 입술에 립스틱을 칠하고 있었다. 이게 '꽃병'이로구나. 징이는 생각했다. 그녀는 『369』 화보에서 이 말을 본 적이 있었다. 큰 회사나 관청, 대학, 은행에서 이런 사람을 몇 명 두어 꽃병처럼 진열해 놓는다는 것을 그녀는 알고 있었다. 그러면서 그녀는 본능적으로 일종의 위험과 일종의 반감을 느꼈다. 남편이 나가는 학교에도 이런 꽃병이 있었구나! 남자들이 사악한 길, 나쁜 길로 빠지는 게 이상할 것도 없었다. 『서유기(西遊記)』에 나오는 거미 요정같이, 그녀들이 내뿜는 거미줄과 그녀들이 짠, 발을 옭아매는 독그물이 도처에 널려 있을 것이다. '꽃병'을 힐끗 쳐다보니, 그 용모와 몸매가 그녀의 눈을 어지럽히고 가슴을 뛰게 했는데, 그 당혹감 속에는 약간의 선망도 포함되어 있는 것 같았다.

징이는 실내를 자세히 살피고는 곧장, 책상을 내려다보며 주판을 퉁기고 있는 중년 남자에게로 갔다. 이 남자야말로 고생고생해가며 일하는 사람이라고 그녀는 직관적으로 판단했다. 그녀가 다가가자 그 남자가 고개를 들었는데, 그제서야 그 사람이 다래끼가 나 오른쪽 눈 아래 눈꺼풀에 울긋불긋한 큰 종기 때문에 눈을 제대로 뜨지도 못하는 몹시 가련한 꼴을 하고 있는 게 보였다.

"중문과 강사 니우청씨 부인인데, 월급을 받으려고 왔는데요······ 이제부턴 저더러 받으라고 하셨는데······ 도장을 주셨어요······" 말을 마치고서야 그녀는 자기가 쓸데없는 말을 했다는 생각이 들었다. 그럼에도 그녀는 더 말하고 싶었고, 얼굴이 누렇게 뜬 이 남자의 다래끼에서 친절하고 믿을 만하다는 느낌을 받았다.

다래끼가 난 사람이 게을러빠진 동작으로 손가락질을 했다.

그녀가 손가락 방향으로 돌아보니, 바로 입구의 '꽃병'이었다.

'다래끼'는 고개를 숙이고 계속해서 몇 번 주판알을 퉁기다가 고개를 들어 징이가 아직도 자기 책상 앞에 서서 머뭇거리고 있는 것을 바라보았다. 그는 손가락으로 '꽃병'을 한 번 가리키고는 낮은 소리로 말했다. "미스 류(劉)한테 가서 말하세요." 말을 마치자 그의 안면 근육이 고통스럽게 경련했다. 다래끼가 나면 아프고 어지러운 법이었다.

징이도 늘 다래끼가 났다. 어려서부터 해마다 봄이면 한 차례씩 났던 것 같다. 열세 살 되던 해에는 특히 심했었다. 그녀의 오른쪽 눈꺼풀에는 자세히 살피지 않으면 보이지 않을 정도로 작은 흉터가 있었는데, 바로 그때 다래끼가 났던 흔적이었다.

그녀의 두 아이도 늘 다래끼가 났다. 지금 식구들 중에는 오직 니우청만 다래끼가 난 적이 없었다. "더러워서 그래, 깨끗이 씻질 않으니까 말야!" 니우청은 언제나 이렇게 오만하고 마음 상하게 하는 어조로 그녀와 아이들의 다래끼를 비난했는데, 이것도 징이의 가슴을 몹시 아프게 하는 일 중의 하나였다. 그녀는 귀족이 천민을 욕하는 듯한 니우청의 그런 태도를 받아들이는 수밖에 없었다.
 징이는 미스 '꽃병'에게로 가, 두서없이 더듬더듬하며 자신의 신분과 목적을 이야기했다. 그녀가 말을 마치기도 전에 '꽃병'이 말을 잘랐다. "니선생님 월급은 벌써 받아갔어요."
 '꽃병'의 발음에는 이 틈새로 해서 밖으로 밀어내는 듯한 쇳소리가 있어서, 치음이 아닌 소리도 치음으로 변했다.
 "뭔 소리요?" 얼굴이 화끈하면서 징이는 고향 사투리를 썼고, 그래서 아침 내내 애써 치장해서 힘들여 빚어낸 대도시 현대 여성의 모습은 부서져버렸다.
 '꽃병'은 귀찮아하면서 서랍을 하나 열었다가 찍 하는 소리를 내며 다시 닫았다. 다시 서랍 하나를 열었다가 찌직 하는 소리를 내며 다시 닫았다. 세번째로 서랍을 열고서야 장부를 하나 꺼냈다.
 징이는 가시방석에 앉은 것 같았다. 서랍을 여닫는 소리가 그녀의 신경을 콕콕 찔렀다. 그녀는 이 '꽃병'과 싸우고 있다는 생각이 들었고, 그러자 잔뜩 화가 난 말이 가슴속에서 목구멍으로 치솟았다. 그녀는 가슴이 답답해졌고 목구멍이 꽉 막혔다.
 '꽃병'은 한 페이지를 찾아내고서, 자신만만하게 해명했다. "월급 나가는 날짜가 바뀌었어요. 원래보다 일주일 당겨졌거든요. 보세요, 니선생님은 벌써 받아갔잖아요."
 징이는 네모난 도장을 멍청히 바라보았다. 전서체를 음각으로 구불구불하게 새겼는데 뭐라고 썼는지는 알 수 없었다.
 "그렇지만 도장을 나한테 줬는데, 난 부인이에요, 열여덟 살 때 결혼했는데, 부인은 나 하나밖에 없단 말예요……"라고 말하면서 그녀는 십몇 일을 무슨 보물 보듯 하며 보관해온 타원형 도장을 내밀었다.

"니선생님은 벌써부터 이 도장 안 써요. 돈을 주고받으면서 우리에게 찍어주는 도장은 이⋯⋯" '꽃병'의 어조는 좀 부드러워진 것 같았는데, 쇳소리가 적어진 대신 동정하는 기색이 많아졌다. 그녀는 귀를 찌르는 찌직 소리를 내면서 손 가는 대로 다른 한 서랍을 열고, 도장이 가득 찍힌 장부를 꺼내 니우청이 남긴 인감을 찾아냈다. 과연, 네모나고 전서체에 음각이었는데, 월급 수령 장부에 찍힌 것과 똑같았다.

"그렇다면⋯⋯ 그 흉악한 사람이 날 속였어요!" 징이는 금세 눈물을 흘리며 소리쳤다.

'꽃병'은 생긋 웃고는 눈을 깜박였다.

'다래끼'가 얼굴을 돌려 침울하게 이쪽을 바라봤다. 그러는 모습이 이런 식의 불행한 장면을 늘상 보아온 것 같았다.

머리가 하얗게 센데다가 동그란 돋보기를 쓴 노인이 마른기침을 두 번 했다.

"당신들은 몰라요. 니우청은 집도 안 돌보고 아이도 안 돌봐요, 우린 결혼한 지 10년이 됐는데⋯⋯ 외국 유학도 우리 친정 돈으로 해놓고⋯⋯" 징이는 울기 시작했다. 다른 사람들을 향해, 사회를 향해 니우청의 후안무치함을 고발하는 것은 이번이 처음이 아니었다. 징이는 자신의 반응을 아주 분명하게 나타냈다.

"니부인, 그만 하시오⋯⋯ 여기는⋯⋯" 마른기침을 하던 늙은이가 동정하지만 어쩔 수 없다는 듯이, 이곳은 집안일을 이야기하는 곳이 아니라는 뜻을 표시했다.

결혼한 뒤로, 특히 최근 1년 남짓 동안에, 말싸움에서부터 때리고 맞는 것까지 징이는 니우청과 싸운 게 대체 몇 번이나 되는지 헤아릴 수조차 없었다. 그때마다 징이는 폭발해버릴 것만 같은 기분이었다.

그녀는 분했고, 한스러웠고, 치욕스러웠고, 온몸이 금세 터져버릴 것 같은 예감이 들었다. 왜 이따위 남편에게 시집을 왔단 말인가! 사람 노릇 하나 안 하고 인격이라곤 눈곱만큼도 없는데! 니우청은 영원히, 경멸하고 불쌍해하는 오만하기 짝이 없는 눈빛으로 그녀를 쳐다보았다. 이 눈빛을 보는 순간, 그녀는 그가 외출했다가 자동차에 치이기를 진심으로 빌었다! 니우청이 길을 가다가 질주하는 자동차에 정면으로 부딪힌다, '쿵' 하는 소리와 함께 니우청이 땅에 곤두박인다, 자동차 바퀴 아래 깔린다, 자동차의 네 바퀴가 니우청의 머리와 가슴과 배와 사지를 짓뭉갠다. 또 '쿵' 하는 소리가 나면서, 니우청의 뇌수가 터진다, 찌직, 바퀴가 가슴을 뭉갠다, 창자를 박살낸다, 팔다리를 자른다, 붉은 피와 흰 뼈가 모조리 밖으로 터져나온다…… 이 얼마나 장려하고 통쾌하기 짝이 없는 장면인가, 하늘도 무심하지 않구나!

하늘은 무심했다! 그녀는 니우청 이 건달놈, 이 악당놈에게 또 속았다. 얼마나 멋지게 속았는가! 어떻게 그렇게 경솔하게 믿었단 말인가, 이 사람 같지 않은 놈의 말을 사람의 말로 믿다니! 금세 웃음을 바치고 모든 걸 다 바쳤으니, 제 손으로 제 따귀를 때려도 쌀 등신이다! 찰싹! 찰싹찰싹! 찰싹찰싹찰싹! 속고 사기당하고 체면 깎이고 창피당하고, 그것도 사범대학의 '꽃병'하고 '다래끼' 앞에까지 가서 창피한 꼴을 당하다니, 정말로 망신살이 뻗칠 대로 뻗쳤다…… 얼마나 제 손으로 저를 때리고 땅바닥에 뒹굴고 사범대학 사무처에서 그냥 콱 죽어버리고 싶었던지!

집에 돌아와 전말을 고하자, 모녀 세 사람은 금세 야단법석을 떨었다. 징이는 하소연하면서 울고, 징전은 뼈마디가 앙상한 손으로 오른손 무명지와 중지의 손톱에 피가 맺히도록 탁자를 쳐댔다. 징전은 큰 소리로 욕하면서 오늘 저녁 '그 죽일 놈'이 돌아오기만 하면 "내가 그놈 피로 흰 칼을 붉은 칼로 만들 테다" "내 동생을 속이는 놈은 목줄기를 물어 끊어버릴 테다" "피는 피로 갚을 테다"라고 말했는데, 그녀의 분기탱천한 불같이 격렬한 언어에 막 하소연하고 있던 징이까지도 오싹해졌다. 징전은 하겠다고 하면 뭐든지 하고야 마는 사람이었다. 조그마하면서 위엄 있고 아직도 활기를 잃지 않고 있는 노부인 쟝자오씨는 그다지 큰 소리는 아니었지만 완벽하게 악독한 저주를 퍼부었다. 니가 놈을 편하게 죽이면 안 돼, 능지처참에, 토막을 치고, 피칠갑을 하고 부들거리게 해야지…… '피칠갑을 하고 부들거린다'는 것은 사투리로 사람이 죽을 때 경련하는 모습을 형용하는 것이었다. 사람을 욕하는 데 이토록 생생하고 선혈이 낭자한 것으로 보아 그 원한이 얼마나 깊은지 알 만했다. 그러고서 그녀는 머리끝부터 발끝까지, 마음 씀씀이부터 자세까지, 피부에서 골수까지 욕을 했다. 피부는 '옴이 올랐고 부스럼이 났고 버짐이 피었고 습진이 났'으며 또 '종기가 났고 썩어 문드러졌고 피딱지가 앉았고 고름이 흘렀고 껍질이 벗겨'졌다. 욕이 이렇게 자세하고 예리한 데에는 나름대로 근거가 없는 것이 아니었다. 쟝자오씨는 니우청의 목뒤에 버짐이 핀 걸 알았기 때문에 피부 쪽에 치중해서 욕을 한 것이었다. 이런 욕을 쟝자오씨의 고향에서는 보통 욕과는 달리 '비는 욕'이라고 불렀다. 욕을 하면서 그녀는 "죽일 놈의 니가 놈에게 들어맞아라"라는 말을 끊임없이 덧붙였다. '들어맞는다'는 것도 고향 사투리로, 욕하면서 '비는 것'이 적중되어 저주가 현실로 변한다는 뜻이었다. 누구든 이들 모녀 세 사람이 욕하고 말하고 우는 소리를 듣는다면, 그 말의 내용을 듣는다면 놀라자빠질 것이었다. 그러나 세 사람이 이렇게 같이 니우청을 욕한 게 이번이 처음이 아니었기 때문에, 그 예리하기 짝이 없는 언어를 서로 듣다 보니 금세 자극이 격감했다. 니자오와 니핑이 학교에서 돌아왔을 때는 그 간담을 서늘하게 하는 욕의 합창도 끝나 가고 있었는데, 니자오와 니핑은 긴장이 되면서도 워낙 습관이 되어 조금도 이상하게 여기지 않았다.

"내가 말했잖니, 이놈은 사람도 아니라서 믿어서는 안 된다고 말이다, 한 마디도 믿어서는 안 돼!" 쟝자오씨가 마지막으로 가라앉은 어조로 결론을 지어 말했다. "그에게 화를 입히면 돼, 손(불리하게 만들고 미움을 받게 만든다는 뜻)을 입히면 된다고! 우리 모녀를 만만하게 보면 안 될 걸! 네가 우릴 속이면 우리도 널 속일 거야! 우리에게 잘해주지 않음 우리도 잘해주지 않는다고! 우릴 괴롭히면 우리도 괴롭힌다고!"

'화를 입힌다'는 사투리도 타동사로서 여론으로 책망하고 여론으로 공격해서 사람의 명예를 더럽힌다는 뜻으로 쓰였다. '그에게 화를 입히자'고 쟝자오씨가 주장한 것도 이번이 처음이 아니었고, 징전과 징이가 좋다고 나선 것도 이번이 처음이 아니었다. 그러나 언제나 막상 행동에 옮길 때가 되면 징이는 중도에 그만두었다. 그녀는 어쨌든 니우청의 첫 아내였다. 그녀에게도 그 하나뿐이고 그에게도 그녀 하나뿐이었다. 이제 와서 바꿀 수는 없는 일이었다. 운명과도 같이, 성별이나 출신과도 같이, 혹은 삶과 죽음과도 같이 그녀에게 주어진 역할이 있을 뿐이었다. 그녀의 유일한 친언니 징전―조우쟝씨가 결혼한 지 여덟 달 만에 남편과 사별한 것처럼, 어머니 쟝자오씨가 아들이 없어 '대가 끊기고' 그녀들 세 사람만이 남아 서로 의지하며 살아가는 것처럼, 그녀가 니우청 같은 좋은가 하면 나쁘고 나쁜가 하면 좋은, 나귀도 아니고 말도 아닌, 사람도 아니고 짐승도 아닌 남편에게 시집온 것도 그녀의 운명이었다. 그녀는 그를 원망했다. 남편만 생각하면 눈물 콧물과 함께 통곡이 나왔고 이가 갈렸다. 그렇지만 그녀가 바라는 것은 그가 없어지는 게 아니라 마음을 돌리는 것이었다. 처음 만났을 때 훤칠하고 영준한 니우청의 모습에서 받은 충격을 그녀는 잊을 수 없었다. 니핑을 낳기 전 니우청이 그녀를 베이징으로 데리고 가 학교 다니던 때에 함께 보낸 그 즐거웠던 날들을 그녀는 잊을 수 없었다. 당시엔 그 즐거운 날들이 몹시 생소하기만 했고, 심지어는 그때 도서관에 들어가거나 강의실에 들어가 루쉰과 후스의 강연을 듣는 쟝쥥이가 결코 쥥이 자신이 아닌 것처럼 느껴졌었지만 말이다. 그러나 이제는, 그 시절 생소함만을 느끼던 당시의 니우청과 쟝쥥이는 이미 구름이나 안개가 흩어지듯 사라져버리고 아무런 자취도 남지 않았다. 이 모든 것들은 다 숙명이었다. 이렇게 될 줄을 벌써부터 알고 있었던 것만 같았다. 이 모든 것들이 이렇게 끔찍히 변해버린 걸 생각하면 그녀는 이가 시리고 아팠다. 그녀는 정말로 니우청을 물어뜯고 싶었다. 피가 나고 살점이 뜯기도록! 그러나 아니다, 그녀와 조우쟝씨는 다르다. 그녀는 결코 그의 목줄기를 물어 끊고 싶어하지는 않았다. 목줄기를 물어 끊어버린다면 그녀는 어떻게 하란 말인가? 차에 치여 죽어버리라고 남편을 진심으로 저주하기도 했었지만, 밤에 홀로 깨어나서는 남편에게 그녀와 그녀의 언니 · 어머니의 저주가 실현될지도 모른다는 생각에 그녀는 몸서리를 쳤다. 그녀는 어머니 · 언니와 함께 그토록 진심으로 니우청을 저주했었고, 그토록 악랄하게 비는 욕을 했었다. 그녀는 그것들이 물질적 힘으로 바뀌어 니우청의 운명에 정말로 영향을 미칠 거라고 믿었다. 지성이면 감천인 법, 그녀는 저주에 무시무시한 신비스런 힘이 있다고 믿었다. 특히 어머니와 언니 같은 늙고 젊은 두 과부의 '비는 욕'은, 이 두 여자의 축원과 기도와 저주와 그 음산한 감정과 동작은 절대로 등한시해서는 안 되는 것이었다. 그렇다, 니우청은 언제든지 차에 치일 수 있고, 언제든지 종기가 날 수 있고, 언제든지 살갗이 문드러질 수 있다. 그렇게 되면, 그녀는 금세 그 집안의 세번째 과부가 되어버릴 터였다. 그녀가 지금 아무리 어렵고 괴로운 상황에 있더라도 세 모녀 중에서 형편이 제일 좋은 사람은 역시 그녀였다. 그녀에게는 훤칠한 남편이 있었다. 그녀에게는 아들 니자오가 있었다. 물론 딸도 하나 있었다. 문제는 아들이 아직 너무 어리다는 거였다. 10년만 지나면, 그래서 니자오가 성인이 되면, 그녀는 더욱더 진심으로, 처음부터 끝까지 일관되게, 니우청이 하루라도 빨리 죽어버렸으면 하고 축원―저주할 수 있을 것이었다. 그러나 지금은 안 된다. 어떤 때는 그녀의 두 지주인 어머니와 언니에게 은밀한 반감을 품기도 했다. 정말로 니우청을 죽일 생각인가? 니우청이 죽으면 징이가 어떻게 될 것인지는 왜 생각을 않는 것일까?

그러나 니우청은 죽지 않았다. 그는 혈색만 좋았고 몸만 건강했다. 어쩌면 비는 욕을 할 때와 욕을 한 뒤의 징이의 마음이 일치되지 않는데다 마음속에 쌓인 원한이 아직 충분하지 못하고 모질지도 못하기 때문에 그녀들의 '기원'이 효력을 잃고 니우청의 목숨줄이 지켜지는 것인지도 몰랐다. 누가 알겠는가?

니우청이 어떻게 혈색이 좋지 않을 수 있었겠는가? 그는 날마다 식당에서 밥 사먹고, 먹고 마시고 계집질하고 노름하며 주지육림에 들어앉아 있었던 것이다. 죽일 놈!

제4장

니우청은 허베이성(河北省)의 멍관둔(孟官屯)이라는 벽촌에서 태어났다. 그곳은 발해(渤海)에 가까워 염분이 많은 박토인데다 늘 메뚜기떼가 덮쳐 백성들이 살기 힘든 곳이었다. 고향 이야기만 나오면 니우청은 어렸을 때 배운 민요 한 대목이 생각났다.

양똥 덩어리를
발로 비빈다,
너는 내(거위라고 읽었다)[13] 동생
나는 네 형님.
술을 따라서,
둘이 마시네.
술에 취하면,
마누라를 때리네.
마누라를 때려죽이면,

---

13 1인칭 대명사 '我'의 발음은 '워'이고 거위 '鵝'의 발음은 '어'이다.

어떻게 사나요?

돈 있으면,

또 하나 얻지.

돈 없으면,

북이나 지고,

앙가(秧歌)¹⁴나 부르지.

이 노래에는 신비하고 뼈에 사무치는 힘이 있는 것 같았다. 니우청은 기억력이 좋았지만, 이 노래를 누구에게 배웠는지는 기억나지 않았다. 이 노래는 나면서부터 알고 있었던 것처럼, 혹은 미리부터 뼈에 새겨져 있었던 것처럼 생각되었다. 이 노래의 선험성이 그는 무서웠다.

많은 세월이 지난 뒤, 이 노래는 니자오에게까지 전해졌다. 1949년 중국에 엄청난 변화가 일어난 뒤로 니자오는 이 노래를 잊어버렸다. 그 노래와 그것이 대표하는 생활은 그뒤로 중국에서 사라져버린 것 같았다. 그런데 숱한 곡절을 겪은 뒤에, 출국한 김에 틈을 내 스푸강 집을 방문하고서, 그가 유럽 국가를 방문한 것과 그 내용에 있어 추호도 상관되지 않는 이 노래가 갑자기 생각난 것이었다. 그의 눈앞에 중국의 벽촌을 그린 그림이 한 폭 펼쳐지는 것 같았다. 그는 전율했다. 떨쳐버리기가 어려웠다.

그렇다, 이것은 선험적인 것이었다. 니우청이든 니자오든 '양똥 덩어리를 발로 비비고' '마누라를 때려죽이고' '또 하나 얻는' 땅에서 태어났기 때문이었는데, 그것을 그들은 사전에는 알지 못했었다.

---

14 중국 북방의 농촌 지역에서 유행하는 민간 가무.

만약 니우청이 알았더라면, 그래도 용기가 났을까?

이제 다시 옛날 일로 돌아가보자. 니우청의 집은 이 벽촌에서 제일 가는 양반 집안으로 대지주였다. 그의 할아버지는 유명한 거인(擧人)¹⁵이었는데 변법유신(變法維新)¹⁶을 주장했고 광서 21년(서기 1895년)의 '공거상서(公車上書)'에 참가했었다고 한다. 그는 전족을 하지 말 것을 주장하는 전단을 자비로 인쇄했었는데, 당시로 보자면 이는 대단히 과격하고 모험적인 혁명 행동이었다. 광서 24년 무술변법(戊戌變法)이 실패한 뒤, 그의 할아버지는 목을 매어 자진했다. 아버지가 할아버지 일을 그에게 직접 말해준 적이 없었으므로, 이 모든 것들은 하인이나 친척들로부터 무슨 뜻인지도 잘 모르는 채 전해 들은 것이었다.

니우청에게는 큰아버지가 한 분 있었는데 미치광이였다. 그는 자기 옷을 갈기갈기 찢었고 노래하고 울고 웃고 했는데 몇 번이나 묶어두곤 했었다. 니우청이 희미하게 기억하기론, 그는 다리에 쇠고랑을 찬 채로 숨을 거두었다.

니우청의 할머니는 집안에 닥친 불행으로 공포에 떨었다. 그녀는 집안에 사수(邪祟)가 들었다고 생각했다. 그녀는 니우청의 아버지와 작은아버지를 불러다가 어떻게 해야 할지를 상의했는데, 두 아들은 아무 방책도 내놓지 못했다. 오히려 며느리─니우청의 어머니가 제 생각을 말했는데 자못 기백이 있었다. 며느리는 온 집안이 이사를 해서 사수를 피해야 한다고 건의했다.

그녀의 대담한 건의가 채택되었다. 그러나 주위의 마을에는 그들이 머물 곳이 없었다. 그래서 그녀들은 밍관둔에서 60리 떨어진, 더

---

15 향시에 급제한 사람의 칭호.
16 청 말에 시도된 입헌군주제 개혁 운동.

제4장 **75**

궁벽하고 교통도 더 불편한 타오촌(陶村)을 선택했다. 많은 돈을 쓰고 3년이란 시간을 들여서 타오촌에다 2무(畝)[17]의 정원을 낀 저택을 지었다. 곡식 창고와 방앗간, 그리고 20여 개의 크기가 각기 다른 방이 있었다. 광서제가 붕어하신 그해(1908년)에 그들은 타오촌으로 이사했다.

급진적인 아버지나 정신이 이상한 형과는 아주 달라서, 니우청의 아버지 니웨이더(倪維德)는 우직하고 굼뜨고 몹시 나약한 사람이었다. 그는 왼쪽 어깨는 높고 오른쪽 어깨는 낮았으며, 발음이 분명하지 않아 완전한 문장 몇 개를 말하기도 힘겨워했고, 평생 습관성 설사를 앓았고 오줌이 많았으며, 사시사철 콧물과 하품과 재채기를 달고 살았다. 니웨이더는 젊었을 때부터 아편 피우는 악습을 들였는데, 이 때문에 니웨이더의 어머니는 노발대발하기도 하고 고민하며 마음 아파하기도 했다. 그러나 니웨이더의 처, 즉 니우청의 어머니는 나름대로 안목을 가지고 남편이 아편 피우는 것에 대해 이해하고 지지하는 태도를 보였다. 니웨이더의 처는 몸집이 크고 힘도 좋았지만, 몸가짐이 단정하고 엄숙했으며, 총명하고 용맹했고, 자존심이 강해 니씨 집안에서 가장 위엄 있는 인물이었다. 니우청은 어렸을 때부터 어머니에게 특별한 경외감을 품고 있었다. 그녀는 니씨 집안으로 들어온 뒤로 니씨 집안 특유의 '사(邪)'를 은근히 느꼈다. 그것은 일종의 영기(靈氣), 일종의 열정, 일종의 조급성, 일종의 고통이었다. 그것은 일종의 유혹이었고 일종의 억압이었으며 모든 것을 파괴할, 자기 자신까지도 파괴해버릴 일종의 독화(毒火)였다. 그래서 시아버지가 변법유신을 했고 목을 매 자진했던 것이다. 그래서 시아주버니가 발

---

[17] '묘'로도 읽음. 1무는 약 185평.

광을 했던 것이다. 그녀는 이 사수가 니씨네 온 집안을 멸절시킬까 걱정이 되었다. 명관둔의 저택에서 밤에 바람이 불 때 그녀는 늘, 동물의 울음소리 같기도 하고 원귀의 흐느낌 소리 같기도 한 우우 하는 소리를 들었는데, 이것이 바로 사수라고 생각하니 그녀는 모골이 송연했다. 시아주버니가 죽은 뒤 그녀는 몇 번이나 꿈에서 그를 보았다. 제수였기 때문에 그녀는 그를 똑바로 본 적이 한 번도 없었다. 꿈속의 시아주버니는 편안한 모습이었고 병도 없었다. 그는 간담을 서늘하게 하는 기괴한 목소리로 부들부들 떨면서 말했다. "아편을 피웠더니 병이 나았소." 그리고 그의 모습은 차츰 사라졌다. 그러나 그 말과 그 아득히 떨리는 음성은 니웨이더의 총명하고 용맹한 처의 귓가를 계속 맴돌았다. 깨어난 뒤에도 "아편을 피웠더니 병이 나았소"라는 그 신비스런 음성이 여전히 들렸다.

   그리하여 돈오(頓悟)가 왔다. 조상이 살피시고 하늘이 무심치 않아 니씨 집안의 목숨이 끊기지 않을 것이었다. 아편이란 게 원래 목숨을 구하는 연기였구나! 생각해보자, 만약에 니웨이더의 아버지가 아편을 피웠더라면 그래도 그가 무슨 변법유신을 주장하고 무슨 공거상서에 참가하고 무슨 천족대각(天足大脚)[18]을 제창했겠는가? 목을 매어 자진해서 비명에 죽어갔겠는가? 아편을 피우는 사람은 개돼지만도 못하게 산다 하더라도 자기가 자기 목숨을 끊지는 않을 것이었다. 살기를 원치 않는 사람은 미친놈일 따름이었다. 만약 미친 시아주버니가 젊었을 때부터 아편을 피웠더라면 그래도 그가 그렇게 고통받았을까, 그렇게 사납게 굴었을까, 세상과 가정과 모든 사람들에게 그렇게나 등을 돌렸을까? 아편을 피우는 사람은 얼마나 안녕하고 얼마

---

18 전족을 하지 않은 발.

나 안분(安分)하며 얼마나 편안한가!

　니웨이더는 아편을 피웠다. 이것이야말로 니웨이더가 정을 붙이고 의지할 만한 것이 아니겠는가?

　니우청의 어머니는 이때부터 남편이 아편 피우는 것을 은근히 거들었다. 그녀도 가끔 남편을 따라 한두 모금 빨아보았다. 그러나 그녀는 대단히 맑은 정신으로 자기를 조절해서, 절대로 아편의 '인'이 박히게 하지는 않았다. 그녀는 타오촌으로 이사한 뒤로 가세가 날로 시들어 가는 니씨 집안의 기둥이었다. 그녀는 과격함도 없었고 정신병이 날 위험은 더더욱 없었다. 남편처럼 연기를 풀풀 피울 필요가 없기도 했지만, 그녀는 자기 자신에게는 그것을 절대로 용납하지 않았다.

　과연, 아편은 니웨이더의 마음을 붙잡아매, 니웨이더가 사수의 침해를 입지 않도록 보호했다. 그는 매사에 고개를 끄덕였고 언제나 마음 편히 지냈으며 담이 작고 겁이 많았는데 그저 아편만 피우면 되었다. 한번은 무슨 바람에 흥이 났는지, 제 손으로 닭을 잡겠다고 했다. 뭇 하인들의 보호와 도움을 받으면서 그는 닭의 날개와 목을 비틀어 잡고 잘 들게 간 칼날을 닭의 목줄기에 갖다 댔다. 칼자루를 슬쩍 당기기만 하면 귀빠진 뒤로 처음 해보는 도살이라는 대업이 완성될 참이었는데, 마음이 약해진 탓인지 아니면 아편 기운이 떨어진 탓인지, 그는 마지막 순간을 장식하지 못하고 칼을 땅에 던져버리고 닭을 풀어주고서 방으로 돌아가 온돌바닥에 누워 아편을 피웠다.

　그와 동시에 니웨이더의 몸도 갈수록 허약해졌다. 선통 2년(1910년)에 그의 처가 아이를 뺐다. 집안 사람들은 모두 경사가 났다고 하면서 타오촌의 풍수가 좋은 덕분이라고 말했다. 그들의 이사가 성공한 것이다. 그러나 겨울이 되자 니웨이더는 숨이 가빠지고 기침이 나고 가래에 피가 섞여 나왔으며, 하루 종일 뜨끈뜨끈한 온돌에 이불을 뒤집어쓰고 있었는데 그래도 추워서 덜덜 떨었다. 선통 3년 정월, 니웨이더의 노모가 병으로 돌아가셨다. 니웨이더는 병중의 몸으로 상주가 되어 곡을 하고 빈소를 지키고 상복을 입고 출상하고 깃발을 흔들고 무덤을 파고 하관하고…… 노마님이 땅속에 편안히 자리 잡으시고 나자 이번엔 니웨이더가 자리에 누워 피를 토하기 시작했다. 니웨이더는 마지막 기력이 다해 저세상으로 돌아갔는데, 죽으면서 그가 남긴 것은 피골이 상접한 앙상한 몸뚱어리뿐이었다.

임신하고 다섯 달 만에 시어머니가 죽고 일곱 달 만에 남편이 죽자 니웨이더의 처는 슬퍼 죽을 지경이어서 울다가 몇 번이나 까무라쳤다. 장례를 끝내고 나자, 뱃속의 아이에 대해 그녀는 이상한 느낌을 받았다. 무섭고 좀 혐오스럽기도 하면서 또 사뭇 귀중하게 생각되는 것이었다. 니웨이더는 신체가 허약해서 결혼한 뒤로 처와 동침하는 일이 드물었다. 몸집도 크고 힘도 좋은 처는 오로지 집안일을 돌보고 쇠퇴해가는 니씨 집안을 되살리려고 애썼고, 그래서 부부 간의 사랑이나 남녀 간의 정 따위는 애당초 그녀의 영혼과 육체에 아무런 반향을 일으키지 못했다. 반대로, 그녀는 누가 가르쳐준 것도 아닌데 그런 따위에 대해 냉담하고 허무주의적이었을 뿐만 아니라 멸시하고 싫어하고 멀리하지 못할까 봐 걱정했다고 할 수 있다. 이런 심정 속에서 임신했고 임신한 뒤에 시어머니와 남편이 죽었다는 사실이 그녀에게 불행한 예감을 가득 안겨주었다. 그러나 다른 한편으로는 니씨 집안의 대를 이어주리라는 — 아들을 낳을 것이었다 — 전망이 그녀에게 신성하고 비장한 사명 의식을 가져다주었다. 남편의 죽음은 '유복자'의 의미를 더욱 심상치 않은 것으로 만들었다.

선통 3년, 신해혁명이 폭발하기 석 달 전, 니웨이더의 유복자 니우청이 세상에 나왔다. 잇달아 혈친을 잃는 큰 슬픔을 태중에서 겪은 아이는 무럭무럭 잘 자랐다. 그는 어머니의 건장함은 이어받았지만 어머니의 총명함은 이어받지 못했다. 과인(過人)한 총기를 가졌으면서도 보통 사람들에 비해 나사 하나가 빠진 것 같았다. 일곱 달 만에 이가 났고, 돌이 되지 않아 걸음마를 했으며, 한 살 반 때 현성(縣城)의 양러우(洋樓)[그곳 백성들은 그 지역에 유일한 천주교회 병원을 이렇게 속칭했다]에 가 우두를 맞았다. 네 살 때 자기 이름 쓰는 법을 배웠고, 다섯 살 때 서당에 나갔고, 아홉 살 때 양학당(洋學堂)에 입학했다. 양학당에 들어가자마자 그는 량치차오(梁啓超)·장타이옌(章太炎)·왕구어웨이(王國維)의 글에 매혹되었다. 열 살 때 한번은 어머니를 따라 외가에 갔다가, 외삼촌의 딸이 전족을 하는 것을 보고 그는 누가 가르쳐준 것도 아닌데도 즉각 비분강개하며 전족을 반대하는 의견을 개진했는데, 눈물을 글썽이기까지 하며 전족의 우매함과 야만성을 공격했다. 이것이 외삼촌을 화나게 했고 어머니를 놀라게 했다. 어머니는 그에게서 또다시 니씨 집안의 사수의 징후를 보았던 것이다. 그녀는 멍관둔의 옛집에서 깊은 밤이면 들려오던 우우 하는 소리가 생각났다…… 니씨 집안이 도대체 무슨 죄를 지었단 말인가? 그녀의 조상이 대체 무슨 죄를 지었기에 그녀가 니씨 집안의 사람이 되었단 말인가?

이때부터 니우청의 어머니는 전전긍긍했다. 그녀의 충실한 하인이 걱정되는 니우청의 소식을 끊임없이 보고했다. 니우청은 소작인들과 이야기하면서, 토지는 농민에게 나누어주어야 한다, 경자유전(耕者有田)이 '국부(國父)' 순중산(孫中山)의 가르침이다, 지주가 지대를 먹는 건 기생충 같은 행위다라고 말했다. "도련님이 말도 안 되는 소리를 해요!" 소식이 어머니에게 전해졌다.

아들에게는 불면증도 있었다. 아주 어렸을 때부터 밤이 깊도록 침대에서 이리 뒤척 저리 뒤척 하는 일이 종종 있었다. 왜 못 자냐고 물으면, 인생의 목적과 인생의 의미와 인생의 가치를 잘 모르겠다고 말하는 것이었다. 니우칭이 열네 살이 되었을 때, 섣달 그믐날 니씨 집안 식구 모두가 제사를 지내면서 조상의 위패에 절을 하는 도중에 니우칭이 없어졌다. 한참을 찾았는데, 알고 보니 니우칭은 정원에 나가 별을 관측하고 있었다. 어머니가 불러들였더니, 그는 그 따위 미신들은 전부 속임수이며, 자기가 조만간 그 조상의 위패들을 때려 부술 거라고 말했다.

어머니는 큰 재난이 닥쳤다고 생각했지만 함께 상의할 만한 사람이 없었다. 니우칭에게 사수가 들었다는 것이 니씨 집안 사람들에게 알려져서는 안 되었다. 니웨이더가 죽은 뒤로 니씨 집안의 적잖은 무뢰배들이 호시탐탐 그들의 재산을 엿보고 있었기 때문이다. 단지 우칭 '도련님'이 있기 때문에 그들이 경거망동을 하지 못하는 것이었다. 친정 사람과 상의하자니, 첫째, 이런 이야기를 하는 것은 시집에 대해 친정 사람과 같이 음모를 꾸민다는 혐의를 받을 수 있는데, 한 여자에 대해서 말하자면, 그것은 '바람 피우기' 다음가는 부도덕한 행위라 할 수 있었다. 둘째, 이전의 그 전족 사건이 없었다 하더라도 친정 사람들은 니우칭에 대한 인상이 좋지 않았다. 왜 그런지는 알 수 없지만, 어쨌든 친정 사람들은 니우칭을 낯선 사람으로, 다른 족속으로, 자기들과는 다른 사람으로 여겼다. 셋째, 친정 오빠 자체가 사뭇 건달이었고 좋은 사람이 아니었다.

그렇지만 결국은 오빠와 상의하지 않을 수 없었다. 오빠는 미리 생각해두기라도 한 것처럼 두 가지 방도를 가르쳐주었다. 첫째, 조카에게 아편을 피게 할 것. 둘째, 조카에게 장가를 들일 것. "영웅호걸 아니라 요괴마귀라도 아편에다 마누라면 딴생각 못하게 할 수 있지. 얌전히 살게 할 수 있다고!" 그는 자신 있게 말했다. "내가 그랬잖니? 젊었을 때의 그 성질을 잘 다스렸잖아? 마누라 하나로 안 되면 작은 마누라를 둘쯤 더 두자고……" 그가 덧붙였다.

이 말을 들은 니우청의 어머니는 그저 울고만 싶었다. 끝내는 아편 귀신으로 변해버린 남편 니웨이더의 만년의 가련한 모습이 생각났다. 2할이 사람이라면 8할은 귀신이었다. 그러나 시아버지와 시아주버니의 최후가 더 무서웠다. 평생토록 시골을 떠나본 적이 없는 이 문맹 여성은 신해혁명 이래, 민국(民國) 이래 혁명 풍조의 무서움을 이미 직감하고 있었다. 또, 그녀는 니우청의 몸에 은밀히 숨어 있는 '혁명'의 씨앗에 대해서도 직감했다. 이 '혁명'은 아편보다 천 배나 더 흉험한 것이었다. 아편을 피우다 죽는 것은 개인의 몸을 망치는 것, 개인의 목숨을 잃는 것에 불과했다. 그러나 '혁명'은 조상의 가업과 묘당 종실이 망하는 것이고, 하늘이 무너지고 땅이 꺼지는 것이고, 영원히 씻지 못할 큰 죄를 짓는 것이었다.

그리하여, 열다섯 살이 채 되지 않은 니우청이 하루는 학교에서 돌아와 보니, 어머니가 침대에 누워 연기를 내뿜고 있고 사람을 취하게 하는 이상한 향기가 방에 가득한데, 그 냄새를 맡자 정신이 맑아지며 일종의 탐욕, 일종의 맹렬한 식욕이 일었다. 몇 모금을 잇달아 빨았더니, 빨수록 취한 듯 온몸이 나른한 느낌이 들었다. 흥분되고 기쁘고 만족스러워 그는 눈물을 흘렸다.

이때부터 친어머니의 지도 아래 니우청은 아편을 피웠다. 그 다음엔 그의 외사촌형이 스스로 시범을 보이고서 그의 손을 잡고 수음을 가르쳐주었다. 이 일은 니우청의 심중에 하나의 의혹으로, 하나의 심각한 수수께끼로 남아 있었다. 성인이 되고서, 외사촌형의 가르침과 어머니의 가르침(아편 피우기)이 같은 성질의 것이고 동일한 계획에서 나온 것으로서 정교하게 안배되어 그에게 씌워진 그물의 두 고리였다고 판단할 충분한 이유가 있다고 그는 생각했다. 그러나 뒤의 일도 그의 어머니의 허락을 받은 것이었다는 것을 그는 믿을 수가 없었다. 그것은 너무 무섭고 너무 끔찍하고 너무 수치스러워서 그 생각만 하면 구역질이 났다…… 하느님, 그가 어떻게 살아왔는지 그 자신 말고 또 누가 있어 상상이라도 할 수 있겠습니까?

자기 파괴적인 악습에 젖은 소년 니우청은 만 열여섯 살 때에 병이 나 쓰러졌다. 보기에는 간단한 증세였다. 설사였다. 그런데 그게 심해, 쌌다 하면 그칠 줄을 몰랐고 무얼 먹어도 다 싸서 아무것도 먹지 못하고 겨우 숨만 쉴 정도였다. 오이채를 곁들인 국수를 먹으면 두 시간도 되지 않아 뱃속의 긴 통로를 다 지나 배설되었는데 배설물 속에서 녹색의 오이 껍질을 볼 수 있을 정도였다. 정말로 무시무시했다. 한 달을 꼬박 누워 있다가 일어나보니, 체격이 큰 그가 밭장다리로 변해 있었다. 그뒤로, 그의 큰 체격과 잘생긴 얼굴은 끝내 가늘고 굽은 꼬챙이 같은 다리와 부조화를 이루며 함께 자랐다. 특히 그의 복숭아뼈는 아주 가늘고 약해서, 그는 늘 불안한 느낌이었고 금방이라도 넘어져서 정강이를 부러뜨릴 것만 같았다.

반세기가 지난 뒤, 과연 그는 복숭아뼈를 부러뜨렸다. 그러고서 걷는 능력을 상실했다. 그러자 그의 다리는 쪼그라들었다. 몸도 쪼그라들었다. 그리고 평생 행복을 쟁취하고 평생 고통을 겪은 뒤, 그는 어쩔 수 없이 죽었다. 한때 어쩔 수 없이 태어났던 것처럼……

두 다리가 밭장다리가 됨과 동시에 니우청의 몸에서는 일종의 굳센 의지의 힘이 생겨나 자라났다. 당시 그는 그것이 가장 격렬하고 위대한 '혁명'의 의지와 힘이라고 생각했다. 그는 자신의 위험을 의식했다. 그는 자신의 가정을 증오했고, 자신의 계급을 증오했다. 그는 외사촌형을 증오했고 외삼촌을 증오했으며 자기 어머니도 증오했다. 그는 자신이 이미 심연에 빠져 머리끝까지 잠겨버렸다는 것을 알았다. 바로 이때 그는 밭장다리로 일어섰다. 그것은 정말로 기적이었다. 그는 이 기적을 그가 싹트기 시작한 중국 땅의 혁명의 물결을 어렴풋이 느낀 덕분이라고 생각했다. 그렇지만 그것은 아마도 죽음의 신(神)의 덕분이라 해야 할 것이다. 소년 니우청은 이미 병상에서 죽음의 신의 장중한 키스를 받았었다. 그런 뒤 죽음의 신은 그를 놓아주었다. 죽음의 위협이 그를 깨어나게 했고 그의 어머니도 깨어나게 했다.

까무러칠 듯 울면서 어머니는 아들에게 참회했다. 그녀는 독하게도 아편으로 그들 부자 이대를 해쳤고, 대를 이어서 설사병을 앓게 한 것이었다. 니씨네 조상님께 미안하고, 네 아버지에게 미안하고, 애야, 너한테 미안하다, 내가 잘못했다, 내가 죽일 년이지……라고 어머니는 눈물을 흘리며 말했다. 천지신명에 맹세코 거짓말이면 혀에 종기가 날 거다, 난 니씨 집안을 위해서였다, 너희 집안 말이야, 너희 집안, 니씨 집안……이라고 그녀는 또 말했다.

병이 낫자 니우청은 연창(烟槍)이며 연천자(烟扦子)며 연등(烟燈)을 부숴버리고,[19] 집에 놀러온 건달 외사촌형을 쫓아버렸다. 그는 아편을 용서하지 않았고 외사촌형을 용서하지 않았지만 자기 어머니는 용서했다. 그의 병이 어머니를 10년은 늙게 했다. 외아들이며 유복자인 자기 하나밖에 없는, 과부가 되어버린 어머니! 그녀의 노쇠와 눈물이 니우청의 가슴을 아프게 했다…… 그가 어머니를 위해 죽는다 하더라도 그것으로 그가 죽어야 할 이유가 설명될 수 있지 않을까?

---

[19] 연창·연천자·연등은 아편을 피우는 데 사용하는 도구.

열일곱 살 되던 해에 마침내 니우칭은 어머니를 설득하여, 현성(縣城)의 서양식 학교 — 기숙사 생활을 하는 중학교에 가 공부하는 데 동의를 얻었다. 마차가 니우칭을 싣고서 타오촌을 떠나고 멍관둔을 떠났다. 점점이 흰 꽃이 핀 그 소금기 많은 땅을 떠났고 멍하고 마비된 얼굴 하나하나를 떠났다. 앞으로 자신의 삶의 길을 타오촌과, 지주의 가업과 분리시키겠다고 니우칭은 독하게 결심했다.

그러나 그는 대가를 치렀다. 현성에서 학교를 다니는 데 동의하는 선결 조건이 먼저 색시를 '이야기'하는 것이었다. 이곳에서는 색시를 얻는다고 하지 않고 색시를 '이야기'한다고 하고 시집간다고 하지 않고 남자를 '찾는다'고 했는데, 이쪽이 더 생생한 표현이었다. 색시를 얻을 때는 중매인의 이야기에 의하고 남자에게 시집가는 요점은 좋은 남자를 찾는 데 있으므로 '이야기한다'고 하고 '찾는다'고 하는 게 의심할 것 없이 정확했다. 니우칭은 본래 색시를 '이야기'하려는 어머니의 안배를 거절할 생각이었다. 당시 그는 이미 희미하게나마 '자유연애' 비슷한 관념을 알고 있었다. 물론 그는 이 부도덕하고 대역무도하며 사람들을 놀라 자빠지게 할 생각을 감히 말로 표현하지는 못했다. 그는 어머니와 결렬할 독한 마음을 먹을 수도 없었다. 여기에는 그를 규제하는 사랑이라는 족쇄가 있을 뿐만 아니라 선험적 한계에 가까운 불가유월성(不可逾越性)도 있었다. 아편은 피워도 되고, 수음은 물론 더더욱 해도 되며, 다른 나쁜 일 — 예컨대 소작인의 여자 아이를 강간하는 일 — 을 하는 것도 뭐 크게 나쁠 건 없는 듯했다. 심지어는 그가 설사 사람을 때려죽였다 하더라도, 관가에서 그의 목을 치지만 않는다면 구할 방도가 있는 것 같았다. 그러나 어머니와 웃어른들이 안배해준 혼사에 불복하는 것은, 충분히 혁명 지향적이며 급진 개혁의 전통이 풍부한 그로서도 생각조차 할 수 없었다.

그는 어려운 조건을 내걸고 핑계를 대는 수법으로 어머니와 우회전을 하려고 했다. 먼저 중매인에 대한 요구를 냈다. 중매인은 남자이어야지 여자는 안 된다. 너무 늙은 사람은 안 된다. 학문이 있어야 된다. 사서오경·제자백가·한부당시(漢賦唐詩)의 학문과 성광화전(聲光化電)·격물치지(格物致知)의 학문이 있어야 할 뿐만 아니라 동양이나 서양의 외국어도 할 줄 알아야 한다. 색시는 '이야기'하는 것이므로, 색시를 고르려면 반드시 '이야기'하러 갈 중매인을 먼저 골라야 했다. 어머니는 응낙했다. 어머니의 느낌으로도, 큰 병을 앓고 난 아들이 이미 예전의 아들이 아니었고, 아들이 그녀와 그녀가 받들어 모시는 생활 궤도로부터 이탈하는 것은 이미 불가피했다. 그러나 그녀가 사랑하는 보배 아들에게 해줄 것은 해줘야 했다. 새로운 생활 궤도로 나아가려 하는 아들이 그녀의 사랑의 은총을 잃도록 내버려둘 수는 없었다. 부모의 자식에 대한 사랑 중에 으뜸가는 것은, 하나는 자식에게 재산을 물려주는 것이고, 또 하나는 자식을 위해 며느리를 이야기하고 사위를 찾아주는 것이었다. 니우칭은 재산에 대해 아무 흥미가 없었는데 어려서부터 그랬다. 여기에는 약이 없는 법 — 슬픈 일이었다! 그렇지만 색시는? 결국은 색시를 얻지 않을 수 없다. 아들에게 색시를 이야기해주자! 이것은 그녀의 가장 위대한 모성애였다. 그리고 여기에는 핏줄을 잇고 제사를 이어 영원을 바라보는 비할 데 없는 숭고함과 신성함이 있었다.

그러니까 아들이 색시를 이야기하겠다고만 하면 다른 것은 모두 아들 하자는 대로 하자. 어머니가 어머니인 것은 아들을 위하기 때문이 아닌가? 지금은 아들에게 색시를 이야기해주는 것이 아들을 위하는 것이 아닌가? 천상의 월하노인(月下老人)에게 친히 중매 서게 해달라고 해도, 제갈공명에게 친히 궁합을 보고 사주를 보게 해달라고 해도 엄마는 어떡해서든 너 해달라는 대로 다 해주겠다. 각오가 이 정도니 엄마가 네녀석에게 못해줄 일이 없다. 그리하여 조건에 부합하는 중매인을 찾아냈다. 우청의 먼 친척 아저씨뻘로 명관둔 주변 백 리 안에서는 자못 재자(才子)라고 이름이 있는, 적어도 설날 대련(對聯)을 쓰는 데 있어서는 자못 이름이 있는 니샤오즈(倪笑之)였다.

　니우청은 후퇴하면서 싸움을 걸었다. 니샤오즈에게 중매인의 자격이 있다는 것을 그는 반박할 수가 없었다. 그래서 그는 혼사에 대한 구체적 요구를 냈다. 첫째, 상대방은 천족(天足)이어야 한다(할아버지의 손자라는 데 부끄럽지 않게). 둘째, 상대방은 학교—서양식 학교에 다니고 있어야 한다. 셋째, 2년 안에는 결혼할 수 없다. 넷째, 그 자신이 선을 봐야 한다.

　젊은 사람이 저항을 하면 할수록 몸부림을 치면 칠수록 올가미에 더 잘 걸려들고 다루기가 더 쉽다. 불행히도, 완강한 어머니는 일이 거의 다 되었다고 생각했다. 발 문제는, 니우청이 혼전에 상대방 아가씨의 신발을 벗기고 자로 재볼 수는 없는 노릇이었다. 학교 다니는 문제는 문제가 되지 않았다. 돈만 있으면 누구나 학교에 들어갈 수 있었고 잠시만 다니는 것도 가능했다. 2년 안에는 결혼할 수 없다는 건, 8년이라도 괜찮다, 먼저 약혼만 해두자. 약혼만 해두면 너는 도망 못 간다.

　거의 다 되었지만 여전히 다 된 것은 아니었다. 선을 본다? 이건 너무 이상하고 너무 지나친 것 같았다. 그런데 니샤오즈가 나서서 선보는 것도 문제가 되지 않는다고 했다. 사회 조류는 날로 변하고 인심은 옛날과 달라졌다. 인심의 옛날 같지 않음이 이 지경에까지 이르렀다니, 어머니는 자신의 뒤떨어짐을 개탄하고 세태의 타락을 개탄할 뿐이었다.

샤오즈 아저씨는 겨우 보름 만에 우청을 위해 색시를 이야기해주었다. 모든 게 우청의 요구에 부합되니 아주 이상적이라 해야 했다. 어머니의 요구에는 더 잘 부합되었다. 여자 쪽의 아버지는 시골의 지주였고 더욱이 지명도가 샤오즈와 비슷한 한의사였다. 여자 쪽의 어머니는, 외가가 청나라의 유명한 선비 자오한림(趙翰林)의 후예였다. 대각(大脚)[20]이고 현성에서 학교에 다닌다 했다. 현성에서 서양식 학교에 다닌 게 우청보다 1년 빨랐다. 그녀의 아버지가 초빙을 받고 현성으로 의사 일을 하러 오면서 식구들을 현으로 데려왔기 때문이다. 여자 쪽에는 형제가 없고 언니만 하나 있을 뿐이어서 적어도 골치 아픈 손위 처남 손아래 처남들에게 신경 쓸 필요가 없었다. 니우청은 그제서야 알았다. 선보는 일에 놀라 자빠질 사람이 어머니도 아니고 중매인도 아니고 여자 쪽도 아니고 오히려 자기 자신이라는 사실을! 학교에 들어가자마자 정신이 어질어질해졌고, 운동장에 서서 서른 걸음쯤 떨어져 바라보는데도 귀엽고 천진한 여자 아이의 모습에 낯이 빨개지고 귀가 뜨거워지고 눈앞이 아찔하고 가슴이 뛰었다. 거의 졸도할 지경이었다! 아편을 한 대 피우면 정신이 들 텐데……

짝이 맺어졌다. 넉 달 뒤에 결혼했다. 결혼하고서야 상대방이 '해방각'(解放脚)[21]임을 알았다. '하늘〔天〕'도 아니고 사람도 아니라 할 수도 있었고, 하늘이기도 하고 사람이기도 하다고 할 수도 있었다. 인생의 사명을 완수한 어머니는 이때부터 존재의 의미와 근거를 상실했다. 우청이 명대로 결혼을 하고 원대로 현성으로 가 기숙사 생활을 하며 학교를—아내인 징이(靜宜) 동학(同學)과 함께—다니기 시작한 지 반년이 되었을 때, 어머니가 병도 없이 돌아가셨다. 죽을

---

20 전족을 하지 않은 발.
21 전족을 했다가 중도에 푼 발.

때 그녀는 아주 맑은 정신이었다. 그녀는 아들에게 물었다. "나는 가야겠다. 어째서 아직도 숨이 안 끊어지냐? 숨 끊어지기가 이렇게 어려운 거냐?" 마지막으로 그녀가 또 말했다. "간다." 그뒤의 세월 동안 니우청은 이 "간다"는 말에 대해 곰곰이 생각해보곤 했다. 피안의 세계여, 너는 있는 것이냐, 아니면 없는 것이냐?

제5장

　세상 속에 초가 엮고 살아도, 시끄러운 수레 소리 들리지 않는다. 하늘을 보며 크게 웃고 문을 나섰으니, 우리가 어찌 한갓 떠돌이겠는가? 홀로 대숲 속에 앉아, 거문고 켜며 길게 휘파람 부네. 문학은 뜨겁다. 문학은 쓸쓸하다. 천지의 유유함을 생각고, 홀로 슬피 눈물 흘리네.
　또 이른 봄이다! 난삽한 원고, 훼방 놓는 시끄러운 수레 소리, 아득히 먼 동경, 의혹 그리고 심취…… 마침내 또 잠시 그대와 만나 그대와 어울린다. 사방이 산으로 둘러싸인 황폐한 절에서, 찬바람이 여전히 몰아치는 곳에서, 마른 나뭇가지에서 또 눈이 터져 나오는 시각에. 그대 아득한 새 울음, 화창한 날씨, 그대 말없는 화롯불, 그대 아직 제 모습 지닌 재, 그대 벌써 다 뜨거워졌건만 끓지는 않는 주전자 물, 백번 천번 회전하며 낮게 낮게 노래한다. 그대 윙윙 하는 귀울음, 그대 고요한 밤의 별빛, 그대 괸 물에 희미한 물결 같은 옛일, 그대 흘러간 지 오래인 그 많은 세월!
　사람은 무엇인가? 사람의 쾌락과 고통은 무엇인가? 사람들이 사랑 때문에, 한 때문에, 슬픔 때문에, 기쁨 때문에, 비열함 때문에, 그리고 숭고함 때문에 서로에게 가하는 고문은, 서로에게 주는 고난은 무엇인가? 생각하고 기억해서 써내는 이 창백한 글과 암담한 종이는 또 무엇인가? 진실한 외침과 작위적인 외침은 또 무엇인가?

거친 산. 버려진 계단식 밭. 들쭉날쭉한 구덩이. 되살아나는 혹은 다 죽어가는 노송나무, 잣나무의 묘목. 수천 수만의 괭이와 삽. 붉은, 누런, 푸른 풀. 여전히 가지에서 떨어지지 않으려 하는 마른 잎. 천천히 김이 오르는 찻잔 속의 새 차. 온 땅에 봄바람 부니 또 한 해로다.

그리고 나는, 만나기 힘든 고독의 부드럽고 자상한 격려에 힘입어, 니씨네 가정 이야기를 계속 쓴다.

니우칭은 돼지고기 백숙 하나, 볶음 하나, 튀김 하나를 주문했다. 술? 좋지, 술은 있어야지. 넉 냥? 술 드세요? 의사가 못 마시게 하면, 그럼 두 냥. 따뜻하게 해야 되네. 더 주문하냐고? 무얼 더 주문할까요? 필요없다고요, 좋아, 필요없네.

사과거(沙鍋居)[22]의 점원은 갈 생각을 않고 허리를 굽힌 채 거기 서 있었다. 더 주문하시겠습니까? 그의 이 말에는 다른 뜻이 담겨 있었다. 그는 체면 차리는 이 노소 두 손님이 시킨 음식이 너무 궁상맞다고 책망하고 있는 것이었다.

원래는 두공(杜公)에게 담가채(譚家菜)를 대접할 생각이었고, 원래는 두공에게 베이징 호텔에서 술을 대접할 생각이었고, 원래는 두공에게 최소한 둥안(東安) 시장의 구어챵(國强) 레스토랑에서 프랑스 요리를 대접할 생각이었다. 거기는 베이징에서 유일하게 사시사철 아이스크림을 파는 곳이었다. 그는 그의 이 아름다운 뜻을, 친구 사귀기 좋아하는 호탕한 뜻을 벌써 두공에게 말했었다. 처음에는 곧

---

22 베이징에서 돼지고기 백숙으로 유명한 요릿집 이름.

초청하겠다는 그의 말을 듣고서 두공은 쑥스럽게 웃었다. 대접을 받아서 미안해 어쩐담? 그의 웃는 얼굴이 그렇게 말하고 있었다. 나중에 초청은 오지 않고 초청의 말만 되풀이되자 두공은 더욱 쑥스럽게 웃었다. 끝내 대접하지 못하면서 대접하겠다고 노상 말할 필요가 뭐 있겠소? 두공은 니우청을 대신해서 미안함을 느꼈다.

두공은 이름이 두선싱(杜愼行)이었고, 중서(中西) 학문에 두루 통달한 교수였다. 그는 노모가 위독해 친구들과 함께 대후방(大後方)[23]으로 철수하지 못하고 일본군에게 점령된 베이징에 남았다. 1937년 노구교 사변 이래 그는 두문불출하며 손님을 사절했는데, 마흔 몇 살에 긴 수염을 기르면서부터 사람들은 더 이상 그의 이름을 부르지 않고 '두공'이라 칭했다. 그의 깊은 학술 조예는 일본인들까지도 그를 무척 존경하게 했다. 또 그가 일본에서 유학했고 일어를 유창하게 구사했기 때문에 일본인들은 더욱 그에게 호감을 가졌고, 갖은 방법으로 그를 얻으려 했다. 두공이 곧 모 대학의 학장으로, 국립도서관의 관장으로, 그 밖의 학계 요직으로 취임할 거라는 소문이 항상 떠돌았다. 두공은 그 소문을 듣고 눈을 감으며 희미하게 냉소를 지을 뿐 아무 말도 하지 않았다.

니우청의 두공에 대한 숭배는 진심이었다. 물론, 자신의 지위, 직업, 앞날을 위해 두공 같은 명사와 교류하는 면도 결코 적지 않았다. 담가채나 프랑스 요리를 대접하는 것으로 말하자면, 이 존경심 및 속된 이기적 타산과 유관하다고 할 수도 있었고 그런 것과 전혀 무관하다고 할 수도 있었다. 니우청은 잘 아는 사람이나 낯선 사람에게 식사 대접하기를 좋아했다. 상대방이 어떤 사람이든 가리지 않았다. 니

---

23 항일전쟁 때 국민당 통치 지역의 별칭.

우칭은 잘 아는 사람이나 낯선 사람에게 식사 대접을 받는 것도 마찬가지로 좋아했는데, 아마도 때로는 무의식중에 더 좋아했을 것이다. 그를 대접하는 사람이 어떤 사람인지는 마찬가지로 따지지 않았다.

니우칭은 나이가 들수록 자유분방해졌다. 옷은 벽돌색 양복을 입었다. 주름을 빳빳이 세운 바지가 가늘고 굽은 다리를 가렸다. 번쩍이는 넥타이는 와이셔츠 칼라의 불결함이 사람들에게 주는 초라한 인상을 감해주었다. 커다란 몸집, 특히 딱 벌어진 가슴, 네모에 가까운 얼굴, 동그란 안경, 밝고 표정이 풍부한 눈, 돌출한 목젖, 그리고 얼굴 가득한 친절한 웃음, 이 모든 것들은 1940년대 초기 일본 점령 하의 베이징에서 보기 힘든 모습을 빚어냈다. 그래서 징이는 항상 그가 '근본적으로 중국 사람이 아니'라고 욕했다. 이것이야말로 니우칭 스스로 자부심을 느끼는 대목이었다. 그에게는 중국의, 특히 멍관둔과 타오촌의 성년 남자들의 거의 예외 없는 굽은 어깨, 움츠린 목, 마비된 모습이 없었다.

그는 실제로 상당히 착실하고 '가정적'이기도 했다. 바로 그 착실하고 가정적인 성품으로 인해 그는, 두공에게 식사를 대접하는 숙원이 마침내 실현되게 된 그 정오에, 숙원이 실현되는 그 찰나에, 돌연 자기도 모르게 식사의 급수를 대폭 낮추었다. 해물도 아니고 양식도 아니었다. 그는 두공을 값싸고 알찬 사과거로 데려가 역시 값싸고 알찬 음식을 몇 가지 주문했다. 베이징 시청(西城) 질그릇 시장에 자리 잡은 이 사과거는 처음부터 근본적으로, 오로지 가난한 선비들을 위해, 서울로 과거 보러 오는 극소수의 관원 후보와 대다수의 쿵이지(孔乙己)[24] 후보들을 위해 차려진 것이었다. 거기서 취급하는 것은

---

24 루쉰의 작중 인물 이름. 과거에 실패한 생활 무능력자라는 뜻.

오직 돼지의 각종 살코기와 머리·족발·내장이었는데, 시종 좋은 물건 싼값으로 이름이 났다. 니우청은 점원의 계속되는 눈총을 뻔뻔스럽게 받아냈다. 한동안, 두공은 그저 어색하기만 했다. 정열적으로 친구 사귀기를 좋아하지만 그럴 만한 능력이 없는 사람에게 대접을 받는다는 게 정말로 큰 고통이라고 생각되었다. 그는 부끄러웠고 미안했으며, 이 두선싱이 자기보다 훨씬 젊은 니우청에게 담가채의 해물 식사를 한 끼 빚진 것이나 마찬가지라고 생각되었다. 열흘 안에 반드시 신세를 갚겠다고, 그것도 니우청을 은성거(恩成居)로 데려가 식사를 한 끼 사겠다고 결심했다.

니우청의 어색함은 한순간을 넘지 않았다. 그는 사람을 사귀고 끝없이 떠들어대고 웃으면서 말하고 활달하게 껄껄대기를 좋아했다. 이름은 '사슴 꼬리'지만 실은 돼지 큰창자인 볶음 요리가 나오고, 술을 담은 주전자가 나왔는데, 주전자 밑 부분이 뜨거운 물에 잠겨 있었다. 난 술 안 해요, 라고 두공이 말했다. 니우청은 자기 잔에 따뜻한 술을 따랐다. 두 모금 마시고 돼지 큰창자 두 젓가락을 먹었다. 그의 두 눈이 빛을 뿜었고, 얼굴엔 기쁨이 흘러넘쳤고, 목소리도 많이 커졌다. "드세요, 좀 드세요, 두공, 사양 마시고!" 그는 우아하게 손바닥을 펴서 음식을 권했는데, 식탁에 요리 세 쟁반과 밥 두 공기가, 산해진미가 이미 가득 차려진 것만 같았다.

하하, 저는 기쁩니다. 두공께서 받아주시니 소생 황송합니다! 이건 저의 honor(영어: 영광)입니다! 영광과 행운의 극치. 프랑스 사람들 식으로 하면 이건, 이걸 일컬어(그 다음은 흐릿하고 분명치 않은 발음이다)…… 전 프랑스어를 배우고 있죠, 예, 프랑스어를요…… 왜 그 젊은 유럽 한학자 슈트라우스 볼프강 만나보셨습니까? 중국 이름이 뭐더라…… 스푸강(史福崗)이죠, 아주 귀여워요. 원래는 기호 논리를 배우다가 나중에 심리 분석을 배웠는데 결국은 중화 문화의 지호자야(之乎者也)에 정복되었죠. 외국인이 우리의 미혼약을 먹고 우리의 미혼탕을 먹으면 더 못 깨어납니다. 정치요, 그 사람은 정치에 간여 안 한댔어요. 중국엔 정치는 있지만 사교가 없지요. 사랑은 더 없구요, 수천 년의 문명사에 한 번도 사랑이 허용된 적이 없어요. 물론 칸트도 사랑이 없었죠. 소도시에 살면서 매일 산보하는 코스도 일정해 바뀌지 않았으니, 그게 바로 무쇠 같은 독일 학잡니다. 원래는 스푸강 선생도 같이 초대하려 했었는데요. 그 사람은 티엔진(天津) 갔어요. 티엔진의 한…… 여학생하고 연애 중이거든요. 그게 서양 사람이죠, 가는 곳마다 사랑이죠. 하나 중국 사람은요, 가는 곳마다 서로 못 잡아먹어 아우성이고, 어딜 가도 다 간첩 잡는 데 용감한 사람이 있어서, 간첩 잡으려고 며칠 밤을 안 잔다구요. 제 스승 후스즈(胡適之) 선생이 말씀하시길…… 대담한 가설에 조심스런 검증이라 하셨습니다. 그게 바로 철학이죠. 철학은 리어 왕이죠. 과학의 각 분야가 발달한 뒤로 철학은 파산했습니다. 리어 왕이 재산을 자식들에게 나눠주다가 결국 자기에겐 아무것도 남지 않게 된 것과 꼭 같아요. 루소가 한 말이던가, 철학은 눈먼 고양이가 캄캄한 방에서 쥐를 잡는 것이라고 했죠…… 그렇지만 우리 중국의 속담은 "눈먼 고양이가 쥐를 잡는다" 아네요? 왜냐하면 루소 말은, 그 방에 그 쥐가 없다는 말일 것이기 때문이죠. 그러니까 눈먼 고양이든 두 눈이 멀쩡한 고양이든, 혹은 제아무리 능력이 있더라도 잡고 싶은 쥐를 못 잡는 거죠. 물론, 천도(天道)는 유상(有常)하기도 하고 무상하기도 해요. 적어도 정열이 있어야 하고 대범해야 하고 여자애라면 치장도 해야죠. 외국에선 여자에게 이뻐졌다고 칭찬하면 아주 고마워할 겁니다. 중국에서 여자더러 아름답다고 칭찬했다간 따귀를 때리면서 "이 건달 놈아!"라고 욕할 거예요. 오추마가 나아가지 않으니 어이 할꼬? 우미인아, 우미인아, 이를 어이 할꼬?* 우리 세대엔 안 됩니다. 희망은 다음 세대에 있어요. 그런데 제 큰아들 오른발 두번째 발가락이 가운데 발가락을 압박하죠. 물론 전 아직 젊으니까, 학문을 할 겁니다, 한번 사업을 할 겁니다. 젊어서 노력하지 않고 소년의 머리 희어지도록 기다리지 말라, 일촌광음은 일촌금이라! 프랑스 말로는요, 바로…… 두공, 좀 가르쳐주셔야죠, 제가 너무 말이 많았군요, 말씀 좀 해보세요, 어떻게 생각하십니까?

처음에 두선싱은 아주 훌륭하다고 생각했다. 니우청의 말은 정열적이고 호쾌했으며, 시원스럽고 활달했으며, 자유분방하고, 5천 년의 시간과 9만 리의 공간을 치달리는 기개가 있으면서 천 가닥 털끝을 통찰하며 진실을 말하는 세밀함도 있었다. 무슨 말을 해도 흥미진진하고 자못 천진했으며 정말로 순결한 마음도 있었다. 저 봐라, 술 두 모금에 안주 석 점이 들어가고 난 뒤로는 얼마나 정신이 생동하고 얼굴이 빛나는지, 저 모습은 참으로 갑자기 황제가 되기라도 한 것 같구나! 젊은 놈이 기력도 몸집도 좋았다. 다만 사과거로 들어올 때 모습은 좀 궁상맞았다. 아니지, 내가 지금 속된 생각을 하는군. 보라, 먹는 것은 얼마나 즐거우며 손님 대접은 얼마나 진실되고 열정적이며 말하는 것은 얼마나 호탕하고 시원시원한지, 북방 남아임이 확실하지 않은가! 그러나 계속 듣다 보니 그는 곤혹스러워졌다. 두선싱은 착실하며, 책을 읽는 데나 학문을 하는 데나 사람을 대하는 데나 다 성실한 사람이었고, 다른 사람에게 말을 할 때나 다른 사람의 말을 들을 때나 항상 성실했고 진정으로 귀를 기울였다. 그렇지만 니우청

---

* 이 두 구절은 항우가 우희와 이별할 때 읊은 시에 나온다.

은 대체 무슨 말을 하려는 것인가? 중심은 어디 있는가? 목적은 어디 있는가? 반년 전부터 그를 그토록 열정적으로 초대한 게 그에게 횡설수설하는 한담을 끝도 없이 무슨 말인지도 모르게 늘어놓기 위해서란 말인가? 학문이 없다 하자니, 방증을 널리 인용하는 데 근거가 없지 않고, 외국어도 몇 가지 알고, 어떤 사상적 견해들은 피상적이지만 예리했다. 학문이 있다 하자니, 위로는 하늘에 미치지 못하고 아래로는 땅에 닿지 못하며 동에 번쩍 서에 번쩍 하는 게 학문을 하는 사람의 말하는 방식이란 말인가? 그는 지금 '두공'의 견해를 물었는데, 도대체 무슨 문제 무슨 화제에 대한 견해를 묻는 것이란 말인가? 두선싱은 곤혹스러웠다.

기실 니우청의 물음은 사교적 예의에서 나온 것일 따름이었다. 그의 사상은 그의 말과 꼭 같이, 기민하고 예리하고 활달하고 산만하고 표연하며 비바람 같고 안개 같아 스스로도 파악하기 어렵게 느껴졌다. 그가 고등학교에 올라가고부터 선생들은 그에 대해 두 가지 완전히 다른 평가를 내렸다. 하나는 그를 천재로 보는 것으로, 예를 들면 국어 선생이 그의 작문에 150점을 준 적이 있다. 또 하나는 그를 폐물로 보는 것으로, 예를 들면 역사 선생과 생물 선생이, 니우청의 보호자를 찾아서 니우청을 양러우(洋樓)〔교회 병원〕의 신경과(당시엔 아직 신경과와 정신과를 구분할 줄 몰랐다)로 데려가 치료하라고 엄숙하게 건의해야 할 것인가를 놓고 함께 토론한 적이 있다.

니우청은 두공이 그의 질문에 대답하지 못하는 것을 보고, 대단히 예의바르게 우호적으로 웃고서 말을 이었는데, 계속 자유분방하게 떠들어댔다. 그는 불교에 대해 몇 마디 말하고 몇 군데 절을 가본 상황을 이야기하다가 갑자기 탄식하며 말했다. "중국인의 결점은 개념을 사용하지 못하고 논리도 따지지 않는 데 있어요. 예를 들면 제가 접때 와불사(臥佛寺)에 갔을 때, 시즈먼(西直門)에서 보리죽을 파는 장수에게 와불사를 어떻게 가느냐고 물었는데, 그 사람이 횡설수설하니까 갈수록 더 모르겠더라 이겁니다. 사실, 개념을 잘 사용하면 분명하게 말하기가 아주 쉽죠. 먼저 서산(西山)이란 개념이 있어야 하고, 다음에 향산(香山)이란 개념이 있어야 하고, 그 다음에 와불사라는 개념이……"

"그렇다면 지금 최대의 개념은 무엇일까?" 두공이 드디어 한마디 끼어들었다. 그는 좀 슬펐다.

니우청은 잠시 눈을 꿈벅이다가 맥없이 머리를 숙였다. 두공이 여기서 가리키는 것이 전쟁이며, 전쟁 속의 유럽과 태평양이고, 베이징이 일본인에게 점령당한 현실이라는 것을 니우청은 알았다. 그는 말문이 막혔고, 생각의 실마리가 난마와도 같이 뒤엉켰다. 어머니가 살아 있었더라면 틀림없이 거기서 안심을 느낄, 명관둔—타오촌 사람들의 멍청하고 마비된 전형적인 표정이 갑자기 그의 얼굴에 나타났다.

"당신은 아직 젊어, 일할 사람이고 일할 시긴데 일할 세상이 아니지. 하지만 세상은 어쨌든 변하고 국가도 어쨌든 변하네, 하늘의 운행은 쉼이 없어. 인생은 바다에 뜬 배와 같은 것, 키를 꼭 잡아야 하네……"

니우청은 얼굴이 온통 붉어졌는데, 아마 술기운 때문이었을 것이다. 두 냥의 술을 이미 다 마셨다. 그는 원래 술을 잘 마시는 사람이 아니었다. 두공의 말에서 그는, 자기가 몇몇 매국노들과 내왕한다는 것을 두공이 아는지도 모르겠다는 느낌이 슬며시 들었다. 어쩌면 두공은 그가 화베이(華北) 정무위원회 주임 왕이탕(王揖唐)의 사무실에 명함을 밀어 넣었던 일을 아는 게 아닐까? 그러나 그것은 구직을 위해서였고, 그가 바란 것은 학교 선생 자리였을 뿐, 몸을 팔고 민족의 이익을 팔려는 뜻은 결코 없었다. 게다가 그는 항일 사업에 헌신하는 고향 친척을 돕기도 했다. 어쩌면 두공은 그가 어쩌다 한번 술 먹고 계집질한 걸 아는 게 아닐까? 아니다, 다른 사람들에 비하면 그는 새발의 피였다. 그러나 두공같이 고집불통인 사람은……

"아까 우청씨가 중서 학술 교류 얘길 했었지, 에, 당신들이 출판을 계획하는 학술 잡지에 난 관심이 많은데……" 두공은 화제를 바꿔 니우청의 활기를 되찾아주려 했다.

바로 그때 돼지 백숙이 나왔다. 니우청은 능숙하게 국자로 국물을 떠서 입가로 가져가 후후 불고 국물을 천천히 입으로 흘려 넣었다. 후후 불었어도 국물이 입으로 들어가자 여전히 혓바닥이랑 입천장이 화끈거렸다. 1초가 지나자 그는 뚝배기 속 고깃국물의 짜릿한 맛을 느꼈는데, 혓바닥이 벌써 얼얼했다. 정신이 번쩍 들게 하는 국물이 천천히 목구멍으로 넘어가기 시작했고, 미묘한 감각이 입에서 목으로 식도로 위로 창자로, 전체 소화 계통으로 두루 전해지고 온몸으로 퍼져나가기 시작했다. 오래전부터 영양이 결핍되고 미식은 더더욱 결핍된 그가, 어려서부터 과학적 영양과 건강식품을 결핍한 그가 무시무시한 소화력을 가졌음을 그는 의식했다. 한 숟갈의 고깃국물을 삼키고 3초 후, 그가 후후 불어 두번째 국자의 고깃국물을 식히는 것과 동시에, 생명을 유지하고 흥분시키고 희열케 하는 진정한 영양소가, 보기 드문 만족감과 쾌적감과 갱신감과 함께 배에서 온몸으로 퍼져갔다. 좋다, 그는 아주 즐겁게 웃었다.

그리하여 그는 세계의 미래와 국가의 미래, 친구의 미래, 그리고 자신의 미래에 대해 신념으로 가득 찼다. "저는 어쩔 수 없는 낙관주의잡니다." 그는 말했다. "제가 어렸을 때 어떻게 살았었는지 생각해보면, 생전 양치질이 뭔지, 칫솔이 뭔지를 몰랐고 물론 치약도 몰랐죠. 우리 집이 마을에서 제일가는 집이었는데도 말예요! 열 살이 되도록, 미안합니다, 두공, 지금 이런 이야기를 해서는 안 되는데, 하지만 우린 그 진실한 과거를 정시하지 않으면 안 돼요. 우리 모두 그렇게 산 걸요. 아, 뭐라고 하나. 미안합니다, 양해를, Sorry, 저는 열 살이 되도록 종이를 써보지 못했어요. 대변을 보고 나서 흙담에 문지르고…… 오늘의 중국은 새로움을 배태하고 있고, 고투하고 있고, 변화하고 있고, 기사회생하고 있어요. 중국 문명은 이미 4, 5천 년 되었죠. 이것은 지금도 살아 있고, 완전하게 보존되어왔고, 한 번도 중단된 적이 없는 문명이라고 스푸강 박사가 제게 말하더군요. 물론 바로 그렇기 때문에, 거기에는 오물도 쌓여 있고, 많은 더러운 것들이……"

니우청은 말하면서 몹시 격동되었다. 격동되자, 그의 어조는 다시 명관둔—타오촌의 사투리 어조로 변해, 더 이상 처음 사과거에 들어왔을 때의 우아하고 서구적인 어조가 아니었다. 그의 이야기도 확실히 좀더 집중적이고 좀더 실질적이었다. 그게 자신의 뼈 있는 충고가 영향을 미친 탓인지 아니면 고깃국물의 위력에서 나온 건지 두선성은 알 수가 없었다.

사과거에서 식사를 끝내고 두공을 보내고서 질그릇 시장 큰길에 선 니우청은 머리가 텅 비어버린 듯한 느낌이 들었다. 뇌수와 뇌혈과 근육과 뼈가 모조리 뽑혀버린 것 같았다. 그는 누구인가? 그는 어디에 있는가? 그는 무엇을 했고, 무엇을 하고 있으며, 무엇을 할 것이며, 무엇을 해야 하고 무엇을 하고 싶은가? 이 모든 물음에 대해 그는 한 마디도 대답할 수가 없었다. 왜 방금 사과거를 떠났을까. 인생은 이처럼 허무한 것인가?

그리고서 '집'이라는 무서운 글자가 그의 텅 빈 머릿속에 나타났고, 그러자 정이의 슬프고 불쌍하고 괴로운 얼굴이 나타났다. 집, 집, 집, 그는 사흘째 집에 들어가지 않은 터였는데, 그건 고의가 아니었다. 그는 결코 그러려고 미리부터 생각하지 않았다. 이미 효력을 상실한 쓸모없는 '도장'을 정이에게 준 것도 고의는 아니었다. 그는 거짓말을 좋아하지 않았고 거짓말을 잘할 줄도 몰랐고 더욱이 그렇게 추악하고 더러운 수단으로 자기 아내를 속일 만큼, 니자오와 니핑의 엄마를 속일 만큼 비열하지는 않았다. 그는 자기의 두 아이를 얼마나 사랑하는지! 그 두 이름만 생각하면 그는 눈물이 났다.

뭐라구, 인력거 탈 거냐구? 응? 아니 아니, 안 타요. 이 인력거꾼은 굉장히 늙었구나, 사람이 사람을 끈다, 늙고 쇠약한 사람이 인력거를 끌고, 탄 사람은 젊고 피둥피둥하다. 사람이 아니라 마소가 수레를 끄는 것 같다, 사람이 마소 같다. 이 무슨 시대이며, 이 무슨 나라이고, 이 무슨 도시인가?

그는 누더기를 걸친 인력거꾼 곁을 떠나 골목으로 꺾어져 들어갔다. 담벼락에 각양각색의 크고 작은 광고가 붙어 있는데, 인쇄된 것이 대부분이고 손으로 쓴 것은 조금밖에 없었다. 팔자수염을 기른 일본인의 은단 광고, 수성(壽星)표 '생유령(生乳靈)' 광고, 치엔먼(前門) 밖 백림의원이 전문적으로 화류병을 고친다는 광고, 길흉화복을 잘 아는 류철구(劉鐵口)의 점과 관상에 관한 광고도 있었다. 광고지와 광고 그림은 한결같이 믿음이 안 갔고 초라해보였다. 광고 아래 여자 거지 하나가 벽에 기대 앉아 있었는데, 얼굴의 땟국물이 그를 섬뜩하게 했다. 여자 거지는 가슴을 풀어헤치고 있어 거북이 등 같은 검은 주름이 드러났는데, 그게 사람의 피부라고는 믿을 수가 없었다. 더욱 섬뜩한 것은 나이 든 여자 거지가 아이를, 남녀 합쳐서 넷이나 데리고 있는 것이었다. 궁할수록 더 낳고 괴로울수록 더 낳는다. 낳을수록 더 가난해지고 낮을수록 더 고통받는다. 더 많은 사람들이 가난해지고 더 많은 사람들이 고통받는다! "네 아이가 밥을 못 먹었어요, 마음씨 좋은 나으리 마님! 남는 거 한 입만 주세요!"

그는 거지에게 약간의 돈을 주었다. 거지의 얼굴에 웃음이 나타났다. 순간 갑자기 니우청은 거지가 부러워졌다. 거지가 되면 자기처럼 많은 번거로움을 겪지 않을 것이었다. 한 사람이 매일 밥 먹기 위해 걱정하고 그리고 다른 것은 걱정할 필요가 없다면 그게 행복이라고 할 수 있지 않을까. 집으로 돌아가지 말자, 깨끗이 거지가 되어 여기 꿇어앉아 구걸을 하자. 역사적으로나 이론적으로나 거지는 고매하고 소박한 직업이다.

그러면 니자오와 니핑은? 걔들도 이런 새끼 거지의 삶을 살아야 한단 말인가? 그럴 순 없었다. 아이를 낳은 뒤론, 아이의 울음소리가 그의 마음을 흔들었고, 아이의 눈물이 이 커다란 남자의 눈물을 자아냈다. 갓난아이의 울음소리는 그에게 일생 동안의 모든 따스하고 감동적인 것들을 생각나게 했다. 어렸을 때 기르던 흰 쥐. 어머니가 그의 머리를 쓰다듬어주던 시간. 가지에서 팔짝거리는 작은 새. 그가 좋아하는 고구마죽. 징이를 데리고 막 베이징으로 와서 잠깐 동안 희망이 가득하던 나날들. 그의 병과 그의 굽은 가는 다리. 니자오와 니핑은 한 살 차이밖에 안 났다. 애들이 나란히 잠들고 난 뒤, 니우청은 자기가 새로 배운 반사 신경에 관한 극히 짧은 지식을 운용, 자기 아이에게 실험을 했다. 아이의 발바닥을 살살 간지럽히자, 즉시 아이의 발가락과 발 전체가 움츠러드는 반응을 나타냈는데, 그가 책에서 본 것과 똑같았다. 한번 더 간지럽히려 하는데, 징이가 미친 짐승처럼 달려와 그를 밀어냈다. 그가 아이를 죽이려고 하기라도 한 것처럼, 징이는 입으로는 악담을 퍼붓고 눈으로는 흉광을 뿜었다. 앨 건드리지 말아요! 징이가 말했다. 뭘 하려는 거예요? 뭘 하려느냐고? 뭘 좀 하면 어때, 나는 애 아버진데! 이런 아버지가 어딨어요, 자는 애를 가만두지 않고 깨우다니. 깨우는 게 아냐, 자지 못하게 하는 게 아니라고. 뭐요? 실험이요? 징이는 악착같이 그에게 대들었다. 내 애를 가지고 실험을 해요? 당신은 사람도 아냐 짐승이지……

그렇게 거칠게 욕을 하고, 그 다음엔 징전과 장모가 와서 삼위일체로 그를 공격하고 그를 찢어발기려 했다…… 자식을 사랑하는 힘, 자식을 보호하는 힘, 어미의 힘은 확실히 위대하고 무서운 힘이었다. 인간은 본래 짐승이야. 우리가 짐승처럼 산대도 당신을 원망하진 않겠어, 징이. 그러나 내 자식 사랑조차 못 믿겠다니! 평생 닭 한 마리 안 죽여봤는데, 설마 제 자식에게…… 당신 태도나 당신 말투는 내가 살인자라도 되는 것 같잖아! 호랑이가 독해도 자식은 안 잡아먹어! 그런데 언니니 엄마니 젊은 과부 늙은 과부를 몽땅 불러다가 날 죽이려 해! 저 두 사람이 없었다면 우리가 이 꼴이 됐겠어!

그러나 그와 징이와의 모순은 화해할 수 없는 것이어서, 한마디도 일치해본 적이 없었다. 그는 유럽을 이야기하고 일본을 이야기하고 영미를 이야기하고 데카르트와 칸트를 이야기하고 등을 구부정하게 해서는 안 된다고 이야기하고 일광욕이 사람에게 좋다고 이야기하고 기생이 아닌 여자도 춤출 수 있다고 이야기하고 이를 닦아야 할 뿐 아니라 아침저녁으로 한 번씩 닦을 수 있고 또 그래야 한다고 이야기했다…… 그가 이런 이야기를 할 때 징이가 그를 얼마나 증오했는가 하면 이를 갈았다고 해도 될 정도였다. 전부 개소리야! 마침내 그녀는 얼굴이 시뻘개져서 선언했다. 돈 돈 돈은? 돈이 없으면 전부 개소리잖아? 아침저녁으로 한 번씩 이를 닦으면 치약 들지 칫솔 닳지 물 들지 양칫물 잔도 닳지 이도 닳잖아! 돈 돈 돈은? 등을 구부리지 말라고, 헛소리야, 헛소리! 가슴을 내밀고 가는 사람이 점잖은 사람이야? 가슴을 내미는 여자는 숨은 갈보 아니면 내놓은 갈보고, 가슴을 내미는 남자는 도둑놈 아니면 정신병자야! 당신 집안은 전부 정신병자야! 당신 할아버지도 정신병자였지! 당신 아버지도 정신병자였고, 당신 큰아버지도 정신병이었지! 날 속이지 말라고, 내가 모를 줄 알았지? 당신 엄마도 분명히 정신병이……

닥쳐! 그가 탁자를 쳤고, 탁자의 주전자와 찻잔이 높이 튀어올랐다가 방바닥으로 떨어져 산산조각이 났고, 손가락을 울퉁불퉁한 탁자 바닥에 짓찧어 그의 손에서 피가 났다. 닥쳐, 어머니를 들먹이지 마, 이 멍청한 년!

당신이 멍청하지! 천 배 더 멍청하고 만 배 더 멍청하고 천년만년 멍청하지! 이생에도 멍청하고 내생에도 멍청할걸! 니가네 대대손손이 다 멍청하다고! 멍청한 녀석 멍청한 자식 멍청한 놈 멍청한 새끼, 멍청한 새끼! 당신 엄마는 제일 멍청한 할망구였어! 니가로 시집와서 그 여자한테 내가 받은 학대가 적어, 적냐? 우리 친정에 사람이 없다고 괄시한 거야! 코도 못마땅하지 눈도 못마땅하지 머리카락도 못마땅하지 눈썹도 못마땅하지 말하는 것도 못마땅하지 기침하는 것도 못마땅하지 똥 누는 것도 못마땅하지 방귀 뀌는 것도 못마땅하지 웃는 것도 못마땅하지 우는 것도 못마땅하지! 그때 난 어린애였는데, 그 여잔 이래도 눈총이고 저래도 눈총인 거라! 그 여자 때문에 난 숨도 제대로 못 쉬고 걸음도 제대로 못 걷고 밥도 제대로 못 먹었어! 정말로, 정말로 밥도 못 먹었다고…… 이제 나한테 칸트 얘기 해봐요! 내가 먼저 묻겠는데, 칸트가 살았을 때 밥을 안 먹었수? 밥 먹었지, 그럼 돈 돈 돈은?

글쎄, 징이, 애들 엄마, 내가 제일 싫어하는 게, 내가 제일 기분 나쁜 게, 당신이 나를 제일 불쾌하게 하는 게 그 '돈' 소리야! 인생에 다른 말은 없다는 거야? 우리 부부가 선보고, 약혼하고, 사주단자 교환하고, 납채에, 혼수에, 북 치고 꽹과리 치고, 천지에 절하고, 동방화촉…… 그래도 다른 할 말이 더 없다는 거야? 내가 베이징에 온 뒤 당신에게 편지를 보냈었지, 그때 난 마오둔(茅盾), 바진(巴金)의 소설에서 사랑이라는 말을 배웠었어. 결혼하고 여러 해 지나고서, 난 처음으로 당신에 대한 나의 그리움과 걱정을 수줍어하면서 편지에다 고백했는데, 아마도 그건 사랑의 맹아라고 해야 할 거야. 그런데 나의 '사랑'에 대한 당신의 대답은 그저 "돈 돈 돈"이지!

헛소리 말아요! '싫어한다' '기분 나쁘다' '불쾌하다,' 말은 정말 그럴 듯하네요. 말은 정말 근사해! 무얼 잘난 척하는 거야? 돈이란 돈은 자기가 다 갖다 써버려놓고, 내가 가져온 것(즉 혼수)도, 우리 친정집 재산도 모조리 자기가 써버려놓고! 구라파 유학에 쓴 건 누구 돈이였죠? 말해봐요, 말해봐요! 이제 와선 우리 세 모녀 찬바람이나 마시게 버려두고, 당신은 술 마시고 계집질하고 교양있고 우아하게 인간의 부귀영화를 다 누리죠. 나는요, 아이들 데리고, 게다가 과부 엄마 과부 언니까지 데리고, 한 끼 먹으면 다음 끼니가 없고, 동쪽 벽 무너뜨려 서쪽 벽 매우고, 밥할 때가 돼도 솥을 못 여는 걸, 당신 알아요? 생각이나 해봤어요? 양심이 있어요? 인격이 있어요? 그러면서, 뭐, 이는 두 번씩 닦아라, 가슴을 내밀고 걸어라, 우릴 훈계해요? 이것 봐요, 먹지 못하면 허리도 못 편다구요! 자기는 뭉텅뭉텅 돈을 쓰면서, 밥도 못 먹는 우리 세 모녀가 돈 이야기 하는 건 못하게 하고, 그게 말이 되냐구요?

…… 어쩌면 그렇게 흉악하고, 그렇게 말을 잘할까, 정말로 원한이 깊은 거야, 내 껍질을 벗기고 내 살을 씹지 못하는 걸 한스러워하

는 거야. 말 한마디 한마디가 전부 칼 같아, 열 마디면 멀쩡한 사람도 충분히 죽이겠어! 거기다 그 여자의 언니와 어머니까지 가세해 한꺼번에 세 사람이 달려들어 입을 놀리고 손을 쓰잖아. 더구나 그 징전, 열아홉 살부터 수절한 조우쟝씨, 난 정말로 그 여자가 무서워. 그 여자는 정말로 살인이라도 할 사람이거든…… 어떡하지, 어떡하지, 이러다간 미쳐버릴 거야. 드디어 니우청의 영감이 발동, 멍관둔－타오 촌의 남자들이 여자를 다루는 비장의 무기가 자기도 모르게 생각이 났다. 그는 버럭 소리를 질렀다. 바지를 벗어버려! 말하면서 그 시늉을 했다. 이 방법은 정말 절묘했다. 세 여자는 즉각 당황해서 걸음아 나 살려라 하고 도망칠 것이다. 그는 웃었다. 일종의 복수의 쾌감이 느껴졌다. 이 얼마나 야만적이고 추악한 쾌감인가…… 중국이 안 망하면 천리(天理)가 없는 게야!

그리고는 밤새 계속되는 욕, 세 여자 목소리의 합창이었다. 높았다 낮았다, 빨랐다 느렸다 하며 악착같이 날이 밝을 때까지 계속해, 자기들이 안 자는 것은 물론이고 아이들도 못 자게 하니 니우청을 못 자게 하는 것은 더 말할 나위도 없었다. 그는 외국에서 유학할 때 늘 고향 여자들이 욕하는 모습이 생각나곤 했다. 그 욕의 흥분, 욕의 광기, 욕의 악독함과 욕의 철저함, 그 욕하는 사람의 지혜, 욕하는 사람의 격정, 욕하는 사람의 집중과 욕하는 사람의 쾌감은 외국인은 상상할 수조차 없는 것이었다. 중국 여자들이 온갖 불행과 학대와 억압을 겪으면서도 대대로 살아가며 시집가고 애 낳아 집안의 대를 이어줄 수 있는 것은 아마도 이 욕에 의해 심신을 조절하기 때문이 아닐까? '욕 심리학,' 이것은 실로 박사 논문감의 절묘한 제목이었다.

이것이 그의 집이었다. 이것이 수천 년의 야만과 잔혹과 우둔과 오물이 축적된 그의 집이었다…… 그러나 그는, 더러운 세상에서도 초연한 귀공자로서 활력이 넘치고 삶을 뜨겁게 사랑하고 문명을 동경하며 사랑을 갈망하고 행복을 추구한다…… 왜 그는 파리, 빈, 베를린, 뉴욕, 제네바, 베니스, 런던, 모스크바에서 태어나지 못하고 '양똥 덩어리'를 발로 비비는 명관둔-타오촌의 소금땅에서 태어났을까? 왜 그는 현성(縣城)에서 중학을 나오고 베이징에서 대학을 나오려 했으며 또 유럽으로 유학을 가고 영어 말고도 일본어와 독일어를 배우려 했을까? 만약 그가 그의 외삼촌이나 외사촌형같이 아편이나 피우고 첩이나 두고 마작이나 하고 조롱에 새 기르고 아무 데나 침 뱉는 지주가 되었더라면, 지금보다 더 행복하지 않았을까? 왜 그는 이런 세월을 이런 곳에서 살면서, 항일을 못할 뿐 아니라 친일도 못하면서, 이혼을 못할 뿐 아니라 그렇다고 징이가 원하는 것처럼 마음을 잡고 징이와 살려고도 않으면서, 중국을 떠나지 못하고 모든 중국 시골 사람들의 나쁜 풍속을 벗어나지 못할 뿐 아니라 그렇다고 기꺼이 진짜 중국 사람이 되지도 못하는 것인가?

지금은 또 도장 일로 인해, 한바탕 엄청난 폭풍이 그를 기다리고 있다! 그는 고의가 아니었고, 수단을 부린 것이 아니었다. 그는 교활하고 궤계가 많은 사람이 아니었다. 만약 교활하고 궤계가 많았다면, 그는 모든 면에서 지금보다 훨씬 더 잘살 것이었다. 그날 그는 완전히 무의식적이었다. 무심결에 자기 옷을 더듬은 것에 불과했고, 그러다가 그 타원형 상아 도장이 만져져서 그것을 꺼낸 것이었다. 이는 가련하기도 하고 무의미하기도 한 짓이었다. 그는 그 도장을 좀 만지작거리려 한 것일 뿐이었다. 손에 무언가 잡히지 않으면 그의 모든 총기와 뜨거운 생명이 불안해지기 때문일 뿐이었다. 그가 그 상아 도장을 꺼내어 손바닥에 올려놓자 징이의 눈은 즉시 불타기 시작했다. 그녀는 고개를 숙이고 울적하게 거기에 앉아 있었는데, 그 순간 기적이 일어났다. 그는 뭐라고 말했던가? 자연스럽게 도장을 건네주면서 달콤한 허락을 했었던가? 오, 하느님, 하느님만이 저를 징벌할 수 있습니다. 그러나 하느님은 이미 나를 충분히 징벌했는걸. 나의 생명, 나의 일생, 내 원래 집과 지금 집이 바로 징벌의 산물이고 징벌의 체현인 걸. 그때 나는 진정으로 징이와 화해하고 싶었고, 조우쟝씨와 쟝자오씨와 화해하고 싶었고, 내 나라 내 고향 그리고 나 자신과 화해하고 싶었지. 화해하지 않으면 또 어쩔 것이냐? 돈도 다 썼고 춤도 다 췄고 커피숍과 댄스홀은 들어갈 수 없다. 유럽 친구도 티엔진에 가고 없다. 그가 한동안 쫓아다녔던 미스 류(劉)는 결국 당연하게 그를 거절하며 쾅 하고 문을 닫았고 그는 닫힌 문 밖에 남겨졌다. 봉급이 더 많은 대학 교수라는 새 직함은 손에 들어오지 않았다. 항일을 고취하고 공산을 고취하고 민족 독립과 계급 투쟁을 고취하던 좌경 용공의 그 친구도 베이징 시를 떠나 팔로군 유격대를 찾아갔다. 니우청 그만이 가진 것도 없고 의지할 데도 없고 갈 데도 없었다. 그에게 남은 것은 집에 돌아가는 것뿐이었다. 아이에게 엄마를 불러내게 해 그의 사과의 뜻을 표하는 것뿐이었다. 그는 모든 게 다 해결될 수 있다고 믿었다. 그가 조금 전에 다른 사람에게, 그리고 자기 자신에게 말한 것처럼, 그는 어쩔 수 없는 낙관주의자였다. 그의 상아 도장이 징이에게 불러일으킨 커다란 흥분과 기쁨을 그가 어떻게 그 자리에서 깨버릴 수 있단 말인가? 결혼하고 10년 동안, 몇 번쯤 징이가 그렇게 흥분하고 기뻐한 적이 있는데, 그런 사랑의 불을 가져본 적이 있느냐고 그는 묻고 싶었다. 그 기쁨의 불꽃을 그 자리에서 꺼버리는 짓을 그가 어떻게 차마 할 수 있으며 감히 할 수 있겠는가? 만약 그가 잘못된 김에 상아 도장으로 거짓 승낙을 했다면, 거짓은 그 자신에게서 나온 것도 그의 술책에서 나온 것도 아니고 그 자신도 어쩔 수 없는 운명에서 비롯된 것이었다!

이 모든 것은 판자에 박힌 못처럼 바꿀 수도 없고 회피할 수도 없었다. 이 모든 것은 이미 과거가 되었고 역사가 되었다. 저질러진 일, 엎지른 물은 돌이킬 수가 없다. 그렇다고 그가 어떻게 당시의 승낙을 진정으로 이행할 수 있겠는가? 그것은 그의 독립된 인격 전부가, 학술 생활 전부가, 서양식 사교 생활까지 포함하여 사교 생활 전부가 파멸된다는 것을 의미했다. 자기의 현재와 자기의 미래의 일체를 그토록 우매하고 무지한 징이의 손에 맡길 수 있단 말인가? 그렇게 된다면 타오촌으로 돌아가 아편이나 피우는 편이 나았다.

니우청은 백주의 몽유병 환자처럼 거리와 골목을 멈출 생각을 않고 외로이 걸었다. 거리와 골목의 아무것도 그의 흥미를 불러일으키지 못했다. 치안 강화, 평화 반공 구국, 중일만(中日滿) 친선 합작 등의 표어와 고약을 붙인 것 같은 일장기, 청천백일만지홍[25]에 노란 띠를 두른 기*가 보여도 눈에 들어오지를 않았다. 리샹란(李香蘭)·리리화(李麗華)·바이윈(白雲)의 노래도 귀에 들어오지를 않았다. 무장수의 긴 외침이 그를 망연케 했다. 그는 나팔을 불면서 찻잎을 파는 '금관악대'를 돌멩이 지나치듯 지나쳤다. 공중변소에는 화류병을 전문으로 치료한다는 광고가 가득 붙어 있었고, 길가의 도랑에서는 변소보다 더한 악취가 풍겼다. 이 모든 것을 그는 무심히 지나쳤다. 이 모든 것은 영원히 그에게 낯설었다. 그것은 결코 그의 생존 환경이 아닌 것 같았다. 그는 별세계에서 사는 것 같았다.

---

25 푸른 하늘, 밝은 태양, 땅에 가득한 붉은 꽃이란 뜻으로 중화민국 국기의 도안을 묘사한 말이다.

* 왕자오밍 괴뢰 정부의 '국기'는 청천백일만지홍에 노란 띠를 둘렀고 노란 띠에 '평화, 반공, 구국'이라는 글자를 넣었다.

몇 개인지 모르는 거리를 더 지났다. 그제야 니우청은 자기가 갈수록 집에 가까워지고 있음을 깨달았고, 그러자 그의 가슴은 맹렬하게 뛰기 시작했다. 그렇다, 그는 집으로 돌아가야 한다, 하지만 집으로 돌아가는 것이 정말로 두려웠다. 전에 충치 때문에 치과 의원에 가서 이를 뽑았었는데, 그때 이를 뽑긴 뽑아야 하지만 이 뽑기가 너무도 무서웠던 것과 비슷했다. 치과 의원에 가면서 그는 요행을 바라며, 의사가 없기를, 의약품이 완비되지 않아 이를 뽑을 수 없기를 빌었다. 조금 미룰 수만 있다면 좋았다. 이 뽑는 아픔을 영원히 다음번으로 미루자.

그는 자기도 모르게 잘 아는 목욕탕으로 들어갔다. 아는 종업원이 웃으면서 그가 벗은 옷을 받아 걸 때에야 오늘 아침에 이미 이 목욕탕에 와서 목욕을 했었다는 게 갑자기 생각났다. 어젯밤에 불결한 곳에 있었으므로 아침이 되자 곧장 목욕을 하러 왔던 것이다. 난 말이야…… 좀더 씻고…… 좀 쉬어야겠어. 그는 우물쭈물하며 목욕탕 종업원에게 설명했다. 모두들 손님같이 우릴 찾아주시면 우린 금세 돈 벌 거예요라고 종업원이 하하 웃으며 말했다. 샹피엔(香片)으로 할까요, 룽징(龍井)으로 할까요? 탕후루(糖葫蘆) 두 개 드시겠어요? 예, 손님.

니우청이 목욕을 좋아하는 것은 거의 병적이라 할 만큼 열광적이었다. 스무 살 무렵 이후, 대학을 다니고 서양 학문을 배우고 유럽으로 유학한 이후, 서양 사람들과 접촉한 이후, 그는 비로소 중국 사람이 얼마나 비위생적인가를 알게 되었다. 시골에는, 평생 목욕하지 않는 사람도 있었다. 어떤 사람은 평생 딱 두 번 목욕했다. 한 달에 한 번 목욕하는 정도면 위생의 선구자인 셈이었다. 좀더 나이가 들면서, 인간의 신체에 대한, 인간의 육체에 대한 중국인의 엄청난 심리적 억압을 그는 희미하게 느꼈다. 소위 육체범태(肉體凡胎)[26]라는 것. 소위 냄새나는 가죽 주머니[27]라는 것. 소위 썩은 고기라는 것. 소위 인간의 욕망이 흘러 넘치는 죄악과, 천리를 보존하고 인간의 욕망을 없애는 징벌이라는 것. 이런 어리석음으로 자기 몸을 짓밟는다는 것은 도저히 생각할 수가 없었다. 이런 짓밟음, 인간의 몸에 대한, 인간의 육체에 대한 이런 멸시, 적대시, 압제 그리고 열등감, 이런 심리가 발생하는 이유의 상당 부분은 목욕하는 설비와 관습이 결핍되어 신체를 항상 스스로에게 부끄러운 상태에 처하게 하는 데에 있었다. 그러므로 그는 목욕을 했다. 그는 적어도 일 주일에 한 번은 목욕을 했는데, 그 정도로는 어림도 없었다! 조건만 되면 하루에 한 번씩 할 것이었다. 그는 실오라기 하나 남기지 않고 발가벗었다! 그는 자기의 가련하며, 괴로움을 당했지만 여전히 생기 넘치는 갈망의 몸뚱어리를 아꼈다. 그는 뜨거운 물에 불리고 또 불리고, 몸에 비누를 고루 칠하고 또 칠하고, 거품을 내고 또 내고, 문지르고 또 문지르고, 씻고 또 씻었다. 거품을 내고 문지르고 씻어서 겨드랑이, 팔꿈치, 무릎, 귀 뒤까지 포함하여 전신의 피부가 붉그레해지고 때가 더 밀리지 않아도 그는 더 씻으려 했다. 그는 언제나 깨끗이 씻기지 않았을까 봐 걱정했다. 그는 자기가 청결하다는 것을 확인할 수 있는 확증을 얻고 싶어했다. 그때서야 그는 자기가 스푸강 등과 똑같은 사람이라고 느꼈고, 그때서야 그는 자기의 몸뚱어리가 문명개화되었다고 느꼈다. 참신한 학문 식견, 열렬한 추구와 동경, 가득한 울분과 시대착오, 비범한 정견(政見)으로 지금 실행할 수 있는 것은 오직 이 항상 목욕하기밖에 없었다.

---

26 속물이라는 뜻.
27 불교 용어로 인간의 몸을 지칭한다.

그리고 목욕탕은 바람을 막아주는 곳이었다. 대학이든 가정이든, 거리든 댄스홀이든, 어떤 우아하거나 저급한 '사교'의 경우든, 사람을 옭매고 사람을 괴롭히는, 무섭고 혐오스럽고 증오스러운 갖가지 갈등과 모순을 띠게 마련이어서, 그는 항상 몸 둘 곳이 없다는 느낌을 받았다. 그러나 이 오래된 목욕탕은 그에게 언제나 문을 활짝 열었고, 언제나 웃는 얼굴로 맞이했고, 언제나 열렬한 시중으로 맞이했다. 다른 곳에서는 기대할 수 없는 웃는 얼굴과 시중과 존경을 여기서는 늘 얻을 수 있었다. 게다가 그는 돈이 있으면 쓰는 데 인색하지 않았다. 게다가 여기서는 그를 존경하고 그를 시중들면서도 그에게 생전 아무것도 묻지 않았으니 그를 방해하는 것은 더 말할 나위도 없었다. 원래 중국 문명의 정화가, 미래의 문명화되고 민주적이고 현대적인 인간관계의 서광이, 개성과 개인의 자유를 존중하는 서광이 사람 소리로 시끄럽고 사람 몸뚱어리가 흔들리고 사람 숨결이 가득한 목욕탕에서 솟구쳤다. 오, 차라리 그는 이 좋은 청춘의 시간을 목욕 속에서 보내고 싶었다.

아침에 이미 한 번 목욕을 했으면서도, 이날의 두번째 목욕을 니우청은 여전히 열심히, 자세히, 철저하게 했다. 육체의 안락함과 나른함과 자유로움이 잠시 인생의 번뇌를 잊게 해주었다. 특히 때를 미는 종업원이 마지막으로 버들가지로 엮은 바가지로 욕조에서 뜨거운 물을 퍼다가 푸 하고 한꺼번에 그의 목덜미에 끼얹을 때, 뜨거운 자극과 한 바가지 물의 묵직한 자극에 그는 온몸을 떨었고 무한한 득의로움을 더한층 느꼈다. 욕조에서 나오자 잘 아는 종업원이 양칫물과 수건과 새 물을 부은 차를 차례로 건네줬고 그는 하나하나 사용했다. 빗과 손톱깎기 차례가 되었다. 빗으로 머리를 빗고, 그러고는 아까 아침에 깎은 손톱과 발톱을 다듬었다. 니우청은 손톱을 깎는 것도 지나치게 열정적이었다. 그는 외국인과 사귄 뒤로 중국 사람의 손톱이 길고 더러움을 통감했으므로, 손톱을 깎을 때는 항상 온 정신을 집중했고, 손톱이 쓰리고 아플 정도로 짧게 깎았다. 그런 그가 이번에는 손톱을 다듬으면서 잘 아는 종업원과 말을 했다. 손톱이 길 경우 나쁜 점에 대해 말하고 목욕을 많이 할 때 좋은 점에 대해 말하고 목욕도 하지 않고 손톱도 긴 것이 얼마나 야만스럽고 무서운 것인지에 대해 말했다. 종업원은 예예 하면서, 마음속으로 생각했다. 손님이야 물론 손톱을 짧게 깎고 싶은 만큼 짧게 깎으쇼, 손톱을 몽땅 뿌리째 뽑아도 무방할 거유. 허나 난 안 돼, 손톱이 조금도 없으면 옹매듭은 어떻게 푼담? 내가 노상 목욕하면 손님 목욕 시중은 누가 들겠수?

　니우청은 아는 종업원과 계속 잡담을 했다. 집은 어디야? 논인가 밭인가? 이 일은 몇 년이나 했지? 수입은 어때? 결혼했어? 편지는 오는가? 시골 생활은 어때? 자취하나 매식하나? 등등이었다. 이런 문제들은 니우청이 잘 모르기도 하거니와 몹시 싫어하는 것이었다. 그러나 오늘은 말도 많이 했고 종업원의 대답을 들으며 흥미진진해 하는 기색을 보였다. 그래서 종업원은 이 손님이 오늘 기분이 대단히 좋구나, 라고 생각했다. 니우청으로 말하자면, 이런 잡담으로 코앞에 닥친 위험에서 도피했고, 또 이런 잡담으로 하층 노동자에 대한 그의 동정과 평등 정신을 표현했다. 일찍이 고향에서는, 소작인이나 하인들과 친근하게 대화를 하려 했었다. 그 자신을 돌이켜보면, 학업을 끝마치고 사회에서 일을 한 이래 그에게 만족한 상사는 하나도 없었다. 또 그의 아랫사람으로서 그에게 불만스러워한 사람도 하나도 없었다. 심지어 그가 더 이상 임금을 줄 수 없게 된 뒤에도 그가 쓴 사람들은 그만두려 하지 않았다. 니우청 그는 타고난 민주주의자였고, 어쩌면 타고난 사회주의자인지도 몰랐다.

그러고 나서 잠깐 잠이 들었다. 발가벗은 그는 부드러운 수건 두 개만 덮고 있었다. 전혀 신선하지는 않아도 공기와 직접 닿는 피부에 매끄러운 안락감이 느껴졌다. 이것이 그의 천진한 기질을 만족시켜 주는 것 같았다. 잠깐 자는 동안, 그는 자기 고향을 꿈꾸었고, 뒤뜰의 배나무를 꿈꿨다. 그가 나무를 아주 높이 기어올랐다. 원래 그는 나무타기의 능수로서 날랜 원숭이와 겨룰 만했다. 타작마당과 노적가리, 가축들, 문루, 기왓골 그리고 마을 입구의 아치형 문이 보였다. 저게 누구지? 나무 끝에 한 사람이 앉아 있는 것 같았다. 나무 끝인가? 구름 끝이 아닐까? 하늘 위의 자리인지도 몰라. 눈을 내리감고 관세음보살 같은 모습에 큰 키. 엄마, 엄마! 그것은 사랑하는 어머니였다. 엄마, 배 잡수세요, 배를 따드릴게요, 이건 물배예요, 땅에 떨어지면 산산조각이 나요. 난 안 먹는다라고 엄마가 말했다. 왜 안 잡숴요? 이게 뭐지, 아야! 나무에 올라가지 말라면 올라가지 말아야지, 넌 어째서 그렇게 말을 안 듣니? 봐라, 가시에 찔렸지, 이건 송충이란다. 엄마가 호 불어주마.

양똥 덩어리를 발로 비빈다.
나는 네 동생 너는 내 형님.
마누라를 얻는 게 어때?

깨어났을 때 그의 눈꼬리에는 눈물이 그렁그렁했다.

제6장

어떤 상황에서도, 니자오는 언제나 말로 표현하기 힘든 아름다움과 부드러움을 느꼈다.

아침에 일어나 눈을 뜨자 그는 좀 추웠다. 에취, 재채기가 나왔다. 빨리 옷 입어라, 춥다라고 말하면서 엄마가 외투를 건네줬는데, 외투 소매는 한 번 늘였는데도 여전히 깡똥했다. 추분이 지났는데 안 추울 턱이 있냐? 엄마가 말했다. 그것은, 가을이 되었다는 말이었다. 왜 가을이 있어야 할까? 나뭇잎이 땅에 떨어졌다. 그리고 없어졌다. 겨울엔, 윙윙 하고 큰 바람이 불었다. 작년 겨울은 그가 입학하고서 맞은 첫번째 겨울이었는데, 하루는 어둠 속을 더듬어 서북풍을 맞받으며 등교했다. 온몸에 바람이 몰아쳤다. 학교에 도착하고서 그는 너무 추워서 울었다. 눈물이 얼굴에 줄줄 흘렀다. 눈물을 닦으면서 그는 추워서 바지에 오줌을 쌌다. 갑자기 뜨거운 느낌이 허벅지를 타고 내려갔다. 그것이 그의 몸에서 유일하게 따뜻한 것 같았다…… 그런데도 선생님도 그를 나무라지 않았고 아이들도 그를 비웃지 않았다. 선생님이 말했다. "오늘은 너무 춥다, 오늘은 다들 집으로 돌아가거라, 공부는 안 한다." 석탄 살 돈이 없다고 선생님이 말했다. 집에 돌아와 그 일을 말하자, 엄마와 이모와 외할머니 모두가, 마치 그가 무슨 훌륭한 일이라도 한 것처럼, 그를 품에 끌어안았다.

겨울을 가져오는 가을은 왜 있는 것일까? 언제나 여름이면 얼마나 좋을까. 여름은 또 너무 덥지, 방금 누웠는데 베개가 땀에 흠뻑 젖으니, 여름이 만약 덥지 않으면 얼마나 좋을까. 사람이 병이 나지 않고 열이 나지 않고 싸우지도 않고 죽지도 않는다면 얼마나 좋을까. 입학하고 반년쯤 되어 그는 죽음이라는 말을 이해하게 되었다. 어느 날 엄마와 이모와 외할머니가 모두 죽고 자기 자신도 죽을 것을 생각하면, 그는 얼마나 슬픈지! 이런 말은 하면 안 된다는 것을 그는 알았다. 왜냐하면 그는 착한 학생이고 착한 아이이기 때문이었다.

그는 착한 아이였다. 선생님이 그렇게 말씀하셨고, 아이들이 그렇게 말했다. 아버지가 그렇게 말했고, 엄마가 그렇게 말했고, 이모가 그렇게 말했고, 이웃 사람들과 손님들이 그렇게 말했다. 그가 일어나면 엄마는 옷을 갖다주었는데, 옷을 건네주면서 말끝마다 "착한 아이야!"라고 불렀다. 온 세상이 착한 아이라고 부른다면, 그 아이가 어떻게 착해지지 않을 수 있겠는가?

착한 아이야, 뭐 먹을래? 뭘 먹냐고요, 맛있는 거 뭐 있어요? 작은 조개탄 풍로가 이미 피워졌고, 그는 코를 찌르는 악취가 섞인 연기 냄새를 맡았다. 고양이 똥 냄새였다. 외할머니는, 그 '죽일 놈의 고양이'(어느 고양이인지는 아무도 몰랐다)가 노상 석탄 더미 위에다 똥을 싸고 석탄을 밟고 비비고 걷어차 부순다고 말했다. 니자오는 고양이를 좋아해서 몇 마리 길렀었는데 다 죽었다. 그의 집에는 고양이에게 줄 간을 살 돈이 없기 때문이라고 그는 믿었다. 고양이가 가장 좋아하는 것은 간이었고, 사람이 가장 좋아하는 것은 고기였다. 사람이 고기를 못 먹을 때 고양이는 간을 못 먹었다. 사람은 고기를 못 먹어도 참을 수 있지만, 고양이는 간을 못 먹으면 참지 못한다. 그가 수수떡을 먹였지만, 고양이는 먹지 않았다. 고양이는 다가와 냄새를 맡아 보고는 슬피 울고서 먹지 않고 가버렸다. 갈수록 말라, 뼈에 가죽을 씌운 꼴이 되고, 완전히 해골이 되어 죽었다. 그는 그 고양이 때문에 정말로 마음이 아팠다. 돈이 생기면 고양이에게 간을 꼭 사줘야지. 모두들 나를 착한 아이, 착한 학생이라고 하잖아? 나중에 고양이 먹일 간을 살 돈을 틀림없이 충분히 벌 수 있을 거야. 그렇지만 그도 고양이 똥은 싫어했다.

나중에 엄마는 밀가루로 묽은 죽 — 풀이라 불러도 되는 — 을 쒔는데, 흑설탕을 손가락으로 집어 그의 그릇에 뿌려주었다. 누나 그릇에는 흑설탕이 없었으니, 그건 그에 대한 특별 대우였다. '풀'을 쑨 것도 니자오 그를 위해서였다. 한번은 그가 무지무지하게 배가 고팠다. 집에 먹을 것이라고는 약간의 밀가루밖에 남아 있지 않았다. 그래서 엄마는 죽을 쒀주면서 약간 농담을 섞어 말했다. 착한 아이야, 아무것도 없어, 풀 한 그릇밖에 해줄 수 없어. 그는 마셨다. 아주 맛있었다. 한 그릇을 다 먹고 또 한 그릇을 더 찾았고 끝에 가선 솥 가에 달라붙은 '풀'까지 오른손 집게손가락으로 싹싹 긁어 먹었다. 그리하여 엄마는 니자오 이 아이가 풀을 좋아한다는 사실을 알게 되었다. 그녀는 니자오 본인에게 그렇게 말했고, 이모와 외할머니에게 그렇게 말했고, 또 이웃 사람들과 손님들에게 그렇게 말했다. 그리하여 모두 다 니자오는 풀을 좋아한다고 알게 되었고 니자오 자신도 그런 줄 알게 되었다.

아버지만이 그렇게 생각하지 않았다. 니자오가 풀을 좋아한다는 이야기를 들었을 때 그는 눈썹을 잔뜩 찌푸리면서 말했다. "말도 안 돼, 풀이 뭐가 맛있어." 그는 니자오가 풀을 좋아한다는 사실을 인정할 수 없었고 그런 식의 말 자체를 더욱 인정할 수 없었다.
　아버지는 미웠고, 거만했고, 자기만을 믿었고, 주위 사람의 흥미와 믿음을 깨기만 했다.
　그는 흑설탕을 넣은 풀을 다 먹고서 흑설탕을 넣지 않은 풀을 다 먹은 누나와 함께 학교에 갔다.
　비록 학교가 낡아빠졌지만, 니자오는 태어난 뒤로 이보다 더 휘황찬란한 것을 본 적이 없었고, 이것이 좋은 학교이며 그가 사는 골목의 더 가난하고 더 더러운 많은 아이들이 가고 싶어도 못 가는 학교인 줄만 알았다. 2학년이 되자, 학교만 가면 물을 만난 물고기처럼 생기가 났다. 그가 태어난 것이 학교에 가기 위해서인 것만 같았다. 그는 적지 않은 가난한 아이들이 공부하지 못한다는 이야기를 들었고, 그 가난한 아이들을 위해 몹시 슬퍼했다.
　국어 시간에 선생님이 아이들에게 "……하기 때문에 ……하다"를 가지고 작문을 하게 했다. 다른 아이들의 작문은 전부 아주 간단하고 천편일률적으로 들렸다. 그러나 그의 작문은 길고 표현된 뜻이 많았다. 선생님이 기뻐하면서, 넌 정말 글을 한 편 지었구나라고 말씀하셨다. 그는 선생님이 자신을 좋아한다는 걸 알았다. 한번은 선생님의 숙소 앞에서 선생님과 마주쳐 허리를 굽혀 인사했는데, 선생님이 그에게 작은 과자를 주셨다. 그는 아직 그런 과자를 먹어본 적이 없었다. 파삭파삭하고 사각거리고 달콤했다. 선생님은 그의 작문을 시범으로 거듭 읽었고, 온 반이 모두 그가 잘 지었다는 것을 인정했다. 그의 뒤에 앉은, 공부를 아주 열심히 하는 키 큰 여자애가 샘이 나서 입술을 삐죽거릴 것임을 그는 알았다. 그 여자애는 항상 그를 이기고 싶어했는데, 그의 뒷자리에 앉지 않은 적이 거의 한 번도 없었다. 그것이 그를 괴롭게도 했고 뻐기게도 했다.

오전에 또 말하기 과목이 있었다. 그 시간에 그가 이야기를 하나 했다. 그 이야기는 이모가 그에게 가르쳐준 것으로 반딧불 이야기였다. 옛날에 어린아이가 하나 있었는데, 친엄마가 죽어서 아버지가 계모를 데려왔다. 계모는 그에게 아주 못되게 굴었다. 하루는 그가 10전을 가지고 식초를 사러 갔다가, 돈도 잃어버리고 식초도 못 사왔다. 계모가 돈을 찾아오라고 그를 쫓아냈다. 그는 밤새 돈을 찾다가 개천에 빠져 죽어버렸다. 그래서 그는 반딧불이가 되어 작은 등불을 들고 가는 곳마다 그의 10전을 찾는다.

이 이야기는 아주 슬펐다. 친엄마와 돈은 다 아주 중요한 것이었다. 그 이야기를 하자 그에게 샘을 내는 여자애도 울었고, 선생님도 눈시울을 붉혔다. 엄마의 귀중함을 그는 더욱 느꼈다.

그러나 이모도 귀중했다. 그녀는 그의 가정교사였다. 그 눈물 나는 반딧불 이야기를 그에게 가르쳐준 사람이 바로 그녀였다. 그녀는 공융(孔融)이 배(梨)를 양보한 이야기, 사마광(司馬光)이 항아리를 깬 이야기, 그리고 밤을 사는 이야기도 그에게 해주었다. 어린아이가 밤을 샀는데, 주인이 네가 한 줌 집어가라고 말했다. 그는 집지 않았고, 결국 주인이 한 줌 집어줬다. 나중에 엄마가 물었다. 왜 안 집었니? 아이가 대답했다. 주인 손은 큰데 내 손은 작거든요. 봐라, 얼마나 영리한가! 이것은 참으로 사랑스런 좋은 이야기였다. 정말로 이야기에서처럼 그렇게 밤을 몇 개 더 얻어서 먹을 수 있다면 좋을 것이었다. 그러나 어디 가서 인심 좋은 주인을 찾을 것인가? 니자오와 엄마는 돈을 주고 땅콩을 사려 했다. 돈을 주었고, 또 분명히 주인이 집어주는 것이지 니자오 그의 작은 손으로 집는 것은 아니었다. 주인의 손이 커봐야 무슨 소용이 있는가? 땅콩을 어찌나 조금 주는지 낱개로 셀 수 있을 정도였다. 가슴이 조마조마했다. 그는 영리하게, 애처롭게 말했다. 아저씨 좀더 주세요. 꼭 구걸하는 것 같았다. 그 천진스럽고 애처롭기 짝이 없는 목소리는 스스로 눈물이 날 만큼 감동적이었다. 그러나 주인은 아무 반응도 없었고 아무 표정도 없었으니, 땅콩 몇 알 더 주는 것은 더 말할 나위도 없었다.

그러나 이모가 해준 이야기는 결국 총명함은 언제나 유익한 것이라는 이야기였다. 그는 총명했다. 총명하다 해도 가르쳐주는 사람이 있어야 하는데, 그게 바로 이모였다. 매일 아침 학교에 갈 때 이모는 그의 책보를 검사했다. 붓은? 먹물통은? 연필 깎는 칼은? 크레용은? 자, 자는 왜 안 넣었니? 그리고 그가 숙제를 할 때면 이모가 곁에 앉아 그와 함께 했다. 그의 모든 숙제는 이모가 먼저 보고 나서 학교로 갖고 가는 것이었다. 그의 학교 성적이 어떻게 1등이 되지 않을 수 있었겠는가?

외할머니도, 심지어는 글자를 모르는 외할머니까지도 그가 숙제하는 것을 도운 적이 있었다. 그가 처음으로 붓글씨 숙제를 할 때였다. 그가 벼루, 먹, 먹물통을 차려놓는 것을 이모가 도왔다. 먹물통의 솜은 누나가 기르는 누에가 뱉어낸 것이었다. 누에는 고치가 되려 하고 있었는데, 고치가 되도록 놓아두어서는 안 되었다. 그들이 고치를 가지고 무엇을 한단 말인가? 작은 사발을 하나 가져와, 사발 아가리에 종이를 한 장 씌우고 실로 종이를 그릇에 꼭 묶고서, 온몸이 벌써 투명해진 누에를 종이 위에 올려놓았다. 그러자, 평평한 종이 위에서 누에는 고치를 만들면서 기댈 모서리를 찾지 못하게 되었다. 누에는 옆으로만 기고 옆으로만 실을 뱉고 옆으로만 얇은 솜을 만들어내는 수밖에 없었다. 오, 불쌍한 누에! 오, 사람의 마음을 아프게 하는 누에! 더욱 마음 아프게 하는 것은, 소리 없이 아무것도 안 먹고 죽기만을 기다리는 누에고치였다! 누에고치가 되면, 왜 뽕잎을 하나도 안 먹는 것일까?

솜도 있고 먹물통도 있고 먹도 있지만, 그러나 그는 붓을 쓸 줄 몰랐다. 아무리 해도 붓을 잡을 수가 없었다. 마침 엄마와 이모는 없었다. 글씨본 하나도 그리지 못했는데 벌써 손과 얼굴은 온통 먹물투성이가 되었다. 어떻게 된 일인지, 혀까지 시커매졌다. 그는 울음을 터뜨렸다. 잘 우는 아이였다.

나중에 외할머니가 그가 붓 잡는 것을 도와주었다. 외할머니는 그의 손을 잡고 첫번째 글씨본을 그렸다. 첫 획은 잘 그려졌고, 그는 정말로 외할머니에게 감탄했다. 그는 정말로 외할머니가 고마웠다. 그러나 두번째 획은 어찌 된 일인지 붓이 제멋대로 미끄러졌고, 그래서 불쑥 삐져나왔다. 가시에 찔렸거나 혹은 거기서 가시가 자라난 것 같은 모습이었다. 그와 외할머니는 모두 당황했고, 갈수록 더 시커먼 덩어리가 되었다.

외할머니는 글씨를 쓸 줄 몰랐다. 외할머니는 아무 글자도 알아보지 못했다. 그렇지만 외할머니는 천가시(千家詩)와 당시(唐詩)를 욀 줄 알았다.

　　얇은 사 한 자로 만든 머리띠를 주시니,
　　그대 위해 어찌 슬퍼하지 않을 수 있으리?

니자오는 어른이 된 뒤에야 그것이 『홍루몽』에 나오는 임대옥(林黛玉)의 「머리띠를 주심에 시를 짓다」라는 것을 알았다. 앞 두 행은 다음과 같았다.

　　눈은 헛되이 눈물 머금고 눈물은 헛되이 흘러,

남몰래 흩뿌리니 이는 누구를 향한 것이오?

그는 모호하게나마 벌써 그 네 행을 외웠는데 뜻은 모르고 그 발음과 곡조만 알아, 서당에 다니는 아이가 '공자 가라사대 학이시습지면……'을 외는 것과 흡사했다. 외할머니는 이 시를 낭송할 때 감정이 퍽 풍부했다.
　이모는 더 많은 시를 욀 줄 알았다. 이모는 또 신시(新詩), 후스, 위핑보(兪平伯), 류다바이(劉大白), 쉬즈모(徐志摩)…… 등도 욀 줄 알았다. 이모는 니핑과 니자오에게 명관둔-타오촌 발음을 사용하긴 했으나 빙심(氷心)의「어린 독자에게」를 읽어준 적이 있었다. 이모는 또 니핑과 니자오에게 갖가지 동요도 가르쳐주었다.

　　엄마소야 엄마소야 고마워,
　　신선한 우유를 날마다 주니까,
　　우유는 하얗고 고소해,
　　마시면 우리 몸은 튼튼해진다.

또 있다.

　　누구십니까, 문 두드리는 사람,
　　누굴 찾아요, 가르쳐주세요……

선생님도 그 노래들을 가르쳐주었다. 나중엔, 선생님이 가르쳐줘서 자기들이 부르는 것을 이모가 따라 배운 건지—말하자면 자기들이 이모에게 가르쳐준 건지, 아니면 이모가 자기들에게 가르쳐준 건지를 확실히 알 수 없게 되었다. 그래서 선생님이 그 노래들을 가르칠 때면 그와 누나는 특별히 더 빨리 더 잘 배웠다.

어쨌든 이모는 아동 교육가였다.

이모는 유별나게 아이를 좋아했고, 아이에 관계되는 모든 것에 아주 많은 관심을 기울였다. 식구들 중에서 고향의 동요를 부를 줄 아는 사람은 이모뿐이었다.

불룩불룩 우두머리 닭,
꼬꼬댁거리고,
여편네는 오이를 먹지.
오이에 털 있으면,
복숭아를 먹지.
복숭아에 주둥이가 있으면,
요우빙(油餅)[28]을 먹지.
요우빙이 냄새나면,
국수를 먹지.
국수가 퍼졌으면,
계란을 먹지.
계란이 비리면,
수탉을 먹지……

정말로 신기하기 짝이 없었다. 니자오는 온 식구들이 부드럽고 자애롭고 신기하기 짝이 없는 사람들이라고 생각했다. 의심할 게 뭐 있

---

[28] 밀가루 반죽을 길이 30센티미터 정도의 길쭉한 모양으로 만들어 기름에 튀긴 식품.

는가? 그는 어려서부터 절대로 다툼이 없는, 무한한 부드러움과 자애로움 속에서 살아왔다.

그리고 자기가 온 집안의 희망이라는 것을 그는 알았다. 엄마가 울면서 눈물을 닦을 때 어떤 사람이, 하지만 당신은 이렇게 착한 아들이 있잖수!라고 위로했다. 이모가 한숨을 푹푹 쉬고 있을 때도 어떤 사람이, 당신 조카를 봐요, 라고 위로했다……

그러나 누나는 모든 것에 대해 별로 낙관적이지 않았다. 니자오가, 내가 크면 돈을 벌어서 외할머니랑 엄마랑 이모랑 먹여 살릴 거야……라고 말했을 때, 누나는, 어디 가서 돈을 버니?라고 말했다. 니자오가, 내가 크면 모든 가난한 사람들이 다 거기서 맛있는 것을 얻을 수 있는 한 가지 물건을 발명할 거라고 말했을 때, 누나는 웃기네, 말도 안 돼라고 말했다. 니자오가 우리 집은 정말 좋다고 말했을 때 누나는, 들은 얘긴데, 아버지가 우리를 원할까, 아버지가 우리에게 계모를 데려올 거라는데, 라고 말했다. 계모, 그것은 중대한 문제였다. 계모가 마귀보다도 더 무섭다는 것을 니자오는 벌써부터 알고 있었다. 니자오네 반에 쿵(孔)씨가 하나 있었는데, 그 아이는 너무 불쌍했다. 손에 귀에 발에 온통 종기가 났고, 눈은 언제나 울어 퉁퉁 부었고, 숙제도 다 못 했다…… 그 아이는 친엄마가 없고 계모가 있었다.

그해 가을 어느 날 오후에, 니자오가 교실에서 있었던 재미있는 일을 누나에게 이야기해주었다. 오늘 아침 마지막 시간은 '수신(修身)'이었어. 바이선생님이 가르쳤는데, 응? 그 선생님이 누나넨 안 가르쳤나? 왜 그, 키가 아주 작고, 뒷굽이 아주 높은 구두를 신은 선생님 말야. 그 선생님 무섭다, 노상 얼굴을 찌푸리고 째려보는데, 겁이 많은 애들은 무서워서 울어. 누나가 말을 가로챘다. 왜 그런 줄 아니?

키가 작기 때문이다. 키가 작은 사람은 무섭냐고? 아니야, 아이들이 자기 말을 안 들을까 봐 더 걱정하고, 그래서 더 무섭게 구는 거야. 그리고서 니자오가 계속 말했다. 마지막 시간이 수신이잖아, 제목이 「중일만 친선 합작」이었거든. 어떻게 됐게, 바이선생님이 그 제목을 읽자마자 난리가 났는데, 보통 때 착실하던 애들까지도 떠들어댔어. 뭐라고 떠들었냐고? 그냥 떠드는 거지 뭐. 어떤 애는 책상을 쳤고, 어떤 애는 괴성을 질렀고, 어떤 애는 귀신 흉내를 냈고, 어떤 애는 갑자기 "초우더우푸―쟝더우푸"[29]라고 소리쳤다. 어떤 애는 필통을 덜컹덜컹 흔들어댔다. 어떤 애들은 욕을 하기 시작했다. "×××꼬마놈아" "이 꼬마놈아!" "우리집 전화는 일사오이(너는 내 아들이다)" "우리 집 전화는 오사일팔팔(나는 네 애비다)!"[30] 정말로 시끄러웠어, 백탑사(白塔寺)보다도 더 시끄러웠다구. 나도 떠들었다, 왜 떠들었냐구, 나도 그 과목을 싫어했거든. 우리가 그렇게 떠드는데도 바이선생님은 가만있었어. 교탁 뒤에 서서 빙그레 웃으며 우리를 쳐다보는데, 아주 기분이 좋은 것 같더라구. 선생님이 아무 말 없이 기분 좋아하는 걸 보고 우린 더 신이 났다. "표창이다!" 종이 표창이 공중으로 날아가 한 아이 뒤통수를 맞혔어. 또 하나. 그 다음엔 주먹이 번쩍했어. 그 다음엔 의자에 올라갔다. 그 다음엔 책상에 올라갔다. 이런 공부 시간이 어디 있어, 그치? 그래도 바이선생님은 가만히 있었어, 웃기만 했어. 가만히 있지는 않았구나, 애들이 책상에 올라가 싸우기 시작하니까, "내려와라 내려와!" "싸우지 마라 싸우지 마!" 하고 소리

---

29 초우더우푸와 쟝더우푸는 소금에 절여 가공한 두부인데 특히 악취가 심한 것이 초우더우푸임.
30 중국어로 '일사오이'와 '너는 내 아들이다,' '오사일팔팔'과 '나는 네 애비다'는 발음이 비슷하다.

쳤거든. 그러는데 끝나는 종이 쳤어. 선생님이 빙그레 웃으면서 "수업 끝!"이라고 말했다. 아이들은 "예" 하고 소리 지르고 막 웃었어.

니자오가 의기양양하게 말했지만, 누나는, 더 말하지 마, 일본 교관이 알면 안 돼라고 걱정스럽게 말했다. 너 알아? 지금이 제4차 치안강화운동인데, 어디서든지 일본 사람을 나쁘다고 말했다 하면 일본 사람이 금세 알고 잡아갈 거야. 내 생각엔 바이선생님이 지금 위험할 것 같아. 누나가 엄숙하게 말했다.

누나는 어떻게 그런 것들을 알고 그런 것들을 생각할 줄 알까? 누나는 항상 걱정을 했다. 어른들 일 때문에 걱정을 했다. 어른처럼 걱정을 했다.

당연했다. 누나는 그보다 한 살 많았고, 그래서 무슨 일이건 그보다 더 많이 이해하고 더 많이 생각하게 되어 있었다. 깊은 밤, 때로 니자오가 이미 잠자리에 누웠는데 작은 뒤창을 통해 골목에서 단조롭고 처량한 피리 소리가 들려왔다. 피리 소리는 우는 듯 마는 듯 흐느꼈다. 점치는 장님 할아버지가 어린 손녀에게 이끌려 피리를 불며 손님을 부르는 것임을 니자오는 알았다. 그는 그 장님 할아버지를 동정하여, 우리도 점치자라고 말했다. 엄마가 말하기도 전에 누나가 말했다. 네가 뭘 안다고 그래. 저 장님은 아편을 팔고 마약을 팔면서 점쟁이로 위장한 건지도 몰라. 그렇지 않고, 정말로 점쟁이라면, 뭐 하러 이 깊은 밤중에, 다들 이불 덮고 잠들고 나서야 나와서 일을 하겠니? 남들은 다 자는데 어떻게 점을 치니? 사실 그 피리는 암호야, 손님에게 알리는 거야, 무슨 물건을 얼마나 가져왔고 한 냥에 얼만지를 말야. 살 사람은 삐꺽 하고 문을 열고 장님을 들어오게 하거든……

니자오는 머리털이 쭈뼛했다. 특히 장님의 구슬픈 피리 소리가 들리고 이어서 깊은 밤중이라 유별나게 선명하고 날카롭게 삐꺽 하고 문

여는 소리가 들리면, 니자오는 깜짝 놀라 등골이 오싹해졌다.

유괴범도 있어, 라고 니핑이 동생에게 말했다. 한낮에, 네가 좁은 골목을 가는데 조용하고 사방에는 한 사람도 없어, 그때 앞에서 남자나 여자가 하나 나타나서 너를 향해 이렇게 웃어—이렇게 웃는다고. 그 다음엔 너에게 살짝 손짓을 한다. 큰일났다! 왼쪽은 바다고 오른쪽은 절벽이고 뒤는 불이야. 그렇잖음, 왼쪽 오른쪽 뒤 삼면이 깎아지른 높은 담이야. 앞쪽의 좁은 길만 남았어, 그 남자나 여자가 너를 부르는 쪽만 남았어, 넌 그 사람을 따라갈 수밖에 없어, 따라가지 않으려 해도 할 수 없어. 그리곤 그 사람이 너를 데려가서 너는 다시는 집에 돌아가지도 못하고 엄마를 보지도 못해. 그 사람은 너를 멀리 노예로 팔아버릴 거야. 그건 그래도 운이 좋은 편이지, 그렇잖음 너를 죽인다, 아이의 심장과 간이나 뇌로 약을 만들고 다 만들면 작은 병에 넣는 거야. 못 믿겠니? 시쓰베이(西四北) 거리 소학교 2학년에 류얼(六兒)이라는 아이가 있었는데, 바로 그렇게 유괴범에게 잡혀갔어.

어떤 것은 선생님이 이야기해준 것이었다. 어떤 것은 외할머니 이모 엄마가 이야기해준 것이었다. 니핑은 그런 이야기 듣기를 좋아했고, 기억도 잘했다. 그녀와 엄마, 이모, 외할머니는 자기들 여자들만의 이야기가 있었다. 나중에 그녀가 동생에게 이야기해주었다.

니핑의 얼굴은 통통해 보였다. 사실은 자기 동생보다 조금도 더 뚱뚱하지 않았다. 그녀는 말할 때 약간 생긋이 웃었는데, 그러나 두 눈은 다른 사람을 뚫어지게 바라보았고, 다른 사람으로 하여금 그녀의 말을 기어이 믿게 하려고 지나치도록 열성을 부렸다.

누나가 말했다. 우리에게 좀 좋은 아버지가 있으면 얼마나 좋아! 니자오는 누나의 말이 무슨 뜻인지 몰라 눈이 휘둥그레졌다. 그는 아버지가 나쁜지 좋은지 몰라서 아무 말도 하지 않았다. 그는 사랑도 있었고 미움도 있었고 희망과 실망도 있었고 의문도 있었지만, 아버지가 나쁘다는 생각은 결코 하지 않았다. 골목 안 아이들과 반 아이들의 아버지들을 그는 늘 봐왔다. 나이가 들기도 전에 늙어버린 사람, 한쪽 눈이 짓무른 사람, 허리를 굽실굽실 하는 사람, 남을 보고 멍청히 웃는 사람, 대부분이 불운한 상이었다. 그런 아버지가 있다고 무슨 좋은 일이 있겠는가? 작은 자동차를 타는 아버지 한 사람이 반 아이들 중 옷을 잘 입는 장중천(張鍾晨)의 가장이었다. 그는 학교에 석탄 한 차를 기부했다. 교장 선생님과 선생님들은 그를 신선 대하듯 했다. 꼬마 장중천을 보기만 해도 부드러운 얼굴로 머리를 어루만져주고 머리칼을 쓰다듬어주고 어깨를 두드려주고 볼을 톡톡 쳐주며 손대지 못해 안달이었다. 니자오가 좋아하는, 니자오에게 사치마(薩其馬)[31] 한 개를 준 적이 있는 담임선생님은 장중천에게 매일 저녁 2시간씩 과외 공부를 시켜주었다. 그들의 담임선생님이 얼마나 좋은지, 전시(全市)의 소학교 선생님들이 선생님의 수업을 참관하러 왔다. 그러나 그 공개 수업에서 장중천이 글 한 토막 읽거나 한 문제라도 대답할 수 있었는가? 아버지가 석탄을 기부해도 안 됐다. 아버지가 작은 자동차를 타도 안 됐다. 담임선생님이 과외 공부를 시켜줘도 안 됐다. 그 수업에서 막힘없이 대답해 참관인들을 경탄하게 하고 선생님을 빛내고 학교와 반을 빛낸 것은 누구였는가? 장중천이었는가? 어딜, 어림도 없다. 그것은 그 반에서 제일 작은 니자오였다!

한 아이의 아버지에게만은 특별히 호감이 갔다. 그 아이는 혼혈아로, 이름이 주시리(朱希禮)였다. 노란 털, 흰 털, 잡종, 그는 오자마자

---

31 중국 동북 지방의 과자 이름.

온 반 아이들에게 놀림을 당했다. 그러나 니자오는 그 아이를 좋아했다. 그는 주시리 집에 한 번 갔었다. 주시리의 엄마는 러시아 사람이었고, 아버지는 자상하고도 위엄이 있었는데, 주시리의 엄마와 말할 때 아주 친절하고 온화했다. 그것이 니자오는 정말로 부러웠다!

징전 이모에 대해 말하면서 누나가, 이모부가 죽지 않았으면 이모의 생활은 훨씬 좋았을 거라고 말했다. 정말인가? 이모부가 안 죽었으면 뭐가 좋은가? 누가 이모부를 봤지? 이모부는 어디서 왔지? 누가 이모부가 필요하지? 이모부가 살아 있다면 자기들은 어떻게 살아야 되지?

니자오는 이 문제를 가지고 이모에게 물으러 갔다. 이모는 이가 아파서 한 손으로 턱을 가리고 침을 흘리고 있었다. 이모는 늘 이를 앓았다. 어떤 때는 아파서 밤새 신음했고, 어떤 때는 한쪽 턱이 부었다. 그러나 그녀는 절대로 병원에 가려 하지 않았다. 그녀는 의사를, 특히 양의를 무서워했고, 약 먹는 걸 무서워했고, 주사 맞는 이야기가 나오면 혼비백산해서 '주사 멀미'라 불렀다. 그러니 이 뽑는 건 더 말할 필요가 없었다. 니자오가 묻는 소리를 듣고, 이모는 깔깔거리며 웃기 시작했다. 이모가 말했다. 이 바보야, 그 명 짧은 귀신이 안 죽었다면 내가 왜 베이징으로 왔을 것이며, 왜 너네 집에 같이 살 것이며, 왜 허구한 날 네 숙제하는 거나 지키고 있겠니?

니핑이 나중에 알았다. 그녀는 이모에게 그런 걸 물어서는 안 된다고 동생을 나무랐다. 그럼 누난 왜 그런 말을 해? 왜 누난 말해도 되고 나는 물으면 안 돼? 니자오가 대들었다. 두 남매가 싸우기 시작했다. 엄마가 말했다. 그만, 그만, 묻고 싶으면 묻는 거야, 이모는 이제 묻는 걸 무서워하지 않아, 그렇게 약한 줄 아니, 이모는 조금도 마음에 두지 않아, 마음에 두지 않는다고, 이모는 슬퍼하지도 않을 거고 눈물을 흘리지도 않을 거야. 그와 누나가 말싸움을 하기만 하면, 엄마는 반드시 그를 편들었다. 그래서 아침에 먹는 풀에도 그의 그릇에는 흑설탕이 있고 누나의 그릇에는 없는 것이었다.

니자오의 머릿속에는 그다지 걱정할 일이 없었다. 학교에 가면—우등 성적이고, 집에 오면—충만한 사랑, 그리고 놀이—그것이 바로 유년이었다.

그리하여 파괴할 수 없는 유년의 즐거움 속에서, 추분이 지난 맑은 날에, 방과 후에, 눈부신 가을 햇빛 아래, 니자오는 자기 집 대문 앞에서 동네 아이들 몇 명과 함께 '술래잡기'를 했다. 손바닥이나 손등을 내밀어 재수 없게 외톨이가 되는 사람이 '술래'를 하기로 하고 그들은 뒤집어라 엎어라 소리치며 손을 내밀었다. 석탄 가게에서 사는 샤오헤이(小黑)라는 아이가 꼼짝없이 '외톨이'가 되었다. 남들은 다 손등을 냈는데 그가 낸 것은 손바닥이었다. 재수가 없는 사람이 술래가 되는 것은 당연한 일이었다. 와와와, 그가 손바닥으로 입을 두들기며 소리를 내고 나서 말했다. "집 없다." 무슨 말인가 하면, 잡히는 사람이 쉴 수 있는 나무나 담이나 전봇대가 없다는 것이었다. 어떤 나무나 담이나 전봇대를 '집'으로 삼으면, 쫓기는 아이가 그 나무나 담이나 전봇대를 짚기만 하면 '집'에 도착한 것으로 쳐서 샤오헤이는 그를 잡을 권리가 없는 것이었다. 그러나 샤오헤이의 말소리가 끝나기 전에, 니자오도 악착같이, 오므린 손가락으로 자기의 두 입술을 두드려 와와 소리를 내고 나서 말했다. "집은 없고, 앉으면 자는 거다." 샤오헤이는 응하려 하지 않았다. 샤오헤이가 말했다. "내가 와와 하고 말했으니까 집은 없는 거야." "그래, 집은 없어." 니자오가 설명했다. "나도 집이 있다곤 하지 않았어, 그렇잖니, 나는 '집은 없고, 앉으면 자는 거'라고 말했어." 그의 뜻은, 술래잡기를 할 때 잡히는 사람이 도망가다 지치면 앉을 수 있다는 것이었다. 앉으면 자는 걸로 쳐서 잡을 수가 없다. 앉은 사람—자는 사람을 잡는 것은 안 된다. 그가 또 덧붙였다. "나도 와와 했어!" 와와 하고 하는 말은 번복할 수 없는 것이었다.

잠시 다투다가 결국 니자오의 '와와'가 받아들여졌다. 다만 노상 앉아 있기만 하면 안 된다고 다들 강조했다. 노상 앉아만 있는 사람은 놀 필요가 없었다. 말하자면, 와와 하고 세운 규칙 말고도 일치된 여론이 있다는 걸 모두에게 자각시킨 것이다. 샤오헤이는 만족했다. 쫓아가고, 도망가고, 웃고, 이기고, 지고, 피하고, 구하고, 위험에 처하고, '체포'되고…… 다들 재미있게 놀았다. 웃음소리와 고함 소리가 온 골목에 울려퍼졌다.

니자오는 힘도 세지 않고 뜀박질도 빠르지 못했지만, 반응이 빨라 날쌔게 피했다. 몇 번인가 막 잡히려는 순간에 몸을 비틀거나 고개를 숙여 상대방의 손아귀에서 빠져나왔다. '앉으면 자는 거'라는 규칙을 자기가 제안했으면서도, 그는 시종 조금도 '잘' 생각은 하지 않고 정신을 가다듬었다. 그러나 그런 탓에 그도 두 번 남에게 '잡혔'는데(술래의 손이 닿으면 진 것으로 쳤다), 두 번 다 오래 걸리지 않아 다른 사람을 잡아 술래를 넘겨줬다.

한참 신나게 놀고 있는데, 엄마가 부르는 소리가 들렸다. 엄마는 그를 대문 앞으로 불러다가, 몸을 굽혀 그의 귀에다 대고 말했다. "너 여기서 놀고, 먼저 들어오지 마라. 정신을 차리고, 양쪽을 살피고, 멀리까지 봐라. 네 아버지가 오시면, 상대하지 말고, 얼른 집으로 와서 나한테 말해라." 엄마의 입속 열기가 그의 귀에 닿았고, 그것은 비밀스럽고 심각한 분위기를 더하게 했다.

니자오는 잠시 멍해졌다. 또 무슨 일이 나려나? 아무튼 좋은 일은 아니었다. 까마귀 한 마리가 머리 위를 외로이 날고 있었다.

니자오는 술래잡기를 하고 있는 집단 속으로 돌아왔지만, 아까의 기민함과 민첩함을 잃어버렸다. 그는 금세 아주 쉽게 붙잡혔다. 그는 한참을 애쓰고도 한 사람도 잡지 못했다. 아이들 놀이의 유기적 전체가 금세 손상을 받았다. 웃음소리가 끊어졌고, 속도도 느려졌으며, 모두들 불만스럽게 니자오를 쳐다보았다.

"니자오랑은 안 놀래, 재미없어!" 까다로운 샤오헤이가 먼저 말했다. '재미없다,' 이 말은 아이들 사이에서는 상당히 엄중한 비난이었다.

"그럼 나도 안 놀아." 니자오와 약간 '라이벌' 관계인 아이가 말했다.

"난 한길에 식초를 사러 가야 해."

"안 놀아 안 놀아 안 놀아……" 활발하고 친밀하던 집단이 급속히 허물어졌는데, 돌이키기에는 이미 늦어 있었다.

니자오만이 남아 문 앞에 망연히 서 있었다. 누나는? 누나는 집에 없었다. 멀리서 가까이로, 가까이서 멀리로, 이쪽 끝에서 저쪽 끝으로, 저쪽 끝에서 이쪽 끝으로 오가는 걸음 소리들을 그는 들었다. 그가 본 것은 낯선 얼굴들이었지, 아버지가 아니었다. 그런데 발걸음들은 모두 아주 무거웠고 질질 끌렸고 피곤했다. 이미 며칠을 계속 걸은 사람들 같았다. 곶감 파는 중년 남자 하나가 빙그레 웃으면서 그에게 다가왔다. 유괴범은 아니겠지? 정말로 유괴범이라면 그는 또 어디로 피할 것인가? 일순간 삼면에 높은 담이 세워지는 것은 아닐까?

과연, 석양이 부드러워지기 시작하고 문루와 홰나무의 그림자가 커진 뒤에, 이미 사흘 동안 집에 돌아오지 않은 아버지의 커다란 그림자를 그는 보았다. 그는 도망치려고 했지만, 두 발이 마술에 걸린 듯 아무리 해도 떨어지지 않았다.

제7장

도장 사건이 쟝징이에게 준 타격은 치명적이었다. 지금까지의 싸움으로 말하자면—겉으로는 제아무리 무시무시할 정도로 격렬해도—무쇠가 강철이 되지 못한 것을 안타까워하는 듯한, 니우청의 마음을 돌리게 하리라는, 니우청의 변덕과 싸워 이기리라는, 고귀한 탕아의 회개를 가져오리라는 막연한 기대가 있었던 것인데, 도장 사건 이후로는 오직 절망이었고, 분노였고, 이가 갈리는 원한과 복수심이었다.

십몇 년이 되었다. 이런 남편에게 시집올 줄을 누가 알았겠는가! 지난 일을 돌이켜보면, 그녀는 아무것도 몰랐고, 다 남이 조종했었다. 그녀 자신은 사람이 아닌 것처럼. 중학교에 다니고 있는데, 시집가라고 했다. 선보던 때의 일별은 얼마나 당황스러웠고 얼마나 달콤했으며 또 얼마나 부끄러웠던가! 그 큰 몸집은 순식간에 그녀를 정복했고, 리넨 저고리에 검은 치마를 입은 어리숙한 여학생의 야릇한 마음을, 남 보기 부끄러운, 죄라도 지은 듯한 마음을 진정시키기 위해 그녀는 젖 먹던 힘을 다했다. 그 마음은 남자에게 빨려 들어갔다. 그 남자는 자기의 남편이 될 것이고 자기의 일생을 주재할 것이었다. 무서웠고, 신비했고, 막막했고, 눈앞이 캄캄했다.
 하지만 시집가면 난 틀림없이 좋은 아내가 될 거야. 닭에게 시집가면 닭을 따르고, 개에게 시집가면 개를 따르는 거야. 나무토막에게 시집가면 또 어때, 그래도 그 나무토막을 따라 평생을 살아야지. 남편은 하늘이고 운명인걸. 왕바오촨(王寶釧)은 추운 동굴에서 남편이 돌아오기를 18년 기다렸다는데, 그 정도는 나도 할 수 있어, 나도 갓난아기가 나만큼 클 때까지 기다릴 수 있어. 더 클 때까지도 기다릴 수 있어. 만약에 남편이 죽는다면? 그럼 평생 재혼하지 말지, 눈도 한번 깜짝 안 할걸. 언니가 그러고 있잖아? 우리 쟝씨 집안은 조상이 고관대작은 아니었어도 대대로 책을 읽고 예(禮)를 알았지. 우리 문풍(門風)이 그렇고 우리 가풍이 그렇고 우리 향풍(鄕風)이 그런 걸!
 그리고 나는 소박하거든, 아버지하고 엄마가 땅을 이천 평 딸려 보낸다고 이야기하는 걸 어렴풋이 듣긴 했지만…… 내가 무서운 건, 무서운 건, 시댁에서 시집살이하는 것뿐이야. 그 점을 제외하면, 쟝징이는 시집갈 때 미래에 대한 믿음이 든든했었다.
 기세 좋게 북 치고 장구 치며 니씨 집안으로 시집을 갔다. 니우청의 고집 때문에, 결혼할 때 징이는 몸에 붉은 비단 초록 비단을 두르지 못했고, 머리에 장식을 달지도 꽃을 꽂지도 못했고, 팔에 금, 은, 옥 팔찌를 끼지 못했다. 그녀는 여전히 리넨 저고리와 검은 치마로 된 학생복을 입었다. 이렇게 평소의 복장으로 결혼을 하는 데 대해 그녀는 유감스러웠고 언짢았다. 그러나 니우청을 위해 그녀는 자기를 굽히려 했다.
 결혼하고 오래지 않아 학교를 그만두었는데, 그건 당연했다. 징이는 그게 자기의 복이라고 생각하기까지 했다. 남편이 있는 여자가 여학생 기숙사에 끼어 있을 이유가 어디 있는가? 게다가, 이미 몇 년 공부해서 편지도 쓸 줄 알고 계산도 할 줄 알고 소설도 읽을 줄 아니, 그것으로 벌써 충분했다. 삼각함수, 기하학 등등은 애당초 더 배울 수도 없었다. 결혼하고 학교를 그만두자, 그녀의 그 방면의 부담이 없어졌다. 좋지 않은가?

그러나 시어머니는 모시기가 어려웠다. 큰 몸집 하며 곧은 허리 하며, 징이는 아직 그런 여자를 본 적이 없었다. 말할 때 숨이 차 헉헉거리고 병색의 퍼런 눈꺼풀을 내리깔고서 좀처럼 웃지 않는 그녀가 징이는 한없이 낯설었다. 활발하고 자유로웠던 친정과는 조금도 비슷하지 않았다. 쯧쯧, 말할 때 그렇게 큰 소리로 하지 말거라, 이것이 시어머니가 징이에게 내린 첫번째 훈계였다. 이상하네, 말은 남이 들으라고 하는 거 아냐? 소리가 커야 남이 잘 알아들을 수 있잖아. 걸을 땐 걸음을 좀 얌전히 하거라, 또 훈계가 내렸다. 자기 집에서도 도둑처럼 발끝으로 살살 걸어야 한단 말인가? 무슨 규칙이 이렇담? 허, 밥 먹는데 젓가락, 숟가락, 그릇 부딪히는 소리가 왜 그렇게 나는가? 노부인은 눈을 내리깐 채 말했다.

이 노부인의 자세와 말과 점잖게 늘여 빼는 말투에 징이는 어지럼증이 나도록 화가 났다. 도대체 무슨 허풍이람? 가도(家道)가 이미 몰락하여 아침에 저녁을 기약할 수 없음이 명백한데, 자기가 황궁(皇宮)의 노태후라도 되는 줄 알다니! 니씨 집안은 원래 그랬다. 자기네 쟝씨 집안이 진짜였다. 징이의 아버지는 한의사였는데, 의술이 뛰어나고 돈도 잘 벌어, 원래는 중류층이었지만 고향 제일의 부자로 변했다. 징이의 어머니 자오씨의 내력도 니씨 집안보다 더 좋았다. 다만 그녀에게 형제가 없었기 때문에, 부모에게 아들이 없었기 때문에, 가업의 발전이 좌절을 겪게 되었을 따름이었다. 그렇지 않다면, 쟝씨 집안이 니씨 집안보다 훨씬 더 번창할 것이었다. 쟝씨 집안에 어디 그런 따위 결점이 있는가?

　그녀는 마음속으로는 그렇게 생각했지만, 면전에서는 한마디도 하지 못하고 화를 참고 소리를 삼키는 수밖에 없었다. 시어머니는 기묘한 위엄이 있어서 그녀를 감히 어쩌지 못하게 했다. 집에서 기르는 호랑이 무늬의 큰 고양이—이 집안의 귀염둥이조차도, 아무도 무서워하지 않으면서 오직 이 노부인만은 무서워했다. 노부인이 없을 때, 고양이는 태사의(太師椅)나 온돌이나 농 위에 의젓하게 엎드려 쿨쿨 잤다. 노부인의 발소리나 기침 소리가 들렸다 하면, 고양이는 잽싸게 땅바닥으로 뛰어내렸는데, 눈빛조차 죄 지은 듯 겁먹은 것이었다. 별수 없이, 그녀는 언행을 삼가고 아침부터 저녁까지 자신을 단속하는 수밖에 없었다. 참으로 설움받는 며느리였다!
　결혼한 뒤 니우청은 그대로 현성에서 학교에 다녔다. 가끔 돌아와 며칠씩 쉬었는데, 며칠은 징이와 같이 지내고 며칠은 어머니에게 불려가 밤새 어머니를 모셨다. 그것이 향간의 풍습이어서, 징이는 할 말이 없었지만, 생각하면 언제나 분노가 솟구쳤다. 징이는 우청을 보면 얼굴을 붉히며 말 한마디 제대로 못했다. 함께 잠자리에 들어 집안일을 의논하는 따위에 니우청은 애당초 관심이 없었다. 니우청의 말은 징이가 젖 먹던 힘을 다해야 겨우 알아들을 수 있었다. 그 많은 책에 나오는 새로운 명사들! 게다가 영어도 쓰지, 징이는 우청의 영어를 들으면 당황하여 호흡이 가빠지고 심장이 뛰고 머리가 어지럽고 위에 경련이 일었다. 내가 어떻게 이런 사람에게 시집을 왔을까, 이 사람은 보통 사람과 어째 이렇게 다를까? 징이의 심중에는 일찍감치 그런 의혹이 생겼다.
　그리고는 시어머니의 별세였다. 아미타불! 니우청은 한사코 가업은 마다하고, 유럽 유학을 원했다. 그들은 집과 땅을 헐값에 팔았는데, 돈이 부족해서 징이의 친정에서 도움을 받았다. 니우청은 해외로 나갔고 징이는 친정으로 돌아갔다.

징이가 친정으로 돌아가고 오래지 않아, 아버지가 세상을 떠났다. 그리하여 징이는 과부 엄마, 과부 언니와 함께 가산을 지키는 질풍폭우 같은 싸움을 겪었다. 먼저 이름이 쟝위엔서우(姜元壽)라는 아버지의 조카 하나가, 아버지 생전의 친필 편지를 가지고 와 재산 상속권을 주장했다. 원래 징이 아버지는 생전에 쟝위엔서우를 양자로 들일 생각이 확실히 있었는데, 그 일은 벌써 오래된 일이었다. 그러나 새로 과부가 되어 돌아온 징전이 즉시 이 일에 내포된 위험을 알아채고 극력 반대했다. 그녀는 자신의 절친한 친구와 심복 하인을 시켜 쟝위엔서우가 아편을 피우고 오입하고 도박하고 말썽을 일으킨다는 자료를 재빨리 수집하고 어머니를 동원하여, 만성병을 앓고 있는 아버지에게 쳐들어갔다. 아버지는 양자 들일 생각을 포기할 수밖에 없었다. 쟝위엔서우가 불량배 친구들을 데리고 문으로 들이닥쳤다. 상황은 이 세 여자에게 몹시 불리했다. 친척들과 하인들 중 상당수가 벌써 쟝위엔서우에게 충성을 다짐했다. 그때 징전 조우쟝씨의 우먼 파워 기개가 나타났다. 그녀는 부엌칼을 들고 문밖으로 쟝위엔서우를 맞아 싸우러 나갔다. 쟝위엔서우를 보자마자 부엌칼을 대문 앞 돌사자 위에 올려놓고 말했다. 집에 들어가려면 이 칼로 먼저 나를 찔러요! 나는 가업도 없고, 지아비도 자식도 없어요. 당신이 날 찌르면, 그건 날 돕는 거예요, 그놈의 조우씨 집안에서 좀더 일찍 내 열녀비를 세워줄 테니까. 위엔서우 오빠, 고마워요, 내세에서 결초보은할게요, 이 큰 은혜를 갚을게요! 하지만, 당신이 날 찌르지 않는다면, 이놈 우리 과부 모녀를 감히 능멸하는, 흉악하고 잔인한 양심이라곤 털끝만큼도 없는 금수 같은 놈, 네놈은 사람 새끼가 아니다!

일대일로 쟝웬서우를 물리친 다음은 소송이었다. 조우쟝씨의 계획대로, 노부인(기실은 당시 불과 마흔 몇 살이었지만) 쟝자오씨가 쟝웬서우를 사기 공갈에 강도 미수로 법원에 고소했다. 소송 기간 동안, 쟝자오씨는 값비싼 옷을 매번 갈아입었고, 머리 장식에 귀고리를 했는데, 위풍이 늠름하고 태도가 당당해, 우선 기세로 쟝웬서우를 압도했다. 거기에 비하면, 쟝웬서우는 노루 대가리에 쥐 눈깔, 노새 귀에 원숭이 뺨으로 외설스럽고 천박하여, 척 보기에도 갈 데 없는 시정잡배였다. 법정에서, 조우쟝씨는 소복을 입고서 쟝웬서우의 과거와 현재, 술책과 수단, 엄중성과 위험성을 전면적으로 체계적으로 폭로했다. 뜻이 바르고 말이 엄하며, 한마디 한마디가 총알 같아, 피가 흐르고 눈물이 흘렀다. 쟝웬서우의 재산 싸움은 중대 사안이며 만약 쟝웬서우가 득세하면 집안이 망하고 사회가 와해되고 산하가 변색하고 사람의 머리가 땅에 떨어질 정도로 정말로 예삿일이 아니라고 사람들은 느꼈다. 말할 것도 없이 세 모녀가 크게 이겼다. 쟝웬서우는 이 집안의 상속인이 아니고 아들이 아닐 뿐만 아니라, 쟝웬서우와 일체의 친척 관계를 끊겠다는 쟝자오씨 노부인의 요구에 동의한다고 법원은 정식으로 판결했다.

그 바로 다음은 옆집과 집터 싸움을 한 사건이었다. 대문간에 문간채를 지으려 하는데, 옆집에서 자기네 땅을 침범했다고 주장했다. 싸움이 시작되자, 집터를 닦으려고 파놓은 구덩이 속에 옆집 건달 놈이 드러누워버려, 일꾼들이 일을 계속할 수가 없었다. 또 징전이 나섰다. 삽으로 흙을 떠서 행패부리는 옆집 사람 몸 위에 들이부으며 고함을 질렀다. 이 사람을 묻어 죽이고 내 목숨으로 갚으면 돼…… 징전이 또 이겼다.

싸우면서 세 여자는 공동의 적에 대한 증오를 불태우며 똘똘 뭉쳤다. 징전은 잘 싸웠고 죽음을 두려워하지 않았다. 쟝자오씨는 신념이 확고해 태산같이 꿋꿋했다. 징이는 눈이 휘둥그레진 채 언니에게 진심으로 감복했다. 형부의 요절이 사실은 쟝씨 집안의 행운이에요, 라고 엄마에게 말하기까지 했다. 형부가 건재하고 정전이 일남 이녀쯤 낳아 정말로 조우씨 집안 사람이 되었다면, 이 어려운 전투의 국면에 어떻게 대처할 수 있었겠는가?

징전은 그 '전투'에서 잠재력을 발휘했고, 스트레스를 풀었고, 남편의 요절이 가져온 죽고 싶은 슬픔을 해소했다. 그녀는 완전히 수절하며 살아갈 수 있게 되었다.

몇 차례의 싸움이 지나고 세 여자의 강산은 안정되었다. 동요하던 친구들, 하인들, 소작인들이 다투어 귀순해왔고 노마님과 큰아씨, 작은아씨를 전보다 훨씬 더 받들어 모셨다. 그렇게 하여 어느 틈에 2년이 지났다. 징이는 더 이상 니씨 집안에서 '할망구'에게 핍박받지 않게 되어 크게 한시름 놓았다. 그녀는 자기가 받은 핍박을 엄마와 언니에게 전부 이야기했다. 이야기가 끝나자 세 모녀는 입을 모아 욕을 했고, 징이의 시어머니, 니우청의 어머니에게 '할망구'라는 별명을 붙여 경멸의 뜻을 나타냈다. 이러는 가운데 징이는 자신의 유년 시대와 작별했다. 이제 막 인생의 계몽기에 들어선 것을 그녀는 느꼈다.

유럽 여행 2년 만에 돌아온 니우청은 고향으로 돌아가려 하지 않았다. 대체로 외국에 나가 금칠을 한 효과였을 텐데, 니우청은 베이핑(北平)에 도착하자마자 동시에 세 군데 대학에서 초빙을 받았고 강사의 직함을 얻었다. 민국 22년 초, 그는 고향으로 돌아가 징이를 베이핑으로 맞아왔다. 한동안 대체로 만족스럽고 평탄한 나날을 보냈다. 니우청과 쟝징이의 공동 생활사에서 이 시기가 처음이자 마지막으로 아름다웠다고 할 수 있다.

니우칭은 도시의 지식계—그것도 유학을 갔다 와 금칠을 한 모던한 지식계의 생활 속으로 열심히 징이를 데리고 갔다. 그는 징이를 데리고 차이위엔페이(蔡元培), 후스즈, 루쉰, 류반눙(劉半農) 등의 강연을 들으러 갔다. 그는 징이를 데리고 교수, 명사, 외국인들이 모여드는 파티에 참석했다. 그는 징이를 데리고 베이하이(北海)를 산보하고 보트를 타고 외식을 하고 영화를 보았다. 한편으로 2년간 떨어져 있었던 뒤였고, 한편으로 대도시에 처음 와본 징이는 새로운 세계가 눈앞에 펼쳐지자 동심이 살아나 흥분되고 기쁘고 신기했고, 마지막으로 니우칭은 소년으로 뜻을 얻어 의기(意氣)와 월급이 함께 치솟고 있었다. 천시와 지리와 인화, 팔자가 기막히게 들어맞았다.

오래지 않아 세계는 그 잘못되고 모순된 부정적인 본모습을 다시 드러냈다. 도시 생활의 신선함은 일시적인 것에 불과했다. 도시의 지식계의 생활에 징이는 정신만 사납고 지긋지긋하기만 했다. 학자나 명사의 강연을 들으면 왼쪽 귀로 들어왔다가 오른쪽 귀로 빠져나갔고, 남방 사투리에 문자까지 쓰면 중이 염불하는 소리를 듣는 편이 차라리 나았다. 베이징으로 오고 한 달쯤 되어 징이는 임신을 했다. 입덧이 나면 그녀는 몹시 무서워했는데, 무서워할수록 입덧은 더 심해졌다. 임신 3개월이 지나자 심한 입덧은 없어졌고, 단지 엄청나게 피곤했다. 한번은 남편이 한 저명인사를 초대하여 식사하고 술 마시고 이야기하며 서양말을 주고받는데, 아무도 그녀를 상대하지 않아 그녀는 마침내 식탁에서 깜빡 졸고 말았다. 머리가 거의 접시에 부딪히려 했고 입가에서는 침이 흘러나왔다. 본래 그녀는 밖에서 식사하는 걸 좋아하지 않았다. 요리 하나 값이면 그녀가 한 달은 먹을 수 있었고, 그래서 그녀는 마음이 몹시 아팠다. 식탁에서의 그녀의 실태에 사람들이 쿡쿡 웃었고, 집에 돌아와서는 한바탕 싸움이 났다. 무지하고 우매하고 마비된 백치, 니우청의 말은 한마디 한마디가 다 악랄했다. 깡패, 아첨꾼, 코쟁이 흉내나 내는 놈, 개소리. 이것이 징이의 대답이었다. 2년 동안 엄마, 언니와 함께 싸워본 터라, 지금의 징이는 이미 예전의 징이가 아니었다.

그해 말에 니핑을 낳았다. 니우청은 의사를 부르고 간호사를 불러 새로운 과학적 방법으로 분만을 돕게 하느라 한바탕 수선을 떨었는데, 아이를 정말로 귀여워했다. 징이에게는 변덕이 심해서 은근히 돌봐주는가 하면 쟝징이가 존재하지도 않는다는 듯 눈길 한 번 안 주기도 했다. 하루는 니우청이 기분이 아주 좋아, 아이를 어르며 듀이와 경험주의에 대해 이야기하고, 그가 평생 존경한 사람은 둘인데 하나는 후스고 하나는 어머니라고 말했다 ― '할망구'? 징이가 속으로 생각했다. 그리고 그는 또, 자기가 사랑하는 사람은 하나인데 바로 자기 딸이라고 덧붙였다.

나는요? 나는 당신에게 뭐예요? 징이가 물었다. 정말로 하늘도 놀라고 땅도 놀랄 일이었다. 징이가 결혼한 지 4년 만에 처음으로 자신의 지위를 주장하고 나선 것이었다. 니우청은 놀랍기도 하고 기쁘기도 하고 부끄럽기도 하여, 격앙된 채 간절하게 말했다. 중국은 이미 2백 년이나 낙후되었고, 그들의 과거의 삶은, 그들의 결혼까지 포함해서, 모조리 비인간적이고 야만적이고 어리석고 심지어는 불결하다고 그가 말했다. 니우청은 멍관둔―타오촌 일대에서 아직 아무도 사용한 적이 없는 '불결'이라는 말을 노상 사용하여 쟝징이의 반감을 불러일으켰다. 불결한 건 당신이에요! 그녀가 끼어들었다. 그러나 니우청은 흥분한 터라, 애당초 그 말을 못 들었거나 듣고도 못 알아들었을 것이다. 더 이상 이렇게 살아갈 수는 없고, 이렇게 살아가느니 돼지나 개나 한 마리 벌레로 변하는 게 낫다고 그가 계속 말했다. 그는 말하면서 방 안을 왔다갔다 했는데, 손짓을 하고 목소리를 꾸미는 게 꼭 연극을 하거나 설교를 하는 것 같았다. 니우청은 아이를 낳아주어 영원히 그녀에게 감사하다고 말했다. 그들의 2세가 현대 문명 속에서 살 것임을 그는 믿었는데, 왜냐하면 그는 미래에 대해 믿음으로 충만한 낙관주의자이기 때문이었다. 그들 부부 얘기가 나오자, 여보라고 그는 울음 섞인 목소리로 말했다. 지금까지 우리 사이엔 아무런 사랑도 없었고 아무런 문명도 없었어. 하지만 지난 일은 전부 잊자구. 고해가 끝이 없어도 돌아보면 바로 피안인 거야. 과거의 모든 것은 어제 죽은 거나 같고, 앞으로의 모든 것은 오늘 태어나는 거나 같아. 우린 이제 겨우 스물 몇 살, 우리 인생은 이제 막 시작한 거라구. 나는 유럽까지 갔다 온 사람이야, 난 대학 강사야. 몇 년 안에 교수가 될 거고 총장이 될 거야. 나는 유럽에서 수영, 춤, 승마, 커피를 배웠어. 내가 사랑하는 건 내가 사랑하고 싶은 건 내가 상상하는 건 내가 꿈꾸는 건 현대 여성이야. 당신은 어림없어. 그렇지만 괜찮아, 내 사랑하는 핑얼(萍兒)의 엄마, 일은 사람이 하기에 달렸고 운명은 자기가 만들어가는 거야, 서양 속담에 이르기를, 하늘은 스스로 돕는 자를 돕는다. 또 있지, 인생은 피아노다, 치는 대로 소리를 낸다. 당신이 완전한 천족은 아니지만 그것도 난 용납할 수 있어. 난 좋은 사람이야, 난 인도주의자야, 난 절대로 아무도 해치지 않아, 하물며 내 사랑하는 아이의 엄마를. 이 나이 되도록 난 닭 한 마리 안 잡아봤어, 개미 한 마릴 밟아 죽여도 난 그를 위해 모자를 벗는데, 왜냐하면 개미가 나를 방해한 적이 없거든. 가장 중요한 건 당신이 배워야 한다는 거야. 강사가 못 돼도 괜찮지만, 적어도 미스, 미스터는 말할 줄 알아야지. 당신은 반드시 가슴을 내밀고 걸어야 해, 여자는 가슴을 내밀어야만 예쁘다구. 여자로서 가슴을 내밀지 않으면 죽는 게 차라리 낫다구. 수줍어하고 못 이기는 체하는 것, 그건 허위야, 그건 몽매한 거야, 그건 낙후를 달게 여기고 진취를 구하지 않는 거야. 중국이 이렇게 낙후되고 쇠약해진 건 국민들이 가슴을 내밀지 않는 것과 절대적으로 관계가 있어. 낯선 사람을 만나면 예의 발라야 하고, 미소를 지어야 하고, 고개를 가볍게 한 번 끄덕여야 해, 나처럼 이렇게 말이야. 춤도 추고 커피도 마시고 아이스크림도 먹어야 해. 우선 우유를 먹어야지. 산후 조리할 때 내가 우유를 갖다줬는데 당신은 안 마셨지. 비리다 하고, 메스껍다 하고, 마시면 트림이 난다고 했지. 그게 바로 철두철미한 야만이야⋯⋯

도대체 무슨 말도 안 되는 헛소리예요! 하나만 알고 둘은 모르면서 멋대로 떠들어대니까 꼭 잠꼬대 같아. 어떻게 된 게 눈을 뜨고도 잠이 안 깨요? 난 정식으로 중매하고 가마 타고 당신네 집안으로 들어왔어요. 우린 서로 손님처럼 공경하면서 백년해로해야 해요! 속담에 하룻밤 부부에 백일 은혜라 했으니까 우린 은혜가 얼마나 되어야죠? 이젠 아이까지 있어요, 당신 말대로 하면 2세 말예요. 그런데 뭐, 꿈에도 현대 여성을 원한다구. 흥! 당신이 말하는 그런 여자는 기생집에나 가서 찾아보라구요! 난 점잖은 집안, 서(書)도 알고 예(禮)도 아는 집안의 규수예요! 내가 어떻게 그 따위 웃음 파는 불여우가 될 수 있겠어요? 당신은 미쳤어, 제정신이 아니야, 당신은 눈을 똑바로 뜨고 사방을 살펴봐야 해. 남들은 다 야만이고 남들은 다 불결하고 남들은 다 바보지. 우리 부모도 조상도 다 바보고, 당신 혼자만 문명인이지! 당신 혼자만 문명인이야! 내가 보기엔 당신 혼자 꿈꾸는 거야! 입만 열면 유럽이고 외국이지, 양방귀 좀 그만 뀌라구! 미스, 미스터는 나도 벌써부터 할 줄 알아요. 굿바이, 땡큐 베리 마치도 할 줄 아는데, 말하지 않는 것뿐이라구요! 난 중국인이고 그놈의 영국엔 가지도 않을 건데 그놈의 영어는 해서 뭐 해요? 나무가 아무리 높아도 낙엽은 뿌리로 돌아가는데, 당신은 유럽에 2년 있다가, 겨우 2년 있다가 돌아왔잖아? 어떻게 자기 성이 뭐고 이름이 뭔질 잊어버리고 조상의 위패를 어디에 모셨는질 잊어버릴 수가 있어요? 니씨 성인 내가 당신에게 말해두는데, 당신이 떠보는 말을 내가 알아들었으니까, 안심하지 말아요, 수작 부리지 말라구요! 당신은 내 남편이고 나는 당신 아내예요, 얘는 당신 핏줄이고요, 당신이 원하든 원하지 않든 그건 항상 그래요. 당신은 사랑이라곤 조금도 없댔죠. 사랑 없이 애는 어디서 생겼죠? 생각해봐요. 유럽 유학 가서 누구 돈을 썼지요? 방금 당신이 한 말은 정말 금수나 마찬가지야!

징이는 말하면서 점점 더 화가 났다. 결과는 — 무슨 결과가 있을 수 있겠는가?

이런 싸움이 징이와 니우청의 생활 전체에 걸쳐 일어났고 매년 365일 밤낮으로 계속되었다. 그리고 그뒤로 그들의 생활에는 수많은 일들이 일어났고 수많은 우여곡절이 있었다. 그 중에는 니우청의 사업적·사회적 및 수입상의 좌절, 노구교 사변과 베이핑 함락과 베이징으로의 개명, 둘째 아이 니자오의 출생, 징이가 말도 없이 한 손에 아이 하나씩 안고 고향으로 돌아갔던 것, 세 여자가 함께 베이징으로 들이닥친 것, 니우청의 가정생활의 모순이 날로 복잡해지고 긴장되어간 것…… 등이 포함된다. 변화가 얼마나 많든 간에, 그들이 함께 있거나 없거나 간에, 심지어는 그녀와 니우청이 1년 내내 서로 못 본 척 해도, 심지어는 잠든 뒤 꿈속에서조차도, 이런 싸움, 쟝징이로 하여금 이해할 수 없는 건 물론 미치도록 화나게 만드는 싸움은 끝내 그칠 줄을 몰랐다. 쟝징이는 가끔 날이 밝을 때까지 푹 자기도 했다. 아이가 보채지 않아 밤중에 깨지 않은 것이다. 그렇지만 깨어날 때 그녀는 여전히 피곤하고 숨이 찼다. 울면서 고함치면서 성내면서 떨면서 발을 구르면서 니우청과 논쟁하고—말싸움하고—서로 욕하다가 밤을 꼬박 샌 것만 같았다.

이 얼마나 한심한 꼴인가, 이 무슨 업보인가, 이 무슨 거시기인가! 그녀가 알거나 들었거나 본 적이 있는 사람 중에는 좋은 남자도 아주 많았고, 나쁜 남자도 아주 많았다. 그렇지만 니우청과 비슷한 사람은 하나도 없었고 니우청처럼 이해하기 어려운 사람은 하나도 없었다.

끊임없이 친구나 동료가 니우청을 찾아와 돈벌이 방법에 대해 쑤군거렸다. 어떤 정당한 명의를 사용해서 받을 수 있는 돈이 있는데 그 돈을 이용하면 모두 적지 않은 실익을 남길 수 있었다. 어떤 물건을 중개할 게 있는데, 니우청은 고개를 끄덕이기만 하면 되었고 고개를 끄덕이기만 하면 현금 2백 원이 그의 것이었다. 징이가 듣기에도 몹시 마음이 동했는데, 징이였다면 그 돈은 벌써 손에서 천 원으로 불어났을 것이었다. 그러나 니우청은 들은 척도 않고, 손님에게 데카르트의, 나는 생각한다 고로 나는 존재한다를 이야기했다. 루소의 눈먼 고양이를 이야기했다. 흄을 이야기했다. 베르그송을 이야기했다. 사람들이 스스로 물러나도록 이야기했다.

그는 부패를 멀리하는 사람인가? 그는 고상한 사람인가? 그는 의롭지 못한 재물은 한 푼도 취하지 않는 사람인가? 그는 술 마시고 계집질하며 놀기를 좋아했다. 기생집에서 한 번 노는 돈이면, 그녀들 몇이 한 달 먹는 데 충분했다! 그는 다른 사람에게 돈을 빌렸다! 도처에 빚이었다! 심지어는 고생고생 하고 입는 것 먹는 것 아끼며 두 아이를 키우는 징이가 그를 위해 빚을 갚아주었다!

술 마시고 계집질하려면 해라, 아이에게 아버지가 없는 셈 치면 되지, 나도 과부인 셈 치면 되지, 지금 꼴은 과부만도 못한걸 뭐. 그렇지만 그는 정말로 아이를 사랑했고 가정을 사랑했다. 심지어 그는 징이에게 사과와 후회의 말을 한두 번 한 게 아니었다. 그런 말이야 아무리 많이 해봐야 가치가 없었다. 그러나 그가 아이와 함께 있을 때는 징이조차도 감동하지 않을 수가 없었다. 그는 아이의 몸을 씻어주었다. 아이의 손톱 발톱을 깎아주었다. 손톱을 깎는 데 있어서는 그가 징이보다 더 꼼꼼했다. 징이는 갓난아이 니자오의 손톱을 깎다가 니자오의 보드라운 손가락을 베어 피가 나게 했다. 징이는 얼마나 안타까워하고 얼마나 후회했는지. 그러나 우청은 손톱을 깎으면서 한 번도 사고를 내지 않았다. 그는 아이에게 서양 영양제를 먹였다. 맛있는 것이 있으면 항상 아이에게 먼저 먹이고 자기는 곁에서 지켜보았다. 그는 징이에게, 어미 닭은 다 그런 거라고 말했다. 어미 닭이 병아리들을 데리고 밭으로 나갔다. 어미 닭은 벌레를 발견했지만 자기가 먹지 않고 구구 하고 병아리를 불러서 벌레를 병아리에게 먹이고 자기는 최대의 만족을 느낀다.

 남자가 외도하는 건 결코 드문 일이 아니라고 나이 든 여자들이 말하는 걸 징이는 들은 적이 있었다. 땡땡 소리 나게 가난한 빈털털이가 아니라면, 중상층의 사회적 지위에 있는 남자가 첩을 두는 건 예사다. 일처일첩이면 성공한 인생이라는 말이 있다. 주로 아이를 귀여워하는지를 봐라. 아이를 귀여워하면 좋은 사람이고 착한 사람이고 진실한 사람이다. 아이를 귀여워하면 가정을 사랑하고, 가정을 사랑하면 가정을 돌보고, 가정을 돌보면 좋은 사람이다. 이 논리는 깨지지 않는 것이고 의심할 수 없는 것이다. 아이를 귀여워하는 남자는 일시적으로 외도를 해도 오래 걸리지 않아 마음을 돌릴 것이고 착실하게 너하고 평생을 살 것이다.

 그러나 니우청은 너하고 착실하게 평생을 살지 못해. 착실하지 않게 너하고 평생을 살지도 못해. 한 달, 일주일도 어려워. 그는 원숭이 같아, 손오공처럼 하루에 일흔두 번 변해. 집에 잘 돌아와서는 아이를 귀여워하고 무슨 일에나 다 순순히 응낙하지. 일단 집을 나갔다 하면 며칠이고 돌아오지 않을지 몰라, 어른이 죽든 애가 죽든 물어보지도 않지. 징이는 극도로 화가 치밀어 이 두 아이를 죽여버릴 생각을 얼마나 많이 했던가! 니우청이 돌아와 보게 해라, 두 애가 다 죽었다! 그렇게 하면 틀림없이 그에게 타격을 줄 수 있을 것이었다.

그러나 그 생각을 하면 징이는 거의 혼절할 정도로 울음이 터졌다. 그녀에게 이 두 애는 니우청과는 비교가 안 되게 훨씬 더 중요하지 않은가? 이 두 애는 니우청의 삶에서 빠뜨릴 수 없는 일부였다. 그렇다, 그녀도 인정했다. 그러나 이 두 애는 쟝징이 자신의 삶의 전부였다. 그녀의 과거의 모든 고통의 대가였고, 그녀가 오늘 살아가며 고생하며 몸부림치는 유일한 추동력이었고, 내일의 희망의 전부였다.

쟝징이는 아직까지 진정으로 니우청을 나쁜 사람이라고 생각한 적은 없었고, 그랬기 때문에 그와 아무리 험악하게 싸워도, 아무리 성을 내도, 쌍방이 아무리 이를 갈며 상대와 함께 죽지 못하는 걸 한탄한다 해도, 실제로 그녀는 니우청에 대한 희망을 버리지 않았었다. 어쩌면 그게 사랑인 걸까? 가련한 쟝징이야, 그런 '사랑' 말고 그것과 다른 사랑을 너는 또 어디 가서 찾고 겪고 깨우치겠는가?

그러나 도장 사건은 쟝징이를 기가 막히게 했다. 니우청이 부도덕하고, 괴팍하고, 말과 행동이 걸핏하면 어긋나고, 책임감이 없고, 허풍쟁이고, 허황하고, 변덕이 죽 끓듯 하고, 미치광이 시늉에 바보 시늉을 하는 정도가 아니라 정말로 미치광이고 바보인 것을 그녀는 알고 있었다. 니우청이 안하무인으로, 쟝징이 보기를 개미 보듯이 하고, 감각도 감정도 생각도 없이 꿈틀거릴 줄밖에 모르는 지렁이 보듯

제7장 **147**

이 한다는 것을 그녀는 알고 있었다. 그가 가정을 돌보려 하지 않고 그녀에게 정이라곤 추호도 없지만, 단지 이 집을 벗어나지 못하고 다른 집을 얻지 못하는 것뿐임을 그녀는 알고 있었다. 만약에 마음대로 연애질을 할 수만 있었다면, 아마도 그는 벌써 훨훨 놀아났을 것이었다. 괘씸하게시리 그러고도 무슨 진정한 사랑을 찾다니! 그런 식으로 하면, 벌을 자청하고 고생을 자청하고 영원히 마음 편할 날이 없어지기밖에 더하겠는가! 완전히 서양 귀신이 붙어서 제정신이 아니었다. 자기가 돈도 없고 빽도 없고 사회적 능력도 생활 능력도 없고 떨어진 단추조차 달지 못한다는 것은 생각지도 않았다. 정말로 학문이나 있다면 좋게, 있다면 눈곱만큼 있을까 싶고 없으면 전혀 없는 학문이었다. 높은 건 능력이 못 미처 못하고 낮은 건 마음에 안 차 못하니, 나귀도 아니고 말도 아닌 사불상(四不像)[32] 꼴이었다. 이런 것들을 생각하면 쟝징이는 정말로 분노가 치솟고 상심이 되었다. 그러나 그녀는 니우청이 그토록 비열한 수단으로 갖은 꾀를 다 부려 그녀를 속이고, 그녀를 함정에 빠뜨리고, 그녀를 농락하고, 자기 아이들의 엄마에게 사기를 칠 줄은 꿈에도 생각지 못했다.

분노만 남았어, 보복의 욕망만 남았어. 니우청 네놈을 내 손으로 요절내면 그뿐이야, 유럽 갔다 온 '와이구어류(外國六)〔이 말은 출처 미상이다〕' 네놈을 내 손발로 요절내면 그뿐이야. 하늘이 무너져 내리고 머리에 사발만 한 흉터가 생겨도, 언니는 그렇게 괴롭고 외로워도 의연하게 아무것도 무서워하지 않고 살고 있는걸. 매일 오후면 술 두 냥에 땅콩도 있지! 흉악하고 잔인한 니우청 네놈 없어도, 나 혼자서 두 아이—착한 아이들을 키우고 있잖아!

---

[32] 머리는 사슴, 다리는 소, 꼬리는 당나귀, 목은 낙타를 닮은 상상 속의 짐승.

그리하여 그녀는 즉시 어머니, 언니와 의논해서 정한 방침대로 니우청에 대한 '화 입히기'를 시작했다. 전부터 니우청의 동료와 친구 몇 사람은 알고 있었고, 니우청의 물건을 몽땅 뒤져 명함 몇 장을 더 찾아냈으며, 또 자기 고향 사람들도 있었다. 그들 모두가 그녀가 니우청을 두고 화 입히기를 할 대상이었다. 그녀는 온몸을 씻고(그녀는 좀체 목욕탕에 가지 않았는데, 돈을 쓰는 게 아깝기도 했고, 겸연쩍기도 하고 불편하기도 했다), 저고리와 속치마를 갈아입고, 7할은 아직 새 것인 유일한 치파오(旗袍)를 입고, 도수 없는 금테 안경을 쓰고, 발끝에 솜뭉치를 채워 넣은 작은 구두를 바꿔 신고, 장엄한 사명을 완수한다는 흥분과 복수한다는 조바심을 안고서 하나하나 방문을 시작했다. 분노는 사람이 잠재력을 발휘하고 기적을 창조하도록 도울 수 있는 모양이다. 그녀는 나이 지긋하고 덕망이 높은 대학 총장, 완전히 서양화된 학과 주임, 긴 수염을 기른 교수 한 분, 머리를 박박 깎은 강사 한 분, 어슷비슷한 신문 기자 두 분, 집안에서도 지팡이를 놓지 않는 절뚝거리는 교육국 장학관 한 분, 안과 의사 한 분, 간장 공장 공장장 한 분을 방문했고, 그리고 왕자오밍 군대 방공(防空) 사령관의 처남 한 분도 방문했는데 그 사람의 신분과 직업은 미상이었다. 그녀는 신분, 연령, 지위, 교양이 다 다른 이 많은 인물들의 사무실과 자택을 찾아가, 자신의 억울함을 하소연하고, 니우청의 황당함과 비열함을 폭로하고, 동정을 구하고, 중재를 부탁하고, 니우청과 금전 왕래가 있는 사람들 모두에게 앞으로는 니우청에게 한푼도 빌려주거나 주지 말라고, 니우청에게 돌려주거나 지급하거나 증여할 무슨 돈이 있으면 나에게 달라고 부탁했다. 그녀의 말은 정리에 맞고 핍진하기 짝이 없어 동정심을 불러일으키고 사람을 개탄케 했다. 그녀의 태도는 부드러우면서 늠름했고, 말투는 세련되었고, 처신은 적절했다.

물론 문자를 쓸 때 말을 적당치 못하게 쓰는 경우는 있었다. 장학관 가정의 행복을 찬탄하면서 정말 행복하시네요라고 말한다는 게 정말 요행이시네요라고 잘못 말했다. 그러고는 말을 잘못 썼음을 자신도 알아차렸다. 니우청을 폭로할 때는 말이 지나치게 과장되기도 하여, 아빠가 되어가지고 아이에게 돈 한푼 쓴 적이 없다고 했는데 도저히 믿어지지 않는 이야기였다. 원래는 그렇게까지 말할 생각은 아니었으나, 말하면서 점점 더 화가 나 억제할 수가 없었다. 그러나 전체적으로 말하자면 예의에 부합되었을 뿐 아니라, 자태가 빛났고 두 눈이 반짝였고 눈동자도 까맣고 초롱초롱하고 촉촉하게 변했다. 방문한 사람들 대부분이 그녀에 대해 인상이 양호하다는 걸 그녀는 알아볼 수 있었다. 그들의 얼굴에는 이미 이런 표정이 나타나 있었다. 이렇게 좋은 부인을 두고 한눈을 팔다니, 절대로 그래서는 안 되지!

이것은 운명이기도 했고, 니씨 집안의 부덕, 할망구의 부덕, 니우청의 부덕이기도 했다. 쟝징이는 자기가 배움이 많거나 교양이 깊다고 할 수는 없으나, 기민함과 활력이 없지는 않고 심지어는 교제와 예절도 모르지 않음을 알고 있었다. 그러나 그것은 상관없는 사람들과 왕래할 때만 그랬다. 낯선 사람 앞에서 그녀는 분투하려고 노력했고, 남에게 총명하고 늠름하고 말이 이치에 맞고 교양 있고 사귈 만하다는 인상을 주려고 노력했다. 그러나 그녀는 니우청이 제멋대로 주물럭거리는 것을 참을 수가 없었다. 니우청에게는 그녀를 교도하고 관리할 권리도 자격도 없었다. 자기의 의지를 그녀에게 강요하여 그녀로 하여금 자기 뜻대로 거듭나게 할 자격이 그에게는 없었다. 사람을 초개 보듯 하는 니우청의 눈빛과 오만하게 삐죽이는 아랫입술과 턱, 찌푸린 눈썹, 그리고 그 어조를 접하기만 하면 그녀는 금세 분노의 불길이 타올랐다. 그녀의 몸에서는 그 즉시, 조야함이 종전의 그 온유함을 대체했고, 원한이 이제까지의 정감을 대체했고, 마비가 평소의 총기를 대체했고, 엉망진창이 상쾌했던 정신을 대체했다. 니우청만 보면 눈빛조차도 죽은 생선처럼 흐릿해졌다. 옛말이 맞았다. 여자는 자기를 사랑해주는 사람을 위해 화장한다. 이 말이 성립한다면, 자기를 멸시하는 자를 위해서는 반드시 화장을 지워야 하고, 자기를 차갑게 대하는 자를 위해서는 추해져야 한다. 내가 네 사랑을 얻지 못했는데 화장은 무슨 얼어죽을 화장이냐, 그래 난 너를 업신여기고 너를 멀리하고 너를 증오한다. 그렇지만 이 모든 것은 다 고의가 아니다. 그녀도 한때는 자기가 우청 앞에서 좀더 총명해지고 좀더 교양 있고 좀더 사랑스러워지기를 바랐었다. 그러나 모든 것이 그 반대가 되었다. 그러니까 운명이라고 하는 것이다.

제8장

 이틀 내내 화를 입혔는데, 그 이틀 밤 니우청은 집에 돌아오지 않았다. 징이는 니우청이 거처하는 정방의 여닫이문을 닫고 쇠사슬로 단단히 잠갔다. 더 이상 니우청을 집에 들이지 않겠어라고 그녀는 결심을 하고 혼잣말을 했다.
 이틀간 화를 입히고 쇠사슬까지 채우고 나니, 장징이는 마음이 좀 가라앉는 것 같았다. 셋째 날 아침엔 일찍 일어나서, 일어나자마자 조개탄 풍로를 피웠다. 이틀 연달아 엄마와 언니가 집안일을 했으므로 오늘은 그녀가 일을 좀 많이 해야 했다.
 불 피울 때 그녀는 늘 장작 넣는 걸 아까워했다. 도끼가 없어서 손잡이도 떨어지고 날도 다 빠진 헌 부엌칼로 장작을 젓가락이 될 정도로 가늘게 쪼갰는데 이렇게 하면 장작을 좀 절약할 수 있다고 그녀는 생각했다. 먼저 전날 쓴 조개탄을 쏟아내고 끌어내고 재를 깨끗이 긁어냈다. 그리고는 비교적 성한 조개탄 알맹이를 풍로 바닥에 도로 넣어 높직하게 쌓아 석탄을 절약했다. 그 다음엔 헌 신문지를 한 장 구겨 넣고, 장작 몇 개비를 쌓고, 그 위에 소량의 조개탄을 올려놓고, 그러고서 불을 붙였다. 조개탄이 짙은 연기를 피우면 다시 조개탄을 더 부었다. 이 절차에 그녀는 아주 익숙했는데, 다만 장작을 얼마나 넣을 것인가가 어려울 따름이었다.

순조롭게 불이 붙으면 그녀는 장작을 많이 넣은 게 아까워 속이 상했다. 하나나 두 개쯤 적게 넣었어도 아무 문제가 없었을 것이다. 조개탄의 파란색 불씨가 유황 냄새를 풍기며 날름날름 타오르기 시작했는데 그 파란 불 속에서 제일 큰, 마지막 장작의 금빛 불꽃이 보이는 게 그 증거였다. 그 제일 큰 장작이 쓸데없이 타버린다는 것을 분명하게 말해주는 것이지 않은가? 조개탄의 파란 불이 서서히 타오르는데 장작 불씨가 더 필요할 리가 없지 않은가?

그녀는 무지무지하게 가슴이 아팠다. 다음번에 불 피울 때는 장작을 조금 넣어야지. 그렇지만 불이 안 붙으면 시간도 버리고 장작도 버리는 것이었다. '안 붙은 것'과 '낭비' 사이에서 어떻게 가장 적당한 양을 찾을 것인가?

오늘도 그랬다. 불이 붙지 않았다. 손으로 부채질을 했다. 부채를 가져와 부쳤다. 입으로 불었다. 풍로 배의 배꼽(부지깽이를 넣어 재를 긁어내는 데 쓰는)으로 장작을 한 개비 쑤셔 넣어봐도 아무 소용이 없었다. 고양이 똥 냄새가 나는 누런 연기에 눈이 따가웠다. 그녀는 눈물을 흘렸다.

가정이 있고 처자가 있는 니우청은 불 한 번 피워본 적이 없었고 풍로가 무슨 물건인지도 몰랐다. 하늘도 무심하시지, 이런 사람을 굶겨 죽이지 않다니!

그래서 벌겋게 불이 붙다 말고 비실비실 꺼져가는 조개탄을 끄집어내고 종이와 장작의 잔해를 깨끗이 치웠다. 다시 피우기 위해 장작과 종이를 갈아 넣었다.

불을 다 피우고 나니 날이 훤히 밝았다. 아이들 풀을 쒀주고, 니자오 그릇에는 흑설탕을 넣어주었다. 그 다음엔 두 남매가 등교하는 걸 봐주었다. 착한 아이들이었다. 이제는 학교까지 데려다줄 필요가 없었다. 소학교 2학년이 될 때까지는 항상 방과 후에 니자오를 데리러 갔었다. 일찍 가면 혼자 멍청히 운동장에 서서 교실을 들여다보았는데, 입을 모아 교과서를 읽는 아이들 중에 니자오의 목소리가 들리는 것만 같았다.

아이들이 가고, 언니가 화장을 다 한 다음, 엄마와 함께 세 사람의 일일 행사를 시작했다. 그놈이 또 안 들어왔어. 상대할 필요 없다, 오늘은 분명히 들어올 거다. 와도 집에 들여보내지 마라. 오면 침을 뱉어줘, 대놓고 침을 뱉어주라구······

더 중요한 문제는 점심때 무얼 먹느냐 하는 것이었다. 옥수수 가루가 한 입쯤 있었고, 밀가루가 두 근쯤 있었는데, 아까워서 먹을 수가 없었다. 녹두도 한 줌 있었다. 가장 중요한 것은 돈이 없다는 것이었다.

니우청은 나 몰라라 했다. 쟝씨 집안의 돈은 회수할 수가 없었다. 세 여자는 베이징으로 오기 전에 집과 땅을 팔고서 물가가 오르는 게 걱정되어 금은보석을 사다가 집에 두었는데, 요 몇 년 가만히 앉아서 가진 재산을 파먹다 보니 남는 것에도 한도가 있었다. 남은 재산을 가장 충성스러운 소작인 쟝즈언(張知恩)과 리리엔쟈(李連甲)에게 맡겼다. 매년 입동이면 그들은 주인마님에게 보고하러 베이징으로 오면서 시래기며 잡곡이며 치즈며 순대 따위를 가져왔고, 돈도 좀 갖고 왔는데 상징적인 것이라 할 수 있었다. 일본군이 어쩌고 팔로군이 어쩌고 해서 고향은 생활이 불안정했고 그래서 도지를 거둘 수가 없었다.

지금은 그 상징적인 돈을 받는 것도 아직 한 달 이상 있어야 했다. 니우청은 한 푼도 주지 않는다. 어떡한담?

고물 장수에게 팔자. 구두를 팔아, 내가 벌써부터 그랬지, 그 구두는 신을 수도 없는데 팔아버리는 게 나아. 아예 그 여름 저고리도 팔아치우지. 아 참, 말도 안 돼. 추분이 다 지나서 나날이 추워지는데 누가 아직도 여름옷을 입는담. 내 생각엔 입지 못하는 그 엄마 가죽 저고리를 팔면 되겠는걸.

두 딸이 엄마의 담비 가죽 저고리를 겨냥했다. 엄마는 불쾌했다. 쟝자오씨 노부인은 집안이 몰락함에 따라 왕년에 쟝위엔서우와 크게 싸울 때의 위풍을 이미 잃어버렸지만, 딸의 무례는 여전히 참을 수가 없었다. 가죽 저고리를 파는 일은 자기만이 말할 수 있는 것이지, 젊은 것들 입에서 나올 수 있는 것이 아니지 않은가? 불효였다.

쟝자오씨의 얼굴이 굳었다. 징이는 실언한 것을 알고 재빨리 말을 돌렸다. 니자오 그 애가 얼마나 철이 들었는지, 간밤에 글쎄 이 다음에 커서 돈을 벌면 외할머니 드리고 이모 드리겠다고 하더라구요. 과연 노부인의 얼굴이 조금 풀렸다. 방금 회칠한 얼굴을 씻어내 누런 얼굴의 징전도 처연히 웃었다.

노부인은 한숨을 쉬며, 그런 마음만 있으면 돼. 노부인은 거기다 불평 한마디를 덧붙였다. 눈알도 기대 못 하는데, 눈자위에 뭘 기대해!

징이와 징전은 얼굴을 마주 보았다. 눈알이 자기들 둘인가? 엄마는 자기들 둘에게 불만인가? 그렇지만 징전은 집안을 위해 위험을 무릅쓰고 큰 공을 세웠다. 그럼 징이를 말하는 건가? 징이는 두 사람의 말이라면 다 듣지 않는가?

내 말은 그 죽일 놈을 말하는 거다. 노부인은 뭔가 낌새를 챈 것 같았다. 그녀도 세 사람의 단결을 해치고 싶지 않아 한마디 해명을 했다.

징이는 마음을 놓았다. 앞으로 이름을 부르지 말고 더 이상 죽일 놈이라고 하지도 말자, 니우청이 듣거나 옆집 손님이 들으면 좋지 않다고 그녀가 의견을 내놓았다.

이 의견은 모두 대찬성이었다. 그리고 신속히 별명을 지어 '손가'라고 부르기로 했다. 왜냐하면 그가 일흔두 번 변하며 가만히 있질 못하는 것이 손오공을 닮았기 때문이었다. 앞으로 니우청에 관한 일을 의논할 때 '손가'가 어쩌고저쩌고라고 말하면 상관없는 타인을 이야기하는 것같이 들릴 테니, 얼마나 좋은가!

징이는 웃었다. '손가'를 욕하기 시작하자 그녀는 마음이 좀 가벼워졌다.

그렇지만 점심은 무얼 먹지? 돈은?

누군가가 초인종을 당겼다. 누구세요? 문은 잠겨 있지 않았다.

문을 열고, 누구세요, 누굴 찾으세요? 온 사람은 희고 깨끗했으며 주단 상하의를 잘 차려입었는데 눈이 수려했고 말이 분명하고 부드러웠다. 딴 세상에서 온 사람 같았다.

드디어 생각이 났다. 원래 유명한 곤곡(昆曲)[33] 배우였다. 그의 사진을 징이는 『실보(實報)』에서 본 적이 있었다.

들어오세요. 이런, 정방 문을 잠가놨지. 서방으로 열쇠를 가지러 갔다. 언니가 물었다. 무슨 손님이니? 대답하지 않았다.

미안해요. 문을 열었다. 앉으세요. 손님에게 차를 대접해야 할 텐데라고 말하자 손님은 황급히 손을 저으며 괜찮다고 했다. 그는 앉아 있을 수가 없었고, 아직도 들를 곳이 많았다. 징이는 우청의 한 일본 친구가 보내준 일본 칠기 다합(茶盒)을 집어 들었다. 다합은 얼굴이 비칠 만큼 광이 났고 모양이 특이하여 두 개의 승모(僧帽)를 합쳐놓은 것 같았다. 다합 위에는 후지산의 도안이 있었고 일본어 글씨가

---

33 명나라 이래의 중국 전통 연극의 한 양식.

한 줄 있었다. 징이는 다합을 들고 막 다합을 열려는 모습이었다. 그러나 다합에 이미 찻잎이 떨어지고 없음을 그녀는 알고 있었다. 차를 드릴까요라고 그녀는 손님에게 물었다.

표를 드리러 왔습니다라고 손님이 말했다. 모레 저녁에 「유원경몽(遊園驚夢)」을 공연하는데요, 니선생 부부를 모시려구요. 지난번에 연회에서 니선생을 만났었는데, 니선생이 소생의 연기를 꼭 보겠다고 하면서 웃었죠. 그래서 선생에게 제가 직접 표를 보내드리겠다고 약속했습니다. 말하면서 표를 꺼냈는데, 홍표(紅票)——특석이었다.

징이는 어떡해야 좋을지를 몰랐다. 곤곡? 그녀가 알기로는 곤곡을 좋아하는 사람은 여기 아무도 없었다. 니우청이 곤곡을 좋아한다는 건 황당무계한 이야기였다. 이 표는 한 장에 얼마죠? 그녀는 눈썹을 찌푸리며, 우린 생활이 아주 어렵거든요라고 덧붙였다.

그녀의 말을 아예 못 들은 양 손님은 작별 인사를 했다.

손님이 가고 나서 징이는 엄마, 언니와 열렬히 토론을 벌였다. 어떡하니? 어떻게 배우를 집에 들였니? 어떻게 배우와 내왕을 하니? 진실한 배우가 어디 있니? 재주를 팔면 색도 팔게 되고 색을 팔면 몸을 팔게 된다구. 여배우만 그런 게 아니고, 남자 배우도 마찬가지야. 남자 배우가 어떻게 몸을 판담? 바보 같은 소리, 어째 아무것도 모르니? 곤곡은 볼 게 없어. 골치만 아프고, 숨이 막힐 것 같아, 어디 우리 고향의 방자(梆子)만 해? 어디 소향수(小香水)와 금강찬(金剛鑽)만 해? 홍표 한 장에 10원은 할 텐데! 배우가 표를 거저 주고, 그것도 집에까지 갖다주는 좋은 일이 세상에 어디 있겠어? 니…… 아니…… 손가가(한 번 웃고) 하는 일은 이렇게 황당하고 웃긴다니까, 가야겠다고(연극에) 생각이 들면 그냥 가거든. 애, 네 생각은 어떠니?

그리하여 징이는 손님을 맞은 경과를 이야기하고 또 이야기했다.

전체적인 대화의 분위기 탓으로, 그녀는 자기도 모르게, 자기 태도가 얼마나 엄숙했으며 곤곡 배우에게 어떻게 벌써 말을 놓았는지를 덧붙이며 강조했다. 집에는 돈이 없고 손가 말은 믿을 수가 없으니, 이 홍표를 가지고 있어봐야 헛일이었다.

쟝자오씨와 조우쟝씨는, 마치 그 일이 중대 사안인 것처럼, 그 일이 아직 지나가지 않았고 바야흐로 그녀들의 공동 대책을 기다리고 있는 것처럼, 엄숙하고 진지하게 귀를 기울였다. 갖가지 주장들이 잇달아 쏟아져나왔다. 표를 받지 말아야 했어. 그 사람을 집으로 들이지 말아야 했어. 열쇠는 뭐할 거냐고 내가 물었었는데 네가 대답 안 했지. 에이! 이 표는 받을 수 없어요라고 말했어야지. 손가 그 사람은 이사하고 여기 살지 않아요라고 말해야 했다구. 그게 무슨 소리야, 그건 말도 안 돼. 답답해 죽겠네. 우린 가난한 사람들이에요라고 말한 것도 틀렸어. 손가 그 사람은 믿을 수 없으니, 그 사람이 하는 말은 아무도 믿지 말라고 말해야지. 그래, 손가에게 표를 주는 건 태공의 낚시에 스스로 낚싯밥을 무는 격이라고 말해야지, 본전도 못 찾는다구 말이야, 뭐라고 하더라, 그래, 주랑(周郎)의 묘한 계책 천하를 주물러도 부인만 빼앗기고 군사만 꺾였네![34]

긴 소리 할 거 있냐? 또 손님이 오면, 손가는 집에 없다고 한마디만 해. 그 말만 하고 문을 닫으면 되는 거야.

두 딸은 감복했다. 그러고서야 다시 본제로 돌아왔다. 점심엔 무얼 먹나? 손가가 돌아오면 어떡할까?

곤곡 배우를 대접한 뒤에 그 일본 다합을 저당잡히는 착상을 하게 되었다. 값이 나갈까? 최소한 떡 몇 근은 되겠지. 이 일은 자기가 하

---

34 『삼국지연의』에서 오나라 도독 주유가 제갈량과의 두뇌 싸움에서 패배하는 대목에 나오는 구절이다.

겠다고 징전이 말했다. 손가가 돌아오면 그때도 징전이 책임지고 진상을 밝히지 않으면 안 되었다.

그대로 했다. 징전은 일본 공예 다합을 가지고 나갔다가 잡곡 국수 두 근과 소주 한 냥, 땅콩 한 봉지를 들고 돌아왔다.

징이가 투덜거렸다. 보통 때 술 마시는 건 괜찮지만, 오늘은 밥도 못 먹는데 어떻게 술을 마셔?

징전이 즉각 인상을 썼다. 난 밥은 안 먹어도 돼. 이 잡곡 국수는 한 가닥도 안 먹겠어. 술은 안 마시면 안 돼. 난 술 마실 거야. 솔직히 말할까, 얘, 네가 나 술 마시는 거 참견하겠다고 나서지 마라, 엄마도 참견 못 해. 아버지가 땅속에서 걸어나와 못 마시게 해도 난 그 말 안 들어. 목에 칼이 들어와도 마찬가지야. 술은, 무슨 일이 있어도 마셔야 해. 먹을 밥이 없다고 했니? 얘, 솔직히 말해서, 먹을 밥이 없더라도 난 이 술 한 냥은 마셔야겠다.

나 참, 무심코 한 말이잖우, 어떻게 말하는 게 화약이라도 먹은 것 같아, 간밤에 좋은 꿈 못 꿨수?

흥흥, 징전이 코웃음을 쳤다. 얼굴이 말도 못 하게 험악했다. 솔직히 말하는데, 얘, 나 화약 먹었다, 난 칼도 삼킬 수 있어. 좋은 꿈이든 나쁜 꿈이든 꿔야 하면 꾸는 거지. 잘라 말하자, 다른 사람이 몰라준다고 너도 몰라주기니? 너도 너무 무정하구나. 내가 어디 가서 좋은 꿈을 꾸겠니? 내가 네 팔자만 되어도, 네 운수만 되어도 너만큼만 복이 있어도 술 안 마실 거야!

무슨 허튼 소리야? 난 언닐 위해서야!

참견 마! 나 위할 것 없다! 친하든 안 친하든 습하건 건조하건 상관 말라구…… 날 위한다고 하는 건 전부 다 늑대가 닭한테 절하는 격이야……

어떻게 말 한마디 못하게 해? 어떻게 그런 산적 같은 소릴 해?
산적이라구? 네 말이 맞았어. 산적이 뭔데? 흰 칼을 붉은 칼로 만들어도 내가 눈 한번 깜짝하면 이 언니는 사람 자식이 아니다!
싸우지 마라, 싸우지 마라, 친형제 친자매인 너희들이 싸우면, 이 늙은이는 더 살고 싶지 않다…… 노모는 막무가내로 뜯어말리며 속이 상해 눈물을 떨어뜨렸다. 두 자매도 그 감상적 정서에 감염되어 눈시울을 붉혔다.
점심때, 삼대 다섯 식구가 뜨거운 잡곡 국수를 후루룩후루룩 먹고 있는데, 대문이 열리고, 중년 여자 한 명이 들어왔다. 깔깔깔 하는 웃음소리가 여자와 함께 마당으로 들어왔다. 여자는 뒷머리에 작은 쪽을 틀었는데, 손에 만두 한 그릇을 받쳐 들고서, 마당에서 만면에 웃음을 띠고 소리쳤다.
"아지매! 큰누이 작은누이! 내가 만든 회향 물만두 좀 맛보는 게 어떠실까! 옛날엔 입하 무렵 회향을 먹었는데, 이번에 말이죠, 추분 뒤에도 회향을 먹을 수 있게 되었어요. 부추랑 오이는 양 끝이 맛있지요. 회향도 그렇잖아요? 막 나오기 시작했을 때가 맛있고, 끝물 때가 맛있거든요! 난 속으로 중얼거렸죠, 빨리 아지매네 갖다 드려야지! 옛날에도 이웃이었는데 이번에도 이웃이야. 속담에 먼 친척이 가까운 이웃만 못 하댔는데. 이런 말도 있죠, 친하든 안 친하든 고향 사람이다!" 그 여자는 목소리가 크고 굵었다. 웃으면서 말하는데, 장자 오씨네보다 더 짙고 더 순수한 고향 사투리였다.
그 여자는 그녀들의 고향 사람으로, 시골에서 같은 마을에 살았었다. 최근에 그 여자네 집도 솔가해서 베이징으로 이사했는데, 공교롭게도 옆집에 살게 되었다. 이사 온 뒤로, 그 여자는 발 벗고 나서서 고향 사람들과 친목을 다졌다. 징전이 그 여자에게 붙여준 별명은

'떠벌이'였다.

만두는 꼭 시간 맞춰 온 것 같았다. 니자오는 뜻밖의 좋은 일에 기쁨을 감추지 못했다. 징이도 기쁨을 감추지 못했다. 그리하여 희색이 가득한 가운데, 노소 삼대가 다 고맙다는 말을 했다.

그런데 떠벌이는 그릇을 들어 물만두를 비울 때 두리번거리면서, 잡곡 국수와 방안의 장식품을 보고도 못 본 체했다. 그 바람에 세 모녀는 자기도 모르게 서로 눈짓을 주고받았다. 빈 그릇을 들고 징전을 따라 마당으로 내려서자 떠벌이는 또 잽싸게 한바퀴 둘러보았다. 정방의 쇠사슬과 자물쇠를 보자 눈빛이 2초쯤 머물렀다. 그녀가 물었다. "아, 그 양반은 안 계신 모양이지?" 징전은 대답하지 않았다.

"좋은 사람이 아냐!" 징전은 방에 돌아오자마자 그 점을 지적했다. "선물을 가져오는 사람은 관에서도 안 때려." 징이가 고향의 명언을 인용했다. 아이들이 정말 맛있게 먹었다. 어른들도 모두 몇 개씩 맛보았는데, 떠벌이의 물만두를 먹는 동안은 떠벌이가 물만두를 가져온 까닭에 대해 더 깊이 파고들지 않았다.

밥을 다 먹고, 집안일을 서둘러 끝내고, 아이들을 학교에 보내고, 언니는 술을 데우고, 징이와 엄마는 저마다 누워서 눈을 붙였다. 얕은 잠이 든 상태에서, 징전이 잠시 나갔다가 잠시 들어와서 잠시 술을 마시고 잠시 한숨을 쉬고 잠시 혼잣말을 하는 소리가 들렸다. 혼잣말 소리가 점점 커지더니 마침내 잠든 모녀를 깨웠다.

"이번엔 또 뭐야?" 징이가 물었다.

"오늘 떠벌이가 우리 집에 뭐 하러 왔을까?" 징전의 얼굴에는 엄중하고 신비스런 기색이 떠올랐다.

"그 여자가 어쨌다고, 선물을 가져오는 사람은 관에서도 안 때려. 아무튼 회향 물만두 속에 독은 안 넣었어!"

"흥흥." 징이는 코웃음을 쳤다. "남을 해치려는 마음이 있어서는 안 되겠지만 남을 방비하는 마음이 없어서도 안 돼. 옛말이 있지, 전전긍긍(戰戰兢兢), 여임심연(如臨深淵), 여리박갱(如履薄坑). 박빙인가보다. 심연이 바로 물 있는 깊은 구덩이지. 깊은 구덩이 옆에 섰을 때 제일 중요한 게 뭐겠니? 누가 등 뒤에서 미는 걸 방비하는 거야!"

징이가 언니의 말에 대해 탄복을 표했다. 그러면서도 그녀는 의심스럽게 말했다. "하지만 떠벌이는 우리와 아무 원한도 없고, 고향 사람이지, 이웃이지, 아침저녁으로 인사하지, 그 여자는 우리하고 정말 친한 걸!"

"흥흥, 그 여잔 말에 거짓이 있고, 눈에 귀신이 있고, 뱃속에 꿍꿍이가 있어. 물만두를 가져왔다구? 그 여잔 정탐꾼이야! 그 도둑 같은 눈을 못 봤니? 이리 두리번 저리 두리번 하면서 나한테 '손가'가 집에 들어왔는지 알아보더라구. 어쩌겠니? 못 들은 척했어."

"그런 사람은 정말 싫어. 그 여자는 상대하지 않으면 따라다니면서 친하게 굴거든. 상대해주면 한도 끝도 없어, 하나를 얻으면 열을 얻으려고 하면서 사람을 조사한다구!"

"나도 멍청하긴." 쟝자오씨가 허벅다리를 치면서 무엇인가 생각해냈다. "그날 '납작코'네 가서 고기를 사는데, 떠벌이도 거기 있었거든, '납작코'하고 막 쑤군쑤군 말하고 있었는데, 날 보더니 말을 않더라. '납작코'도 날 한 번 쳐다봤어."

"그 여자 필시 우리에게 화를 입히려는 거야, 이런 수모를 당해서는 안 돼."

징전은 마지막 한 모금의 술을 마셨다. 얼굴이 붉게 물들었다. "사람이란 건 그런 거야, 난 생각하기만 하면 무서워. 과부로 살려면 절대로 남의 업신여김을 받아선 안 돼. 이 세상에 사람같이 지독하고 사람같이 악한 건 없다. 남 앞에선 절대로 약하게 보여선 안 돼. 한 번 얕봤다 하면 두 번 세 번이 되고 그로부터 한도 끝도 없어져. 널 잡아먹고 널 삼키고서 껍질도 씨도 뱉지 않는다구!"

맞아! 맞아! 엄마와 동생은 전적으로 찬성했다.

징전은 천천히 술잔을 내려놓고, 방문으로 가 커튼을 걷고, 엄마와 동생에게 미소를 한 번 지었다.

모녀 간의 그리고 자매 간의 깊은 정이 가득한 웃음을 짓고서, 징전은 보무(步武)도 당당하게 계단을 내려가 석류나무를 끼고 돌아 떠벌이네와 이웃한 담 아래로 갔다. 그녀는 한 번 더 엷게 웃고 길게 숨을 들이마셨다.

이런 언니의 동작과 기색과 보무가 징이에게는 물론 낯설지 않았다. 그렇지만 여전히 번개 같은 속도와 태산이 내리누르는 듯한 힘이 느껴졌다. 과연 그녀가 미처 알아차리기도 전에 벌써 언니가 두 발로 껑충껑충 뛰는 것이 보였다.

"이 흉악하고 잔인한 정탐꾼아, 이 망할 놈의 할망구야!"

선전포고의 노한 외침이었다. 그러고 나서 조수가 용솟음치는 것 같은 욕설이 이어졌다. 욕하는 소리는 생동감이 넘쳤고, 양식이 독창적이었고, 형상이 구체적이었고, 장엄하고 격렬했다. 폭탄이 잇달아 터지는 것만 같았다.

욕하면서 징이에게 손짓했다. 징이는 언니가 좀 경솔하다는 느낌이 들었다. 그러나 언니의 격렬한 감정이 금세 그녀에게 전염되었다. 뜨거운 피가 끓어올랐다. 가만히 앉아 있을 수가 없었고, 참전의 투지를 억제할 수가 없었다. 드디어 그녀도 몇 번 펄쩍거리며 몇 마디 욕을 했다.

2분쯤 욕하고 두 자매는 마주 보며 웃었다. 방금 전까지 적개심을

제8장 **163**

불태우며 펄펄 뛰다가 금세 익살스러운 표정으로 웃을 수 있다니, 징이는 스스로도 재미있고 무척 신기했다.

두 자매가 막 칼을 거두려는데, 문득 담 너머에서 떠벌이가 투덜대는 소리가 들렸다. 떠벌이가 "그거 참 거시기 하네!"라고 말한 것 같았다.

그것이 새로운 대폭발을 일으켰다. 욕설이 더 심해지고 더 격렬해지고 더 험악해졌다. 새로운 대폭발은 3분쯤 지속되었고, 마침내 담 너머의 잡새는 조용해졌고, 적의 화력은 잠잠해졌다.

징전은 이마에 땀이 맺혔고 목소리도 잠겼다. 그녀는 따뜻한 물을 퍼다가 얼굴을 씻고, 동생에게도 그녀가 남긴 물로 씻게 했다. 징전의 모습은 승리한 장군 같았다. 좀 피로하긴 했지만, 얼굴엔 여전히 득의의 웃음을 띠고 있었다. 그녀는 혼잣말로 분석하고 해석했다. "자초지종을 따지지 말고 다짜고짜 먼저 욕을 해서 화를 풀어라!" 잠시 쉬었다가 또 덧붙였다. "누구를 욕하는진 말 안 했거든. 우린 이름을 밝히지 않았으니까, 도둑이 제 발 저리는 사람을 욕한 거야. 세상에 금 줍는 사람, 은 줍는 사람, 동전 줍는 사람은 있어도 욕 줍는 사람이 있다는 건 못 들어봤네. 누가 내가 욕한 건 너라고 하겠니? 몸이 바르면 그림자 굽는 걸 두려워하지 않고 병이 없으면 찬물 마시는 걸 겁내지 않지. 우리처럼 욕하면, 나쁜 사람은 뛰어나오지 못하고, 좋은 사람도 원망하지 못한다구." 해석을 끝내고 잠시 쉬었다가 혼자 작은 소리로 웃었다.

그날 오후 징전은 상당히 유쾌해졌다. 그녀는 방 안에서 혼자 잠시 서성거렸다. 그리고는 화본소설(話本小說)[35] 『맹려군(孟麗君)』을 집

---

[35] 송 이후의 화본체 소설. 화본은 이야기꾼의 이야기 대본이다.

어 들었다. 아주 몰입해서 읽는 것처럼 보였다. 읽으면서 노래를 흥얼거렸는데, 엄마 소야 엄마 소야 고마워라든지, 불룩불룩 우두머리 닭 꼬꼬댁 거리고, 같은 것들이었다. 그리고는 낮은 소리로 책을 읽기 시작했는데, 가락도 있었고 감칠맛이 났다.

쟝자오씨는 자기 큰딸이 독서의 즐거움에 빠진 것을 보자 마음이 아프면서도 만족스러웠다. 그녀는 징이에게 엄지손가락을 내밀며 낮은 소리로 말했다. "우리 쟝씨 집안의 모녀를 봐, 정말 훌륭하다, 확실하게 정절을 지키고 있잖니. 요즘 세상 꼴을 봐라, 앞으로 이런 여자는 점점 더 찾기 힘들 거야!"

징이는 뜨거운 솥 위의 개미처럼 좌불안석이었다. 그녀는 자기의 경험과 직감에 따라, 니우청이 곧 돌아올 것이라고 단정할 수 있었다. 돌아오면 어떡하지? 언니에게 가 물었지만, 언니는 책읽기에 바빠 가볍게 웃기만 했다. "병(兵)이 오면 장(將)으로 막고, 물이 오면 흙으로 막는다. 나하고 엄마가 있잖아!"

그녀는 고개를 돌려 계속 책을 읽었다.

마침 오늘은 니자오가 학교에서 일찍 돌아와, 징이의 긴장된 마음을 늦춰주었다. 니자오는 밖에 놀러 나갔다. 잠시 후, 그녀는 한참 '술래잡기'를 하고 있는 니자오를 불러 아버지가 오는지 잘 보라고 시켰다. 이렇게 파수병을 두고 나니까 좀 안심이 되는 것 같았다.

그런 뒤 그녀는 녹두탕을 끓였다.

제9장

니우청이 마침내 의기양양하게 목욕탕에서 걸어나왔다. 그리고 익숙한 발길로 '영존(永存)'이라는 이름의 전당포로 들어가 자기의 스위스 시계를 끌렀다. '영존전당포'는 그의 가까운 친구였고 그의 생활에서 없어서는 안 될 후원자였다. 돈이 없을 때 잡혔다가 돈이 생기면 되찾는다. 정말로 이보다 더 합리적인 것도 없었고 더 편리한 것도 없었다. 잡혔다 찾았다 하는 사이에 착취당하는 건? 그는 생각해본 적이 없었다. 그런 생각은 번뇌를 자초하는 거잖은가?

그 스위스 시계는 이미 세 번이나 잡혔었다. 잡히는 돈이 매번 지난번보다 조금씩 줄어드는 것 말고는 모든 것이 순조로웠다. 그는 기분이 좋아져 입으로 가볍게 휘파람을 불었다. 또 돈이 생겼다! 주머니에 돈이 없는 날은 얼마나 서글픈지! 주머니에 돈이 없을 때는 일 미터 팔십의 키가 갑자기 일 미터 사십으로 변해버리는 듯했다!

그는 기쁜 마음으로 전당포를 나서서 맞은편 약방으로 가 맥아 엑스 간유 한 병을 샀다. 두 아이에게 영양을 보충시켜줄 생각이었다. 개들은 발육 부진에 칼슘 결핍, 단백질 결핍, 지방 결핍, 비타민 A, B, C, D 결핍임이 분명했다. 니펑과 니자오가 간유를 먹고 나서 튼튼해지고 건강해질 모습을 상상하니 기분이 흐뭇했다.

간유를 사고 약방을 나서다가 니우청은 갑자기, 전당포에서 밖으로 나올 때 전당포 선반에 무엇인가 그를 섬뜩하고 불안하게 만드는 것이 있었음을 의식했다. 뭐였더라? 생각이 나지 않았다. 그는 항상 자기의 일을 생각하느라 외부 세계에 대한 주의가 소홀해졌는데, 이는 그의 비애였다. 외부 사물에 대한 반응이 그는 왕왕 한 박자 늦었다.

모퉁이를 돌자 어린이 완구점이 하나 있었다. 들어가 한번 둘러보니 너무 비싸지 않으면 너무 조잡하고 천박했다. 중국 어린이는 장난감이 없어, 사내 애들은 제 고추나 조물락거리며 노니, 정말 슬픈 일이야! 그는 한참 걸려 색채가 화려한, 나고야에서 만든 '변신 인형'을 찾아냈다. 책처럼 생겼지만 전부 그림이었다. 머리, 상반신, 하반신 세 부분을 다 따로따로 떼어낼 수 있었다. 그래서 '변신 인형'이라고 했다. 니우청은 일본어로 된 설명문을 보고서, 이 장난감이 어린이의 상상력을 길러주고 취학 전의 아이에게 '나도 읽을 책이 있다'는 일종의 만족감을 갖게 한다는 것을 알았다. 그는 일본인의 선진성과 지혜에 충심으로 감복했다.

너무 늦게 사는 게 아닐까? 니자오는 벌써 1학년인데, 아니, 아니지, 이놈의 기억력 좀 보게, 가을 들고서 2학년 학생이 되었지. 그럼 개 누나는, 말하나 마나지, 3학년이 됐지. 이 '변신 인형'은, 나고야의 일본어 설명에 의하면, 유아원(즉 지금의 유치원)이나 아직 유아원에도 들어가지 않은 아이에게 '읽히는' 것이었다. 다른 방법이 없잖아? 중국엔 유아 교육이 아직 없는걸…… 그리고 니우청 자신도 이 '변신 인형'을 열심히 읽고 있지 않은가? 그는 이미 서른 살이 넘었다. 그러나 그는 유년 과목, 유아 교육 과목을 보충하여 서양이나 일본의 문명 생활과 교육을 누리는 아이들과 똑같이 살고 싶었다!

손에는 오색찬란한 일본 장난감 '읽을 거리'를 들고 주머니에는 갈색의 맥아엑스 간유 병을 넣고, 니우청은 자기가 사는 골목으로 들어섰다. 골목으로 들어서자마자 아들이 보였다. 아들은 대문 앞, 늙어서 이미 반쯤 죽은 듯한 큰 홰나무 아래 외롭게 서 있었다.
　"니자오!" 그가 불렀다. 그는 "자오얼(藻兒)"이라고 부르지 않았고, 아이에게 아명도 지어주지 않았으며, 정식으로 이름을 불러 아이로 하여금 어려서부터 자기의 인격의 독립과 이름의 독립을 알게 하려 했다. 이것은 징이와 그녀의 엄마 언니에게 받아들여졌다. 누가 그의 문명이 모조리 거절당하고 짓밟혔다고 말하는가, 적어도 이름을 부르는 데 있어서는 그의 문명적 방식이 성공적으로 실시되지 않았는가? 그는 쓰게 웃었다.
　그는 니자오를 부르며 걸음을 빨리 했다. 그러나 니자오에게서 십여 걸음 떨어진 곳에서 그는 멈춰 섰다. 잔뜩 웅크린 몸에 멍청하고 겁먹은데다 망연하고 마비된 얼굴이 보였던 것이다. 오! 하느님, 이게 니자오란 말인가? 이게 내가 가장 사랑하는, 나 자신의 무한한 기대와 환상을 건 총명한 니자오란 말인가? 소매를 늘인 저고리의 더럽고 낡은 불쌍한 꼴을 봐라! 말라서 젓가락 같은 팔과 더러운 손을 봐라! 저 구부정한 다리, 어린 게 벌써 밭장다리가 되었나? 비타민 D 결핍이 가져오는 곱추병은 정말 무서운 건데. 더구나 저 흐릿하고 겁먹은 눈빛…… 쟤는 왜 "아버지"라고 안 부르지? 쟤는 왜 토끼 새끼나 참새 새끼나 양 새끼처럼 달려와서 나한테 안겨 어리광을 부리며 울긋불긋하고 예쁜 장난감 읽을 거리를 받아가지 않을까? 쟤는 왜 나한테 소리치고 웃고 떠들고 먹을 것 달라 마실 것 달라, 입을 것 달라, 놀 것 달라 조르지 않을까, 설마 사랑받는 아이가 부모에게 갖는 권력을 어떻게 행사하는지 모른단 말인가? 내가 지옥에 가면 갔지,

내 자식은 천당에 살 수 있어야 하는데!

아이의 표정에 그도 멈칫거렸다. 그들 사이에 장막이 쳐진 것 같았다. 찬란한 석양이 그들 두 부자를 비추었고, 아버지와 아들은 땅바닥에 아주 긴 그림자를 늘어뜨렸다. 홰나무 그늘은 좀 음산했다. 그는 세계의 모든 틈새로부터 서늘한 기운이 새어나와 부지불식간에 그들의 몸속으로 스며드는 것 같았다.

그는 다가가 손을 뻗으면 아들을 만질 수 있는 곳에 섰다. 그는 오른손으로 '변신 인형'을 건네주고, 왼손으로 간유를 담은 디자인이 근사한 갈색 유리병을 꺼냈다. 당시의 베이징에서 그런 유리병은 유행이면서도 진귀한 것이었다.

그러나 아이의 눈빛은 더욱더 불안해지고 멍청해졌다. 그 눈빛에 깜짝 놀라 니우칭은 거의 외마디 소리를 지르며 병을 땅에 떨어뜨렸다. 그 눈빛에서 그는 명관둔―타오촌의 흰 꽃이 핀 소금땅과 헐벗은 생존, 발로 양똥 덩어리를 비비는 쾌락, 아편 연기, 똥을 다 누고 엉덩이를 썩썩 부비던 토담을 보았던 것이다. 조상 대대의 중국 사람을, 지주를 만난 소작인과 관리를 만난 지주를, 참수당한 죄인과 불알이 잘린 내시를, 영원히 펴지지 않는 허리와 영원히 닫히지 않는 입을, 그는 그 눈빛에서 본 것 같았다. 그를 제일 섬뜩하게 한 것은, 니자오의 눈빛으로부터 징이를 보고, 아편을 피던 소년 시절의 자신을 본 것이었다. 이제까지 그는 모든 희망을 다음 세대에 걸어왔는데, 다음 세대도 벌써 그들 세대와 그 위로 몇 세대의 짐을 계승했다는 말인가? 그의 '낙관주의'의 희망은 대체 어디에 걸어야 하는가?

니자오가 갑자기 몸을 돌려 뛰어가더니 사라졌다.

니우칭은 가슴이 쿵쿵 뛰었다. 좋지 않아. 흉이 많고 길은 적어. 땅에 떨어진 간유 병을 줍는데, 두 눈이 캄캄해졌다.

그는 눈썹을 찌푸렸다. 그의 눈썹은 줄곧 찌푸려져 있던 터라 더 찌푸릴 것도 없었다. 아! 그는 유럽을, 유럽의 아이와 청년과 여자⋯⋯ 를 생각했다. 전쟁이 그곳을 휩쓸었고 파시즘이 모든 것을 삼키고 있지만, 그러나 거기에는 필경 열정이 넘치는 살아 있는 사람이 있었다.

고개를 저었다. 좀 들쭉날쭉한 돌계단을 걸어 올라갔다. 구두로 돌을 밟자 먼지가 피어올랐다. 칠피가 벗겨져 낡은 이음새가 드러난 나무 대문이 석양에 오렌지빛으로 물들었다. 자기들이 세든 이 집의 대문을 눈여겨보기는 이번이 처음이었다. 여기는 어디인가? 여기는 누구 집이고, 그는 왜 여기에 왔는가? 모든 게 다 모호했다. 문에는 원래 마름모꼴의 붉은 칠을 한 네모 칸이 있었고, 네모 칸마다 글자가 하나씩 씌어 있었다. 글자는 이미 희미했는데, 대련(對聯)이었다. '충효전가(忠孝傳家),' 끄트머리의 '구(久)'자는 완전히 지워졌다. '시서(詩書)' '세장(世長),' 중간의 '계(繼)'자도 이미 흔적도 없이 사라졌다.

이것 봐라, 문을 들어서기도 전에, 압박감이 들었다. 니우청이 본 것은 황량한 산이었다.

그는 문턱을 넘어 집으로 들어갔다. 맞은편은 영벽(影壁)[36]이었고, 영벽에도 글자가 씌어 있었는데, '전곡(戩穀)' 두 글자였다. 전곡의 뜻과 출전을 니우청에게 이야기해준 사람이 한둘이 아니었고 그 횟수도 한두 번이 아니었으나, 그는 기억이 나지 않았다.

그때 어디선가 호금(胡琴) 소리가 들려왔는데, 단조로웠고 같은 곡조가 되풀이되었고 아득했다.

---

36 대문 안에 세워 안이 보이지 않게 하는 칸막이.

수화문(垂花門)[37]을 끼고 돌아 들어가자 집 안이 고요했다. 세 여자가 집에 없는 건 아닐 테지? 아니었다. 창문 너머로 서방의 사람 그림자가 희미하게 보였다.

그는 한 쌍의 커다란 연꽃 항아리 사이를 가로질렀다. 여름에 빗물을 받는 것 말고는 항아리 속은 항상 비어 있었는데, 항아리의 내벽은 진흙이었고 외벽은 진흙이 남긴 더러운 자국이었다.

처마 밑에 석류 화분 두 개와 협죽도 화분 두 개가 놓여 있었는데, 모두 꽃 필 시기가 아니었다. 그것들은 놀란 표정으로 니우청의 귀가를 바라보았다. 우수수 하며 가늘게 떨었다.

그는 정방의 댓돌로 올라섰다. 그는 근시였고, 안경을 써도 시력이 별로 좋지 않았다. 그래서 그는 댓돌에 올라선 뒤에야 쇠사슬과 자물쇠를 발견했다.

그는 화가 치밀었다. 이제 폭풍을 피할 수 없게 되었다는 걸 그는 알았다. 그는 더 이상 조심조심하지 않았고, 더 이상 아이 때문에 자기 자신 때문에 고향 때문에 혹은 그 밖의 많은 다른 것들 때문에 감상에 잠기지 않았다. "니자오, 열쇠 갖고 와!" 그가 소리를 버럭 질렀다. 소리가 떨리는 게 험악하면서도 허세가 엿보였다.

니자오는 엎드린 채 창호지 구멍을 통해 아버지를 보고 있었다. 아버지의 고함이 간담을 서늘케 했다.

징이는 언니를 불렀다. 니우청은 지금 흉악한 표정이었는데, 징이는 그것을 '깡패' 얼굴이라고 생각했다. 그녀 혼자서는 감히 접근할 수가 없었고, 언니라는 방패가 필요했다.

그러나 징전의 흥미는 맹려군과 황보장화, 황보소화*에 있는 것 같

---

37 구식 저택의 안쪽 문. 위를 아치형으로 만들어 조각이나 단청을 함.
* 모두 『맹려군』에 나오는 인물이다.

았다. 징이가 그녀를 찾아도 그녀는 별 마음이 없었고, 그래서 마뜩찮게 말했다. "상대하려고? 상대할 필요 없다."

언니의 용맹함과 차가움과 격렬함이 얼마 전에 펄쩍펄쩍 뛰면서 담 너머의 떠벌이를 욕할 때 다 소모되었다는 것을 징이는 문득 깨달았다. 지금 그녀는 아주 태평스러웠다. 지금 그녀는 성질을 부리고 싶지 않았고 또 부릴 성질도 없었다. 그녀는 유유자적하고 있었다.

맙소사! 세 사람이 연구한 대책을 하나도 못 쓰게 됐네! 니자오의 전갈도 아무런 의미가 없어졌다.

문— 열어! 위협적인 고함이 또 터졌다.

징전은 그제야 책을 내려놓았는데, 고개를 빼고 목을 움츠리며 가볍게 한 번 웃었다.

징이는 가시방석에 앉은 것 같았다. 니자오는 심장이 쿵쿵 뛰었다. 쟝자오씨는 얼굴이 벌개졌다. 어느 틈엔지 모르게 니펑이 방에 들어와 있었다. 그녀가 집과 서방에 들어오는 건, 꼭 생쥐 같아서 남의 눈에 띄지 않았다. 아마도 당번 일을 막 끝내고 돌아온 것이었을까? 때맞춰 온 그녀가 이 장면을 보고 슬피 울었다.

문 열어! 문 열어! 문 열어!

어디선가 들려오는 귀를 찌르는 날카로운 호금 소리. "제단을 차리고, 동풍을 빌려……" 목청껏 울부짖는 소리, 그리고는 아무 소리도 나지 않았다. 이어서 들리는 것은 골목에서 길게 빼는 외침 소리— 유리병 사요! 이 모든 소리는 일종의 도전적 의미를 띠고 있는 것 같았다.

그때 니우청이 쇠사슬을 꽉 움켜잡았다. 몇 번 잡아당겼지만 꿈쩍도 않았고, 분노의 불길만 하늘 높이 치솟았다. 그 쇠사슬에 채워진 것이 그 자신이고, 그의 영혼과 육체인 것 같았다. 그는 발광한 야수처럼 쇠사슬을 움켜쥐고 잡아당기고 흔들었다. 두 문짝이 그가 용을 쓰는 데 따라 진동하며 삐걱삐걱 하는 소리를 냈고, 그것이 그를 고무했다. 그는 숨을 몰아쉬고, 다시 한 번—쾅 덜커덩, 두 문짝이 문틀과 연결된 경첩 부분에서 뜯어졌고, 문틀에서 떨어져 나와 둔탁하게 땅바닥에 쓰러졌다. 이어서 나무판자가 부서지는 빠지직 소리와 유리 깨지는 소리가 났다.

니우청은 휘청하며, 거의 문 위에 고꾸라질 뻔했다. 그는 혐오의 심정을 품고서 두 문짝을 넘어갔다. 두 구의 시체를 넘어가는 것 같았다. 그는 방으로 들어가 눈썹을 잔뜩 찌푸리고 탁자 앞의 나무 의자에 가 앉았다.

서방에서, 징이는 대경실색했다. 쟝자오씨는 울화통이 터져 막 뛰쳐나가 한바탕하려고 했다. 징전이 그녀를 제지하고 정방의 문이 쓰러진 곳을 살펴보더니 콧구멍으로 냉소를 쳤다.

그 순간의 니자오의 느낌은, 우리 아버진 정말 장사구나!라는 것이었다. 니자오의 눈에, 문과 자물쇠는 담이나 불하고 꼭 같아서 사람이 뛰어넘을 수 없는 장애물이었다. 그렇지만 우리 아버지가 탕탕 쾅 꽈앙 하고 퍽 하니까 문이 넘어졌어, 정말로 산을 무너뜨리고 바다를 뒤엎는 장사야. 2학년 애들의 아버지가 모두 그런 용기와 기운을 가진 건 결코 아니었다. 반 아이들은 모여서 항상 자기 아버지를 자랑했다. 이번엔 니자오에게 자랑할 게 생겼다. 다음에 친한 아이들을 만나면, 그는 아버지의 용맹과 기운을 그 애들에게 이야기할 것이었다. 걔들은 듣고도 믿지 않을지 몰라?

니우청은 자기 방으로 들어온 게 얼음굴로 들어온 것 같았다.

그가 들어온 곳이 죽음의 세계인 건 아닐 테지? 미친 듯한 분노 이후 집안은 쥐 죽은 듯 고요했다. 저들이 도대체 무슨 짓을 하려는 걸

제9장 **173**

까? 앞으로 나를 집에 못 오게 하려구? 아미타불! 누구 마음대로? 탁자 위의 찻잔에는 여러 날 전의 찻잎이 남아 있었다. 아마도 오랫동안 소제하지 않았을 것이다. 침대에 먼지가 한 겹 앉아 있었다. 지나치게 조용한 느낌이 그를 전율케 했다. 그는 손가락을 떨면서 '다잉하이(大嬰孩)' 담배 한 개비를 뽑아, 성냥을 무수히 그어대 온 방 안을 유황 냄새로 가득 채우고서야 담배에 불을 붙였다. 호금 소리 노랫가락 소리가 또 들렸다. 또 갑자기 사라졌다. 새 울음소리가 났다. 참새 한 마리가 넘어진 문 앞과 창 앞으로 해서 사선을 그으며 하늘로 날아올랐다. 또 한 마리. 그놈과 서로 사랑하는 참새가 뒤를 바싹 따랐다. 그들은 행복했다. 그들은 불행한 사람을 이해하지 못했다. 그들은 저녁놀을 향해 날아가면서, 홀로 시커먼 동굴 속에 앉아 있는 니우청에게 곁눈 한 번 주지 않았다.

니우청은 온몸이 굳어오는 느낌이 들었다. 그는 양복 윗도리를 벗어서 옷걸이에 걸었다. 솜을 넣은 저고리를 입고 방 안에서 유일한 '고급' 가구로 옮겨 앉았다. 그것은 등나무 장의자였는데, 작은 요를 깔개 삼아 펴놓았다. 피곤하거나 몹시 외로울 때, 니우청은 거기 앉아 담배를 피우고 차를 마시고 공상에 잠기며 자기의 불행한 생활과 낙관적 신념을 저작하고 음미하기를 좋아했다. 그것은 집에 돌아온 뒤의 유일한 사치고 향락이었다.

그는 차를 마시고 싶었다. 앉았다가 금세 또 일어났다. 방 안을 한 바퀴 둘러보고 또 반바퀴 둘러보아도, 그가 아끼는 그 일본 다합이 보이지 않았다. 그건 친구가 준 선물이었다. 그는 깜짝 놀랐다. 그제야 모든 것이 연결되었다. 원래, 전당포의 선반 위에서 고개를 숙이고 힘없이 멍청히 있으면서 그를 섬뜩하게 했던, 그러나 간유를 사고 나서야 그 섬뜩함을 의식했고 그러면서도 어째서 섬뜩했는지는 생각나지 않던 것이 바로 그의 일본 다합이었던 것이다! 그녀들이 그의 일본 다합을 전당잡힌 것이었다! 이 구제불능의 우둔함이여! 그것은 값나가게 잡힐 수 있는 물건이 아니었다. 그녀들이 잡힌 돈으로 기껏해야 요우빙 스무 개나 살 수 있을까…… 그러나 그것은 친구의 선물이었다. 그가 집을 조금도 생각하지 않았다고 할 수는 없었다. 시계를 맡기고 그녀들에게 줄 약간의 돈을 준비하지 않았는가?

얼마나 황당한 일인가! 당당한 대학 강사가 손목시계를 잡혀 집을 먹여 살리다니! 그런데 그녀들은 자기보다 먼저 같은 전당포엘 갔었다. 전당포 점원이 왜 아무 말 안 했을까? 그는 분명히 그들 일가를 알 텐데!

그리하여 그는 차를 마시고 싶은 욕망을 버리고, 장의자를 조금 옮겼다. 앉아서 등을 떨어진 문으로 향하고, 그는 담배 알갱이가 극히 고르지 않은 '다잉하이'를 계속 피워댔다. 담배에서 씁쓸한 곰팡이 맛이 났다. 그는 눈을 치켜뜨고 맞은편 벽에 높이 걸린, '난득호도(難得糊塗)'라는 횡폭을 바라보았다. 작은 글자는 다음과 같았다. '총명하기도 어렵고 어리석기도 어렵지만 총명함에서 어리석음으로 나아가기는 더욱 어렵다. 내버려두고 한걸음 물러서면 곧 마음이 편안해지나니, 뒤에 복이 오기를 바라는 것이 아니다.' 정판교(鄭板橋)의 글씨를 탁본한 것이었는데, 산 지 그다지 오래되지 않았다. 그는 이 어리석음의 철학의 정수를 이해하려고 노력했다. 기분이 좋을 때는, 이 어리석음의 철학이 이치가 있고 효용도 있고 묘하고 사람을 안정시키는 것으로 느껴졌다. 거듭 소리 내어 읽으며 음미하노라면, 그는 확실히 마음이 평온해지고 만사가 이래도 그만 저래도 그만인 평정한 느낌이 들었다. 그는 이 정묘하고 통속적인 개괄에 감복했다. 자기 위안적이고 초탈하면서도 여전히 풍자의 뜻을 나타냈다. 정판교와 비교하여 자기가 너무 천박하고 경망하다는 것을 그는 인정했다.

그러나 기분이 안 좋은 때인 지금은 이 네 글자가 완전히 눈에 거슬렸다. 고개를 들고 눈을 치켜떠 장의자에서 난득호도를 올려다보며, 그는 본래 정판교를 빌려 자기의 헝크러진 심경을 가라앉히려 했다. 그러나 뜻밖에도 볼수록 기분이 더 나빠졌다. 볼수록 더 화가 났다. 망할 놈의 난득호도! 어리석게 태어나서 어리석게 죽고, 어리석게 결혼하고 어리석게 애를 낳고, 어리석게 사랑하고 어리석게 미워하고, 어리석게 남을 해치고 어리석게 해를 입고…… 이게 무슨 놈의 인생인고, 무슨 놈의 철학, 무슨 놈의 문화고, 무슨 놈의 역사냐! 왜 나는 이렇게 어리석게 와서 어리석게 살다가 어리석게 가야 하느냐? 이렇게 어리석은 줄 진작에 알았더라면, 하필 인간으로 태어나 어리석게 이런 길을 갈 것이냐!

잠시 멍하니 앉아 있는데, 배가 좀 불편한 느낌이 들었다. 먹을 때는 맛만 좋았던 사과거 백숙이 지금은 사람을 불편하게 하는 것 같았다. 그리고 사과거에서 사용하는 재료는 날이 갈수록 나빠지고 있었다. 노인들 말로, 지금 사과거의 수육은 전에 청나라 때 베이징으로 과거 보러 오는 수재들에게 팔던 때보다 훨씬 못하다고 했다. 그는 왼손을 들어 팔목을 쳐다보고서야 이제 시계가 없다는 것이 생각났다. 그는 일어나 변소에 갔다.

그가 막 문이 떨어져나간 방을 나와 변소로 간 것과 동시에, 징이가 한 가닥 연기처럼 방으로 스며들었다. 그녀는 사방을 한 번 둘러보며 니우청이 돌아온 뒤 무슨 변화가 없는지 살폈다. 그녀는 옷걸이에 걸린 양복 윗도리를 보았다. 즉시 다가가 끌어내려 바깥주머니 세 개와 안주머니 한 개를 민첩하게 뒤졌다. 반갑의 '다잉하이' 말고, 한 장의 종이와 한 통의 편지, 한 다발의 돈을 몽땅 철저하게 깨끗이 털어냈다. 다시 옷을 원래대로 걸어놓고 물러나왔다.

이 모든 것은 30초도 안 걸려 번개처럼 끝났다. 니자오는 자기 눈을 믿을 수가 없었다. 환각인지도 몰랐다. 고개를 돌려보니, 엄마는 자기 곁에 있었고 정신을 모은 엄숙한 표정이었다. 이모의 모습은 흥미진진했는데 이미 무슨 꿍꿍이가 있는 것 같았다. 니펑의 얼굴은 창백한 게 큰 병이 난 것 같았다.

긴 시간이 지난 것 같았다. 그는 아버지가 좀 늦게 오기를 바라면서 동시에 왜 오지 않는지를 걱정했다. 아버지가 변소의 똥통에 빠진 것은 아닐 테지? 똥 푸는 사람이 여러 날 오지 않았다. 지난번에 그 사람들에게 다른 집에서는 다 주는 '술값'을 주지 않았기 때문이었다. 몇 분이 더 지났다. 아버지가 변소에서 걸어나왔다. 큰 몸집이 컴컴한 방으로 들어가는 게 꼭 그림자가 일렁이는 것 같았다.

니우청은 방에 와서도 변소의 불결함 때문에 몹시 불쾌했다. 유럽의 변소가 생각났다. 외국의 달이 중국보다 둥글다는 말도 터무니없는 것만은 아니었다. 유럽의 변소는 중국의 보통 방보다도 더 깨끗했다. 불행하고 슬펐지만 그건 사실이었다.

그는 몹시 심심했고 그래서 책이라도 읽고 싶어졌다. 손 가는 대로 철 지난 지 오래인 『369』 화보를 한 권 집어 들었다. 화보 표지는 '베이징의 재원 미스 뤼즈펑(黎芝風)'의 사진이었는데, 인쇄가 흐려 아무것도 알아볼 수가 없었다. 그는 한 파티 석상에서 그 '재원'을 만난 적이 있었다. 몸매나 용모는 그런대로 괜찮았지만 고상하지가 못했고 옹색해 보였다. 말할 때는 명실상부하게 '혀를 씹'었다. 그녀는 제 혀를 씹으면서 즈즈자자, 츠츠 하고 잇소리를 내는 것 같았고, 무슨 말을 하는 건지 잘 알아들을 수가 없었다. 어쩌다 들리는 말은 앞뒤가 맞지 않았는데, 말이 논리에 맞지 않았고 어법에도 맞지 않았다.

한마디로 말해 재미가 없었다.

중국에는, 병적 상태를 미(美)로 보고, 억압받고 학대받는 것을 미로 보는 특유의 관념이 있었다. 그래서 '전족'을 좋아했다. 분재도 '병매(病梅)'를 좋아했다. 폐병 3기의 임대옥과 정신분열의 두여랑(杜麗娘)을 좋아했다. 중국 처녀들은 언제쯤에나 운동 선수같이 건강하고 쾌활해질 수 있을까?

계속 뒤적였다. 글 하나는 태평양전쟁에서의 일본군의 승리를 환호했다. 글 하나는 방귀에 대해 썼는데, 방귀를 크게는 세 가지, 작게는 열 가지로 나누었다. 만화는 뚱보 부인과 말라깽이 남편의 외도를 그렸는데, 뚱보 부인은 친구 집에서 밤샘 마작을 한다 하고서 실제로는 놈팽이 품에 안겼다. 말라깽이 남편은 신문사에서 야근을 한다 하고서 실제로는 기생집으로 가서……

니우청은 또 손을 들어 시계가 없는 팔목을 쳐다보았다. 약속 시간이 되었다는 믿음이 들었다. 무슨 약속이었지? 집에서는 생각이 나지 않았다. 집에만 들어오면 그의 뇌세포는 활력을 잃었다. 백치의 환경 속에서는 그도 백치로 변했다. 골목 어귀만 벗어나면 오늘 저녁 어디로 가야 하는지 저절로 생각날 것이었다. 원래는 화해를 할 생각이었다. 화해하지 못했다.

그는 입고 있던 솜옷을 아무렇게나 침대 위에 팽개쳤다. 양복 윗도리를 입고 주머니를 툭툭 치면서 그는 집에 더 있어야 할 일이나 집에서 해야 할 일이라곤 아무것도 생각나지 않았다. 그래서 그는 '난 득호도'를 한 번 더 바라보고 땅바닥에 드러누운 문짝을 넘어 마당으로 내려갔다.

그는 고개를 숙이고 서방으로 다가가 부드러운 소리로 불렀다. "니 자오."

니자오가 막 무슨 말을 하려는데, 엄마가 그에게 엄하게 손짓을 하며 소리를 낮춰 말했다. "대답하지 마." 니자오는 말하려다가 멈추었다.

니우청은 잠시 기다리다가 실망했다. 그때 갑자기 문이 벌컥 열리고 아이가 하나 뛰쳐나왔는데, 니자오가 아니라 니핑이었다. 그가 부르지도 않았고 부를 생각도 하지 않았던 니핑이었다.

니핑은 스스로 뛰쳐나온 것이었다. 그녀는 안색이 창백했고, 얼굴 가득 눈물 자국이었고, 눈빛이 이글거렸다. "아빠." 그녀가 소리 질렀다. "가지 말아요! 왜 또 가요? 아빠, 우리 집에 계세요. 이번엔 또 어딜 가요? 왜 노상 집에 안 들어오고…… 우릴 버리려는 거죠?"

니핑은 친구들이나 남들에겐 순전한 베이징 말을 하면서도, 식구들에게 말할 때는 완전히 고향 사투리였다. 니우청이 베이징 말을 하라고 요구했지만 그녀는 듣지 않았다. 그녀는 식구들에게 베이징 말을 하는 게 못마땅한 모양이었다. 니우청도 어쩔 수 없었다. 니우청 자신도 국어—베이징 말을 잘 못했다. 그렇지만 명관둔—타오촌 일대의 사투리를 쓰기도 싫었고, 그래서 그는 뒤죽박죽인 '와이구어류(外國六)'〔징이의 표현〕의 말을 만들어냈다.

니핑의 눈빛과 말투에는 바보스러운 데가 있었다. 그녀가 말하는 어휘나 내용이 니우청을 섬뜩하게 했다. 왜 이 어리고 순결한 영혼과 언어에 그런 슬픈 신호들이 나타나야 하는가? 내가 그들을 버리다니, 이건 징이가 가르쳐준 게 분명해. 정말로 범죄야! 다음 세대는 문명화되고 과학적이고 건강한 환경 속에서 태어나 살아야 했다. 니핑이 필요로 하는 건 장난감이고 유희였다. 아니, 필요한 건 피아노, 춤, 스케이트, 수영, 영양이 풍부한 음식에다 여자 아이의 옷과 화장품이었다. 여자 아이에게 이런 누더기를 입히다니, 정말 하늘이 용서

하지 않으리라!

"아빠, 왜 집에 안 계세요? 왜 우릴 버리는 거예요? 아빠, 나쁜 여자를 얻으면 안 돼요……" 니핑은 말하다가 입을 삐쭉거리더니 아앙 하고 크게 울음을 터뜨렸다.

니우청은 온몸을 떨었다. 오, 그가 가장 두려워하는 일이 발생한 것이다. 그것은 그들 세대의 짐과 고통이 다음 세대에게 넘어가는 것이었다. 니핑은 이제 겨우 아홉 살이었고, 아홉 살 여자 아이라면 꽃하고 인형만 알아야 하는 것인데…… 그리고 그는, 방금 아이를 부를 때도 니자오만 불렀지 니핑은 부르지 않았던 것이다!

니우청은 눈물을 떨궜다. 그는 니핑의 손을 잡고, 니핑의 머리를 쓰다듬었다. 그는 그 커다란 체구를 쪼그리고 앉아 니핑과 얼굴을 맞대고 말했다. 그의 목소리는 부드러웠고, 눈시울에는 눈물이 고였다. 그는 갖은 방법으로 니핑을 위로했다. 아니야, 안 간다. 니핑, 내가 왜 너랑 네 동생을 마다하겠니? 넌 정말 착한 아이다. 난 절대로 너를 해치지 않아. 절대로 너를 실망시키거나 울게 하지 않아! 세상에 이런 아버지가 다 있다니, 딸에게 피아노도 못 사줬고 딸에게 꽃도 못 갖다줬으며, 그럴 듯한 인형도 사준 적이 없었다. 그가 그의 어린 딸에게, 바보 같은 딸에게, 고향 사투리를 쓰는 딸에게 가져다준 것은 흘려서는 안 될 눈물이었다! 죽어야 한다면 부모 된 자가 죽어야지! 난도질을 해도 나를 난도질해야지 내 딸을 해쳐선 안 돼, 안 돼! 모든 죄는 나한테 있지 애들은 아니야!

그는 10분 안에, 아니 5분 안에 돌아오겠다고 딸에게 약속했다. 그는 차를 좀 사고 과자를 좀 사러 나가려는 것일 뿐이었다. "오늘 밤에도, 또 내일 밤에도, 또 그 다음에도 안 갈게." 니우청은 맹세하는 기분으로 니핑에게 말했다.

니우청이 가자, 니핑은 실망하여 천천히 서방으로 돌아왔다. 징이는 눈시울이 붉그레했다. 이 모든 것을 지켜보고 그녀는 탄식하며 말했다. "하나를 보면 열을 안다고, 니핑 얘는 정말 착해!" 쟝쟈오씨와 징전이 고개를 끄덕이며 계속 훌쩍거렸다.

그리고서 징이는 엄마, 언니와 함께 방금 돌격 수사해서 얻은 '전리품'을 검사했다. 아이들은 참여하지 못하게 했다. 아이들 마음을 더럽힐까 봐서였다. 아이들에겐 한쪽에서 공부를 하게 했다. 징전은 나가서 녹두탕을 한 그릇 떠왔다. 너무 뜨거워서 계속해서 후후 불었다.

돈을 세어보고 내려놓았다. 징이의 얼굴에 희색이 가득했다. 제가 뛰어야 벼룩이지, 쌤통이다! 적어도 한 달은 먹는 것 때문에 걱정하지 않아도 되었다. 한 달 안에 리리엔쟈, 쟝즈언이 돈을 가져오게 되어 있었다. 그 다합을 찾아올 수도 있었다. 잡곡 국수 몇 근으로 다합을 잡힌 것은 너무 싸게 쳤다. 종이 조각 하나는 잘 알아볼 수가 없었다. 또 하나의 종이 조각은 시계를 잡힌 전당표였다. 쌤통이다! 전당표를 옆으로 밀쳐놓았다. 그 다음은 편지였다. 쟝징이는 금세 경계심이 생겼다. 니우청의 못된 성질은 편지를 다 보면 아무렇게나 집어던지는 것이었다. 왜 이 편지는 양복 주머니에 모셔놓았을까?

봉투를 열었다. 먼저 튀어나온 것은 여자의 사진이었다. 요사스럽고 천했다. 징이의 세포 하나하나가 분노로 복받쳤다. 편지를 펼쳤다. 글씨를 몹시 흘려 써서 앞에 무슨 요상한 이야기를 했는데 알아볼 수가 없었다.

징전은 뜨거운 녹두탕을 곁에 내려놓고, 편지를 넘겨받았다. 그녀의 읽기 실력이 징이보다 더 좋았다. 그녀는, 매가 들판의 사냥감을 한눈에 포착하듯이, 금세 중요 대목을 찾아냈다.

"…… 니선생, 여자 친구를 소개해달라고 했었죠? 이 사람 어때요? 그녀는 별명이 소영롱(小玲瓏)인데…… 아주 잘 웃어요, 그녀의 환심을 살 수 있다면, 그녀는 틀림없이 웃을 거요. 웃느라고 허리를 못 필 거고, 웃다가 당신 품으로 쓰러져……"

퉤! 쟝전은 방바닥에다 침을 한 입 뱉었다.

세 여자의 눈이 불을 뿜었다.

바로 그때 니우청이 분기탱천, 두 눈에서 불을 뿜으며 집으로 뛰쳐 들어왔다. 그의 모습은 선불 맞은 황소 같았고 완전히 목숨을 건 듯한 기세였다. "쟝징이, 이리 나와!" 그가 고함을 질렀다.

너무나 갑작스러워 미처 손쓸 틈도 없었다. 쟝징이가 나서기도 전에 ─ 징이도 막 폭발하기 직전의 상태에서 한바탕 폭발을 기다리고 있었고 소리 없는 전투에 불만스러워하고 있던 터라, 이미 몸을 일으켰는데 ─ 쟝전이 왼발로 문을 박차고 오른손으로 뜨거운 녹두탕을 집어 들어 니우청의 얼굴을 겨누어 던졌다. 그 녹두탕은 그녀가 일찌감치 준비해둔 무기 같았다. 다 이럴 줄 알고, 마시기 위해서가 아니라 적에게 투척하기 위해 그 녹두탕을 방으로 가져온 것 같았다.

징이가 녹두탕을 따라 쏘아나갔다.

니우청이 얼핏 몸을 피하는데, 녹두탕 그릇이 그의 왼쪽 어깨를 맞추었다. 촤! 뜨거운 국이 그의 얼굴에 목에 튀었고 대부분은 몸에 흘렀다. 쨍그랑, 그릇이 땅에 떨어져 두 조각이 났다. 뜨거운 국에 덴 니우청은 크게 소리를 질렀다. 그는 흐릿한 가운데 징이의 모습을 보고는 손을 뻗어 징이의 따귀를 갈겼고, 징이도 그의 가슴에 머리를 부딪쳐 그를 비틀거리게 했다. 쟝전이 손으로 걸상을 들고 니우청에게 달려들었다. 그녀를 보자, 니우청은 자기도 모르게 뒤로 물러섰다. 이 처형이 살인도 불사할 사람임을 그는 알았다. 노부인 쟝자오씨도 뛰어나와, 큰 소리로 욕을 퍼부으며 부르짖었다. "빨리 순경을 불러라! 빨리 이 도둑놈을 잡아라!" 노부인은 언제나, 정권 자체의 명목과 성질이야 어떻든 간에, 관의 힘에 기대는 걸 중시했다. 니핑과 니자오는 놀라서 울고 소리치기 시작했다.

제10장

일장의 악전이 끝났다. 니우청은 또 이 작은 집에서 사라졌다. 쟝징이는 계속 엉엉 울어 눈이 부었다. 그녀는 운명을 원망했다. 남편을 원망했다. 유부남에게 '소영롱' 같은 '여자 친구'를 소개해주는 그런 나쁜 놈이 있다는 걸 원망했다. 엄마와 언니는 그녀의 울음을 정상이라 보고 "그놈에게 화낼 필요 없다"고 조금 달래다가 더 이상 간섭하지 않았다. 니핑은 엄마 곁에서 눈물을 훔쳤다. 자기 식구가 우는 걸 보는 게 그녀는 제일 싫었다. 그녀는 왠지는 모르지만 사람이 노상 울면 기가 상하고 몸이 상해 끝에 가서는 죽을 거라고 생각했다. 그녀는 엄마가 세상에서 가장 불행한 여자임이 분명하고 자기는 가장 불행한 가정에서 살고 있다고 믿었고 동정했고 인정했다. "엄마, 울지 마, 엄마, 울지 마, 울지 마……" 말을 하는 도중에 그녀는 엄마의 하소연할 데 없이 삐쭉거리는 입을 보았고, 그 입의 모양이 그녀의 가슴을 찢어서 그녀도 똑같은 모양과 동작으로 입을 삐쭉거렸다.

니자오도 엄마 곁에 잠시 앉아 있었다. 그도 울고 싶었지만 누나가 이미 울었으므로, 만약 자기까지 운다면 너무 미안하다고, 그건 너무 지나칠 거라고 막연하게 느꼈다. 그리고 그는 은근히 싫증이 났다. 자기 엄마가 불쌍하다고 그는 느꼈다. 그녀는 대체 무슨 삶을 사는 것인가. 어디서 생긴 신념인지는 몰라도, 미래의 삶이 아름답고 휘황찬란할 것이며, 아름답고 휘황찬란한 삶이 오늘의 아이들을 기다리고 있다고 그는 굳게 믿었다. 그러나 오늘의 어른들은 아름답고 휘황찬란한 삶을 기다리지 못한다. 울고 화내고 싸우고 때리는, 이 모든 일들은 아마도 쓸데없는 짓일 터였다. 아버지와 엄마, 외할머니와 이모, 그들은 쓸데없이 울고 또 울고, 화내고 또 화내고, 싸우고 또 싸우고, 때리고 또 때렸다. 오, 이것은 정말 무서운 일이었다. 정말 불쌍한 일이기도 했다. 윗세대는 얼마나 불행한가, 윗세대의 불행을 아는 아랫세대 사람은 진정으로 운이 좋은 것이었다. 엄마가 우는 저 모습을 봐라, 얼마나 불쌍한가!

그는 다소 미안해하면서 엄마를 위로했다. 그는 어떻게 엄마를 위로해야 하는지 알고 있었다. 철이 든 뒤로 이미 그런 경험이 있었다. 엄마, 울지 마, 내가 크면 꼭 효도할게, 잘살게 해줄게, 라고 그는 말해야 했다. 그렇게 말하면 엄마는 울음을 그치고 웃을 것이었다.

그의 말은 진심이었다. 엄마는 그를 위해 모든 것을 해주었다. 그에게 밥을 지어주고 다 지으면 그의 손에 들려주었다. 그가 맛이 없다고 하면 엄마는 그의 앞에서 무슨 잘못이라도 한 것처럼 온 얼굴에 괴로운 표정을 지었다. 한번은 국화빵을 먹는데, 그때는 분명히 돈이 있었을 것이다, 그가 눋은 걸 싫어하자, 안 먹겠다고 하지도 않았는데, 엄마는 양쪽의 탄 껍질을 벗기고 그에게 보드랍고 하얀 속살을 먹였다. 잠시 속살을 먹다가 그가 또 맛없어 하자, 엄마는 또 속살을 자기가 가져가고 그에게는 눋었으면서도 깨끗하고 매끄럽고 타지 않은 껍질을 벗겨 먹여주었다. 그것은 그가 소학교에 들어가기 전의 일이었으니, 그때 그는 다섯 살이었을까? 네 살이었는지도 몰랐다. 어쨌든 여섯 살 같지는 않았다. 그 일은 나중에 그를 몹시 부끄럽게 했다. 그가 가장 괴롭히지 말아야 할 엄마를 괴롭혔다고 그는 느꼈다.

그리고 엄마는 생전 아무것도 누려본 적이 없었다. 그녀는 누린다는 게 무엇인지도 몰랐다. 아버지가 니자오를 데리고 서양 식당에 간 적이 있었다. 반년 전의 일이었다. 시단(西單)백화점 부근이었는데, 아버지와 그는 높은 등받이 의자의 한쪽 편에 앉았다. 등받이가 높은 좌석은 기차 좌석과 비슷했다. 등받이가 탁자와 탁자를 나누어, 손님들은 각자 자기 공간을 가졌다. 그들의 맞은편에는 여자가 한 명 앉아 있었는데, 그는 아무리 해도 그 여자가 어떻게 생겼는지를 기억해낼 수가 없었다. 그는 너무 어려서, 사람의 외모를 어떻게 보고 어떻게 판단하는지 몰랐다. 그렇지만 그는 그 여자의 윗입술에 난 노란 털을 본 것 같았고, 립스틱을 칠한 선명하고 예쁜 입술을 보았다. 그 여자가 말할 때 입술과 이의 움직임을 그는 보았다. 그녀의 음성은 경쾌했고, 엄마나 이모나 외할머니의 어조와 아주 달랐다. 그 여자는 말할 때 콧구멍이 발름거렸는데, 그것도 아주 재미있었다. 그녀의 콧날은 아주 얇아 보였고 푸르스름하게 반투명한 것 같았다. 아버지는 그녀를 '미스 류'라고 불렀다. 그녀와 아버지는 다 말을 아주 빨리 했고, 너 한마디 나 한마디 하며 간단하면서도 쉴 틈 없이 말을 이어갔다. 여자는 늘 소리 내어 웃었다. 웃음소리는 맑았지만, 좀 꾸미는 구석이 있어 보였다. 사람들은 당연히 그렇게 웃지 않을 것 같았다.

그들은 그가 생전 먹어보지도 못했고 이름도 모르는 음식을 먹었다. 흰 것, 노란 것, 붉은 것, 갈색, 그리고 녹색도 있었다. 어떤 건 끈적끈적했고, 어떤 건 보드라웠고, 조금 달콤하면서도 조금 짰고, 또 매운 내와 향내도 좀 났다. 그는 모든 게 다 좋았고, 모든 게 다 이상하게 느껴졌고 정말 신기했다. 다만 마지막은 '커피'라는 검은 물이었는데 약물하고 너무 비슷해서 그는 마시지 못했다.

나중에 그들 세 사람은 시단(西單) 거리를 걸었다. 그의 작고 짧은 다리로는 뛰어야만 겨우 그들을 쫓아갈 수 있었는데, 그건 아주 힘이 드는 일이었다. 날도 쌀쌀해졌다. 사월은 그랬다. 아버지가 그를 데리고 나왔을 때는 내내 더웠고 걸으면 땀이 났다. 그런데 날이 어두워진 뒤론 바람이 금세 쌀쌀해졌다. 그의 다리는 조금 전 서양 식당에서는 더웠는데, 거리로 나오자마자 쌀쌀해졌다.

그때 아버지가 그 여자에게 말했다. 아버지는, 이봐, 우리 둘이서 아이를 데리고 가니까 꼭……같다고 말했다. 그들이 무엇 같다고 말하는지 그는 알아들을 수가 없었다. 그는 미스 류가 달콤하게, '후처(胡扯)[38]!'라고 말한 것만 기억했다. '후'와 '처' 다 소리를 길게 늘였는데, 소리가 굴곡 지는 게 아주 듣기 좋았다. 잠시 뒤에 또 뭐라고 말했다. 그는 듣지 못했다. 거리의 불빛이 급히 뛰어가는 그를 어지럽게 했기 때문이었다. 불을 켜는 시각이 되니까 집 생각이 나고 엄마 생각이 났다. 지금 집에 있다면, 엄마 곁에서, 누나와 요구령(繞口슈)[39]놀이를 하고 이모의 노래를 들을 테니 얼마나 좋아. 그들이 뭐라고 말하는지 그는 알아들을 수가 없었다. 다만 소리를 길게 늘인 그 듣기 좋은 '후처' 소리는 몇 번 더 들은 것 같았다. '후처'란 정말로 듣기 좋은 말이었다.

집에 돌아오니 두 다리가 얼음처럼 싸늘했다. 엄마가 따뜻한 손바닥으로 다리를 다습게 해주었다. 그가 모든 것을 말했다. 엄마가 욕을 했다. 뭐라고 욕하는지 그는 듣지 못했다. 그는 피곤했다. 그러나

---

38 헛소리라는 뜻.
39 발음이 비슷한 글자들을 가지고 문장을 만드는 말장난.

그는, 아버지는 그렇게 좋은 양식을 먹었고, 아마도 늘 먹을 터였고 그도 먹었는데, 엄마는 생전 먹어본 적도 없고 먹을 생각도 못했다는 것을 확신했고 기억했다. 그것은 가슴 아픈 일이었다.

그것이 그에게 엄마가 아버지보다 천 배나 더 좋다는 느낌을 주었다.

아버지는 늘 그를 나무랐다. 그가 말하면 아버지는 어떤 말을 부적당하게 썼는지를 지적하기 좋아했다. 그가 친구와 놀면 아버지는 그의 어떠어떠한 태도가 틀렸는지를 지적할 것이었다. 심지어 밥을 먹을 때도 아버지는 늘 나무랐다. 입을 쩝쩝거리지 마라, 두 팔꿈치를 다 식탁에 올려놓지 마라 등등. 남이 그를 총명하다고 칭찬하면 아버지는 항상 그를 깎아내리는 말을 하려 했다. 어린이는 그런 말을 하면 안 돼…… 등등. 아버지는 항상 그와 같이 있지는 않았지만 같이 있을 때는 항상 미웠다.

엄마는 생전 그를 나무라지 않았다. 엄마는 오직 그를 위하기만 했고 그에게 주기만 했고 그를 북돋우기만 했다. 엄마가 얼마나 고생했는지 잊지 마라, 커서 엄마에게 효도해야 한다, 라고 말하는 것 말고는 엄마는 생전 그를 꾸짖지 않았다.

그는 물론 엄마에게 친근감을 느꼈다. 아버지는 분명치 않았다. 그는 누나의 판단과 아버지와 엄마의 관계에 대한 누나의 견해를 받아들이고 싶지 않았지만, '유괴범'에 관한 이야기와 마찬가지로, 부정하지도 못했고 그렇다고 꼭 믿는 것도 아니었다. 그리고 '아버지가 우리를 버리고 따로 계모를 얻을 거다'라는 식의 말은 애당초 받아들이기를 거절했다. 그는 그런 말로 아버지를 욕해서는 안 된다는 생각이 본능적으로 들었다. 아버지는 확실히 미운 아버지일 터이지만, 나쁜 사람은 아니었다. 그가 생각하기에 나쁜 사람은 다른 모습이었다.

그러나 오늘 일은 마음속에 무언가 견딜 수 없는 것이 있었다. 대문간에 서서 아버지가 오는 것을 살피면서부터 그는 가슴이 두근두근하기 시작했다. 이리저리 두리번거리면서 그는 비로소, 자기가 아버지가 돌아오기를 얼마나 바라는지를, 자기가 원래 아버지의 귀가를 기대했고 또 필요로 했었다는 것을 알았다. 그러나 그가 거기 서 있는 것은 아버지를 보면 나는 듯이 달려가기 위해서가 아니라, 아버지의 선물과 뽀뽀를 받기 위해서가 아니라, 망을 보고(?) 전갈을 하기 위해서였다. 그는 아직 '망을 본다'는 말을 잘 쓰지 못했다. 그는 아직 '망을 본다'는 말로 '……하기 때문에 ……하다'를 가지고 하는 것처럼 그렇게 긴 문장을 짓지 못했다. 왜냐하면…… 왜냐하면 그의 아버지와 엄마가 ……하기 때문에, 그는 보통 아이들이 아버지에게 하듯이 그렇게 다정하게 아버지를 대하지 못했다. 그것이 그를 슬프게 했고, 언짢게 했고, 거북하게 했다. 가시에 찔린 것 같았다.

그 다음에 일어난 모든 일에 그는 얼이 빠졌고 무서워서 가슴이 뛰었다. 아버지가 변소에 갔을 때의 엄마의 그 번개 같은 행동, 그는 그 모든 것을 제 눈으로 분명히 보았는데, 그것은 정말로 무서웠다. 심지어는 뜨거운 녹두탕을 던진 것보다도 더 무서웠다. 녹두탕을 획 하고 던진 것은, 반 아이들이 '표창이다!'라고 소리 지르는 것처럼 조금은 재미있기도 했다.

이 불편한 느낌이 그에게 영향을 미쳤다. 그래서 오늘 밤 엄마가 울고 누나도 따라 울 때, 관례대로 그리고 진심으로, 장래의 효도와 행복을 가지고 효과적으로 엄마를 위로하지 못했다. 그는 "울지 마!"라고만 했다. 그는 마음속으로 슬프게 중얼거렸다. 어른은 무섭다, 어른의 생활은 무섭다, 어른의 생활은 왜 그럴까? 학교도 선생님도 책도 그렇게 말하지 않는데!

'울지 마'라는 세 글자 속에 담긴 짜증을 엄마는 알아들은 것인지도 몰랐다. 그녀는 울음을 그치고 하소연을 하기 시작했다. 20여 년 동안 자기가 받은 고통에 대해 하소연했다. 니씨 집안에 시집온 뒤로 자기가 받은 고통에 대해 하소연했다. 아이의 아버지가 어떻게 사람을 괴롭히고 사람을 미워하며 자기네들을 버려두고 혼자 주색에 빠지는지를 이야기했다. 자기가 어떻게 니핑을 낳았고 1년 뒤에 또 니자오를 낳았는지를 이야기했다. 낳고 일 주일 만에 니우청과 싸우고 혼자서 아이를 데리고 온갖 고생을 다 했다. 니핑이 어렸을 때 귀앓이(중이염)를 했는데 몇 날 며칠을 계속 울어서 몇 날 며칠을 아이를 안고 흔들며 왔다갔다 했다고 이야기했다. 니자오를 낳은 지 얼마 안 되어 탈장이 되었고, 잠시 울고, 아랫배에 종기가 나서 깜짝 놀란 엄마는 의사를 찾고 약방을 찾았는데 자기 목숨을 버릴지언정 아이의 건강은 지키려 했다고 이야기했다. 나중에 다섯 살 때는 또 이질에 걸렸는데, 녹두묵을 먹고 걸린 것이었다(여기까지 말했을 때 징전이 끼어들면서 불만스럽고 불쾌하게 말했다. 왜냐하면 그때 니자오에게 녹두묵을 먹인 사람이 이모였기 때문이다. 징전이 제일 좋아하는 음식 중의 하나가 녹두묵이었다. 이질에 걸린 것을 녹두묵 탓으로 여기는 것은 첫째, 말이 안 되는 소리였다. 그날 녹두묵을 훨씬 더 많이 먹은 징이는 이질에 걸리지 않았고 오히려 변이 건조했다. 둘째, 그것은 도전이었다. 그것은 이모가 조카의 이질에 대해 책임을 져야 한다는 말과 다름없지 않은가? 그건 뒤집어씌우는 것이지 않은가?). 엄마는 자식을 위한다, 엄마는 자식을 위한다…… 세상에 모성애에 비할 수 있는 게 뭐가 있겠는가?

장자오씨가 말했다. "내가 너희를 키우기도 굉장히 힘들었다…… 그래서 말이 있지, 만악(萬惡) 중에 음(淫)이 으뜸이고 백선(百善)

중에 효(孝)가 제일이다!"

니자오는 몹시 감동했다. 몹시 피곤하기도 했다. 그날 그는 일찍 잤다. 자려고 누운 뒤에도 엄마가 그에게 말하는 소리가 들렸다. 엄마는 내가 커서 불효할까 봐 걱정인가? 그럴 리가 없어, 아주 나쁜 사람이나 자기 엄마에게 불효하는 거지, 하물며 몸부림치면서 엉엉 울면서 고생고생 키워주는 엄마한테. 그렇지만 한도 끝도 없는 하소연은 두 개의 망치처럼 그의 뒤통수를 쳤다. 이 한없는 하소연은 모성애의 감동력을 강화시키는 게 아니라 약화시키고 저하시켰다. 난 피곤해요, 자고 싶어요, 왜 못 자게 해요, 아, 이건 다…… 있을 수 없는 일이야…… 엄마, 이모, 외할머니, 아버지, 그리고 누나, 그들은 모두 그에게 아주 잘해주었다. 그들은 모두 아주 좋았다. 하지만 그들의 생활은 다 아주 나빴다. 정말 싫어, 정말 싫어, 이 모든 것은 다 바뀌어야 돼!

그렇다. 니자오는 여덟 살 때 이미 다음과 같은 사상을 희미하게 그러나 굳게 가졌었다. 이 모든 것을 바꾸어야 한다. 바꾸지 않으면 안 될 때가 되었다.

잠깐, 잠깐. 아득히 멀다고 할 수는 없어도 충분히 오래되고 시의가 지난 1940년대의 옛일에 대해 쓰고, 그 헛된 우매와 고통을 묘사하고, 그 믿기 어려운 숙명의 무거움에 대해 쓰는 도중에 나는 너를 찾았다.

너 신비롭고 고요하며 햇빛과 그림자로 가득 찬 작은 산골짜기! 검은 쥐엄나무 몸통에는 두 가닥 칼자국이 있었다. 칼자국이 나야만 쥐엄나무가 열매를 맺으려고 노력한다고 했다. 옛날에 사람들은 비누가 없어서 쥐엄 열매를 가지고 옷을 빨았었다.

너 가지 많은, 관목같이 자란 해당, 네가 나무 가득히, 첩첩이 꽃을 피운 아름다운 모습을 나는 이제 기억하지 못한다. 빗속에 흔들리거나 비 갠 뒤의 네 모습을 나는 이제 기억하지 못한다. 내게 영원히 잊혀지지 않는 것은 "해당꽃이 졌구나, 비 부슬부슬한데"라는 온정균(溫庭均)의 사(詞)다. 꽃이 졌구나, 그 '구나'란 말은 얼마나 쓸쓸한가! 너는 내가 찾기를 기다리고 있었지 않니? 깊이 잠든 그 많은 추억을 제일 먼저 일깨운 건 너였다.

어지러운 살구나무, 아가위나무, 뽕나무, 그리고 우뚝한 감나무, 호도나무. 은백색 나무줄기, 가지에 가득한 마른 잎, 바람도 없이 잔잔한데, 풀이 푸르러지기 시작한다. 푸르름은 풀숲에서부터 시작된다. 봄빛이 막 풀숲에서 싹텄다. 봄 산의 바람 따뜻해짐을 풀이 먼저 아나니.

왜 이 작은 산골짜기에 '궁전' 같은 집이 출현했는가? 한 채 또 한 채, 언덕을 따라 천연 누각을 이루었다. 넓은 복도, 붉은 칠을 한 기둥, 큰 돌을 쌓아 만든 얼룩덜룩한 담장—그중에는 내가 져온 돌도 있지 않은가—타일을 깐 바닥, 밝고 큰 창유리. 그 다음엔 보조 건축물이었다. 식당, 보일러실, 변소, 돼지우리, 사료 창고, 헛간……

헛간은 이미 무너지기 시작했고 그밖의 모든 것들은 28년 전과 같으니, 그동안 안녕하셨다. 선생은 그동안 안녕하셨소? 염념불망 자못 옛 친구 같은 느낌이 들었다. 사용 개시도 한 적이 없는 변소에 쌓아놓은 부서졌거나 반쯤 부서졌거나 아직 멀쩡한 삽과 곡괭이와 괭이도 볼 수 있었고, 헛간에 쌓아둔 표시와 번호가 씌어진 여물통도 볼 수 있었고, 여기에서 노동개조하던 사람들 자신이 만든 돌탁자와 돌의자도 볼 수 있었다. 돌탁자를 둘러싸고 돌의자에 앉아 장기도 두고 포커도 할 수 있었다. 그것들은 여전히 자못 여유가 있어 보였다.

산 아래에서 동자(童子)에게 물으니,
스승은 약 캐러 가셨는데,
이 산속인 것만은 분명하나,
구름이 깊어 계신 곳을 모른다네.

이 시를 좋아하던 그 청년은 이미 자살하여 죽었다. 그는 여기에서 개조를 했는데 '운동'이 그에게 열렬히 사랑하고 있던 여자 친구를 잃게 했다. 말하자면 지하투쟁 때 그는 나의 '상급자'였다. 그뒤 얼마만에 우리는 함께 이곳으로 왔다. 설에 그는 외로이 시내로 돌아갔다가 다시 외로이 산속으로 돌아왔다. 아무도 아무것도 발견하지 못한 채. 다시 한 달 남짓 지난 뒤, 그는 시내로 휴가를 갔고, 원근무처의 6층 도서관에서 목을 매어 죽었다. 그때부터 원근무처는 출입통제를 강화해 모든 '우파'는 마음대로 들어갈 수가 없게 되었다. 나중에는 좌파들도 들어가기가 어려워졌다.

1950년대 말, 강대한 정치적 조류 아래, 이 도시의 가장 권력 있는 사람들이, 멀고 외진 데다가 공동 취사 제도 때문에 인민공사와 생산대대와 농민에게 잊혀져버린 구석진 곳을 선정했다. 그리하여 항상 인간에게 잊혀져온 이 작은 산골짜기에는 반고(盤古)가 천지를 개벽한 이래로 가장 흥청거리는 역사가 시작되었다. 갑자기 전기가 들어왔다. 시찰하러 오는 승용차가 꼬리를 이었다. 기획을 하느라 철야하는 날이 거듭되었다. 기획에 따라 각양각색의 평면도, 계획도, 지형도, 기본 건설 설계도가 만들어졌다. 밀가루, 채소, 공구, 천막, 묘목, 농약, 말, 나귀, 노새 그리고 각종 착오를 범한 사람들을 싣고 오는 큰 트럭이 꼬리를 물었다. 그리고 이곳에서는 일찍이 없었던 뜨거운 생활이 시작되었고, 이곳은 이 대도시의 영도 기관의 조림을 하고 부식을 생산하고 사람을 개조하는 노동 기지가 되었다. 이 참신한 환경과 참신한 방식에 환호하며 진심으로 속죄하는 사람들이 일하는 열정은 주위의 농민들까지도 눈을 크게 뜨게 했다. 경작, 조림, 원예, 채소, 사육, 요업, 기본 건설…… 등이 열기가 끓어오르는 가운데 전면적으로 전개되었다. 땀방울이 지면을 계속 적셨다. 그리고 저녁이 되면, 아직 사용 개시를 하지 않았고 앞으로도 끝내 하지 않을 변소에서 검토회를 열었다. 자기 '범죄'의 근원을 깊이 파헤치고 자세히 살폈다. 식당에서 과외로 바구니를 엮을 때는 일하면서 혁명 가곡을 제창했다. 사회주의는 좋다, 사회주의는 좋다, 우파분자는 반대하고 파도 반대 못 한다. 노래할 때는 서로 뜻 맞는 눈빛을 주고받았고, 그 노랫말의 섬뜩한 사나운 폭로와 비판 속에서 미친 듯한 쾌감을 느꼈다. 그리고는 반당(反黨) 반사회주의의 언행과 사상의 맹아를 파헤치도록 서로를 도왔다. 서로 노하여 탄핵하는 부르짖음은 때로 좌파에게 비판받을 때보다 더했다. 그리고는 신년을 축하하며, '예순한 명 계급의 형제를 위해'를 마음껏 높이 부르고, '고락을 같이하고 호흡을 같이하고 단결하며 친밀하네'를 마음껏 높이 불렀다. 개조의 환희와 노동의 희열을 나타내고, 땀으로 자기의 더러운 영혼을 씻어내는, 사람을 전율케 하는 위대한 진행 과정을 나타내는 스스로 엮은 가곡을 마음껏 높이 불렀다. 그런 내용을 표현하는 춤도 있어서, 노랫소리 음악소리 징소리 발 구르는 소리가 집채를 진동시켰다. 이것은 또한 불타는 청춘이기도 했다!

  그러고서 1960년대가 되자 먹을 것이 없어졌다. 불타는 청춘은 창백으로 변했고, 창백은 부황으로 변했다. 그리고 승용차의 시찰과 밤을 밝히는 연구가 없어졌고, 각종 도표를 그리지 않게 되었고, 이곳의 앞으로의 운명에 대한 명확한 안배도 없었고, 그렇게 큰 힘을 들여 뽑은 생산 자료와 생활 자료도 가져가지 않았다. 사람들은 철수하기 시작했다. 먼저 반이 가고 다음엔 전부 떠났다. 그리고는 한 신문사에 넘겨졌는데, 전시 대비용 종이 창고와 인쇄 공장이자 노동 단련으로 간부에게 혁명화(革命化)를 고수하게 하는 기지라고 했다. 그 다음에는, 이미 귀한 품종의 과수 묘목을 심어놓은 산지를 정책에 따라 인민공사에 돌려주었다. 그뒤, 천신만고 미친 듯이 죽을 둥 살 둥 하고서야 겨우 심어 살린 홍향초(紅香蕉), 금원수(金元帥), 알바트, 대구보(大久保), 홍옥, 국광…… 들이 한 그루씩, 한 그루씩이 아니라 한 뭉텅이씩, 한 필지씩 말라 죽었다. 그러고서 농민들은 딸기밭에다 탄광을 팠고, 농가의 과부들은 남겨진 궁전 같은 집에 바싹 기대어 자신들의 초라한 흙집을 지었다. 그리고 전등을 달았고 길을 닦았다. 그러자 탄광이 수원(水源)을 파괴해, 이곳은 영원히 더는 그렇게 많은 사람들이 올 수 없게 되었다. 그후 문화대혁명이 났고, 당년에 여기서 비상하게 활약한 역경 속의 풍운 인물 몇 사람은 암연히 자살했다……

그뒤 해와 달이 바뀌고, 추위와 더위가 갈마들고, 초목이 시들었다 우거지고, 인사(人事)에 대사(代射)가 있었다. 서기 1985년 3월 21일, 당년에 그 번영을 기쁘게 맞았던 사람 중 하나가, 도시의 번잡을 피해 산중의 낡은 사당으로 빠져나온 소설가가, 혼자 생각하고 탄식하며 1940년대의 니우청의 재미없는 이야기를 미친 듯 취한 듯 쓰는 도중에, 불현듯 생각이 나, 한때 그토록 떠들썩했으나 지금은 이상하도록 조용한(작은 탄광의 노동자들이 마지못해 지키고 있었다) 산골짝에 다시 나타났다.

그는 결국 길을 잃었다. 어린아이들이 가리키는 대로 간 게 잘못이었다. 산꼭대기의 활석(석판과 석필을 만드는) 광산에 이르고서야 길을 잃은 걸 알고 되돌아왔다. 이 골짜기의 표지였던 두 개의 큰 바위는 찾을 수 없었다. 그러나 마침내 그는 그 이상한 집을 찾았다.

나무와 산과 돌은 의구한가? 탄광과 길을 바꾼 간이 차도 말고는 대체로 의구했다. 햇빛이 비치는 빈집은 따뜻하고 밝았다. 낡은 건축물을 헐고 가져온 벽돌, 거석, 기둥으로 산골짝에 지은 당당한 집 자체가 하나의 오해였다. 따뜻하고 밝은 빈집이 아까웠다. 그 문인 간부들은 정말 일을 잘했다. 28년이 지났는데도 방이 새것 같았다. 지붕의 청회색으로 칠한 기와는 마무리 일을 우리가 다 했었지 아마?

그리고 발길이 닿는 모든 계단 모든 지점이 많은 사람들과 많은 일들을 생각나게 했다. 온갖 지혜를 짜내 남을 배척하는 일도 많았다. 자기가 개조를 잘 했음을 증명하기 위해, 먼저 다른 사람들이 잘 개조하지 못했음을 증명했다. 우리가 현명한 지도자로 모시던 이곳의 '주임'은 정치사상 보고를 청취할 때 침을 질질 흘리며 잤다. 휴가도 있었다. 휴가가 되면 행복했지만, 입으로 그렇게 말해서는 안 되었다. 한 개조의 선봉이자 모범은 두 번 계속 휴가를 자진 반납했는데, 그것은 정말로 경탄할 만한 일이었다! 사람들이 안심하고 노동하는 데 영향을 주지 않기 위해 주임은 휴가 시간에 술수를 부려 변화막측하게 기습적으로 처리했다. 항상 저녁을 다 먹은 뒤에 갑자기, 내일부터 나흘간 휴가 시작이오, 라고 선포했다. 그러면 번개처럼 짐을 꾸리고 정리했다. 그리고서 겹겹 산을 넘고 또 넘어 마침내 온몸이 땀에 흠뻑 젖은 채 장거리 버스를 탈 수 있는 곳에 당도했다. 여성 동지들도 있었다. 눈이 맑고 이가 하얀 한 여성 간부는 운동의 중요성을 칭송했다. 니우청이 나중에 문화대혁명에 대해 칭송할 때와 사용하는 말이 똑같았다. 앞치마를 두르고, 뜨끈뜨끈한 여물죽을 두 통씩

멜대로 메고 돼지를 먹었다. 돼지가 요란하게 울었고, 그 여성 동지는 온몸에서 썩은 등겨와 양배추의 향긋한 것도 같고 고약한 것도 같은 냄새를 짙게 풍겼다. 나중엔 사료가 부족해져서, 매일 과외 시간을 이용하여 꼴을 한 사람 앞에 스물다섯 근씩 해오라고 했다. 돼지는 모든 풀을 다 먹는다고 했다. 풀 먹은 돼지고기가 제일 맛있다고 했다. 요컨대 양식은 없어도 돼지를 길러 그 고기는 전과 같이 먹어야 했다. 그것은 당시에 '지상 명령'이라고 불린 적은 없었지만, 지상 명령이었다. 그리하여 매일 점심 식사 후에는 산과 들이 사람으로 뒤덮었다. 그리고 굶주린 돼지는 돼지우리를 부수고 나가 산으로 오르고 재를 넘었다. 굶주림이 돼지를 산양, 노루로 개조했다. 돼지우리에는 지금도 부서진 자리가 남아 있었다. 어느 곳이 당년의 굶주린 돼지가 부서뜨린 곳이고 어느 곳이 세월과 풍우가 부서뜨린 곳인지 누가 기억할 수 있겠는가?

어떻든 간에, 귀한 과수가 몽땅 죽어버린 것은 비통한 일이다! 당시에는 다들, 앞으로 여기가 진짜 화과산(花果山)이고 도처에 복숭아와 사과, 배와 살구, 앵두와 딸기가 가득하리라 생각했었다. 높은 산은 화과산이 되고 낮은 강은 미량천(米糧川)이 된다. 이 감동적인 구호가 당시에 얼마나 우렁차게 울려퍼졌던가. 그런 노래까지 있었는데! 자신들이 심은 과수가 남지 않은 것은 물론이고, 과거에 농민들이 심었던 아가위나무, 호도나무, 감나무조차도 그후의 운동 속에서 없어졌다. 최근 들어서야 다시 과수를 생각해냈다. 또다시 시작하는 것이다.

달리 무슨 방법이 있겠는가? 물이 없는 곳에서 어떻게 신식 과수원을 만들 수 있단 말인가? 그때 이곳의 열광적인 노동자와 자아 개조자들은 6, 7리 산을 올라 물을 길어다가 나무에 주었었지만, 그때 벌써 사람들은 성급하게도 과수를 손질하는 데 쓰는 둥근 전지가위를 가지고 다녔었지만……

없어지고, 사라졌다. 그토록 활발했고 열렬했고 발광했고 고통스러워했고 환상을 품었고 희망했고 추구했고 포옹했고 사랑했고 미워했고 죽었고, 그 많은 생명과 청춘과 돈을 낭비했던 곳이 이제는 완벽하게 고요해졌다. 눈이 터지기를 기다리는 나무만이 있었다. 이미 지표를 뚫고 나온 풀만이 있었다. 텅 빈 햇빛으로 가득 찬 텅 빈 집만이 있었다. 무너진 헛간과 돼지우리만 계속 거기에서 무너지고 있었다. 그리고 또 무척이나 부조화를 이루는 검은 탄광과, 몇 가구 광부들의 평온한 얼굴이 있었다.

그리고 또 부근 언덕에 유송(油松)이 있었는데, 그것은 내가 심은 것이었고 우리가 심은 것이었다! 27, 8년 전 장마가 진 여름날, 우리는 시산(西山) 바다추(八大處)에 있는 묘포에서 작은 소나무 묘목을 받아 가마니에 싸서 운반하여 이미 파놓은 구덩이에 가마니째 묻었다. 비 오는 날도 쉬지 못하게 하고 팔, 다리, 허리를 끊어져라 아프게 하던 유송 묘목아, 너도 이제 사람 키만큼 자랐구나, 푸른 침을 잔뜩 매단 새 가지를 뻗었구나. 소나무에게 28년은 유년의 시작에 지나지 않는다는 것도 맞는 말이다. 신선하고 부드러운 침엽을 살며시 흔드는 듯, 말하려다 마는 듯, 너 그때의 주인을 당연히 알 테지? 네가 위안을, 그리고 모든 것을 이해하고 모든 것을 기억하면서도 모든 것을 너그러이 잊는 우울한 먼지떨이를 주는구나.

마지막으로 그 두 개의 큰 바위를 찾았다. 지금 차도의 아래쪽에 있었다. 그곳에는 큰 바위가 많았다. 이거 두 갠가? 이거 두 개는 굉장히 크구나! 아니야, 조금도 안 비슷해. 여기가 아닌가? 여기 건 너무 작아. 차에서 내려 천천히 걸으면서 찾았다. 차는 뒤에서 천천히 따라왔다. '수정'된 것이 아닐까? 늙어버린 것인지도 몰라? 아무튼 인생의 그런 경력은 단 한 번은 맛볼 만하고, 또 단 한 번 맛볼 시간 밖에 없다.

이랑신(二郞神)이 져온 바위야, 너는 원래 여기에 잊혀져 있었구나. 찻길이 바뀐 이후로, 바위는 더 이상 사람들의 눈길을 끌며 길가에 우뚝 서 있지 못하고 길 아래에 떨어져 있었다. 과거에는 천연적인 길이었다. 기실은 개울이었고 개울이 바로 길이었다. 사람들은 개울을 따라 오갔다. 큰비가 올 때는 위험했다. 파도가 용솟음치고 꿈틀꿈틀 흘러내리며 탁류가 휩쓸고 갔는데 천둥이 치는 듯 천군만마가 달리는 듯했다. 급류는 사람까지 휩쓸어간다고 했다. 물소리를 듣기도 전에 들이닥쳐 피할 수가 없는 것이었다.

이미 울퉁불퉁해지기는 했으나 정식으로 닦은 지금의 찻길은 언덕을 끼고 있었다. 그래서 두 개의 큰 바위는 굴러 떨어진 것처럼 보였다. 특히 오른쪽 큰 바위는 정말로 모양이 그럴 듯했는데, 당시 노동할 때의 상소리로 '상판대기'라 불렀다. 이 말에는 우락부락하다는 뜻이 포함되어 있었는데, 노동개조를 하던 그 불운한 귀신들은 늘 그 네 글자로 서로 욕하고 서로 비웃음으로써 자학하는 사람만이 누릴 수 있는 해방과 희열을 얻었다. 심지어는 해탈까지도. 그것은 장주(莊周)의 철학에 아큐(阿Q)주의를 더한 것인지도 몰랐다.

오른쪽 바위는 천연 맷돌같이 생겼고 가운데 구멍 자국이 있었는데, 이랑신이 멜대를 끼운 자리라고 했다. 이랑신도 원래 노동하는 사람이었던 것이니, 그는 큰 바위 두 개를 메고 해를 쫓아가면서 얼마나 힘들어했을까! 왼쪽 바위의 모양은 몹시 불규칙적이었다. 삼각형 같을까? 한입 베어 먹은 수박 같을까? 잘 익은 고구마를 마구 주물러놓은 것 같을까? 길을 닦을 때 또 피해를 입은 게 아닐까? 저것이 바로 문학에서 요즘 그리고 있는 '상흔(傷痕)'이 아닐까? 저것도 나름대로 미덕일까? 그 미덕이 어떻게 이랑신의 마음에 들었을까?

그것은 위치가 중요한 것이었다. 왼쪽 바위가 천 가지 좋은 점이 있다 해도 그중 으뜸은 그 커다란 맷돌 모양의 바위와 나란히 서 있다는 데 있다.

이랑신은 해를 따라잡지 못했다. 과보(夸父)도 해를 쫓아갔지만 성공하지 못했다. 바위는 여기에 떨어뜨리고 이랑신은 어디로 갔을까? 병이 나서 결국 세상을 떠난 것일까? 그때부터 머리를 깎고 출가했는가? 자기가 추구하는 것을 실현하지 못한 신, 큰 뜻을 품고 분투했으나 결과가 없는 신, 그의 '상판대기'는 아마도 불운한 상이 아닐까?

모든 고통과 열정과 광기와 어리석음이 응집하여 마침내 바위가 되고 산이 되었다. 바위도 말이 없고 산도 말이 없다. 그들은 영원을 기다리고 있다. 시간 자신은 말하기를 좋아하지 않는다. 안녕하신가, 내 친애하는 독자여.

제11장

 오후에 두 차례의 전투를 치른 조우쟝씨는 저녁을 먹고 나자 야릇한, 부드럽고 슬프며 편안한 느낌이 들었다. 동생이 어쩌구저쩌구 중얼대는 데는 벌써 이골이 난 터라 그녀의 편안한 심경은 거기에 교란되지 않았다. 그녀는 잠시 자기 침상에 누웠다가, 잠시 앉았다가, 잠시 질이 나쁜 담배를 피웠다. 매운 연기 때문에 늙은이부터 어린애까지 입을 모아 질책해서, 그녀도 차마 담배 한 개비를 다 피우지 못하고, 피우던 담배를 그녀가 늘 앉는 걸상에다 비벼 껐다. 그 의자는, 노상 담배의 소화기로 사용된 탓에 검게 탄 자국이 즐비했다. 그 때문에 엄마와 동생이 그녀에게 잔소리를 했지만 그녀는 못 들은 척했다. 그런 식으로 담배를 끄는 게 취미이기라도 한 것 같았다.
 담배를 끄고서 그녀는 짤막한 담뱃대를 찾아냈다. 담뱃대로 항상 의자 다리를 톡톡 쳐서 의자 다리에는 원형이나 반원형의 자국이 많이 나 있었는데, 때로 그녀는 이 빽빽한 연속무늬의 신비스런 도안을 열심히 감상했다. 엄마와 동생은 그녀가 담뱃대를 피우는 자태와 모습에 대해 이의를 제기했다. 젊은 과부가 그것도 베이징에서 그런 담뱃대를 피우는 건 정말로 꼴불견이라는 것이었다. 이게 절약이 된다구, 라고 징전은 해명했다. 그것은 설득력 있는 이유였다. 사실은, 노상 궐련을 피우는 데 진력이 났다. 더구나 궐련을 피우는 건 너무 간단해서 성냥을 켜는 수고만 하면 됐다. 담뱃대를 쓰는 게 나았다. 담배쌈지도 준비해야 하고 담배를 담고 비비고 두 모금 빨고 꺼지면 다시 성냥을 켜야 했다. 담배는 절약되었지만 성냥이 낭비될 수 있었다. 물부리를 청소해야 했고 담뱃대를 분해해서 담배통을 청소해야 했다. 징전은 종이를 잘라 심지를 말아서 그 심지로 담뱃진을 닦아내기를 즐겼다. 묻어 나오는 담뱃진은 검붉고 윤이 났다. 징전은 코를 갖다 대고 냄새 맡기를 좋아했다. 담뱃진에는 차가운 성질의 극독이 있다고 했다. 그 코를 찌르는 냄새에 머리가 어지러웠다.

징전은 반쯤 남은 궐련을 집어넣고 담뱃대를 꺼냈지만 담배쌈지가 비어 있었다. 그래도 괜찮았다. 그녀는 또 빈 성냥갑을 찾아냈다. 성냥갑에는 그녀가 피우다 남긴 담배꽁초가 모아져 있었다. 그녀는 어둠 속에서 성냥갑을 열어보고는 뜻밖의 소득에 기뻐 어쩔 줄을 몰랐다. 성냥갑 속에는 담배꽁초만이 아니라 물에 젖었다가 종이가 불어 터진 채 마른 장초 반개비도 있었던 것이다. 그 반개비의 담배를 담배통에 넣고 비비고 누르고 빨고 불고 하고서 성냥을 켰다. 사랑스럽게 튀어 오르는 밝으면서도 약한 작은 불꽃을 감상하면서 담배에 불을 붙였다. 뻑뻑 소리를 내며 힘껏 몇 모금 빨았다가 콧구멍으로 연기를 천천히 뿜어내고, 물부리를 입에서 빼 물부리의 침을 소맷자락으로 닦고서 "엄마!" 하고 불렀다.

쟝자오씨가 대답하면서 돌아보았다.

조우쟝씨는 엄마를 쳐다보았지만 무슨 말을 해야 좋을지를 몰랐다. 그녀는 엄마하고 그저 아무 이야기나 좀 하고 싶었을 뿐이었다. 저녁을 먹고 담배를 피우는데, 동생이 '자식 교육'을 하고 있으니 그녀는 엄마하고 이야기라도 하지 않으면 심심하긴 심심할 것이었다.

"집에서…… 편지 안 온 지가…… 꽤 오래됐어요." 그녀가 말했다.

그녀가 가리키는 것은 고향이었다. 지금 그녀는 이미 고향에 있지 않았고 고향에 그녀가 그리워할 사람이나 사물이 있지도 않았지만, 고향 이야기를 하면 그게 진짜고 제 것이라는 느낌이 들었다. 베이징은, 언제나 가짜고 남의 것 같았다.

"그렇구나. 봄에 온 그 편지 뒤로는 소식이 없었어." 쟝자오씨가 대답했다. 그녀는 꿍얼꿍얼하며 소작인 장즈언과 리리엔쟈가 성의가 없다고 원망했다.

"수월암의 그 늙은 여승은 죽었는가 몰라." 조우쟝씨가 혼잣말처럼 말했다. 쟝자오씨는 깜짝 놀랐다. 징전이 지금까지도 수월암을 생각하고 있을 줄은 생각지도 못했던 것이다. 열아홉 살에 남편이 죽었을 때, 징전은 수월암으로 출가할 일을 생각하는 것 같았다. 그녀는 조금도 떠벌리지 않았고 소란을 부리지 않았지만, 진지하게 수월암으로 가서 출가에 관한 각종 규칙을 알아보았다. 결국 그녀는 출가하지 않았다. 그녀는 자기 머리카락을 대단히 사랑했다. 그녀의 머리카락은 숱이 많고 까맣고 가늘어 보기 드물게 좋았는데, 여승은 머리를 깎고 대머리가 되어야 했다. 머리를 기르고 수행하면 안 될까? 그녀는 다른 사람들에게 물어보았다. 엄마는 여승 열 중에 아홉은 화냥년이라고 말했다. 머리를 기르고 수행하는 건 더욱 사악한 일이었다. 엄마는 전혀 글자를 몰랐지만 『홍루몽』은 알았다. 엄마는 묘옥(妙玉)의 예를 들었다. 그런 식으로 머리를 기르고 수행하느니 출가하지 않는 게 나았다.

머리카락보다 더 중요한 것이 재산을 지키는 싸움이었는지 모른다. 싸우자마자 정신을 진작시킬 수 있었다. 쟝위엔서우와 송사를 한 뒤로 징전은 더 이상 수월암 일을 이야기하지 않았다.

오늘은 무심결에 입에서 나오는 대로 이야기한 것에 지나지 않았다. 수월암은 징전에게 흡인력이 있는 것 같았다. 수월암에 우물이 하나 있었는데, 때로는 물이 찰랑거렸고 때로는 바싹 말라붙었으며 안벽에 잡초가 자랐다. 여름에 우물 속을 들여다보면 우물 속에서 솟구쳐 나오는 서늘한 기운을 느낄 수 있었다. 물이 찰랑거릴 때 때로는 정말로 우물 속의 수월(水月)을 볼 수도 있다고 늙은 여승이 말했었다. 앙상한 나무도 한 그루 있었는데, 발육이 안 좋은 사람처럼 누리끼리했다. 산뽕나무라고, 이런 나무는 아주 희귀한 것이라고 했다. 징전은 불전의 향불 냄새도 좋아했는데, 그 냄새는 사람으로 하여금 내세를 생각하게 하고 부처를 생각하게 하고 인간의 온갖 고난의 종결을 생각하게 했다. 일상생활을 넘어선 신비를 생각하게 했다. 그녀는 향을 사른 재도 좋아했는데, 새로 태운 향의 재가 한 토막 한 토막 향의 모습을 그대로 유지하고 있을 때도 있었다. 수월암을 생각함으로써 단조롭고 무료한 베이징 생활을 치장할 수 있을 것 같았다. 수월암을 생각하면 그녀는 마음이 가라앉았고 위안과 휴식을 얻게 되는 듯했다. 먼 곳에 육친이 있고 고향집이 있으며 따로 땅도 있어서 마지막에는 거기에 깃들일 수 있을 것 같았다.

그래서 수월암 말을 하고 나서 징전은 웃으며 기침으로 목청을 가다듬고 시를 읊는 음성으로 읊조렸다. "경화(鏡花)와 수월(水月)은 모두 공(空)이니, 떠도는 이 꿈은 언제나 깨리오? 있기도 하고 없기도 한 게 모두 생각 하나고, 기쁨과 슬픔이 완전히 똑같다." 이것은 그녀의 자작시였다. 어렸을 때 그녀는 한 선생에게 작시법을 배웠고 『시운합벽(詩韻合璧)』을 읽었었다. 그리고 시흥(詩興)에 곧장 이어진 것은 현실적인 의논이었다. "엄마, 보아하니 땅만 바라보고는 점점 더 안 되겠는데, 아예 우리 둘이 한번 집에 돌아가서 얼마 안 되는 땅을 마저 팔아버립시다."

쟝자오씨는 말이 없었지만, 내심 몹시 갈등했다. 땅을 팔아버리면 '부자'라 할 수 없지 않은가? 쟝씨 집안의 조상에게 면목이 있을까? 그렇게 되면 쟝웨엔서우의 말이 들어맞는 게 아닌가? 쟝자오씨 모녀가 쟝씨 집안의 재산을 외성받이에게 주려 한다고 쟝웨엔서우는 말했었다. 자기만이 쟝씨 집안의 핏줄이라고 쟝웨엔서우는 말했었다. 물론 '핏줄'인 그는 방랑 생활을 할 능력도 없었고 가업을 지킬 능력도 없었다. 그가 양자의 자리를 차지했더라면, 벌써 재산을 다 날려버렸을지도 모른다. 그러나 그랬다면 쟝씨들이 욕하는 것은 쟝웨엔서우다. 만약에 그녀와 딸이 돌아가서 땅을 판다면? 그녀와 딸은 뭇사람들에게 손가락질을 받을 것이었다. 더구나 니씨 사위가 몹시 사납다는 것이 온 데 다 소문난 터였다. 헐뜯는 사람들은 심지어 쟝자오씨가 조상 대대로 물려받은 쟝씨 집안의 가업을 팔아 미치광이 니씨에게 갖다 바친다고 말할 것이고, 그렇게 되면 체면이 어찌 될 것인가!

징전은 엄마의 생각을 알았다. 그녀도 동감이었다. 그녀와 엄마는 동병상련했다. 그들은 다 아들이 없었다—그것은 여자의 최대의 결함이며 유감이며 단점이었다. 그 때문에 그들 모녀는 고개를 못 들었다. 그 때문에 그들 두 모녀는 더욱 조심하며 살지 않을 수 없었고 자신의 손톱과 이빨을 날카롭게 갈지 않을 수 없었다.

그녀도 엄마와 진지하게 토론하고 싶은 생각은 없었다. 엄마는 얼굴을 찌푸리고 있었다. 이 왜소하며 막 등이 굽기 시작한 노부인은 얼굴을 찌푸릴 때만은 아직 옛날의 위엄을 지니고 있었다. 징전과 엄마는 항상 고향집에 관해, 재산에 관해, 각자의 그리고 공동의 생활의 활로에 관해 토론했다. 땅을 판다, 안 판다, 고향집에 돌아가서 착실하게, 어리고 조정할 수 있고 통제할 수 있는 양자를 들이자, 계속 '둘째 아씨(징이)'와 같이 베이징에 있자, 베이징에 있되 이사 나가 따로 살자, 따로 살되 이사는 가지 말자, 즉 여전히 징이와 한마당에 살면서 경제적으로는 완전히 분리하여 각자 독립하자…… 이 모든 방안들은 제출된 뒤, 자세하게 연구되고 논의되고 평가되었다. 예를 들어 따로 사는 이야기를 할 때는 어떤 풍로 어떤 조리 어떤 바가지를 살 건가로 의논하고 논쟁했다. 이런 탐색은 수도 없이 이루어졌다. 같은 이야기가 수도 없이 되풀이되었고 상호 모순과 자기 부정의 전환이 수도 없이 생겼다. 토론할 때도 열렬하고 격렬하고 격동적이었다. 손뼉을 치고, 무릎을 치고, 일어섰다 앉았다, 자기 코랑 상대방 코를 가리키며, 하하 웃거나 눈물 콧물을 훌쩍이며 서로 위로하고, 뜻이 맞을 때는 이야기를 하면 할수록 더 유쾌해지고 뜻이 맞지 않을 때는 실질적인 토의로 들어가기도 전에 서로 욕하며 싸우기 시작했다. 그렇지만 일단 토론이 끝나고 나면 애당초 토론하지 않은 것과 마찬가지였다. 삶은 자기들의 생각대로 움직이지 않았고 그녀들의 토론은 근본적으로 아무 작용도 일으키지 못했다.

    그런데 이번에 징전은 수월암 이야기를 하고서 또 땅 파는 일을 꺼냈다. 그녀는 가볍고 편안한 마음으로 말했다. 그냥 말해본 것일 따름이었다. 이렇게 이도 저도 아니게 질질 끄느니 고향과의 관계를 싹 끊는 게 낫다고 그녀는 진심으로 생각했다. 마음이 독한 사람이었기 때문일 터인데, 처리하기 힘든 일을 만나면 그녀는 화끈하게 불을 놓아서 관계되는 사람과 사물을 모조리 태워버리고 싶어했다. 저녁을 먹고 나서 그녀는 경쾌한 기분도 들었고 일종의 감상도 느꼈다. 그녀는 열심히 생계를 토론하고 싶지 않았다.

"요 몇 년 동안 고향 대추가 점점 안 돼. 베이징으로 가져오는 건 모조리 벌레가 먹었어. 어떻게 대추나무마다 다 벌레가 먹었을까?"

"시래기도 눅눅해. 시큼한 누룩 냄새가 나거든. 이것도 세월이 변한 탓인가?"

"순대에 고기는 없고 다 전분이야. 녹두 맛도 변했어. 뭐든지 다 맛이 변했어……"

징전은 엄마에게 말하는 것 같기도 했고 혼잣말을 하는 것 같기도 했다. 여기까지 말하다가 문득 그녀는 자신의 유년 시절이 생각났다. 그녀는 사내애처럼 나무에 올라가 대추를 따 먹었고, 대추 가시에 손을 찔릴 것을 겁내지 않았다. 대추를 서로 먹으려고 그녀는 사내애들과 치고받고 싸웠다. 그녀의 오른쪽 앞이마에 희미한 혹이 있었는데, 푸른 대추를 훔쳐 먹어서 생긴 거라고 어른들이 말했다. 고향에는, 익지 않은 푸른 대추를 훔쳐 먹으면 머리나 얼굴에 대추 모양의 혹이 난다는 이야기가 있었다. 아이들에게 겁을 주어서 설익은 대추를 못 먹게 하기 위한 것이 아니었을까?

쟝자오씨가 그녀에게 말을 붙이며, 왕년에 친정―자오씨 집안에서 있었던 일, 결혼 전에 있었던 일을 꺼냈다. 징전은 듣고 싶지 않아 일어나서 고개를 숙이고 혼잣말을 하며 서성거렸다.

그녀가 뭐라고 중얼거리는지는 아무도 몰랐다. 그녀 자신도 몰랐다. 잠시 후, 그녀는 낮은 소리로 노래하기 시작했다.

…… 한 가닥 노랫소리, 절묘하고나,
부르는 것은 우아하고,
아름다운 가락.
새야, 조심해서 날아라,

꽃을 다치지 말아라.

지금, 복사꽃이 피고 있네,

오얏꽃도 피고 있네,

동산 안에서 밖에서,

만자천홍(萬紫千紅)이 함께 피네.

복사꽃은 붉네, 요염히 붉네,

오얏꽃은 희네, 담담히 희네.

아무도 꺾어선 안 돼요,

벌도 오고, 나비도 오고,

지금 — 복사꽃이 피고 있네.

「복사꽃이 피고 있네」를 다 부르고서 갑자기 그녀는 '으앙' 하고 목을 놓아 울었다.

그녀의 대성통곡은 4, 5초밖에 계속되지 않았다. 그녀가 울기 시작하자마자 엄마와 동생이 큰 소리로 야단을 쳤기 때문이었다. 왜 울어! 왜 발작이야! 추태 부리지 마! 지랄하지 마! 엄마와 동생은 그녀 자신도 걷잡을 수 없는 이런 식의 통곡에 이미 습관이 되어 있었다. 때로는 갑자기 숨이 막히고 두 눈이 경직되며 헐떡거렸다. 그럴 때 그녀들이 소리를 지르고 야단을 치면, 징전 자신이 요구하는 대로 뺨을 때려도 되었는데, 그녀의 정신은 백일몽의 가위눌림에서 깨어날 수 있었다. 그녀 자신도 이 갑작스런 걷잡을 수 없는 정서적 이상 상태에 고통을 받을 때마다 엄마와 동생에게 도움을 청했다(실제로 그녀들은 징전의 뺨을 때릴 담량이 없었다. 그렇지만 야단치는 것은 묵계가 되어 있었는데, 충분히 난폭하고 강력했다).

그녀는 엄마와 동생의 질책에 깨어났다. 그녀는 겸연쩍게 입을 벌리고 엄마와 동생에게 헤헤 억지 웃음을 웃었다. 그럼으로써 때맞춰 구해준 데 대한 고마움을 나타내고 또 자신의 부끄러움을 나타내기도 했다. 엄마와 동생의 도움이 정확히 때를 맞춰, 그녀의 눈물은 미처 흘러내리지 못하고 도로 들어가버렸다.

니핑 니자오까지도 이모의 이런 '추태'에 대해 벌써부터 이상하게 여기지 않았다. 그들은 웃지도 울지도 못할 느낌이었다. 이모는 정말 이상했다. 정말 웃겼다.

이렇게 한바탕 (쇼를) 하고 나서 징전은 스스로 부끄러웠다. 그래서 더 이상 서성거리지도 않았고 더 이상 노래하지도 않았다. 그녀는 착실히 침상에 앉아 다시 뻐끔뻐끔 담배를 피웠다. 얼굴에 편안하고 겸허한 미소가 나타났다.

"엄마, 이게 무슨 일이죠, 지금 사오화(少華)가 생각나는데, 그가 내 아들인 것같이 느껴지니 말예요." 한참 가만히 있다가, 그녀가 갑자기 한마디 했다.

"무슨 헛소리냐!" 엄마가 중얼거렸다.

사오화는 징전의 남편의 '자(字)'였고, 그의 본명은 조우한루(周翰如)였다. 징전은 자기도 모르게 늘 그가 생각났다. 볼이 발그레했고 키도 작았고 말하면서 몹시 부끄러워했다. 그가 그녀를 붙잡고 그녀에게 매달리며 무덤으로 가지 않으려 하는 것 같았다. 무덤은 너무 쓸쓸했고 돌봐줄 사람이 없었다. 봄에는 큰 바람이 윙윙 소리 내며 불었다. 여름에는 천둥 번개가 쳐서 사람을 놀라게 했다. 겨울에는 눈이 가득 내렸다. 누나, 난 답답해 죽겠어, 난 안 갈래, 난 거기 가 살기 싫어…… 사오화의 음성이 들리는 것 같았다. 그녀가 돌아보니, 정말로 그랬다. 사오화는 어린아이일 뿐이어서 그녀의 무릎에 기대어 얼굴을 그녀의 바짓가랑이에 문질렀다. 그녀는 그를 꼭 안아주고 싶었다…… 과연 그는 작은 아이일 뿐이었다. 허약하고, 빈약하고, 천진하고, 개구멍바지에다, 노출된 작은 엉덩짝. 그녀는 깜짝 놀랐다. 남편이 어떻게 개구멍바지를 입은 어린아이로 변했을까? 그녀는 또 정말로 귀엽다는 느낌이 들었다.

그러나 그녀는 자신의 그런 환상을 남에게 이야기할 수가 없었다. 그녀는 죽은 남편에 대한 자신의 그리움을 남에게 이야기할 수가 없었다. 우리는 1년쯤 같이 있었는데, 그는 생전 나한테 화를 내지 않았어. 그는 미목이 청수하고 안색이 발그레한 데다 가지런한 이가 몹시도 희어서 그림 속의 사람 같았다. 그는 부끄러운 듯 노상 징전을 '누나'라고 불렀는데, 기실은 징전과 동갑내기였고 징전보다 오히려 두어 달 빨랐다. 그는 자기가 5월 5일 생이어서 단오날 종자(粽子)[40] 먹기를 좋아한다고 했다. 그러나 보기에는 확실히 그녀가 누나 같고, 샤오화가 동생 같았다. 내 사랑하는 동생아, 지금 너 어디 있니?

관 속에 있니? 반쯤 감은 눈, 시퍼런 손, 제일 무서운 건 반쯤 벌린 채 수축된 입에 아랫니 잇몸이 드러난 것이었는데, 정말 괴로웠다. 징전은 미친 듯이 관을 향해 달려갔고, 힘센 여자 네 명이 그녀의 팔을 잡고 허리를 꼈다.

그러나 징전은 여전히 믿을 수가 없었다. 그녀가 아는 것은, 샤오화가 열이 났고, 목이 아팠고, 목이 막혔고, 아무리 '누나'라고 불러도 소리가 나지 않았다는 것뿐이었다. 그녀가 아는 것은 의사를 불렀는데 그 의사가 자기 친정아버지의 제자라는 것뿐이었다. 나중에 사람들이 말하기를 의사의 처방이 틀렸다고 했다. 열병에 보약을 썼다는 것이다. 그러나 그녀는 이것이 약 한 제의 결과라고는 믿을 수 없

---

[40] 단오에 먹는 일종의 송편.

었고, 약 한 제가 그들 두 사람에게 사형 판결을 내릴 수 있다고는 믿을 수 없었다.

타고난 죄일 수밖에 없었다. 전생에 쌓인 무수한 죄악의 응보일 수밖에 없었다. 그녀는 심지어 자기가 전생에 사람을 죽이고 독을 뿌리고 불을 지르고 산 채로 사람 가죽을 벗기고…… 했다는 생각이 어렴풋이 들기까지 했다.

그렇지만 그것도 불가능하다! 사오화 같은 착하고 잘생긴 아이가 왜 죽어야 한단 말인가? 아니다, 그는 안 죽었다. 사오화는 잘살고 있다! 오히려 그녀 쟝징전이 죽은 것이었고, 그녀의 어머니 쟝자오씨가 죽은 것이었고, 그녀의 동생 쟝징이가 죽은 것이었고, 동생의 남편 니우청이 죽은 것이었고, 그녀의 이웃, 고향 사람, 소작인…… 들이 전부 죽었고 모조리 죽은 것이었다. 그들은 귀신이었다. 그들은 귀신의 말을 하고 귀신의 옷을 입고 귀신의 집에 살고 귀신의 음식을 먹고 귀신의 일을 했으며, 귀신의 생활, 귀신의 세계, 귀신의 가정을 이루고 귀신의 삶을 살고 있었다. 그래서 조우사오화를 만날 수가 없는 것이었다. 사오화는 죽지 않았어, 틀림없이! 그는 밝고 따뜻한 양지에서 살고 있었다. 사오화가 그녀를 매장했고 울었다. 사오화가 울면서 "누나!"라고 부르는 소리가 들리는 것 같았다. 아랫니 잇몸을 드러내고 있는 것은 그녀 자신이었다. 그녀는 관 속에 누워 눈을 감고 반응이 없다. 그녀는 황토 아래 묻혔다. 그녀는 귀신의 세계로 들어갔다. 그럼 사오화는? 사오화는 물론 계속 살 것이었다. 사오화는 남자고 조우쟝씨가 죽었으므로 조우장씨나 조우리씨나 조우왕씨가 있게 될 것이었다. 그 여자들이 그녀보다 더 잘생겼을지도 모른다. 그녀는 잘생기지 못했고, 그래서 그녀는 사오화가 그녀를 사랑해준 것이 더욱 고마웠다. 사오화는 더 잘생긴 새 부인을 얻을 것이다. 그녀는 사오화를 위로할 것이다. 그러나 아무리 잘생기고 아무리 멋지고 아무리 사오화를 홀려도 그녀만큼 사오화를 사랑하는 사람은 없을 것이다. 그녀는, 그녀는 사오화를 위해 천 번이라도 다른 사람과 목숨을 걸고 싸울 것이다. 사오화가 강도를 만난다면 사오화는 반격하지 못해도 그녀가 할 수 있고, 그녀는 사오화를 위해 몇 번이라도 자신의 피를 뿌릴 것이다. 사오화에게 원수가 있다면 그녀는 자기의 선혈을 뿌려 원수의 눈을 멀게 할 것이다. 그녀는 이제 서른네 살이었다. 그녀는 매일 낮 매일 밤 매일 아침 매일 저녁 사오화를 돌보고 등을 두드려주고 국을 끓여주고 옷을 입혀주고 이불을 깔아주고 요강을 비워줄 수 있었다. 사오화, 이 누나가 너를 한 번 더 돌보게 해주렴!

그리고 여기에는 차갑고 단단한 담이 있는데, 통과할 수는 없지만 희미하게 볼 수는 있었다. 아이 같고, 내 아들 같고, 관리가 된 것 같고, 가마를 타고 있는 것 같다. 징전은 남편이 죽고 얼마 안 되어 꿈을 꾸었는데, 꿈에 남편이 고관대작이 되어 큰 가마가 그녀를 맞으러 온 것을 보았다. 깨어나서 그녀는 엄마를 깨웠으나 엄마는 아무 말도 하지 않았다. 그녀는 꿈에 깊은 뜻이 있다는 느낌이 들었다. 이런 꿈에 까닭이 없을 리가 없었다. 사오화가 그녀에게 꿈을 꾸게 한 것인지도 몰랐다. 혹시 그녀가 왕바오촨(王寶釧)같이 고통스럽게 참고 견디며 기다린다면 결국은 추운 동굴에서 남편의 금의환향을 맞을 수 있을까? 남편이 대전공주(代戰公主)를 얻는다 해도 괜찮았다. 그런 건 고아사(鼓兒詞)[41]에나 나오는 이야기일 뿐이겠지? 왕바오촨만큼 복 있는 여자가 있으리라고는 믿기지 않았다. 18년 기다리는 게

---

41 판소리 비슷한 민간 연행 예술의 일종.

뭐가 대단해? 18년 기다려서 사랑하는 자기 남편이 돌아오기만 한다면, 그건 정말로 행복이지! 그녀는 20년, 30년, 40년이라도 기다릴 수 있었고, 설사 숨이 넘어가는 그날까지라 해도 끝내 기다릴 것이었다. 그러나 그녀가 지금 무엇을 기다릴 수 있단 말인가?

열녀비? 그건 물론 최대의 영광이었다. 그러나 그녀는 결코 열녀비를 생각해본 적이 없었다. 그것은 너무 멀고 너무 높고 너무 위대하고 휘황해서 그녀로서는 어림도 없는 것이었다. 허영과 비교하여, 그녀는 실혜를 더 좋아한다고 해야 했다. 남편의 죽음이 그녀의 '수지(守志)'[수절]의 운명을 정해주었다. 그건 선택할 필요도 없었고 토론할 필요도 없었다. 엄마와 동생은 그녀에게 앞으로 어떻게 살지 생전 묻지 않았다. 왜냐하면 앞으로의 삶은 이미 분명했기 때문이었다. 시집 사람 중에 그녀에게 물을 사람은 더더욱 없었다. 시부모가 세상을 떠난 뒤 그녀는 이미 시집 사람들에게 잊혀졌다. 사오화가 세상을 떠난 뒤 그녀는 이미 자기 자신을 잊어버렸다. 모든 고향 사람들이 동정과 존경의 눈빛으로 그녀의 수지를 격려했으나, 그녀의 수지는 본래 동정과 존경과 격려를 필요로 하지 않는 것이었다.

그녀의 재혼이 가능하다고 생각하고 그렇게 말한 사람은 한 사람밖에 없었다. 언니는 개가해야 해, 라고 말한 사람은 니우청이었다. 그녀와 엄마가 막 베이징에 도착했을 때였다. 니우청은 물론 징이에게 말했지, 직접 그녀에게 말한 것은 아니었다. 동생은 그녀에게 말을 전하며 우물쭈물했다. 우물쭈물할 필요가 없었다. 그 말을 듣고도 그녀는 듣지 않은 것과 마찬가지였기 때문이었다. 그녀는 받아들이지 않았고 대꾸도 하지 않았으며 생각해보지도 않았다. 은밀한 순간적인 유예나 파동도 없었다. 그녀가 수지를 하는 것은 그녀가 여자라는 것, 그녀가 쟝씨 집안에서 태어나 조우씨 집안으로 시집간 것, 그녀가 쟝자오씨의 딸이며 니쟝씨(지금은 거의 그렇게 부르지 않지만)의 언니라는 것, 그녀의 아버지와 남편이 거의 동시에 유명을 달리했다는 것 등과 다를 바 없는 움직일 수 없는 사실이었다. 이 모든 것은 고려해볼 도리도 없고 격려하거나 말릴 필요도 없는 것이었고, 받아들일 건지 말 건지 동의할 건지 말 건지를 따질 수도 없는 것이었다. 그것들은 다 운명이었다. 그녀는 자신의 이런 태도와 심정에 남몰래 만족했다.

동생이 전하는 말을 듣고 그녀는 얼굴을 붉히지도 않았고, 화를 내지도 않았고, 울지도 않았으며, 평소 기분 나쁠 때의 차가운 코웃음조차도 없었다. 다만 그때부터 그녀는 니우청을 더욱 미워하고 경멸했고, 니우청을 짐승이나 미치광이로 보았다ㅡ그렇지 않다면 어떻게 그런 쓸데없는, 사람 같지 않은 말을 할 수 있단 말인가?

얼마 전에 그녀는 또 조우사오화 꿈을 꿨다. 사오화는 히히 웃으며 온돌에 깔아놓은 요 위에 책상다리를 하고 앉았는데, 그 요는 비단으로 만든 것이었다. 그녀는 섬뜩했고, 기쁘기도 하고 슬프기도 하고 무섭기도 했다. 사오화, 그녀가 소리내어 불렀지만, 목청이 찢어지기라도 한 듯 심하게 갈라지고 쉰 목소리였다. 사오화야, 너 죽지 않은 거니? 그녀는 분명하게 한 글자 한 글자 물었고, 그가 이미 죽은 사람이라는 것을 분명하게 기억했다. 그녀의 기억과 물음은 몹시 처량하고 애처로운 것이었다. 누나, 나 안 죽었어. 사오화의 입이 움직이며 이렇게 말하는 것 같았는데, 그러나 소리는 나지 않았다. 사오화의 얼굴은 희한하게 온유하고 장엄했다. 꼭 보살 같았다. 정말 안 죽었니? 더 묻고 싶었지만, 그녀도 소리가 나지 않았다. 그녀는 기뻐서 떨었고 무서워서 떨었다. 이건 꿈이야, 꿈이야, 꿈, 꿈, 꿈…… 이건 꿈이야! 그녀는 비통하기 짝이 없었고 울고 싶었지만 눈물이 나지 않았다. 왜 이게 꿈이란 말이냐! 왜 사람이 죽은 뒤에도 이런 잔인한 꿈이 있단 말이냐! 그러나 그때 사오화가 웃었다. 사오화가 그녀의 얼굴을 더듬었고 그녀의 얼굴이 사오화의 손에 닿았다. 이건 꿈이 아니야, 사오화가 분명히 말했다. 난 안 죽었어. 발음이 명료했지만 조금 갈라진 소리였다. 사오화는 죽지 않았던 것이다! 그의 죽음이 꿈이었던 것이다. 그가 앉아서 웃으며 그녀의 얼굴을 만지는 것은 꿈이 아니었던 것이다!

깨어나 보니 눈물이 흘러 얼굴이 따가웠다. 그녀의 눈물은 다른 사람들보다 더 진하고 더 짜고 더 썼다. 눈물이 다 마를 때까지, 도대체 그게 꿈인지 아닌지를 그녀는 분간할 수가 없었다. 그 모든 것들이 그녀의 생활보다 더욱 진실하고 더욱 명확했기 때문이었다.

담배를 두 대 피우고서, 항의 때문에 피우다 말고 비벼 껐던 질 나쁜 궐련을 집어 들었다. 냄새가 독한 담배를 그녀는 마침내 다 피웠다. 그녀는 당시(唐詩)를 암송하기 시작했다.

꿈에 멀리 이별하며 울음에 겨워 부르지 못하고,
편지 쓰기를 재촉하나 먹이 아직 엷구나.
거시기거시기……

또 잊어버리고, '거시기'만 남았다. 그때 글자를 모르는 엄마가 소리를 길게 빼어 『천가시(千家詩)』를 읊기 시작했다.

구름 옅고 바람 살랑이니 한낮이 가까운데,
꽃과 버들에 기대어 앞 내를 건넌다……

그 다음에는,

폭죽 소리 속에 한 해가 저물고,
봄바람이 따스하게 도소주(屠蘇酒)[42]에 스며든다……

그녀와 엄마는 한 사람이 한 구절씩, 함께 읊기도 하고 번갈아 읊기도 했다. 그녀들은 『천가시』를 구전으로 외운 것이어서 지금도 무얼 말하는 건지 모르는 글자들이 있었고 발음도 정확하지 않았다. 그 시의 내용과 어구도 두 모녀의 지금 심정과는 무관했다. 그러나 이렇게 반복하여 진행되는, 착오가 많은 암송 행위에, 그녀들은 자신의 많은 감정을 기탁하는 것 같았고, 머리를 흔들흔들 하는 자세뿐만 아니라 오르락내리락 하는 톤, 잘 들어맞는 각운, 한 번 노래하고 세 번 탄식하는 어조와 고색창연한 분위기가 그녀들에게 만족감을 주었다. 막 잠들어가는 니자오조차도 그녀들 모녀의 이중음(二重吟)에서 감동을 받았다.

나는 정말로 좋은 이모와 외할머니가 있구나! 니자오는 생각했다. 그리고 구름이 옅고 바람이 맑은 건 정말 좋은 경치야!

---

[42] 연초에 마시는 약주의 일종.

제12장

한밤중에 서북쪽 하늘에서 몇 차례 적막한 천둥이 쳤는데, 천둥소리는 아무런 응답도 없이 맥없이 잦아들었다. 그러고 나서 20분쯤 아무 소리도 없이 고요했다. 그리고서 천천히 부슬부슬 비가 내렸다. 약간의 빗방울이 바람에 날려 창호지에 뿌려지면서 후드득 소리를 냈는데 괴이하고 처량했다. 비는 점점 세졌고, 온 집안에 솨솨 하는 소리였다. 바람 소리는 흐느끼는 것처럼 흑흑댔다. 이런 비가 집을 가장 잘 상하게 했다. 이렇게 1시간쯤 더 내리면, 지붕이 샐 것이었다. 쏟아 붓는 큰비가 나왔다. 큰비는 지붕에 떨어지자마자 물줄기가 되어 기와를 타고 좔좔 흘러내렸다. 그러나 지금 비는 워낙 촘촘해서 조금도 낭비되지 않고 전부 지붕 속으로 스며들었다.

징전은 한밤중에 깨어나 가는 비 음산한 바람 소리를 들으며 불길한 기분이 들었다. 비가 샐까 봐 걱정되었고 집이 부서질까 봐 걱정되었고 알지 못할 무언가의 붕괴와 파멸이 걱정되었으나, 그녀는 너무 피곤했다. 돌아누워서 기침을 몇 번 하고 바닥에다 가래인지 침인지 모를 것을 한 입 뱉고 억지로 힘껏 잠을 청했다.

쟝자오씨, 징이, 니자오는 모두 깊이 잠들었다. 부슬부슬 하는 빗소리가 꼭 자장가 같았다. 그녀들에게 오늘 하루는 아주 풍부하고도 아주 피곤한 날이었다.

두 칸이 통하는 서상방에서 진정으로 전전반측하는 사람은 한 사람밖에 없었다. 그것은 니펑이었다. 니펑은 니자오보다 겨우 한 살 많았지만, 한 살 많기 때문인지 아니면 여성이기 때문인지 혹은 어려서부터 권선징악과 인과응보의 인생 이야기를 더욱 많이 들은 데다 그 이야기들을 단단히 기억하기 때문인지는 몰라도, 그녀는 니자오보다 훨씬 더 커 보였고 훨씬 더 철이 들었다. 그녀는 자기 부모의 불화가 얼마나 엄중하고 비극적인 것인지를 완전히 알고 있었다. 그녀는 자기가 살고 있는 이 가정이 처한 위기를 완전히 이해했다. 그녀는 그것을 확대해서, 전체 사회와 인생도 모순이 겹겹이고 위기가 사방에 잠복하고 있으며 운명이 무상하다는 것을 아주 잘 알았다. 재난과 응보와 원한과 징벌의 그림자가 어려서부터 그녀의 영혼을 사로잡았다고 말할 수 있겠다. "오뢰(五雷)를 맞아라." 이것은 그녀의 외할머니 쟝자오씨가 가장 잘 쓰는 욕이었다. 이 욕은 니펑의 어린 마음에 대해 특히 생생하고 구체적인 위력과 일종의 상징적 개괄성을 가졌다. 그녀는 악인이, 득의하여 분수를 잊은 사람이, 경외와 복종을 모르는 사람이 동, 서, 남, 북, 위 다섯 방향의 벼락의 협공에 부들부들 떨며 몸부림치다가 분신쇄골, 가루가 되는 것을 눈으로 직접 본 것 같은 기분이었다. 그녀는 우르릉 하는 위엄 있는 천둥소리가 들리는 것 같았고, 푸른 번갯불이 번쩍이는 가운데 쫓기는 자의 극도로 고통스럽고 공포에 젖은, 마침내 파괴되는 얼굴이 보이는 것 같았다.

니자오의 가정교사이자 유년의 '친구'가 이모 징전이라면, 니펑의 가정교사이자 '친구'는 외할머니 쟝자오씨였다. 어려서부터, 외할머니라는 말은 니펑에게 일종의 특수한 친밀감과 신뢰감을 환기시켜주었다. 외할머니는 그녀를 데리고 백탑사와 호국사에 가서 묘회(廟會)[43]를 구경했다. 매달 4일, 5일, 14, 15, 24, 25일엔 백탑사에 묘회가 있었고, 6일, 7일, 16, 17, 26, 27일엔 호국사에 묘회가 있었다. 그녀와 외할머니만이 함께 큰 흥미를 느끼며 묘회를 보러 갔다. 쥐약을 파는 사람, 포목을 파는 사람, 할머니의 머리에 쓰는 검정색 비로드 모자와 붉은 융으로 만든 꽃을 파는 사람, 자수본을 파는 사람, 그 갖가지 신기한 외침 소리는 정말로 성악 대회 같았다. 그녀들은 묘회에서 예명이 '대요괴(大妖怪)'인 민간 예인이 창을 하는 것을 들었고, 대력환(大力丸)을 파는 무술가가 무술 시범을 하는 것을 보았다. 그 사람들이 무술을 하는 것을 보고, 외할머니는 자기가 어렸을 때 눈으로 직접 본 의화단의 '대사형(大師兄)' 이야기를 외손녀에게 해주었다. 창으로 '대사형'의 배를 찔러도 대사형이 배를 내밀면서 큰 소리로 "으앗!" 하면 창끝이 구부러졌고 배에는 자국 하나 나지 않았다는 것이었다. "정말로 능력이 있어"라고 외할머니가 고향 사투리로 칭찬했다. 이런 이야기에 대해, 니핑은 주요한, 때로는 유일한 청중이었다.

외할머니는 또 자기가 어렸을 때 어떻게 전족을 했으며, 어떻게 귓불에 구멍을 뚫었고, 어떻게 신부 화장을 하고 시집을 갔는지를 이야기하기 좋아했다. 니핑만이 조용히 들어줬는데, 니핑은 재미도 있었고, 어쩔 수 없는 일이라는 느낌도 들었다. 삶은 그런 것이어서 무슨 일이나 다 있고, 무슨 일이나 다 발생할 수 있으며, 또 아무 일도 발생할 수 없고, 신기할 게 없고, 무슨 일이나 다 사라질 수 있으며, 다 그게 그거라는 느낌이 들었다.

---

43 옛날 절이나 사당에서 열렸던 시장.

묘회에서 외할머니는 외손녀에게 계화차, 쇠기름 죽, 검은색 살구 절임과 기묘하게 덩어리진 누런 대추 국수를 사주었다. 살구절임과 대추 국수는 니핑이 제일 좋아하는 것이었다. 그녀는 약간 새콤하고 달콤하고 얼얼한 것을 좋아했다. 제일 잊을 수 없는 것은 외할머니가 그녀를 백탑사에 데려갔다가 점을 빼게 한 일이었다. 점 빼는 약을 파는 사람은 거기에 흰 천에다 그린 점 그림을 걸어두었다. 사람의 얼굴에는 점이 가득한데, 그 점은 미관에 영향을 줄 뿐 아니라 불운을 가져올 수도 있었다. 점이 운명에 영향을 줄 수 있었다. 점에는 눈물점(고생의 징조), 식점(먹을 복의 징조), 재물점(부자의 징조) 등등의 구별이 있었다. 니핑은 둥글넙적한 얼굴이었는데, 오른쪽 눈썹 위에 점이 하나 있었다. 외할머니는 그 점이 불길하니 빼야 한다고 우겼다. 니핑은 외할머니를 따라갔다. 점 빼는 사람이 작은 병을 열고 이쑤시개로 병에서 하얀색 약을 찍어내어 니핑의 점에다 발랐다. 3초 후, 오른쪽 눈썹 위가 불에 덴 것 같았다. 니핑은 아파서 이를 악물고 발을 구르며 땀을 흘렸지만, 오직 외할머니 말을 잘 듣기 위해 울음 소리를 내지 않았다. 사흘 뒤, 그 점은 떨어졌고 원래 점이 있던 자리가 살짝 파였는데 꼭 마마 자국 같았다. 일주일 뒤, 그 자국을 만지면 아직 아팠다. 한 달 뒤, 니핑은 코 밑 입술 근처에 새 점이 생겼는데, 이 점은 점점 커져서 원래의 오른쪽 눈썹 위에 있던 점보다 훨씬 더 커졌다. 그렇지만 그녀는 점 빼는 사람에게 다시는 가지 않으려 했다. 그리고 외할머니는, 이 점은 복점이다, 이 점이 난 사람은 평생 먹을 복이 있다고 말했다. 그러나 니핑은 반신반의했고, 자기의 새 점에 대해 두려움이 기쁨보다 많았다. 점을 함부로 뺀 결과 점이 이사를 해 더 커졌다고 그녀는 생각했다. 점이든 코든 하느님이 주신 대로 함부로 손대지 말아야 한다고 그녀는 생각했다. 그녀는 이 생각을 동생 니자오에게만 이야기하고 어른들에게는 말하지 않았다.

외할머니는 늘 니핑에게 이야기를 해주었다. 그녀가 제일 좋아하는 것은, 「채찍으로 갈대꽃을 때리다」와 「오분기(烏盆記)」였다. 니자오가 좋아하는 이야기는 종류가 다른, 「사마광이 항아리를 깨뜨리다」「공융이 배를 양보하다」「조충이 코끼리라 칭하다」등이었다. 쟝자오씨는 조식이 일곱 걸음 안에 시를 지은, "본래 한 뿌리에서 났거늘, 무얼 그리 급히 태우는가"라는 이야기도 아주 실감나게 할 줄 알았는데, 이런 이야기는 두 남매가 다 좋아하는 것이었다. 그리고 다 듣고 나서 두 사람은 실제와 관련지어, 그들 둘이 크면 꼭 어릴 때처럼 단결하고 우애 있고 친하게 지내며 형제 간에 서로 해치는 악독한 짓은 절대로 해서는 안 된다고 말했다. 쟝자오씨가 니핑을 데리고 방자희를 보러 간 적이 있었는데, 「채찍으로 갈대꽃을 때리다」를 하고 있었다. 그 연극을 보고 니핑은 흐느껴 울었다. 그녀는 학대받는 효자 때문에 울었고, 효자의 무능한 아버지 때문에 울었고, "어머니가 계시면 한 자식만 외롭고, 어머니가 가시면 뭇 자식이 다 춥습니다"라는 진심어린 호소에 후회를 금치 못하는 계모 때문에 울었다. 기실 그들은 다 좋은 사람인데, 왜 그런 인의롭지 못한 분규와 고통이 있는 것일까? 니핑이 울기 시작하면 흐르는 콧물이 눈물보다 훨씬 더 많았다.

니핑은 그랬다. 그녀는 모든 사람을 동정했고 모든 사람을 걱정했고 모든 사람을 위해 조바심했고 모든 사람을 위해 언짢아했다. 그녀는 외할머니, 외할머니, 얼마나 오래 살 수 있어요? 언제 돌아가실 거예요?라고 사랑하는 외할머니에게 물은 것이 한두 번이 아니었다. 때로는 외할머니가 노곤해서 조는데, 막 잠이 들자마자 니핑이 깨웠다. 외할머니, 갑자기 말을 안 하고 내가 말해도 못 듣고 입도 벌리고 침을 흘리니까 깜짝 놀랐잖아요, 외할머니가 죽은 줄 알았어요.

결국 외할머니도 참지 못했다. 망할 계집애가 무슨 말을 하는 거야! 너 날 저주하는 거냐? 내가 너한테 뭘 잘못했기에 빨리 죽으라고 안달이냐? 죽으려면 너나 죽어라!

이 말을 듣고 니핑은 고통과 공포의 눈을 크게 떴다. 그녀는 외할머니의 장수를 진심으로 축도했다. 그 진심 때문에, 그녀의 머릿속에는 항상 외할머니가 돌아가시는 장면이 떠올랐다. 외할머니가 화를 낸 뒤로, 그녀는 그 죽음의 신이 자기도 위협하기 시작했다는 느낌이 들었다.

니핑은 이모를 걱정했다. 이모가 화장할 때의 모습, 술을 마시고 눈을 희번덕거릴 때의 모습, 담배를 피우고 가래를 뱉을 때의 모습, 그리고 혼잣말을 할 때의 모습, 이 모든 모습들이 니핑을 걱정하게 했다. 이모는 미칠 것이었고, 미치면 정신병원에 보내 쇠사슬로 침대에다 묶어놓아야 했다. 이모는 저렇게 노상 눈을 희번덕거리다가 눈알이 파열될 것이었다. 이모가 마시는 술은 창자를 태울 것이었고, 이모가 피우는 담배는 이미 폐를 시커멓게 그을렸다. 니핑은 동생에게 말했다. 어디서 이런 걸 알게 되고 생각하게 되었는지는 니핑도 몰랐다.

반년 전에 한번은 징전이 술을 사왔다. 그녀는 먼저 술잔을 탁자 위에 엎어놓고 술병에서 술을 조금 따라 엎어놓은 술잔 바닥에다 부었다. 징전이 성냥을 켜서 거기다 불을 붙이자 술잔 바닥에서 푸른 불길이 일었다. 그 불로 술병을 데우는 게 징전의 습관이었다. 그녀는 찬 술을 좋아하지 않았다. 갑자기 조카딸 니핑이 술병을 앗아가 술을 바닥에다 쏟아버리고는 울면서 말했다. 이모, 더 이상 술 마시면 안 돼요. 징전은 잽싸게 빼앗으며 밀쳤고, 니핑은 바닥에 넘어져

으앙 하고 울었다. 징전은 화가 나 어쩔 줄을 모르며 욕을 퍼붓기 시작했다. 조그만 년이 내 머리에 올라앉아, 마른하늘에 벼락을 맞을 년이 뭘 믿고 날 해쳐…… 징이가 딸이 욕을 먹고 '매'를 맞는 것을 보고 상황도 제대로 모르면서 먼저 참전하여 징전과 싸웠고, 상황을 알고 나자 다시 니핑을 욕했다. 니핑은 이상했다. 그녀가 다른 사람에게 좋은 마음으로 베푸는 관심과 애호와 호의는 어째서 좋은 반응을 얻지 못하는가?

니핑이 동생에 대해 쏟는 애호와 관심도 재미있었다. 니자오가 우수한 시험 성적표와 가정 통지서를 가지고 올 때마다 니핑은 몹시 걱정을 했다. 너는 시험을 잘 봤지만, 시험을 못 본 사람은? 그 애들이 너를 얼마나 미워하겠니? 너같이 작은 애가 1등을 하면 누가 납득을 하겠니? 수업이 끝난 뒤에 그 애들이 골목에 숨어서 너를 때리는 게 겁나지 않나 봐! 공부하지 마, 공부하지 마, 어려서부터 공부를 너무 잘하는 건 안 좋아, 두뇌가 닳는다구! 넌 어떻게 시험 볼 때마다 이렇게 잘하니? 선생님이 특히 널 좋아하는 거 아냐? 그렇다면 다른 친구들이나 다른 학부형들이 뭐라고 하겠니? 지금 시험 잘 봐봐야 무슨 소용이 있니? 헌병대에 잡혀가 사형장에서 총살당하는 사람들이 다 공부 잘한 사람들이야!

한없는, 살뜰한 근심과 친절. 니자오같이 천진한 아이도, '두뇌가 닳는다'라든지 '총살'당한다는 말은 참을 수 없었다. 특히 선생님이 그를 좋아한다는 말은 그의 학업 성적을 의심하는 것과 같아 그는 막대한 모욕을 받은 느낌이었다. 그는 누나와 싸웠다. 미워! 미워! 내가 시험을 잘 보는 게 누난 왜 배가 아파? 난 시험 잘 볼 거야, 잘 볼 거야, 잘 볼 거야, 약 올라 죽겠지! 남매가 다투기만 하면 징이는 아들 편에 서서 딸을 나무랐고, 딸은 정말로 속상하고 억울했다.

니핑은 또 아버지가 엄마를 때려죽일까 봐 걱정이었다. 엄마를 버리는 것과 엄마를 때려죽이는 것, 둘 중 어느 게 더 무서운 건지 알 수 없었다. 아버지와 엄마가 이렇게 서로 적이 된다면, 어느 날엔가 아버지가 엄마의 명치를 주먹으로 칠 것이고, 엄마는 하늘을 쳐다보며 땅에 넘어질 것이고, 뒷머리가 부서질 것이고, 뇌수를 쏟을 것이고, 피를 철철 흘릴 것이고, 죽을 것이었다. 그 죽음의 형상과 죽음의 언어는 집안 식구들의 '비는 욕'으로부터 자기도 모르게 배운 것이었는데, 배운 것을 그녀는 진짜라고 믿었다.

물론 그녀도 스스로 즐길 줄 알았다. 그녀는 갈수록 자기만의 조그만 취미와 세계를 가졌다. 그날 오후 그녀가 수업 끝나고 집에 늦게 돌아온 것은, 당번이기 때문이 아니라, 제일 사이가 좋은 다섯 명의 여자 아이들과 함께 의자매를 맺으러 경산(景山)에 갔기 때문이었다. 생년월일에 따라 그녀는 세 사람의 넷째 동생이자 두 사람의 넷째 언니가 되었다. 우리는 영원히 한마음으로, 영원히 변심하지 않겠습니다, 라고 여자아이들이 말했다. 동년동월동일에 태어나지는 못했어도, 동년동월동일에 죽기를 원합니다, 라고 니핑이 한마디 덧붙였고, 그 때문에 어린 자매들은 그녀를 흘겨보았다. 그것은 남자들의 말이고 유비, 관우, 장비가 도원결의를 할 때 한 말이기 때문이었다. 그녀들은 결의를 하고서 예물을 교환했다. 그녀는 자기가 제일 아끼는 공기놀이용 호두 알맹이를 의자매들에게 주었다. 그녀도 의자매들로부터 서표, 담뱃갑 속의 경희(京戱)[44] 채색 인물화, 여지 열매를 얻었고, 또 하나 그녀가 가장 좋아하는 영화배우 천옌옌(陳燕燕)의 사진도 얻었다. 사진은 엄지손가락만 했고 여러 차례 복사를 해서 이

---

44 중국 전통 연극의 한 양식.

미 얼굴의 입체감을 상실했다. 그래도 그녀는 기뻤고 대단히 기분이 좋았다. 그녀는 천옌옌의 뺨에 난 점을 몹시 좋아했다. 외할머니는 그 점을 눈물점이라 하고 눈물의 상징이며 고생의 표지라고 했다. 이 사랑스런 영화배우가 고생할 운명이라는 말을 듣고, 그녀는 천옌옌을 더욱 숭배하고 사랑했다. 그녀는 하느님이 보우하사 천옌옌이 고생할 운명을 갖지 않게 해달라고 축도했다.

그녀는 동생과 영화배우에 관해 토론한 적이 있었다. 그녀는 자기가 천옌옌을 좋아한다고 말하고 동생에게 그가 제일 좋아하는 영화배우를 들어보라고 했다. 니자오는 눈을 굴리더니, 조우만화(周曼華)가 제일 좋다, 조우만화는 오이씨 얼굴이고 아주 예쁘게 웃는다고 말했다. 동생이 조우만화를 좋아하고 천옌옌을 좋아하지 않는다는 것이 니핑을 자못 상심케 했다. 그녀는 한참 동안 말을 하지 않았고, 거의 눈물을 흘릴 뻔했다.

축도하는 것도 외할머니에게서 배운 것이었다. 가끔 외할머니는 까닭 없이 바닥에 꿇어앉아 북쪽을 향해 몇 번 절을 하고 입으로 중얼중얼했다. 니핑이 그게 뭐하는 거냐고 물었더니, 하느님의 보우와 부처님의 보우와 보살님의 보우를 비는 것이라고 했다. 지성이면 감천이고, 한마음으로 정성을 다하면 금석도 뚫린다고 외할머니가 경전을 인용하여 말했다. 꿇어앉지 않아도 축도할 수 있었다. 하느님, 부처님, 문신(門神)[45]님, 재신(財神)님 모두에게 정성스러워야 했다.

그래서 의자매를 맺을 때 그녀는 정성스럽게 천옌옌을 위해 축도하고, 마음과 마음이 이어진 자기의 의자매를 위해 축도했다. 큰언니의 산수 성적이 좋아지도록, 더 좋아지도록 보우하세요. 둘째 언니의

---

45 문을 지키며 재앙을 쫓는 귀신.

결핵에 걸린 엄마가 얼른 건강을 회복하도록 보우하세요. 셋째 언니가 살 좀 찌도록 보우하세요. 한반의 남자애들이 셋째 언니를 '원숭이'라고 부르는 것은 셋째 언니를 정말로 괴롭게 했는데, 니핑은 물론 그렇게 부르지 않을 것이었다. 그러나 하느님 용서해주세요, 니핑은 셋째 언니의 마른 모습이 한 마리 원숭이랑 너무 비슷하게 느껴졌다. 셋째 언니는 왜 주(朱)씨일까? 허우(侯)씨라야 딱 맞는데! 그녀는 다섯째 누이가 더 이상 말을 더듬지 말 것을 축도했다. 그녀는 여섯째 누이가 잃어버린 자주색 지우개를 찾을 수 있게 해달라고 축도했다.

 나 자신은? 그녀는 물었고, 축도했고, 무릎 꿇고 북쪽을 향해 머리를 부딪쳐 절을 하고 싶었고, 울며불며 집안 식구들의 화목과 화해를 축도하고 아버지의 회개를 축도하고 엄마들도 아버지에게 좀 잘할 수 있기를 축도하고 싶었다. 부처님, 하느님, 위력을 보여주세요, 지성이면 감천이라잖아요. 저 니핑이 정성을 다합니다! 영험을 한번 보여주세요! 우리 집 우리 식구들을 화목하게 해주세요! 위력과 영험을 보여주시기만 하면, 저는 평생 착한 일을 하고 채식을 하겠으며 출가하여 머리 깎고 중이 되어도 좋은데, 저의 이 작은 소원을 들어주지 않을 수 없겠지요?

 경산에서 각자 집으로 돌아갔다. 결의와 선량한 축도가 그녀의 마음을 아주 든든하게 했다. 경산에서 자결한 숭정 황제의 망령도 그녀의 집을 보우할 것이라고 그녀는 생각했다. 그녀는 숭정 황제가 자결한 이야기를 알고 있었다. 외할머니가 그녀에게 「비정아(費貞娥)가 호랑이를 찌르다」를 이야기해준 적이 있는데, 이틈왕(李闖王)[46]이 경

---

[46] 틈왕은 이자성의 칭호.

성을 함락시키고 황궁을 점거했을 때 궁녀 비정아가 이틈왕의 대장, 일명 '호랑이'에게 잡히자 가위로 '호랑이'의 목줄기를 찌르고 자결했다는 것이었다. 이모도 두 아이에게 「호랑이를 찌르는 노래」를 암송해주었다. 이 이야기는 니자오에게는 아무것도 아닌 괴상한 이야기일 뿐이었다. 그러나 니핑은 자못 엄숙했고, 이야기를 다 들은 뒤, 만약에 그녀가 비정아의 처지에 있었더라면 '호랑이'를 찌르고 자살할 용기가 있었을까를 줄곧 생각했다. 이 문제로 그녀는 고민했다. 그녀의 영혼이 진동을 받았다. 사람이 된다는 게 너무 어렵다는 느낌이 들었다. 그녀는 그래서 운명을 원망하기까지 했다. 왜 나는 여자인가, 동생처럼 남자일 수는 없는가!

그렇게 해서 그녀는 숭정 황제를 알고 있었다. 사람은 죽은 뒤에 위엄 있는 힘을 갖게 된다고 그녀는 믿었다. 하물며 황제인데! 말라죽은 큰 홰나무를 지나치면서 그녀는 그 황제에 대한 경의가 벅차올랐다.

그녀는 '둘째 언니'에게서 배운 유행가 「꽃은 좋고 달은 둥글다」를 흥얼거리며 집으로 돌아왔다. 집으로 돌아온 바로 그때 그 놀랍고 무서운 일장의 사건이 벌어지고 있었고, 그녀는 이모의 뜨거운 녹두탕이 어떻게 아버지에게 뿌려지는지를 보았다. 그녀는 아버지의 미친 듯이 화가 난, 그러면서도 겁을 먹은 야수 같은 표정을 보았다. 그녀는 이모의 죽음을 무릅쓰고 돌진하는 용맹을 보았다. 그녀는 엄마의 흥분과 조바심과 원한과 공허를 보았다. 그녀는 외할머니의 노익장을 과시하는, 적개심에 불타는 사나운 힘도 보았다. 그녀는 놀랍고 무섭고 가슴이 두근두근 뛰었다. 그녀는 떨렸고, 이가 달달 소리를 냈고, 손바닥과 발바닥이 차가워졌다. 원래 분노와 원한의 불길에는 그런 위세와 그런 열기가 있었고 사람들은 그렇게 쉽게 불붙는 것이었다. 원래 모든 사람들, 그녀의 식구들, 그녀가 제일로 사랑하고 가장 가깝다고 생각하는 사람들의 마음에 그토록 많은 악독과 원한이 감추어져 있었던 것이었고, 원래 그들이 서로 충돌하면 항상 이토록 물불 가리지 않고 죽을 둥 살 둥 하며 정신을 잃었던 것이었다. 정말로 무서웠고, 정말로 놀라서 죽을 지경이었다! 화목이 어디 있고, 좋은 꽃 둥근 달이 어디 있으며, 선량한 하느님은? 부처님은? 보살님은? 하늘에 계신 조상과 황제의 영혼은? 그들은 모르는 체했다. 그녀와 그녀의 의자매들도, 그리고 또 그녀의 사랑하는 남동생도 장차 그런 사람으로 변할 것인가? 안 돼! 안 돼!

그것은 진정 강렬한 영혼의 울림이었고, 그것은 커다란 고통과 커다란 깨달음이 이 아홉 살 난 여자아이의 마음에 너무 일찍 강림한 것이었다. 물론 '관점'으로 말하자면, 그녀는 완전히 엄마, 외할머니, 이모 편이었고, 아버지에 대해서는 완전히 비판과 견책의 태도를 취했다. 그러나 그녀는 늘 아버지를 생각했고 아버지를 걱정했으며, 아버지가 죄악의 길을 가고 있어서 그 길로 계속 가면 그 자신의 멸망과 온 집안의 멸망이라는 것을 어렴풋이 인식했다. 그녀의 이모가 수지(守志)하는 것은 좋은, 아주 좋은 일이고, 그녀의 아버지가 바깥에서 술 마시고 계집질하는 것은 큰 죄악이며, 만악의 으뜸이라는 도리를 그녀는 어렴풋이 알았다. 그러나 일단 아버지를 보면 그녀는 금세 아버지가 불쌍한 사람이라는 것을 직감했다. 집에 돌아와봐야 그는 얼마나 고독한가, 아무도 그의 말을 들으려 하지 않았고, 아무도 그와 말을 하려 하지 않았다. 그녀의 집은 세 여자에다가 두 아이까지 보태서 한패로 단체를 이루어 자기들끼리만 친했다. 아버지는 늘 집에 있는 것은 아니었으나, 집에 있을 때는 언제나 아이를 찾아 말을 걸고 아이에게 이것저것 장난감도 사주고 먹을 것도 사주었다. 그러나 그녀와 동생은 항상 알게 모르게 아버지를 피했다. 그들은 엄마가 좋고 아버지가 나쁘다는 것을 알고 있었다. 아버지가 하는 말도 듣기 싫었다. 아버지가 흥분하여 싫증도 안 내고 잔소리를 하면서 니핑에게 가슴을 내밀고 허리를 펴는 것이 중요하다고 이야기할 때 그녀의 반감은 엄마보다 덜하지 않았다. 여자 아이가 가슴을 내밀고 다닌다면 그게 무슨 꼴불견인가? 외할머니와 엄마가 모두 아버지가 좋은 사람이 아니라고 하는 것도 이상한 일이 아니었다. 아버지가 그들에게 사주는 것도 대부분 그들이 필요로 하는 것이 아니었다. 그들이 필요로 하는 것은 돈이고 옷이고 밀가루 옥수수가루지 보기는 좋지만 먹을 수 없고 쓸모도 없는 그 따위 장난감이 아니라는 것을 그녀는 알았다. 그러나 아버지가 사오는 장난감은 허무하고 아득하며, 그들의 손이 닿지 않는, 유혹적이면서 몹시 낯선 세계를 가져다주는 것 같기도 했다. 2년 전, 그녀가 일곱 살 되던 생일 날, 아버지가 상무인 서관에서 만든 고급 장난감을 사주었다. 그것은 나무인형 세트였는데, 그중 제일 예쁜 것이 백설공주였고, 나머지 일곱 난쟁이는 둥글거나 뾰죽한, 희거나 붉은 각색의 코를 가졌고, 촘촘하거나 성긴, 희거나 검은 수염을 길렀다. 이 여덟 개의 나무 인형은 땅바닥에 세울 수 있었는데 그 배열에는 일정한 순서가 있었다. 그밖에 막대기 하나랑 나무공 하나가 더 있었다. 놀 때 막대기로 공을 밀어 공이 인형을 맞추면 어느 인형을 맞추느냐에 따라 점수가 달리 매겨졌다. 그렇다, 백설공주를 맞추는 게 점수가 제일 높았지만 그러나 제일 어려웠다. 백설공주는 제일 뒤에 놓이고 일곱 난쟁이가 그 앞에서 공주를 보호하고 있었기 때문이다.

　백설공주의 모습은 아주 화려했다. 니핑은 그녀가 잠든 뒤 백설공주와 그 일곱 시종이 살아나는 것을 항상 상상했다. 백설공주는 치마를 입었는데, 분명히 춤을 출 것이고 분명히 외국말을 할 것이다. 때로는 니핑 자신도 백설공주와 그 시종들의 행렬에 끼는 것을 상상했다. 백설공주는 그녀를 환영할 것이고, 백설공주는 난쟁이들에게 말할 것이다. 이 중국 아가씨는 아주 불쌍해요, 아빠와 엄마가 노상 싸우고, 그리고 예쁘게 생기지도 않았어요. 얼굴에는 항상 점이 생기고, 작은 점을 빼면 큰 점이 생겨요, 좋은 옷도 없어요, 다니는 학교에는 일본 교관이 있는데, 노란 모직 옷을 입은 그 일본 교관을 무서워해요. 그러나 백설공주는 또 말할 것이다. 이 아가씨는 마음이 착해요, 모든 사람이 다 착하고 행복하고 즐거워지기를 바라거든요. 백설공주가 이렇게 말할까? 그녀는 숨이 막힐 정도로 행복했다.

 그 다음엔, 그 다음엔 백설공주 일행이 그녀를 환영할 것이고, 자기들의 숲속 통나무집에 손님으로 청할 것이고, 새빨간 사과를 먹으라 할 것인데 그 사과에는 절대로 독이 들지 않았다. 그들은 그녀에게 반짝반짝 빛나는 새 옷을 갈아입힐 것이고, 백설공주는 그녀의 얼굴에다 선기(仙氣)를, 맑고 향긋하며 부드럽고 사람의 가슴을 후련하게 하는 선기를 불어줄 것이었고, 그러면 니핑은 여전히 니핑이지만, 그러나 이미 예쁘고 고귀한 니핑이 되고, 원래 니핑도 우아해지고 아름다워질 수 있는 것임을 알게 된다……

 아버지에게 고마웠다. 이 환상들은 그가 가져다준 것이었다. 그는 또 그녀의 모든 환상을 깨뜨리기도 했다. 아버지에게는 백설공주의 우아함과 순결함이 전혀 없었고, 일곱 난쟁이의 소박함과 선량함도 전혀 없었다. 백설공주는 말이 없었고, 금세 칠이 벗겨지고 금이 가 엉망이 되었다. 백설공주는 죽었다고 그녀는 생각했다. 사람보다도 더 약했다. 백설공주도 자기의 영혼을 가졌을 테지? 아마도 그녀는 여전히 자기의 푸른 숲에서 살고 있을 것이다. 그녀는 중국에서 살기가, 일본인의 손에 들어간 베이징에서 살기가, 이렇게 불화한 가정에서 살기가 싫었을 것이다.

백설공주는 갔지만, 이제 그녀의 눈에 아버지가 좀 다르게 보였다. 아버지가 왜 나쁜 길을 가려 하는지 그녀는 알지 못했다. 그렇지만 그녀는 아버지를 필요로 했다. 그녀는 엄마나 외할머니나 이모나 동생이 없어서는 안 되는 것처럼 아버지도 없어서는 안 되었다. 그녀는 아버지가 없어서는 안 되었다!

그리고 아버지는 아주 바보 같았다. 이날 저녁의 전투가 지나간 뒤, 그녀는 내내 마음이 놓이지 않았다. 엄마는 자식 교육에 바빴다. 동생은 얼른 숙제를 하고 잠이 들었다. 이모는 골똘히 생각에 잠겨 혼잣말을 했다. 외할머니와 이모는 되풀이해서 자기들의 생활을 계획했다. 아버지는? 더 이상 아무도 그 불운한 아버지를 생각하지 않는단 말인가? 방문이 떨어져 나간 북쪽 방은 활짝 열린 채 거기 내팽개쳐져 있었다. 자기 전에 대문을 꼭 닫고 문고리를 채우고, 빗장을 질렀다. 그러면 아버지가 돌아오면 어떻게 들어오지? 돌아오지 않으면 아버지는 어디로 가지? 만약에 소매치기(좀도둑이라는 말인데, 이것은 외할머니에게 배운 말이었다)가 한밤중에 담을 넘어 들어와 북쪽 방의 아버지 물건을 훔쳐 가면 어떡하나? 당당한 아버지가 훔칠 만한 물건조차 안 남긴 건 아닐 텐데?

이 문제들을 누구에게 의논해야 좋을지 몰랐다. 그녀는 오늘 밤 이 문제들을 내놓는 것은 시의에 맞지 않고, 어쩌면 '배신자'라고 욕먹을 가능성까지 있다는 것을 알고 있었다. 어른들은 한 마디만 들어져도 화를 내고 욕을 하는데, 그건 너무 몰인정한 것이었다.

그러나 그녀는 괴로웠다. 자려고 눕자 더 괴로웠다. 빗소리 속에서 엄마의 코 고는 소리가 들려왔는데, 그것은 종일 일하느라 지친 사람의 코 고는 소리였다. 이모가 잠든 뒤의 소리는 신음 소리 같았다. 이모는 밤새 신음을 할 것이었는데, 이를 가는 소리와 갑자기 튀어나왔다간 뚝 그치는 불가해한 잠꼬대가 보태지기도 했다. 외할머니는 잠들면 쉭쉭 하고 소리를 냈는데 김이 새면서 나는 휘파람 소리 같았다. 동생의 숨소리만이 고르고 맑았다. 동생은 이 생활의 분규와 번뇌를 받아들일 준비가 되어 있지 않았고 또 받아들이려고 하지도 않았다.

니펑은 잠을 못 이루었다. 잠들 만하면, 귓가에서 속삭이는 소리가 들렸다. 소리는 아주 가깝고 아주 작았다. 보이지 않는 유령이 바싹 달라붙어 있는 것 같아 무시무시했다. 그것은 아버지의 목소리였다. 어떻게 된 거지? 아버지가 이 방으로 들어왔나? 니펑은 벌떡 일어나 앉았다. 아무 소리도 들리지 않았다. 다시 잠이 들 만하자 또 마당에서 발소리가 났다 — 저벅, 저벅, 아버지인가 소매치기인가? 그리고 그녀는 어둠 속에서 아버지의 멍청한, 말릴 수도 이해할 수도 없는 웃음을 보았다. 아버지는 연설이라도 하는 것처럼 그녀에게 하염없이 이야기를 하며 손짓을 했는데, 손짓과 입놀림만 보이고 소리는 들리지 않았다. 끼익, 아버지가 문을 열었다. 문이 없잖아?

쿵! 그녀는 깜짝 놀라 또 일어나 앉았다. 그것은 절대로 환각이 아니라고 그녀는 자신했다. 분명히 누군가가 집 안으로 뛰어 들어온 것이었다. 엄마, 엄마, 그녀가 불러도 흔들어도 엄마는 깨지 않았다. 그녀는 누울 수밖에 없었고, 무서워서 더러운 이불 속에 머리를 파묻었다.

그 다음에는 부슬부슬 하는 빈틈없는 비였다. 다, 다, 다다. 처마의 물방울이 댓돌에 떨어졌다. 푸, 푸, 푸푸. 빗방울이 나뭇잎에 떨어졌다. 줄, 줄, 줄. 땅에 떨어진 비가 작은 물줄기를 이루었다. 솨, 솨, 솨

쏴. 비가 바람에 날려 이리저리 휩쓸렸다. 허전했다. 막막했다. 근심이 태산 같았다. 달리 방법이 생각나지 않았다.

이불 속으로 파묻은 얼굴이 답답했고 공기가 혼탁했다. 이모가 피우는 질이 나쁜 담배 냄새가 아직 다 가시지 않았다. 니핑은 머리가 어지러워지기 시작했고, 의식이 점점 흐려지고 눈앞이 뿌예졌다.

그때 문득 그녀는 외마디 비명 소리를 들었다. 소리는 크지 않았으나 몹시 처참했다. 들짐승이 죽기 직전에 부르짖는 소리 같았다. 니핑은 불현듯 깨달았다. 아버지가 죽었다!

정말로 하늘이 내린 계시 같았다. 니핑은 급한 나머지 옷 입을 새도 없었다. 시간이 촉박해서, 집안 식구들을 깨울 새도 없었다. 자리에서 뛰어 내려와 신발을 신고 고꾸라질 듯 뛰어나가 물구덩이를 디디자 신발이 젖었고 비가 머리와 얼굴과 몸에 들이쳤고 그녀는 부르르 떨었다. 그녀는 문이 없는 북쪽 방으로 달려갔고, 놀라서 온몸을 사시나무 떨듯 떨었다. 뭔지 모를 게 번쩍 했는데, 번개 같지도 않았고 등불 같지도 않았고 별빛 같지도 않았다. 아무튼 그녀는 방바닥에 누워 있는 아버지를 보았는데 입에 흰 거품을 물었고 얼굴이며 손이며 온통 피투성이였다.

그녀는 악 하고 놀라 소리 지르며 몸을 돌려 뛰다가 댓돌에서 마당으로 굴러 떨어져 온몸이 물과 흙으로 범벅이 되었다. 그녀는 마구 소리 지르며 서방으로 돌아왔고, 징이 등이 그녀의 참혹한 비명 소리에 놀라 깨어났다.

아버지가—죽었어요. 기절하기 전에 그녀는 마침내 그 한 마디를 뱉었다.

제13장

내가 어떻게 여기에 왔을까?
내가 어떻게 이곳을 잊고 있었을까?
여기에 양지바른 내 방이 있고, 햇빛이 창 너머로 낡아빠진 집기를 비추고 있고, 방 안에는 군고구마의 맥아당과 누룩이 섞인 냄새가 가득하구나. 이건 내 유년이고 내 냄새야. 이건 내 운명이고 내 영혼이고 나 자신이야! 겨울에 땅굴에 들어가 '땀'을 내고 꿀처럼 달콤해진 고향의 고구마. 이 방에서 고구마를 먹던 일을 내가 어떻게 잊을 수 있겠어? 그 고구마가 나를 기다린 지 몇 년, 몇 달, 몇 날이 되었을까? 아직도 뜨끈뜨끈해. 아직도 좋은 냄새가 나고. 아직도 나를 기다리고 있어.
내 침대도 있고, 내 온돌도 있고, 양쪽 끝은 네모나고 가운데는 둥근 길고 딱딱한 내 베개도 있구나. 이건 유럽의 부드럽고 멋진 오리털 베개와는 너무 달라. 이 베개는 붉은색과 검은색 천으로 만들었고, 난초, 원앙, 매화, 선학을 수놓았고, 속은 가는 보릿짚을 채워 넣었지. 아이구 피곤해, 아이구 나른해, 이 온돌 침대에서 일찍감치 잤어야 하는걸, 정말로 푹 자야겠어! 내 자리, 내 잠자리, 내 마음 놓고 발 뻗을 곳이 다 나를 기다리고 있는데, 내가 어떻게 돌아와서 쉬지 않을 수 있겠어? 그것들과 어떻게 그렇게 오래 헤어져 있을 수 있겠어!

니우청, 돌아오라! 니우청, 돌아오라! 니우청, 돌아오라!

금속 떨림판이나 침울한 트라이앵글이나 팽팽하게 잡아당긴 주단이 떨고 파동치고 웅웅 하며 소리 내는 것 같았다.

니우청은 웃으면서 대답했다. 저 돌아왔어요, 저 돌아왔어요, 어머니.

어머니 ─ 그 소리가 사방으로 울려퍼졌다.

이미 신변에 있던 방과 침대의 모습이 점점 사라져갔다. 눈앞에 정교한 나무 계단이 있었고, 계단 난간은 병처럼 곡선이었고, 계단 위에는 흐릿한 채색 등불이 빛나고 있었다. 불시에 괴상한 그림자가 그의 면전을 스치며 날아갔고, 그 다음엔 취록색 앵무새 한 마리였는데, 귀를 솔깃하게 하는 영어, 프랑스어, 독일어가 잇달아 들렸다.

은방울 같은 웃음소리. 여기는 유럽이야, 천국 같은 유럽이야, 음악, 교회, 조각상, 분수, 개선문, 바이올린, 기타, Ok, my darling!

폭스트롯과 커피. 휘날리는 금발과 높이 솟은 가슴. 붉게 물들인 손톱과 입술. 선녀 같은 목소리와 웃음. 하느작거리는 걷는 모습. 비싼 외투, 늘씬하게 쭉 뻗은 허벅다리. 미인이 바닷가에 있노라. 다시 계단이다. 왜 계단조차도 못 올라가는 걸까? 발을 들자, 발을 들자, 석고상과 동상이 있고, 기사와 숙녀가 있고, 고딕식 건축과 큰 화강암이 있고, 잔디밭과 분수가 있고, 반라의 남녀가 햇볕을 쬐고 있다. 한참 힘을 써도 여전히 발이 떨어지지 않으니, 날고 싶어도 날개가 없는 격이다. 고구마 한 쟁반. 바닷가에서, 돛배에서, 프랑스식 모자를 쓰고 담배를 비껴 문 아가씨가 그에게 손짓을 하고, 그는 정말로 그녀의 품속으로 뛰어들고 싶다. 원래 계단에 깔린 것은 베개였다. 폭신하고 깨끗하고 오리털로 만든 멋진 베개. 베개를 밟으니 파도를 밟는 것처럼 출렁거리고 출렁거린다. 한 덩어리 구름 같았다. 그는 베개를 하나씩 안아 들었다. 그는 흰 구름을 한 덩어리씩 안아 들었다.

그곳은 대체 어떤 곳인가? 그곳은 그가 온 곳이지 않은가? 그곳이 바로 그의 집인데, 그는 어떻게 그곳을 잊고 있었을까? 자기가 돌아갈 곳을 잊었다. 빈방만 남았다. 그가 떠난 뒤 빈방만 남았다. 거기엔 아무 소리도 없었다. 그가 그 방을 계약해서 그 방은 오직 그의 것이 되었는데, 그리고서 그에게 까맣게 잊혀졌다가 어떻게 지금 다시 생각이 났을까? 그가 없었으니 그 방은 얼마나 쓸쓸했을 것이며 얼마나 버림받았을 것인가? 그는 마음이 안 놓였고, 걱정이 되었다. 한 사람이 자기가 사는 방을 잊어버려 방은 사람을 잃게 되고 사람은 방을 잃게 되면 그건 얼마나 무서운 일인가! 울음소리. 아버지, 아버지! 베개 치우는 걸 도와주세요. 더 늦으면 안 돼요, 이 기회를, 내 방, 내 자리, 내 기원(起源)과 내가 돌아갈 곳을 잃어버려서는 안 돼요, 아버지!

아버지, 아버지! 니펑과 니자오의 두려움과 고통을 억누른 낮은 외침 소리가 마침내 니우청의 혼백을 불러들였다. 한 가닥 영혼이 흔들거리고 아른거렸다. 그는 눈을 뜨고 싶었다.

칠흑 어둠이었다. 갈색 파도가 밀려왔다 밀려가는 것 같았다. 세상이 날리는 쑥처럼 빙그르르 돌았고, 머리가 깨지는 것처럼 아팠고, 입이 타는 듯 말랐고, 도처에 역한 냄새가 났다. 아버지! 핑얼이랑 자오얼이잖아? 그가 친히 니자오에게 지어준 이름, 니자오는, "안녕하세요"였고,[47] good morning이었고, 유럽 문명이었고……

---

[47] '倪藻'를 중국어로 읽으면 아침인사 '니 자오'와 발음이 똑같다.

"안 돼……" 그의 입술이 마침내 소리를 냈고, 금세 딸국질이 났고, 구역질이 나 거의 창자까지 다 토할 것 같았다.

핏물과 피의 비가 물러가고, 사랑하는 불쌍한 두 아이가 보였다. 왜 어른의 죄, 조상의 죄가, 죽은 사람이나 죽어가는 사람의 죄가 죄 없는 아이들에게까지 해를 입히는 걸까? 그는 눈물을 흘렸다.

"여보." 징이의 목소리였다. 그녀가 그에게 이렇게 부드럽게 말해 본 지도 이미 여러 해가 지났다.

"쉬세요, 급할 거 없어요. 의사가 올 거예요, 벌써 의사를 불렀는데…… 날이 밝으면 온대요. 우린 당신이 없으면 안 돼요, 당신도 우리가 없으면 안 돼요!" 징이는 흐느껴 울었다.

당신 왜 울지? 니핑이랑 니자오의 엄마인 당신! 아, 아. 니우청은 다시 눈을 감았고, 다시 정신이 혼미해졌다. 빈방이었다. 빈방, 오후 시간의, 밝아서 더욱 텅 비어 보이는, 숨을 곳이라곤 전혀 없는 빈방. 모색과 야색의 침침함과 컴컴함 속에 잠겨 문도 창도 찾을 수 없는 빈방. 신비한 빈방이 구름 사이에 있고, 땅 위에 있고, 베갯머리에 있는데, 몹시 낡은 데다 텅 비었다. 너는 영원히 아득한 곳에서 침묵할 텐가?

그는 잠들었다.

징이는 깜짝 놀랐다. 꼭두새벽에 니핑의 비명 소리에 깬 그녀는 북쪽 방으로 달려가 전등을 켰다. 방바닥에 비스듬히 누운, 창백한 얼굴에 이를 악문 니우청이 보였다. 지독한 술냄새가 방에 가득해서 그녀는 니우청이 또 술을 마신 걸 알았는데 그건 그녀의 증오를 더 키울 따름이었지만, 니우청이 바닥에 쓰러져 있는 모습은 그녀를 혼비백산하게 했다. 니우청은 한쪽 눈은 감고 한쪽 눈은 게슴츠레 뜨고 있었다. 게슴츠레 뜬 눈에는 흐릿한 흰자위만 있었다. 니우청의 입가에는 허연 침이 가득 흘러 있었다. 이렇게 많은 허연 침은 중풍으로 죽은 사람의 입에서나 볼 수 있는 것이었다. 징이는 친정아버지와 시어머니의 죽음이 생각났다. 그녀는 먼저 니우청의 머리와 얼굴을 만졌다. 차갑다! 콧숨을 살폈다. 없다! 큰일 났구나! 징이는 그저 눈앞이 캄캄할 따름이었다. 다행히 아들이 있으니까⋯⋯ 아들이 있어도 끝장이야, 모든 의지가, 모든 희망이, 모든 '전투'의 목표가 다 끝장났어, 다 헛거야⋯⋯ 아냐, 아직 숨이 있는 걸, 약하긴 하지만, 드디어 니우청의 약한 숨결을 찾아냈다. 아직 살았어, 아직 산 사람이야!

아무리 불러도 반응이 없고, 밀쳐보니 꼭 시체 같았다. 밀지 마! 들어올려. 그러나 그녀와 두 아이의 힘은 너무 작아서, 아무리 해도 몸집이 큰 니우청을 들어올릴 수가 없었다. 엄마, 언니! 징이는 고함을 질렀다. 목소리가 변했다. 사람을 살리는 일은 불 끄는 일과 마찬가지예요, 우청을 침대로 데려가게 얼른 도와줘요!

징전은 물론 거절했다! 무슨 소리야, 날더러 남자를 안으라니, 10년 수지한 과부인 날더러 자기 매제를 안으라니, 너 대체 그게 무슨 심보냐? 어떻게 그런 말을 해, 인정머리도 없이, 사람이 다 죽어가잖아? 나도 다 죽어간다, 난 벌써부터 다 죽어가, 알아? 죽으면 죽었지 난 타락한 짓은 못해, 알아? 사오화가 죽을 때 넌 뭘 했니? 사오화가 죽어서 언짢다고, 언닌 우청도 죽기를 바라는 거지? 이 뻔뻔스러운 년이⋯⋯

싸우지 마라 싸우지 마, 얼른 방법을 생각해야지. 쟝자오씨가 딸들의 요란한 싸움을 말렸다. 너희들이 죽자 살자 싸워봐야 무슨 소용이 있냐? 사람을 살리는 게 급하잖니! 그러자 징전이 즉시 단안을 내려, 옷을 걸치고 나갔다. 옆집인 떠벌이네를 부르러 가는 것이었다.

그것도 타오촌─명관둔 일대의 습성이었다. 불시에 전쟁을 터뜨렸다가 불시에 전쟁을 망각하고 우호 합작을 맺는 것이었다. 그러다가 또 불시에 전쟁을 터뜨리고, 휴전하고, 화해했다. 징전은 떠벌이네의 검게 칠한 대문을 두드리러 가면서 전날 오후 이름을 들지 않고 지껄였던 욕에 대해서는 애당초 생각해보지도 않았다―그것도 이름을 듣지 않는 것의 장점이었다. 전환하기 쉬웠다. 그녀는 조금도 망설이지 않았다.

욕을 먹었던 떠벌이도 조금도 망설이지 않았다. 그녀들은 본래 고향 사람들이었고 이웃이었다. 떠벌이는 또 호사가여서 니씨네서 일이 생겨 그녀를 찾은 데 대해 몹시 흥분했다. 그녀는 징전의 신임에 감격해하는 마음이었다. 그녀는 즉각 자기 남편―성실한 경리 선생인 그는 치엔먼(前門) 밖 취엔예창(勸業場)의 큰 포목상에서 일했다―을 깨웠다. 경리 선생은 열일곱살 난 아들을 데리고 떠벌이와 함께, 징전의 안내를 받으며 호탕하게 니씨네 뜨락으로 들어섰다. 총총히 댓돌로 올라갔다. "아이구 엄마, 이 문은 어떻게 된 거야." 떠벌이가 북쪽 방에 들어서며 천진스럽게 소리쳤다. 경리 선생이 음침하게 그녀를 쳐다봤다. 징이와 징전은 아예 그녀를 상대하려 하지 않았다. 뜻밖에도 경리 선생과 아들은 아주 기운이 세서, 다른 사람의 도움 없이 둘이서 니우청을 더러운 방바닥에서 번쩍 들어올렸다. 그들은 오히려 이렇게 큰 사람이 어떻게 이렇게 가벼울 수 있는지 이상스러워했다. 너무 말랐군, 너무 말랐어!

그러고 나서 쟝자오씨와 징전, 떠벌이는 자리를 피했고, 징이는 경리 선생과 그의 아들의 도움을 받아 니우청의 겉옷을 벗기고 니우청에게 묵직한 두터운 솜이불을 덮어주었다.

"의사를 부르세요." 경리 선생이 깨우쳐주었다. 징이는 곧, 어제 번개 같은 속도로 니우청의 양복 윗도리 주머니에서 꺼낸 돈을 쑤셔 넣고, 또 여러 해 지녀온 비상용 금반지를 가지고 밖으로 달려나갔다. 징전이 그녀를 말렸다. "넌 간호를 해야지! 내가 네 대신 의사를 부르러 갈게!" 징이는 언니에게 감사한 마음이 우러났다. 가족은 역시 가족이었다. 모든 것을 언니에게 다 맡겼다.

솜이불을 덮은 니우청의 얼굴이 차츰 불그레해졌다. 그가 신음하는 듯한 소리를 냈다. 머리를 만져보니 펄펄 끓었다. 아이를 시켜 가볍게 몇 번 불러봐도 반응이 없었다. 징이는 뜨거운 물을 적신 수건으로 우청의 얼굴에서 침이며 오물을 닦아냈다. 변변치 않은 남편, 원수 같은 남편이지만 어쨌든 유일하며 없어서는 안 될 남편이었다!

그런 뒤 니우청이 눈을 뜨고 신음 소리를 한번 내고는 다시 잠들었다. 그런 뒤 의사가 왔다. 의사는 그들의 고향 사람으로 광명안과의원의 원장인 자오상퉁(趙尙同)이었다. 고향 사람이었기 때문에 눈병이 아니라도 우선 그를 찾았다. 그는 니우청을 불러보고 청진기를 꺼냈고, 징이는 몹시 경외감이 들었다. 한참을 진찰하고서 표정이 엄숙한 자오상퉁이 폐렴이라고 진단했다. 그는 휴대한 약 상자를 열고, 하얀 알약과 가루약을 꺼내고, 약을 넣은 봉지에 알파벳으로 약 이름을 썼다. 그는 또 편지를 한 통 써주며 징이에게 부근에 사는 한 내과 의사를 부르라고 했다.

징이 등의 정성스런 보살핌 아래에서, 아이들의 천진한 바람과 정겨운 보살핌 속에서 니우청은 차츰 의식을 회복했다. 얼마 전에 발생했던 일은 완전히 악몽 같았는데, 그 악몽은 이미 검은 물 밑으로 가라앉았다.

그날 저녁, 뜨거운 녹두탕을 덮어쓰고서, 그는 황망히 도망쳐 적막한 회색 골목으로 나왔다. 정말 이상하게도, 늦지도 빠르지도 않게, 바로 그때, 그날 저녁의 중요한 약속이 생각났다. 하루 전에도 생각나지 않았고, 반나절 전에도 생각나지 않았고, 1시간 전에도 10분 전에도 생각나지 않아, 그 일을 이미 깨끗이 잊어버린 듯했고, 이미 그일을 생각지 않기로 결심한 듯했다. 그런데 공교롭게도 일장의 야만적인 악전을 치른 뒤에 그는 생각이 났다. 그들이 그를 기다리고 있었다.

그들은 그가 가장 좋아하는 세 학생이었다. 두 학생은 모두 머리를 박박 깎았는데, 자못 진리와 정의를 추구하는 데 헌신하는 젊은이의 순진성이 있었다. 또 한 명 안경을 낀 여자 아이는 니우청이 놀랄 만큼 똑똑했다. 세 학생이 왜 그를 좋아하는지는 알 수 없었다. 자기 강의가 좋지 않다는 걸 그는 알고 있었다. 자기 강의 내용에 대해 그 자신도 분명히 말하지 못했다. 소크라테스, 데모크리토스, 플라톤. 그 다음에 그는 니체를 이야기하고, 듀이를 이야기하고, 프로이트를 이야기하고, 마르크스를 이야기하고, 무솔리니를 이야기했다. 무솔리니가 철학가라고 늠름하게 말했다. 그는 막연하게만 느껴졌다. 그러나 사랑스런 세 젊은이는 그래도 그와 토론했다. 철학은 무슨 소용이 있습니까? 아무 소용도 없어요라고 그가 대답했다. 소용이 없는데 왜 철학을 이야기합니까? 나도 몰라요. 중국은 수난을 겪고 있습니다. 알아요. 유럽은 불타고 있습니다. 알아요. 우린 어떡합니까? 선생님은 어떡하실 겁니까? 나도 몰라요. 아무것도 모르시는군요. 선생님은 대학 강사고, 유럽에도 가셨었고, 강의하실 때 늘 거론하시잖습니까, 국가, 사회, 세계, 진보, 문명, 과학…… 어떻게 해야 우리나라, 우리 사회, 우리 세계가 진보적인 과학과 문명으로 나아가도록 할 수 있습니까?

아직 모르네. 그러면 일본 군대가 중국에서 태평양에서 전쟁을 하고 있는 건 아십니까? 우리가 헌병대와 점령군의 칼날 아래 살고 있다는 건 아십니까? 독소전쟁은 아십니까? '왕(汪)주석,' 쟝(蔣) 위원장, 그리고 팔로군의 주더(朱德), 마오쩌둥은 아십니까?

난 정치가가 아닐세. 그렇지만 중국 사람입니다. 젊은 사람들의 언어는 몹시 격렬하게, 니우청을 막다른 곳으로 몰아붙였다. 이 모든 문제들과, 그것들보다 훨씬 더 많고 훨씬 더 중요한 문제들이 니우청의 머릿속과 마음속에 존재하고 있었다. 그러나 그는 이 모든 문제들을 똑똑히 기억했고 그러면서 그것들을 똑똑히 잊어버릴 수 있었다. 그는 이 문제들로 잔뜩 괴롭힘을 당한 뒤, 그가 이 문제들에 상관하지 않아도 된다고 생각할 수 있었다. 왜냐하면 그가 상관하려야 상관할 수도 없었고 그래서 이 문제들은 그에 대해 실제로 더 이상 존재하지 않는 것이었기 때문이다. 그리하여 그는 남에게 다그쳐 문제를 제기하거나 스스로에게 문제를 제기할 필요가 없었다. 이것이 그가 젊은 사람들과 다른 점이었다. 그는 문제를 지닌 채 고뇌를 안은 채 대충대충 살아가는 데 벌써 습관이 되어 있었다.

그러나 세 젊은이의 열정과 태도는 그를 크게 고무시켰다. 나는 기쁘네. 이렇게 기쁘기도 오랜만이야. 자네들이야말로 중화 민족의 진정한 희망일세. 나도 중국인이야, 교육받은 중국인이야, 국가와 민족과 나 개인에 대해 나도 책임이 있지! 그런데 난 아무런 책임도 지지 않았어! 겁을 냈고, 망설였고, 책임지려 하지 않았어! 시류를 따르면서 어디로 가는지도 몰랐어! 정말 무서운 일이야! 그렇게 사는 건 죽은 것과 같아! 때가 되었어. 내 자네들과의 대화를 전환의 계기로 삼겠네! 결산하고, 반성하고, 자네들과 함께 사람들을 격동시킬 중대한 결정을 내리겠네! 맞는 말이야, 문제를 제기해야 하고 탐색해야 해, 봐줘서는 안 돼! 자네들의 문제 제기를 견뎌내지 못하는 사람은 꺼지라고 하게! 이미 부패해버린 것들은 죽어버리라고 하게! 전쟁도 무섭지 않고, 전쟁에 마귀를 더한 것도 부패보다는 낫지. 자네들은 아직 젊어, 무얼 부패라 하는지 아는가? 예를 들면 한 세대 사람은 한 덩어리 콩이야, 누런 콩, 까만 콩 하는 그 콩, 한문으로는 '숙(菽)'이라고 하지. 한 세대 사람이 노후하고 나면 콩이 발효해서 된장으로 변하는 것과 같네. 시골 사람들이 장 담그는 걸 본 적 있는가? 파리가 많이도 꿰지! 구더기가 우글거리고! 그게 역사의 때야, 우리 손톱, 발톱에 잔뜩 끼는 세균과 미생물과 꼭 같네. 한 세대 또 한 세대, 대대로 쌓이니, 그 된장은 얼마나 두텁겠나! 새 세대의 콩이 오래된 된장 위에 놓이고, 그리고서 재빨리 발효하고 부패하고, 똑같은 맛, 똑같은 물컹물컹한 물질로 변하고, 마르고 나면 한 겹 딱지로 변하네. 옛것을 그대로 답습하니, 마음이 죽는 것보다 더 슬픈 건 없네. 우리의 희망은 어디에 있겠나? 자네들에게 있네. 울고 웃고 생각하고 실행하고 감당하게. 이 세계에 대해서는 웃지도 울지도 말고 이해해야 하네. 자네들이 알지 모르겠네만, 난 독일의 교육가 슈프랑케의 강연을 들은 적이 있는데, 그 사람은 백발홍안에 정신이 초롱초롱 하더군…… 나는 인류의 밝은 앞날을 믿네, 다윈의 진화론을 믿지. 옌푸(嚴復)가 번역한 『천연론(天演論)』의 문체는 정말 좋지! 날고기를 먹던 시대에 비하면 우린 이미 많이 진보한 걸세. 내 분명히 말하네만, 나는 미래를 믿네, 중화민족의 건국정신의 재창조를 믿네. 그밖에는 아무것도 몰라, 내가 무얼 더 알 수 있겠는가? 내가 왕징웨이, 왕이탕, 조우포하이(周佛海)를 알겠는가? 왕징웨이가 소년 시절 청나라 섭정왕(攝政王)을 찔러 죽이고 체포된 뒤에 지은 시를 자네들 아는가? 내가 쟝졔스·숭쯔원(宋子文)·천리푸(陳立夫)를 알겠는가? 내가 동경, 베를린, 로마의 추축국을 알겠는가? 내가 러시아를 알겠는가? 러시아도 강대해졌어, 스탈린이 있기 때문이지. 독일이 강대해진 건 히틀러가 있기 때문이고. 그렇지만 두 나라는 싸우고 있지. 미국에는 루스벨트가 있고, 영국에는 처칠이 있지. 왜 중국에는 아직 강력한 국민적 지도자가 없는지 나는 모르겠네. 어떤 지도자건 간에 중국은 반드시 서구화해야 하네, 서구화해야만 활로가 있게 되고 인생이 있게 되네. 정치는 내 전공이 아니야. 일본도 서구화한 뒤에야 강대해졌고……

그는 몹시 흥분하여 어린애처럼 즐거워하며 떠들어댔다. 그 개인의 현실 생활과 무관한 문제들을 토론할 수 있기만 하면 그는 물고기가 물을 만난 듯이 신바람이 나서 떠들어댔고, 조금이라도 실제적인 일, 그의 생활, 사업, 행동과 유관한 일을 이야기하기만 하면 머리가 복잡해졌고 낭패스러웠고 마음이 어지러워졌고 풀이 죽었다. 그는 사랑하는 학생들과 고담준론을 했지만, 그의 학생들과 성실하게 혹은 깊이 있게 토론한 바는 전혀 없었다. 그가 말을 너무 많이 해서 젊은 사람들이 말할 기회를 완전히 박탈했다. 그는 자신의 실례와 실수로 여러 가지 문제들에 대한 젊은 사람들의 견해를 들어볼 기회를 잃었음을 깨달았다. 그리하여 그는, 사흘 뒤 초저녁에 그 세 친구에게 둥안 시장의 '동래순(東來順)'에서 양고기 샤브샤브를 사겠다고 철석같이 약속했다. 다음번엔 난 아무 말 않고 자네들 얘길 듣기만 하겠네라고 그는 말했다. 나는 내 스승을 사랑하지만 진리를 더 사랑하노라. 삼인행(三人行)이면 필유아사(必有我師)라. 십실지내(十室之內)에 필유충신(必有忠信)이라. 좋아, 반드시 시간을 지켜 '동래순'에서 만나자. 시간을 지키지 않는 건 남이 가장 못 참는 중국인의 악습 중 하나야.

그뒤 그는 이 대화와 이 약속을 까맣게 잊어버렸다. '도둑' 맞고 악전을 치르고 녹두탕을 얼굴에 뒤집어쓴 뒤에 생각이 났지만, 이미 약속 시간이 한 시간 반이나 지나 있었다. 그리고 그에게는 돈도 한 푼 없었고, 전당포에 잡힐 만한 물건도 하나 없었다. 어떻게 세 명의 가난한 학생들에게 '동래순'에서 양고기 샤브샤브를 사줄 수 있겠는가!

그는 그토록 사랑스런 세 젊은이를 속였다! 젊은이의 순진함, 젊은이의 열정은 가장 귀중하고 가장 아름다운 것이면서 가장 속임당하기 쉽고 유린당하기 쉬운 것이기도 했다. 그의 마음속에서, 그의 일관된 인식은 젊은이의 감정을 유린하는 것은 가장 흉악하고 가장 비열하며 가장 잔혹한 악행이라는 것이었다. 무릇 이런 악행을 범한 자는 죽여 마땅했다! 그런데 그가 바로 그런 큰 죄를 짓다니!

이때의 그의 느낌은 사람을 잘못 죽인 사람 같았다. 후회막급이었다. 그는 자신의 통회와 고통 속으로 깊이 잠겼다. 그는 자신의 통회와 고통을 곱씹으면서, 자신의 통회와 고통을 근거로 삼아 자기 범죄가 고의가 아니었음을 증명했고, 자기의 통회와 고통을 근거로 삼아 양심의 질책에 대답하고 스스로를 위안했다. 큰 잘못은 이미 저질러졌고, 만회할 수도 만회할 필요도 없었다. 치료할 약도 없었고 그 약의 쓴맛을 볼 필요도 없었다. 내 상황엔 약을 구할 수 없어. 그러니까 약을 구하려고 번뇌할 필요가 없어. 그러니까 나는 번뇌하지 않아. 그러니까 나는 영원히 낙관해. 죽은 사람처럼, 죽은 개처럼 낙관해.

그는 길게 한숨을 쉬었다. 그리고 어떻든 간에 그 젊은이들과의 토론은 난처했다. 그중에서도 가장 난처한 것은 가장 실제적인 것이었다. 그는 일본 점령자에 대한 태도 문제를 토론하고 싶지 않았다. 그는 대답할 수가 없었다. 그는 토론하고 싶지 않은 것은 물론, 그 문제를 생각하고 싶지도 않았다. 그는 점령군에게 투항하고 싶지 않았다. 충칭(重慶)으로 가고 싶지도 않았고 충칭에 대해 너무 큰 희망을 품지도 않았다. 더욱이 산골짝의 조그만 옌안(延安)은 상상조차 하지 않았다. 그는 아무리 작은 고통이라도 두려웠다. 나는 성인이 아니야, 지사도 아니야, 그는 소리치고 싶었다!

그때 그는 비분하며 생각했다. 원래 모든 잘못, 모든 위약, 모든 타격, 모든 좌절, 요컨대 모든 재난에도 그 나름의 좋은 점이 있고 그 나름의 필요성이 있다고. 그것이 적어도 그의 마음을 더욱 차갑게, 더욱 모질게 해주었다. 선택을 할 필요가 없었고, 내일을 생각할 필요가 없었다. 마음을 모질게 먹으면, 내가 국가와 민족에게 유익하지 못하다고 나 자신에게도 유익하지 못할까? 내가 나 자신에게 유익하지 못하다고 나 자신을 짓밟고 나 자신을 파괴하지도 못할까? 내가 우정과 애정과 존경을 받지 못한다고 경멸과 오해와 증오도 받지 못할까? 내 아이들조차도, 사랑스런 그 세 학생들조차도 나를 경시하고 나를 싫어하고 나를 멀리하게 해버리자! 참으로 천재적인, 초천재적인 논리로다! 참으로 초논리의 논리로다! 여기까지 생각하자 그는 자기가 오히려 '해탈'한 것 같은 느낌이 들었다.

그래서 그는 건들거리며, 거의 가볍고 유쾌한 기분이 된 채 골목이 꺾어지는 곳에 있는 '주항(酒缸)'으로 들어갔다. 주항은 일종의 작은 술집이었는데, 술집 안에 술을 담은 큰 항아리가 몇 개 놓여 있는 까닭에 그런 이름을 얻었다. 이 주항을 경영하는 사람은 노부부였는데, 그들의 도제인지 아들인지 모를 젊은 아이도 하나 있었다. 벽돌 바닥은 더러웠고 나무 탁자와 의자는 오래된 것으로 무겁고 튼튼했다. 탁자며 의자며 모든 목제 집기에는 싸구려 술기가 스며들어 냄새를 피웠다. 커다란 질그릇 항아리 말고도 뚜껑 달린 유리 항아리들이 있는데, 녹색 매실주, 붉은색 장미주, 보라색 포도주가 담겨 있었다. 이 술들의 색깔은 한결같이 가짜처럼 보였고 질 나쁜 염료로 염색한 것 같았다. 그밖에는 각양각색의 병에 담은 술과 작은 쟁반에 담아놓은 볶은 땅콩, 튀긴 두부, 튀긴 새우 따위의 안주감이었다. 여기서 술을 마시는 사람은 대부분 '수레를 끌며 된장을 파는' 육체 노동자였다. 니우청은 이런 환경 속으로 들어서며 후후 웃었다. 자기가 껍질을 한 겹 벗고 다른 사람으로 변한 것 같았다. 하늘은 사람의 길을 끊지 않는 법!

"바이간(白乾)[48] 넉 냥하고, 두부튀김 한 접시." 그가 젊은 아이에게 말했다.

젊은 아이가 그를 빤히 쳐다보았다. 눈에 뭔가 뜻이 담겨 있는 듯했다. 다른 손님에게는 그렇게 히히 웃는 것 같지 않았다.

"바이간 넉 냥, 두부튀김 한 접시." 그가 한 번 더 되풀이했다. 그때의 냥이 아직 16진법(열여섯 냥이 한 근이다)의 소냥이었음은 물론이다.

젊은 아이는 여전히 얼굴에 난색을 띠었다.

"안 들려?" 그가 눈썹을 찌푸렸다.

"지난 두 달 동안 외상이……"

"갚는다 갚아, 오늘 계산할게, 팁도 좀 주마…… 내가 언제 떼어먹더냐, 내가 여기서 술 먹는 게 어디 한두 번이냐!" 그는 쾌활하게 웃으면서 말했다. 그러나 그의 웃음은 쓰디썼다. 웃기는 했지만 얼굴의 근육은 풀리지 않았고 온몸의 신경은 이완되지 않았다. 그는 근육과 신경을 팽팽히 한 채 웃었다. 목불인견이었다.

"예, 니선생님." 젊은 아이가 마음을 놓았다. 늙은 주인도 다가와서 말했다. 아, 얼마나 얄팍하고 교활한가! 원래 젊은 애가 나한테 신경전을 펼 때 늙은이도 옆에서 듣고 있었지, 이자들이 나를 어떻게 상

---

[48] 한국에서 흔히 '빼갈'이라고 불리는 술.

대할지 미리 의논해둔 거 아닐까! 인심이 이렇다니까, 나폴레옹이나 비스마르크가 중국으로 와서 정치를 하더라도 별수 없을걸?

술이 나오고 안주도 나왔다. 회백색 접시는 가장자리에 두 가닥 진한 선이 그려져 있어 접시를 더욱 단조롭고 조야하고 영원히 궁상을 면할 날이 없을 듯이 보이게 했다. 술잔은 이가 빠지고 금이 간 것 같았는데, 불빛이 어두웠고 니우칭의 시력도 좋지 않아 단정할 수는 없었다. 이게 우리 생활이야, 이게 우리의 향수(享受)야, 이게 우리의 복이야…… 더 살펴보니 화로 연기에 검게 그을린 벽에 일본 점령 당국에서 붙인 '제4차 치안강화운동'의 구호가 붙어 있었다.

우리는 생활을 혁신하고, 민생을 안정시킨다.
우리는 농업 생산을 확보하고, 물가를 낮춘다.
우리는 공비를 토벌하고, 사상을 숙정한다.
우리는 화북을 건설하고, 대동아전쟁을 완성한다.

우리는…… 우리가 뭘 한다구? 나는…… 내가 뭘 한다구? 전부 다 정말 역겹군!

문맹인 것처럼, 옆으로 긋고 내리긋고 왼쪽으로 삐치고 오른쪽으로 삐친 글자를 보자니 자형(字形)과 자획(字劃)은 보여도 그 뜻은 모르겠다. 이 모든 것은 얼마나 구역질나는 허위인가!

꿀꺽, 단숨에 두 냥 남짓이 없어졌다. 무수한 작은 바늘이 목구멍을 찌르는 것 같았고, 얼굴이 홧홧해졌다. 잠시 숨을 가다듬으며, 기침 기운을 억누르고 나니까, 따뜻한 기운이 가슴속에서 피어오르기 시작했다. "장사는 잘 돼죠? 손님 많죠?" 그는 자기가 먼저 늙은 주인에게 말을 붙였다.

넉 냥의 술을 세 모금만에 다 마시고, 마침내 그는 기침을 하기 시작했다. 그러나 그의 정신은 아주 말짱한 듯했고, 그는 하나의 방관자인 것처럼 자신을, 사회를, 국가를 똑똑히 볼 수 있었다.

이것은 고통받는 국가다. 고통받는 세월. 고통받는 운명. 국가에 희망이 있고 미래에 희망이 있다고 그는 믿었다, 희망이 어디에 있는지는 몰랐지만. 필경 중국에는 나보다 강한 사람이 많을 거야. 그들이 나보다 강하다는 걸 나는 알지만, 하지만 나는 못 해…… 그렇지만 지금은 고통을 받아야 해, 어둠을 다 지나가야만 새벽이 오고 광명이 오지. 그는 그토록 행복을 희망하고 고상함과 문명을 희망했고, 그토록 고통받기를 싫어했다. 참으로 쓸쓸하고 또 보잘것 없구나! 아! 그것이 바로 비극의 소재였다.

왜 사람은 고통을 감수해야 하는가? 왜 니우청은 고통을 받아야 하는가? 그는 이미 서른 몇 살이었다. 이제 삼십대가 얼마나 남았는가?

"이 주항을 좀 예쁘게 꾸며야겠소." 그가 주인에게 말했다. "바닥을 좀 고르고 닦아야겠고, 좌석은 최소한 한 번 더 페인트칠을 해야겠고, 삐걱거리는 의자 다리는 못질을 해야겠소. 이 등도 안 돼. 사람들이 술을 마시는 건, 술을 마시는 것일 뿐 아니라, 무엇보다도 일종의 휴식이오. 사람은 휴식할 권리가 있지. 휴식과 일은 다 중요해요. 휴식이 일보다 더 중요할는지도 모르지. 휴식은 일종의 이완이고, 일은……"

주인이 그의 말을 잘랐다. "돈은요? 새 손님은 안 오고 단골들은 외상, 그었다 하면 몇 달이죠. 솔직히 말하면, 우린 지금 밑지면서 술 파는 거예요. 이것도 해야 하고 저것도 해야 하고, 좀 잘할 수야 있죠, 나야 아예 큰 식당을 차리고 싶어요. 하지만 돈은요?"

주인의 대답은 예의가 없었다. 돈은, 돈은 하는 어조가, 그가 가장

제13장 **249**

싫어하는 그 말투를 생각나게 했다. 그리고 외상에 관한 말은, 그에게 빠져나갈 수 없는 현실적 위협을 느끼게 했다.

"녁 냥 더……"

"예?"

"내가 녁 냥 더 달라면 녁 냥 더 주고, 나를 귀찮게 하지 마!" 갑자기 눈을 부릅떴다.

또 외상을 할망정, 그는 이곳 주인과 점원보다는 신분이 높은 점잖은 사람이었다. 그가 화를 내자, 주인은 녁 냥을 더 내왔다.

그는 이렇게 해서 반근을 마셨다. 그리고는 눈을 부릅뜨고 억지를 부렸고, 그리고는 뻔뻔스런 얼굴로 주항을 떠났고, 그리고는 큰길에서 굴렀다. 그리고는 어질어질하며 두 다리가 꼬였다. 그리고는 집으로 돌아왔는데, 문에 이미 빗장이 질려서 집 안으로 들어갈 수가 없었다. 그리고 담을 넘었고…… 그 다음의 일은 하나도 기억나지 않았다.

이틀 뒤, 쇠약해져 다 죽어가던 니우청은 마침내 완전히 정신이 들었다. 고열 속에서 그는 여전히 진짜 같기도 하고 꿈 같기도 한, 잊혀진 그의 빈방을 무시로 걱정했다. 이해할 수 없는 것은, 정신이 완전히 드는 것과 동시에 갑자기 한 가지 일이 기억나는 듯했다는 것이었다. 정말로 있을지도 모르는 그 빈방에 그의 낡은 상자가 하나 남아 있었지? 가죽 상자? 나무 상자, 고리짝? 확실치 않았다. 그러나 분명히 존재하는 그 상자는 그의 마음을 철렁하게 했다. 어쨌든 한번 가야지, 그 상자를 가져와야지. 꼭 가져와야만 하나? 그 방, 그 상자는 모두 내가 돌아오기를 기다리고 있잖아?

제14장

 우청, 애들 아빠, 감사할 것 없어요, 그런 말은 치워요. 무슨 소리! 당신이 누구예요? 내가 누구예요? 좋건 싫건, 울든 웃든, 잘났든 못났든, 죽든 살든, 당신 목숨이 내 목숨이고 내 목숨이 당신 목숨이고, 당신 병이 내 병이고 내 병이 당신 병이고, 당신이 낫는 게 내가 낫는 거예요. 당신이 병들어 오락가락하는데, 내가 돌보지 않으면 누가 돌보며, 내가 모르는 척하면 누가 아는 척하겠어요? 멋있는 말은 난 못하고, 서양말, 외국말도 못하지만, 잘하는 당신이 병이 난걸요? 백일 좋은 사람 없고 천일 붉은 꽃 없다는데, 좋은 때에 나쁜 때를 생각해서 물러날 자리를 만들어놔야죠. 울긋불긋한 건 먹어도 안 되고 마셔도 안 되고 병도 안 나아요. 양심에 손을 얹고 생각해봐요, 나 말고 이렇게 당신을 돌보는 사람을 당신이 또 어디서 찾을 수 있어요?
 울긋불긋한 것도 난 원망 안 해요, 사람은 성인이 아니고 초목이 아니니까, 주색잡기에 마시고 노는 걸 누구는 못하겠어요? 욕망의 바다는 끝이 없고 향락은 끝이 없어서, 나쁘면 좋아지려 하고, 좋아지면 더 좋아지려 하고, 황제가 되면 불로장생하려 하잖아요? 다시 말해서, 행복을 원하고 향락을 원하는 것도 당신만 그런 게 아니죠.

계압어육(雞鴨魚肉)이 맛있고 능라 주단이 입기 좋고 고루거각이 살기 좋다는 걸 누가 모른답디까? 마시고 놀고 고담준론하기를 누가 마다한답디까? 그렇지만 이런 게 몽땅 하늘에서 그냥 떨어진답디까? 당신은 또 얼마나 능력이 있고 얼마나 재주가 있고 얼마나 복이 많아서 그 행복들을 누릴 거예요? 누리지도 못하면서 생각만 하늘보다 높아봐야 헛수고예요! 마음은 하늘보다 높으면서 명은 종잇장처럼 얇으면, 그게 번뇌를 찾는 거 아녜요? 다시 말해, 짧게 봐서는 안 돼요. 사람 한평생이 길어야 백년에 지나지 않는데, 오늘은 젊고 힘 있고 혈기왕성하고 기운이 넘치지만, 내일은, 내일을 내다보면 허리 굽고 등 굽고 늙어빠져 골골할 거라구요. 잠깐의 쾌락이야 어렵지 않죠, 그렇지만 나중엔 죽어도 묻힐 곳이 없다구요!

 속담에 인심이 같지 않음이 그 얼굴 각각인 것과 같답디다. 또 남은 말을 타는데 나는 나귀를 탄다, 위에다 대면 모자라고 밑에다 비기면 남음이 있다고 합니다. 자에도 모자랄 적이 있고, 치에도 넉넉할 적이 있다구요. 제일 중요한 건 '본분(本分)' 두 글자일 뿐예요. 주지육림에서 노는 사람, 많지요! 못 먹고 못 입는 사람, 더 많지요! 비명에 죽어가는 사람도 이 전쟁의 세월에 셀 수 없이 많아요. 그렇잖아요? 장사하는 사람은 본전을 봐야 하고, 밥 먹는 사람은 뱃가죽을 봐야 한다! 시골 사람은 한 끼에 여덟 개의 만두를 먹고 당신은 세 개를 먹는데, 둘 다 배부른 건 마찬가지예요. 황제의 3궁(三宮), 6원(六院), 72 비빈(妃嬪)을 백성들은 못하지만, 그 지아비 되고 애비 되는 도리는 다 마찬가지예요. 정말로 능력이 있고 조상 덕이 있으면 주지육림이든 계집질이든 마음대로 하시구려! 솔직히 말하면, 내가 당신 집안으로 시집왔을 때, 니씨 집안은 이미 가망이 없었어요, 이미 몰락했어요. 이미 왕샤오얼(王小二)이 설을 쇠서 해가 갈수록 점점 나빠졌죠…… 우리 친정의 도움이 아니었으면 오늘의 당신이 있었겠어요? 사람은 배은망덕해선 안 돼요, 너무 오만해선 안 돼요, 무정하고 의리 없어선 안 돼요, 일을 극단적으로 처리해서는 안 돼요! 이것저것 다 하려 하고, 이것저것 다 마다하고, 이것저것 다 눈에 거슬리는데, 당신은 지금이 어떤 세월인지 생각해보지 않았어요? 당신은 뭘 또 할 수 있어요? 종이에 코를 하나 그려놓고, 참 큰 얼굴이다! 좋아요 좋아요, 전부 당신 하고 싶은 대로 해요, 아무리 대단한 걸 이야기하고 대단한 일을 해도 처자식은 다 밥을 먹어야 한다구요! 당신이 식당에 가고 댄스홀에 가서 그만큼 돈이 없어져도 돼요? 하루 밥 먹지 말아봐요! 한 끼 덜 먹어봐요!

 난 당신 일에 절대로 상관하고 싶지 않아요. 아내 된 도리를 나도 알아요. 그렇지만 당신이 우리 식구 몇을 살게는 해줘야죠, 우리 살 길을 끊어서는 안 돼요! 봐요 봐요, 이웃 사람들, 친척 친지들, 똑똑한 사람, 모자라는 사람, 못생긴 사람, 잘생긴 사람, 능력 있는 사람, 능력 없는 사람, 그렇지만 모두 다 집이 있고 마당이 있고 밥그릇이 있고 자기 본분이 있다구요! 당신이 마적이 된다 해도, 마적이 되려면 총도 두 자루 있어야 되고 사람을 죽이고 물건을 뺏는 능력도 있어야죠!

 난 어렸을 때 집안이 중상류였지만, 요 몇 년 동안, 전쟁까지 겹쳐서, 나도 어려운 생활에 습관이 됐다구요! 당신이 좀 안분(安分)하기만 하면, 당신이 착실하게 자기 일을 하기만 하면, 당신이 우리 식구에게 먹을 것을 벌어다 주기만 하면, 우린 당신이 하라는 대로 다 할게요. 내가 당신 시중을 드는 거, 그건 당연한 일이죠! 털어놓고 말합시다, 니우청 당신이 정말로 밥벌이를 못하는 날이 오면, 내가 당신을 먹여 살릴게요! 어깨로 멜대도 못 메고 손으로 바구니도 못 들고,

첫째 영어를 못하고, 둘째 그놈의 논리를 알지 못하지만, 길에서 구걸을 해서라도 당신을 먹여 살릴게요!

난 외면해도 애들은 봐야죠. 당신 부끄럽지 않아요? 당신 가슴 아프지 않아요? 어디 가서 이렇게 착한 애들을 보겠어요? 니자오가 요번 시험에서 국어, 산수, 상식 다 100점이고 수신은 98점이에요. 당신 알아요? 걔들 시험 성적, 걔들 숙제, 걔들한테 당신 사칙 문제 한 번 물어본 적 있어요?

…… 그 사람도 사람이고, 그 사람도 대학을 나왔고 유학도 갔다 왔어요. 우리 고향 사람 자오상퉁은 일본 유학에, 정식 의학 석사에, 광명안과의원 원장인데, 그 사람 학문이 당신보다 작아요? 그 사람 사회적 지위가 당신만 못해요? 그 사람 서양말은 당신보다 열 배 더 낫지 않아요? 그렇지만 그 사람은요, 의사 일을 할 땐 일본 의사고, 집에 돌아와서는 진정한 중국의 효자고 어진 사위고 자애로운 아버진데, 윤리 도덕에 조금도 결함이 없어요! 당신도 봤죠, 그 자오부인, 전족은 물론이고, 얼굴에 온통 곰보 자국인데, 그래도 그 사람들은 초혼 부부고, 자오상퉁과 그 부인은 말하자면 서로 손님처럼 공경하고 비익조(比翼鳥)처럼 나란히 날아다닌다구요! 빈천지교는 잊어서는 안 되고 조강지처는 내쳐서는 안 된다. 이건 최소한의 인격이고 최소한의 인간미예요!

당신은 지금 아직 부자가 아니죠, 당신은 지금 걸핏하면 외상에다 빚을 져서 내가 갚게 만들죠, 이 꼴로 봐선…… 당신이 정말로 큰 부자가 되고 크게 성공하면, 우리 식구 몇은 덕을 못 보는 건 물론이고, 당신이 산 채로 우리의 껍질을 벗길걸요!

…… 아, 됐어요! 말하자면 나도 모르는 게 아녜요, 당신도 마음씨는 나쁘지 않죠, 당신은 절대로 나쁜 사람이 아녜요, 내게 대한 호의

를 난 다 알아요, 난 바보 멍청이가 아니라구요! 나를 베이징으로 데려오고, 나를 데리고 강연을 들으러 가고, 나한테 영어를 배우게 한 건 전부 좋은 일이었고, 나를 데리고 춤추러 가면서도 나쁜 마음을 먹은 건 아니었죠. 난 전부 고맙게 여겼어요, 좋고 나쁜 건 다 아니까요. 그렇지만 당신은 생각이 너무 높아, 까마득한 하늘 끝까지 가버렸어요. 다른 건 관두고, 내가 학교를 나가면, 내가 수업을 듣고 공부하러 나가면, 두 애들은 누가 보나요? 이런 시절에, 두 아이의 엄마인 나한테 뭘 하라는 거예요, 당신은? 당신은 유학도 갔다 온 사람이고 서양말도 할 줄 아는 사람이고 5척 키의 남잔데도, 기껏 이 모양으로 풀칠이나 하잖아요. 당신이 하는 그 일들이, 나는 하나도 마음에 안 들어요. 내가 무얼 좀 배워봐야, 당신을 따라 뜬구름이나 잡고 아무 말이나 지껄여대고 칸트가 어떻고 헤겔이 어떻고 하는 것 말고, 또 무얼 할 수 있겠어요? 첫째 먹는 것도 안 되고, 둘째 마시는 것도 안 되고, 셋째 치국평천하를 할 수도 없어요! 우린 다 가정이 있는 사람들인데, 어떻게 그렇게 애들같이 굴 수가 있어요? 이렇게 살지 않는 사람이 누가 있죠? 당신이 정말로 뜻이 있어 정말로 나라를 구하겠다면, 항일해서 왜놈들을 쫓아내시구려! 당신이 정말로 물불 안 가리고 긁어모으겠다면, 매국노가 되시구려! 당신도 한 자리 할 거유! 그런데 지금 당신은, 당신은 도대체 무슨 장난이에요? 위로는 고관대작으로부터 밑으론 서민 백성들까지, 하고 싶은 대로 다 하면서 잠깐 사이에 한 번씩 변해 손오공처럼 일흔두 번 변할 수 있는 사람이 누가 있겠냐구요?

당신도 정말로 내가 춤출 수 있다고 생각하는 건 아니죠? 춤추려면 댄서를 찾아야지! 나으리, 돈 있으면, 놀러 가세요! 돈 없으면, 운명으로 알고, 첫째 훔쳐서는 안 되고, 둘째 강도질해선 안 되고, 셋째 억지 부려선 안 돼요. 봐요, 착실한 사람들 중에, 백만장자도 포함해서요, 댄스홀 가는 사람이 몇이나 됩디까? 바람둥이는 일시 득의하다가 재산 다 파먹고 결국은 쇠고랑 차고 감방에 들어가지 않으면 길에 나앉아 거지가 된다구요!

…… 당신이 우리 언니랑 엄마를 좋아하지 않는 것도 알아요, 그건 당신 잘못이에요. 내가 만 번도 더 말했죠, 우리 언니랑 엄마는 우리에게 은인이고, 당신에게 은인이고, 니씨 집안에 은인이에요! 우리 언니는 열여덟 살에 결혼했다가 열아홉 살에 수지했으니, 가위 굳은 정렬(貞烈)이고 여중호걸이에요. 우리 쟝씨 집안의 가풍을 당신은 알아야 해요! 다시 말해, 그 두 사람은 여기 있으면서, 니씨 집안의 쌀은 한 줌도 안 먹었고 니씨 집안의 돈은 한 푼도 안 썼는데, 당신은 어째서 이 외롭고 의지할 데 없는 친골육을 마다하는 거예요?

여러 해 전에도요, 그게 우리가 베이징에서 처음으로 크게 싸우고 당신이 처음으로 여러 날 집에 들어오지 않았던 때였는데, 당신이 사람을 시켜, 둥안 시장에서 식사를 사겠다는 말을 전했죠. 도대체 당신을 따를 거냐 우리 언니랑 엄마를 따를 거냐고 당신이 나한테 물었어요. 그 물음은 틀렸어요! 난 당신 아내고 애들 엄마고 우리 엄마 딸이고 우리 언니 동생이에요. 중요한 건 오세동당(五世同堂)에 오방동실(五房同室)하며 늙은이를 공경하고 어린이를 사랑하며 가정이 화목한 거예요. 우리 엄마 말은요, 진정으로 좋은 사람은 몇 대가 되도록 분가하지 않는데, 이게 바로 우리 중국의 문명이에요!

천 마디 만 마디 말을 해도, 당신에게 좋은 말 아닌 게 하나라도 있어요? 11년 전 니씨 집안으로 시집오고서부터, 난 니씨 집안사람이 되었고, 마음을 굳게 먹어 더 이상 다른 생각은 없었어요. 당신이 계속 좋은 사람이 되지 않는다면, 내가 살아봐야 무슨 희망이 있겠어요?

징이의 말은 인정과 의리가 있고, 비통하고, 폐부에서 우러나는 말로서, 아주 뛰어나다고 할 수 있었다. 중병에서 갓 나은 니우칭은 듣고, 모든 관점과 논점을 다 받아들일 수 있는 건 아니었지만, 전체적으로 말하자면, 논박의 여지가 없고 의리와 인정에 부합한다는, 그래서 그에게 남은 것은 눈물을 머금고 세이경청하는 일밖에 없다는 느낌이 들었다. 이상했다. 언제 징이가 이런 능변을, 이렇게 유창하고 화려하고 이치를 갖춘 언변을 배웠을까? 어쩌면 정말로 자기가 잘못 본 것인지도 몰랐다. 어쩌면 모든 것은 다 기회가 만들어내는 것인지도 몰랐다. 만약 징이가 전족을 하지 않을 기회가 있었더라면, 만약 그녀가 대학을 마치고 구미 유학을 갈 기회가 있었더라면, 만약 그녀가 강단에 설 기회가 있었더라면, 그녀는 벌써 이름 있는 교수가 되지 않았을까? 그녀의 구변으로 보면, 어쩌면 정치를 하는 데 더 적합하지 않을까? 만약 그녀가 춤출 기회가 있었다면? 만약 그녀가 유럽이나 아메리카나 일본 열도에서 태어날 기회가 있었다면? 아아, 백년도 채우지 못하는 짧은 인생이, 당당한 만물의 영장이 어째서 기회의 노예, 기회의 노리개, 기회의 희생물이 되었단 말인가!

그 자신에게는 또 무슨 기회가 있을 것인가?

병이 나고 일 주일 후, 그는 사범대학 총장의 완곡한 편지를 받았다. 그의 건강이 안 좋아 많이 조섭하고 많이 휴식해야 하므로, 이미 따로 강사를 초빙해 그의 과목을 맡겼으며, 건강을 회복한 뒤 더 좋은 자리로 나아가기를 바란다고 했다.

질병에 겹친 해직은 니우칭의 초조하고 불안정한 영혼을 구하는 유익한 청량제인 듯했다. 벌써 여러 해 동안, 병중인 지금처럼 안정된 적이 없었던 것 같았다. 악몽도 꾸지 않았다. 가끔 처량함을 좀 느끼기도 했지만, 이전에 온갖 욕망과 이념의 불길 속에서 안절부절 못하던 것에 비하면 한결 편안했다. 항간에 병이 나면 감기든 두통이든 치통이든 무조건 '불이 솟았다'고 하고, 약을 먹으면 '불을 가라앉혔다'고 하는 것도 이상할 게 없었다. 허화(虛火), 사화(邪火), 위화(胃火), 폐화(肺火), 간화(肝火), 심화(心火), 화기(火氣)…… 한평생 산다는 게 불에 그을리고 굽히고 태워지는 것과 같으니, 상쾌하고 자유로운 몸이 어디 있으리오?

고해는 끝이 없으나 돌아서면 피안이다. 그가 정말로 돌아선 것일까? 이번에 병이 나자 모든 것을 징이가 돌보았지만, 그의 그 고담준론하던 친구들은, 불 밝히고 술 마시던 친구들은, 그에게 풍정(風情)을 내보였고 마음이 없지 않았던 여자 친구들까지 포함해서 그림자 하나 찾을 수 없었다. 그가 징이의 말을 듣지 않고, 징이의 말을 받아들이지 않는 것이 가능하겠는가?

그래서 그는 눈물을 머금고 쇠약한 음성으로 미안해, 정말 미안해, 모두들한테 미안해라고 말할 수밖에 없었다.

그 두 마디 말에 징이는 울음이 나와 말을 하지 못했다. 드디어 당신 마음을 돌렸군요! 그녀는 니핑과 니자오를 불러 아버지의 병문안을 하게 했다. 너희들한테 미안하다라고 니우청이 또 말했다. 니핑도 소리 내어 울었다. 니자오도 감동했고, 기뻤고, 금세 자기가 행복한 가정에서 살고 있고 자기가 세상에서 제일 행복한 아이인 듯한 기분이 들었다.

점심때, 징이는 파를 썰어 볶고 국수를 삶았는데, 니우청의 보신을 위해 국수에 계란 두 개를 풀었다. 국수를 니우청에게 갖다주면서, "당신 계란 애들한테 좀 남겨주든지요"라고 그녀가 말했다. 그러자 니우청은 계란 하나 먹고 또 하나는 니핑에게 주었다. 니핑은 반 조금 못 되게 먹고, 반 남짓을 니자오에게 주었다. 모두들 아주 즐겁게 먹었다. 국수를 다 먹고서, 니우청은 아이에게 그가 병나기 전에 사온 간유를 가져오게 하고, 아이들에게 왜 간유를 먹어야 하는지 띄엄띄엄 이야기해주고, 아이들에게 먹게 했다. 아이들은 뚜껑을 열어 냄새를 맡아보고는 너무 비리다고, 냄새를 맡자마자 토하려 한다고 했다. 니우청은 몹시 유감스러웠다. 이런 우매는 정말로 그를 가슴 아프게 했다. 그런데 곧, 자기가 병중이고 간유가 자기 몸의 회복에 반드시 유익할 거라는 데 생각이 미치자, 자기가 두고 먹어도 좋겠다는 생각이 들었다. 그래서 그는 아이들 앞에서 시범을 보여, 빨대를 들고 간유를 빨대에 반쯤 빨아 들였다. 입을 벌리고 고무 덮개를 누르자 간유가 입속으로 죽 쏟아져 들어갔고, 그는 즉시 유쾌하게 기름을 삼키고, 얼굴에 웃음을 띠었다. 입 안의 한 가닥 괴상한 비린내가 그에게 참기 힘든 구역질을 몇 번 일으켰다. 그러나 영양소에 관한, 비타민에 관한, 생리위생학에 관한 그의 지식이 즉각 작용을 했고, 즉각 정감과 지각으로 변하여 식욕과 입과 혀를 지배했다. 그는 자신을 설복시켰고 강력히 자신에게 믿게 했다. 간유는 좋고, 뛰어나고, 계란 푼 국수보다 백 배 더 탁월하다. 그러므로 맛있다, 현대 문명과 개화의 중요한 표지다. 그가 열심히 이렇게 생각하고 있을 때, 미각과 후각도 변화를 일으켜, 고통스럽고 참기 힘든 감각이 차차 사라지고, 유쾌하고 만족스럽고 편안한 감각이 자연스럽게 생겨나 마침내 고통스럽고 참기 힘든 감각을 대체했다. 과학과 건강에 대한 그의 이성의 추구는, 항상 이렇게 신속하게 정감으로 변하고, 지각으로 변하고, 생리적 반사로 변하고, 타액으로 변할 수 있었다. 이는 정말로 보통 사람에게는 드문 장점이었다. 그는 소리 내어 웃었다. 그리고 그 간유의 체내에서의 운동을 천천히 의식하기 시작했다. 식도에, 위에. 위가 따스해지고 든든해지고 그득해졌다. 위가 간유를 흡수하기 시작했다. 간유의 영양소가 위벽을 통해 혈관으로 스며들어 혈액 속으로 녹아들기 시작했고, 혈액 순환을 따라 흐르기 시작, 겨드랑이에 이르렀고, 팔에 이르렀고, 넓적다리에 이르렀고, 허리에 이르렀고…… 일종의 기묘한 힘이 그의 몸의 모든 부위에서 발동하기 시작했다. 그의 피폐하고 쇠약한 세포를 일깨우기 시작했다. 이 모든 과정을 그는 똑똑히 감각했고, 감응했고, 성찰했다. 정말 아주 묘했다. 이제 그의 뺨의 근육까지도 간유 원소의 도래, 간유 원소의 충실함과 간유 원소의 살뜰한 위무를 느끼기 시작했다. 이것은 물질적 향수였고, 생리학, 영양학, 의학의 학문적 향수이기도 했다.

그는 점잖게 잡담을 시작했다. 기운이 부쳤지만, 흥취가 점점 고조되는 것을 방해하지는 않았다. 간유가 버텨주고 있었다. 그는 아이들에게 대련(對聯) 짓기 이야기를 해주었다. 그는 명나라 성조(成祖) 연왕(燕王) 이야기를 했다. 선생(스승)이 그에게 낸 상련(上聯)은 '바람이 부니 말꼬리가 천 가닥 실이고'였는데, 어린 명나라 성조는 입을 열어 대답하기를, '해가 비춰니 용 비늘이 점점이 금이로다.' 선생은 얼굴색이 변해 더 이상 감히 가르치려 하지 않았지. 어떻게 된 건지, 못 알아듣겠니? 그의 말을 듣고 그가 훗날 황제가 되려고 마음먹은 것을 안 거야. 또 청나라의 장지동(張之洞)은 일곱 살에 서울에 가 과거 시험을 봤는데, 시험관이 그의 나이가 어리다고 시험을 못 보게 하면서, 내가 먼저 한 구를 낼 테니 너는 대구를 지으라고 했지. 상련에 왈, '남피현(南皮縣)의 아해놈은 일곱 살이고,' 장지동을 조롱한 것이 분명하겠다. 장지동이 늠름하게 대답하기를, '북경성의 천자(天子)는 만년이라.' 시험관은 숙연히 일어나서 두 번 절을 했단다.

징이가 그에게 말을 이렇게 많이 하지 말고 푹 쉬라고 권했지만 그는 듣지 않았다. 또 자기 반의 한 책벌레 이야기를 했다. 선생이 낸 상련은 '글 읽는 소리가 뜰에 들리고'였고, 책벌레의 대답은 '거문고 소리가 높은 누각에 가득하다'였는데, 과연 그 사람은 글귀를 따올 줄만 알았다. 또 말썽꾸러기가 하나 있었는데, 공부도 항상 낙제였다. 선생이 낸 상련은 '물고기와 곰 발바닥은 누구나 좋아하는 것이다'였는데, 그가 대답하기를 '새와 게를 모두 못 잡았다'라고 해서 선생도 웃음을 참지 못했다.

아버지는 무슨 대구를 지었어요? 니자오가 물었다.

"나 말이냐?" 니우청의 얼굴이 갑자기 어두워졌다. 그는 혼잣말을 하듯 작은 소리로 말했다. "선생이 낸 건 '십실지내(十室之內)에 반드시 충신(忠信)이 있고'였고, 내가 낸 건 '구주이하(九州以遐)에 어찌 가인(佳人)이 없으리오'였지." 말을 끝내고, 그는 눈을 감았다.

그날 저녁, 막 호전된 니우청의 병세가 현저히 악화되었다. 얼굴에 온통 식은땀이었고, 심장이 뛰고 숨이 가빴고, 설사가 그치지 않았고, 탈진 상태가 될 것만 같은 느낌이었다. 징이는 그가 점심때 말을 너무 많이 했다고 원망했고, 니핑은 아버지가 한꺼번에 간유를 너무 많이 먹었다, 간유 병의 설명서에는 매일 2~3회, 매회 2~3방울이라고 분명히 씌어 있다고 지적했다. 앞의 비판에 대해서 니우청은 아무 말도 하지 않았다. 뒤의 비판에 대해서는, 그는 절대로 믿지 않았고, 과학적 영양 생활 방식을 배척하는 이런 의견이 자신의 갓 아홉 살 난 딸에게서 나왔다는 사실이 그를 대단히 괴롭게 했다.

견디기 힘든 하룻밤을 보내고 다음 날 새벽에 드디어 깊이 잠이 들었는데, 10시까지 자고 나니 많이 나은 느낌이었다. 그는 악착같이 또 간유를 가져와, 이번에는 그렇게 많지는 않게, 여덟 내지 열 방울쯤을 입에 부어넣었다. 삼키고 조금 지나자, 딸국질이 나며 간유가 몽땅 올라왔다. 시고 쓰고 냄새가 고약한 위액이 섞여 있었다. 정말로 니우청은 얼굴이 다 창백해졌다. 그는 이를 악물고 입을 꼭 다물고, 숨을 길게 들이마시고, 올라온 간유 혼합액을 반추하듯이 저작하며 삼켰다. 간유에 대한, 일체의 과학 지식에 대한 이런 충성은 정성이라 해야 했고, 천지를 감동시킬 만했다.

그뒤로 니우청의 몸은 날로 회복되었고, 회복이 상당히 빨랐다. 니우청은 여기에 간유가 중대한 작용을 했다고 생각했다. 니우청이 음식을 좀 '든든히' 먹고 싶다고 했다. 징이는 떡을 굽고, 굵은 파와 된장, 깨장을 준비하고, 계란 두 개를 부치고, 소금물에 절인 고수 한 접시를 장만했다. 고구마(옥수수가루)죽을 끓였다. 된장과 깨장을 한데 섞어 반찬으로 먹었는데, 이건 징이의 발명이었다. 그녀는 이렇게 먹는 게 반찬도 되고 돈도 절약하고 맛도 좋고 힘도 난다고 믿었다. 이것이 징이의 '간유'였다. 니우청은 굵은 파를 된장(깨장을 섞지 않은)에 찍어 먹기를 아주 좋아했고, 고구마죽을 잘 먹었다. 그는 신이 나서 떠들어대며 먹었는데, 말하는 것도 어조가 달라져 유년 시절 명관둔-타오촌 일대의 사투리를 완전히 회복했고, 웃음소리까지도 시골 스타일로 변해, 유럽의 영향이라곤 눈곱만큼도 없었다. 그가 흥분하며 말했다.

"다들 나 보고 식탐이 많다는데, 사실 난 절대로 식탐이 많지 않아. 사실 난 아주 쉽게 만족한다구. 장에 찍은 굵은 파, 고구마죽, 이거면 충분하지. 난 사치하고 욕심 부리는 사람이 아냐. 공자가 말하길, '일단사, 일표음, 인불감기우, 회야불개기락. 현재회야. 현재회야.'"[49]

---

[49] 『논어』에서 공자가 제자 안회를 칭찬하며 한 말을 약간 바꾼 것이다. 『논어』의 원문은 다음과 같다. "賢哉回也. 一簞食, 一瓢飮, 在陋巷, 人不堪其憂, 回也不改其樂. 賢哉回也(현명하구나, 회여! 한 대그릇의 밥과 한 표주박의 물로 누추한 골목에 사는 것을, 사람들은 그 근심을 견디지 못하거늘, 회는 그 즐거움을 바꾸지 아니한다. 현명하구나, 회여!)."

여기까지 말하고서, 그는 니자오의 머리를 쓰다듬어주고, 자못 감동적으로 말했다. "물론, 나는 믿는다, 너희들이 자라면 잘살게 될 거라고 말이다. 중국이 노상 이 꼴일 리는 없지. 세상이 노상 이 꼴일 리는 없어. 그렇지만 난 너희들이 자란 뒤에 잊지 말기를 바란다. 너희들이 기억할 거라고 난 믿어. 너희들의 유년 시절엔, 된장으로 깨장을 찍어먹는 게 제일 좋은 반찬이었다는 걸. 그리고 전쟁. 그리고 일본인. 너희들의 유년을 이렇게 보내게 해서는 정말 안 되는데!" 그는 흐느꼈고, 눈물을 글썽였다.

그가 말을 계속했다. "속담에 이르기를, 풀뿌리를 맛있게 씹을 줄 알면, 만사가 다 이루어진다고 했다." 말하면서 그는 절인 고수 뿌리를 하나 집어 씹어 먹었다. 니자오와 니핑도 흉내를 내 각자 풀뿌리를 하나씩 집어 열심히 먹어치웠다.

밥을 먹으면서 그는 조만간 친구들에게 일(직업)을 알아봐달라고 부탁할 일을 징이와 상의했다. 새 직위를 얻기 전에는 외국 철학자들의 저작을 번역해서 '매문으로 생계를 삼겠다'고 그가 말했다. 징이는 대찬성이었다.

대학 총장의 해직 편지를 받았을 때 징이의 심정은 몹시 모순되었다. 이 해직은, 이런 시기 이런 상황에서의 해직은 의심의 여지없이 니우청에 대한 하나의 징벌이었다. 이런 징벌이 없다면 니우청은 하늘 높은 줄 모르고, 앞뒤 못 가리고 마구 날뛰기만 할 것이었다. 그에게 심한 타격을 주고, 갈 길이 없게 하고, 배를 곯게 해야만 좀 수그러들 것이다. 사지에 처했다가 살아나봐야 좀 착실하고 현실적으로 살아갈 수 있을 것이다. 그래야 그녀의 말을 들을 것이다. 그래야 그녀와 살아갈 수 있을 것이다. 그래서 해직은 그녀가 기대한 것이었고, 해직이 가져온 것은 희망이었다. 동시에 그녀는 자신의 '화 입히기'가 이번 해직에 촉진 작용을 했으리라고 믿어 의심치 않았다. 이 것은 그녀의 승리였다. 니우청이 그 점을 알아채지도 눈치 채지도 못 하기는 했지만, 그것이 오히려 니우청을 좀 귀여워 보이게 했다.

다른 한편, 해직은 니우청에 대한 타격일 뿐만 아니라 그녀에 대 한, 온 집안에 대한 타격이기도 해서, 그러잖아도 곤란한 생활을 더 곤란하게 하고, 다 같이 굶을 수밖에 없게 하고, 전당포에 잡히거나 내다 팔아 지탱할 수밖에 없게 한다는 것도 어김없는 사실이었다. 그 다지 믿을 만한 건 아니었지만 그래도 니우청은 매달 봉급을 받으면 많든 적든 집에 좀 가져다주었다. 이제는 거꾸로 니우청을 그녀가 먹 여 살려야 했다. 이건 돌을 치우다가 자기 발을 찧은 격이 아닌가?

이 말을 아이들에게 할 수는 없었고, 니우청에게는 더더욱 할 수 없었다. 어쨌든, 니우청의 "미안해"와 "잘못 했어"는 일종의 개과천 선, 탕아 회개의 표시였고, 그래서 그녀의 생활에 갑자기 새로운 빛 이 나타나게 했다. 그녀는 엿과 채찍을 함께 사용하는 이치를 완전히 이해했다. 더 사납게 굴고 더 사납게 다그친 것은, 우청을 해치기 위 해서가 아니라, 우청을 자기 생활 속으로 끌어들이기 위해서였다. 이 제는 많은 은혜를 입혀 그로 하여금 마음을 굳게 먹고 회개하도록 해 야 했다. 일생 동안 사람 된 도리는 갖가지지만, 그녀가 보기에 가장 중요한 것은 목숨걸기 네 글자였다. 이왕 태어났고 살았으니, 목숨을 걸고 살아가는 것 말고 또 무슨 수가 있겠는가?

니우청의 요양 기간 중에, 동시에 그들의 우호 기간 중에, 징이가 서쪽 방으로 와 쟝자오씨, 징전과 함께 있을 때, 우청이 직업을 잃은 일을 이야기했는데, 불평이 없을 수가 없었다. "화를 입혀라, 화를 입혀라! 결국은 자기에게 화를 입혔어요! 화를 입혀 밥도 못 먹게 됐 어요."

쟝자오씨와 징전은 몹시 민감했다. 그녀들이 즉시 반격했다. "밥 못 먹게 됐다고 우릴 탓하지 마라! 네 자신이 화를 내서 그렇게 만든 거다, 미워해서 그렇게 만든 거다! 네가 그 사람을 옹호한다면 우린 막지 않을 테니까, 매일 기생집에 놀러 가도 우리 돈은 쓰지 마라. 우린 그 사람에게 돈도 벌써 줬다! 우리가 밥을 먹는지 못 먹는지 넌 신경 쓸 필요 없어. 네가 밥 못 먹게 된 건 우리 잘못이 아니다!"

"그게 무슨 소리야? 누가 탓한데?"

"탓하건 않건 우리한테 말하지 마라."

"왜 말 못해? 말할 거야, 말할 거야, 말할 거야. 화를 입힐 줄만 알았지, 어떻게 될 줄은 모르고……"

"어떻게 너 그렇게 뻔뻔하니? 무슨 놈의 거시기……"

우울 때문에, 억압 때문에, 궁핍 때문에, 권태 때문에, 조절의 결핍과 자극 때문에 서쪽 방 안의 화약 냄새는 아주 심했다.

결국 세 사람이 다 화가 나 울었다. 한바탕 크게 울고 나서는 다시 서로를 위로했다. "아이구, 너도 참 급하다, 말이 많으면 듣기 싫은 거야!" "맞아!" "사실, 우리 식구 몇은, 누가 누구한테 뭐라 뭐라 그러든, 결국은 말야, 너는 나를 위하고 나는 너를 위해서잖아!" "사람이 궁하면 속이 좁아지고, 말이 마르면 털이 길어지는 거야, 세월이 변하지만 않았어도 이렇게까지 다투지는 않았을 텐데!" "다시는 말자, 다시는 말아, 서로 의지하며 살고, 다들 좀 참자."

웃음도 있었고, 울음도 있었고, 말다툼도 있었고, 희망도 있었다. 생계도 하루하루 꾸려갈 수 있었다.

니우청의 몸은 하루가 다르게 좋아졌다. 회복 중의 니우청이 가진 최대의 희망은 두 가지였는데, 하나는 좋은 것을 먹는 것이었고—필경 간유만으로는 부족했다. 하나는 목욕이었다.

니우청이 자기는 된장에 찍어먹는 굵은 파와 고구마죽을 제일 좋아한다고 격동적으로 선포한 뒤, 징이는 그를 위해 된장에 찍어 먹는 굵은 파와 고구마죽을 여러 번 마련했다. 그 빈도가 거의 닷새에 한 번 정도였다. 이것은 과분하고 절대적이고 기계적인 충성 아부인가? 이것은 가난 때문에 되는 대로 타협하는 것인가? 이것은 그에 대한 조롱, 방법을 바꿔—그를 응징하는 것인가? 니우청은 판단할 수 없었다. 1949년 해방 뒤, 니우청은 고구마죽의 희비극을 기억했고, 중국에서의 형이상학의 기원이 오래되었음을 깊이 느꼈다. 계속되는 된장에 찍어 먹는 굵은 파와 고구마죽은 이미 그를 비명도 못 지르게 했고, 그 음식을 보기만 해도 신물이 나고 위에 경련이 일었고, 파를 먹는 게 약을 먹는 것 같고 고구마를 먹는 게 밀랍을 먹는 것 같았다. 특히 고구마죽을 먹고 나면, 속이 허해지고 기름기를 섭취하기는커녕 체내에 원래 있던 기름기조차 깨끗이 씻겨 내려가고 꾸르륵거리며 속이 텅 비어버리는 것 같은 느낌이 들어 기운이 빠지고 화가 나기도 했지만, 벙어리 냉가슴 앓듯 괴로워도 말을 할 수가 없었다. 누가 저더러 그처럼 정중하게, 자기는 식탐이 많지 않다, 된장에 찍어 먹는 굵은 파랑 고구마죽이면 된다고 선포하랬나?

불쌍한 사람! 불쌍한 목숨! 불쌍한 몸뚱어리! 불쌍한 배! 불쌍한 위장! 니우청에게 필요한 것은 얼마나 적은가, 말할 수 없이 적지 않은가! 이 적은 수요가 그에게 얼마나 고통을 주며, 그의 영혼과 정신을 얼마나 괴롭히고 조롱하고 학대하는가? 왜 한 사람이 끝날 줄 모르는, 많고 작은, 그러나 비할 데 없이 침중한 욕망의 짓누름과 괴롭힘을 받아야 한단 말인가? 만약 그가 그 사소하고 슬프고 우스운 작은 일들 때문에 걱정하고 고통받을 필요 없이, 니우청 그의 기백, 그의 재기, 그의 열정, 새것을 좋아하고 새것을 추구하고 새것을 숭상하는 진취적 정신, 추상적 사변을 진행하는 취미와 천성에 따를 수 있었다면 그가 어찌 중국의 칸트, 중국의 니체, 중국의 데카르트일 수 없겠는가? 그가 어찌 천하를 경륜하고 치국평천하하고 신시대, 신기원을 여는 공헌을 할 수 없겠는가? 그의 삶이 정상적으로 살 수 없어 고통받고, 자신의 가장 저급한 요구를 충족시키지 못해 상심하고, 사망선, 멸망선 위에서 몸부림치도록 운명지어져 있단 말인가? 슬프다! 설사 다윈이라 할지라도, 그에게 한 달간 계속 된장 찍은 굵은 파랑 고구마죽만 먹여보라지! 햄 없이, 소시지 없이, 돈가스 없이, 훈제 생선 없이, 버터 없이, 우유 없이, 치즈 없이, 참치 없이, 커피 없이, 캔디 없이, 차조차도 없이!

미식에 대한 요구 못지않은 것이 신체의 청결이었다. 식은땀, 더운 땀, 먼지, 니우청은 자기 온몸의 땀구멍이 하나씩하나씩 덮이고 막히는 것을 똑똑히 느꼈다. 그는 숨이 막혔다. 끈적거리고 가려웠다. 자기 몸에서 악취가 났다. 정말로 '냄새 나는 가죽 주머니'였다! 이 냄새나는 가죽 주머니를 어떻게 사람이라 할 수 있는가?

그는 드디어 목욕탕에 가서 목욕을 하기에 충분한 체력이 생겼다. 그는 니자오를 데려가 씻겠다고 말했다. 니자오는 아직 어리고 체구가 작아서 그들이 목욕탕에 가면 부자 둘이 한 자리만 차지한다. 그는 한 사람 요금만 내고 약간의 덤을 보태는 거니까 절약하는 셈이라고 했다. 이 계획이 징이를 감동시켰다. 그녀는 니우청에게 집에서 세숫대야에 뜨거운 물을 부어 씻으면 되고, 목욕값을 절약할 수 있다고 말할 생각이었다. 부자 둘이 한 사람 요금만 낸다는 발상이 유혹적이었고, 그래서 그녀는 전당잡히고 내다 팔아 마련한, 아껴 먹고 아껴 쓰는 돈을 꺼냈다.

고마워, 고마워! 니우청은 징이에게 치사를 하고, 니자오를 데리고 목욕하러 갔다.

　많은 세월이 지난 뒤, 니자오가 유럽 방문 기간 중 스푸강 선생 집에 가서 스부인을 만나고 자기 유년 시절의 일들을 회상할 때, 이 목욕이 그에게 가장 인상깊고 가장 먼저 생각나는 일 중의 하나였다. 만약 유럽처럼 중국에서도「아버지와 아들」이라는 영화를 만든다면, 반드시 아버지가 아들을 데리고 목욕하러 가는 장면을 그 속에 넣어야 하는데……

　그가 더 어렸을 때 아버지가 그를 데리고 목욕하러 몇 번 갔을지도 모르지만 그것들은 다 잊혀졌다. 그가 영원히 잊을 수 없는 것은 이번 목욕이었다. 그 늦가을 밝은 오후의 목욕, 아버지가 중병이 난 뒤의 목욕. "니선생 어서 오세요." "니선생 들어오세요." "니선생 이리 오세요." 그들은 목욕탕으로 들어가자마자 종업원들의 환호와 환영을 받았다. "니선생, 어째 통 안 보이십니다. 어디 가셨었나요?" "니선생 어디 불편하세요? 몸이 편찮으세요? 그럴지도 모르니까, 신경 좀 쓰세요!" "니선생 차는요? 룽징(龍井)? 샹피엔(香片)? 디엔훙(滇紅)? 가오모(高末)? 예, 가오모 한 주전자, 잔은 두 개!"

　베이징 사람들은 본래 일부 명사와 동사들을 '얼화(兒化)'[50]하기를 아주 좋아해, 차예모얼(茶葉末兒), 입으로는 그렇게 말했다. 그러나 정식으로 차를 마시고 차를 사고 차를 팔 때는 '모얼(末兒)'이라 하지 않고 '모(末)'라고만 했다. '가오모'(절대로 '얼화'하지 않은)는 특히 장중하게 들렸고, 그래서 좀 우스웠다.

　니우청은 여전히 얼굴을 펴지 않은 채, 무뚝뚝하게 '가오모'를 달라 했고, 그들 부자 둘이 한 자리면 된다고 종업원에게 분명히 밝혔다.

---

[50] 말꼬리에 '兒,' 중국 발음으로 '얼'을 붙이는 것. 북경어의 특징이다.

니자오는 다소 창피한 느낌이 들었다. 그는 종업원이 보는 앞에서 옷을 다 벗고 자기의 조그맣고 더러운 몸을 드러내는 것도 창피했다. 그러나 아버지는 이미 그렇게 했다. 의표가 당당한 아버지가 옷을 벗은 뒤 바로 이게 해골이다 싶은 모습으로 변했다. 그 앙상한 갈비뼈, 그 굽은 O형 다리, 그 작은 복사뼈와 그 조그맣고 홀쭉한 엉덩이를 보고 그는 말할 수 없는 수치 내지 공포를 느낄 따름이었다. 아버지가 그가 옷 벗는 걸 도와주는데, 아버지의 더러운 몸이 그의 더러운 몸에 닿는 것이 언짢고 싫어서 그는 요리조리 몸을 피했고 얼굴이 다 붉어졌다.

그러나 니자오는 결국 옷을 다 벗었고, 종업원이 그의 옷과 아버지 옷을 같이 머리 높이에 걸었다. 목욕탕에 오면, 옷을 벗지 않고서는 물에 들어갈 수가 없었다.

니우청은 아들을 데리고 목욕탕으로 들어갔다. 후끈한 김이 니자오를 숨 막히게 했다. 바닥도 미끄러웠다. 제대로 발육되지 않은 사람들의 벌거벗은 몸뚱어리, 푸른 심줄과 붉은 살, 발가락과 머리털, 모든 것이 니자오를 긴장케 했다. 욕조 속의 물은 몹시 뜨거웠다. 아유 무서워, 사람을 삶아 가죽을 벗기는 곳이 아닐까? 특히 '나무 침대' 위에 드러누운 벌거벗은 사람은, 허리에 수건을 하나 두른 다른 한 사람이 이리저리 문지르고 있었는데, 하도 문질러서 온몸이 홍당무처럼 붉었다. 니자오는 이게 '때밀이'인 줄 몰랐는데, 그의 느낌에는 도살을 진행하고 있는 것 같았다. 그리고 그 자신은, 야윈 건 말할 것도 없고, 까만 목은 말할 것도 없고, 온몸의 살갗이 이미 비늘처럼 일어서 있었다. 그는 자기 몸 때문에, 아버지의 몸 때문에, 모든 몸 때문에 자괴 내지 자기혐오를 하지 않을 수 없었다.

그때 아버지는 이미 세 개의 욕조 중 온도가 가장 낮은 바깥쪽 욕조에 들어갔다. 그가 니자오에게도 들어오라고 했다. 니자오는 움츠리며 들어가려 하지 않았다. "너무 뜨거워요!" 니자오가 말했다. 그러자 30초쯤 물에 잠겨 있던 니우청이 다시 몸을 빼내 욕조 가에 앉아서는 뜨거운 물을 적신 손바닥으로 먼저 니자오의 작은 등을 치고, 계속해서 그의 가슴, 그의 엉덩이, 그의 다리를 쳤다. 니자오는 처음에는 요리조리 몸을 피했지만, 나중에는 깔깔대며 웃기 시작했다. 니우청도 즐거워하며, 뜨거운 물을 아들의 몸에 끼얹기 시작했다. 니자오는 처음 몇 번 끼얹을 때는, 뜨거운 물이 몸에 닿으면 신경질적으로 몸을 떨고 목을 움츠리다가, 나중에는 또 깔깔 하고 소리 내어 웃었다. 뜨거운 물을 잠시 끼얹고서, 아버지는 단박에 아이를 욕조 속으로 끌어넣었고, 니자오는 비명을 지르며 따뜻한 물에서 뛰어나왔다. 그러자 니우청이 껄껄 웃었다. 그는 참을성 있는 설득과 시범과 일련의 적응 준비를 다 마치고 드디어 따뜻한 욕조 속에 아들과 나란히 들어앉았다.

  니우청이 아들의 때를 밀어주었다. 뜨거운 물에 불어, 엄지손가락으로 문지르자, 니자오의 몸에서 때가 줄줄 밀렸다. 그는 아이에게 특히 팔꿈치, 무릎과 겨드랑이, 그리고 손등, 발뒤꿈치, 목덜미, 그리고 귀 뒤의 때를 미는 데 주의하라고 말해주었다. 원래는 니자오 대신 때를 밀어주려 했지만, 그 부위들에 그의 손바닥이 닿기만 하면 아들은 허리를 구부리며 웃었다. 아들은 정말로 가려움을 잘 탔는데, 그는 오히려 아버지가 자기를 간지럽힌다고 생각했다. 그래서 니우청은 아들에게 자기가 씻지 못하는 등을 밀어주는 데 중점을 두었고, 나머지 부위들은 아들 스스로 씻게 했다. 그는 깨끗이 씻었는지 검사했다. 비누칠을 해서 머리를 씻을 때 또 하나의 작은 문제가 생겼다. 머리에 가득한 비누 거품이 물에 씻기면서 니자오의 눈으로 들어갔고 니자오는 눈이 심하게 '따가워' 이를 악물었는데, 그러자 아버지가 계속 히히 웃었다. 아버지가 웃자 니자오는 마음이 급해졌고, 그래서 거의 울기 시작했고, 울면서 손을 뻗어 그의 아버지를 때렸다. 드디어 머리의 비누가 다 씻겼고, 눈가에 스며든 비눗물도 깨끗이 닦였다.

목욕이 끝나자 니자오는 기분이 상쾌하기만 했고, 몸이 제비처럼 가벼웠고, 한달음에 하늘에 오를 수 있을 것처럼 가뿐했다. 두 부자는 물수건을 몇 번 쓰고 '가오모'를 몇 번 마시고, 손톱 발톱을 깎고 머리를 빗은 뒤에, 만족스럽게 목욕탕을 떠났다.

"목욕이 참 좋아요!" 니자오가 칭찬했다.

그 말에 니우청은 기뻤고, 이어서 코가 찡했다.

마찬가지로 청결의 가뿐함과 상쾌함을 맛본 니우청은 목욕으로 인해 뱃속이 더욱 허하게 느껴졌다. 목욕탕에서 나와 집으로 가는 도중에 길 어귀의 불고기집을 지났다. 그는 연기에 섞인 고기 냄새와 기름 타는 냄새를 맡았고, 불고기를 다 먹고 나오는 혈색이 좋고 입술이 번지르르한 얼굴들과 먹을 준비를 하는 희색이 만연한 얼굴들을 보았다. 그는 이미 그 술과 기가 막힌 불고기의 맛을 본 것 같아, 자기도 모르게 입맛을 다셨는데 침, 위액, 장액이 다 대량으로 분비되는 것 같았다. 목구멍에서 무언가가 소리를 내는 것 같았고, 배에서도 공허한 운동이 시작되어, 텅 빈 양쪽 위벽이 서로 마찰하며 서로 소화하고 있었다. 고향에서 이런 상태를 형용하는 말—회가 동해 식충이 다 기어 나오려 한다는 말이 생각났다.

식충이 뭐냐? 뱃속에 벌레가 있어 너를 참을 수 없이 회가 동하게 하는 거냐? 아주 생동하고 아주 그럴 듯하기는 했다. 그의 지금 상태는 흡사 벌레 한 마리가 창자 속에서 꿈틀거리고 요동치는 것처럼 견디기 힘들었다.

그러나 '식충'이란 없는 것이었다. 만약 한 사람이 맛있는 음식을 보고 입속에서 무슨 '벌레'를 게워낸다면, 그것은 기생충일 수밖에 없었다. 편충과 회충이 다 기생충 환자의 입에서 나올 수 있었다. 그는 고향 변소의, 똥통의 회충이 생각났다.

우리는 돼지처럼 살고 있다. 눈물이 그의 눈을 가렸다.

니자오는 아버지를 보며, 어안이 벙벙했다. 그는 아이에 불과했지만, 아버지가 외식을 하고 싶어한다는 것을, 불고기를 먹고 싶어한다는 것을 알아보았다. 그는 아버지가 불쌍하기도 했고, 경멸스럽기도 했다. 아버지의 그 회가 동한 모습은 감동적이기도 했고 천해 보이기도 했다. 아버지는 자기도 모르게 입맛을 다시고 있었다. 니자오와 누나가 기르던 고양이 같았다. 그 불쌍한 고양이는 항상 배를 곯았다. 사람들이 밥을 먹을 때면, 그놈은 너를 쳐다보았는데, 네가 씹을 때 그놈의 입도 따라 움직였다. 네 입과 고양이 입이 긴밀히 이어져 있는 듯했다. 너는 가슴이 아파, 네 입에 이미 넣었던 음식을 조금 뱉어내 고양이에게 주었다. 고양이는 감격하여 야옹야옹 울면서 달려왔지만, 냄새를 맡아보고는 먹지 않고 여전히 너를 쳐다보았다. 네가 먹는 음식이 너무 형편없어서, 고양이조차 먹으려 하지 않은 것이었다. 나중에 그 고양이는 천당으로 갔고, 그 시체는 그들의 마당에 묻혔다.

삽시간에, 커다란 아버지가 한 마리 조그만 고양이로 변했다. 다 죽어가는 고양이로.

니우청은 멍청히 말이 없는 아들을 보고는 더욱 가슴이 찢어지는 고통을 느꼈다. 나는 얼마나 무능력한 아버지인가! 자기 아들을 데리고 불고기 한 번 먹으러 가지도 못하는 아버지가 도대체 존재할 이유가 있는가?

하늘이 무너지고 땅이 꺼지고 황하가 거꾸로 흘러도, 요번엔 불고기를 먹고야 말겠다. 목욕탕의 열기 때문에 벌겋게 변한 니우청의 얼굴이 다시 시퍼렇게 변했는데, 그는 비장하면서도 장엄했다.

"자, 우리 이쪽으로 가자." 그가 아이의 손을 잡아끌며 다른 방향을 가리켰다.

"어디 가요, 집에 안 가요?"

"친구 만나러. 학문이 많은 아저씨야."

"싫어요, 난 안 가요."

"10분만 가 있자."

"싫어요, 난 안 가요."

"가자, 말을 들어. 돌아올 때, 동화책 한 권 사줄게."

"싫어요, 싫어요. 사지 말아요. 돈도 없잖아요."

"그렇지만 돈이 생길 수는 있다." 니우청이 격동하며 아들의 손을 잡았다. "네 아버지에게 돈이 생길 수 있다는 걸 넌 믿어야 해…… 너한테 빈다, 애야, 한번 가보자, 여기서 멀지 않아. 전차로 두 정거장. 그리고 10분만 있다가……"

그들은 두선싱의 집에 도착했다. 천당(穿堂)[51]에는 노란색과 연두색, 흰색과 보라색, 꽃잎이 가는 것과 꽃잎이 큰 것 등 국화 화분이 가득했는데, 이 한적한 아름다움은 두 부자 모두에게 잘 믿기지 않았다. 오른쪽으로 가자, 두공이 손님을 맞는 서재였다. 이미 난방용의 '신민로(新民爐)'를 놓았는데, 양철 연통이 잘 닦여 반짝거렸고, 방 안이 봄날처럼 따뜻한 데다, 난로 위에 주전자 하나가 흥흥하고 시를

---

51 중국 가옥의 뜰 사이에 통로 역할을 하는 건물.

읊고 있었다. 북쪽 벽은 다 높은 서가였고, 각종 책이 꽉 찼는데, 대부분 끈으로 묶은 것이었다. 방 안은 종이와 잉크 냄새가 가득했다. 이 많은 책에 니자오는 흥분하고 존경심이 일어 숨이 막혔다.

그는 "두아저씨"라고 부르고, 두아저씨에게 절을 하고, 두아저씨가 그에게 묻는 말에 대답하고, 그리고는 그 책들을 바라보기에 여념이 없었다. 서가 옆에 크지 않은 삼각 사다리가 하나 보였다. 위쪽 책을 꺼낼 때 쓰는 것으로 보였는데, 이것은 그의 책에 대한 경외감을 더욱 크게 했다. 그는 이 책들을 다 보려면 얼마나 많은 시간이 걸릴까를 생각했다. 그는 이 책들을 읽는 사람은 학문이 얼마나 클까를 상상했다. 그는 아버지의 횡설수설하는 이야기에 주의하지 않았다.

"두공, 제 애로 사항은……" 이 몇 글자가 니자오의 귀를 파고들었고, 무서운 일이 일어났다. 아버지가 두공에게 돈을 빌리고 있었던 것이다.

더욱 무서운 일이 일어났다. 두아저씨는 노골적으로 혐오스러워하며 약간의 돈을 꺼냈는데, 아버지가 말한 금액의 10분의 1에 해당했다.

그 다음은 아버지의 흥분한 어색한 웃음소리였다. 이 웃음소리는 듣기 싫은 데다가, 가까스로 다 웃고 나서도, 기어코 실없이 다시 한 번 처음부터 웃었다. 모두 세 번 웃었다. 마치 수탉이 울려고 하지 않아 사람이 그 목을 비틀어 소리 내어 울지 않을 수 없게 하는 것 같았다.

그와 아버지는 두씨네를 떠났다. 굴욕이 이미 니자오를 참을 수 없게 했다. 아버지가 얼른 무슨 식당으로 들어가자고 했을 때 그는 울기 시작했다. "안 가요, 안 가요." 그는 말하면서 울면서 뛰어갔다.

니우청은 깜짝 놀랐다. 그는 어쩔 수 없이 니자오를 쫓아갔다. 그들은 함께 집으로 돌아갔다. 둘 다 입을 삐쭉 내민 채 말이 없었다. 도중에 백화점을 지났는데, 그는 두리번두리번 하다가 갑자기 온도계를 하나 사기로 마음먹었다. 그는 온도계 같은 현대 과학의 색채를 띤 물건을 좋아했다. 그는 집에 과학이, 서양 문명이 많이 있기를 바랐다. 온도계를 산 뒤, 그의 기분은 180도 달라졌고, 그래서 내내 니자오에게 온도계의 원리를 설명하고, 화씨, 열씨, 섭씨의 눈금을 설명했다. 한참 설명하다가 문득 중단했는데, 자기가 잘못 설명했다는 것을 발견했기 때문이었다. 그는 그 방면의 지식이 그다지 많지 않았던 것이다.

집에 돌아온 뒤, 징이는 괴물 보듯 온도계를 바라보았다. 그녀는 아이에게 자세히 캐물었고, 그래서 니자오는 아버지와 함께 외출하는 것은 확실히 하나의 재난이라는 느낌이 들었다. 그리고서 그녀는 울었고, 이런 형편에 이런 이상야릇한 물건을 샀다고 니우청을 책망했다.

니우청은 내내 겸손한 태도였고, 히히 웃었다. 그는 온도계의 눈금을 감상하면서, 애들처럼 유리관에 입김을 불기도 하고, 손으로 덥히기도 했다. 그는 마침내 더우면 팽창하고 추우면 수축하는 과학 원리의 생생한 모습을 보았고, 그래서 그는 극도로 흥분했다. 과학 만세! 그가 말했다.

제15장

한 권의 『변신 인형』이, 사람은 가지가지의 세 부분으로 짜여졌다는 것을 니자오가 인식하도록 도와주었다. 모자를 썼거나 모자를 쓰지 않았거나 두건 따위를 썼거나 쓰지 않은 장난감의 머리, 옷을 입은 몸, 세번째는 바지를 입었거나 치마를 입고 장화나 구두, 혹은 나막신을 신은 다리였다. 이 세 부분은 고정되지 않아 변할 수 있었다. 예컨대 삿갓을 쓴 여자아이가, 몸은 양복을 입은 뚱보일 수도 있었고 일본 옷을 입은 말라깽이일 수도 있었고 가죽 점퍼를 입은 옆모습일 수도 있었다. 왜 몸을 한쪽으로 비스듬히 하고 있을까? 그것도 설명하기 쉬웠다. 그녀가 너를 쳐다보려고 고개를 돌린 것임이 분명했다. 그 다음은 다리인데, 승마복 바지를 입을 수도 있었고 긴 코트의 하반부일 수도 있었다. 반바지에 종아리와 발을 내놓고 있을 수도 있었고 큰 짚신을 신고 있을 수도 있었다. 이렇게 해서 하나의 머리가 많은 사람으로 변할 수 있었다. 하나의 몸도 여러 가지의 머리와 여러 가지의 다리를 가질 수 있었다. 원래 사람의 천변만화(千變萬化)와 다종다양(多種多樣)은 이렇게 해서 생겨나는 것이었다. 그런데 세 부분을 합치면 어떤 것은 아주 잘 어울렸고, 어떤 것은 좀 어색하고 볼상 사나웠으며, 어떤 것은 우스꽝스럽거나 혐오스러웠고 심지어는 무시무시하기까지 했다. 아, 만약 모든 사람들이 스스로 자신을 바꿀 수 있다면 좋을 텐데. 그러나 그 가지가지 모습은 사람을 즐겁게 했다. 그와 누나는 각각 자기가 제일 좋아하는 조합을 고르면서, 이렇게 한번 해보고는 이게 좋다고 하고 잠시 뒤에는 저게 좋다고 하고, 그러다가 결국은 눈이 어질어질해졌다.

온도계도 신기했다. 저 분홍색 알코올 기둥이 어떻게 길어졌다 짧아졌다 키가 작아졌다 커졌다 할까? 생명이 있는 걸까? 장난꾸러기 요정일까? 니자오는 온도계를, 계속해서 10분까지 가만히 응시할 수 있었다. 그는 그것의 상승과 하강을, 그것의 마법과 영혼을 제 눈으로 보고 싶었다. 그러나 꽃봉오리가 터지는 것을 관찰할 때와 마찬가지로, 응시하고 있을 때는 아무 소득이 없다가 그것을 잊어버렸을 때, 그 잠깐 동안에, 그것은 자기 모습을 바꾸었다. 니자오는 온도계의 변화 과정을 볼 수 없었다. 그가 본 것은 분홍색 알코올 기둥의 변화 결과뿐이었다.

동화책도 있었고, 인쇄가 정교한 한 권의 『세계 위인전』도 있었다. 아버지가 사준 것이 아니라 아버지의 코쟁이 친구 '스씨 아저씨'가 그에게 준 것이었다. 스씨 아저씨는 바로 스푸강이었다. 그는 유럽 사람이었는데, 한사코 중국말을, 그것도 베이징 말을 했고, 한사코 말꼬리를 '얼화(兒化)'시키고 '닌나' '쩐빵' '쉬엔라' 따위의 말을 사용했다.[52] 그는 옷차림이 깨끗했을 뿐 아니라 성격이 쾌활했고 얼굴 가득 웃음을 띠었다. 이번에 아버지가 큰 병이 난 뒤 한 달 동안, 그가 집에 와서, 유럽 학술 저작을 번역 소개하는 간행물을 창간하는

---

[52] 베이징 말에서 잘 쓰는 표현들임. 각각, '귀하(당신)는?' '정말 좋다' '위험하다' 라는 뜻이다.

제15장 **277**

일에 대해 아버지와 의논했다. 그는 엄마에게도 매우 우호적이어서 이런저런 집안일을 이야기했는데, 엄마는 그가 좋은 사람이라고 말했다. 그는 외할머니와 이모도 만나겠다고 했는데, 이모는 그를 만나지 않았고, 외할머니는 모직으로 만든 검은 조끼로 갈아입고 스푸강과 만났다. 스푸강은 말끝마다 "노부인"이라고 부르고, "장수하십니다" "복이 많으십니다" "정정하십니다"라고 듣기 좋게 말해서, 사실은 그다지 늙지 않았으면서도 늙은 것을 영예로 여기는 쟝자오씨는 웃느라고 입을 다물지 못했다.

스푸강을 만나고 나서 쟝자오씨는 탄식하며 '양코배기' 중에도 이렇게 글을 알고 도리를 깨우친 사람이 있을 줄은 몰랐다고 말했다. 그녀는 또, 유년 시절 고향의 의화권(義和拳)이 기억났다. 대사형은 기를 모아 손바닥으로 벽돌 열두 장을 쪼갰으니, 정말 무술을 잘했다. 의화권의 구호는 "부청멸양(扶淸滅洋)……"이었다. 만약 서양 사람들이 모두 스푸강 선생같이 글을 알고 도리를 깨우쳤다면 얼마나 좋아!

『세계 위인전』에는 모두 3백여 명이 실려 있었는데 페이지마다 그림 하나와 설명문이 달려 있었다. 소크라테스, 플라톤, 파스퇴르, 노벨, 에디슨, 코페르니쿠스, 갈릴레이, '호랑이 총리' 클레멘스, '철혈재상' 비스마르크, '성녀' 잔 다르크, 작가 디킨스 등등. 니자오는 모두 이 책을 통해 알았고 기억했다. 코페르니쿠스와 갈릴레이는 불에 타 죽었는데(그 책에는 그렇게 씌어 있었다. 내가 알기로, 사실상 갈릴레이는 결코 불에 타 죽지 않았다), 그 때문에 니자오는 몹시 마음이 아팠다. 아버지에게 물었지만, 아버지는 아무런 설명도 해주지 않았다. 비스마르크는 젊었을 때 한 시골 여관에서, 초인종을 몇 번 눌러도 아무도 나오지 않자, 권총을 꺼내 지붕을 향해 쏘았다. 여기서 니자오는 영웅의 모습을 찾아보기는커녕 오히려 이런 사람은 몹시 야만적이며 제멋대로 날뛰는 거라는 느낌이 들었다. 성녀 잔 다르크는 영국 침략군에게 불타 죽었는데, 그림으로 나와 있는 잔 다르크 상에 그는 자못 존경심이 일었다. 디킨스가 축구를 하다가 발을 다친 탓에 직업을 바꿔 글을 쓰기 시작했다는 것은 아주 재미있었다. 문학가가 되는 게 축구하는 것보다 훨씬 더 재미있지 않은가? 디킨스가 다리를 다치지 않았더라도, 문학에 힘을 쏟지 축구에 힘을 쏟지는 않았을 것이 아닌가, 왜 그가 작가가 된 연유를 다리를 다친 사건에서 찾는 것일까?

3백여 명의 '세계 위인'들 중에 중국 사람은 하나밖에 없었는데, 바로 '대성지성선사(大成至聖先師)' 공자였다. 니자오가 다니는 학교에는, 교실마다 정면에 공자 상이 걸려 있었다. 그는 공자가 입은 옷에 왜 그렇게 주름이 많은지 이해가 되지 않았고, 왜 공자가 검을 한 자루 차고 있는지는 더욱 이해가 되지 않았다. 공자는 저렇게 늙어 꼬부라졌는데 병기를 줘봐야 쓸 수나 있을까?

그가 가장 동정하고 가장 좋아한 것은 가난한 집에서 태어난 에디슨이었다. 그는 기찻간에서 신문을 팔았고, 귀를 맞는 바람에 귀가 멀게 되었다. 그는 그렇게 불행했다. 그러나 그는 전등을 발명했고, 귀중한 물건을 수도 없이 발명했다. 발명가가 된다는 건 얼마나 재미있는가. 그가 자라면 어떤 물건들이 그가 발명해주기를 기다리고 있을까?

그는 공자에 대해 호감이 없었다. 그러나 그 책은 반짝이는 표지와 함께 그를 신기하게 빨아들였다. 그것은 광활하고 의미 있는 세계였다. 세계는 물론 시끌벅적한 그의 집만이 아니었다. 세계는 언제나 불을 피우지 않는, 겨울이면 추워서 아이가 바지에 오줌을 싸는, 추워서 아이가 우는 교실만도 아니었다. 세계는 베이징만도 아니었다. 일본인이 점령한, '제4차 치안강화운동'이 진행되고 있는 베이징. 현실의 그의 세계와 비교하면, 그에게는 '세계 위인'들의 세계가 더욱 진실된 것 같았다. 그 괴상하게 생긴, 머리카락과 수염과 옷차림이 다 그를 놀라게 하는 '세계 위인'들은 항상 그에게 한 가지씩 생각을 불러일으켰다.

그중 가장 중요한 것은 세계 위인들이 모두 자기가 할 일을 가졌다는 것임을 그는 발견했다. 모두 다 자기가 무슨 일을 해야 하는지를 알고 있었고, 자기가 해야 할 일을 위해 평생 바삐 분투했다. 그런데 그의 집 식구들의 특징은, 자기가 무슨 일을 해야 하는지를 아무도 모른다는 데 있었다. 정말로 슬픈 일이었다!

그는 『세계 위인전』을 이모에게 보여주었다. 며칠 동안 이모는 아침 화장을 한 뒤에 화장대 앞에 단정히 앉아 그 책을 읽었다. "좋군(부라이)" "정말 좋군(쩐부라이)" "좋구면(부라이따이)," 이모는 이렇게 논평했다. 고향 사투리로는, '라이(賴)'를 음평(陰平)으로 읽었고, '따이(呆)'를 양평(陽平)으로 읽고 조사로 사용했다. 이모가 피우던 질 나쁜 담배의 재가 떨어져, 프랑스 황제 나폴레옹의 머리에 크고 작은 두 개의 구멍을 냈다. 이모가 손으로 털어내자, 불붙은 재는 전부 부스러기로 변해 책의 여러 페이지에 불똥의 거뭇거뭇한 점을 남겼다. 그 바람에 니자오는 몹시 실망하고 속이 상했다.

동화는 그와 누나만의 것이었다. 그들은 각자 한 번씩 읽으면서, 모르는 글자는 서로 묻고, 물어도 모르면 자전을 찾았다. 일횡(一橫) 이수(二垂) 삼점날(三點捺), 점 아래 횡은 영두(零頭)가 되고, 차사(叉四) 삽오(插五)에 네모는 육이고, 칠각(七角) 팔팔(八八)에 소(小)는 구. 니자오는 구결을 똑똑히 외웠는데, 이 사각 번호 검자 방법은 왕윈오(王雲五)가 발명한 것이라 했다. 다 읽고 나면, 그와 누나는 서로 이미 아는 이야기를 했다. 한 사람이 이야기할 때 다른 한 사람은 보충해주거나 바로잡아주었는데, 흡사 학과를 복습하며 시험을 준비하는 것 같았다.

니자오가 가장 좋아한 것은 생명수와 황금새 이야기였다. 한 영감이 늙고 병들어 근심스런 눈썹을 펴지 못했다. 숲의 여신이 그의 아들에게, 아주 먼 곳으로 가 노래할 줄 아는 황금새와 죽은 사람을 살려낼 수 있고 늙은 사람을 젊게 만들 수 있는 생명수를 찾아야 한다고 말해주었다. 영감에게는 세 아들이 있었다. 큰아들과 둘째 아들은 여신의 충고를 잊어버리고 산속 길에서 자기 이름을 부르는 마녀를 뒤돌아보았고, 그래서 황금새와 생명수는 찾지 못하고 거꾸로 그들 자신이 차가운 돌로 변해버렸다(이 대목을 읽거나 이야기하다가 니자오는 왕왕 화를 내며 소리를 질렀다. 왜 이렇게 철이 없어, 여신의 말을 안 듣고 마녀의 유혹에 걸리다니!). 그런데 셋째 아들은 의지가 굳세어, 마녀와 싸워 이겼고, 황금새와 생명수를 가져왔고, 형들을 살려냈고, 돌로 변한 많은 사람들을 살려냈고, 병으로 다 죽어가는 아버지의 건강을 회복시켰고, 모두들 황금새의 노래를 들으며 행복하게 살았다.

이 이야기는 니자오에게 선명하고 심각한 인상을 주었다. 그는 그 노인의 고통, 청년의 의기, 희망의 요원함, 유혹의 험악함을 체험하고 또 체험했다. 마치 그 자신이 괴상한 돌들이 쌓여 있는 산골짜기를 가는 것 같았고, 온갖 마귀들의 부르짖는 소리와 웃음소리가 들리는 것 같았다. 그는 자기를 시험하고 또 시험했다. 가난과 고통을, 공포와 고독과 참기 힘든 유혹을 싸워 이길 수 있을까? 어떤 때는 할 수 있다는 결론이었다. 그는 할 수 있었다. 그는 셋째 아들이었다. 그가 생명수를 돌에 뿌리자, 천년 동안 굳어 있던 돌이 부활하여 활발하고 열렬한 생명으로 변했다. 천년, 만년, 억년 기다리고 갈망해온, 얼어붙고 납작해지고 짓눌리고 언어와 감정과 체온과 운동을 잃어버린 영혼이 이 세상에는 얼마나 많을까? 원래 돌멩이 하나하나가 전부 이런 불행한 영혼이었구나! 그는 그 영혼들을 구해줄 것이고, 그 영혼들을 도와줄 것이고, 그들에게 황금새의 천상의 음악 같은 노랫소리를 들려줄 것이었다. 설사 그가 생명수를 찾고 돌들을 구하는 도중에 실패하더라도, 설사 그가 돌을 부활시키지 못할 뿐 아니라 마침내는 그 자신도 차갑고 딱딱하고 무거운 돌로 변한다 하더라도, 생명수를 찾으려는 노력만 버리지 않는다면, 언젠가는 그 생명수를 찾게 될 것이고 언젠가는 그와 그의 식구들도 그 속에 포함되는 돌들을 해방시키게 될 것이 아닌가?

그런 감동은 하도 강렬해서, 그의 조그만 몸뚱어리로는 그 강렬한 감정과 큰 근심을 감당할 수 없을 것 같았다. 그는 누나에게 말할 따름이었다. 말하다 말고, 그가 갑자기 물었다. "누나, 누나는 중국을 사랑해?"

니핑은 그 말의 뜻을 몰라 모호하게 고개를 한 번 끄덕거렸다.

"나는 크면 꼭 애국할 거야. 난 중국을 위해 죽을 테야! 우리 중국은 너무 가난하고 약해!" 니자오가 눈물을 흘리며 말했다.

그 황금새와 생명수를 이야기하고 꿈꾸는 것 말고 그가 무엇을 더 할 수 있었겠는가? 그는 자기의 상상에 따라 크레용으로 황금새를 그렸다. 크레용과 종이를 숱하게 쓰고도 황금새를 그리기는커녕 참새 한 마리도 그리지 못했다. 이상하게도 그가 그린 새는 못생긴 쥐를 더 닮았다. 어느 날에나 노래할 줄 알고 날 줄 아는 아름다운 황금새를 그릴 수 있게 될까?

니자오는 외할머니를 따라 묘회에도 갔다. 그는 무술 시범을 구경하기 좋아했지만, 안타깝게도 그 사람들은 말은 많이 하면서 시범은 조금밖에 보이지 않았다. 물 흐르듯 막힘없이 지껄여대는 말은 그가 금세 시범을 보일 것같이 들렸지만, 그러나 서서 한참을 기다려도 그는 여전히 그렇게 지껄이고만 있는 것이었다.

마침내 몇 수 시범을 보였고 그것이 니자오를 크게 흥분시켰다. 그는 집으로 돌아오자, 침대로 올라가 무술을 흉내내기 시작했다. 몇 수 되지 않아, 갑자기 중심을 잃고 머리를 아래로 향하고 침대에서 방바닥으로 고꾸라져 얼굴을 다쳤다. 아버지가 탄식하며 말했다. "영양 결핍이야! 먹는 게 칼로리가 부족해! 두부(頭部)에 피 공급도 부족(不足)해! 제대로 서질 못하잖아! 어린이에게 이렇게 배고프고 추운 생활을 하게 하는 건 범죄야, 범죄라구!"

니우칭은 비분강개했지만, 니자오는 반감 내지 미움을 느꼈다. 그는 사람이지 고양이나 개가 아니었으므로, 그의 얼굴을 두고 두(頭)니 족(足)이니 해서는 안 되었고, 넘어졌으면 넘어졌지, 영양이 많네 적네 할 필요가 없었다. 어디 가서 그렇게 많은 영양을 얻는단 말인가? 얼굴을 다쳤으면 빨간 약이나 반창고를 갖고 오는 게 최고였고, 만약 약품이나 용품이 없다면 한두 마디 위로하면서 머리를 만져주면 되었다. 엄마가 바로 그랬다. "털을 만지면 놀라지 않아요, 등을 만지면 깜짝 놀라요." 그건 고향의 동요였다. 그런 건 하나도 없고 그 대신 과장해서 무슨 '범죄'라고 소리치는 건 완전히 헛소리가 아닌가? 이런 탄식이 자기도 망치고 그의 탄식을 듣는 사람들의 기분도 망치는 것 외에 무슨 다른 소용이 있단 말인가?

니자오는 얼굴을 다치고서 이틀 저녁 동안 공부를 하지 않았다. 그는 아버지가 좋아하는 횡폭을 들여다봤지만, 천서(天書)를 읽는 것처럼, 한 글자도 뜻을 알 수가 없었다. 난득호도(難得糊塗)의 난이 '鶏'자로 쓰어 있어 니자오를 더욱 어리벙벙하게 했다. '鶏'이 뭐지? 틀림없이 '鶏'를 별나게 쓴 걸 거야. 닭에게 무슨 멍청함이 있다는 거지?

"이건 학문이다." 니우청이 말했다. "말하자면, 똑똑해야 할 곳에서는 똑똑해지고, 어리석어야 할 때는 어리석어지라는 거다." 니우청은 니자오에게 아들이 못 알아듣는 건 물론이고 자기도 모를 소리를 했다. 니우청은 니자오를 데리고 절에도 두 군데 갔었는데, 하나는 시내의 광제사였고 하나는 시외의 오탑사였다. 오탑사의 대나무는 겨울에도 파랬다. 절에서 돌아와 니우청은 니자오에게 좌선하는 법을 가르치며 '오심조천(五心朝天)'을 하라고 했다. 책상다리를 한 채 조금만 있으면 니자오는 힘들고 저려서 견딜 수가 없었다. '좌선'의 자세에는 신비스러운 장엄함이 있는 것 같았고, 니자오는 좌선의 초연한 해탈의 매력을 어렴풋이 느꼈다.

그는 아버지를 잘 알 수가 없었다.

필경은 조용한 겨울이었다. 니자오의 기억 속에서 유일한, 조용하고 화목한 겨울이었다. 니자오가 철이 든 뒤로 아버지와 함께 생활한 유일한 겨울이었다. 아버지는 글을 번역하느라 하루 종일 끊임없이 사전을 찾았다. 때로 아버지는 늦게 잤다. 니자오는 자다가 일어나 오줌을 누면서 아버지가 등불 아래서 사전을 찾고 있는 것을 보았다. 양력설이 지난 뒤, 아버지는 새 일을 찾았는데, 한 중학교에서 여러 과목을 가르치는 것이었다. 그는 달마다 봉급을 엄마에게 가져다주었고 그래서 온 집안에 희희낙락한 분위기가 흘러넘쳤다. 아버지와 엄마가 매일 몇 번씩 다투기는 했지만, 그 다툼은 많은 경우 그와 관계되었다.

"밥 먹으면서 쩝쩝거리지 마라." 니자오가 한참 맛있게 먹고 있을 때 아버지가 이렇게 훈계를 했다.

"맛있게 먹는 거예요." 엄마가 변호했다. 그러고는 시위하듯이 먹으면서 입으로 쩝쩝, 쩝쩝 소리를 냈다.

"그런 습관은 나빠요!" 아버지가 또 말했다.

"당신 습관은 얼마나 좋아서!" 니자오는 아버지의 간섭이 그의 밥 먹는 재미를 망쳤다고 마음속으로 중얼거렸다. 더구나 본래 맛있는 건 하나도 없는 터였다. 그때 니우청이 씹고 삼키다가 소리를 좀 냈고, "아버지도 쩝쩝거리네요!" 니자오는 흥분해서 손가락으로 아버지를 가리켰다.

"남에게 손가락질을 하면 안 돼!" 또 새로운 훈계였다.

"당신 말하는 거야말로 전문적으로 남을 손가락질하기 좋아하죠!" 엄마가 폭로했다.

아버지는 분명 발작할 것 같았는데 정판교의 글씨를 한 번 보고는 눈썹을 잔뜩 찌푸리며 참았다.

"날이 너무 추워서 손이 얼었어요!" 니자오는 학교가 끝난 뒤, 벌겋게 언 작은 손을 내밀어 화롯불을 쬐면서 불평을 했다.

"손을 쬐지 마라." 아버지가 또 훈계를 하고는 고상한 이론을 폈다. "이게 뭐가 춥니? 흑룡강이나 시베리아는 베이징보다 훨씬 더 춥다. 북극은 어떻고, 북극권에는 얼음집에 사는 에스키모인이 있어. 세계의 모든 선진국들은 해마다 사람을 북극으로 보내 탐험하게 하지⋯⋯ 어린애가 추위를 무서워해선 안 된다!"

전부 헛소리야! 라고 니자오는 판단하고 있었다.

엄마가 이미 말을 받았다. "그런 말이 무슨 소용이 있어요? 아버지라는 사람이 애한테 새 솜옷이랑 새 털옷을 사준다는 말은 않고, 애한테 새 털모자랑 새 털신을 사준다는 말도 않고. 저 애가 저 몸으로 북극에 갈 수 있겠어요? 당신은 북극에 가봤어요? 석탄을 아끼려고 화롯불에 석탄 몇 알 덜 넣으면 그랬다고 성질을 부리면서, 남더러는 북극에 가라니!"

니우청은 나지막이 혼잣말을 했다. "무식해, 철두철미하게 무식해, 정말 백치 같아……" 그의 목소리가 자신에게도 들리지 않았으니, 다른 사람에게 들리지 않은 것은 말할 나위도 없다.

니우청은 일이 없을 때는 항상 두 아이에게 서보라고, 걸어보라고 했다. 그는 아이들의 등뼈가 곧은지, 두 어깨가 수평을 이루는지, 다리가 휘었는지, 걸을 때 다리가 안으로나 밖으로 팔자가 되는지 등을 검사하려 했다.

그게 두 아이는 미치도록 싫었다. 그들은 이 모욕적이고 간섭적인 소위 관심이라는 것을 참을 수가 없었다. 니자오는 심지어 아버지와 어머니의 화해가 대체 좋은 일인지 아닌지 회의가 들기 시작했다. 아버지와 어머니가 갈라섰을 때, 아버지가 항상 돌아오지 않거나 돌아오더라도 자기들은 어머니가 시키는 대로 아버지를 피했을 때, 그들의 생활은 훨씬 더 자유롭지 않았던가?

그밖에도 번거롭기만 한 이상주의적인 고상한 이론이 줄줄이였다. 누굴 만나면 숙부라 불러야 하고, 누굴 만나면 백부라 불러야 한다. 어느 땐 고맙습니다, 해야 하고, 어느 땐 미안합니다, 해야 하고, 어느 땐 또 안녕히 가세요, 해야 한다. 어느 말은 잘못 사용했다. 어느 재미있는 뉴스는 절대 믿을 수 없다. 겨울에 잘 때도 창문을 열어놓아야 하고, 날이 좋을 때는 집 밖으로 나가 일광욕을 해야 한다. 책을 다 보지 못했다고 귀퉁이를 접어 표시를 해서는 안 된다. 심지어는, 낯선 사람을 만나면 얼굴에 웃음을 띠어야 하고, 아는 사람을 만나면

네가 먼저 인사를 해야 한다. 강연 대회에 참가하면 좋은 학생이 되겠다고만 해서는 안 되고 능력 있는 청년이 되겠다고도 해야 하며, 또 더욱 많은 노래를 배워야 한다. 적어도 한 가지 악기는 배워야 하고 회화와 조각도 배워야 한다. 문구와 예컨대—환등기 같은 것들을 제 손으로 만들 줄 알아야 한다. 또 어려서부터 춤도 배워야 하고 자전거 타기, 자동차 운전…… 빈틈없는 '해야 한다'들은 두 남매에게 던져지는, 사람을 옭아매는 가닥가닥 밧줄 같았고, 또 다른 '해야 한다'들은 대낮의 잠꼬대 같았고…… 아버지의 '교육'을 받는 것은 얼마나 고통스러운 일이며 얼마나 큰 재난인지!

"너희 아버진 정신병이야." 징이의 논평과 아이에 대한 교육이 오히려 산뜻했다. "상대할 필요 없어." 그녀가 덧붙였다.

니핑과 니자오는 엄마의 관점을 기꺼이 받아들였다.

집에 있는 시간이 길어질수록 니우청은 두 아이가 더욱 좋아졌다. 더 좋아질수록 더 관심을 가졌다. 더 관심을 가질수록 어려서부터 드러나는 여러 가지 단점이 더 많이 눈에 띄었고, 그래서 마음이 아팠다! 니우청이 벌써 다른 사람에게 이야기한 적이 있듯이, 중국을 구하는 건 어린아이를 구하는 것부터 시작할 수밖에 없고, 일곱 살에 재교육하거나 여섯 살에 재교육해도 심지어 다섯 살에 재교육해도 이미 늦다! 자기 아이를 더욱 좋아하고 관심을 가질수록 더욱 교육을 시키려 들었고, 교육을 시키면 시킬수록 니핑과 니자오는 아버지가 더욱더 싫어졌다.

니자오는 자기의 어린, 그러나 넘치는 정력과 환상을 책읽기에 쏟기 시작했다. 그의 집이 있는 골목에서 세 골목 너머에 '민중교육관'이라는 작은 집이 있었다. 안에는 열람실 하나밖에 없었는데, 좌석을 다 채우면 삼십여 명이 들어갈 수 있었다. 그가 처음 민중교육관에

간 것은 수업이 끝난 뒤 고학년 아이가 데리고 갔을 때였다. 그가 너무 어렸기 때문에, 열람실로 들어가자마자 엄격하게 경고하는 소리를 들었다. "어린애는 못 들어간다." '계산대' 뒤에, 안쪽의 몇 개의 서가 앞에 앉은, 분을 바르지 않은, 얼굴이 누렇고 깡마른 중년 여자의 말이었다. 니자오는 깜짝 놀랐고 가슴이 두근댔고 얼굴이 귀밑까지 붉어졌다. "책을 보러 온 거예요." 큰 아이가 말했다. "애들 책은 없어." 여자가 말했다. "난 애들 책 안 봐요." 그가 항변했다.

큰 아이가 그에게 도서 목록 카드 찾는 법을 가르쳐주었다. 카드에서 오래 묵은 지묵 냄새가 났다. 한 번에 두 권까지 빌릴 수 있었는데, 그는 『빙심(氷心) 전집』과 예성타오(葉聖陶)의 동화집 『허수아비』를 빌렸다.

중년 여자는 불신하는 눈빛으로 이 아이를 쳐다보며 마지못해 책을 가져왔다. 니자오는 이 여자의 주의 깊은, 엄격한 눈빛의 압력 아래 그가 평생 처음으로 도서관에서 빌린 책을 읽었다. 저 아줌마는 내가 책을 훔치러 온 줄 알고 도망갈까 봐 지키는 게 아닐까? 니자오는 책을 읽는 게 가시방석에 앉은 것 같다고 생각했다. 그리고 모르는 글자는 왜 그렇게 많은지.

모르는 글자도 많았지만 아는 글자가 더 많았다. 아는 글자를 통해 그는 모르는 글자를 대부분 알아맞힐 수 있었다. 처음에 그는 큰 아이에게 몇 번 물었는데, 큰 아이의 대답은 십중팔구 그의 추측에 들어맞았고, 그래서 그는 미친 듯이 기뻤고 책읽기의 즐거움을 더해갔다. 제대로 이해했는지는 그 자신도 분명치 않았지만, 그는 정신을 쏟았고, 감동했고, 책 속의 구절들을 속으로 읽었고, 그 아름다운 말과 아름다운 뜻에 진심으로 감복했다. 그는 책의 세계로 완전히 빠져들었다. 그는 이미 그 엄격하고 불신하는 눈빛에 신경을 쓰지 않았다. 실제로 그 눈빛도 이미 부드럽고 친절하게 변해 있었다. 또 한 사람 도서를 관리하는, 동그란 돋보기를 쓴 노인이 다가오자, 중년 여자는 니자오를 가리키며 웃으면서 노인에게 귓속말을 했다. 노인도 웃었다. 그가 니자오를 향해 고개를 끄덕였다.

그해 겨울, 니자오는 이 민중교육관의 단골손님이 되었고, 관내의 노인과 중년 여자가 다 그를 알게 되었다. 한 번은 북풍이 노하여 소리치고, 날이 흐려져 어두컴컴해지고, 열람실 안의 난롯불이 가물가물해지자, 원래부터 있던 몇 명의 손님도 날씨가 변한 것을 보고는 곧 총총히 책을 반납하고 집으로 돌아갔다. 그러나 니자오는 언제나 마지막까지 자리를 지켰고, 문 닫을 시간이 되지 않으면 가지 않았다. 어떤 때는 추위서 끊임없이 코를 훌쩍였지만 그래도 한사코 가려 하지 않았다. 한 번은 두 직원이 좀 일찍 가기를 권하고 설득하지 않을 수 없었는데, 그제서야 니자오는 그가 가지 않으면 그 두 사람도 못 간다는 것을 의식했고, 그래서 그는 어쩔 수 없이, 못내 애석해하며 책을 반납했다. 몸은 비록 설비가 초라한 '교육관'을 떠나지만, 마음은 여전히 거기에 머물렀다.

그는 무협소설과 연의소설도 읽었다.『칠협오의(七俠五義)』와『소오의(小五義)』는 별로 인상이 깊지 않았다. 바이위(白羽)의『십이금전표(十二金錢鏢)』의 주인공 '소백룡(小白龍)'을 둘러싼 은원 이야기는 몹시 감동적이었다. 정정인(鄭證因)의 '기격(技擊) 소설'『응조왕(鷹爪王)』도 재미있었다. 그는 특히 그중 경공(輕功)에 관한, '한지발총(旱地拔葱)'이라는 수법에 관한 묘사에 매혹되었다. 경공을 익힌 사람이 한지발총을 하는 모습을 책에서는 이렇게 묘사했다. 몸을 솟구쳐 한 번 뛰어오르고, 오른발로 왼발의 발등을 짚어 다시 한 번 뛰어오르고, 다시 왼발로 오른발의 발등을 짚어 또 한 번 뛰어올라,

지붕이나 탑 꼭대기나 절벽 위로 올라갔다. 지면에서 수직으로 하는 이 '삼단뛰기'를 니자오는 몹시 부러워했다. 몇 번 시도했지만, 깊이 숨을 들이마시고 땅을 박차고 뛰어올라 오른발로 왼발을 짚는데 미처 짚기도 전에 사람은 벌써 땅바닥에 떨어졌다.

그가 민중교육관에서 책을 읽던 모습을 이야기하는 것을 들으며, 늘 근심에 찬 엄마의 얼굴에 계속 웃음이 피어올랐다. 아유 이뻐, 아유 착해, 아유 똑똑해, 정말 장래성이 있다, 그녀는 입에 침이 마르도록 칭찬했다. 하지만 너무 무리하지는 말라고 그녀는 깨우쳐주었다. 이모는 더 흥분했고, 자기도 '책벌레'라고 말했다. 그녀는 항상 잔돈으로 책가게에서 책을 빌려 보았다. 내가 보는 건 전부 잡서야라고 그녀는 밝혔다. "책읽기를 만 권 이상 하면, 글을 쓰는 데 신이 깃들인다." 이모가 경전을 인용하기 시작했다. "누구나 당시삼백수(唐詩三百首)를 읽으면, 시는 못 지어도 꾸며 낼 수는 있다." 그녀는 또 말했다. "글은 필요할 때야 짧은 게 한스럽고, 일은 겪어보지 않으면 어려운 줄을 모른다." "충후(忠厚)는 전가(傳家)로 장구하고, 시서(詩書)는 계세(繼世)로 영원하다." "집에 좋은 밭 천 경(頃)이 있음이, 얕은 재주 몸에 지님만 못하다." 그리고는 어렵게 읽은 책 이야기를 여러 개 했고, 마지막에는 또 "거시기 그 거시기"였다.

누나는 니자오의 책읽기에 대해 걱정하고 반대하는 태도를 취했다. "너는 이렇게 어린아이가 돼서 그렇게 많은 책을 읽으니, 머리가 터질 거다, 뇌수가 흘러나올 거다." 그 말이 듣기 싫어서 동생은 그녀와 싸웠다. 나중에 그녀는 엄마에게 한바탕 야단을 맞았다.

아버지는 그가 책 읽는 일을 듣고 대단히 슬퍼했다. 니자오, 넌 왜 유년이 없니? 그는 이렇게 서두를 뗐다. "아직은 네가 독서할 때가 아냐. 학교 공부 외에 네게 제일 중요한 건 유희야. 유희, 알겠니? 베이컨과 디드로, 제임스와 듀이, 그들은 어린이의 가장 신성한 권리가 유희임을 강조했어! 유희가 없는 유년은 얼마나 쓸쓸하냐! 유년의 쓸쓸함. 넌 모르겠니? 물론, 알겠지. 많은 학자들이 전문적으로 이 문제를 연구했다. 그것은 인생의 한 고통, 최대의 고통 중 하나야. 어려서부터 난 너를 지켜봤다. 예를 들면 여름에, 어른들은 다 낮잠을 자는데, 너는 안 자. 안 잘 뿐만 아니라, 놀지도 않고, 너랑 놀 아이도 없어. 넌 뭘 해야 좋을지 모르고, 마음이 불안하고, 넋이 나간 채로, 갈 데도 없어, 그게 쓸쓸함이야, 그게 유년의 쓸쓸함이야!"

"그리고 유년은 인류의 가장 귀중한 시절이야. 어린이는 인류의 꽃이야. 유년은 밝고, 즐겁고, 재미있고, 다채롭고, 눈부신 것이어야 해. 어린이는 충분한 장난감이 있어야 해, 진흙 인형이랑 대나무 잠자리뿐 아니라 움직이는 기선, 기차, 비행기도 있어야 하고, 수소를 가득 채운 풍선도 있어야지, 손을 놓으면 이런 풍선은 하늘로 날아오르지. 좀 큰 풍선도 있는데, 그러면 그건 너를 하늘로 데려갈 수 있단다. 남자아이라면 소리도 나고 불도 뿜는 권총, 장총, 기관총을 가지고 놀아야 한다. 어린이는 자기가 기르는 동물이 있어야 해, 누에만이 아니라 쥐도 기르고 토끼도 기르고 사슴 새끼도 기르고, 그리고 말도 기를 수 있지. 어려서부터 말을 탈 기회가 있어야 해, 어린이는 자기 목장이 있어야 해. 어린이는 자기 놀이터가 있어야 해, 공놀이, 장기, 미궁, 또 각종 운동 기구, 링과 굴렁쇠, 사다리와 밧줄. 어린이는 또 자기의 교통수단이 있어야 해, 어린이가 몰고 어린이가 타는 기차와 전차가 있어야 해. 제일 중요한 건, 우리가 자기 배를, 돛단배를 가져야 한다는 거야, 배를 몰고 바다로 갈 수 있다구. 적어도 고무보트는 있어야지, 공기를 불어넣으면 배가 되는, 물론 너는 수영을 할 줄 알아야 해, 그리고서 너는 두 날개가 달린 노를 가지고 자신을 위해 배를 젓는 거야. 결론적으로 말하면, 어린이는 자기의 세계를 가져야 해, 자기의 총통, 자기의 육해공군을 가져야 하고, 자기의 강단을 가져야 하고, 자기의 공원을 가져야 하고, 자기의 마차, 기차, 자동차, 비행기, 기선을 가져야 해. 자기의 광장, 자기의 악대, 자기의 대강당을 가져야 해. 어린이의 세계를 가진 어린이만이 진정한 어린이고, 유년이 있는 어린이지. 일찍이 루쉰이 말했었지. 아이들을 구하라. 어떻게 구하지? 세계 전체를 아이에게 주면, 아이에게 돌려주면 돼. 세계는 본래 너희들의 것이야. 그런데 너희는 뭐가 있지? 내 아들, 그리고 내 딸아, 너희들에게는 뭐가 있니? 그런 세계의 부스러기 하나 없다. 그래서 핑얼이 백탑사에 가서 「대요괴」 연극을 보는 거야. 그래서 네가 그 무슨 관에 가서 본래 어린이가 읽기에 적합하지 않은 책을 읽는 거야. 어린이의 책은 컬러에 인쇄가 깨끗하고, 그림이 많아야 돼. 어린이의 책에는 레코드가 달려야 해. 레코드? 뭐, 레코드가 뭔지도 몰라? 유성기도 못 봤니? 오, 어떡한담? 어린이의 책은 또 달콤해야 해, 다 읽고 나면 카스텔라를 먹는 것처럼 그걸 먹을 수 있게…… 문명국가라면 모두 어린이를 위한다는 관념이 있어야 한다. 그런 관념이 전혀 없는 나라에서 사는 어린이는 얼마나 쓸쓸하냐, 명관둔—타오촌에서의 내 유년은, 너무도 너무도 쓸쓸했었다!"

니우청이 오열하기 시작했고, 눈물을 흘리기 시작했다. 그의 입술은 보기 싫게 일그러졌고, 그의 숨은 컥컥 막혔다. 그는 안경을 벗고, 손등으로 눈가의 눈물을 함부로 훔쳤고, 그 결과 얼굴의 눈물은 닦이지 않고 손까지 젖어버렸다.

니자오는 아버지가 왜 갑자기 이렇게 격동하는지 몰랐다. 그러나 그는 아버지의 자식 사랑을 느꼈고, 아버지의 진정을 느꼈고, 아버지의 현실을 초월한 일체의 아름다운 꿈을 느꼈다. 똑똑히 듣지 못한 말이 많았지만, 그러나 아버지의 말은 바늘처럼, 독가시처럼 그의 마음을, 그의 영혼을 찔렀다. 그들의, 그의 그리고 아버지의, 엄마의, 누나의, 이모의, 외할머니의, 그리고 수많은 아이들, 수많은 이웃들, 수많은 가정들의 삶이, 확실히 슬픈 것인지도 몰라? 아버지가 말하는 여름, 찌는 한낮의 쓸쓸함을 그는 확실히 느낀 적이 있었다. 아버지의 분석과 해명을 통해 그는 그 쓸쓸함의 고통을 더욱 확인했다. 그는 하얀 돛단배를 본 적이 없었고, 하얀 돛단배가 어떻게 생겼는지 몰랐다. 그러나 미술 시간에 돛단배를 그린 적이 있는데, 돛단배와 태양, 그리고 옆으로 그은 몇 가닥 곡선이 대표하는 물결, 이것은 모든 아이들이 다 그린 적이 있는 것이었다. 그는 흰 돛단배의 사랑스러움을 느꼈고, 그러자 흰 돛단배가 없다는 결핍감의 고통이 느껴졌다. 설사 아버지가 말하는 게 다 맞고 다 진정이라 치자. 그런 말을 해서 대체 뭘 하겠다는 건가? 도대체 그의 유년을 보호하고 쟁취하는 건가, 아니면 파괴하고 없애는 건가? 도대체 아이를 위해 괴로워하는 것인가, 아니면 전염병을 퍼뜨리듯 자기의 고통을 전파하고 배설하는 것인가? 하늘을 원망하고 사람을 걱정하는 그 과장된 비분은 도대체 얼마나 이치에 맞고 얼마나 소용이 있는가? 그것이 어떤 사람의 운명을, 어떤 아이의 유년을 조금이라도 개선할 수 있는가? 아이의 유년에 관심 있는 사람이, 이렇게 거리낌 없이 아이의 면전에서 히스테리를 터뜨릴 수 있는가? 그는 다음 세대를 위해 흰 돛단배를 만들었거나 만들고 있는가? 다른 사람이 아니라 그 자신이, 한 멋쟁이 여자와 같이 양식을 먹던 그날 저녁, 니자오로 하여금 굉장히 쓸쓸하게 느끼도록 하지 않았던가? 그는 도대체 인자한 아버지인가 마귀인가, 철인(哲人)인가 광인인가? 그러나 커다란 남자가 울었고, 자기 때문에 울었고, 그토록 추하게 울었고, 그래서 니자오는 마침내 자기의 눈물을 참지 못했다.

아마도 당시 니자오의 생각은 이처럼 명료하지 않았을 것이고, 아마도 당시 그는 아버지에 대한 자신의 격동적인 반응을 아직 명석하게 정리하지 못했을 것이다. 어떤 개념들과 어떤 명사들은 아직 쓸 줄 몰랐다. 그러나 그의 당혹은 분명하고 뼈저린 것이었다. 그 당혹은 몇십 년을 온전히 계속되었고, 아버지의 사후에도 계속되었고, 그리고 이제 와 추억하노라면, 당시 '유년' 문제에 있어 아버지의 감개에 대한 그의 감개가, 두 방향으로 힘껏 잡아당기는 말처럼 그의 마음을 어떻게 찢어놓았는가를 그는 분명히 기억했다.

"울지 마라, 울지 마." 아버지가 그의 울음을 달랬다. "우리 놀자. 지금은 일이 없으니까, 너하고 놀게. 나를 말 타듯이 타도 돼, 야호 하면서 채찍으로 때리렴. 그렇잖음, 우리 둘이 권투하자, 나는 방어만 하고, 공격은 안 하고, 네가 주먹으로 내 몸을 맞추면 나는 새끼손가락을 펼게, 내가 진 거야. 그렇잖음, 너는 온돌 위에서 재주넘기를 하고, 나는 너를 보호해주고. 그렇잖음…… 그렇잖음 구슬치기? 구슬치기는 내가 할 줄 모르는데, 하지만 너한테 배우면 되지, 네가 내 꼬마 선생이 되어서……"

그래서 니자오는 '권투'를 선택했다. 그가 아버지의 몸을 주먹으로 맞출 때마다, 아버지는 새끼손가락을 폈다. 니자오는 펄쩍거리며 소리 지르며 웃으며 권투 시합에서의 잇단 승리를 경축했다.

제16장

양력설이 지나자, 고향의 소작인 쟝즈언과 리리엔쟈가 왔다. 그들은 치엔먼(前門) 밖의 작은 여인숙에 묵었는데, '노마님'(이것은 그들의 쟝자오씨에 대한 존칭이었다)에게 대추 반자루, 녹두 반자루, 약간의 팥, 시래기 넉 두름, 붉게 물들인 순대 두 쟁반, 그리고 약간의 현금을 가져왔다. 이것은 그들이 거둬온 도지와 도지를 내다판 소득이었다. 그밖에도, 쟝, 리 두 사람은 개인적으로 바치는 토산품 두 가지를 가져왔다. 하나는 수휘투이(素火腿)였는데, 주로 두부껍질로 만든 것으로 각종 재료를 섞어 외관상으로는 햄 같았지만, 실제로는 식물성 음식이었다. 이것은 고향의 한 리씨 성을 가진 사람이 가전 비법으로 만드는 식품으로, 이미 2백여 년의 역사가 되었다고들 했다. 징전이 이것을 유별나게 좋아해서 이 선물은 큰아씨(징전에 대한 존칭)에게 가져온 것으로 쳤다. 그 다음은 집에서 졸인 츄리가오(秋梨膏) 한 단지였다. 고향에는 땅에 떨어져 부서지는 '물배'가 나지 않는가? 가을이 지나면 이 물배로 탕을 끓이고 설탕을 넣어 꿀같이 진해질 정도로 졸여, 츄리가오라고 불렸다. 사람들은 이 츄리가오가 폐를 매끈하게 하고 담을 없애고 기침을 멈추는 약효가 있다고 믿었다. 쟝자오씨는 겨울이면 항상 가슴이 아프고 기침을 하고 가래가 끓는 병을 앓았는데, 장, 리 두 사람이 그것을 알고 특별히 이것을 가져와 효경(孝敬)의 뜻을 표한 것이다. 장, 리 두 사람이 오자, '주' '종' 쌍방이 다 죽는 소리를 했다. 쟝자오씨와 징전은 자기들이 이젠 베이징 시에서 더 못 살겠고, 쓸 돈이 급히 필요해서, 고향 일을 더 이상 대충대충 얼렁뚱땅 놔둘 수가 없다는 이야기를 했다. 쟝즈언과 리리엔쟈는 '작황'이 얼마나 나빴고, 전쟁에다가, 일본 사람들이 공출해가고, '팔로'가 사방에서 활동하고, 마을 사람들 생각도 달라지고, 인심이 흉흉해졌다는 이야기를 했다. 마적이 향(鄕)에서 첫째 가는 집안의 샤(夏) 나으리를 납치해가, 샤 나으리의 아들이 3천 원을 바쳤는데, 마적은 액수가 적다고 화를 내고, 샤 나으리를 산 채로 밧줄로 목을 매달아 죽였다. 게다가 봄 가뭄, 여름 홍수, 단오절엔 메뚜기떼가 닥쳤고, 하지 뒤에는 우박이 내려서 소작인들은 집집이 솥을 걸지 못했다. 지금은 세 사람이 바지 하나를 입고, 다섯 사람이 이불 하나를 덮고, 고생이 말도 못하는데, 대불사의 대불에 향을 피우고 수월암의 관음보살에게 축원을 해도 다 영험이 없었다. 이 돈과 물건들은, 그들 두 사람이 노마님의 인의를 생각하고, 큰나으리(징전·징이의 아버지)의 은혜를 생각해서, 발이 닳도록 뛰어다니고 입이 부르트도록 떠들어대고 설득하고 위협해서 소작인들의 입에서 억지로 빼앗아온 것이었다. 그러고 나서 쌍방은 똑같은 혹은 비슷한 뜻의 말을 몇 번 되풀이했다. 그리고 '큰아씨'가 두 사람에게 떡을 구워 내오고 술도 좀 가져왔다. 술안주로는, 붉은 순대와 누런 수휘투이를 그 자리에서 조금 썰어 내놓는 것 외에도, '큰아씨'가 자기 손으로 만든 음식— 새우젓떡지짐을 내왔다. 새우젓은 작은 새우, 작은 물고기, 작은 게 및 작은 패류 동물 등을 갈아 만드는 것으로, 푸르스름한 색을 띠었고, 코를 찌르는 비린내가 났는데, 더 변질하는 것을 막기 위해 항상 이 젓갈에는 많은 소금을 넣었고, 그래서 이 새우젓은 맛이 지독히 짰다. 이 새우젓은 값이 싸서, 비린 것을 먹고 싶지만 어육은 못 먹는 사람들이 먹기에 아주 적합했으며, 1940년대에 베이징에서 가장 환영받는 식품이었다. 그러나 먹기에 너무 짜고 너무 비린 것은, 아무래도 문제였다. 그래서 징전은 가공 처리를 해, 새우젓에 밀가루를 좀 넣고, 그 다음엔 냄비에 기름을 치고, 밀가루를 넣은 새우젓을 한 덩어리씩 떠서 뜨거운 기름 냄비에 넣었는데, 다 익으면 색깔이 보라색, 갈색, 노란색이 멋대로 뒤섞인 새우젓떡이 되었다. 이 새우젓떡은 먹을 때는 그다지 맛이 없었을지 모르나, 지질 때는 냄새가 아주 짜릿(냄새가 자극성이 많다는 뜻)했는데, 비리고 구리고 신선하고 향긋하여 있어야 할 것을 다 갖췄다. 새우젓떡을 지지는 냄새를 맡을 때마다 징전은 가슴이 탁 트였고, 자기가 지질 차례가 되면 더욱 날아갈 듯한 기분이었다.

'주' '종'이 함께 먹기 시작했고, 징이와 두 아이도 불렀다. 니우청은 새우젓떡의 냄새를 몹시 싫어했고, 새우젓떡을 지질(베이징 말로 바꾸면 부친다고 해야 했다) 때의 짜릿한 냄새는 더 싫어했다. 그리고, 그는 이 두 소작인을 만나는 걸 꺼리는 것 같았다. 그는 어려서부터 지주의 도지 착취를 반대했었다. 그는 오지 않았다. 모두들 일변 먹으면서 끊임없이 자기 걱정 상대방 걱정을 했다. 노마님, 큰아씨, 둘째 아씨의 성안 생활이 이렇게 어려울 줄은 생각지도 못했습니다! 그러게 말예요, 찬물도 돈을 줘야 마신다구요! 징전의 말의 진실성을 증명하기 위해서인 것처럼, 이렇게 말했을 때 마침 산둥 사람이 밀고 다니는 물방울이 뚝뚝 떨어지는 물차가 왔다. 물통 아래의 마개를 뽑으면 물이 흘러나왔는데, 나무통에 가득 담아 각 가정으로 메다 줬다. 니핑이 달려나가 항아리 뚜껑을 열자, 물을 가져온 산둥 사람이 물 한 통을 쏟아부었고, 징전이 물표를 주었다. 쟝즈언과 리리엔쟈는 물표가 돈을 주고 사 온 것임을 알게 되자 혀를 찼다.

다 일본 탓이야, 모두 한결같이 탄식했다. 그러고 나서 쟝즈언과 리리엔쟈는 화제를 니핑과 니쟈오에게로, 특히 니쟈오에게로 돌려, 니쟈오 니핑이 자라고 클 걸 생각하면 노마님, 큰아씨, 둘째 아씨의 앞날이 밝다고 했다. 그들은 니우청과 징이의 불화를 아는 듯, '둘째 어른' 이야기는 한마디도 꺼내지 않았다.

저 애들이 큰다고 우리한테 뭘 해주겠어! 쟝자오씨와 징전은 그렇게 생각하지 않는다는 뜻을 비쳤다. 두 소작인이 즉시 정색을 하고 분석했다. 말씀을 그렇게 하시면 안 됩니다. 외손자, 외손녀지만, 어려서부터 외할머니 집에 살았고, 외할머니 집에 다른 사람이 없으니까, 노마님의 친손자고, 큰아씨의 아이인 거나 마찬가지죠.

징이는 이 화제에 대해 그다지 재미를 못 느끼는 듯, 그녀의 눈꺼풀이 몇 번 스르르 감겼다.

니쟈오는 이 두 사람을 보면서, 신기하기도 하고 부럽기도 했다. 두 사람 다 몹시 검게 그을려, 얼핏 보기에는 성안 사람들과 확연히 달랐다. 두 사람의 얼굴과 손의 주름은 아주 깊고 아주 뚜렷해서 니쟈오에게 깊은 인상을 주었다. 두 사람은 손도 크고 발도 크고, 손가락도 매우 두툼하니, 분명히 기운이 세겠지? 두 사람은 너 한마디 나 한마디, 묵계에 맞게, 쉴 새 없이, 응대가 물 흐르는 듯, 예의 존대 동정 위로를 빠뜨리지 않을 뿐 아니라, 모두 일정한 규칙이 있고, 구체적으로는 절대로 아무 대답도 하지 않으니, 참으로 놀랍게 똑똑한 사람들이었다. 더욱 중요한 것은, 많든 적든, 대추랑 팥은 다 그들이 환영하는 것이라는 점이었다. 그러나 면전에서 그에 대해 이러쿵저러쿵하는 것은 그를 거북하게 했고, 농촌에서 온 두 사람에 대한 호감을 감소시켰다.

두 사람의 방문은 어쨌든 이 집에 어느 정도 생기를 가져다주었다. 특히 샹자오씨와 조우쟝씨 모녀가 그랬다. 니우청의 병과 징이의 남편과의 화해는 그녀들 두 사람에게 무언가 상실감 같은 것을 갖게 했다. 물론 그녀들은 그 점을 자각적으로 의식하지는 못했다. 니우청과의 투쟁, 니우청을 상대하는 각종 수단, 공수와 진퇴, 승패와 득실이 거의 베이징으로 옮겨온 이후의 그녀들의 생활의 중심, 사상의 중심, 신경의 중심을 이루었었다. 그녀들은 징이의 유력한 후견이었다. 그녀들은 징이를 위해 하나씩하나씩 꾀를 내었고, 때로는 끝없이 되풀이해서 니우청의 언행을 분석하여 하나를 제안했다가 곧 그것을 부정하고 다시 하나씩 대책 방안을 내놓았다. 그 때문에 슬퍼했고, 그 때문에 기뻐했고, 그 때문에 분노했고, 그 때문에 근심했고, 그 때문에 발을 구르며 안타까워하거나 손뼉을 치며 쾌재를 불렀고, 필요시에는 심지어 제일선으로 나아가 적진으로 돌진할 수도 있었다. 그것은 그녀들의 딸—동생에 대한 윤리적 의무였고, 그녀들이 자신의 이익을 보호하기 위해 필요한 것이었다. 그 때문에 그녀들은 매일 할 일이 있었고, 할 말이 있었고, 낼 화가 있고, 쓸 힘이 있었다. 그 때문에 심지어 그녀들은 자기들의 말할 수 없고 생각할 수 없는 불행, 가족(쟝씨 집안)의 불행과 온 세상(국가·사회)의 불행을 잊었다. 베이징에 오기 전에는, 그녀들 모녀 과부를 넘보는 친척들과의 투쟁에 그녀들의 심력(心力)을 집중하여, 법원에 소장을 내고 법정에 나가 변론을 하고 공개석상에서 맞대놓고 건달 깡패들과 싸웠는데, 그것이 그녀들의 생활을 충실하게 했고, 그녀들로 하여금 스스로 단결하고 굳세고 용감하고 총명하고 단련되도록 했고, 그녀들로 하여금 고난의 처지 속에서도 삶의 신념과 의미와 즐거움을 획득하도록 했다. 더욱이 그녀들은 결국 승리를 얻었고, 자기 재산과 자기 생활을 보호해 침범을 받지 않았던 것이다.

베이징으로 오고 얼마 안 돼서 니우청과 싸웠다. 사흘쨋가 닷새쨋가 분명히 생각나지는 않았지만, 원인은 가래침 때문이었다. 아침에 니우청이 와서 장모에게 문안을 드리고, 쌍방이 점잖게 말을 주고받았다. 쟝자오씨가 목이 가려워 컥 하고 가래침을 아무렇게나 바닥에다 뱉었고, 그런 뒤 작은 발을 들어 신발 바닥으로 가래침을 쓱쓱 비벼버렸다. 니우청은 방에서 나와 징이와 의논하며, 아무 데나 침을 뱉는 것은 악습이고, 더럽고, 불결하고, 야만적이고, 폐병과 디프테리아, 백일해를 전염시킬 수 있다고 말했다. 유럽 사람들은 생전 아무 데나 가래침을 뱉지 않고, 모두들 위생을 중시하며, 그래서 유럽 국가들이 날로 선진을 더해가고 강대해진다…… 이 말을 듣고 징이부터 이미 기분이 나빴다. 마침 이 말은 쟝자오씨와 징전에게도 들렸다. 마침 니우청의 말 속에 '불결'이라는 두 글자가 있었는데, 이 두 글자는 모녀 세 사람이 생전 말해본 적도 없고, 남이 말하는 걸 들어본 적도 없고, 읽어본 적도 없는 것이었다. 그 상용하지 않는 두 글자는 발음부터 어조까지 모두 그녀들에게 극단적으로 반감을 불러일으켰고, 그녀들에게 깊은 자극을 주었고, 그녀들로 하여금 그 두 글자가 분명히 자기들이 보통이라고 생각하는 모든 비는 욕의 욕말보다 더 악독하고 음험하고 효과가 있을 거라고 생각하게 했다. 쟝자오씨는 그 두 글자를 듣고서 화를 터뜨렸다!

당시 쟝자오씨는 막 베이징에 도착한 터였다. 허리춤에는 집과 땅을 판 돈이 있었고, 몸에는 깨끗한 비단 바지저고리를 입고 있었다. 게다가 사위와 오래 헤어졌다가 처음 만난 터라, 어쨌든 긍지를 지킬 필요가 있었다. 그녀는 딱 한마디만 욕을 했다. 망할 자식! 그녀는 딱 한 가지 행동만 했다. 찻주전자——찻주전자는 니우청이 장모가 베이징으로 올 거라는 것을 알고 나서 장모를 위해 산 선물이었다——를 들어, 찻주전자를 마당으로, 북쪽 방문 앞으로 집어던져, 박살을 냈다.

당시에는 니우청도 훗날 장모, 처형, 그리고 처하고도 그런 정도로까지 결렬될 줄은 전혀 생각지 못했다. 가래침——찻주전자 사건에 그는 놀랐고 유감스러웠고, 그리고 약간 후회도 되었다. 그리하여, 징이의 권유로, 그는 그날 저녁 장모에게 사과를 했다. 쟝자오씨는 단정한 태도로 차갑게 말했다. 사과하는 데는 사과의 규칙이 있네, 거기 서서 삐죽 한마디 하는 게 무슨 놈의 사관가, 사과하려면 무릎 꿇고 절을 하게. 니우청은 깜짝 놀라 어쩔 줄을 몰랐는데, 남편과 엄마가 화목해지기를 간절히 바라던, 당시엔 아직 천진성을 잃지 않고 있던 징이가 얼른 남편의 어깨를 눌러 남편을 꿇어앉게 했다. 니우청도 정말로 무릎을 꿇었다…… 나중에 그는 상심이 되었다. 이 상심으로 말미암아 이곳의 온갖 더러움, 불결함, 야만 그리고 열악함에 대한 그의 증오는 몇 배 더 커졌다. 그것들에 대한 그의 공격은 몇 배 더 많아졌다. 유럽 사람들의 문명화된 습관을 배우려는 그의 열렬한 신념은 몇 배 더 굳세졌다.

그로부터 그녀들과 그는 9년을 싸워왔다. 그리고 최근, 온 정신을 쏟은 큰 싸움 뒤에, 천만 뜻밖에도 징이와 그가 화해를 했다. 화해는 귀중한 것이고, 화해는 좋은 것이다. 그렇지만 화해한 뒤에도 징이는 그녀들 두 모녀를 필요로 할까? 화해한 뒤에 그녀들 둘은 무얼 가지고 바쁠까? 화해한 뒤에 그녀들은 불필요해지지 않았을까? 그것은 명백했으면서도 아무도 똑바로 본 적이 없는 문제였다.

징이는 니우청과 화해한 뒤로 서쪽 방으로 오는 일이 적어졌다. 와도 쓸데없는 소리나 하고, 심층적인 그리고 긴급한 보도는 없었다. 그들 둘이 싸울 때는 무슨 일이든지 1분도 지체하지 않고 엄마와 언니에게 말했고, 무슨 문제든지 엄마와 언니와 함께 연구했는데, 화해한 뒤로는 반대로 말을 하지 않았다. 억지로 말을 하고, 할 말이 많은 것처럼 과장해도 안 되었다. 표가 났다.

그래서 외로움과 공허감이 생겨났다. 외로움 속에서 쟝자오씨는 옛날이야기만 한없이 되풀이했다. 그녀는 열여섯 살 이전에 친정인 자오씨 집안에서 살던 일을 회상했다. 그녀의 조상 중에 고관이 한 분 있었는데, 황제를 대표하여 유구국으로 왕을 봉하러 갔다. 황제가 그에게 금패를 하사했는데, 패 위에는 '여짐친림(如朕親臨)'이라는 네 글자가 씌어 있었다. 그녀는 자기가 귀에 구멍을 뚫고 전족을 하던 모습을 회상했다. 그녀는 자오씨 집안의 문루 앞에 있던 한 쌍의 돌사자를 회상했다. 옛날이야기를 다 되풀이한 뒤엔 궤짝을 뒤집어 헌옷을 개키고 또 개켰다. 억지로 일을 찾는 것이었다. 항상 잠시 동안은 무슨 저고리, 무슨 바지, 무슨 조끼 및 비단 한 조각, 무명 한 조각, 머리핀 하나, 실 한 꾸러미가 없어진 걸 발견했다. 다시 잠시 동안은 그 저고리, 그 바지, 그 비단, 그 무명 및 그 머리핀, 그 실을 찾아냈다. 두 개의 잠시 사이에, 그녀는 한바탕 심문을 했다. 심문은 반감을 불러일으킬 것이었고, 반감은 조롱, 반항과 풍자를 불러일으킬 것이었다. 조우쟝씨는 그녀와 가장 친했으므로, 심문받을 때는 반감이 생겼지만, 두 마디면 피차 신뢰하고 양해할 수 있었고, 반감은 감쪽같이 사라졌다. 징이는 남편을 돌보고 교육하고 쟁취하기에 바빴고, 또 그녀 역시 엄마를 이해했으므로, 심문에 반항하기는 했지만, 언제나 싸우려다 말았고 시작하려다 말았다. 니자오는 피심문자의 대열에 포함되지 않았고, 설사 어쩌다 한두 마디 심문을 받아도, 그는 못 들은 것처럼 눈만 깜박거렸고, 그러면 외할머니도 그만두었다. 결국 심문과 반심문의 투쟁은 항상 쟝자오씨와 그녀가 가장 사랑하는 외손녀 니핑 사이에서 폭발했다.

바로 외손녀와 가장 친했기 때문에, 쟝자오씨가 무슨 물건을 찾든, 그녀가 써야 하든 쓰지 않아도 되든, 잠시 못 찾기만 하면, 니핑이 그녀의 곁에 있기만 하면, 그녀는 즉시 물었다. "핑얼아, 너 내 자수본 가져갔니?" "내가 자수본은 가져가 뭐 하게요?" 핑얼이 반문했다. 그녀는 외할머니의 물음을 알아듣지 못했다. "너한테 자수본을 가지고 뭘 하냐고 묻지 않았다, 네가 가져갔는지 안 가져갔는지를 물은 거다. 가져갔으면 가져갔다고 하고, 그럼 내가 더 찾지 않아도 되지. 안 가져갔으면, 안 가져갔다고 해, 그럼 나는 찾아야지. 땅을 석 자를 파서라도 찾아야 돼! 내 그 자수본은 오래된 물건이야. 내가 열한 살 때 그 자수본대로 수를 놓았다. 그 난화(蘭花), 그 수선, 그 원앙, 그 나비…… 전부 이제는 없어졌어. 내 자수본에 비하면, 지금 백탑사나 호국사에서 파는 자수본은 갓다버리라고 해라!" 말하면서 노부인은 좀 조급해졌다.

"어떻게 그런 말을 나한테 할 수 있어요?" 니핑은 도둑으로 몰린 듯한, 막대한 억울함과 모욕을 받은 느낌이 들었다. "금으로도 못 바꾸는 자수본이든 갓다 버릴 자수본이든, 내가 그걸 가지고 뭐 하게요? 그게 필요하면 할머니한테 달라고 했을 거 아녜요? 자수본 가져간 사람은 좋게 못 죽는다!"

"이 죽일 녀석이 어쩌고 어째, 너 화약 먹었니? 너 사람 고기라도 먹었니? 못 하는 소리가 없어? 네 에미애비도 나한테 그렇게는 말 못한다. 너야말로 좋게 못 죽는다!"

이런 식으로 작은 다툼이 지나고 나면 쟝자오씨는 금석지감에 사로잡혔다. 멀리는 말할 것도 없고, 그녀의 조상이 유구국에 왕을 봉하러 갔을 때는 말할 것도 없고, 그녀의 할아버지가 한림(翰林)으로 봉해졌을 때는 말할 것도 없고, 그녀의 남편이 현(縣)에서 하나밖에 없는 고급 중학교의 교의(校醫)로 초빙되었을 때는 말할 것도 없고, 심지어 그녀가 재산 일부를 막 팔고 과부 딸과 처음으로 베이징에 왔을 때조차도 비교가 안 되었다. 이제는 이미 그때의 얼굴, 그때의 의표, 그때의 재산, 그때의 기운이 사라져버렸다. 이제는 사위를 무릎 꿇게 하는 것은 말할 것도 없고 니핑 요 녀석을 무릎 꿇릴 기운조차 나지 않으니, 석양이 저무는 게 이 지경에 이르렀구나!

눈은 헛되이 눈물 머금고 눈물은 헛되이 흘러, 남몰래 흩뿌리니 이는 누구를 향한 것이오? 감상에 젖어 임대옥의 시만 읊었다. 호랑이가 들판에 떨어지니 개에게 놀림받고, 봉이 가지를 떠나니 닭만도 못하구나. 매년 겨울 소작인 장즈언과 리리엔쟈가 올 때 몇 번 '노마님'이라는 칭호를 들을 수 있는 것 말고는 노마님의 명칭과 위풍은 벌써, 인생은 항상 한스럽고 강물은 항상 동으로 가는 세월에 흔적도 없이 씻겨 가버렸다.

궤짝 뒤집기—물건 찾기—물건 없어진 걸 발견하기—심문과 말다툼—물건 찾기—물건 챙기기—궤짝 닫기를 몇 번 거친 뒤, 옛날 물건에 대한 찾기—잃어버리기—다시 찾기에 수반되는 추억, 옛날이야기, 탄식을 거친 뒤, 마침내 궤짝과 물건들은 다 조용히 원래 장소로 돌아갔다. 쟝자오씨는 이제 발 다듬기에 바빴다. 전족은 못과 티눈이 박이기가 더 쉬웠고, 그래서 장, 리 두 사람이 가져온 돈을 받은 뒤 '노마님'은 발 다듬는 칼을 한꺼번에 두 개 사고, 원래의 칼은 니자오에게 주어 친구들과 칼꽂기놀이를 하게 했다. 발 다듬는 칼은 모양 자체가 다리처럼 생겼다. 칼꽂기는 남자아이들이 하는 놀이였는데, 땅에서 하는 것으로, 칼을 꽂아 반드시 세워야 하고, 매번 이번 칼자국과 전번 칼자국을 직선으로 이어야 하고, 다른 사람의 선에 닿으면 안 되었다. 갈수록 선이 많아지고, 갈수록 꺾어지는 곳이 많아지는 가운데 서로 포위하고 서로 방해하며 승리를 다투었다. 이 놀이를 보면, 니우쳥은 또 몹시 분개할 것이었다.

발다듬기도 인이 박일 수 있었다. 삼각 신발을 벗고, 발을 싼 헝겊을 풀고, 먼저 대야의 뜨거운 물로 발을 데웠는데, 그 대야는 쟝자오 씨가 고향에서 특별히 가져온 발 씻는 대야였다. 기형적인 작은 발이 불그스름하고 말랑말랑하게 데워지면, 칼로 다듬기 시작했다. 처음에는 칼을 조심스럽게 대며 어디를 다칠까 봐 겁을 내어 발톱조차도 차마 많이 잘라내지 못했다. 몇 번 칼질을 하다 보면, 가려운 듯 만 듯 아픈 듯 만 듯하며 인이 박여, 다듬는 게 깨끗하지 못하고 철저하지 못한 듯한 기분이 들었고, 아프게 깎을수록 더 시원한 것 같았고, 마침내는 발에서 피가 났다. 피가 적잖이 흐르는 때도 있었다.

발을 다듬었으니 무얼 할까? 그녀는 신발 만들기 좋게 낡은 헝겊으로 두꺼운 밑창(베이징에서는 거베이(袼褙)라고 하는)을 만들까 생각했다. 그러나 계절이 맞지 않았다. 한겨울이니 밑창을 만들어서 어떻게 햇볕에 말릴 것인가? 그녀는 억지로 일을 만들어 하지 않아도 되는 바느질을 했다. 그리고는 조개탄 풍로를 손보았다. 누가 불을 피우든 누가 밥을 짓든 간에, 쟝자오씨는 가서 참견하기를 좋아했다. 어떤 때는 남이 밥을 거의 다 지어가고 있는데 그녀가 조개탄을 몇 알 더 집어넣었다. 그녀가 때맞춰 더 집어넣지 않으면 탄불이 틀림없이 꺼졌을 거라고 그녀는 확신했다. 어떤 때는 다른 사람이 이미 조개탄을 넣고 풍로 아가리에 나팔 모양의 발화통을 올려놓아 불이 막 올라오는 판인데, 그녀가 손을 대 뜨거움을 무릅쓰고 연기와 불길 속에서 이미 연기를 피우고 있는, 심지어는 이미 군데군데 벌겋게 불이 붙은 조개탄을 몇 개 집어냈다. 이렇게 집어냄으로써 낭비를 막고 불을 더 빨리 피게 한다고 그녀는 확신했다. 또 한 가지 희한한 것은, 집에 조개탄 풍로에 쓰는 보조 기구로 부지깽이, 젓가락, 부삽 등이 다 갖추어져 있었음에도, 쟝자오씨는 자기 손으로 불 속에서 조개탄 꺼내기를 좋아했다는 것인데, 때로는 불을 피우는 과정 중에 불 속에서 다 타지 않았거나 조개탄 위로 삐죽 올라온 나뭇개비를 꺼내기도 했다. 그리하여 물론 손을 뎄는데, 때로는 화상을 입었고, 하다못해 두 손이 시커매지는 것은 피할 수 없었다. 때로는 풍로를 만지다가 막 불을 쓰고 있는 딸의 항의를 받기도 했지만, 그녀는 지치지도 않고 그것을 즐겼다. 그녀에게 조개탄 풍로와 풍로불은 살아 있는 물건이었고, 영성(靈性)이 있는 물건이었고, 그녀에게 일을 해줄 수도 있고 그녀를 해칠 수도 있는 물건이었고, 그녀의 돌봄을 필요로 하고 그녀의 처분에 따르면서도 자기의 의지가 있고 때로는 성깔을 부려 한사코 그녀에게 맞서기도 하는 물건이었다. 그녀는 불에 대해 흥미가 있었다. 그녀는 불에 대해 신기해했다. 조개탄 한 알을 더해도, 조개탄 한 알을 빼도, 아무 관계가 없지? 한 알 더하고 한 알 더 빼면? 또 한 알 또또 한 알? 어느 정도로 더하면 깔려 죽고, 어느 정도로 빼면 밥 한 끼 못 지을까? 쟝자오씨는 이런 양과 질의 관계에 대해 자못 오묘함을 느꼈다. 그것은 변화 속에 있지 않을 때가 없었다. 어떤 때는 보기에는 훨훨 타고 있지만, 밑이 이미 꺼져 부젓가락으로 건드리면 폭삭 내려앉았고, 조개탄을 더 넣어도 이미 때는 늦었다. 그러나 나뭇개비를 넣어 살릴 수는 있었고, 어떤 때는 새끼손가락만큼 가는 나뭇개비 하나만 넣어도 기사회생할 수 있었다. 때로는 새끼손가락만큼 가는 나뭇개비 하나를 덜 넣는 바람에 풍로불 전체가 오호 애재라. 때로는 보기에 풍로 속이 캄캄하고 불빛이라곤 조금도 없어 사람들이 희망을 갖지 않았는데, 그녀는 찢어진 부채를 가져와 동그란 풍로 배꼽에다 부채질을 했다—그 풍로 배꼽의 위치와 모양은 사람의 배꼽과 얼마나 비슷한지. 부채질을 하자 불이 살아났고, 이렇게 핀 불은 특히 화력이 세서, 위에서 밑에까지 다 새 탄이고 새 불이었다. 때로는 한참을 부채질을 해도 소식이 아득하고, 한 가닥 옅은 연기만 발화통 위로 모락모락 피어올랐는데, 끊어질 듯 말 듯한 병자의 숨결 같았고, 병자의 남은 한 가닥 유혼(遊魂) 같았다. 그러면 쟝자오씨는 불을 살릴 마음이 급해, 몸을 엎드리고, 한쪽 무릎을 꿇고, 두 무릎을 다 꿇고, 입을 조개탄 풍로의 배꼽에 갖다 대고, 후후후 연달아 세 번 입김을 불었다. 옅은 연기가 짙은 연기로 바뀌었고, 짙은 연기가 눈을 찌르고 코를 찔렀고, 목이 컥컥 막혔고, 불이 피었다. 유혼이 되살아났다. 짙은 연기 다음엔 힘찬 화염이었다.

또 어떤 때는, 밑불도 적당하고, 조개탄 넣는 것도 그다지 늦지 않았고, 양도 많지도 적지도 않고, 발화통도 단정히 놓였는데, 어째서 한참이 지나도 불도 연기도 보이지 않을까? 급히 살리려고 나뭇개비를 더 넣는데, 위쪽의 멀쩡한 조개탄을 들어내고 나뭇개비를 넣을 수도 있었고, 쐐기 박기 형식으로 배꼽으로 해서 나뭇개비를 안으로 쑤셔 넣을 수도 있었다. 뒤의 방법은 쟝자오씨 자신이 고안해낸 것으로, 그녀는 자기의 발명이며 기사회생의 절묘한 수법이고 항상 효과가 있는 것이라고 생각했다. 그러나 어떤 때는 아무리 해도 안 됐다. 부채질을 해도 안 됐고, 불어도 안 됐고, 심지어는 조개탄에 석유를 뿌려도 안 됐다. 이 마지막 수법은 급박할 때 손익을 따지지 않고 쓰는 승부수였다. 조개탄이 검은 채로 있더라도, 열기만 있으면, 석유를 뿌리면 열을 받아 기체로 변했고, 그때 성냥을 켜 석유 기체에 당기면, 펑 하고 불꽃이 높이 치솟았는데, 항상 조개탄 전체를 휩쓸 수 있었다. 이를테면 두 알이 휩싸여 불붙고, 그 다음엔 넷으로 변하고, 넷이 여덟으로 변하고, 여덟이 열여섯으로 변하는 것 같았는데, 몇 분 뒤에는 풍로불 전체가 훨훨 타올랐다. 이것은 위독한 병자를 급히 구할 때 삼탕을 먹이는 것과 비슷했다. 세상 떠난 그녀의 한의사 남편이 말했었다. 집에 돈이 있으면 삼탕을 먹이시오, 그것도 반드시 야삼(野蔘)이라야 하고, 가장 좋기는 고려삼이오. 또 온 걸로, 머리, 줄기, 뿌리, 수염을 다 갖춘, 그 생김새가 확실히 사람 같은 삼이라야 하오. 이런 삼탕을 먹이면, 다 죽어가는 병자도 살아날 수 있소.

그러나 병이 고황에 들었을 때는, 수명이 이미 다 되었을 때는, 목숨이 결정되어 있을 때는 전 고려의 인삼을 다 먹여도 살릴 수가 없었다. 병은 고칠 수 있어도 운명은 못 고친다는, 바로 그런 뜻이었다.

조개탄 불도 자기의 운명이 있는가? 그렇지 않다면, 어떻게 똑같은 상황에 똑같은 조치를 하는데, 대부분 효과가 있다가 어떤 때는 아무리 해도 헛되이 애만 쓰고 헛되이 힘만 쓰고 헛되이 나뭇개비와 석유와 성냥만 쓰게 된단 말인가?

오묘한 조개탄 풍로, 그것을 쟝자오씨가 어떻게 걱정하지 않고 손을 보지 않을 수 있단 말인가? 최근 두 달 동안, 쟝자오씨는 그 불을 가지고 노는 데 점점 빠져들었다. 그것은 그녀의 애완물이어서, 큰아씨 징전이나 둘째 아씨 징이가 불을 만지면 그녀는 질투를 했다. 손녀 니펑이 건드리면 그녀는 욕을 했다.

손질을 끝내고서 그녀는 항상 자기의 화상을 입은 검은 손을 바라보며 탄식했다. 망할 놈의 세상, '노마님'이 이 지경으로 몰락하다니!

그밖에도 일이 있었는데, 그것은 요분(尿盆)을 씻는 일이었다. 쟝자오씨는 이 일에 대해서도 꽤 특별한 취미가 있었다. 그녀는 '냄새를 빼다'는 특별한 말을 사용하기 좋아했다. 그녀는 '냄새 빼기'가 무슨 물품의 품질을 보호하고 부패를 방지하고 청결과 위생을 지키는 가장 좋은 방법이라고 생각했다. 옷에 습기가 차 곰팡내가 나면 볕에 내다가 '냄새를 빼,' 그 곰팡내를 내보내면, 옷이 괜찮아졌다. 고기만두가 상하려고 하면, 만두피를 벌려, 본래 '냄새를 빼기' 힘든 만두소와 만두피의 이면에서 충분히 자기 냄새를 발산하게 하는 것이 가장 좋은 방법으로, 그러면 만두도 괜찮아졌다. 똑같은 냄새 빼기 방법으로 노부인은 요분에 대해서도 특수한 청결법을 사용했다.

  그녀들의 요분은 모두 도기로 만든 독이었는데, 좀더 정확히 말하면, 요강이라 불러야 했다. 그래서 매일 아침 아이들에게 일찍 일어나라고 재촉할 때, 명관둔―타오촌 일대의 동요는 '일찍 일어나는 사람은 나으리, 늦게 일어나는 사람은 요강'이라고 했다. 이 독은 표면이 거칠고, 체류성(滯留性)이 강하고, 뚜껑이 없었다. 이 독은 때로는 한 방에 하나가 아니라 두세 개가 놓이기도 했다. 만약 오래 묵은 물건이라면, 만약 겨울에 창문을 꼭 닫고 있다면, 그 냄새가 얼마나 지독할지 상상이 갔다. 이 표면이 거칠고 곰보 자국이 가득한 독은 씻기가 몹시 까다로워, 몽당비로 닦아도 구석구석을 다 씻기는 어려웠다. 그래서 이 독에는 항상 허연 때가 끼어 있었다. 쟝자오씨가 애용하는 방법은, 독 속의 액체를 깨끗이 쏟아내고, 끓는 물을 높다랗게 부어넣는 것이었는데, 특히 엄동에 이렇게 부으면 즉시 하얀 김이 맹렬히 피어올라 사람을 놀라게 했고, 사람을 질식하게 했고, 사람을 어지럽게 했고, 또 신바람이 나게 했다. 아주 통쾌하고 신나는 '냄새 빼기'였다. 징이가 니우청과 '화해'한 뒤, 쟝자오씨의 생활은 싸우는 일이 없어졌고, 조개탄 풍로를 손질하고 요강을 씻는 일에 심력을 쏟았다.

징이가 니우청과 '화해'한 뒤로, 조우쟝씨의 생활에도 변화가 있었다. 그녀는 매일 아침 화장하는 시간이 평소보다 15분 내지 20분 길어졌다. 자탄하고 자기 연민을 하고 자학하고 자기 얼굴을 가꾸는 절대 자아의 세계에 좀더 오래 잠기고 싶어하는 것 같았다. 그리하여 눈을 부릅뜨고 아무것도 없는 이 현실의 공동을 대면하는 일을 조금이라도 줄이고 조금이라도 늦추는 것이었다. 화장하는 도중에, 그녀의 냉소는 갈수록 더 많아지고 더 길어지고 더 털끝을 쭈뼛하게 했다.

그녀는 군서(群書)를 박람했다. 집에 이미 있는 몇 권의 심심풀이로 읽는 책, 『서상기(西廂記)』『맹려군(孟麗君)』, 장헌수이(張恨水)의 『금분세가(金粉世家)』, 류윈뤄(劉雲若)의 『홍행출장기(紅杏出墻記)』, 그리고 괴테의 『젊은 베르테르의 슬픔』과 니자오가 가져온 새로 나온 『세계 위인전』을 그녀는 되풀이 읽으면서 조금도 물리지 않았다. 그밖에도 그녀는 책가게로 가서 책을 빌려오기를 좋아했는데, 애정, 무협, 역사, 탐정을 다 빌렸고, 또 장즈핑(張資平)의 단편소설집, 위다푸(郁達夫)의 소설집, 바진(巴金)의 『애정삼부곡(愛情三部曲)』, 라오서(老舍)의 『조자왈(趙子曰)』과 드라이저, 싱클레어, 메리메 작품의 중국어 번역서도 빌렸다. 그녀는 책이 있으면 읽고, 읽는 데 종류를 가리지 않는다고 할 수 있었다. 매우 빨리 읽었고, 한번 읽으면 이야기 줄거리를 기억했으며, 또 이야기하기를 좋아했다. 그녀는 이미 읽은 책을 또 읽는 걸 꺼리지 않았는데, 매번 읽을 때마다 새로운 재미를 얻는 것 같았다. 그녀는 애정 이야기를 아주 좋아해, 애정에 관한 묘사와 그녀가 '분(粉)'〔색정〕이라고 부르는 것의 묘사를 흥미진진하게, 물리는 법 없이 읽었다. 그러나 그녀는 읽으면서 절대로 얼굴이 붉어지거나 가슴이 뛰지 않았으며, 아무런 심리적 생리적 반응도 일으키지 않았고, 절대로 망상에 빠지지 않았다. 그녀가 이 책들을 읽을 때는, 마치 백탑사에서 「대요괴」 연극을 구경할 때 「습옥탁(拾玉鐲)」을 부르든 「타면항(打面缸)」을 부르든, 「인면도화(人面桃花)」를 부르든 「니고사범(尼姑思凡)」을 부르든, 모두 심심풀이고, 모두 우스개고, 모두 그럴 듯하게 꾸민 장난인 것과 마찬가지였다. 그러므로 그녀가 책을 빨리 읽고 기억했다고 할 수 있지만, 잊는 것은 더 빨랐을 거라고도 해야 한다. 만약 그 책을 계속해서 읽지 못한다면, 그리고 다른 사람에게 그 책 이야기를 할 기회가 없다면, 그녀는 분명히 스스로 그 책을 이미 잊어버렸다고 생각할 것이고, 다시는 그 책을 생각지도 않을 것이었다. 아마도 바로 그렇기 때문에, 그녀는 아무 때고 되풀이 읽는 재미를 누릴 수 있는지도 몰랐다. 정말로 그 책을 잊어버렸는가 하면, 그것도 분명치 않다. 만약 누군가가 그녀에게 실마리를 꺼낸다면, 그녀는 항상 이미 잊어버린 책의 이야기를 다시 생각해낼 수도 있었다.

징전의 독서는 때로 침식을 잊을 정도에 이르렀다. 눈으로 읽고, 소리 내어 읽고, 신바람을 내고, 소리를 길게 빼고 가락을 넣어 낮은 소리로 읊고, 얼굴에는 온갖 희로애락의 표정이 나타났는데, 이때 그녀에게 말을 걸어봐야 그녀의 귀에는 하나도 들리지 않았다. 정말로 독특하고 심오한 정신 생활이 있는 사람 같았다. 그러나 이런 독서 시간일수록, 책을 내려놓은 뒤에는 더욱 망연해졌다. 머리뿐만 아니라, 오장육부가 다 텅 비어버린 것 같았다. 사람의 껍데기만 남았다. 방금까지 그녀가 아니라, 그녀의 껍데기만이 책을 읽고 있었다. 책을 읽고 있는 껍데기. 그녀의 혼은 몸을 둘 데가 없었다.

독서와 비교하면, 먹는 게 역시 실질적이었다. 장즈언, 리리엔쟈가 왔을 때 새우젓떡을 한번 지진 뒤로, 징전은 새우젓에 대해 흥미가 매우 커졌다. 그녀는 온 집 안에 비린 연기를 풍기며 몇 번 더 떡을 지졌다. 그녀는 떠벌이와 새우젓을 먹은 경험을 교류했다— 징이와 우청의 화해에 따라, 그녀와 떠벌이의 관계도 화해되고 성큼 친밀해졌다. 그녀는 떠벌이가 소개하는 선진적 경험에 따라, 그리고 떠벌이의 직접적인 지도 아래, 새우젓에 약간의 밀가루와 약간의 옥수수가루를 섞고 20분 간 쪄 둥근 덩어리로 만들었는데 모양이 카스텔라 비슷했다. 그리고는 새우젓 덩어리 위에 참기름을 조금 부어, 술에 곁들이고 수수떡에 곁들이니 풍미가 절묘했다. 또 하나의 방법은 날로 먹는 것이었는데, 다만 참기름이 있어야 하고 흰 파가 있어야 했다. 이렇게 먹으면 부재료를 섞지 않았기 때문에 비교적 짜고 신선하고 짜릿해서, 수수떡을 반 개나 더 먹을 수 있었다. 처음 몇 번 먹은 뒤에는 새우젓의 자극도 약해졌고, 그러면 두부를 먹었다. 두부를 곁들여 술을 마시면, 술의 목을 찌르는 매운 맛이 두부의 코를 찌르는 시큼한 맛과 융합하고 상쇄했고, 그녀의 모든 슬픔과 고뇌와 초조도 상쇄되는 것 같았다.

　오늘은 무얼 할까? 조우쟝씨의 매일 아침에는, 그녀의 삶의 길에서 매일이 시작되는 시간에는, 항상 이런 고민스러운 문제가 앞에 놓여 있었다. 무겁고 막연하고 막막했다. 오늘은 무얼 할까? 그녀는 영원히 대답하지 못하고, 영원히 이 문제에 대답하기를 두려워하고, 영원히 이 문제 때문에 고통받고 심지어 수치스러울 것이었다. 자기가 무슨 일을 해야 할 줄 모르는 사람이란 얼마나 수치스러운 것인가! 이 문제가 그해 겨울 더욱 첨예해졌다.

　나는 오늘…… 가지튀김을 만들자. 그것은 그녀의 '대관중(大官中)'[집단]에 대한 공헌이었다. 가지를 아래위로 썰어 본체에 붙어 있는 네 개의 조각으로 만들고, 향긋한 후추를 볶고 갈아 가루로 만들어 소금하고 섞어서 그 속에 바르고, 반나절 절였다가 기름으로 튀겨, 얼얼하고 맵고 짠 자극성이 특히나 강한 반찬을 만들었는데, 니우청을 제외한 '대관중'의 환영을 받았다.

나는 오늘…… 육병(肉餠)을 만들자. 그것은 그녀 혼자만의 자못 고급스러운 향락이었다. 육류로 그녀는 양고기를 선택했는데, 양고기는 노린내가 나서 그녀에게 모종의 특수한 만족을 주었기 때문이었다. 그녀는 고기를 다져 속을 만들고, 생강과 파를 다져 한데 섞었는데, 이것을 '일도육환(一兜肉丸)'의 소라고 불렀다. 수확이 좋아도 '일도육환' 소를 항상 먹을 수 있는 것은 아니었다. '일도육환' 소를 먹는 것은 큰일이었고, 그녀는 온 정신을 모아 피를 만들고 속을 만들었다. 그녀가 함병(餡餠)을 만드는 방법도 보통의 둥근 함병과는 달랐다. 그녀는 밀가루 반죽을 해서 면피를 한 장 밀고 손으로 잡아 늘여 면피를 자 모양에 가깝게 만들고, 고기소를 면피 면적의 3분의 1쯤의 폭으로 펼쳐놓고, 면피와 함께 180도 꺾어 뒤집었다. 그 다음엔 뒤집은 면피 위에 또 속을 놓고 싸서 단단히 여미고 냄비에 넣어 튀겼다. 이렇게 해서 길쭉하고 피 세 겹에 속 두 겹인 특제 함병이 만들어졌다. 징전은 이것을 육병이라고 불렀다. 아래위의 면피는 노리짱하게 튀겨졌고, 가운데 면피는 연하고 부드러웠다. 이 갓 튀겨낸 육병을 먹을 때면 그녀는 항상 흥분해서 이마에 땀이 송글거렸는데, 침이 고기소의 기름과 섞여 똑똑 흘러내렸고, 뜨거워서 쩝쩝대고 맛있어서 쩝쩝댔으며, 한입 베어 먹고 나면, 피가 끊어지고 속이 흩어지며 육병도 우수수 부서지기 시작했다.

"난 오늘 육병을 먹을 거야!" 그녀는 사전에 정식으로 선포했다. 얼굴에 일종의 엄숙하고 단호하고 정신을 집중한 이기적인 표정이 나타났다. 그녀의 말에 숨은 뜻은 먹으려면 당신들도 해 먹으라는 것이었다. 내가 하는 건 나 먹을 것뿐이다, 난 절대로 당신들한테 안 준다, 절대로 입맛 다시지 마라, 절대로 달라고 하지 마라, 안 준다고 욕하지 마라!

"먹을 테면 먹어!" 징이가 차갑게 대답했다. 때로는 한마디 덧붙였다. "뭐든지 먹고 싶으면 먹는 거지, 누가 말려?" 때로는 한마디 더 덧붙였다. "먹을 테면 먹어, 누가 못 차리게 해?"

밥 먹는 걸 '차린다'고 하는 것, 여기에는 비우호적이고 모욕적인 어감이 있었다.

징전은 이런 반응을 마음에 두지 않았다. 육병을 먹겠다고 선포하고부터 육병을 만들기까지, 그녀의 표정은 단호했고 결사적이었고 딱딱했다. 배가 불러올 때에야, 한바탕 침을 흘린 뒤에야, 그녀는 진정으로 웃을 것이었다. 만약 육병이 많으면, 아이를 불러 좀 나눠 줄 것이었다. 어머니 쟝자오씨의 경우는 그녀들 사이에 묵계가 있었다. 육병을 만들 때, 쟝자오씨도 먹고 싶으면 함께 만들러 왔고, 그녀는 환영했다. 만약 쟝자오씨가 먹고 싶지 않으면, 쟝자오씨는 그녀를 거들떠보지 않았고, 그녀도 육병을 먹을 때 무슨 예의를 차릴 필요가 없었다.

이렇게 그녀의 엄숙한 태도는 사실상 주로 동생을 겨냥한 것이었다. 징이는 불쾌했지만, 어쩔 수도 없었다. 그녀는 때로 공개적으로 불평을 하며, 언니가 육병을 만들 때 냄비에 넣는 기름이 너무 많다고 원망했다. 고기소에 기름 넣지, 냄비에도 기름 넣지, 살림은 어떻게 하라구…… 이런 식이었다. 징전은 때로는 거들떠보지 않았지만, 때로는 반격을 하기도 했다. 그러나 그녀의 정신은 육병에 집중되었고, 동생의 비난에는 주의하지 않았다.

육병을 먹을 때가 되면 징전은 시간을 잡는 데 꽤 신경을 썼다. 점심에 먹을 거면, 화장을 하고서 곧장 준비를 시작해 10시가 되기 전에 먹었다. 저녁이면, 낮잠 시간까지 단축해서 4시가 되기 전에 다 먹을 수 있었다. 그것은 불 하나를 같이 쓰다가 충돌이 생기는 것을 피해 불을 사용하는 문제에 있어 징이에게 할 말이 없게 했고, 식사 시간을 앞당겨 식후 시간을 늘림으로써 그녀가 조용히 되풀이해서 육병 맛을 회고할 수 있게 해주었다.

또 하나의 고급 향락은 양머리고기였다. 저녁 무렵에 양머리 백숙을 파는 사람이 왔다. 징전은 마침 허리춤에 돈이 있으면 사람을 불러 세웠다. 깜박깜박하는 어두운 램프를 든 고기 파는 사람은 그녀들의 대문 앞에 쪼그려 앉아, 상자에서 양머리를 꺼내 깨끗한 작은 도마 위에 놓고 번쩍이는 부엌칼로 고기를 종잇장보다도 얇은 반투명한 박편으로 썰어, 잘라놓은 헌 신문지 위에 놓고, 후추와 소금을 뿌려, 징전에게 건네주었다. 이걸로 안주를 하는 것이, 물론 두부보다 훨씬 더 좋았다. 주는 양이 너무 적고 너무 얇게 썰어서, 손에 들었을 때는 죽 펼쳐놓은 게 제법 많은 듯했지만, 다 먹고 나면 입속에는 고기와 후추 맛이 남아 있었지만, 뱃속은 육감(肉感)이 전무했고, 그래서 오히려 양머리고기의 흡인력을 더욱 증가시켰다.

동생과 매제가 '화해'한 뒤로, 장즈언, 리리엔쟈가 다녀간 뒤로, 징전은 스스로 음식을 해먹는 적극성이 크게 증가했고, 거기에 쏟는 힘도 크게 증가했다. 그것은 징이의 불만을 불러일으켰을 뿐만 아니라, 몇 번의 항의 몇 번의 말다툼을 일으켰고, 쟝자오씨도 나름대로 질책과 충고를 했다. 큰아씨, 너무 잘난 체하지 마라, 하루 종일 혼자서만 놀고, 그게 무슨 짓이야, 우린 꼭 사이좋게 지내야 한다!

징전은 엄마의 말을 듣고 묵묵히 아무 말도 하지 않았다. 그러나 말이 많아지자 갑자기 사납게 대들었다. "입은 하나고, 목숨은 하나고, 돈은 없어요. 먹으려면 먹고, 안 먹으려면 우리 굶어요. 보름을 굶어도 앓는 소리 없기예요. 앓는 소리 하면 사람 자식이 아네요. 굶어 죽으면 개나 먹이고, 개가 안 먹으면 파리나 먹이지. 누구든지 먹고 싶으면 자기가 하고, 먹기 싫으면 입 닥치고 있지. 먹어야 하루고, 먹어야 한 끼고, 한 끼도 없으면 난 죽어버릴래. 사람으로 환생하면 고기 먹고, 개로 환생하면 똥을 먹고, 돼지로 환생하면 칼을 맞고……"

"그게 무슨 소리냐!" 쟝자오씨가 소리를 질렀다. 징이는 듣고서 언니를 너무 '뻔뻔하다'고 비난했고, 그러자 니핑도 참가했고, 그러자 니자오도 참가했고, 그 다음엔 모두 다 징전을 공격했다. 그러자 징전이 크게 웃었다. "회가 동하는 거 아냐? 동하라지! 난 먹을 거야, 안 줄 거야!" 마지막엔 다들 웃었는데, 징전이 우습고, 또 좀 가엾고 천해 보였다. 징전도 자기가 승리했다고 느꼈다. 혼자 만들어 혼자 먹었을 뿐 아니라, 사람들이 온갖 추태를 부리게 했다. 그리고서 육병 혹은 새우젓떡을 다 먹고, 징전은 입을 닦으며 만족해했다. 다른 사람들도 다른 밥을 먹으러 갔다. 식사 후의 분위기는 화목했고, 모두들 해야 할 말을 하고, 해야 할 일을 하고, 불러야 할 노래를 불렀다.

이렇게 먹으면서 싸우고 싸우면서 먹기를 몇 번 하고 나니 점점 재미가 없어졌고, 재미가 없어지자 머리칼을 날리는, 쉴 새 없이 바쁜 이웃이자 호사가인 고향 사람 떠벌이와 왕래가 더 많아졌다. '떠벌이'는 경향의 쟝씨네와 리씨네의 이런저런 이야깃거리를 많이 알았고, 청중이 대단히 필요했다. 과거에 징전과 떠벌이의 모순은 상당 정도는 징전을 청중으로 삼으려는 요구와 징전의 거절 사이의 싸움이었는지도 몰랐다. 떠벌이는 징전이 그녀에게 이 집에 관한, 특히 니우청에 관한 소식을 이야기해줄 것도 요구했다. 과거의 그녀들 사이의 모순은 진술 요구와 진술 거부의 투쟁이기도 했다. 지금, 징전은 떠벌이 면전의 제보자, 진술자가 되는 것은 여전히 거절했지만, 그녀의 청중이 되는 데는 기꺼이 응했다.

그녀는 특히 떠벌이가 그녀들이 사는 골목 동쪽 입구의 작은 문 안에 사는 꿩(기생) 이야기를 하는 것을 듣기 좋아했다. 그 '꿩'을 징전은 본 적이 있는데, 그녀는 얼굴이 우울했고, 연지에 분을 바르고, 오른손 가운뎃손가락과 집게손가락에 두 개의 은반지를 끼고 있었고, 때로는 손가락 사이에 담배를 끼워 들고 골목으로 지나가기도 했다. 여름에는 많이 터진 치파오를 입었고, 귀 뒤의 쪽에는 항상 부채 모양의 장식을 끼우고 있었다. 그녀의 걸음은 약간 발을 제대로 못 드는 것처럼 질질 끌었는데, 이렇게 걷는 모습에서 징전은 화류병 환자를 연상하기까지 했다. 화류병이 어떤 건지 그녀는 자세히 말하지도 못할 것이었지만. 그녀의 귀밑머리는 항상 흐트러져 있었는데, 이것이 징전으로 하여금 떠벌이의 판단을 믿게, 즉 그녀를 '꿩'으로 판단하게 했다. 좋은 사람이 귀밑머리가 여며지지 않을 리가 있겠는가? 그 흐트러진 귀밑머리는, 방금 남자에게 희롱을 당했다는 징조인 것 같지 않은가?

떠벌이는 '꿩' 이야기를 하면 신바람이 나 온통 침을 튀기며 말하다 말고 웃고 웃으면서 말하고 허리를 잡고 웃고 몸을 앞뒤로 흔들며 웃었다. 그리고 '꿩' 이야기를 하기 시작하면 그녀의 고향말이 특히 생동했고, 그녀의 목소리도 거칠어졌고, 음매음매 하고 소리를 흉내 내는데, 재주라 할 만했다. 징전은 미소하며 흥미진진하게 들으면서도, 일정한 거리를 유지했다. '꿩'을 흉보는 떠벌이의 수다를 다 들은 뒤, 징전은 떠벌이가 마음도 악하고 입도 악한 나쁜 사람이라고 더욱 확실히 단정했다. 그녀는 엄마와 동생에게 말했다. "떠벌이는 정말 사람 같지 않아, 상대하지 마!"

학교가 끝나고 집에 돌아온 니자오가 떠벌이의 말을 듣고 이모에게 물었다. "'꿩'이 뭐예요?" "애들은 몰라도 돼!" 이모가 엄숙한 표정을 지으며 설명을 거절했다. 그러나 니자오는 그녀들이 한 불쌍한 여인을 비웃고 욕하고 저주하고 있다는 것을 알아챘다. 불행한 사람일수록 자기보다 더 불행한 사람을 멸시하고 짓밟으려 한다는 것을 그는 어렴풋이 의식했다. 그것은 정말로 불행 중의 불행이었다. 그는 숨이 막혔다.

하루는 징전이 혼자 음식을 만들지도 않고 책을 읽지도 않으면서, 바야흐로 홀로 앉아서 일없이 중얼거리고 있는데, 떠벌이가 낄낄거리면서 달려왔다. "동생." 그녀가 친밀하게 징전을 불렀다. "내가 『금전신괘전서(金錢神卦全書)』를 한 권 빌려왔어. 안 빌려준다는 걸, 내가 좋은 말을 하고 절을 하고 맹세를 했지, 안 돌려주면 천벌을 받는다고 맹세하고 겨우 빌려왔어. 우리 집 식구들이 다 봤는데, 써 있는 게 잘 맞아. 너 좀 볼래, 너 보라고 갖고 왔는데, 날이 저물기 전에 갖고 가야 돼. 애들 아버지가 갖고 나가지 못하게 하거든, 알았지."

떠벌이가 가져온 것은 더럽고 낡은 목판 인쇄본 '괘서(卦書)'였다. 작은 주머니도 하나 있었는데, 주머니에는 동전이 7개 들어 있었다. 7개의 동전의 앞면과 뒷면의 배열에 따라 모두 128괘가 만들어졌다. 매괘의 괘사(卦辭)는 칠언절구 한 수, 4행 28자였는데, 다만 그 28자는 한 면에 같이 씌어 있지 않았다. 먼저 돈을 던져 괘상(卦象)을 얻고, 괘상에 따라 면수와 행수를 찾아 첫 글자를 찾고, 첫 글자의 후미에 면수와 행수가 씌어 있는데 그에 따라 찾는 것을 둘째 글자로 삼고, 이렇게 유추해서 한참 찾아야 괘사를 찾았는데, 맨 뒤에는 설명이 있었다. 점을 치고 괘사를 찾는 방법을 떠벌이는 열심히 한참 이야기했는데, 많은 곳이 앞뒤가 맞지 않았고, 설명이 상호 모순되었다. 다행히 징전은 역시 총기가 있어서, 이리저리 따져보고 스스로 터득하여, 떠벌이가 전수한 몇 가지 착오를 교정했고, 그러자 떠벌이는 감탄을 금치 못했다.

책이 낡은 것도 믿음이 갔다. 7개의 동전으로 128개의 괘상을 만든다는 게 탄복스러웠다. 128이라는 숫자에 학문이 있는 것 같았는데, 무슨 성수(星宿)의 숫자인지도 몰랐다. 괘사를 뒤적여 찾으면서, 한 글자를 잘못 찾으면 그 다음이 틀렸는데, 그런 괘사는 천서(天書)와 같아서, 괘서의 신비한 매력을 더해주었다. 기실 징전은 운명을 믿고 어슴푸레한 신비를 믿는다지만, 무슨 구체적인 우상, 종교, 미신의 절차는 별로 믿지 않았다. 떠벌이가 말하는 '금전괘'의 영험에 대해서도, 그녀는 반드시 믿는 것은 아니었다. 그러나 그녀는 떠벌이와 토론하면서 그리고 점괘를 뽑으면서 어느새 신괘(神卦)에 정복되었다.

그녀는 동전을 꺼내고, 두 손을 모아 동전을 받쳐 들고, 수중의 동전을 흔들어 금속이 울리는 소리를 내고, 구리 냄새를 좀 맡고, 입속으로 뭐라고 중얼중얼하고, 그리고서 손을 뿌려, 떨어지는 순서와 지점에 따라 배열하니 '뒤뒤앞뒤앞앞앞'이었다. 손에 땀을 쥐고 긴장하여 찾아내니, 괘사는,

고운야학위홍진(孤雲野鶴委紅塵),
도리분분총시춘(桃梨紛紛總是春),
창해명월진유루(滄海明月珍有淚),
수고천척엽귀근(樹高千尺葉歸根).

미주(尾注)는, 구관(求官)은 난득이나 구재(求財)는 유망하고, 병세는 호전되나 뿌리를 뽑기는 어려우며, 잃어버린 물건은 찾을 수 있으니 초조해하지 말고, 마땅히 정양하고, 마땅히 목욕하고, 마땅히 재계하고, 마땅히 고향의 부모를 찾아 뵙고, 마땅히 상업을 경영하고……

이 괘사는 징전을 놀라게 했다. 어디선가 본 듯했기 때문이다. 특히 '창해명월진유루'라는 구절이 그랬다. 그녀는 '창해명월주(珠)유루'라는 당시 구절을 알았다. 여기서는 주라고 하지 않고 진이라고 했구나! 진이 뭐지? 진이 무슨 물건이지? 진이 바로 그녀가 아닐까? 이 괘사는 책의 처음부터 끝까지 조용히 흩어져 누워 있으면서 그녀가 점을 치기를 기다린 게 아닐까? 창해명월에, 징전(靜珍)유루라, 하늘이여, 하늘이여!

떠벌이의 독해력은 징전보다 훨씬 못해서, 그녀는 괘사의 뜻을 설명해 달라고 징전을 졸라댔다. 징전은 막 입을 열려다가, 한 가지 생각이 떠올랐다. 천기(天機)는 누설해서는 안 된다고 했다. 그녀는 조금 설명하다가 자기도 분명히는 모르겠다고 했다.

징전은 가슴이 쿵쿵 뛰었다. 한 괘를 더 뽑아서, 그 괘가 또 그녀의 경우에 꼭 맞으면, 그때부터는 굳게 신명을 믿고 일심으로 선을 추구할 것이었다. 그녀는 이렇게 축도하고 다시 7개의 '금전'을 손에 받쳐들고 쉬지 않고 흔들었다. 몇 번이나 손을 뿌리고 싶었지만 그때마다 한 번 더 축도하고 한 번 더 정성을 바쳐 더 영험한 본명괘(本命卦)를 빌었다. 마침내, 드디어 뒤앞뒤뒤뒤뒤의 괘상이 나왔는데, '앞'이 두번째 자리에 하나뿐이라는 것만으로도 이 괘상은 징전을 놀라게 했다. 찾아 내려가니 괘사는,

정여처자동여풍(靜如處子動如風),

희로비환비부동(喜怒悲歡非不同),

우과천제풍물호(雨過天霽風物好),

욕구환여(欲求還如)……

마지막 세 글자를 미처 못 찾았는데, 떠벌이가 괘서를 가져갔다.

떠벌이는 본래 징전을 찾아 같이 괘서의 비밀을 연구하려는 것이었다. 징전이 점을 한 번 쳐보고는 홀딱 빠져들어 자기 혼자만 점을 치면서 그녀를 한옆에 버려둘 줄은 생각지도 못했다. 떠벌이가 열 마디를 물어도 징전은 단 한 마디도 대답하지 않았고, 혼자 음영하며 사색하는 게 자못 재미가 진진했다. 그것이 떠벌이를 크게 불만스럽게 했고, 내가 언제부터 네 비서가 되었냐는 생각이 들었다. 그래서 결국 징전이 두번째 괘사를 다 찾지 못하게 했다.

신괘의 영험함이 징전에게 숭배감과 경외감이 들게 하지 않았다면, 그녀는 즉시 펄쩍 뛰며 떠벌이를 한바탕 욕하고 싶었다. 그러나 이번엔 그녀는 억지로 자신을 억제했다. 두 번의 괘사(두번째는 불완전했는데, 그것이 더욱 사람을 답답하게 만들었다)로부터, 그녀는 확실히 무엇인가를 깨달은 것 같았다. 그녀는 위안을 얻었다. 그녀는 운명의 희미하고 위엄 있는 속삭임에 귀를 기울였다. 그녀는 살았어도 죽은 것이나 다름없는 삶을 이해했다. 처량했다.

또 무엇이 이렇게 처량하겠는가?

제17장

그들과 그녀들은 이렇게 1943년 — 중화민국 32년 — 계미년의 정월 초하루를 맞았다. 섣달에, 난징의 왕(汪) 정권은 영미에 대한 선전을 포고했다. 이런 꼭두각시놀음이란 별 의미가 없는 것이었지만, 그래도 피점령 지구에서 사는 일부 중국인들은 분위기가 긴장되는 것을 느꼈고 살기가 어려워졌다.

그래서 섣달 그믐날의 '재신(財神)님 맞이'가 시민들에게 더욱 중시되었다. 섣달 그믐날 오후 3시 남짓, 쟝징전은 이미 울긋불긋한 '재신님'을 '맞아들이고' '재신님'을 공손히 벽에 붙이고, '재신님'께 큰절을 했다. 단지 다음해에는 육병이랑 양머리고기를 몇 번 더 먹을 수 있고 담배랑 술이랑 못 먹는 일이 없게 보우하시라고 재신님에게 요구했을 뿐이었다. 니핑과 니자오는 이 놀이가 '부자가 되게' 해준다는 말을 들었다. 이해할 수 없고 반신반의했지만, 그에게 머리를 조아려 손해 날 게 없었고, 방학 숙제 중 한 항목이기도 했고, 아버지가 그토록 괴롭게 설명하던 유년의 쓸쓸함을 쫓아내는 데 어느 정도 도움이 될지 몰랐다. 만일 이 얼굴 생김이 분명치 않고 옷차림이 어지러운 '재신님'이 정말로 사람 일에 관여한다면? 최소한, 그를 모시지 않는 것보다 더 나쁜 일은 없겠지? 그리하여, 니핑과 니자오는 재신님에게 절하는 건 즐거운 일이라고 생각했다.

결과적으로 '재신님'의 도래에 가장 무관심한 사람은 쟝자오씨였다. 그녀는 '재신님'께 절을 한 지가 이미 사십여 년이었다! 재신님이 영험을 보이는 건 못 보았고, 본 것이라고는 오직 갈수록 생활이 어려워진다는 것뿐이었다. 세월이 이 모양 이 꼴로 되었으니, 부자되게 운운하는 것은 정말로 비꼬는 것이나 마찬가지였다. 장즈언, 리리엔쟈가 왔다 간 뒤로, 그녀의 기분은 더욱 암담해졌다.

정말로 희망이라곤 한 가닥도 보이지 않았다. 사위가 개과천선을 했다구? 그녀는 근본적으로 그렇게 생각하지 않았다. 니우청은 재앙이었고, 이물이었고, 괴물이었으며, 사람을 납치하는 도적만도 못했다. 녹림(綠林)의 삶, 그것은 예부터 있어온 하나의 직업이기도 했다. 그러나 니우청은? 그는 도대체 뭐란 말인가?

그러나 가난한 아이가 '재신님'을 팔려고 그들 대문을 두드리면서 큰 소리로 재신님을 맞이하세요!라고 소리쳐서 니자오가 있어요, 필요없어요라고 대답할 때, 그녀는 황망히 제지했다. 어떻게 재신님이 필요없다고 할 수가 있니? 그건 재신님을 모시고 재신님을 공경하는 마음을 완전히 부정하는 거잖아? "필요없어요(재신님이)"라고 말하는 집을 재신님이 돌봐주겠니, 영험을 보여주겠어? 그녀는 니자오에게 가르쳤다. 재신님을 맞이하라는 사람이 또 오면, "필요없어요"라고 하면 안 되고, 공손하게, 교양있게 "어서 오세요!"라고 해야 한다. 그래야 재신님이 싫어하지 않고 화내지 않고 오해하지 않으서. 얼마나 속이 좁은 재신님인가! 영원히 영험을 보이지 않더라도 죄를 지어서는 안 되었다!

그러고는 물만두를 빚어, '신주'—조상의 위패에 향을 피우고 바쳤다. 쟝씨 집안의 것이었지 니씨 집안 조상의 위패가 아니었다. 니씨 집안 조상의 위패는 어디갔는지 알 바 아니었다.

'신주'는 적갈색의 장방형 상자 몇 개였는데, 색깔이 징전의 화장대와 비슷했다. 그러나 그것이 니자오에게 지극히 신비롭게 느껴졌다. 하늘에 계신 조상의 영혼이 이 납작한 상자 속에 있을까? 그들은 모두 머리도 수염도 흰 노인일까? 그들은 모두 공부자처럼 옷차림이 그럴까? 그들은 자기 후손에게 뭘 해줄 수 있을까? 그들은 얼마나 힘이 셀까? 그는 정말로 나무 상자를 열어보고 싶었지만, 그건 어림없는 일이었다.

"지금 제신이 하계하셨다, 제신 즉 모든 신이 다 하계하셨다!" 신주에 향을 피워 올리고 절을 한 뒤, 쟝자오씨가 외손자 외손녀에게 선포했다.

하늘 가득 신령이 너울거리는 것 같았다. 춥고 음산한 하늘은 조용하고 아득해서 확실히 신비로워 보였다. 조개탄 풍로의 짙은 연기와 향연과 군데군데 폭죽 연기 속에 확실히 무언가 숨겨져 있는 것 같았다. 도처에 희망과 경외와 계시와 휘황함이 있는 듯했다. 니자오는 일종의 충실감과 승화감을 느꼈고, 과세가 이렇게 중요하고 사람들이 '설'과 한 해에 대해 그토록 큰 열정과 신앙을 가지고 있다는 것을 처음으로 알았다. 마당에는 참깨 짚이 널려, 그 위를 밟으면 파삭파삭 소리가 났는데, 이것을 과세 밟기라 했다. 곳곳에서 띄엄띄엄해진, 그러나 여전히 즐거움을 잃지 않은 폭죽 소리가 들려왔다. 풍로에서 고기 냄새가 솔솔 풍겼다. 설을 쇠기 위해 그들 집은 고기 한 근을 샀다. 고기는 후추, 회향, 간장과 함께 지글지글 볶이고 있었다. 평소에 거의 고기 맛을 못 본 집이라, 고기 볶는 냄새에 정말로 회가 동했고 간이 녹았다. 그리고도 약간의 고기가 더 있었는데, 징전과 징이가 교대로 다지고 있었다. 섣달 그믐날 저녁 그녀들은 하늘이 울리도록 고기를 다지며, 이미 잘게 다져졌는데도 더 다지려 했고, 고깃가루가 되었는데도 더 다지려 했고, 그 다음엔 야채를 다졌는데, 소리가 특히 크게 울렸다. 벽 이쪽저쪽에 다 들렸고, 도처에 만두소 다지는 소리였다.

"섣달 그믐날 만두소를 다지는 건, '소인'을 칼로 자르는 거란다!" 이모가 설명했다. 정말 재미있었다. 원래 '소인'이라는 사람들이 있어, 그런 '소인'은 제석의 밤에 고깃가루로 다져지는 것이었다. '소인'을 다지는 소리가 폭죽 소리보다 더 컸다.

그 다음 해에는? 다음 해 제석의 밤에도 또 다질 것이고, 또 '소인'이 있다고 설명할 것이다. 집집마다 다지는 건, 집집마다 자기 마음속의 '소인'이 다 있음을 설명해주는 것이었다. '소인'이 얼마나 많은가!

나중에 북쪽 방의 알전등을 여닫이 창문으로 끌어내자, 뜨락이 밝게 비쳐졌고, 밤하늘은 더욱 컴컴해 보였다. 컴컴한 밤하늘에 연기가 자욱이 피어올랐고, 희미한 빛이 번쩍였다. 또 많은 그림자가 일렁거리는 듯했는데, 저게 '제신'의 그림자가 아닐까?

니우청은 기분이 좋아 보였다. 그는 노래가 부르고 싶은 듯 몇 번 기침을 해 목청을 가다듬고, 악비(岳飛)의 「만강홍(滿江紅)」을 두 구절 불렀는데, 끝내 계속 부르지는 못했다. 그리고는 니핑과 니자오를 찾았다. 아이들이 오자, 그는 말했다. "너희들에게 우리 고향의 가요, 설날 가요를 가르쳐주마!" 그는 다시 목청을 가다듬고 읊었다.

엿으로 부뚜막에 제사 지내고,
새해가 왔네,

색시는 꽃을 달라 하고,

꼬마는 폭죽을 달라 하고,

할아범은 새 모자를 달라 하고,

할멈은 새 발싸개를 달라 하네.

'가요'의 내용이 별로 재미가 없었다. 그의 억양은 뒤죽박죽이었다. 다 읊었는데도 아이들에게 아무런 반응이 없자, 그도 어색한 느낌이 들었다. 그래서 더 이상 아이를 상대하지 않고 외국 책을 가져다 읽었고, 조금 읽다가는 그만두고, 징이를 찾아, 노부인과 언니에게 세배를 하겠다고 말했다. 징이는 기뻐하며 알리러 갔다. 두 분이 말했다. "초하루에 물만두를 먹을 때 하기로 하고, 지금은 올 필요 없어." 두 분의 대답에 징이는 흥이 수그러들었다. 줄곧 엄마를 따라다니며 눈을 크게 뜨고 이모와 외할머니를 바라보던 니핑이 한마디 했다. 그녀는, "우리 엄마랑 아버지가 '화해'하기만 하면 우리 외할머니랑 이모는 기분이 안 좋아"라고 말했다. 그 말에 세 어른이 모두 어안이 벙벙해졌다.

3분쯤 침묵한 뒤, 세 사람이 함께 니핑을 욕하기 시작했다. 욕하는 말이 상당히 지독해서, 니핑은 얼굴이 흙빛이 되고 눈이 샐쭉해졌다. 전부 다 듣지도 못했고 '비는 욕'의 내용을 의식적으로 생각해보지도 않은 니자오조차도 마음속이 두근거렸다. 지금이 바로, 뭇 신들이 하계해서, 무슨 말을 해도 다 들을 수 있고 무슨 말을 해도 다 영험이 있는 중요한 시각인데, 니핑은 도대체 무슨 대역무도한 말을 했기에 이런 분노의 질책을 초래했을까?

니핑은 계속 눈이 샐쭉했고 얼굴이 흙빛이었다. 그러나 더 이상 아무도 그녀를 주의하지 않았다.

드디어 소도 다 다졌고, 고기도 다 익었고, 참깨 짚도 이미 더 이상 밟아도 소리가 안 날 정도로 바스러졌고, 재신님과 신주에 대한 절도 이미 여러 차례 했고, 별다른 필요도 없이 그냥 하는 말과 의식적으로 하는 덕담도 이미 다 해버렸고, 한밤중도 이미 지나 사람들은 윗눈꺼풀이 아랫눈꺼풀에 달라붙었고, 모두들 잠잘 준비를 했다.

바로 그때, 니핑이 갑자기 울기 시작했다. 그것은 아이의 울음이 아니라 그 나이를 훨씬 뛰어넘은, 간장이 끊어지는 슬픈 울음이었고, 몹시도 고통스럽게, 몹시도 결사적으로, 몹시도 미친 듯이 울어 그 소리에 온 집안이 다 멍해졌다.

섣달 그믐날 밤에, 가장 관건이 되는 중요한 시간에, 니핑은 계속 반시간을 울었고, 그래서 온 집안 사람들의 얼굴이 흙빛으로 변했다. 니자오를 포함해서 온 집안 사람들이 다 얼르고 달랬다. 처음엔 징이가 여전히 몇 마디 꾸짖어 제지하려 했지만 아무런 효과가 없었다. 니핑이 울기 시작하자, 두 눈에 초점이 없어지고, 온몸이 떨리고, 머리카락이 헝클어지고, 숨이 컥컥 막혔다. 눈물 콧물이 줄줄 흘러, 울면서 온통 방바닥에다 콧물을 풀었고, 눈물도 샘솟듯 했다. 이렇게 울 때면 좋은 말이든 나쁜 말이든, 누구의 말도 들리지 않았다. 온 집안 사람들이 다 멍해졌다.

니자오는 누가 우는 것을 무서워했다. 그는 엄마가 우는 것을 보았다. 그는 외할머니가 우는 것을 보았다. 그는 이모가 우는 것을 보았다. 그는 심지어 아버지가 우는 것까지 보았다. 그 큰 남자의 눈물에 그는 마음이 난도질당하는 느낌이었다. 그러나 이 제석의 밤 누나의 울음이 가장 무서웠다. 그것은 죽자고 우는 것이었고, 완전히 자살하겠다는 식의 울음이었다. 죽기 전에는 멈추지 않을 울음이었고, 자기만 울다 죽는 게 아니라 온 집안을 울어 죽게 할 울음이었다. 그것은 진정으로 절망한 약자의 울음, 상처를 입어 살기 어려운 울음이었다. 이 울음소리가 그보다 별로 크지 않은 여자아이에게서 나왔다. 그의 유년의 동반자, 그의 누나에게서 나왔다. 정말로 가슴 아픈 일이었다!

반시간을 울고 완전히 목이 쉬어버린 니핑이 띄엄띄엄 무서운 목소리로 자기의 억울함과 고통을 하소연했다. 말인즉슨, 사람들이 섣달 그믐날 밤에 자기를 욕했다. 그녀들은 늘 자기를 욕했다. 사람들이 그녀를 욕하면서 빈 것을 생각하면, 만일 그녀가 그 비는 욕에 걸린다면 생겨날 참상을 생각하면, 더 이상 살 수가 없을 것 같다는 것이었다.

정말 놀라운 일이었다! 원래 니핑은 사람을 욕하는 모든 말에 대해 그토록 진지했고, 원래 사람을 욕하는 말은 그토록 악독하고 그토록 위력이 컸고, 원래 니핑은 모든 사람들이(니자오도 포함되었다! 니자오도 포함되었다! 오직 아버지 니우청만 빠졌다) 근년에 그녀를 욕한 말을 다 기억했고, 그 욕의 뜻을 하나하나 되새기며 잊지 않고 있었던 것이다. 그토록 많은 사람들이 그토록 자주, 내키는 대로 아무렇게나 그녀를 욕했고 내키는 대로 아무렇게나 욕 말을 사용했던 것이다. 니핑은 드디어 참을 수 없게 되었고, 드디어 무너졌고, 드디어 반항했다.

"병원으로 데려가야겠는걸." 니우청이 창백한 얼굴로 손을 비비며 말했다.

"아버지는 비켜요. 아버지는 비켜요!" 니핑이 매섭게 말했고, 니우청은 더는 뭐라고 못하고 걱정스럽게 니핑 곁을 떠났다.

니핑은 계속 울었고, 그래서 다른 사람들도 다 눈물을 떨굴 정도였다.

니자오가 황급히 누나를 달랬다. "누가 한 거든지, 누날 욕한 말은, 빈 건, 하나도 안 맞아, 하나도 안 '걸려,' 울지 마, 하나도 안 맞아, 하나도 안 걸려!"

"하나도 안 맞는다구? 하나도 안 걸린다구?" 니핑이 눈을 동그랗게 뜨며 물었다.

"하나도 안 맞아, 하나도 안 걸려." 이구동성으로 대답했다.

"말해봐요, 안 걸려요?" 니핑이 갑자기 외할머니에게 달려가 외할머니의 가슴팍을 움켜잡고 헐떡이며 말했다.

"빨리 안 걸린다고 하세요, 빨리 안 걸린다고 하세요!" 징전과 징이가 함께 재촉했다.

"안 걸려, 안 걸려. 절대로 안 걸려, 절대로 안 걸려!"

"걸리면요?" 니핑은 추궁을 멈추지 않았다. 그녀의 표정은 더욱 무서워져서 온갖 얼굴을 보아온 쟝자오씨조차 부르르 떨렸다. 그녀는 어쨌든 가장 사랑하는 자기 외손녀였다. 그러나 방금 니핑이 기억해 낸, 니핑을 제일 많이 욕한 사람도 외할머니였다. 이게 대체 어찌 된 일인가?

"걸리면 나 혼자 걸리마!" 쟝자오씨가 사납게 말했다.

"좋아요! 혼자 걸려요, 혼자 걸려요, 혼자 걸려요, 혼자 걸려요!" 니핑은 자기의 닭발 같은 오른손을 내밀어 집게손가락으로 쟝자오씨의 코를 가리키며 반복해서 강조했다. 그러자, '혼자 걸려요'가 일종의 주문으로 변하는 것 같았고 니핑이 점점 빨리 읊어 '혼자 걸료'처럼 들렸고, 나중에는 "걸료걸료걸료걸료걸료……"로 변했는데, 니핑은 반쯤 눈을 감고 천 번이고 만 번이고 읊었다.

태도와 말투가 모두 이렇게 괴상해지자, 징전이 매섭게 코웃음을 쳤다.

반쯤 눈을 감고 주문을 읊던 니핑이었지만 여전히 고도의 경각심을 지니고 있었다. 이모의 콧구멍에서 나온 웃음소리는 즉각 그녀에게 들렸고, 그녀는 외할머니를 놓고 바닥에 주저앉아 미친 듯이 두 손을 마구 휘두르고 두 발을 마구 뻗대면서 울기 시작했다. 눈물 콧물이 몸에 옷에 바닥에 온통 흘렀다.

사람들이 다 징전을 욕했고, 징전도 독이 올라 소리쳤다. "내 잘못이야, 내 손으로 내 뺨을 때리겠어!" 말하면서 그녀는 자기 뺨을 때리려 했다. 니핑이 벌떡 일어나, 방금 외할머니에게와 똑같은 자세로 이모의 가슴팍을 움켜잡고, 이모의 코를 가리키며, 아까 했던 그대로 "안 걸려요"라고 묻고 만족스러운 답변을 들은 뒤, "혼자 걸려요" "혼자 걸료" "걸료"라고 주문을 읊기 시작했다.

약 3분쯤 계속되었고, 그동안 모두들 숙연히 정신을 모으고 앉아 있었다. 그 다음엔 다시 외할머니 차례였는데, 더 묻지 않고 오직 '걸료'만 수백 번 읊어 보충했다. 그 다음은 엄마에게였다. 그 다음은 동생에게였다. 동생도 결코 예외가 아니었다. 니자오는 벌벌 떨면서, 자기가 전에 누나를 욕한 말은 모두 자기를 욕한 것과 같다고 인정하고, '혼자 걸릴 것'을 다짐했다. 마지막으로 그가 강조했다. "내가 한 욕이 나한테 걸리는 것뿐 아니라, 누가 한 욕이든 걸린다면 내가 걸릴게. 이제 됐어?"

"'이제 됐어'라고 하지 마!" 니핑이 쉰 목소리로 소리 질렀다. 그녀의 눈이 또 동그래졌다. 니자오는 그래그래 했다.

'욕 돌려주기' 순서를 다 진행한 뒤, 니핑은 서쪽 방 가운데 서서, 닭을 쫓는 것처럼 두 손을 위로 밖으로 휘저었고 그러면서 "훠어이, 훠어이"라고 외쳤다. 이렇게 해서 사람들이 그녀를 욕하는, 그녀의 생존을 위협하는, 그녀의 영혼을 얽매는 그 비는 말을 몰아내는 거라고 그녀 자신이 설명했다.

그리고서 조금씩 가라앉았고, 그리고서 물을 길어 얼굴을 씻었다. 그리고서 풍로의 재를 좀 가져다가 바닥의 눈물 콧물에다 붓고, 문지르고, 쓸어냈다. 그리고서 니핑은 잠잘 준비를 하며 자기 이불을 접었다. 그녀는 갑자기 자기 이불을 조그맣게 사각형으로 접었다. 가지런히 접고, 손으로 두드리고, 손으로 재고, 변과 각을 펴는데, 한 올 흐트러짐이 없었다. 이불을 이렇게 짧고 작게 접는 데 대해 징이가 이의를 제기하자 그녀는 매몰차게 말했다. "상관 말아요!" 그녀의 얼굴에는 기꺼이 한 번 더 결전을 하겠다는 표정이 나타났다. 아무도 더 이상 뭐라고 하지 못했다. 사람들은 슬그머니 자리를 피했다. 니핑은 그리하여 작고 네모난 이불 속으로 들어가 쪼그린 채 제석의 밤을 보냈다.

이날 밤부터 매일 밤 잠자기 전에 니핑은 엄마, 이모, 외할머니, 동생을 서쪽 방으로 불러다 놓고, 묻고, '주문을 읊고' '닭을 쫓고' 이불을 접는 일을 한 차례씩 하려 했는데, 모든 '절차'가 일사불란했다. 조금이라도 마음에 안 맞으면 목을 놓아 울었는데, 그믐날 그랬을 때, 징전같이 사나운 사람도 전혀 손을 쓸 수가 없었다. 초이튿날 밤 '주문 읽는' 절차가 다 끝나가는 판에 징이가 탄식하며 "아이고 엄마!" 했더니, 즉시 전부 무효가 되고, 다시 울고 다시 법석을 떨며 처음부터 시작했다. 니핑의 얼굴은 시퍼렇고 딱딱했으며, 밥도 먹지 않으려 했다. 어린아이가 이런 얼굴에 이런 표정을 짓는 것은 확실히 전율스런 일이었다. 니자오는 그의 누나가 죽을 거라고 생각했다. 무슨 말을 해도 그녀는 들은 척도 하지 않았다. 초사흗날 여자아이 하나가 니핑을 찾아왔는데, 친구를 만난 니핑은 말도 하고 웃기도 하며 조금도 이상한 데가 없어서 니자오의 마음을 좀 가볍게 했다. 그 여자아이가 가자, 니핑의 얼굴 모습은 금세 시퍼런 상을 회복했다. 니자오는 정말로 몹시 괴로웠다.

니핑을 병원에 데리고 가야겠어. 니우청이 이렇게 말했더니 모두 입을 모아 반대했다. 병원에 가려면 당신이 먼저 가야 해요라고 징이가 말했다. 그래, 나도 가야 해. 중국은, 적어도 3분의 1의 사람들이 정신병이 있어라고 니우청이 분연히 말했다. 당신의 그 외국은요? 당신의 그 외국은 좋아요? 내가 보기엔 당신의 그 외국은 3분의 2의 사람들이 미치광이예요! 징이가 역습을 했다. "아주 잘 말했어!" 우청이 흥분했다. "십여 년 만이야, 당신이 이렇게 똑똑한 소리를 한 게!" 니우청이 진심으로 찬탄했다. "꼴 보기 싫어!" 징이가 대답했다.

니핑의 이 에피소드는 니자오의 마음에 커다란 쓰라림을 남겨주었다. 그는 그제야 언어의 지독함을, 욕의 지독함을 알았다. 나중에 그가 어른이 되고서는 '대비판'의 지독함을 알았다. 그는 언어학을 하면서, 그것이 아주 의미있는 주제이며 각 민족어 중의 욕을, 저주를 포함해서, 연구해야 한다고 늘 생각했다. '대비판'도 일종의 저주, 정치적 저주였다. 여기에는 문화도 반영되고, 민족성도 반영되고, 독특한 향토색이 충만하고, 미신이 포함되고, 성적 억압과 성적 야만이 포함되고, 아큐(阿Q)주의가 포함되고……

니핑의 행사는 음산한 구름처럼 이 작은 집의 하늘을 뒤덮었다. 그러나 그 행사도 어느덧 받아들여졌고, 습관이 되어갔다. 매일 밤 그들은 서쪽 방에 모여 소리 없이 니핑의 행사를 접수했는데, 끝나고 나면 마음껏 말하고 마음껏 웃고 마음껏 먹고 마셨다. 행사 중에 정숙을 지키기만 하면(행사 중에는 절대로 불경해서는 안 되었다), 행사가 끝난 뒤에는 그들이 무어라 해도 니핑은 개의치 않았다. '비는 욕'에 대한 반발로서, 이 행사가 전혀 이해할 수 없는 것은 아니었다.

그것은 일종의 신경전, 신경의 신경에 대한 항의였다. 그렇지만 이불을 접는 것은 어찌 된 일인가? 왜 10분, 20분 걸려가며 이불을 접고 또 접고 하는 건가? 왜 그렇게 가지런히, 줄을 잡고 각을 잡고 네모지게 접어야 하는가? 왜 자기 몸 크기는 전혀 고려하지 않고 그렇게 조그맣게 접는가? 니핑 같은 열 살 남짓한 아이가 그렇게 작은 이불 속에 파고든 모습은 보는 사람에게 정말로 고통스럽고 참혹한 느낌이 들게 했다. 신체에 대한 강제적 변형, 수축인 것만 같았고, 아주 잔혹한 형벌인 것만 같았다. 그녀가 그토록 작고 네모난 이불 속에서 잘 수 있으리라고는, 잘 거라고는, 자지 않으면 안 될 거라고는 아무도 믿을 수가 없을 것이다. 그때에도 그 뒤에도, 니자오는 아무리 생각해도 그 해답을 알 수 없었다. 한번은 누나와 그 일에 대해 이야기해보려 했었다. 그가 입을 떼자마자 누나는 고개를 돌려 그를 째려보았다. 누나의 표정과 눈빛에 금세 그의 혀끝이 얼어붙었다.

시일이 지나자, 니핑의 행사는 차츰 느슨하고 단조로워져, 습관적인 점호로 변하기 시작하는 듯했고, 더 이상 처음의 그 무시무시한 분위기는 없었다. 니핑의 심문과 '주문 읊기'에 소요되는 시간도 이미 암암리에 많이 줄어들었고, 그 다음의 이불 접기도 전처럼 그렇게 진지하지 않았고 그렇게 가지런하지도 않았으며 그렇게 협소하지도 않았다. 니자오는 다행이라고, 이 재난이 이상스럽게 발생했던 것과 똑같이 얼렁뚱땅 사라질 것이라고 생각했다.

바로 그때, 정월 15일 대보름 다음 날, 니핑이 아주 정상적인 모습으로 이모에게 '심문'을 하는 도중에, 이모가 갑자기 재채기가 나오려 했다. 징전의 재채기는 보통 사람들과 달랐다. 매번 재채기를 하기 전에, 그녀는 먼저 콧구멍과 목구멍과 눈꺼풀과 광대뼈와 얼굴 전체에, 마치 솜이 콧구멍을 막기라도 한 것처럼, 기이한 간지러움을 느꼈다. 그녀는 숨이 막혔지만 아직 재채기는 나오지 않았고, 재채기가 안 나오니 더 괴롭게 숨이 막혔고, 괴롭게 숨이 막힐수록 더욱더 간지러웠다. 간지러움은 작은 뱀이 얼굴 위를 기어다니는 것 같았고, 그리고 그녀의 눈 아래 콧날 양쪽의 근육이 파르르 수축해서 눈이 왼쪽으로 몰렸다 오른쪽으로 몰렸다 두 눈이 같이 몰렸다 했고, 그 다음엔 경련성의 수축이 얼굴 전체에 퍼졌다. 왼쪽 얼굴이 수축해서 혹이 솟을 때 오른쪽 얼굴은 평온했다. 0.5초 뒤에는 왼쪽 얼굴은 평온해지고 오른쪽 얼굴이 수축했다. 이런 식으로, 부단히 변환하는, 근육과 표정을 천재적으로 잘 조절하는 배우도 못 지을 기이하고 다양한 모습과 표정이 얼굴에 나타났다. 이런 상황을 만나면 쟝자오씨는 반응이 없었고, 징이와 그녀의 두 아이는 그녀가 간지러움을 못 참는 것을 보며 자기도 모르게 웃음을 터뜨리는 것이었다. 징전의 재채기의 예비 동작은 아이들이 감상하는 하나의 '즐거운 일'이 되었다.

약 3초쯤의 간지러움이 지나간 뒤, 징전은 얼굴 근육을 수축하면서 혀를 깨물고 무의식적으로 침을 뱉기 시작했다. 이때 그녀가 뱉는 침은 아침에 화장할 때에 비하면 훨씬 적었다. 그녀가 눈을 부라리며 '푸푸' 하는 소리를 내고, 입술과 혀를 삐쭉 내밀어 뱉어내는 침은 극소량에 지나지 않았다. 이렇게 약 1초쯤 더 있다가, 에이취—소리가 나며 재채기가 터졌고, 그러면 보는 이도 따라서 길게 한숨을 쉬고, 그녀가 드디어 재채기를 한 시원함을 함께 맛보았다.

그러나 언제나 예외가 있는 법이다. 징전은 콧구멍을 중심으로 한, 머리카락을 오싹하게 하는 간지러움을 참느라고, 대단히 우스꽝스런 표정을 지었고, 침을 아주 조금, 그리고 또 조금 뱉었고…… 그런데 끝내 재채기를 하지 못했다. 이 얼마나 유감스러운 일인가!

이번엔 니핑의 징전에 대한 심문이 거의 끝나가는 중에, 갑자기 징전의 재채기가 나오려 한 것이다. 그녀의 콧날 양쪽의 근육이 씰룩이기 시작했는데, 니핑은 그것을 알아채지 못했다. 이모가 갑자기 그녀의 심문에 대답할 것을 거절했고, 그것이 그녀에게 고통과 분노를 가져다주었다. "뭐 하는 거예요? 왜 말을 안 해요?" 그녀는 고통스럽게 소리 지르며 이모를 밀치고 흔들었다. 그녀의 이모는 말을 할 수 없었고, 또 그녀의 방해 때문에 그녀의 안면 근육의 운동을 순조롭게 계속하며 강화할 수가 없었다. 그녀가 눈을 크게 뜨고 조카딸을 바라보면서 한마디도 하지 않는 모습이 꼭 일부러 벙어리 흉내를 내는 것만 같았다. 니핑은 울음을 터뜨렸고, 머리로 이모를 들이받았다.

그 결과 징전은 재채기를 하지 못했다! 징전은 대노하여, 마침내 벼락같이 폭발했다. 누가 재채기를 방해하는 걸 그녀는, 화장을 방해하는 걸 용납할 수 없는 것과 마찬가지로, 절대로 용납할 수 없었다. 낄낄거려도 되고 비웃어도 되고 사후에 그녀에게 권고하고 의견을 내놓거나 조롱하고 모욕하는 말을 대놓고 해도 되었지만, 그 당시에는 절대로 그녀를 방해해서는 안 되었다. 그녀가 재채기를 한 다음에 징이가, 아이고 엄마, 정말 요물이네!라고 감상을 말한 적도 있었다. 이렇게 심한 평을 듣고도 징이는 소리 없이 웃을 따름이었다.

그러나 니핑의 방해는 그녀의 큰 금기를 어긴 것이었다. 그녀가 욕을 했다. "어떻게 된 애가 날마다 이 할망굴 괴롭히냐! 멀쩡히 나가서 우물에 빠져라, 차에 치여라, 하루 종일 장사하고 손해만 봐라! 미친 것, 천치, 어느 집안을 닮은 미친병이야……"

니핑의 반응은 예상대로였다. 그녀는 온통 바닥을 뒹굴었는데, 끝에 가서는 이를 앙다물고 울었고, 입에 흰 거품을 가득 물었고, 온몸을 바들바들 떨었고, 숨이 컥컥 막혔다.

딸을 극진히 사랑하는 징이가 즉각 "사람도 아니야" "지독한 사람"

"나쁜 사람" "아이에게 독수(毒手)를 쓰다니" "언니야말로 미친병이야, 그것도 간질병이야" "좋게 못 죽을걸" …… 따위의 일련의 욕으로 언니를 공격했다. 그 다음엔 어떻게 되었을까? 일장의 혼전이었다. 니자오도 누나랑 엄마 편에 서서 말했다. 쟝자오씨는 표면적으로 초연하게 쌍방을 화해시키려는 것 같았지만, 실제로는 징전에게 기울었고, 그래서 징이의 반박과 징전의 고함과 니펑의 울음을 불러일으켰다.

결국은 다들 지쳐 잠잠해졌고, 서로 욕도 다 했고, 모두 자야겠다고 느꼈다. 니펑이 갑자기 생각지도 못한 완강함과 냉정함으로 이모 앞으로 다가가더니, 고개를 쳐들고 정면으로 이모를 바라보며 '전전(戰前)'의 '심문'을 계속했다.

징전도 뜻밖의 냉정함과 협조적 태도로 한 치의 어긋남도 없이 심문받기를 완성했다.

그날의 '행사'는 여전히 규칙대로 한밤중에 완성되었다. 니자오는 잠든 뒤에, 이모가 재채기를 하는 소리를 아련히 들었고, 그건 정말 불행 중 다행이라는 느낌이 들었다.

다음 날 아침, 쟝자오씨와 징전이 고향으로 돌아가 일을 해야겠다고 선포했고, 말이 끝나자마자 징전이 기차표를 사러 나갔다.

징이는 전날 밤의 노기가 다 가시지 않았고, 그녀들의 귀향 선언을 일종의 시위라고 생각했기 때문에, 아무런 반응을 보이지 않았다.

낮에 징전이 인력거를 타고 돌아왔는데, 손에는 기차표가 두 장 들려 있었다.

즉시 분위기가 변했다.

오후가 되자, 쟝자오씨 모녀 세 사람은 따스한 정이 맥맥히 흐르는 석별의 분위기 속에 깊이 잠겼다.

"오래 가 있지 않을 거다, 길면 두세 달, 짧으면 열흘이나 보름 있으면 돌아올 거다." 쟝자오씨가 말했다.

"빨리 오세요…… 싸웠다고 생각하지 말고요, 간다니까 난 정신이 하나도 없어요." 징이가 말했다. 그녀는 눈자위가 불그레했다.

"말할 나위도 없지, 우린 친골육이고 친수족인데…… 집에 가보긴 가봐야 돼. 장즈언, 리리엔쟈가 만만치 않고, 필경은 주인집에 사람이 있는 것과 없는 것이 차이가 크다구. 우리 그 땅도, 지금 점점 도지가 줄어들잖아!" 징전이 말하면서 길게 한숨을 쉬었다.

그리고서 정겹고 관심 깊은 많은 말을 서로 주고받았다. 징이가 북쪽 방을 가리키면서 말했다. "저런 엉터리 같은 작자한테 시집을 왔으니, 어떡하죠? 저자가 1시간 뒤에 무슨 짓을 할지 누가 알아요? 다들 가버리면 일이 생기면 누굴 찾아가죠?" 징이가 드디어 울기 시작했다.

"괜찮아, 괜찮아!" 징전이 탄식했다. "일이 생기면 기억해라, 화를 가라앉혀라. 그 다음 날 이야기하면 너 나름의 생각이 생긴다. 애야 안심해, 우린 갔다가 금세 온다구. 쟝씨 집안의 재산은 우리 세 모녀 거야, 다른 놈들은 한 푼도 안 돼! 나는, 나는 자녀가 없으니까, 하루하루 사는 걸로 그만이지. 우리 엄마도 다른 사람이 없고, 애, 네 남편은 사람 같지 않지만, 그래도 넌 아들이 있다, 아이가 있어. 우리는 너를 의지하고 너를 기대하는 것 말고는 다른 희망도 없고 다른 의지도 없어! 안심해라, 이 언니는 너를 위해서라면, 이 언니는 핑얼이랑 자오얼을 위해서라면 가슴에 칼이 꽂혀도 죽음을 불사하고, 도산(刀山)에 오르고 끓는 기름솥에 들어가도 눈 하나 깜짝 안 할 테니까!"

"우리 엄마가 안심이 안 돼, 먼 길에……"

"내가 있잖니, 열녀인 데다 또 효녀라구…… 엄마를 위하고 너희를 위하지 않았더라면 2백 년 전에 벌써 목을 매달았을 거다. 밧줄도 여러 번 준비했었는데……"

"미친 소리 마라!" 쟝자오씨가 나무랐다.

"예를 든 거뿐예요." 징전이 광대뼈 위의 눈물을 훔치고, 또 구슬피 길게 탄식했다.

"지금은 날씨도 아직 춥고, 북풍도 부는데……"

……작별할 때, 세 여자와 두 아이가 다 눈물을 흘렸다. 쟝씨 자매 두 사람은 서로 당부의 말을 하고 또 했고, 소리 내어 울었다. 결국은 인력거꾼이 그래도 안 가면 자기는 안 태우겠다고 재촉하고서야 눈물을 뿌리며 작별했다. 인력거가 움직이기 시작했을 때, 니핑이 앙 하고 소리 내어 울며 입을 크게 벌렸다. 옷차림이 남루하고 솜바지 가랑이를 꼭 묶은 인력거꾼이, 이상한 눈빛으로 니핑을 흘낏 돌아보았다.

제18장

 네 유년의 '변신 인형,' 네 기괴하게 변화하는 머리, 형체와 그림자! 막 잠들려 하거나 막 깨어나려 할 때, 늘 이런 형체와 그림자가 어른거리지 않는가?
 얼굴. 마른 것이 뚱뚱하게 변하는 것 같고, 아이가 노인으로 변한다. 우울한 것이 일순간에 방자하게 변한다. 등이 굽은 것과 미친 듯이 웃는 것. 그 소리 있는 그리고 소리 없는 탄식. 그 어린아이의 어리석음과 죽은 물고기처럼 반쯤 벌린 입. 그 득의양양한 것과 고통으로 신음하는 것. 그 고정되지 않은 형체와 그림자, 정신과 감정. 그것들은 모두 이렇게 말하는 듯하다. 우리는 대체 얼마나 고통을 감당할 수 있는가? 우리는 일찍이 어떻게 살았었는지!
 그 다음은 집의 붕괴였다. 때는 아득한 여름날의 기나긴 한낮이었다. 기나긴 낮잠이 이미 너로 하여금 이승을 훌쩍 떠나게 한 듯했다. 이런 낮잠 뒤에 깨어날 수 있다는 것이 불가사의하고 천만다행이었다. 네 유년은 지하세계에서 가져온 노곤한 피로에 무겁게 짓눌려 있었다. 깨어난 뒤에도 너는 정말로 깨어날 수 있는지 여부를 몰랐다. 너는 최소한, 네가 여전히 너 자신을 소유하고 있는지 여부를 몰랐고, 너는 자기가 누운 상태에서 일어나 앉을 수 있을지 여부를 의심했다. 너는 자신이 머리, 몸, 꼬리 세 부분으로 분열된 연약한 변신 인형으로 변한 게 아닌가 회의가 생겼다. 더구나 유장한 매미 울음이 끝도 없이 계속되었다. 더구나 "맘씨 좋은 나으리 마님, 남는 것 한 입만 주세요!" 하는 거지의 외침도 변해 마지못해 세계와 시종(始終)을 같이 했다. 더구나 온 세상에 눈을 찌르는 하얀빛이 가득 찼고, 여름의 태양은 그토록 남아돌았고 흘러넘쳤다. 하물며 아이스케이크를 파는 사람의 외침과 어디선가 들려오는 경희(京戱)의 소리 가락과 더욱 아득하고 더욱 희미한, 있는 듯 없는 듯한 유행가 노랫소리도 있었다. 이 외침, 이 소리 가락, 이 노랫소리도 구걸하는 매미처럼 어쩔 수 없이 고달팠다. 여름날의 하얀빛도 퇴적하고 범람했다. 재난이었다.

그때 가족이 대문으로 나갔다가 돌아왔다. 가족은 향긋한 찐 풋옥수수 몇 개를 가지고 왔다. 덜 익은 옥수수도 늙은 옥수수라 불렀는데, 작은 여자아이를 늙은 계집애라고 부르는 것과 같은 건지 몰랐다. 풋옥수수의 향긋한 내음이 너의 생기를 많이 회복시켜주는 것 같았다. 너는 아직 어린애였고, 네 얼굴은 덜 익은 옥수수 알맹이보다 더 연하고 윤택했다. 너는 어떻게 일어나 앉았는지 몰랐다. 그때야 "옥수수 사려" 하는 외침 소리가 들렸다.

너는 자기 입을 벌리지 못하는 것 같았다. 볼이 피곤한 때문인지 아니면 침이 풀로 변했기 때문인지는 몰라도 두 입술이 하나로 달라붙었다. 한낮에 한 세기를 잤다. 너는 이를 가느라 앞니가 빠졌었던가? 너무 오래되어 기억이 분명치가 않다. 이를 갈 때 빠진 젖니는 지붕 위로 던져야 했다. 그래야만 간니를 빨리 나게 할 수 있었다. 그 불쌍한 피가 묻은 하얀 작은 알갱이, 그 작은 하얀 알갱이로 여러 해

동안 사람의 밥을 먹었고, 변신 인형을 지탱했던 것이다. 앞니가 없어서 옥수수를 뜯어먹을 수 없었지만, 그래도 옥수수알 몇 개는 뜯겨 나왔다. 바로 그때 커다란 소리가 났다.

천둥이 치는 듯했는데, 위엄 있고 분노한 뇌성이었다. 그 다음엔 큰비가 내렸는데, 흙과 먼지의 비였다. 집이 무너졌다라고 그 사람이 소리 질렀다. 그 사람은 이 책 속에서 그려질 한 인물 형상을 생각나게 한다. 한마디 외침 소리가 있었을 것이다. 너는 조금도 무서워하지 않았다. 심지어 눈도 깜박이지 않았고, 다만 머리 위, 얼굴 위, 어깨 위, 손 위 모든 것 위에 흙과 먼지가 한 겹 덮이는 느낌이 들었다. 일종의 비린내가 났다. 그 가족이 나는 듯이 너를 안고 뛰쳐나갔다. 더 커다란 소리가 또 났는데, 끼익 하고 끊어지는 잔혹한 소리와 파편이 땅에 떨어지는, 그리고 땅에 떨어져서 파편으로 변하는 소리가 섞여 있었다. 쿠당탕, 콰당콰당, 우수수. 애가 이가 부러졌네! 어머니의 날카로운 외침 소리가 울렸다. 알고 보니 이가 아니라 아래턱에 묻은 옥수수알이었는데, 옥수수알에도 흙이 잔뜩 묻어 있었다. 이것은 오래도록 재미있는 이야깃거리가 되고, 지붕에 던져진 유년의 젖니 한 알 같은 따스함이 되고, 그리고 유머가 되었을 것이다. 아마도.

너의 흥미는 그 지붕이 무너진 '방'에 있었다. 이 집은 벌써 무너졌어야 했다. 잘 무너졌다! 그 속에 깔려 죽는다 해도 너는 그것이 무너졌기 때문에 기뻐 웃을 것이었다. 지붕이 무너진 방은 밝고 시원해 보였다. 그곳이 핏자국 희미한 상처 같기는 했지만. 썩은 돗자리를 잡아당기니 짓무른 피부 같았다. 비스듬히 부러진 대들보는 부러져 바깥으로 튀어나온 뼈 같았다. 겹겹의 석회와 짚은 절개한 살 같았다. 축 늘어진 흑갈색의 천장 바른 종이도 있었다. 그것은 악성 속병에 걸렸던 모양이다. 어느 해 어느 달인지는 몰라도 한 번 혹은 여러 번 비가 샌 탓에 천장 바른 종이에는 얼룩이 가득했는데, 꼭 네 애기 때의 오줌 자국투성이 포대기 같았다. 떨어져내린 흙이, 연기나 안개나 눈처럼 피어오르고 있었다. 생전 해를 못 본 어두컴컴한 작은 방에 햇빛이 가득 들었다. 이 방도 이렇게 밝을 수 있었던 것이다. 이토록 갑작스런 지붕의 붕괴 속에서도 다친 데는 전혀 없었다. 최대의 손실이 먼지를 뒤집어쓴 옥수수 몇 알갱이였나 보다. 즐거운 일이었다.

그리고 그 모든 것이 아득한 옛날 속에 묻혔고, 옛날은 이미 지층 아래 묻혔다. 지상에는 이미 새 건물이 지어졌는데, 지붕이 튼튼했다. 새 길이 닦였고, 차가 꼬리를 물고 다녔다. 꽃이 만발했고, 예포가 펑펑 터졌고, 홍기(紅旗)가 펄럭펄럭 나부끼며 물결쳤다. 우리가 어떤 폐허에서 출발했는지를 아는 젊은이가 이제 거의 없다. 우리의 터 아래 무엇이 묻혀 있는지에 주의하는 사람이 극히 적어졌다. 회고는, 수치스러운 것은 아닐지라도, 적어도 한가한 짓이기는 하다. 이미 성큼 뛰어넘어 지나버린 기억은 자기가 돌이켜보아도 부끄러운 느낌이 든다. 자기 체면을 깎고, 나면서부터 대임을 맡은 그 사람의 위대성에 손상을 줄지 모른다. 발굴되어 나온 오래된 시체가 지각이 있다면 수치를 느낄 것과 마찬가지다. 한대(漢代)의 여자 시체와 당대(唐代)의 남자 시체는 현대인과 만날 것을 원하지 않으니, 그들로 말하자면 가장 좋은 안배는 조용히 사라지는 것이다.

그러나 사람을 부끄럽게 만드는 오래된 기억과 갑자기 마주치게 되자, 너는 꼭 오래된 시체를 바라보는 것 같았다. 너는 자유롭지 못했다. 도망가고 싶기도 하고 다가가 살펴보고 싶기도 했다. 너는 슬펐다. 너는 엄숙하고 경건한 아득함을 느꼈다. 너는 천천히 모자를 벗었다. 너는 그들을 사랑했다. 너는 그들의 추악 때문에 뼈저린 고통을 느꼈었다. 너는 조금도 용서하지 않고 그들을 심판했다. 너는 그들을 처단했다. 그러나 너는 또 그들의 불행을 잘 이해했다. 너는 그들을 위해 눈물을 흘렸고, 그들에 대한 영원하고 보편적인 사면을 선포했다. 그런 것이 산 사람과 죽은 사람으로 하여금 서로 미워하면서도 서로 절친해지게 한다는 것을 너는 아는가, 나는 그것도 일종의 ― 흡인력이라고 생각한다. 역사를 정시하는 것은 현실을 정시하는 것과 꼭 같아서, 전율할 수도 있고 전율하지 않을 수도 있다.

보름이 되지 않아 쟝자오씨와 조우쟝씨가 고향에서 돌아왔다. 입춘은 벌써 지났고, 동지에서 81일이 지나 추위가 풀렸고, 또 새로이 봄풀이 돋았다. 니핑과 니자오 그리고 니핑의 한 여자 친구가 함께 제기를 차고 있었다. 징전이 큰 보따리를 짊어지고, 고리짝을 들고, 먼지가 잔뜩 앉은 얼굴에 수척한 모습으로 돌아왔다. 조카와 조카딸의 환호에 아랑곳하지 않고, 그녀는 황급히 다짜고짜 묻기부터 했다.
"너희 할머니는?"
두 아이는 어떻게 대답할지를 몰랐다.
마당으로 들어서자 징이가 보였다. 징이는 마당을 쓸고 있다가 인기척을 듣고 막 돌아섰는데, 미처 그녀를 보기도 전에, 징전이 급히 물었다. "우리 엄마는?"
돌아온 언니를 보고 징이의 얼굴에 피어오르던 웃음이 그 한마디 물음에 싹 가셨다. 그녀는 잠시 아연해하더니, 곧 알아차리고 급히 되물었다. "엄마는 언니랑 같이 오지 않았수?"
"그럼 엄마가 안 왔단 말이니?"
"엄만 언니랑 같이 고향에 돌아갔잖아, 왜 나한테 물어?"
"한마디만 묻자, 엄마 집에 있니 없니?" 징전의 얼굴이 붉어졌고, 목덜미의 퍼런 심줄이 튀어나왔고, 이마에 땀방울이 솟았다.

"벌써 말했잖아, 없어!" 징이도 다급해져서, 얼굴이 붉어졌다가 다시 해쓱해졌다. 그녀가 재차 물었다. "도대체 어떻게 된 거야?"

징전의 얼굴도 창백해졌다. 그녀는 보따리와 고리짝을 내려놓고, 땀을 닦으면서 탄식하고 말했다. "말도 마라 말도 마, 차가 스챠오진(石橋鎭)을 지나면서, 역에서 섰거든. 난 엄마한테 빈대떡을 사줄 요량으로 플랫폼에 내렸지, 우린 아침부터 이때까지 아무것도 못 먹었거든. 내가 플랫폼에서 떡을 사는데, 사람들이 아주 많아졌어. 일본군들도 왔다. 난 못 보고 그냥 떡을 사고 있었는데, 다른 사람들은 다 가버렸어. 아이구머니! 고개를 들어보니 일본군들이 차를 타고 있는 거야. 난 지나가다가 부딪혀서 소릴 질렀어, 아이고 깜짝이야, 아이고 깜짝이야! 무슨 수가 있겠니, 난 뒤쪽으로 가서, 마지막 칸에 탔어, 거기에는 일본군이 없었거든. 왁자지껄 하는데, 사람을 총살시키는 게 개미를 밟아 죽이는 것보다 더 간단하다는 거야! 난 차를 타고서 다시 엄마를 찾자고 생각했어. 스챠오진에서 베이징까지 다섯 시간 걸리는데, 이리저리 헤치고 다녔지만, 못 찾겠는 거야. 얼마나 급했다구! 어떡해야 되겠니? 더 헤치고 다니려 해도 경찰이 못 가게 하고, 바닥에도 사람들이 앉았는데, 큰 보따리에 작은 고리짝은 있지, 내가 그렇게 왔다갔다 하면서 얼마나 욕을 먹었다구, 더 헤치고 다녔다간 사람들이 날 찻간에서 밀어낼……"

"엄만 도대체 어떻게 된 거야? 그런 쓸데없는 말은 해서 뭐 해?" 징이가 짜증을 냈다.

"차에서는 찾을 수가 없으니까 내려서 다시 찾자고 생각했지. 틀림없어, 엄마는 거기에 자리가 하나 있어서, 밥 못 먹은 건 참자 하고, 먼저 거기에 앉은 거야. 베이징에 도착하자 난 제일 먼저 뛰어내렸어. 플랫폼 입구를 지켰지, 어쨌든 차에서 내린 사람들은 다 여길 지나야 하거든. 어쨌든 엄마도 내리지 않을 수 없을 테지, 난 입구에서 반시간을 기다렸어. 얼마나 긴 시간이었다구, 아무튼 사람들은 다 가버리고, 한 사람도 남지 않았어. 끝내 못 찾아서, 난 엄마가 돌아왔으리라 생각한 거야!"

"그걸 말이라고 해? 스챠오진에서 엄마를 잃어버렸는데, 엄마가 날개가 달렸나, 어떻게 여기까지 날아와?"

징전은 동생과 다툴 겨를이 없어, 발을 구르며 말했다. "그래, 그래, 난 기차역으로 가서 다시 엄마를 찾아볼게, 기차역에 만일 없으면 기차를 타고 돌아가면서 역마다 다 찾아볼게, 엄마를 못 찾으면 돌아오지 않겠어!" 여기까지 말하고 징전은 눈물을 흘렸.

징전의 눈물이 징이의 원망을 중단시켰고, 징이도 문제의 심각성을 의식했다. 그녀가 말했다. "조급해하지 마. 언닌 막 돌아와서 힘드니까, 어쨌든 좀 쉬어야 하고, 내가 갈게, 그렇게 큰 사람을 못 찾으리라곤 믿지 못하겠어, 그래도 안 되면 우리 경찰을 찾아가자!"

두 자매는 잠시 서로 사양하다가 결국 두 사람이 함께 찾으러 가기로 결정했다. 사태가 긴박했고 분위기는 엄숙했으며, 막 아이를 불러 몇 마디 당부를 하려는데, 니펑의 즐거운 외침이 들려왔다. 외할머니가 돌아왔어요!

검정색 모직 바지저고리로 갈아입고, 머리에는 검정색 비로드 모자를 쓰고, 발에는 검정색 털실로 만든 전족용 신을 신은 쟝자오씨가 시래기 두 광주리를 들고 휘청휘청 들어왔다. 여러 해 입지 않아 상자 바닥에 깔려 있던 옷이 쟝자오씨의 풍도를 대대적으로 개선시켰다. 그녀가 문을 들어설 때의 그 모습은 징전이 들어설 때의 낭패한 꼬락서니와 선명한 대비를 이루었다. 두 딸은 엄마가 돌아온 것을 보고 기뻐 어쩔 줄을 모르며 기쁨의 눈물을 흘렸고, 반가워하며 둘러싸고 늙은 엄마를 방으로 모셔갔고, 엄마에 대한 근심, 엄마에 대한 걱정, 엄마에 대한 효심, 함께 엄마를 찾으러 가려 한 결심, 그리고 엄마가 징전과 같이 돌아오지 않아 얼마나 상심했었는지를 둘이 다투어 이야기했다. 그녀들이 그렇게 말할수록 쟝자오씨는 더욱 기분이 좋고 만족스러웠으며 그래서 마음을 진정하고 더욱 침착하게 입을 열었다. "바보 같은 딸아, 뭐가 그리 급하니. 나 눈 안 멀었고, 귀 안 멀었고, 사람 멍청하지 않고, 코 아래 입 있다. 어쨌든 차는 베이징에 도착하는 거다. 큰아씨가 못 올라오면 혼자 차를 타지. 난 오히려 큰아씨가 차에 못 올라왔을까 봐 걱정했다. 그렇지만 탈 수 있었으리라고 생각했지. 게다가 일본군도 나한테 공손하더구나. 차에서 내려 너를 찾았는데! 뭐라구? 안 고프다, 집에 돌아올 생각만 했지, 배고픈 것도 잊어버렸어. 인력거 끄는 그놈이 장난을 치잖아, 천천히 가면서 나를 끌고 뺑뺑 도는 거야. 돈을 더 달랠 생각인 게야! 다행히 내가 내내 그놈에게 말했지, 우리 집은 베이징이에요, 이 길은 내가 다 알아요, 좀 가까운 길로 가면 얼마나 좋아, 돌지 말아요! 이쪽이 아니고, 이리 가야 집이에요!"

"잘됐어요, 너무 잘됐어요, 돌아오셔서 잘됐어요…… 만일 돌아오시지 못했으면 난 기차역에서 머리를 받고 죽으려 했을 거예요!" 징전이 울면서 웃으면서, 격동하여 말했다.

"왜 아니에요, 우리 세 사람은 정말이에요! 앞으론 절대로 싸우지 말아요! 싸우지 말아요! 엄마가 이렇게 3분 늦게 돌아오는 바람에, 난 정말로 10년 감수했다구요!" 징이가 흥분하며 천진하고 순박하게 말했다.

세 사람은 친근하고 따뜻한 많은 말을 계속했다. 아이들도 모두 대단히 기뻐했다. 쟝자오씨 노부인은 지울 수 없는 슬픔을 지니고 있었다. 이번 귀향길에 땅을 거의 전부 팔아버렸고, 앞으로는 장즈언, 리리엔쟈 같은 오랜 하인조차도 와야 할 필요가 없었고, 오지도 않을 것이었다. 쟝씨 집안의 산업이 이렇게 끝났다. 지금 그녀에게는 두 불행한 딸들뿐이었다. 이날 오후, 그녀들은 모두 자신들의 선량함을 믿었다. 모녀의 상봉은 최대의 복이었다. 마지막으로, 이 기회를 틈타 징이가 엄마와 언니에게, 그녀가 또 임신을 했다고 말했다. 엄마와 언니는 서로 쳐다보며, 어떻게 반응해야 좋을지를 몰랐다.

오후 내내 니우청은 북쪽 방에서 크롬웰에 관한 글 한 편을 바삐 번역했다. 스푸강이 그에게 번역을 의뢰한 것이었는데, 그는 반드시 내일 아침까지 이 글을 다 번역해야 했다. 스푸강이 하는 『동서학술』 잡지는 이미 많은 돈을 그에게 지급했다. 이 글은 그가 모르는 헤르만 온컨이라는 사람이 쓴 것이었다. 'Onckern,' 그는 몇 번이나 생각해보고 웡컹(翁鏗)이라고 번역했는데, 그 이름은 사람들이 흥미를 느낄 만한 것이 못되었다. 각종 명사 ― '장기 국회' '소국회' '실제 정책' '하느님을 믿는 선택' 등이 그를 긴장하게 했다. 그는 자기가 맞게 번역했는지를 전혀 알 수가 없었다. 그러나 유럽을 생각하면, 유럽 사람을 생각하면, 유럽 나라들의 언어를 생각하면, 이해하기 힘든 온갖 명사를 생각하면, 언제나 먼지 하나 없이 깨끗하고 고상한 스푸강의 양복과 외투를 생각하면, 그는 금세 즐거움과 승화감과 황홀감을 느꼈다. 그래서 이 글의 내용과 서술과 용어가, 논리적으로든 현실적으로든, 그에 대해 말하자면 괴상야릇하고 조금도 의미가 없는 것이라 하더라도, 이 건조한 번역 일을 진행할 때, 끊임없이 사전을 찾고 생각하고 추측하고 추측이 안 되면 성질을 내며 아예 적당한 뜻을 멋대로 갖다붙일 때, 그는 다른 한편으로 감정상으로, 그리고 기분상으로 상당한 위안과 만족을 얻었다. 설사 외국어 문자를 접촉하는 것뿐이라 해도 즐거웠고 자부심이 생겼다.

그러나 이날 오후는 번역이 순조롭지 못했다. 징전의 귀가, 괜한 놀람, 질책, 장모의 귀가, 상봉의 기쁨…… 이 일련의 시끌벅적한 고함이, 일련의 소음이 그의 귀청에 전해졌다. 이 어리석음, 이 짧은 생각, 이 무지와 무능과 무의미, 이 공연한 소란과 배설, 이 귀가 멀 것 같은 어지러운 울음과 웃음과 고함과 외침, 이것은 재난이었다. 이것은 니우청의 재난이었다. 이것은 헤르만 온컨의 재난이었다. 이것은 17세기에 독재한 영국인 크롬웰의 재난이었다. 이것은 유럽의, 인류의, 문화의 재난이기도 했다.

그는 번역을 계속할 수가 없었다. 그는 담배를 피웠고, 음울하게 사방을 둘러보았다. 그가 이 방에서 '착실'하게 지낸 지도 이미 넉 달이 지났다. 그는 자기가 곧 미칠 거라고 단정했다!

넌 짐승이다, 넌 짐승이다, 넌 짐승이다!

낮게 말했다. 공격, 심판, 경고, 자백. 떨렸다. 담배를 깊이 한 모금 빨았다. 한 모금에 궐련 반토막이 타들어갔다.

그는 가볍게 탁자를 쳤다. 감히 세게 치지는 못했다! 그는 탁자를 세게 칠 가능성조차도 박탈당한 것이다. 그의 어떠한 감정의 표현도 징이의 공격을 받을 것이었다. 아이를 놀래지 말아요! 말소리를 조금만 크게 하면, 기분 전환 삼아 영어로 격언을 읽으면, 문자를 한 구절 읊으면, 그는 즉시 징이의 항의를 받을 것이었다. 그런데 그녀들은 마음껏 소리 질러도 된다! 그리고 그의 탁자는 이미 무거운 일격을 견뎌낼 수 없는 상태였다. 괴로움 때문에, 그의 영혼에 대한 유린 때문에, 분노와 고통 때문에, 탁자는 이미 그의 무시무시한 격타를 여러 번 받았던 것이다. 탁자 표면의 흰 칠이 떨어져나갔고, 탁자에는 여러 개의 흠집이 나타났으며, 그의 손가락에는 피가 묻어났다. 바로 이런 탁자, 이런 탁자에서 유럽의 문명을 소개해야 한다. 이 번역과 소개가, 전쟁이 벌어지고 있는 오늘날, 일본군 점령하의 베이징에서, 도대체 무슨 의미가 있는지 그는 조금도 단정할 수 없었다. 풀칠하기에도 부족한 약간의 고료를 벌 수 있다는 것 말고는.

이 탁자는 그 위에서 밥도 먹어야 했다. 밥 먹을 때는 사전, 원고지, 잉크병과 펜 그리고 유일하게 귀중해 보이는 철사로 짠 원고 상자를 울퉁불퉁 흙더께가 진 바닥으로 옮겨야 했다. 파란 벽돌 바닥이었고, 네모난 벽돌이었는데, 그런대로 괜찮았다. 언제부턴가, 사람들의 신발 바닥의 흙이 바닥에 떨어지고, 바닥은 습기가 차 있어서, 평평한 바닥에 하나씩하나씩 크기가 일정치 않고 둥글넓적한 작은 흙더께가 생겨났다. 니우청은 남의 집에 적잖이 가봤고, 거의 모든 집의 바닥에 이런 흙더께가 있는 것을 보았지만, 자기 집 자기 방의 흙더께가 가장 많고 가장 크고 가장 빽빽했다. 섣달 23일에는 엿을 먹었고, 섣달 24일은 집을 청소하는 날이었다. 집을 청소하는 그날, 징이는 수건으로 머리를 싸매고, 빗자루를 대나무에 비스듬히 매달고, 손으로 대나무를 잡고 빗자루를 휘둘러 방을 청소했는데, 그 모습은 확실히 니우청을 실망하게 했다. 그러나 그때 그는 아직 최대의 노력을 기울이고 있었다. 외상술을 마시고 폐렴이 발작했던 그때, 그는 자기가 이미 죽었다는 느낌이었는데, 징이가 구악(舊惡)을 생각지 않고 그를 구해주었던 것이다. 그는 정판교의 '난득호도'를 진심으로 실행하려고 했다. 이렇게 멍청하게 징이와 살아가자, 누군들 이렇지 않을까? 운명은 부처님이었다. 그는 기껏해야 손오공이었다. 손오공이 10만 8천 리를 몇 번이나 날아갔어도 결국 부처님의 손바닥을 벗어나지 못했다. 이 이야기는 잔혹했다. 잔혹한 이야기를 듣는 것은 아주까리씨나 장군풀 뿌리를 먹는 것과 같아서 쌀 때는 배가 아플지 몰라도, 싸고 나면 아주 시원하지 않은가? 편히 쉬어라.

징이가 방을 청소할 때 그는 최대의 노력을 다하고 싶었고, 그래서 자신의 뜻을 잘 표현하고자 노력했다. 모두들 바삐 청소를 하고 있었는데, 징이가 그에게 무얼 하라고 요구하지 않았지만, 그는 능동적으로 할 일을 찾았다. 그는 재를 퍼내는 데 쓰는 무쇠 부삽을 가져다가 바닥의 흙더께를 긁어냈다. 긁적긁적하고 꽤나 힘을 쓰고서야 흙더께 하나를 긁어낼 수 있었다. 그는 신나게 노래했다—노동은 신성하다! 갑자기, 하지 말아요! 하는 고함 소리가 들렸다.

연말에는 바닥의 흙더께를 긁어내면 안 돼요라고 징이가 말했는데, 그건 그녀가 베이징에 와서 베이징 사람들에게 배운 풍습이었다.

왜?

왜냐구요? 징이는 코를 들이마셨고, 대답하지 않았다. 말을 하면 영험을 잃지. 천기는 누설하면 안 돼.

이유가 없으면 당연히 긁어내야지. 흙더께를 긁어내는 건 위생을 위해서야. 이 더럽고 불결하고 세균이 바글바글한 흙더께를 어디 쓸 데가 있는 건 아닐 테지? 그럴 리가 있나!

그는 두번째 흙더께를 긁어내기 시작했다. 천장의 먼지를 들이마시고 기침을 하던 징이가 빗자루와 대나무를 놓고, 황급히 달려와 니우청의 손에서 부삽을 빼앗아갔다.

한 차례 소란을 피우고, 거의 싸울 뻔하고서야 영문을 알 수 있었다. 바닥의 더께가 원보(元寶)⁵³를 상징한다는 것이었다. 과세 기간에는, 신과 사람이 다 상징적 암시를 받아들이기 좋아하고 직설적 언어는 받아들이지 않았다. 즉, 더께를 없애는 것은 원보—재원을 없애

---

53 일정한 분량으로 주조한 금은의 덩어리. 옛날에 일종의 화폐 단위로 사용했다.

는 것을 상징한다는 것이었다.

 징이는 웃으면서 말했는데, 그녀는 이 풍습의 유머를 즐기는 모양이었다. 그러나 진지하기도 했다. 그리고 말할수록 화가 났다! 이건 본래 암시할 수만 있지 말해서는 안 되는 것인데!

 니우청은 온몸으로 화가 치미는 기분이었다. 완전히 정신병이었다. 완전히 망상증이었다. 이것이 바로 5천 년 문명국의 문명이다!

 그리고는 더 이상 무수한 작은 원보를 건드리려 하지 않았다. 밥 먹을 때는, 고상한 유럽 문명의 많은 글들을 작은 원보 위에 쌓아놓았다.

 또 무얼 먹는 거지? 요 몇 달 동안 집에서 먹은 밥을 생각하면 니우청은 그저 맥이 빠지고 속이 답답해졌다. 저능인 것일까 아니면 일부러 그를 골탕 먹이는 것일까? 만일 그가 이 음식이 너무 짜다고 하면, 다음번 음식은 소금을 하나도 안 넣을지도 몰랐다. 만약 네가 이 음식은 너무 많이 볶았다고 하면, 다음번 음식은 틀림없이 덜 익은 것일 것이었다. 본래 아주 신선한 무 볶음에는, 무가 다 익어갈 때, 이틀 전에 먹다 남은 삶은 배추와 사흘 전에 남은, 이미 맛이 변하기 시작한 말린 두부를 섞었다. 결국 무 맛도 잃고 배추 맛도 아니고 말린 두부 맛도 찾을 수 없게 되고, 단지 돼지죽 맛만 남았다. 그리고 당당하게 공개적으로 말했다. "말린 두부가 맛이 갔어요, 새 음식에 섞지 않으면 먹을 수가 없어요." 완전히 돼지 먹이의 논리였다. 또 한 번은 야채죽을 먹었는데, 신선한 배추가 갓 나왔을 때였다. 니우청은 두 대접을 비우고, 야채죽 맛이 좋다고 거듭 칭찬했다. 이 칭찬 속에는 신선한 채소가 가진 비타민에 대한 그의 중시도 포함되어 있었고, 다른 중요한 의도도 포함되어 있었다. 징이가 두 아이 앞에서 그를 나쁘게 말하며 그를 주지육림에 빠진, 사치스럽고 음탕한, 돈을 펑펑

써제끼는 사람으로 만드는 것을 그는 잘 알고 있었다. 그는 그런 사람이 아닌데! 그는 야채죽을 단 엿처럼 마실 수 있었다. 그는 두 아이에게 자신의 진실된 모습을 보여주려 했다.

그 결과는 어떠했는가? 된장에 찍은 파에 대한 그의 칭찬이 파와 된장의 범람이라는 재앙을 초래, 지금도 파와 된장 소리만 들으면 뱃속이 부글거리는 것과 꼭 같았다. 계속되는, 상한 겉대와 상한 잎과 상한 뿌리를 삶은 야채죽은 깽깽이풀의 뿌리처럼 썼다. 나중에 먹은 야채죽은 진한 유황 냄새가 나서, 무좀을 치료하는 연고를 죽에 넣은 것이 아닌가 의심이 갔다……

그러나 그를 가장 슬프게 하고, 그의 마음을 찢고 답답하게 하고 섬뜩하게 하는 것은 그의 두 아이였다. 아이들은 한사코 엄마 편에 섰고, 그의 추구, 그의 고심, 그의 사랑은 전혀 이해하지 못했다. 그가 야채죽을 먹고 깽깽이풀을 먹을 때, 아이들은 작은 입으로 죽을 쪽쪽 소리 내어 먹으면서, 즐겁기 짝이 없다는 표정을 지었다. 이것은 그에 대한 도전이었고, 그에 대한 시위였다. 아이들은 그가 괴로운 표정으로 삼키는 우스꽝스러운 몰골을 보며, 서로 눈짓을 교환하고, 또 자기들 엄마와 눈짓을 교환하고, 회심의 웃음을 웃고, 냉소하고 조소했다. 그의 고통을 비웃고, 그의 위와 혀를 비웃었다. 누가 그에게 맛을 구별할 수 있는 혀를 주었는가! 누가 그에게 영양학 ABC를 알게 하였고, 미식이 심신의 건강에 좋다는 것을 뼈저리게 알게 하였는가! 미식은 사람의 성정을 부드럽게, 피부를 윤택하게, 모발을 풍요롭게, 사지를 민활하게, 마음을 선량하게, 행동거지를 예의바르게 해준다. 미식은 사교를 촉진하고, 문명을 제고하고, 새로운 자질을 훈련시킨다. 그가 사람이라는 것, 이것이 그의 죄인가? 그는 사람의 육신을 가졌고, 지식을 가졌고, 체면을 추구했고, 삶을 사랑하고 삶을 추구했으며, 그리고 무엇이 인간이 살아야 할 진정한 삶인지를 다행히, 다행히 보고 알게 되었는데, 이것이 죄란 말인가?

그는 본래 아이들이 이해할 수 있으리라고 생각했다. 그는 본래 진화론을 믿었다. 그는 미래에, 다음 세대에 희망을 걸었다. 그는 다음 세대가 더욱 교양있고 고상하고 선량하고 행복하게 살기를 희망했고 또 믿었다. 적어도 그들은 더욱 건강하고 합리적으로 살아야 했다. 그는 처음부터 아이들에게 건강한 생활 지식을 심어주려고 애썼다. 신발을 너무 작게 신어서 발가락을 속박해서는 안 된다고 말해주었다. 밥을 다 먹고 소매로 입을 닦지 말라고 말해주었다. 밤에 잘 때 이불로 얼굴을 덮으면 안 된다, 그러면 그러잖아도 질식할 듯한 공기가 더욱 사람을 질식하게 하고, 심지어 산소 결핍과 이산화탄소 과다로 죽음을 가져올지도 모른다고 말해주었다. 이러한 너무도 당연한 도리와 손바닥 뒤집기처럼 쉬운 이치조차도 반대에 부딪혔다. 징이는 말했다. 방은 춥고, 석탄은 비싸고, 불은 약한데, 덮지 않으면 얼라구요? 머리를 덮지 않고 싶으면 그래도 돼요, 여름에는 머리를 안 덮죠! 큰 난로로 바꾸고, 무연탄을 시키게, 돈을 갖다줘요!

그리고 그가 가장 사랑하는 아들 니자오가 늠름하게 그에게 물었다. "아버지, 또 차를 마시는 거예요. 찻잎이 비싸다던데, 뭣 땜에 차를 안 마시면 안 돼요, 돈이 많이 들잖아요……"

이것은 정말 무서운 일이었다. 분명히, 세 여자만이 아니라 두 아이까지도 통일전선에 가입했다, 그를 반대하고 그에게 대적하는 통일전선에. 일체의 외래 문명과 진보적이고 즐겁고 희망 있는 것에 반대하는 통일전선이기도 했다. 그것은 일종의 자기 폐쇄, 자기 유린, 자기 학대의 통일전선이기도 했다.

이 집에서 그는 절대적으로 고립되었다. 왜냐하면 — 예를 들면 그가 차를 마시기 때문이었다.

그는 아이들에게 죽을 먹을 때 소리를 내지 말라고 요구했다. 소리 내어 후루룩 한입 삼킨 뒤에도 입맛을 쩝쩝 다시며 맛을 보다니! "만약 장래에 너희들이 서양으로 유학을 가서 음식을 먹으면서 입으로 그렇게 큰 소리를 내면, 그건 아주 예의 없는 일이다." 그가 걱정스럽게 말했다.

킥킥킥킥, 두 남매는 한참 동안 웃더니, 함께 웃으면서 말했다. 우린 중국 사람이에요, 우린 서양 사람이 아네요. 우린 외국에 못 가봤어요. 아버지는 가봤다면서요. 가보니까 어때요? 아버지가 서양 사람으로 변했나요? 우린 가고 싶지도 않고요 갈 돈도 없어요. 우린 서양 규칙은 몰라요.

대답을 다 하고는, 후루룩, 꿀꺽, 쩝쩝, 두 개의 작은 입이 재주를 부리는 것 같았다.

니우청의 얼굴에 서릿발이 가득해졌다. 모욕이었다. 어린 것들의 만행이고 잔혹이었다. 모든 사람들이 다 그의 고통을 희롱했다. 이해할 수가 없었다. 억울했다. 그는 우매와 야만의 힘을 알았다.

항상 눈치도 없이 직언하기 좋아하는 니핑이 머리카락을 갓 자른 머리를 돌려 니우청을 똑바로 바라보면서 물었다. "아버지, 야채죽 먹기가 싫죠? 야채죽을 좋아한다고 하면서도 실제로는 넘어가지가 않죠? 야채죽은 식당의 닭이나 오리, 어육만큼 맛이 없죠? 야채죽이 안 넘어가서 화가 나는 거죠? 기분이 나빠서 우리 두 남매의 흠을 잡는 거죠?"

조그만 아이, 순진무구한 딸까지도 한 자루 비수로 그의 영혼을 찔러 휘저을 줄 알았다. 모든 사람의 존재는 남을 해치기 위해 있는 것 같았다. 가까운 사람일수록 상처도 깊고 심했고, 그가 사랑하는 사람일수록 그에게 독수를 더 잘 썼다.

"말도 안 돼!" 그가 탁자를 쳤다.

"당신이 말이 안 돼요!" 징이가 조금도 망설이지 않고 반응을 했다. 그녀는 먼저 반응을 한 뒤에 비로소 일의 이치를 생각했다.

그는 물론 더 이상 탁자를 치고 소리 지르고 히스테리를 터뜨릴 수가 없었다. 니펑의 눈에 맺힌 눈물이 보였다. 저 선량하고 충성스러운 우매한 눈물! 니우청은 정말로 아이에게 무릎을 꿇고 싶었다. 너희는 살아야 한다! 너희는 현대인이 되어야 한다! 너희는 진정한 인생을 누려야 한다! 내 말을 들어라, 내 말을 들어! 왜 스스로 자기를 짓밟고 스스로 자기를 손바닥에다 뭉개는 거지? 왜 꽃을 단 옷을 입고 그 위에 헌 검은 저고리를 껴입는 거지? 왜 손님을 보고도, 심지어 스푸강 같은 손님을 보고도 웃지도 않고 인사도 없고, 남의 인사에 대답도 하지 않지? 왜 머리를 좀더 예쁘게 빗지 않고, 앞머리를 눈썹 높이로 일자로 자르는 류해아(劉海兒) 머리를 하는 거지? 왜 어렵게 고기 음식을 먹으면서 고기 음식에다가 소금과 물을 그렇게 많이 붓고, 뭐 이렇게 해야 더 많아 보인다고 하는 거지? 왜 걸으면서 허리를 구부리고 팔자걸음을 하고, 사람을 만나 인사할 때 목을 앞으로 내미는 거지? 왜 웃을 때 그렇게 많은 이를 드러내고, 다 웃고선 즉시 입을 다물지 않는 거지? 왜 돈을 줘도 목욕탕에 목욕하러 가지 않는 거지? 왜 여자아이가 노래도 안 부르고 춤도 안 추고, 노랠 부른다 해도 혼자 남몰래 부르고, 도둑놈처럼 부르고, 누가 다가오기만 하면 얼른 노래를 그만두는 거지? 뭐가 무서워, 뭐가 무서워, 뭐가 무서워? 그리고 춤, 그가 춤 이야기만 하면 딸의 표정은 귀신을 본 것보다도 더 흉해졌다. 왜? 왜 너에게 예쁜 털모자를 사줘도 너는 내놓고 좋아하면 안 되니(네 눈빛에서 알아볼 수 있어), 너는 쓰지 않고, 그것을 살짝 감춰두고, 혼자 살짝 보면서, 쓰지는 않고, 반대로 징이와 똑같은 말투로 "돈 많이 쓰지 말아요!"라고 말했지. 카스텔라를 사줬더니 니자오마저도 "얼마짜리예요?"라고 먼저 묻고, 그 다음엔 아주 비슷하게 야단치더군, "돈 많이 쓰지 말아요!" 아이가 어려서부터 이 꼴이 되어버리다니…… 아! 내 너희한테 요구한다, 너희한테 요구해, 사는 모양을 바꿔라, 사는 모양을 바꿔, 모양을 안 바꾸면 죽느니만 못해! 얼마나 고통스러운 삶인가!

　니우청은 힘없이 식탁을 떠났다. 그는 더 먹을 수가 없었다. 그는 '스트라이크'를 했다.

　그리고 일자리, 그리고 봉급, 그리고 철학, 그리고 정치, 그리고 항일, 그리고 건강, 그리고 그가 영원히 갈망하는, 애당초 없는 사랑. 그리고 도처에 빌린 돈과 외상. 그리고 활로, 앞으로의 선택, 앞으로의 인생의 길. 모든 것이 다 모호했고 캄캄했다. 이렇게 큰 세계에, 그가 갈 수 있는 길이라곤 끝내 한 가닥도 없었다. 그 모든 고상한 사상을, 그가 실행할 수 있는가? 그 모든 저열한 막말에, 그가 마음을 편히 할 수 있는가? 오…… 사는 것이 죽느니만 못한데, 그는 감히 죽지도 못하는 것을!

　너는 짐승이다!

　전율, 심장에 스미는 싸늘함! 니우청은 얼마나 짐승인가! 그는 징이의 아랫배가 생각났다.

　세번째 애, 교양이 없고 영혼이 없고 교양과 영혼을 획득할 가능성도 없는 세번째 사람! 그의 적! 그의 무치(無恥), 무능, 무망(無望)의 표지, 이 망할 놈의 징이의 배!

　짐―승. 하하하……

　웃음소리가 열심히 야채죽을 먹고 있는 징이와 두 아이에게서 터져 나왔다. 식사 도중의 그의 '스트라이크'는 그들의 관심을 추호도 불러일으키지 못했다. 아마도 그들은 그를 비웃고 있는 것인지 모른다. 분명히, 그가 식탁을 떠난 뒤 식탁의 분위기는 훨씬 화기애애하고 자유롭게 변했으리라.

제19장

니우청은 자연과학에 대한 지식이 짧았지만, 언제나 일종의 탐욕에 가까운 열정을 품고 남의 과학 이야기에 귀를 기울였다.

한 번은 스푸강이 니우청에게 러시아의 심리학자 파블로프 이야기를 했다. 그는, 파블로프가 실험을 하나 했는데, 개의 면전에 쇠고기를 걸어놓고 종을 쳐서 개에게 이 고기를 먹으라는 명령을 내렸다고 소개했다. 개가 기뻐하면서 뛰어올라 고기를 먹으려 하면, 실험자는 개가 고기에 접근한 그 찰나에 갑자기 고기를 던져버려 개가 고기를 못 먹게 했다. 이러한 실험이 여러 번 진행되었다.

"나중에 개가 미쳤어요." 스푸강이 말했다. 그의 중국어는 매우 유창하고 완벽했으며, 한 자 한 자 아주 정확하게 성실히 말했고, 한 자 한 자 사성(四聲)[54]을 아주 정확하게, 너무 정확해서 듣기 싫을 정도로 정확하게 발음했다.

"내가 바로 그런 개군." 니우청이 음침하게 말했다.

스푸강은 깜짝 놀랐고, 그의 커다란 회색 눈동자가 한순간 딱 굳어

---

[54] 중국어는 글자마다 음조를 가지고 있는데 그 음조에 네 종류가 있어 이를 사성이라 한다.

버리는 것 같았는데, 그리고서 그는 우아하게 웃었다.

"나는 중국을 사랑해요. 나는 중국의 문명을 사랑해요." 그는 그의 흠잡을 데 없는 중국어로 계속 말했다. "보세요. 그 많은 옛 문명국들이 다 쇠퇴하고 와해되었고, 그 많은 고대의 문명이 다 역사의 유적이 되었어요. 중국의 문명만이 오래되고 완전하고 독립적이고 통일적이에요. 그것은 자기의 특수성을, 독특한 완전성과 독특한 응변 능력을 가졌어요." 다 말하고서 잠시 침묵하다가 또 말했다. "당신은 그렇게 비관하면 안 돼요."

"중국은 지금 사분오열되어 있단 말입니다. 그리고……" 니우청은 스푸강이 '보세요'라고 말할 때의 그 베이징 말투를 좋아하지 않았고, 스푸강의 사상도 좋아하지 않았다. 그러나 그의 풍도는 좋아했다—심지어는 거기에 매혹되기까지 했다.

"정치 군사상으로는 분열되었지만 문명은 통일되었지요. 일본 점령자들도 알아요. 중국을 통치하려면, 중국인의 호감을 얻으려면, 공부자를 존중해야 한다는 걸요."

"그래도 옌안, 팔로군, 공산당은……"

"나와 당신은 그들을 알지 못해요. 그들은 무도한, 광적인 젊은이들일 수 있고, 그렇다면 공부자는 알지 못하고 마르크스만 알겠죠. 그렇지만 그들이 꼭 그렇게 간단하지는 않으리라고 나는 생각해요. 그들은 제3차 인터내셔널이 아주 어렵게 훈련해냈어요. 그들도 어느 정도 성공하게 될 거고, 그러면 분명히 공부자의 도리를 배우게 될 거예요…… 하여튼, 나는 그들이 공부자에 반대한다는 소문은 전혀 못 들어봤어요……공부자를 가장 격렬하게 반대하는 건 주로 좌파 책벌레예요. 나를 믿으세요, 노형, 백년 안에는, 어쩌면 더 오래 갈지도 모르지만, 머리가 있고 이성이 있는 정치가로서 공부자를 반대하거나 방기하는 사람은 하나도 없을 거예요. 중국에서 정치를 하고 싶지 않다면 모를까."

"그렇지만……" 니우청은 뭐라고 말해야 좋을지를 몰랐다. 이 유럽인의 논리는 그에게 무서움을 느끼게 했다. 그는 유럽에 3년 있었지만, 이런 유럽인은 아직 만난 적이 없었다. "그렇지만 헤겔이 말했죠, 공부자의 저작이 독일어로 번역되지 않아 다행이지, 그러지 않았으면 망신을 면치 못했을 거라고." 니우청이 드디어 반박의 논거를 찾았다.

"그건 헤겔의 동양에 대한 무지 때문이에요." 스푸강이 또 우아하게, 태산처럼 묵직하게 웃었다. "라이프니츠는 그렇게 말하지 않았어요. 중국의 문화는 인간관계를 중시하고, 각자 자기 자리를 지키고 자기를 극복할 것을 중시하고, 매 사람이 자기의 윤리적 의무를 다하여 인간관계의 조화를 얻지요. 공부자의 '예'에 관한 사상 같은 것은, 심지어 정치에까지 확대되어, '예치(禮治)'의 이상을 제출했는데, 이는 정말로 놀라운 일이에요. 유럽인은 이런 정신이 완전히 결여되었어요. 이런 보편적인 도리들. 예를 들면 부자자효(父慈子孝), 예를 들면 존사중도(尊師重道), 예를 들면 기소불욕(己所不欲)을 물시어인(勿施於人)이라…… 그래서 유럽에서 두 번의 세계 대전이 터졌고……"

"그렇지만 당신[你]은 실제 사정을 몰라요." 니우청은 베이징어의 '당신[您]'이라는 말을 따라 쓰고 싶지 않았다.[54] "집집마다 가정마다 온통 더럽기 짝이 없는데, 무슨 효제충신(孝悌忠信)이고, 무슨 예의염치(禮義廉恥)고……"

---

55 2인칭 대명사로 니(你)가 통용되는데 베이징어에서는 특히 존칭을 '닌[您]'으로 구별한다.

"그건 서양 풍속이 밀려들어 중국 문명이 위협받고 부식됐기 때문이죠…… 우리나라에서는 이렇게 말하는 학자들도 있어요. 중국이 왜 이 모양이 되어버렸느냐? 좋은 황제를 몰아냈기 때문이다. 잠깐, 제 말을 다 들어보세요. 내가 중국의 역사를 공부한 바로는, 폭군은 극소수뿐예요. 많은 황제들이 중시한 것은 인정(仁政)이었고, 정치를 맑고 조화롭게 했고 백성을 자식처럼 사랑했고……"

스푸강은 소리를 낮추고 정중하게 강조하여 말했다. "나는 미래의 중국이 형태상으로 어떤 변화가 있든지 간에 반드시 자기 민족 문화의 본래 자리로 돌아가리라 믿어요. 민족 문화의 본래 자리에 서야만 중국이 세계에서 중요한 위치를 차지할 수 있어요. 앞으로 몇십 년 동안, 중국에 거대한 변화가 일어날지 몰라요. 그러나 중국이 중국이기만 하면, 그 심층에는 불변하는 실질적인 것이 언제나 보존되지요. 보세요, 노형, 일본인이든 군벌이든 혁명가든, 그 누구도 중국 자신의 문화 전통을 바꾸지는 못했어요."

그러자 니우청은 스푸강에게서 배운 대로, 신사적으로 웃었다. 그가 무슨 말을 하겠는가? 만약 중국인이라면, 그가 존경하는(그리고 그에게 돈을 빌려주고 아직까지도 갚으라고 재촉하지 않는) 두공이 그런 말을 하더라도, 그는 코웃음만 치고 '우매'하다고, '백치'라고 할 것이었다. 그러나 그 말은 스푸강이 한 것이었다. 스푸강은 갈색 양복을 입었고 커피를 마시며 커피에 위스키를 탔다. 그는 전신에서 우아한 향수 냄새가 났다. 그의 외투는 질 좋은 홈스펀으로 만든 것이었다. '탱고'와 '룸바'를 추는 그의 모습은 우아했다. 그는 중국의 온갖 사람들과 내왕하기를 무척 좋아했다. 경희(京戱)도 부를 줄 알고 외국어도 할 줄 아는 명문 규수이며 대학 졸업생이며 군계일학이라 할 만한 티엔진(天津)의 한 신여성이 그의 애인이었다. 듣기로는 그들은 이미 결혼 이야기를 하고 있다는데…… 그는 '중국의 문명'에 열광적으로 홀렸다. 그는 스스로 '치원재주인(致遠齋主人)'이라는 고풍스런 별호를 벌써 지어둔 터였다. 그는 유럽의 집에 '치원재' 세 글자를 쓴 편액을 걸어놓았다고 말했다. 그는 자기가 매일 1시간씩 중국 서예를 연습하는데, 중국 서예는 대뇌, 신경, 소화 계통을 조절하는 효용이 있다고 말했다. 그는 병이 나면 한의를 찾았고 한약을 먹었다. 그는 바오딩(保定)에서 만든 쇠구슬 한 쌍을 사서 톡톡 뽀드득 하고 다녔는데 근육 이완과 혈액 순환에 좋았다…… 그러나 가장 중요한 것은 그가 똑똑하다는 것이었다. 그는 독일어와 영어로 글을 썼고, 독일어로 대화를 할 수 있었다. 그의 중국어는 지극히 유창했으며, 지금 그는 일어를 공부하고 있었다. 이런 사람이 대전 중에 중국에 와서 니우청에게 귓속말로 히틀러를 욕했고 동시에 스탈린과 러시아도 나쁘게 이야기했다. 그는 송 이전의 중국 비명(碑銘)을, 니우청이 보기에는 눈곱만큼도 쓸모가 없는 문자의 유해(遺骸)를 도처에서 모았다. 그는 니우청 등 몇몇 친구를 찾아 함께 학술 잡지를 만들었는데, 매일같이 즐거워했다. 중국 문명 이야기를 할 때는 더 즐거워했고, 마치 니우청이 유럽의 철학자나 변소의 수세식 변기 이야기를 할 때처럼 기운이 났다.

스푸강은 니부인—즉 징이—에 대해 분명한 호의를 나타냈다. 그는 니우청네 식구 모두를 초대해 둥안 시장의 '둥래순'으로 가 양고기 샤브샤브를 샀다. 외국 사람이 양고기 샤브샤브의 절차에 어찌나 정통한지, 거꾸로 징이와 두 아이에게 작은 그릇에 담긴 양념을 하나하나 설명해주었다. 이건 새우젓이에요. 이건 두부예요. 이건 청장(淸漿)—즉 간장이에요. 이건 깨양념장이에요. 이건 부추예요. 맞아요, 샹차이(香菜)도 좀 있어야 하고, 마늘장아찌도 한 접시 있어야죠. 고기 외에도, 간 한 접시하고 콩팥 한 접시도⋯⋯ 불이 왜 아직 안 올라오지? 그 작은 발화통 좀 주세요. ⋯⋯ 맞아요, 이 정도 익으면 돼요, 더 오래 두면 질겨져요⋯⋯ 정말 맛있네요, 안 그래요?

징이와 두 아이는 뚫어져라 그를 쳐다보며, 이 '중국통'이 양고기 샤브샤브를 먹는 치밀함을 감상했다. 흡사 곡마단의 작은 곰이 자전거를 타고 재주 부리는 것을 보는 것 같았다. 니우청은 밥 먹을 때 남을 너무 똑바로 쳐다보는 것은 아주 예의가 없는 짓이라고 생각했고, 그래서 말로 눈길을 돌리게 하려 했다. 징이와 아이들은 이 방면에 대한 최소한의 지각도 없었으며, 그의 기색과 말에 조금도 주의를 기울이지 않았고, 그래서 정말로 그를 화나게 했다. 너희들은 스푸강 박사가 내 친구라는 것을 모른단 말이냐? 내가 아니면 그가 너희가 누군 줄이나 알겠니?

스푸강 본인은 전혀 신경 쓰지 않았다. 그는 말하면서 먹으면서 신바람이 났는데 어느 정도는 뽐내는 건지도 몰랐다. 징이네 세 사람뿐만 아니라 식당 종업원들까지도, 옆 테이블의 손님들까지도 시선을 스푸강에게 맞춘 채 아연해했다. 옆 테이블의 기름이 자르르하게 쪽을 지은 노부인이 말했다. "보아하니 정말로 요사스럽구먼⋯⋯" 이 말에 니우청은 가슴이 쿵쿵 뛰었다. 스푸강이 이 무례한 말을 못 들었기를 바랄 따름이었지만—그러나 그건 불가능했다. 그는 중국 사람들의 서양 사람에 대한 갖가지 우매한 태도를 증오할 따름이었다. 그는 아무렇지도 않게 여기는 스박사의 신사적 풍도에 더욱 감사했고 감복했다.

식사 후, 그들은 함께 둥안 시장을 거닐었다. 스푸강이 니자오를 안아다가 높이 들어올리며 하하 크게 웃었는데, 무인지경에 든 것 같았다. 그는 두 아이에게 색깔이 새빨간, 설탕에 잰 마르멜로를 한 그릇씩 사주고서, 니우청에게 "당신은 정말 행복해요"라고 말했다.

나중에 니우청은 스푸강에게 말했다. "중국인들이 이렇게 고통스럽게 살고 있을 때, 내가 이렇게 고통스럽게 살고 있을 때, 당신은 거기에서 계속 찬미하고…… 미안하지만, 나는 동의할 수 없소. 예를 들면, 내 당신에게 말하겠는데, 중국에는 몇천 년 동안, 애당초 행복이란 없단 말요. 사랑도 없지요. 난 이미 고통스러워 죽겠소! 그런데 내가 행복하다니, 당신은 마치 내 고통을 감상하는 것 같단 말요."

스푸강은 여전히 우아하게 웃고서, 같이 나가서 커피나 한 잔 하자고 제안했다. 이 제안 자체가 이미 니우청의 격분을 많이 가라앉혔고, 니우청의 후각 신경이 커피의 쓴 향기에 녹아들자 그는 확실히 약간의 행복감을 느꼈다.

커피를 마시고, 과자도 좀 먹고, 담배를 한 개비 피운 뒤, 스푸강은 니우청에게, 보름 후 티엔진의 린산츄(林散秋) 여사와 결혼할 거라고 말했다. 혼례는 완전히 중국식으로 할 것이었고, 그들의 '사주팔자'도 이미 '선생'에게 보였는데, 궁합이 완벽하게 맞았고, 상상(上上)의 대길이었다. 혼례 때 그는 여자 쪽 가장과 내빈들에게 큰절을 할 것이었다. 신랑신부 둘이 나란히 천지에 배례할 것이었다. 기쁨의 노래를 부를 것이었다. 신방에 대추, 땅콩, 밤을 잔뜩 늘어놓을 것이었다. "나는 중국 부인을 갖고 싶어요. 나는 중국식의 견고한 혼인을 하고 싶어요. 나는 내 중국 부인하고 서로 공경하며 백년해로 할 거예요. 나는 진심으로 그렇게 생각해요. 중국식 윤리 관념과 의무감이 있어야 가정의 행복이 있다고. 물론 중국에도 각양각색의 가정 문제와 혼인 문제가 있겠죠. 그건 조금도 이상한 일이 아녜요. 나는 중국인들이 그 문제들을 해결할 방법을 찾을 거라고 믿어요. 역사적으로 그들은—당신들은 당신들의 생존과 관계되는 수많은 난제들을 이미 해결했어요. 유럽에도, 똑같은 혹은 비슷한 혹은 다른 난제들이, 당신들보다 결코 적지 않아요. 해결할 방법이 더 없을지도 몰라요. 거기는 공인된 행위 기준과 도덕 기준이 없기 때문에, 각 개인이 다 제 나름대로 행위하고, 각 개인이 다 다른 개인과 대립하죠. 적이 되기까지 하죠. 당신은 유럽에서 진정으로 가정을 이루고 생활하지 않았기 때문에 거기가 좋다고 생각하는 거예요. 거기가 뭐가 좋아요? 조금도 안 좋아요! 전쟁이 유럽 전체를 뒤흔들어놓았고, 유럽 문명은 이미 붕괴했고, 와해되었고, 실패했어요!"

니우청은 더 할 말이 없었다. 그저 더 곤혹스러울 따름이었다.

이때부터 그는 하나의 큰 현실적 난제에 부딪혔다. 스푸강이 결혼을 하는데 무슨 선물을 보낼까? 그는 정말로 스푸강에게 하나의 ─예를 들면─ 옥불(玉佛)을 선물하고 싶었다. 혹은 한 쌍의 대탄(大撢) 병을. 혹은 호남 자수를. 혹은 복건 칠기나 경덕진 자기나…… 스푸강은 지금 그의 암담하고 누추한 생활 속의 한 가닥 빛이었고, 한 가닥 지푸라기였다…… 그리고 그는 뻔뻔스럽게, 믿어줘, 스푸강은 우리의 선물을 받고 절대로 가만있지 않을 거야, 외국인도 중국인과 마찬가지야, 그 사람 바보도 아니고 멍청이도 아니라구, 라고 징이에게 말하지 않을 수 없었다.

이 말을 하면서, 니우청은 자신의 비속과 타락 때문에 귀뿌리까지 얼굴을 붉혔다.

그래도 징이의 반응과 지지를 얻지 못했다. 선물을 많이 하는 거야 당연히 좋은 일이죠. 나는 금촛대 한 쌍이라도 선물하고 싶어요. 그렇지만 어디서 생기나요? 하늘에서 떨어지나요? 우리 집에 이미 준비되어 있나요? 징이는 자세하게 따졌다. 장작, 쌀, 기름, 소금, 간장, 식초, 집세, 물, 석탄, 바늘, 실, 옷, 모자…… 그리고 또 옛날에

진 외상, 전당포에 잡힌 물건. 결론적으로 말해 불가능했다. 스푸강은 물론 좋은 사람이었다. 다른 사람이라면 생각할 필요도 없고 말할 필요도 없었다. 아니면 스푸강에게 침대보나 선물하든지? 징이가 고집스럽게 말했다.

니우청은 우울하게 여러 날을 보냈다. 이런 제기랄—그는 도둑질까지 생각했다.

그는 자기가 거처하는 누추한 방의 네 벽을 우울하게 쓸어보다가 문득 정판교 글씨의 탁본을 발견했다. 그는 크게 기뻐했다. 이게 준비되어 있었잖아? 그는 표구를 새로 다시 하고, 붉은 종이로 싸고, 붉은 종이 위에 그와 징이, 아이들의 이름을 써서 기쁘게 보냈다. 좋은 친구에게 축하 선물을 보낸다는 사실 자체보다도 더 많은 즐거움을 그는 느꼈다. 몇 달 동안의 '회개한 탕아'의 생활에 이미 그는 '난득호도'의 철학을 뼈저리게 증오하고 있었던 것이다.

스푸강과의 내왕의 영향으로 니우청은 몇 달을 '착실'하게 지낼 수 있었다. 스푸강의 중국 문화에 대한 태도가, 스푸강의 징이에 대한, 그의 가정에 대한 태도가 그에게 약간의 영향을 미치지 않을 리가 없었다.

스푸강과의 내왕이 때로는, 그의 생활이 얼마나 빈곤하고 우매하고 야만스러우며 희망이 없는가! 하는 느낌을 대조하고 강화하고 강조하기도 했다. 그는 왜 중국에서 태어났고 명관둔에서 태어났는가? 그가 평생을 사는 목적이 국가의, 시골의, 역사의, 한 몰락한 지주 집안의 모든 죄악을 이어받기 위해서란 말인가? 왜 하필 그는 세계를 알게 되었고, 문명을 알게 되었고, 인생의 행복의 추구를 알게 되었는가? 만약 그가 아예, 사랑하는 어머니—하늘에 계신 그녀의 영혼의 안식을 빕니다—가 바란 것처럼, 아예 아편쟁이가 되어 무식하고 마비된 채, 혹은 제멋대로 살고, 혹은 유랑하고, 혹은 마비되어 죽어갔더라면 그 편이 오히려 더 낫지 않았을까, 자기도 고통을 덜 받고 다른 사람에게도 고통을 덜 주지 않았을까?

집에서 그는 날마다 몹시 피로를 느꼈다. 영양 결핍이었다. 평생토록 정상적으로 살아가는 데 필요한 영양조차도 섭취하지 못했다. 누에가 상반신을 쳐들고 입을 벌리고 또 벌려도 뽕잎이 없는 것과 흡사했다. 개가 고기 냄새를 맡고도 뼈 한 조각 얻지 못하는 것과 흡사했다. 개는 맷돌을 돌리며, 앞발로 땅을 긁으며, 꼬리를 흔들었다 세웠다 하며, 깽깽 하고 슬피 울면서, 개의 위풍과 개의 속도, 개의 영민함, 개의 털빛, 개의 모습을 잃어갔다. 한 조각 뼈다귀를 위해서! 조물주는 얼마나 잔인한가! 징이는 매일 밥을 하면서, 밥을 상하게 하고 맛없게 하고 더럽게 하고 구역질 나게 해야 직성이 풀리는 그 조리법으로, 한사코 그를 조롱하고, 그를 괴롭히고, 그를 유린하고, 그를 짓밟지 않는가? 심지어 고기가 있는 요리를 먹을 때도 무사하지 못했다. 먼저 물을 섞고 또 채소를 섞어, 고깃국을 물국으로 바꾸고 고기 요리를 채소 요리로 바꾸었다. 이렇게 희석과 살풍경을 완성하고서도 너를 가만히 내버려두지 않았다. 밥을 먹으면서 이 고기가 얼마나 비싼지, 고기 한 번 먹는 데 무를 몇 번 먹을 수 있는 돈이 드는지 떠들어댔고, 그래서 너는 고기를 한 점씩 씹을 때마다 근심을 느꼈고, 공포를 느꼈고, 이 고기에게 미안하다는, 자기는 이 고기를 먹을 자격이 없다는 느낌이 들었다. 결국 너는 알아차렸다. 네가 고기 먹는 것이 엄중한 악행이라는 생각을 갖게 되기를 그녀가 바란다는 것을, 너로 하여금 다음부턴 안 되겠는걸! 더 이상 고기는 못 먹겠어, 라고 말하게 하고 싶어한다는 것을…… 그리고 아이들도 그에 호응하고 공명하여, 자기들 엄마와 함께 그의 식욕을 희롱하고 비아냥거렸다…… 압살! 왜 다른 사람의 욕망을 압살하는 일은 심지어 순진한 아이들에게까지 쾌감을 주는 걸까?

그리고 스푸강은, 그토록 많은 책을 읽었고, 그토록 많은 언어를 할 줄 알았고, 그토록 많은 여행을 했고, 그토록 많은 일을 했다. 그는 무얼 먹었는가? 어려서부터 크림, 버터, 치즈, 우유, 양젖, 간유, 벌꿀, 빨간 딸기, 통닭구이 거위구이, 토마토 쇠고기, 꼬리곰탕, 게살샐러드, 검붉은 생선, 푸딩 아이스크림, 오렌지 주스 레몬 주스, 새끼돼지 송아지, 시럽 젤리, 카스텔라, 커피 초콜릿, 참치, 브랜디…… 있어야 할 것은 다 있었고, 끝없이 샘솟는 생명의 원액, 문명의 장관…… 그렇게 먹고 자랐다면 나도 인류를 복되게 하는 사업을 해낼 수 있다고! 국가가 그렇게 먹고 자라게 해주었다면 어찌 뜨거운 피를 끓이며 전장에 나가 적을 물리치고 나라를 위해 몸을 바치지 않을 수 있겠는가!

인간 생명의 또 하나의 기갈, 또 하나의 갈구, 고통, 열광으로 말하자면 더욱더 격렬했다. 니우청이 유럽에 유학했을 때는 바야흐로 정신분석이라는 새로운 학설이 유행해 일세를 풍미하며 제설이 분분하던 때였다. 니우청은 이 방면의 학설을 접하자, 오직 지혜의 샘물을 정수리에 붓고 부처가 호령을 하는 듯한 느낌이었다! 대역무도한 새 학설은 그의 영혼을 짓누르는 어둠을 몰아냈고, 그는 벌거벗은 몸으로 많은 사람들 앞에, 천 와트짜리 수은등 아래 놓여진 것만 같았다. 그는 몸 둘 바를 모를 만큼 창피했고, 몸 둘 바를 모를 만큼 흥분했다. 과거의 온갖 것이, 비유하면 어제 죽어 사지에 버려졌다가 뒤에 살아나는 것 같았다. 20여 년 된 정신의 건축물이 우르르 무너졌고, 벌거벗은 내가 폐허에서 일어섰다! 고개를 돌려 바라보니 자기의 고향, 자기의 조상, 자기의 처가는 여전히 만 길 심연의 어둠에 짓눌려 있었다. 그는 참으로 수천 년 동안 제대로 뜨지 못했던 눈을 뜬 것이었다.

유럽이여, 유럽이여, 내 어찌 네게 감복하지 않을 수 있으리오! 너희의 복장, 너희의 신체, 너희의 얼굴과 화장품, 너희의 신발과 걷는(춤은 더 말할 나위 없고) 자세, 너희의 사교와 풍습만이 보인다. 명관둔, 타오촌, 리쟈와(李家洼), 쟝쟈타(張家坨)의 모래땅, 소금땅, 저지대에서 온 시골 부자의 자제인 유학생으로 누군들 너희의 여성을 보고 벼락에 맞은 듯 얼이 빠져서 눈도 깜짝하지 않고 입을 떡 벌리고 침을 흘리지 않을 수 있겠는가? 다시 자기 나라, 자기 마을, 자기 집의 뭇 열녀들과 열녀 후보들을 생각해보니, 정말로 불을 질러 자기를 태워 죽이고, 니씨 집안과 쟝씨 집안을 닭 한 마리, 개 한 마리 남기지 않고 태워버리고 싶었다. 당당한 중화, 5천 년의 문명, 5천 년의 역사, 네가 어쩌다 이 지경이 되어버렸느냐!

대오각성 이후로 그는 또 무엇을 했는가? 그는 할 수 있는 건 뭐든지 다 하고 얻었는가? 그의 한 학우, 해외에 나가 금칠을 한 부잣집 자제로서 북양 정부[56]의 장관의 아들인 한 동포가 그에게 이국에서 재미본 경험을 이야기했었다. 그 도련님은 돈이 많았다. 그는 파리의 거리에서 손님을 맞는 창녀에게 끌려갔다. 파리의 여자는 그의 돈과 여분의 팁을 받았고, 그리고는 담배에 불을 붙이고 신문을 들고 유유히 담배를 피우며 신문을 읽었다. 부잣집 아들이 한 차례 허겁지겁한 뒤에 여자가 물었다. 다 했어? 다 했으면 내려가, 가보셔, 안녕! 이 방탕한 얼간이 도련님은 이 경험에서 자극을 받아, 문제를 국가 지위와 민족 존엄의 높이로 끌어올려, 민족의 독립과 국가의 부강 없

---

56 신해혁명 이후 1928년까지 북양 군벌이 집권한 베이징 정부.

이는 개인이 없다고 — 계집질조차도 재미가 없다고 생각했다.
 니우청은, 니우청은 더 말할 것도 없었다. 비록 키와 용모, 에티켓, 학문 등 모든 것이 아무렇지도 않게 파리에서 돌아온 그 친구보다 월등하다고 자신했지만. 그는 지위가 없었고, 돈이 없었고, 산업도 주식도 빽도 없었다. 그가 리비도와 이드의 학설 전체에 감복하고 정통했다 하더라도, 그의 리비도와 이드의 상황은 아무런 만족과 개선을 얻지 못했을 뿐만 아니라 그 때문에 더욱 절망적이고 비참해졌을 따름이었다! 귀국 후는 더 말할 필요도 없었다. 징이가 아무리 그를 주색에 빠졌다고, 심지어 교만하고 사치스럽고 음탕하다고 해도 들은 척도 하지 않았다. 제기랄! 그는 사랑을 얻어본 적이 없었을 뿐 아니라 쾌락을 얻어본 적도 한 번도 없었다…… 겨우 몇 번 있는 방탕의 경험은 그를 어둠의 심연 속으로 떨어뜨릴 뿐이었다. 그는 아무리 자신을 위해 변명해도 광명과 따스함은 추호도 느끼지 못했다. 그는 몇 번인가 밤에 자면서 벌거벗은 채 많은 사람들 앞에 놓인 꿈을 꾸었다. 그러나 흥분하지 않았고 창피해하지 않았다. 위축되어 몸을 피하기만 했다. 붙잡혀서 질책당하는 죄의식만 있었다. 몸 둘 데가 없었다.
 요 몇 달 간은 또 다른 어둠이었다. 그는 늘 피로했고, 늘 번역하다 말고 부서져 흔들거리는 책상에 엎드렸다. 그때는 자고 싶을 뿐 아니라 죽고 싶었다. 푹 자는 일만이 그에게 휴식과 해탈과 위안을 줄 수 있었다. 그리하여 자지 않을 수 없어, 베개를 베고 잤다. 많아야 1시간쯤 잤을까, 어쩌면 반시간인지도 몰랐는데, 그는 놀라 깼다. 무슨 소리지? 모르겠다. 깨고 나니 다시는 잠이 오지 않았고, 아무것도 생각나지 않았다. 기쁨도 없고, 슬픔도 없고, 근심도 없고, 욕망도 없고, 느낌도 없고, 아픔도 없고, 권태도 없고…… 모든 것이 다 무(無)

였고, 니우청 자신도 무였다. 니우청은 대체 어디로 갔는가? 아무 데도 없었다. 니우청은 무얼 하고 있는가? 아무것도 하지 않았다. 니우청은 무얼 필요로 하는가? 아무것도 필요하지 않았다. 심지어 징이의 코 고는 소리와 방에 가득 찬 냄새(겨울이라 창문을 꼭 닫았다)조차도 느껴지지 않았다.

그는 이렇게 멍하니 2시간, 3시간, 4, 5시간을, 날이 밝을 때까지 깨어 있기도 했는데, 그는 심지어 자기가 깨어 있는 건지 자는 건지조차 구분이 안 갔다. 이는 얼마나 무서운 일인가!

밥 먹을 때가 되어서야, 징이가 마련한 아침밥의 극도의 열악함 때문에 상심하고 분개할 때가 되어서야, 비로소 그는 어렴풋이 그 자신을 되찾았다.

바로 그런 시각에 그는 알게 되었다. 징이가 임신을 했다는 것을.

정말로?

어떻게 된 거지, 어떻게 된 거지?

짐승! 그는 심지어 어떻게 된 일인지도 잊어버렸다.

니우청은 홀로 눈물을 흘렸다. 너는 나쁜 놈이다. 너는 나쁜 놈이다. 너는 짐승이다. 너는 짐승이다. 이렇게 뻔뻔하다니. 이렇게 야만적이라니. 이렇게 인간성이 없다니.

달이 땅을 비추니,
휘영청 밝구나.
문을 꼭 닫고,
빨래를 하네.
깨끗이 빨고,
하얗게 풀을 먹이고,

남편에게 시집왔지만 쓸모가 없네.
또 술을 마시고,
또 마작을 하고,
이렇게 사네,
망할 놈의 그 낡은 촛대는.

고향의 민요가 생각났다. '망할 놈의 그 낡은 촛대'가 무슨 뜻인지 그는 아직도 잘 몰랐다.
내가 바로 낡은 촛대야! 망할 놈의 그 알 수 없는 낡은 촛대!
목을 벨 수도 있었고 총살할 수도 있었다. 능지처참을 하고, 이른바 쇄시만단(碎屍萬段)을 하고, 여덟 토막을 내서 죽어서도 묻힐 땅이 없게 할 수도 있었다. 또 뭐가 있나? 그 자신의 고통, 그 자신의 자신에 대한 심판, 자신에 대한 파괴와 괴롭힘에 비하면 능지처참이래야 별건가? 나면서부터 그의 영혼, 그의 생명, 그의 총명, 그의 선량, 그의 양심, 양지, 양능은 칼질당하고 능지당하고 형벌을 받고, 죽었다가 깨어나고 살아났다가 다시 죽고…… 역사상 능지당했거나 생매장당했거나 화형을 당했거나 포락지형(炮烙之刑)을 당했거나, 삶아 죽이고 튀겨 죽이는 형벌을 당한 사람들은 그와 같은 운명이 아니었을까, 그와 같은 고통을 느끼지 않았을까? 그의 운명은 고양이 발톱 아래의 쥐만이 겨우 비교될 만했다. 세상이 불인(不仁)하여 만물을 개, 돼지로 만들었다. 세상이 불인하여 니우청을 발톱 아래 쥐로 만들었다.
그러니까 나는 누구의 말도 안 들어, 누구한테도 빚이 없어! 누구도 나를 심판하고 나를 비웃고 나를 질책할 권리는 없어! 나는 날마다 형벌을 받고 있고, 날마다 죄를 받고 있다구, 하늘과 땅과 임금과

가족이 모두 내게 혹형을 가하고 있다구. 나는 날마다 조소당하고 심판받고 질책당하고 있어! 내가 받은 모든 죄는, 내가 범한, 내가 빚진 죄의 열 배 백 배 천 배가 넘은 지가 오래야, 이제 심판받고 조소당하고 질책당하고 처형되고 극형에 처해져야 할 사람은 너희들이야! 난 영원히 너희들을 용서 못해.

그는 거꾸로 화를 냈다.

제20장

니우청은 처가 셋째 아이를 가졌다는 것을 안 뒤 반드시 징이와 이혼하겠다고 결심을 했다.

숨이 넘어가지 않았으니 어쨌든 몇 년 더 살 것이었다. 죽은 사람같이 사느니 아예 죽는 편이 나았다.

잘 우는 고양이는 쥐를 못 잡는다. 결심이 서자 그는 누구와도 상의하지 않았고 누구에게도 기색을 보이지 않았다. 그는 더욱 잘 견뎠고 더욱 인내심이 생겼고 더욱 온유해졌다. 그는 눈물을 머금고 자기 아이들을 바라보았고, 더 이상 무얼 바로잡으려거나 무얼 교육하려 하지 않았다. 그는 심지어 눈물을 머금고 징이를 바라보았다. 그가 이혼하려는 생각이 징이에게 알려지면 징이에게 어떤 결정적인 타격을 줄 것인지 그는 충분히 상상할 수 있었다. 만약 정말로 이혼한다면 징이의 생활이 얼마나 힘들고 끔찍한 것이 될지 그는 완전히 이해했다.

나는 징이의 사형 집행인이다. 나는 우선 나 자신의 사형 집행인이다. 칼을 휘두를 때마다 사람을 죽이느니, 자기가 지옥에 떨어지는 대가로 다 함께 지옥에 가느니, 구할 수 있는 사람을 하나라도 확실히 구하는 편이 나았다.

그는 남몰래 변호사를 찾았다. 그는 모두 세 명의 변호사를 찾았다. 그중 한 변호사는 베이징 호텔에 살았는데, 잠깐 이야기하는 데 황금 2전(錢)의 가치에 상당하는 돈을 내야 했다. 또 한 변호사가 내건 간판은 일본 이름이었는데, 그는 중국어와 일본어 두 가지 언어로 고객을 상대했다. 세번째 변호사는 그와 일면식이 있었는데, 그는 그 사람에게 인사차 들른 것처럼 꾸미고 자기의 난제에 대해 그와 이야기했고, 돈을 내지 않았다.

세 변호사가 제기한 문제는 거의 똑같았다. 당신들은 합의를 할 수 있고, 공동으로 이혼을 요구하는 겁니까? 실제로 이런 발표를 하는 일이 흔하지요. 우리 두 사람은 감정 불화로 인해 이혼하기로 합의하고 앞으로 남자는 남자대로 여자는 여자대로 재혼함에 서로 간섭하지 않고⋯⋯ 대답은 단연 부정이었다. 이혼을 요구하는 이유가 뭐죠? 성격? 성격이 어떤데요? 문화, 그건 이유가 안 됩니다. 그 여자가 충실치 못한 것을 발견했나요? 다른 남자와 정을 통했나요? 절대로 없다. 생리적으로 결함이 있나요? 당신에게 상해를 입힌 일이 있나요? 당신은 어째 아무것도 내놓질 못하죠? 눈물이 글썽글썽하시네? 이렇게 정이 은근하다면 뭐 하러 이혼을 하려 합니까? 당신은 쟝징이 여사와 감정이 깊고 당신이 필요로 하는 것은 화해뿐인 것 같은데⋯⋯ 어쩌면 당신 자신의 정신 치료일지도 모르겠군.

이제 위자료 문제를 이야기해봅시다. 부인은 지금 직업이 없죠. 또 당신이 일방적으로 이혼을 요구하는 거죠. 감정 불화, 그건 그녀가 인정할 수도 있겠는데, 물론 그렇게 단순하지는 않아요. 그러면 그녀는 위자료를 요구할 권리가 있어요. 위자료를 고액으로 요구하기 십상인데, 어떻게 대답할 겁니까? 얼마나 지불할 수 있죠? 이건 대충 넘어갈 수 없어요. 이런 문제조차 똑똑히 대답 못하면서 뭐 하러 변호사는 찾아왔어요?

아이는 어떻게 할 생각이죠? 애들 엄마가 포기하지 않을 거라 본다. 뭐라고요? 고액의 위자료를 낼 수 있고 이혼에 동의하는 상황에서라도 상대방이 재혼을 원하지는 않을 거라 본다. 그럼 단정할 수 있겠군. 그녀는 반드시 아이를 요구할 거요. 뭘 울고 그래요? 당신같이 이혼을 요구하는 자부(慈父)는 아직 못 봤는걸……

뭐 뭐요? 니선생 당신 그게 무슨 소리요? 왜 진작 말하지 않았소? 정말로—미안합니다만—웃기는 이야기요. 법률이 있는 모든 나라의 법률은 모두 여자 쪽이 임신 중일 때는 남자 쪽에서 일방적으로 이혼을 요구하는 것을 금지하고 있는데, 이럴 때 이혼하자고 하는 것은 우선 도의상으로 말이 안 되지…… 돌아가시오. 여기서 우리 쌍방의 시간을 허비하지 말고.

그러나 니우청은 오히려 한바탕 격동적으로 심경을 토로했다. 존경하는 변호사 선생님, 저는 법률에 대한 경의와 당신의 직업에 대한, 그리고 당신 자체에 대한 경의를 품고 이렇게 와서 가르침을 청하는 겁니다. 걱정하실 필요 없어요. 제때 제때 돈을 드릴 수 있으니까요. 저는 이혼을 요구합니다. 이혼하지 않으면 안 돼요. 누구도 어떤 이름으로도 나를 막을 수 없어요. 어떤 법률, 어떤 정부에, 한 밧줄로 두 사람을 묶어서 함께 지옥으로 떨어지게 하는 도리가 있습니까? 그건 비문명적이고, 비인도적이고, 비이성적이에요. 그래서 확실하게 말씀드리는데, 당신이 내가 이 소송에서 이기도록 도와주셔도 좋고, 당신이 이 소송을 맡기를 거절하셔도 좋고, 법원 판결이 동의해도 좋고, 법원 판결이 안 된다 해도 좋고, 심지어 나를 단두대에 올려 보내도 좋지만, 나는 장징이와 이혼하겠어요! 이혼하겠어요!

둘이 있으면 서로 고통과 유린만을 가져다주는 여자와 함께 살라고 내게 강요할 이유가 당신들에게는 없어요. 당신들은 적어도 현대 문명의 기본 준칙을 알아야 해요!

그러나 저는 제 처 쟝징이를 결코 비방하지 않습니다. 당신들은 저한테 그 여자를 비방하라고 유도하는데, 미안합니다, 말을 다 하게 해주세요. 저는 단연코 그렇게 못합니다. 그렇게 하는 것은 부도덕하기도 하고 사실에 맞지도 않기 때문이죠. 반대로 저는 쟝징이가 아무 죄도 없고, 무슨 커다란 결점도 없다고 말합니다. 그 여잔 좋은 사람이에요. 아들 낳고 딸 낳고 집에서 살림을 해왔죠. 그 여잔 부도(婦道)를 지키고, 요구도 높지 않고, 제게 미안해할 일을 한 적도 없어요. 그렇게 말하려면 하세요. 맞아요, 제가 눈물을 흘렸어요, 제가 그 여자를 전혀—사랑하지 않는 것은 아네요…… 생각해보세요, 십몇 년이에요, 우린 애가 둘이에요…… 여름이 되면 셋째 애가 생길 겁니다. 저는 애들을 사랑해요, 애들을 사랑해요, 애들을 사랑해요! 바로 사랑하기 때문에 나는 반드시 그 여자와 이혼해야 해요. 왜냐하면 내가 그 여자에게 줄 수 있는 것은 고통뿐이고, 그 여자가 내게 줄 수 있는 것도 고통, 그리고 파멸뿐이거든요!

허위라고요? 위선이라고요? 좋아요. 내가 위선자라는 걸 증명해보라고 당신들에게 요구, 아니 청구합니다. 당신들은 법정에 나가 증언할 수 있겠어요? 나는 위선자일 뿐 아니라 모살자예요…… 쟝징이, 니펑, 니자오 그리고 세번째의 불쌍한 아이를 모살할 잠재적인, 아니 십분 실제적인 위험이 존재하고 있다! 사느냐 죽느냐. 이혼하느냐 이혼하지 못하느냐. 이혼하고 사느냐 이혼하지 않고 죽느냐. 다른 선택이 없어요……

변호사의 눈빛은 차가웠고, 입가에는 한 가닥 조소가 어렸다……

베이징 호텔의 대변호사는 하품을 했다. 일본어를 하는 변호사는 손바닥으로 자기 배를 가볍게 두드렸다.

빌려온 돈을 다 썼다. 변호사와의 상담은 니우칭에게 아무런 출로도 찾아주지 않았다. 니우칭은 그러나 더욱 마음이 굳어졌다. 그는 방법을 생각할 것이었다. 반드시 이 일을 해낼 것이었다. 그는 돈을 내지 않은, 일면식이 있는 변호사에게 선고했다.

도의상으로 내가 전혀 할 말이 없다는 걸 나는 완전히 인정해요. 내 행동은 쟝징이 선생(그는 갑자기 선생이라고 부르고는 자기도 움찔했다)에게 막대한 심신의 손실을 줄 겁니다. 난 거액의 위자료로 보상할 거예요. 쟝징이는 돈을 매우 중시하니까, 내가 거액을 줄 수 있다면, 그 여자에게 적지 않은 위안이 될 겁니다⋯⋯ 그 돈은, 당장은 못 줘요. 그 반대로 나는 빚만 지고 있어요. 다른 사람에게 빚진 건 물론이고 징이에게도 빚졌어요. 솔직히 말씀드리면, 유럽 유학 갈 때 처의, 처가의 도움을 받았거든요. 그 돈은 배로 갚을 거예요. 되로 받고 말로 갚는 것, 이게 내 일관된 처세 원칙이죠⋯⋯ 예, 지금은 돈이 없어요. 왜 돈이 없냐구요? 내가 잘하지 못했기 때문이죠. 내 능력, 내 두뇌, 내 열정, 내 약간의 정신, 머리를 대들보에 내걸고 송곳으로 뼈를 찌르는 정신, 이 모든 것들이 짓눌려 있고 묶여 있어요. 내 잠재력이 지금 발휘된 것은 천 분의 1도 안 돼요! 즉 천 분의 999가 오행산(五行山) 아래 짓눌려 있고, 선인승(仙人繩) 속에 묶여 있어요. 이 오행산, 이 선인승이 내 결혼이고 내 집이에요! 그것은 내 정서를 망가뜨리고, 내 위장을 망가뜨리고, 내 영감을 압살하고, 내 정신을 쥐어짜고, 내 영혼을 짓이기죠⋯⋯ 이 산을 치우고 이 밧줄만 풀면, 나는 학문을 할 수 있고, 교육을 할 수 있고, 정치에 종사할 수도, 군대에 참여할 수도, 경상이재(經商理財)에 나설 수도 있고⋯⋯

뭐든지 다 할 수 있어요. 돈이 별건가요? 황금, 백은이 별건가요? 진주, 마노가 별건가요? 하늘이 아재(我材)를 낳았으니 필유용(必有用)이요, 천금(千金)은 다 흩어져도 다시 돌아오니…… 천금이 돌아오는 날, 내가 제일 먼저 바쳐야 할 사람이 바로 쟝징이죠…… 쟝징이에게 물어보셔도 돼요. 그 여자도 내 말이 백 퍼센트 진심이라는 걸 믿지 않을 리가 없어요!

일면식이 있는 변호사가 눈썹을 잔뜩 찌푸렸다.

변호사 사무실을 나오자 니우청은 뼈저린 피로를 느꼈다. 그는 이미 비스듬히 기운 전봇대에 기대어 쉬었다. 땡땡 하는 소리를 내는 전차가 그의 마음을 어지럽혔다. 그의 눈이 흐릿해졌고, 거리와 차량과 행인이 출렁이는 파도처럼 눈부셨다.

고향의 소금땅은 얼마나 황량하고 광활한가! 고통스러운 균열만이 있었고, 검붉고 더러운 짠 물만이 있었고, 눈부신 소금 자국만이 있었다. 큰 바람이 일고, 모래와 돌이 날리고, 먼지가 안개처럼 자욱하고, 그리고는 적나라한 영락과 허무였다.

허무 속에도 여기저기 작은 마을들이 있었다. 호한분(好漢墳). 쟝이교(張二橋). 오마영(烏馬營). 필가당(畢家塘). 최가와(崔家洼). 류칭타(劉稱砣). 조수재(趙秀才). 사녀사(舍女寺). 주팔발(朱八撥). 전인자두(前印子頭). 후인자두(後印子頭). 타오촌. 명관둔. 이곳이 그의 사랑하는 고향이었다. 이곳이 그의 조상 대대로 살아온 땅이었다. 이 마을들의 이름은 너무도 친근했다. 그러나 침통한 쓸쓸함과 황량함으로 가득했다…… 거기서 열세 살에 적린을 마신 열녀가 나왔다거나 목을 매 자진한 자매가 나온 것도 이상할 것이 없었다. 마비된 사람들은 금세 미친 듯이 흥분하여 다투어 칭송하고 시문(詩文)을 짓고 비석을 세우고……

해 저무는 소금땅, 모래땅에서 자기 목줄기를 찔러 붉은 피를 볼 수 있다면, 한 무더기 복사꽃을 떨어뜨릴 수 있다면, 짠 비린내를 맡을 수 있다면, 극렬한 아픔을 느낄 수 있다면, 얼마간 즐거움이 있을 지도 모르지. 우리 인생에서, 아직 매력을 완전히 잃지 않은 것은 '사 (死)' 한 글자만이 유일한 것인가!

니우청은 환각 속에서 자기의 동맥을 잘랐다. 피가 없었고, 아프지 않았고, 검붉은 빛도 없었고, 철철 솟아나지도 않았고 줄줄 흐르지도 않았다. 그의 핏줄에서 흘러나온 것은 한 방울 한 방울 흙탕물이었다!

길이 가라앉아, 양쪽 가가 절벽 같았다. 소금땅은 물러서 무게를 견디지 못했다. 소금땅의 흙길은 모두 가닥가닥 가느다란 도랑이었다. 니우청은 수레 한 대가 겨우 다닐 수 있는 도랑으로 수레를 끌고 가다가 맞은편에서 오는 수레와 마주쳤다. 두 대 모두 나아갈 수가 없었고, 그렇다고 물러날 수도 없었다. 길이 막혔고, 화가 난 행인들이 소리 질렀다. 저놈들을 흠씬 패라!

흠씬 패? 고향의 당대(唐代) 장이석금강(丈二石金剛)이 모래땅에 쓰러졌다. 걸음마다 부드러운 모래흙이 밟혔다. 바람, 바람, 슬피 우는, 막힘없는, 영원히 몰아치는 바람. 벌써 잊혀져버린 빈방에서. 그는 태어났고, 그는 모든 죄와 고통을 이어받도록 운명지어졌다. 그는 부패하고 멸망하도록 운명지어졌다. 하하하……

니우청은 한없이 좌절에 빠져 집으로 돌아왔다. 그는 안색이 나빴고, 표정이 음침했다.

"우리 아버지 어떻게 된 거예요?" 그는 니핑이 제 엄마에게 묻는 소리를 들었다.

"가만히 있어!" 이것이 징이의 대답이었다.

마침 저녁 먹을 때 니자오가 일대 난문제를 제기했는데, 모두 정치 문제였다. 이것이 아마도 니자오가 생전 처음 정치 문제로 고민한 것이리라.

아버지, 일본인은 좋아요 나빠요?

일본인은 중국인을 업신여기고, 중국 땅을 차지했지. 그렇지만 일본인은 진취적이고 노력한다. 우리가 깊이 반성할 만하지.

그럼 왕징웨이는요?

내 생각에 왕징웨이의 처지는 슬픈 거야. 이를테면 시쓰파이러우(西四牌樓)에서 둥단파이러우(東單牌樓)까지 직선으로 가야 가까운데, 그렇지만 직선상에는 온통 집이고 길이 없기 때문에, 너는 반드시 돌아가야 한다…… 이게 그 자신의 변명이야.

그럼 그 뭐더라, 사람들이 그러는데 쟝……

쟝졔스를 말하는 거구나. 쟝졔스는 항전을 영도하고 있지, 그는 중국의 지도자야. 나는 그가 성공할 수 있기를 바란다.

그럼 팔로군은요, 공산당은요?

마오쩌둥, 주더, 그 사람들은 기인이고 위인이야. 그들은 공산주의를 주장하지. 공산주의는 대단한 이상인데, 그렇지만 실행하기가 너무 어렵단다. 희생이 너무 크지.

소련은요?

소련은 세계 제일의 강대국이야. 그들은 5개년 계획을 실행해서 국가를 부강하게 했는데……

그럼…… 도대체 누가 맞아요? 다 맞아요? 그럼 왜 우리 친구들은 왕이탕을 매국노라고 해요? 아버지도 매국노를 좋아하세요?

헛소리 마라! 니우청이 갑자기 성질을 부렸다. 그런 것들에 대해 그는 본래 분명히 생각하지 못했는데, 오늘 그런 이야기를 하자니 더욱 마음이 어지러워졌다. 태평 시절의 개가 될지언정 난세의 사람이 되지는 마라. 왜 그는 난세에 태어났는가? 왜 그는 난세 중에서도 가장 어지러운 집안에 태어났는가? 정말로 하늘을 불러도 대답이 없고, 울고 싶어도 눈물이 없구나!

"내가 너한테 벌써 말했지. 가만히 있어!" 징이가 아들에게 딱 부러지게 말했다.

니자오는 고개를 갸웃거렸는데, 얼굴에 곤혹이 가득했다. 아버지의 대답은 분명히 그의 성에 차지 않았다. 지금까지 그와 누나는 아버지의 식탐을 비웃고 아버지의 온갖 허풍스런 생활 습관과 생활 신조를 비웃었지만, 또 그는 아버지가 '가정을 돌보지 않는다'는 헐뜯는 말을 엄마에게서 무시로 들었지만, 그러나 국가 대사나 학술 과학에 관계되는 중대한 문제에 있어서는 여전히 아버지를 숭배했고 믿어 의심치 않았다. 몇 달 동안 아버지가 집에서 글을 번역한 것이 니자오를 더욱 감복하게 했다. 그러나 오늘 정치 문제에 대한 아버지의 대답과 이유 없는 화 내기는 아버지의 위신을 크게 떨어뜨렸다. 니자오는 심지어 아버지의 무능과 궁태를 느끼기까지 했다. 아버지는 애당초 앞뒤가 맞게 말할 능력이 없었고, 그는 아버지의 '헛소리 마라' 속에서, 고뇌와 수치가 분노로 변한 의미를 느꼈다. 그는 실망한 것은 물론이고, 아버지 때문에 수치를 느꼈다.

아들의 기색이 니우청을 몸 둘 바를 모르게 했다. 정말 이상하게도, 이런 난세에 살면서 상호 관련되는 가장 중요한 정치 문제들에 대하여 그는 생전 전면적으로 생각하고 대답해보려 하지 않았다(마음속으로 소리 없이 대답하기야 했겠지만). 이 중대하고 회피하기 어려운 정치 문제들을 동시에 제기한 첫번째 사람이 아들이었다. 그러나 그의 대답은 논리에 맞지 않고 완전히 혼란스럽고 괴상망칙했다. 겉만 번지르르한 사기꾼 같았고, 머리가 텅 빈 백치 같았다. 아들이 갑자기 그를 정치적인 궁지로 몰아넣은 것이다! 그는 자기 상황이 수치스러움을 어렴풋이 느꼈다.

2시간 전에 그는 돈을 받지 않은 변호사에게 선포했었다. 그의 머리를 짓누르는 큰 산을 치우기만 하면 그는 '정치에 종사하고 군대에 참가'할 수 있다고! 무슨 정치 무슨 군대에! 어찌 허황된 거짓말이 아니겠는가!

아직 아무도 그와 이 문제들을 놓고 토론한 적이 없었다. 그는 아직 정면으로 대답해본 적이 없었다. 그의 대답은 자기가 듣기에도 요령부득이었다. 그의 대답은 도대체 무슨 뜻인가?

세상이 바뀌어 중국이 해방되고 농촌에 토지개혁을 하고 온갖 변화가 있은 뒤에야 니우청은 자기의 뼈에 소금땅 지주 근성의 골수가 가득하다는 것을 알게 되었다. 시골 깡패는 성벽을 무서워하고, 도시 깡패는 재판소를 무서워한다. 관이 백성을 때리고 부끄러워하지 않고, 아버지가 아들을 때리고 부끄러워하지 않는다. 관이라고 하면, 왕징웨이의 관까지 포함해서, 사녀사에서 후인자두까지의 대소 지주들의 무릎이 거의 전부 후들거렸다……

물론 그 당시에도, 그는 수백 만 수천 만 중국의 인인지사(仁人志士)가 피로 몸을 씻으며 항전하고 있고, 혁명에 헌신하고 있고, 구국에 뜻을 세우고 있음을 똑똑히 알고 있었다. 그는 악비, 양홍옥(梁紅玉), 문천상(文天祥), 사가법(史可法), 임측서, 손중산 들을 잘 알고 있었다. 그러나 그 사람들은 그와 너무 멀었다. 나는 성인이 아니야, 이 말 한마디로 그는 자기가 진정한 애국과 혁명의 길로 나아갈 가능성을 두절시켜버렸다. 그는 다만 물결을 따라가며 갈수록 나빠져갈 뿐이었다……

사흘 뒤, 니우칭이 드디어 적합한 일자리를 얻었다는 좋은 소식이 전해졌다. 조양대학이 교육학과와 철학과의 논리학 담당 강사로 그를 초빙했는데, 매주 6시간 강의로 월급이 사범대학 때보다 더 많았다. 이것은 징이와 그가, 이리 뛰고 저리 뛰고, 이 사람 저 사람에게 부탁하고, 몇 번이나 사과 상자를 선물하고서야 얻은 결과였다. 이 일을 얻기 위해 그들의 고향 사람인 광명안과의원 원장 자오상퉁이 적지않은 힘을 썼다. 징이는 대단히 기뻤다. 이것은 중학교에서 대강하는 것보다 수입이 훨씬 많았고, 아무도 흥미를 못 느낄 글을 번역하는 것보다 생계에 훨씬 더 의지가 되었다. 보아하니 곧 태어날 셋째 아이는 복이 있는 것 같았다. 태어나기도 전에 운이 돌아오고 탕아가 회개하고……

정식 초빙장을 받았지만 니우칭이 외출하고 집에 없었기 때문에 아직 그에게 알리지 못했다. 징이 혼자 바야흐로 기뻐하고 있을 때, 옆집 떠벌이가 머리카락을 흩날리며 황급히, 부리나케 달려왔다. "둘째 동생, 너하고 둘이서만 할 이야기가 있어……"

둘이서만 할 이야기가 있다구? 무슨 뜻이지? 엄마랑 언니랑 같이 들으면 왜 안 된다는 거야? 우리 세 모녀의 관계를 이간질하려는 건 아니겠지? 내가 저 여자와 둘이서만 이야기하고 엄마와 언니를 참여시키지 않으면, 엄마랑 언니가 의심하지 않을 수 있을까? 이게 이간질하지 않고도 이간질하는 건가? 떠벌이가 뜬소문을 퍼뜨리는 데 능수고 추문을 찾아내는 데 전문가라는 것을 누가 모르는가? 징이는 잠시 생각해보고 눈을 한 번 깜박이고는 느릿느릿 말했다. "무슨 할 말이 있으면 같이해요. 나하고 엄마하고 언니는 서로 비밀이 없어요. 좋은 말은 남몰래 하지 않고, 남몰래 하는 말은 좋은 말이 아녜요."

"너를 위해서야, 이 바보야!" 떠벌이가 소리를 길게 늘이며 발을 굴렀다. "내가 뭘 남몰래 해, 내가 뭘? 난 걱정이 돼서 그래, 네가 아무 것도 모르고 남에게 속을까 봐, 마지막엔 머리가 떨어지고도 어떻게 떨어졌는지 모를까 봐?"

"뭐라구요?" 징이가 화난 눈으로 반문했다. '머리가 떨어진다'는 말에 기분이 상해 그녀는 축객령을 내리려 했다.

"그만두자! 네가 듣고 싶어하든, 듣고 싶어하지 않든, 우린 고향 사람이잖아? 먼 친척이 가까운 이웃만 못하고, 가까운 이웃은 맞은편 집만 못해. 우린 맞은편 집은 아니지만, 담 하나를 사이에 두었어도 여전히 한집안 식구고 한마음이야. 네 일이 내 일이고, 누가 너를 해치면 곧 나를 해치는 거고, 네가 손해보는 게 내가 손해보는 거야. 나는 충심으로 '보국'하고, 두 마음 안 먹어. 쫓아내도 안 가, 쫓아내도 안 가! 징이 동생, 잘 들어, 너 방비해야 돼, 네 남편, 난 니선생을 말하는 거야. 그가 좋은 마음을 갖고 있지 않아!"

징이는 더욱 기분이 나빠졌다. 그녀는 떠벌이의 말을 자르고 거칠게 말했다. "말해봐요, 무슨 말인데요? 무슨 소린데요? 애들 아버지가 어쨌기에, 당신하고 무슨 상관예요?"

떠벌이는 자기가 받은 냉대에 조금도 마음을 쓰지 않았다. 그녀는 긴장하고 정신을 모으고 은밀히 사방을 쓸어보고 목소리를 낮추었다. "징이 동생, 사실대로 이야기할게, 나는 알았어, 나는 들었어, 너 알아? 니자오 아버지가 변호사를 찾아갔어, 그가 너하고 이혼하려 해!" 그녀는 득의만만했다. 이 소식을 전하면서 큰 만족을 얻는 것 같았다. 그녀의 흥분은 이미 말과 표정에 흘러넘쳤다.

이 뜻밖의 소식의 충격은 떠벌이의 말투와 표정에 대한 반감, 회의와 거의 같은 강도였다. 징이는 표정을 굳히며 아무 소리 않고 엄숙한 기색을 얼굴에 가득 띠었다. 떠벌이의 면전에서 놀라고 당황하고 괴로워하는 반응을 나타내서는 안 되었다. 그녀는 떠벌이에게 웃음거리가 되지 않게 하고, 떠벌이가 그녀에 대한 무슨 말을 끌어내지 못하게 하려는 것이었다. 그녀는 니우칭과의 관계 문제에 있어 이제까지 없었던 냉정함으로 사고를 시작했다. 진짠가? 가짠가? 사실인가? 거짓말인가? 떠벌이의 용심이 어떻든 간에, 지금 판단해야 할 것은 그녀가 제공한 청천벽력 같은 소식이 진실인지 믿을 만한지 여부였다.

징이의 침묵은 떠벌이를 다소 실망시켰다. 그녀가 물었다. "왜 아무 말도 안 해? 애 아버지가 최근에 대체 어땠어?"

본래 그녀들의 대화를 무심히 듣고 있던 징전이 그때 끼어들었다. "어떻게 알았어요?" 그녀의 태도는 완전히 떠벌이에 대한 심문이었다.

"내가 어떻게 모르겠니? 남이 모르게 하려면, 자기가 하지 않는 수밖에 없어. 나는 어쨌든 너희들한테 소식을 알렸으니, 믿고 안 믿고는 너희들 마음이야, 내 각별한 호의가 흑심으로 변하다니! 나는 나쁜 소식만 알리는 밤고양이가 아냐." 말하면서 그녀는 일어나 가려 했다.

징이는 뭐라고 말해야 좋을지를 몰랐다. 징전이 차갑게 웃었다. "말해두겠는데, 난 안 믿어요. 내 매제는 최근에 아주 좋아요. 아주 정상적이에요. 그는 이미 마음을 돌렸어요. 애, 그 쓸데없는 이야기는 믿을 필요 없다. 중구삭금(衆口鑠金)에 증삼살인(曾參殺人)이니, 소문은 믿을 게 못 돼. 속담에, 눈으로 봐야 진짜지 귀로 들은 건 가짜랬어. 바람 소리 듣고 비라 하고 몽둥이 가지고 바늘이랄 수야 없지!"

떠벌이가 급해졌다. "아니, 그럼 내가 말을 지어냈다는 거야? 내 이 어리석은 동생아! 나야 너희 노소가 단란하고 가정이 화목하기를 바라지. 그렇지만 어쩌겠니! 니선생이 찾아간 건 베이징 호텔의 대변호사 후스청(胡世誠), 그리고 일본 변호사 원구정일(垣口正一)이야! 우리 친정 조카의 처남이 후대변호사의 서기 일을 하는데, 문서 수발과 연락도 하거든! 후대변호사의 무슨 일을 그 사람이 모르겠어? 무슨 사건을 그 사람이 모르겠어? 재산 싸움 사건, 간통 사건, 난륜 사건, 그 사람이 뭘 모르겠어? 원구 변호사 사무실에도 그 사람이 드나드는데, 자기 집과 똑같이! 못 믿겠으면 가서 알아봐 알아보라구. 너희들에게 소식을 알려서 나한테 좋은 게 뭐 있니? 그 바람에 너희들을 불쾌하게 했잖아. 자고로 그래, 좋은 사람은 좋은 소식을 전하지 않고, 참말을 하는 사람은 먹을 밥이 없다구! 내 이 착해빠진 바보 동생아! 평소엔 아주 똑똑하더니, 이번엔 어떻게 감을 못 잡니? 먼 사람이 가까운 사람을 이간질하지 못한다는 걸 누가 몰라? 내가 가까워야 얼마나 가깝겠어? 니선생은 징이 동생의 남편이고, 두 아이의 아버진데……"

떠벌이가 지칠 줄 모르고 떠들어대는데, 징전이 징이에게 눈짓을 한 번 하고는, 다 생각이 있다는 듯이 말했다. "그래요, 그래요, 이 호의는 우리가 받겠어요. 사실은 그런 상황을 우리도 진작 알고 있었는데, 하지만 아직 분명하게 조사하지 못했어요. 분명하게 조사하지 못한 일은 말할 필요가 없죠, 우리는 당신에게 말할 필요가 없고, 당신도 다른 사람에게 말할 필요가 없어요. 혼인은 인륜지대사라서, 분명히 조사하지 못했는데 도처에 함부로 말하고 다니면, 그건 사람이 할 짓이 아녜요. 또 그건 법에도 어긋나요, 왜냐하면 그게 인명을 해칠 수도 있거든요! 인명을 해치게 되면 말을 전한 사람이 책임이 있어요! 좋은 고향 사람이고 좋은 이웃인 당신에게 솔직히 말하죠! 우리 쟝씨 가문의 여자들은 모두 다 칼같이 단단하고 불같이 맵고, 착실하게 한 발짝 한 발짝 정도를 걸어요. 옥황상제가 처를 내칠 때도 자축

인묘를 따져야 해요. 이러쿵저러쿵 하는 소리 들을 필요 없어요. 내 말대로 몽땅 개방귀라구요! 우리 매제는 서양글을 좀 많이 읽었고 천식이 좀 있지만 사람은 좋은 사람이에요. 그는 어떻게 하지 않을 거예요, 그는 어떻게 하지 못해요! 내 좋은 언니, 안심해요, 당신은 그냥 가만히 있으면 돼요!"

떠벌이는 눈을 크게 떴고, 얼마나 알아들었는지도 몰랐다. 어쨌든 자기가 무슨 할 말도 없고 무얼 듣지도 못했다는 느낌이 들었고, 그래서 작별하고 갔다.

징전은 생각해둔 바가 있는 것처럼 떠벌이를 보냈다 ─ 이번에는 예의바르게 대문간까지 바래다주고, "호호" 하고 두 번 웃었다. 떠벌이가 자기 집 문으로 들어가는 것을 눈으로 보고서야 그녀는 대문을 닫고 총총히 방으로 돌아왔다. 그녀는 얼굴이 창백해진 채 미혹을 풀지 못하고 있는 징이에게 말했다. "보아하니 정말이야, 내 손가 이 자식이 73변을 할 줄 알았어!"

"언니……" 징이는 입술을 떨며 말을 하지 못했다.

"난 진심으로 그렇게 말했어, 우리 매제는 아주 좋아요! 친근하게 불렀지! 그러지 않으면 떠벌이 같은 사람에게 사실을 말하게 할 수 있겠니? 떠벌이가 왔는데, 너한테 소식을 알리려 한단 말이야, 밤고양이가 들어온 거야, 일이 없으면 안 온다구! 우린 그 여자의 재난을 좋아하고 화(禍)를 즐기는 인품을 알잖니? 나쁜 소식이 있으면 그 여자는 이리 불리고 저리 불려서 자기가 괜히 와서 괜한 소리를 하는 게 아니라는 걸 너한테 알려주잖니? 그렇지만 그 여자는 중요한 자리에서 말을 끊고, 너를 초조하게 만들지, 네가 조바심하는 걸 보고, 네가 괴로워하는 걸 보고, 네가 땅바닥에서 뒹구는 걸 보고서야 그 여잔 기분이 좋아진다구. 너 오늘 잘했어, 그 여자한테 한마디도 안

했지! 나는, 너는 급해도 나는 안 급해, 너는 믿어도 나는 안 믿어, 우리 매제는 정말로 좋아요…… 이렇게 하니까, 그 여자가 뭐든지 다 말했지. 우리는, 한마디도 그 여자한테 뺏기지 않았고……"

언니의 식견과 조치는 징이를 감복시켰다. 사태의 갑작스러운 악화가 그녀로 하여금 언니를 더욱 가깝고 믿음직스럽게 느끼도록 했다. 그녀는 잠시 인상을 쓰고 있다가, 갑자기 울음을 터뜨렸는데, 울면서 하소연하면서 욕을 했다. 건달! 불량배! 양심도 없는 놈! 사람도 아냐! 배은망덕한 놈! 강 건너 가서 다리 끊는 놈! 교활한 사기꾼……

울지 마! 징전이 사납게 소리 질러 징이를 제지했다. '손가'의 73변은, 우리가 못 본 게 아니잖아! 뭐가 새로워? 그자가 좋은 마음 갖지 않은 줄 내 벌써 알았다! 착실한 척할수록 좋은 일은 더 없어. 밝은 창은 피하기 쉬워도 어두운 화살은 막기 어려워. 족제비가 닭 잡아먹는 건 두렵지 않으나 족제비가 닭한테 세배하는 건 두렵다! 요 몇 달 간 너 그자가 좋아졌다고 했지! 네가 그렇게 말할 때 내가 그렇다고 하던? 아무 말도 하지 않으려 했을 뿐이야. 난 벌써부터 이날을 기다렸다! 우리도 그자를 대하면서 감정을 내보이지 말고 태산같이 침착하자구. 난 벌써부터 이날을 생각했고, 모든 것엔 천적이 있고, 말꼬리로 두부를 꿰뚫는다! '흔들이'를 찾아가! '흔들이'를 찾아가! 절대로 눈치 채게 하지 마, 절대로 눈치 채게 하지 마! 우린 손가에게 그 사람의 도(道)로 그 사람 자신을 다스리는 거야! 담이 작으면 군자가 아니요, 독하지 않으면 장부가 아니야!

제21장

장씨 모녀는 어떤 신불(神佛)도 열심히 숭배하지 않았다. 신주(조상의 위패)에 대해서는 비교적 경건했는데, 그것은 효도의 연장이었고 선인들의 보우를 바라는 것이었다. 재신님을 모시는 건, 말은 안 해도 어느 정도 재미삼아 하는 일이었다. 속으로 웃음이 나올수록 말은 더 엄숙하게 했다. 서민 백성보다 지위가 더 높고 명성이 더 있고 능력이 더 큰 사람과 귀신에 대해서는, 보통 사람을 뛰어넘는 권위에 대해서는, 그 있음을 믿을지언정 그 없음을 믿지 말라. 다른 사람으로 하여금 예를 잃고 거스르게 할지언정, 자신은 아무 불경도 없게 해라. 그래야 재난을 부르고 화를 일으켜도 다른 사람 몫이고 자신은 아무 탈이 없는 것이었다. 또 재신의 '신'은 그 뜻이 막연하지만, 재신의 '재'는 공경하며 가까이하지 않을 수가 없는 것이었다. 재신, 재신, 원하는 것은 '재'지 '신'이 아니었다. 우연히 절간에 들어가 향을 사르는 것도, 병이 나면 여러 의사를 찾는다는 뜻, 그리고 예(禮)가 많다고 다른 사람(신·불)이 탓하지는 않는다는 뜻에 지나지 않았다.

그런데 장씨 모녀에게는 진정으로 숭배하는 현실적 대상이 있었다. 그가 바로 '흔들이'였다.

'흔들이'는 물론 별명이었고, 진짜 이름은 자오상퉁이었다. 니우청이 늦가을에 중병이 들었다가 나은 뒤에, 징이는 그와 속을 터놓고 길게 이야기했는데, 이야기 도중에 모범으로 제시된 것이 바로 이 흔들이 오빠—자오상퉁이었다.

'흔들이'라고 부르는 것도 자못 그럴 듯했다. 그는 평소 먼지 하나 없는 의사의 흰 가운을 입었고, 가운을 벗으면 양복이었다. 뼈가 앙상했고, 원기가 왕성했으며, 높은 코 깊은 눈이 매 같았고, 머리통이 길고 컸으며, 안색은 누리끼리한 게 실험실의 표본 같았고, 포르말린에 장기간 담겼던 것 같았다. 그는 말하면서 머리를 흔들거렸고, 길을 가면서 머리를 흔들거렸고, 환자를 진찰하고 처방을 쓰면서 머리를 흔들거렸고, 밥 먹으면서 차 마시면서 머리를 흔들거렸는데, 풍도가 아주 그럴 듯했다. 말하는 어조조차도 흔들흔들 하는 느낌을 주는 억양이 있었다.

그는 일본에서 4년 유학을 해, 의학 석사학위를 받았다. 인설성(鱗屑性) 눈꺼풀염의 병리 연구에 관한 그의 논문은 일본어로 오사카(大阪)에서 발표된 뒤 영어로 번역되어 1933년 만국의학회의 연간에 발표되었다. 그 자신의 영어도 매우 훌륭했다. 베이핑에서 중학에 다닐 때, 학생들의 아마추어 영어 극단에 참가하여 골즈위디의 연극에 출연했었다. 그의 생김새와 그의 동작과 그의 영어 때문에, 상하이에 있는 한 극단의 연출가의 눈에 들어, 그를 데려가 배우로 쓰지 않으면 안 되었다. 연출가의 생각은 그를 외국인역 전문으로 쓰는 것이었다. 구미 선교사역을 하면 아예 따로 분장할 필요가 없었다. 그의 라틴어와 프랑스어도 괜찮았다. 학생들의 축제에서, 그는 유명한 나폴리 민요 오 솔레미오—나의 태양을, 이탈리어를 사용하여 그의 상당히 뛰어난 테너로 부른 적도 있었다.

그는 지금 광명안과의원의 원장이었다. 안과 의원은 원래 쉬엔우먼(宣武門) 안 한 골목에 만들어졌는데, 그가 의술이 고명하고 경영에 솜씨가 있었기 때문에, 골목 안 의원이 온 시에 당당하게 이름을 날렸다. 1년 전에, 그는 시단 백화점 부근의 번화한 거리에 3층 건물을 사서 철저히 수리를 하고 광명의원의 본원으로 삼았다. 쉬엔우먼 근처의 의원 자리는 분원으로 삼았다. 그의 사업은 이렇게 번창했다. 그는 양의와 한의를 합친 방법으로 광명안약수라는 것을 창안해냈고, 북방 몇 개 성에서 팔아 많은 이익을 올렸다. 전문가들의 말로는, 전쟁이 아니었으면 그의 안약수는 전세계를 풍미할 것임이 분명했고, 그래서 그도 억만장자가 될 것이었다. 지금도 그는 보통이 아니어서, 소문에 따르면 병원 말고도 대리인을 통해 은행을 경영하여 수익이 헤아릴 수 없을 정도라고 했다. 이 점에 대해서는 설이 분분했다. 그 자신은 인정하지도 부인하지도 않고, 다만 머리를 흔들거리면서 득의하게 웃을 따름이었다. 크게 웃은 뒤 웃음을 거두면 여전히 아름다운 온화한 표정이 떠올랐다.

그는 쟝씨 일가와 동향이었다. 곡절을 아주 많이 겪고 애를 아주 많이 쓰기로 작정한다면, 아마도 그가 징전과 징이의 외가쪽 오빠라는 것을 증명할 수 있을 것이었다. 그는 징전보다 다섯 살 위였다. 쟝자오씨의 친정이 자오씨였고 '흔들이'와 동종(同宗)이었다.

자오샹퉁은 출신이 한미했다. 그의 아버지는 본래 고향의 대지주 천바이완(陳百萬) 후손 집안의 마름이었다. 그는 고향에서 소학교 공부를 했는데, 성적이 아주 좋았기 때문에 장학생으로 베이핑에 가 공부했고, 나중에는 또 장학생으로 해외 유학을 했고, 분투하여 사업에 성공했다. 그 자신은 서출이었는데, 생모는 간병으로 벌써 죽었다. 그의 적모는 중풍에 걸린 지 이미 20여 년이 되었는데, 근년에는 하반신 불수에까지 이르렀다. 그는 유학에서 돌아오자마자 적모를 베이핑으로 모셔왔다. 당시 그의 생활은 상당히 어려웠지만, 그러나 그는 생모도 아닌 적모에게 탕약을 바쳐올리고, 아침저녁으로 문안 드려, 그 효도가 벌써부터 뭇 고향 사람들의 칭찬을 받았다. 요 몇 년 간, 적모가 생활 능력을 전부 상실하자, 그는 사업이 번창하고 사무가 분망했지만, 아무리 큰 일이 있어도 적모를 봉양함에 있어서는 조금도 소홀히하거나 게을리하지 않았다. 자오상퉁은 한사코 자기 손으로 직접 일을 처리했지 생전 남의 손을 빌리지 않았다. 그 이야기를 듣는 사람은 입을 다물지 못하고 칭찬했다. 아, 이 시대에! 그렇지 않으면 어떡해서라도 '효렴(孝廉)'으로 천거할 텐데! 황제가 쫓겨나지 않았으면, 황제가 알았으면 큰 벼슬을 내리지 않았겠나!

그러나 그것이 중요한 게 아니었다. 진정으로 사람을 감동시키고, 그를 신성하게 보이게 하고, 원근에서 입을 모아 칭찬하게 하는 것은 그의 혼인과 혼인에 대한 태도였다. 그는 열네 살 때 적모의 명에 따라 결혼했다. 처는 그보다 다섯 살 위였는데, 문맹이었고, 전족이었고, 얼굴은 크고 작은 마마 자국이 있었고, 임파선종양을 앓았던 탓에 목에 흉터가 있었다. 지금 처는 나이가 벌써 마흔넷이었고, 귀밑머리가 다 희었고, 노색이 완연해서, 겉으로 보기에는, 그들 두 사람이 함께 가면 남매라기보다는 모자 같다고 하는 편이 더 그럴 듯했다. 그가 유학에서 돌아온 그날부터 사람들은 그가 처를 버리고 재혼할 거라고 예언했고, 열성적인 사람은 그에게 여자 친구를 소개해주고 그에게 소실을 마련해주려 했다. 소문에 의하면, 『369』 화보에 사진이 실린 두 명의 '재원'이 그의 재학과 풍도와 재산에, 특히 그의 분투 정신과 분투 능력에 매혹되어 정식으로 그에게 애모의 정을 고백했는데, 다 그에게 바른 도리와 엄한 말로 거절당했다. 소문에 의

하면—아래 이야기가 더욱 눈물나고 더 널리 알려졌는데, 다만 그
게 어떻게 알려졌는지는 몰랐다—그의 처가 심지어 그에게 "자신을
괴롭힐 필요 없어요" "소실 하나 더 두어도 괜찮아요" "우린 딸만 둘
이고 아들이 없으니 따로 살림을 차리세요"라고 권하기까지 했는데,
소문에 의하면 그는 그저 웃기만 했다. 그는 대답했다. "내 비록 서양
의술과 서양말과 서양 약을 배웠지만, 나는 진정으로 중국 도덕을 지
닌, 마음으로도 어지러워지지 않는 사람이오. 서양의 짐승들이 우리
인류를 망치는 것은 나 자오아무개와 아무 상관이 없소!"

  이 이야기를 하면서, 사람들은 입을 모아 칭찬하고 엄지손가락을
쳐들었다. 그 사람이야말로 당금 세상의 급류 속의 저주산(砥柱山)[57]
이야! 정말 멋있어, 정말 멋있어. 징전은 그 사람 이야기를 할 때면
흔히 격동하여 신바람을 냈고, 침을 튀겼고, 그 사람과 뜻이 같고 길
이 합치된다는 감개에 자못 젖었다.

  쟝자오씨 모녀는 자오상퉁과 고향에서는 내왕이 없었고, 그 이름
만 알았을 뿐이었다. 자오상퉁은 의학을 배웠으므로 쟝자오씨의 남
편인 그 한의사의 이름을 알았다. 베이징으로 온 뒤에, 다른 사람의
소개를 통해, 그들 세 모녀가 한 번 인사를 갔었다. 자오상퉁은 효성
스럽고 우애가 있는 데다가, 고향 사람들에게도 대단히 우애로웠다.
이 모녀 세 사람과, 만나자 곧 친해졌고, 만나자 곧 한가족 같았다.
우선 이때부터 그는 이 세 모녀와 니핑, 니자오의 병을 고치는 임무
를 맡았다. 안과는 말할 것도 없고, 몸살, 감기, 뾰루지, 종기, 치통,
배탈 따위도 모두 자오상퉁이 봐주고 약을 줬는데, 돈을 한 푼도 받
지 않았다. 그가 정말로 치료를 못하거나 그 방면의 약이 없는 경우

---

57 황하의 급류 가운데 서 있는 산 이름.

에는, 일일이 참을성 있게 설명해주고, 대신 의사나 약국을 소개해주었다. 이것 하나만으로도 이미 그는 쟝자오씨 가족의 위생 수호신이 었는데, 그녀들은 매년 과세 때 옌워수(燕窩酥) 따위의 과자 두 상자를 선물하는 데 그쳤다. 그 다음, 징이와 니우청의 관계에 대해서도, 징이가 그에게 하소연을 한 뒤로 지극히 관심을 가졌는데, 징이의 말로는 "친정 오빠보다도 더 나아요!"라 했다. 그의 태도는 명확해서, 몇 번 니우청과 만나서 이야기하여 니우청에게 커다란 압력을 주었고, 니우청이 징이와 아이들을 포기하는 것을 방지하고 이 가정의 해체를 저지하는 데 커다란 작용을 했다. 그리하여 위생 수호신일 뿐 아니라 가정 윤리와 풍속의 수호신이기도 했다.

니우청은 보통 사람들에 대해 대단히 오만했다. 도학(道學) 선생은 그가 보기에 축첩이나 하고 좀도둑질이나 하는 철두철미한 가짜 군자 아니면 썩어문드러지고 기능이 쇠진한 채 겨우 숨이나 쉬는 강시(僵屍)였다. 일반 소인들은 멍청하고 무지하게 아둥바둥하며 꿈틀거리는 구더기였다. 커피, 코코아, 브랜디를 마셔본 소수의 지식인들로 말하자면, 그들은 그와 똑같은 고통과 모순과 번뇌 속에 처하지 않은 사람이 거의 없었고, 마찬가지로 중화 문화에 대해 깊이 증오하는 태도를 갖지 않은 사람이 없었다. 그러나 그들 대부분은 지위가 그보다 높았고, 성취가 그보다 컸고, 특히 그보다 처세를 잘했고 돈을 잘 벌었고 또 그보다 돈이 많았고, 그래서 자신을 더 많이 만족시킬 능력이 있었고, 그래서 이렇게 낭패하고 이렇게 무망하고 이렇게 안절부절 못하고 온갖 고통을 겪는 그와는 같지 않았다. 그들은 선뜻 그를 도와주지는 않았지만, 적어도 동정은 했다. 심지어 그를 동정하지 않더라도 그를 책망하거나 그에게 간섭하지는 않았다.

그러나 자오샹퉁 원장, 자오의사, 자오석사는 달랐다. 자오형은 키는 그보다 크지 않았지만, 그보다 훨씬 더 활기가 넘쳤고, 훨씬 더 자신만만했다. 머리가 흔들거리고 어조가 건들거리는 것도 학위가 없고 기술이 없고 재산이 없고 신분이 없고 도덕상의 자부심이 없는 사람이 흔들거리고 건들거리는 거와는 달랐다. 그의 걸음걸이는 경쾌하면서 단호했고, 곧장 앞으로 나아갔으며, 뒤돌아보지 않았다. 고향인 북방 농촌의 대부분의 사람들과 달라서 그는 밭장다리가 아니었고, 그의 복사뼈는 키가 크고 다리가 긴 니우청보다도 더 단단했다. 그의 용모와 그의 정신은 니우청이 자신하건대 자기보다 우월하지 않았는데, 그러나 그의 눈빛은 자기의 예리한 눈빛보다 훨씬 위엄이 있었다. '눈빛이 번갯불 같다'라는 형용을 사용할 수 있을지 몰랐다. 그의 눈이 니우청의 얼굴을 직시할 때, 니우청은 흠칫하는 느낌이 들었다. 그의 얼굴의 윤곽과 선은 대단히 좋았다. 이런 힘 있고, 명암이 뚜렷하고, 대비가 강렬한 얼굴은 우리 신주(神州)의 염제(炎帝), 황제(黃帝)의 자손 중에는 상당히 보기 드문 것이었다. 니우청은 그의 모습을 살펴보노라면 항상 그에게 다른 내력이 있지 않나 의심이 들었다. 그는 자오의사의 조상에 대해 물어본 적이 있는데, 대대로 고향에서 농사일을 했고, 지금까지 다른 경력은 있어본 적이 없다고 했다.

　니우청을 가장 탄복시키는 것은 그의 과학(의술)과 그의 외국어였다. 니우청은 본래 과학과 외국어를 극히 사랑하고 극히 숭배하는 사람이었다. 그의 과학과 외국어는 쟝씨 모녀의 앞에서는 한없이 뛰어나고 높고 많고 심지어는 과잉되는 것처럼 보였지만, 그러나 자오원장의 앞에서는 확실히 작은 무당이 큰 무당을 만난 느낌이 들었다. 자오석사가 라틴어로 말하는 일련의 약 이름들만 해도 니우청에게 경외감을 느끼게 했고 홀딱 빠지게 했다. 한번은 그 라틴어가 아주 멋지고 아주 아름다운데다 자오석사의 발음도 아주 유창해서 니우청의 탐욕을 불러일으켰다. 니우청은 그 자리에서 아무런 기색도 나타내지 않고 다만 그 약의 적용 증상을 자세히 알아보기만 했다. 그는 이 약이 반미사충(蟠尾絲蟲)병을 치료하는 것임을 알았고, 시단 백화점의 양약방을 찾아가, 반미사충병을 치료하는 약을 사겠다고 했는데, 약국 점원은 세상에 그런 약이 있다는 것을 몰랐을 뿐 아니라 세상에 그런 병이 있다는 것도 몰랐다. 그리하여 과학과 신선한 경험을 갈망하는 니우청은 아직 그 약을 먹어보지 못했다. 이것은 몹시 유감스러운 일이었다. 이것도 그가 '파블로프의 개'를 자처하는 여러 원인 중의 하나인지 몰랐다.

이리하여, 자오샹퉁은 거의 모든 점에서 추호도 의심의 여지없이, 적극적으로 니우청을 꼼짝 못하게 짓눌렀다. 하느님이 자오샹퉁을 내신 것이 니우청을 짓누르기 위한 것인 듯했다. 하느님이 니우청을 내신 것은 도처에서 자오샹퉁에게 약간―많이 뒤지게 하기 위해서였다.

그러나 이것도 가장 두렵고 가장 참을 수 없는 것은 아니었다. 인류가 통상 면하기 힘든 질투심 위에, 니우청은 자신의 자유롭고 쾌활하고 흐리멍텅한, 장난 좋아하는 동심이라는 일면을 가지고 있었다. 그의 이 일면이 스스로 면하기 힘든 질투심을 가라앉히고 희석시키는 작용을 할 수 있었다. 가장 두려운 것은 서양말 서양 학문 서양 의학 서양 일에 정통한 이 고향 사람 자오샹퉁이 그토록 도학적이고 그토록 정통적이라는 것이었다. 더욱더 두려운 것은, 자오샹퉁이 그렇게 할 때 아무리 해도 가식이나 허위를 찾아볼 수 없다는 것이었다.

다른 도학가들은 거의 다 자신의 마각을 감추지 못했다.

자오샹퉁은 두 번 니우청을 찾아 긴 이야기를 나누었다. 징이가 울면서 자오샹퉁을 찾아갔었다는 걸 니우청은 알았다. 자오샹퉁이 그에게 아주 좋은 담배를 건네줬다. 자오상퉁이 담배 피우는 자세는, 특히 새끼손가락으로 담배를 가볍게 쳐 담뱃재를 떠는 자세는 그를 감탄케 했다. 자오상퉁의 어조는 일종의 내재적인 파랑형(波浪形)이어서, 낮은 데서 높아졌다가 높은 데서 낮아지고, 음량이 큰 데서 작아졌다가 작은 데서 커졌다. 이것은 일종의 음영(吟詠)의 습관이고 음영의 자기만족이었지 그가 말하는 구체적 내용과는 무관했다.

모든 사람은 세 부분으로 이루어졌다 할 수 있네. 그의 마음, 그의 욕망과 원망, 그의 환상, 이상, 추구, 희망, 이것들이 그의 머리지. 그의 지식, 그의 재능, 그의 자본, 그의 성취, 그의 행위, 행동, 인간관계, 이것들이 그의 몸이고, 그의 환경, 그의 지위, 그가 어떤 장소에 서 있는가, 이것들이 그의 다리지. 이 셋이 화목할 수 있고, 대체로 조화될 수 있고, 적어도 서로 용납할 수만 있으면 살 수 있지, 잘살 수 있을 거야. 그렇지 않으면 번뇌만이 있고 고통만이 있네. 그래서 욕망이 연애를 낳고 연애가 번뇌를 낳고 고통을 낳는다는 게야. 그래서 고해가 끝없어도 고개를 돌리면 피안이라 하는 게야. 자넨 뭔가? 몇 근 몇 냥이나 나가나? 하늘이 얼마나 높고 땅이 얼마나 두터운지 아는가? 자넨 그 알량하고 얄팍한 장난으로 배도 못 채우고 처자도 못 먹여 살리면서, 그래 중화의 문명과 전통의 도덕을 멸시하는 건가? 자네의 구화(歐化)를 밀고 나갈 건가? 자네 서양 총, 서양 대포를 만들 줄 아는가? 자네 주식이나 기타 유가증권을 경영할 줄 아는가? 도대체 무얼 할 줄 아나? 커피 마실 줄 알고 고담준론을 할 줄 알고 양식 먹을 줄 알고 그리고 또 뭔가? 쟝징이가 어디가 자네한테 안 어울리고 자네만 못한가? 자넨 발 아래 이 문명 고국(古國)의 고토(故土)를 떠날 수 있는가? 자네 그 꼴로 유럽, 북미, 소련, 일본에서 산다면 멀쩡히 굶어죽지 않겠나? 인류를 외면하고 도덕을 외면하고 효제충신을 외면하고서 이 땅에 발 딛고 설 수 있겠나? 제대로 서지도 못하면서 무슨 문명이니 진보니 행복이니 헛소린가! 저 하나의 탐욕을 내세우면서, 뜻만 크고 재주는 없고, 구름 속 안개 속을 헤매는 것, 그게 바로 야만이네.

수면 부족으로 핏발이 선 자오상퉁의 눈에서 두 가닥 사람을 핍박하는 빛이 쏟아져 나왔고, 니우청은 몸 둘 데가 없고 숨을 곳이 없는 느낌이었다. 언변이 유창한 니우청이 말더듬이로 변해, 말도 안 되는 소리로 변명을 했다. 징이와 같이 있으면 그는 몹시 — 그는 영어 단어를 사용했는데, 외롭다는 뜻이었다. 그는 또, 억지로 징이와 살라는 건 비인도적이라고 말했다.

자오상퉁은 코웃음을 치고 그의 영어와 발음을 바로잡았다. 자오상퉁이 말했다. 서양말로 서양화된 정서를 표현하고 싶으면, 최소한 서양말을 좀더 잘 배웠어야지. 그리고 자오상퉁은 그에게 한 가지 첨예한 문제를 내놓았다. 그건 니우청에게 교훈을 주려 했던 그 밖의 도학선생, 정인군자, 현부자부(賢夫慈父)들이 아무도 묻지 못했던 것이었다. 자오상퉁은 물었다. "부인을 그렇게 좋아하지 않으면서 왜 아이는 낳았나 하나도 아니고……"

니우청의 얼굴이 온통 새빨개졌다.

"아주 분명해." 자오상퉁이 가늘게 웃음을 띠고 씹어뱉듯이 말했다. "자넨 비열한 사람이야. 약자를 업신여기는, 자기보다 더 힘없는 사람을 업신여기는. 자넨 자기의 수욕(獸慾)을 배설하고 자기의 생리적 수요를 만족시키고…… 그리고선 자기가 남보다 훨씬 고명하고 훨씬 위대하다고 생각하지. 자넨 남을 사람으로 여기지 않아. 그녀는 자넬 위해 희생해야 하지만 자네는 그녀를 위해 아무것도 희생할 수 없다고 생각하지. 천지도(天之道)는 덜어내도 남음이 있고 보태면 모자란데, 인지도(人之道)는 반대야. 덜어내면 부족하고 보태면 남지. 그게 자네가 유럽에서 배워온 인도(人道)인가?"

자오상퉁이 이 말을 할 때의 눈빛은 토끼를 덮치는 매처럼 매서웠다. 그러나 얼굴은 화기애애했고 모종의 즐거움과 쾌감을 나타내고 있었다. 마치 완전한 유럽식의 칵테일 파티에서 잔을 들고 건배하는 것처럼. 이 기묘한 표정의 혼합에 니우청은 소름이 끼쳤다.

정말인가? 진심인가? 니우청은 시종 알 수가 없었다. 자오상퉁이 왜 자기의 사생활에 대해 그렇게 태연자약하고 득의양양한지, 곰보에 문맹인 할멈이 어떻게 그에게 그런 후광을 씌워줄 수 있는지, 그는 시종 알 수가 없었다. 그가 아예 태감(太監)처럼 자기 몸을 깨끗이 한다면? 그는 좀더 성결해질 수 있을까?

아냐. 태감은 사람들이 멸시하지. 사마천이 당한 일은 큰 수치로 여겨지거든. 요컨대 성현의 후광은 네 모든 욕망을 가진 채로 나날이, 시시각각으로 네 모든 욕망을 억압하고 통제하고 압살하는 데 있다는 거야. 그래서 도덕의 진리가 파블로프의 개 훈련에 있어. 확실히 그런 개를 훈련해낼 수 있을 거야.

친구가 그에게 이야기해준 라마교 일파가 생각났다. 그 라마는 관문을 통과해야 하는데, 그들은 명을 받들어 여자와 성교를 하되, 일정한 시간 동안 굳게 견딘 뒤에 스스로 천천히 욕망을 없애고 무로 돌아가야 했다. 이 일을 해낸 사람은 라마가 되었고, 활불(活佛)이 되었다. 사정한 자는, 죽였다.

그와 반대로, 거세한 소의 운명이 오히려 더 부러워할 만했다. 열세 살 때, 그의 외사촌형이 그를 데려가 소 거세하는 걸 보여주었다. 고향의 수의사가 한 마리씩 송아지의 파르스름한, 선명한 핏줄을 띠고 있는 불알을 까는 걸 그는 직접 보았다. 송아지떼는 짠 모래땅으로 내몰렸는데, 땅에는 희끗희끗한 소금기와 대머리의 머리카락같이 시든 풀이 있었다. 불알을 깐 송아지는 엉덩이를 부르르부르르 떨었는데, 빠르게 회복되는 것 같았고, 음매 하는 울음소리조차 내지 않았다. 소년 니우청은 얼굴이 창백해졌다. 그는 자신의 어떤 민감한 부분이 베어지고 잘려지는 느낌이 분명히 들었고, 일종의 통증을 느꼈고, 또 일종의 쓰라림과 공허함, 커다란 상실감을 느꼈다. 그러자 그의 두 다리가 후들후들 떨리기 시작했다. 그는 욱 하고 점심에 먹은 호떡과 생선조림을 몽땅 토했다. 그리고 바지에 오줌을 쌌다. 이일로 외사촌형은 여러 날 놀리고 비웃었다.

자오상퉁과의 대화가 그로 하여금 이 구역질 나는 옛일을 기억나게 했다. 그의 얼굴이 몹시 보기 흉해졌다.

자오상퉁은 한눈에 그의 마음을 간파한 것 같았다. 그는 희미하게 웃고서, 승세를 타고 그의 마지막 방어선을 무너뜨렸다.

물론 식욕과 성욕도 천성이네. 그러나 모든 천성은 일정한 규범 속에서만 발휘하고 발전시키고 만족시킬 수 있지. 방탕과 방종은 천성의 만족이 아니라 천성의 왜곡이네. 이를테면 밥 먹는 건 천성이지. 그렇다고 아무거나 다 먹고, 아무 때나 아무 데서나 다 먹고, 멋대로 먹고 더럽게 먹고 훔쳐 먹고 세균이 묻은 채 먹고 악취가 나는 채 먹을 수 있는가? 인류의 음식은 아무튼 개가 먹는 똥이 아니지. 성욕도 마찬가지. 사람은 수캐, 암캐가 아니라구. 사람의 욕구는 멋대로 교미하는 게 아닐세. 멋대로 교미하는 게 뭐가 어려운가? 짐승 우리로 달려가면 되는걸. 일정한 규칙과 일정한 요구를 무시하면, 최소한의 위생과 건강조차 못 얻을 텐데, 행복과 사랑이 있을 수 있겠나? 하물며 사회에서! 자네가 얼마나 유능하기에, 감히 사회 윤리, 사회 풍속, 사회 여론과 첨예하게 맞서겠다는 건가? 사회에 발을 딛고 서야만 그 밖의 모든 것들이 있을 수 있는 걸세. 사람들은 다 그렇지, 젊었을 때는 사회가 불합리하다고 느끼고 사회와 싸우려 하지. 결국은 사회와 화해하게 되고, 개인과 사회는 서로 이로운 관계를 갖게 되지.

서로 이용합니까? 니우청이 그의 말을 뾰죽하게 잘랐다.

서로 이용하는 게 서로 해치는 것보다 낫지. 자네가 사회를 해치고, 남을 해치고, 자신도 해치는 게 뭐가 좋은가? 자오상퉁의 눈이 더욱 빛났다.

그때 깨끗한 만두 모양의 수녀모를 쓴 간호사가 원장을 찾아왔다. 자오상퉁은 처방전을 한 장 꺼내 라틴어로 몇 자 적고 일필휘지로 서명을 하여 간호사에게 넘겨주었다. 간호사는 가까이 오면서 손님—니우청에게 방긋 웃었다. 그녀의 눈부신 웃음은 크고 장엄하고 비인간적으로 깨끗한 수녀모에 흡수되어버렸다. 니우청은 그녀의 청결하고 보드랍고 촉촉한 피부를 볼 수 있었다. 그 피부는 기름같이 매끈하고 반짝였다. 그는 웃었다. 그는 동향의 원장에게 상당히 유쾌하게 작별을 하는 것 같았다. 그는 자오형의 호의에 감사를 표했다. 안심하세요, 모든 게 다 잘될 겁니다. 나 니아무개는 남에게 미안한 일은 절대 안 해요. 자오상퉁은 눈썹을 추켜올리고 표연히 웃었다. 그는 그와 굳게 악수를 했다. 안과 의사의 손가락의 청결함은 간호사의 볼의 청결함과 마찬가지로 그를 경이롭게 했다. 자오형은 막 손을 거두고는 니우청이 나가기도 전에 대야 위로 손을 뻗어 크레졸로 씻었다. 니우청은 경탄했고 감복했다.

니우청은 드디어 어느 일요일에 자오상퉁이 처와 아이들과 함께 외출한 모습을 보았다. 중앙공원(지금 이름은 중산공원)에서였다. 그들 일가는 어느모로 보나 모두 화목해 보였다. 자오상퉁이 걷는 자세는 더욱 심하게 '흔들'렸다. 오르막, 내리막, 도랑이나 계단을 만나면 자오상퉁은 점잖게 처를 부축했다. 또 계속 처와 귓속말을 했고, 말을 하고는 두 사람이 같이 웃었다. 니우청은 달려가 그들 일가에게 인사를 했다. 다가갈 때 자오상퉁이 니우청을 힐끗 쳐다보았다. 니우청은 가슴이 섬뜩했다.

저 사람이 조만간 나를 죽일 거다! 라고 니우청은 생각했다.

쟝징이가 자오상퉁을 본보기로 하여 니우청을 권유하고 교육하고 자극하면 우청은, 그는 성인이야, 나는 비교가 안 돼, 라고 말했다.

징이도 이런 말에 능숙하게 반격할 줄 알았다. 그녀는 말했다. 당신이 성인을 배우진 못해도 성인은 당신을 다룰 수 있다는 걸 알아야 해요. 성인은 전문적으로 당신을 다룬다구요! 그러고 나서 징이는 기세를 올렸다. 남하고 비교하면 당신은 개방귀예요! 잉크는 몇 병이나 마셨죠? 개 글자는 얼마나 알죠? 과학을 알아요? 아픈 척하지 말아요! 남하고 학문을 이야기하면, 곳곳에서 뽀롱이 나고, 남의 웃음거리가 되면서! 남은요? 정말로 학문이 있는 사람이라면 말이죠, 반박귀진(返璞歸眞)하고, 독서심처(讀書深處)에 의기평(意氣平)하고, 가슴속에 깊은 생각이 들어 있고, 부인호녀(婦人好女) 같죠. 당신은 물론 알겠죠? 나도 「유후세가(留候世家)」를 봤다구요. 사마천이 장량을 이렇게 묘사했죠, '부인호녀' 같다고. 자고로, 자만하면 손해를 부르고 겸손하면 이익을 받아요. 진정으로 큰 학문이 있고 큰 능력이 있고 큰 사업을 이루는 사람이라면 당신처럼 교만방자하고 정신 상태가 불안정하기가 꼭 잔나비 같은 사람이 몇이나 되겠어요!

외로운 줄도 모르겠고, 그저 피로하기만 하군. 피로는 tired던가? 내 발음이 또 석사 원장 성인(聖人)의 교정이 필요한가?

논쟁을 하면 할수록 자오훈들이에게 더 감복했다. 쟝자오씨 모녀 셋은 같이 논의한 적이 있었다. 자오상퉁에게 무슨 흠이 있는가, 없는가?

모친에게, 처에게, 아이들에게, 고향 사람들에게, 직업에 대해, 학문에 대해, 의원에 대해, 환자에 대해—흠이 없어, 흠이 없어! 그러면 말하면서 머리를 흔드는 게 결점…… 흠인가? 그게 무슨 흠이야, 남은 말하면서 흔들고 싶으니까 흔드는 건데. 그럼 그가 대관(大官)이라면, 위원장이나 사령관이나 도지사라면, 그렇게 머리를 흔드는 게 어울리겠어? 그게 왜 안 어울려? 대관이 된다면, 위원장이나 도지사나 사령관이 된다면, 강연하면서 머리를 흔들면 더 멋있고 더 위풍 있고 더 보기 좋을 텐데…… 그럼, 그럼, 그럼, 쟝(蔣)씨를 따라가 항일하지 않은 것이 흠인가? 그렇게 엄숙한 정치 문제는 쟝자오씨가 내놓은 것이었다. 일본인의 점령 때문에 그녀는 몹시 걱정했던 것이다. 이 문제는 대답하기가 쉽지 않아서, 두 딸의 말문을 막았다. 역시 징전이 빨랐고, 식견이 높았다. 그녀는 비분강개하며 말했다. "우리 중국 사람들이 하나하나 다 자오의사 같으면, 똑같이 인품 있고 똑같이 능력 있고 똑같이 도덕과 학문이 있고 똑같이 진실하다면, 중국은 벌써 강성했을 텐데, 왜놈들이 어딜 와 오긴!" 엄마와 동생은 탄복했다.

징이는 무슨 일만 있으면 항상 '흔들이'를 찾아가 방법을 가르침 받고 지지를 구했다. 그 때문에 니핑이 일곱 살이 되어 소학교에 들어간 그해에 그녀는 딸의 항의를 받았다. "엄마, 노상 자오아저씨한테 가지 말아요, 많으면 안 좋아요!"

니핑이 말하는 '많으면 안 좋다'의 뜻은 아무도 똑똑히 알지 못했다. 그러나 이 막연한 말에 징이와 징전, 자오씨는 전에 없이 엄숙해졌다. 니핑을 불러다놓고, 쟝자오씨가 한바탕 격정에 찬 연설을 했다.

멍청한 계집애야, 알지도 못하면서 함부로 떠들지 마라! 우리 쟝씨네 여자들은 모두 일을 확실히 한다! 우리 쟝씨 집안이 비록 명문거

족은 아니라도 아직 흐리멍텅해본 적은 없다.『광현지(光縣誌)』에 이름이 오른 정녀(貞女)가 넷이고 열녀가 셋이야. 열녀비가 선 것도 하나 있어. 우리 쟝씨네 여자의 진실함으로 말하면, 우린 위로 하늘에 부끄럽지 않고 아래로 땅에 부끄럽지 않고, 위로 조상에 부끄럽지 않고 아래로 자손에 부끄럽지 않아! 들어봐라, 에 에, 배분을 따지면 네 외할아버지의 셋째 고모다. 그 사람은 정말 정녀야. 다섯 살에 정혼했는데 열한 살 때 그 낭군이 중병에 걸렸어. 네 외할아버지의 셋째 고모는 낭군이 죽기 전에 자기가 먼저 우물에 뛰어들었지. 고을의 장거인(擧人)이 그 사람을 위해 시를 지었는데, 뭐라고 했더라?

징전이 소리를 길게 뽑아 읊었다.

별빛 어둡고 달 이지러지니,
낭군보다 먼저 구천에 가느니만 못하리.
절개를 지킴에 흐르는 물은 아니 되나니,
남은 아픔이 인간으로 흘러갈까 봐.

그렇지 않니, 멀리 갈 필요 있겠어? 네 이모가 바로 네 눈앞에 있잖아? 이 규녀는 열여덟에 결혼하고 열아홉에 수지했는데, 너 물어봐라 누가 이 여자 흠을 반쪽이라도 잡을 수 있는지? 요 몇 년 동안, 우리가 나쁜 사람을 한 번이라도 만난 적이 있니? 나쁜 짓을 한 번이라도 한 적이 있니? 그래서 아무도 우리 모녀를 욕하지 않는 거다 이 말이야……

꾸중을 들은 니핑은 마음이 쓰라렸고, 부끄럽고 후회가 되어, 엉엉 하고 울기 시작했다.

제22장

즉시 크게 욕을 하긴 했지만, 총명하고 수완 좋은 언니의 조력이 있긴 했지만, 언니가 '흔들이'라는 큰 나무, 수호신을 내세우긴 했지만 떠벌이의 정보를 생각하면 할수록 그녀는 더 견딜 수가 없었다.

아아, 어떻게 사람이 사람에게 이렇게 흉악하고 악랄하고 교활할까? 고양이를 길러봐라, 개를 길러봐라, 말할 것도 없지, 너를 얼마나 따를 텐데! 숲에 사는, 조상 대대로 야생한 새도 집에서 키우면서 매일 모이를 먹이면 너를 따르는데! 어렸을 때 묘회에서 그녀는 돈을 물어오는 꾀꼬리를 보았었다. 손바닥에 동전을 하나 올려놓으면 꾀꼬리가 날아와 물고 그의 주인에게 가져갔다. 사람들은 새를 기르는 사람에게 신기해하며 물었다. 새를 어떻게 훈련시켰어요? 어떻게 날아가버리지 않죠? 새를 길들인 사람이 대답했다. 별거 아니오, 쌀 한 줌으로 됐소.

징이가 니우청에게 바친 것은 쌀 한 줌이 아니었다. 몸 전부였고, 마음 전부였고, 자기의 전부였다. 결혼한 지 십몇 년, 그녀가 니우청에게 미안한 일을 한 번이라도 했었던가? 니우청의 오늘이 그녀와 그녀의 친정이 아니었더라면 있을 수 있었을까? 그 많은 사랑, 그 많은 은혜를 그는 조금도 마음에 두지 않았단 말인가? 멀리 갈 것도 없이, 작년 11월, 그는 얼마나 못할 짓을 했었던가? 못 쓰는 도장으로 그녀를 속이고 그녀를 희롱하고 그녀를 망신시켰다. 그는 계속 사흘을 집에 들어오지 않고 밖에서 계집이나 끼고 놀아났다. 그녀와 아이들은 거친 차에 묽은 죽을 먹으며 굶주림을 참았다. 그는, 그는 산해진미에 주색잡기였다. 그녀와 아이들은 빈민가 사람이었고 추운 동굴의 거지였다. 그는, 그는 공자, 왕손, 황궁의 부잣집 도련님이었다. 정말로 심환주육취(尋歡酒肉臭)에 가유동사골(家有凍死骨)이었다! 그래서 이 도적놈이, 이 가증스런 무정하고 의리 없고 불충하고 불효하고 무자비한 알건달이 응보를 받았다. 하늘이 무심치 않아 천벌이 내려, 그의 병세는 혼이 들락거리며 기식이 엄엄했고, 목숨이 조석으로 위태로웠고, 염왕전(閻王殿)과 겨우 종이 한 장 차이였다! 내 그때는 정말로 그자를 상관 않고, 그자가 거기서 썩고 거기서 문드러지고 거기서 시체가 되어 거적에 말아 내다버리게 하고 싶었는데……하지만 다시 생각하니, 어쨌든 내 초혼 남편이고 내 자식들의 아버지란 말야. 사람은 다 감정의 동물인 거야, 이심비심(以心比心)에 이심환심(以心換心)이랬고, 공을 많이 들이기만 하면 쇠몽둥이도 바늘이 된댔지. 니우청, 니우청, 너도 어쨌든 사람이다. 사람의 모습으로 태어났고, 사람의 말을 한다! 내 좋은 마음 내 착한 마음 내 보살심, 욕을 해도 달게 받는 내 마음을 너는 알기나 하니? 난 네 목숨을 구했어! 내 마지막 패물을 팔아 없애 의사 불러주고 약 사주고, 계란 사주고 국수 삶아줬지. 너는 잘 먹어야 하고 우리 식구들은 옆에서 구경이나 해야 한단 말이니? 내 비상금으로 네 외상도 갚아줬다! 못되게 굴다가 실업자가 돼가지고 당당한 7척 장신이 첫째 직업도 없고 둘째 수입도 없고 셋째 노소 식구가 달린 한 여자에게 너를 부양하게 만들

다니, 넌 창피하지도 않니? 넌 은혜도 모르니? 넌 좋은 것도 모르니? 넌 이게 사랑인지도 모르니? 넌 입을 열었다 하면 사랑이고 정감인데, 병들어 골골하니까 네 돈을 쓰면서 너하고 정감이니 사랑이니 하던 년들 중 어느 년이 널 본 척이나 하든? 그 정이니 감이니 자니 유니 하는 떨어진 신발 찢어진 양말은 다 어디로 갔니? 사실은 이번에 나 자신도 내가 이렇게 착하고 이렇게 자비롭고 꼴 같지 않은 네 녀석을 위해 이렇게 모든 것을 희생할 줄은 몰랐지. 내가 정말로 전생에도 너한테 빚지고 내생에도 너한테 빚져서 금생에 널 사랑하는 건가? 이런 착한 마음, 사랑하는 마음으로 늑대를 기르고 호랑이를 길렀으면, 그 늑대 그 호랑이도 당연히 나를 따랐을걸? 그런데 너는, 너는 사람도 아냐, 늑대, 호랑이만도 못하고 금수만도 못해! 밥 먹고 나서 솥 깨고 짐 부리고 나서 나귀 죽이고 강 건너고 나서 다리 끊는 놈! 형편이 좀 좋아지고 일자리가 생기니까 금세 우리 모녀에게 독수(毒手)를 쓰는구나! 사갈(蛇蠍)보다도 더 독하고 여우보다도 더 교활한 놈! 너한테 속아 내가 얼마나 고생한다구…… 너한테 속아 또 애를 가졌다구! 네가 하루 종일 말하는 그 "천하고 불결하고 더럽고 야만스럽고 저속하고 뻔뻔한" 운운은 너 자신의 머리에 씌워야 꼭 어울리지 않겠니? 넌 정말로 가장 천하고 불결하고, 가장 더럽고 저속하고, 가장 야만스럽고 뻔뻔한 짓을 했잖아? 넌 너희 니씨 가문 조상 대대의 음덕을 저버리고 온갖 악랄한 수단을 생각해내고 온갖 흉악한 심보를 부렸잖아? 사람이 되어가지고 이놈은 어떻게 이렇게 못되고, 이렇게 음흉하고, 이렇게 독하고, 이렇게 잔인할 수 있을까? 정말 후회해, 정말 후회해 내가 바보였지! 내 착한 마음이 널 감화시킬 수 있을 줄 알았지! 앞으론 네가 정도를 걸을 줄 알았지! 네가 너 자신을 불쌍히 여기고 우리를 불쌍히 여길 줄 알았지! 내 잘못이야, 죽어도 싸다, 죽어도 싸! 벼락을 맞아도 싸! 사람들아, 절대로 남을 불쌍히 여기면 안 된다! 사람들아, 너는 그를 불쌍히 여겨도 그는 너를 불쌍히 여기지 않는다! 사람들아, 남을 불쌍히 여기면, 친형제라도, 부부나 부자간이라도, 착한 마음을 쓰면, 머리가 떨어져도 어떻게 떨어졌는지 모르는 꼴이 난다!

이런 생각들이, 이런 말들이 샘물처럼 그녀의 마음속에 용솟음쳤다. 이리 생각하고 저리 생각해도, 이리 뒤집고 저리 뒤집어도, 그녀는 원수를 은혜로 갚는 자신의 착한 마음, 착한 행동에 감동받았다. 입장을 바꿔 생각해도, 누가 그녀보다 더 잘할 수 있을지, 어떻게 해야 그녀보다 더 잘하는 것인지 아무리 해도 생각나지 않았다. 그녀를 답답하게 하고 속 터지게 하고 전전반측 숨 막히게 하는 것은 그녀의 좋은 마음씨가 어째서 좋은 보답을 받지 못하는가? 하는 것이었다. 길 가는 사람, 처음 보는 사람이라도 누구나 다 그녀의 착한 행동에 감동받을 것이었다. 그러나 그녀가 돌려받은 것은 더욱 악랄해진 독수였다. 더욱이 그녀를 숨 막히게 하는 것은, 자세히 생각해보면, 니우청이 그녀가 화가 나 욕한 것처럼 정말로 건달이나 깡패가 아니라는 데 있었다. 양심적으로 말하면 니우청은 친척이나 친구들, 동료나 동학들에 대해서도, 외국인에 대해서도, 하인(그를 모신 적이 있는 사람)에 대해서도 다 괜찮았다. 썩 훌륭하기도 했고, 그를 아주 나쁘다고 할 수는 없었다. 유독 그녀에 대해서만은, 유독 그의 가장 좋은 그녀에 대해서만은 어째서 그렇게 추악하고 그렇게 악랄한 것인가?

이것저것 생각하니 온몸이 떨리는 느낌이었다. 특히 심장의 박동이, 그냥 쿵쿵 뛰는 게 아니라 끊임없이 떨리는 가운데 한 번씩 뛰는 것 같았는데, 저릿할 정도로 심장이 떨렸다. 욕을 다 하고 난 뒤, 마음속에 많은 할 말이 있었지만 더 이상 말을 할 수가 없었다. 밤에 자리에 누워도 눈이 감기지 않았다. 반시간에 한 번씩 변소에 갔다. 언제 몸에 이토록 많은 물이 저장되었는지, 어떻게 이렇게 많은 물이 배출될 수 있는지 알 수 없었다. 물을 그렇게 많이 마시지 않았는데, 어디서 난 물일까? 그녀의 온몸이 수분으로 변하여 배출되는 것일까?

둘째 날은 물 마시는 일만이 남았다. 한 모금 마시고 또 한 모금 마셨다. 한 사발 마시고 또 한 사발 마셨다. 이틀 내내 징이는 아무것도 먹지 않았다. 매일 끊임없이 마시고 싸고, 물 마시고 변소에 가고만 했는데, 니우청은 그 모습을 보고 깜짝 놀라 어떻게 된 거냐고 물었고, 징이는 대답하지 않았다.

셋째 날, 징이는 인력거를 불러 외출, '흔들이' 오빠를 찾아갔다. 그녀는 한바탕 크게 울었다.

넷째 날, 징이가 니우청에게 조용히 말했다. 참 어려웠어요, 사람들이 다 당신을 위해 애를 써서, 간신히 당신에게 새 일자릴 얻어줬는데, 체면도 서고 돈도 벌고 당신 마음에도 드는 자리로요. 우리가 가만있을 수 없어요. 우리 식사 대접을 합시다, 당신에게 일을 얻어주려고 애쓴 사람들을 다 초대해요.

그럼 돈은……

돈은 있어요, 당신을 위해 남겨두었죠. 아무리 궁해도 맨입으로 남에게 도와달랄 수는 없고, 아무리 궁해도 빈손으로 남을 고생시킬 수는 없어요.

그럼…… 물론 좋지! 그거 참 좋아! 그거 최고로 좋다.

그럼 당신은 걱정하지 마세요. 내가 처리해줄 테니까. 당신은 오직 조양대학에 부임할 생각만 하세요.

고마워.

괜 ― 찮 ― 아요.

그래서 그 주의 토요일 저녁에, 니우청 선생과 니부인은 '신선거(神仙居)'에 자리를 만들어 관계되는 고향 사람들과 친구들에게 답례를 했다.

징이의 이 거동은 니우청에게 망외의 기쁨이었다. 파티를 열고 자기가 주인이 되는 것, 그것은 그가 몽매에도 바랐으나 좀체 실현하기 어렵던 일이었다. 그것은 호탕한 물질적 향락이면서 또한 호탕한 정신적 향락이기도 했다. '신선거'는 과연 신선 세계가 되었다. 저택식의 건물, 잇단 정원, 화분 속의 개나리꽃, 정원 구석의 대나무, 정원에 가득한 술 냄새, 고기 냄새, 파 냄새, 단 냄새가 사람을 취하게 했다. 그들은 탁자 하나를 썼는데, 세번째 정원의 서상방이었다. 서상방은 두 개의 탁자를 놓을 수 있었으나 오늘 저녁 다른 한 탁자에는 손님이 없어 그들이 독방을 쓰는 것과 마찬가지였다. 독방에는 당백호(唐伯虎)의 「사미도(四美圖)」 복제화가 걸려 있었고, 은여경(殷汝耕)의 글씨도 있었다. 환경이 썩 괜찮아서, 그는 만족스럽게 징이에게 말했다. 건강한 생활 방식은, 이따금 식당에서 친구들과 자리를 같이하는 거야. 물론 먹기 위해서지, 먹는 건 아주 중요한 거야, 생명의 요구이자 문화라구. 갖은 음식을 먹은 사람의 지식, 문화, 교양, 도량은, 즉 그의 대뇌, 신경, 골격 근육 피부는 묽은 죽만 먹은 사람보다 더 크고 더 고명하지. 그렇지만 먹기 위한 것만이 아니라 사람들의 생존 환경을 조절하고 풍부하게 하기 위해서이기도 해. '신선거'를 가지고 말하자면 이 정원, 이 흰 담, 이 글씨와 그림, 이 무늬 타일을 깐 바닥, 그리고 이 붉은 칠을 한 탁자와 하얀 식탁보 그리고 식기 세트, 붉은 나무 의자, 이것들이 가슴을 탁 트이게 하지 않아? 난 평소 안목 짧고 속 좁은 걸 반대해. 사람은 가슴이 넓어야 하고, 시야가 원대해야지. 물론 교제도 있지. 반드시 사교가 있어야 돼. 어려서부터 건강하고 문명화되고 개방적인 사교 생활을 배워야 해. 낯선 사람을 보면 수줍어하는 거, 이게 중국 사람의, 특히 여성의 가장 창피한 결점이야. 인간은 사회적 동물이로다. 이건 남에게 일을 부탁하고, 사람들에게 식사 대접하는 걸 말하는 게 아니야. 그게 중요한 게 아냐. 사회의 사람, 사람의 사회, 누구나 사회에 발붙이려면 반드시 사회의 사람들과 우의를 많이 갖고 내왕이 많아야 한다구. 말하자면 나도 몹시 부끄러워, 충분한 조건이 없어서 그랬지, 그렇지 않았으면……

며칠간 음식을 제대로 못 먹어 제법 홀쭉해진 징이는 이 결코 낯설지 않은 판에 박힌 말을 들으며 아무 말도 하지 않았다. 다만 그가 마지막으로 '부끄러움'을 말했을 때, 그녀는 한 번 부르르 떨고는 끝내 더 이상 떨지 않았는데, 이미 파헤쳐져 텅 비어버린 마음이 갑자기 고통스럽게 또 한 번 떤 것 같았다.

손님들이 속속 도착했다. 제일 처음은 자오상퉁이었는데, 미소를 지으며 머리를 흔들고 있었고, 전신이 불가사의하게 깨끗했다. 다른 사람들에게 식사를 대접하는 것이었기 때문에 니우청은 자기가 평소보다 좀더 커진 느낌이 들었고, 곳곳에서 그를 머리 하나 높이로 짓누르던 자오상퉁을 보아도 그다지 억압이 느껴지지 않았다. 반대로, 그는 열정적으로 다가가 인사말을 했다. 하하, 자오형, 왕림해주셔서 정말 감사합니다. 댁은 무양하세요? 병원은 잘되겠죠? 하하, 자오형은 정말 몸이 셋쯤 되나봅니다, 유능한 사람이 바쁜 거죠……

그 다음엔 스푸강이 왔다. 니우청은 더욱 기뻐했고, 열정적으로 서양말을 한마디 했는데, 스푸강은 오히려 중국어로 대답했다. 그 다음에 그와 일면식이 있는 왜소한 변호사가 왔다. 니우청은 속으로 찔끔했다. 저 사람도 내 일자릴 구하는 데 힘을 썼나? 그럴 수도 있겠지.

아무튼 조양대학 일로 징이는 많은 사람들에게 부탁을 했다. 사실은 그렇게 많은 사람을 찾을 필요는 없었다.

손님들이 다 왔다. 주인 쪽은 니선생, 부인 외에도 니자오가 있었다. 다들 자리에 앉으면서 서로 겸양했고, 결국 뜻을 모아 자오샹퉁을 주빈석에 앉게 했다. 음식을 나누어 젓가락질을 하고, 잔을 들어 축배를 하고, 서로 축하를 했다. 냉채가 지나간 뒤에 고추잡채가 나왔는데, 파란 고추가 비취처럼 반짝였다. 볶은 편육은 푸짐하면서 정교했다. 완자튀김은 바삭거렸고 뜨거웠으며, 목서육(木樨肉)[58]의 파와 소스 향기가 코를 찔렀다. 손님들은 입을 모아 칭찬했고, '신선거'가 음식을 괜찮게 한다고 했다. 그리고는 리완춘(李萬春)의 새 연극을 이야기하고, 천윈창(陳雲裳)의 영화를 이야기하고, 경샤오디(耿小的)의 새 책을 이야기하고, 황하에서 인어를 발견했는데 인어가 높이 뛰어올라 물고기 꼬리가 보였다는 이야기를 했다. 나중에는, 먼터우거우(門頭溝)의 탄광에서 굴이 무너져 깔려 죽은 광부 하나가 있었는데, 사흘간 시체를 집에 두었더니, 나흘째 새벽에, 날이 밝기 전에, 시체가 벌떡 일어났고, 시체가 일어나서 도둑을 쫓았는데, 대문 밖으로 40미터나 쫓아가서, 도둑이 놀라 죽을 뻔했다는 이야기도 했다.

마지막에는 두 가지 방법으로 만든 다차이(大菜)가 나왔다. 큰 잉어를 반은 은빛으로 구웠고, 반은 뿌옇게 탕을 끓였는데, 맛이 기가 막히게 좋아서, 연회의 분위기를 한층 고조시켰다. 그때 단 과자도 나왔다. 산둥(山東) 스타일의 '삼불점(三不粘)'이었다. 황금처럼 빛났고 옥처럼 매끄러웠다.

---

58 계란과 버섯·나물·고기를 함께 볶은 요리.

니우청은 혀를 차고 입술을 핥으며 이야기꽃을 피웠는데, 몇 달 동안 볼 수 없었던 풍채였다.

자오샹퉁이 젓가락을 탁 내려놓고 눈썹을 한 번 찌푸렸다.

징이가 벌떡 일어나 말을 하기 전에 먼저 울었다.

사람들이 바야흐로 맛있게 먹고 있다가 모두 아연했다.

니우청은 탕을 아주 맛있게 먹으면서 거기에 심취해 처음 몇 초 동안은 식탁의 풍운돌변(風雲突變)을 미처 알아채지 못했다.

"대단히 죄송합니다." 징이가 울면서 말했다. "오늘 여러분을 모신 것은 본래 여러분께 감사를 드리고 여러분을 기쁘게 해드리기 위해서였습니다. 그렇지만 저는 하지 않을 수 없는 이야기가 좀 있습니다. 여러분께서 공도(公道)를 주지해주시고, 저의 무례를 양해해주십시오."

징이의 세련된 용어와 외교적 풍도는 니우청을 크게 놀라게 했다.

"…… 여러분은 믿을 수 있겠습니까? 니씨 저 사람에게 새 일자릴 찾아줬는데, 제 마지막 패물을 팔아 저 사람 병을 고쳐줬는데, 제가 셋째 아이를 가졌는데, 저 사람은…… 저하고 이혼을 하려고……"

징이가 소리를 놓아 통곡했고, 좌상의 손님들은 얼굴색이 변했다. 고상한 말은 끝났다. 징이는 울면서, 화를 삼키면서, 그녀가 몇 날 며칠을 생각하고 마음속으로 수십 번 수백 번 했던 말을 하나하나 해나갔다…… 그녀는 고발했다.

니우청은 안색이 창백해졌고, 그 자리에 못 박혀버린 것 같았다. 그는 징이를 바라보고, 다시 손님들을 바라보고, 다시 배반(杯盤)이 낭자한 식탁을 바라보며, 그 자리에 못 박혀 완전히 반응 능력을 상실했으니, 자신을 방어하거나 곤경을 벗어날 대책은 더 말할 나위도 없었다.

그 소식은 니자오에게도 폭탄과 다름없었다. 엄마의 울음소리와 말소리가 그의 마음을 난도질하는 것 같았다. 그러나 그는 끝내 울지 않았다. 왜냐하면 이런 장면은 그가 워낙 많이 본 터였고, 그래서 진력이 났기 때문이었다. 그는 작은 소리로, 엄마 울지 마, 라고 달래기만 했다.

그 자리에서 제일 태연한 사람은 스푸강이었다. 그는 처음에만, 소리 내어 우는 장징이를 경악하여 한 번 쳐다보았다. 그리고는 시선을 슬그머니 아래로 거두어 식탁 위의 음식을 쳐다보며, 자기의 발끝을 쳐다보며 침묵을 표시했고, 남의 프라이버시를 듣거나 간섭하고 싶지 않다는 표시를 했는데, 그것은 아마도 일종의 서양식 '비례물시(非禮勿視)'일 것이었다. 자기는 여기서 아무 일도 일어나지 않은 것으로 생각한다는 표시이기도 했는데, 진정한 신사는 아무 일도 일으키지 않는 데 있는 것이 아니라, 다른 사람 혹은 자기가 무슨 일을 일으켰을 때 마음에 두지 않고 그 일이 없었던 것같이 하는 데 있다는 신사들의 격언을 그는 물론 알았고 몸소 체험하며 힘껏 실행했다. 아주 세심한 사람만이 그의 미세한 동작, 특히 귀 끝의 진동에서 그가 초연하면서도 여전히 귀를 기울이고 있다는 것을 알아볼 수 있었다.

징이의 하소연은 감동적이었다. 다들 그녀의 말을 듣고서 추호도 망설이지 않고 그녀를 동정했다. 그녀의 처지는 그토록 어려웠고, 그녀가 당한 기만과 배반은 이토록 뻔뻔스러웠다. 폭포처럼 쏟아지는 말 속에 절대적으로 진실한 억울함, 울분, 불평, 분노, 애통이 표현되었다. 울음소리가 섞여 있었고, 고향의 상소리와 욕설이 섞여 있었다. 진정과 원망 때문에, 그 상소리와 욕설조차도 성결하고 합당하고 정의(正義)와 정기로 가득 찬 듯이 보였다. 니우청은 어안이 벙벙했다. 그는 장징이가 이런 능력이 있고, 사교 장소에서 이렇게 사람의 마음을 격동시키는 연설을 발표할 수 있는 줄을 아직껏 몰랐다. 오랜 시간이 지난 뒤, 그때를 회상하면, 그는 징이의 언변이 자기보다 낫고 일이 터졌을 때 발휘하는 능력이 자기보다 낫다는 것을, 쟝징이의 연설 능력이 빌빌거리는 평범한 관리보다 훨씬 더 낫다는 것을 기꺼이 인정했다. 어쩌면 쟝징이의 언변은 우리나라의 외교관들보다도 더 나을지도 몰랐다. 어쩌면 쟝징이는 일종의 정치적 재능이 있는지도 몰랐다. 동정을 얻고, 적수에게 타격을 주고, 적을 죽음에 이르게 하는…… 그런데 그는 줄곧 '우매' '백치' 따위의 말로 징이를 평가해 온 것이었다. 중국의 '우매한 백치'들에게 감추어진 잠재 능력이…… 사람을 미혹시키고, 사람을 놀라게 하고, 사람을 발을 동동 구르며 탄식하게 했다.

징이의 말은 끝나고 이젠 슬픈 울부짖음 같은 울음소리만 남았다. 종업원이 황급히 달려오자, 자오샹퉁이 그에게 손짓을 해 물러가라는 시늉을 했다. 이 야수 같은 울부짖음 소리에 다들 눈물을 떨어뜨렸다. 놀란 니자오는 크게 울기 시작했다. 스푸강도 감동한 표정을 지으며, 진퇴유곡, 어쩔 줄을 몰랐다. 그녀의 울음소리를 듣고 니우청도 울기 시작했다. 도대체 왜냐, 도대체 왜 세상을 살면서 스스로 고통받게 하고 다른 사람에게도 이렇게 큰 고통을 받게 하느냐! 그는 울음을 삼키며 말했다. "징이, 미안해. 여러분, 미안합니다. 나를 믿어주세요. 난 모두의, 행복을 위해서였어요, 징이도 포함해서요. 지금은 저 사람이 임신 중이어서 이 말을 미루어두었는데요. 난 사업을 한 번 할 수 있어요. 난 내 자질이 그다지 떨어지지 않는다고 믿어요. 장차 내가 성공하면, 징이, 설령 우리가 헤어지고 이혼을 했다 하더라도 난 당신을 도와줄 거야. 내가 장차 큰돈을 벌 수 있다면 30퍼센트, 아니 40, 50, 70, 그래, 70퍼센트를 당신에게……"

그는 말을 다 하지 못했다. 자오샹퉁의 푹 꺼진, 눈물을 글썽이는 두 눈의 사나운 눈빛을 보았기 때문이었다.

눈물이 이미 자오샹퉁의 볼에 흘렀다. 그는 좌중을 둘러보았고, 징이를 쳐다보았고, 천천히 일어나 흔들거리며 걸어갔는데, 그러면서 니자오의 머리를 쓰다듬기도 했다. 그가 니우청에게 다가갔다. 그가 니우청 앞에 이르렀다. 그의 안면 근육이 꿈틀거렸다. 그가 니우청을 노려보았다.

당신…… 니우청이 소리 지를 겨를을 주지 않았다.

팍, 팍, 팍! 세 번 낭랑한 소리가 울렸다. 따귀 세 대였다. 스푸강도 놀라 소리 질렀다. 오, 하느님! 자오샹퉁의 따귀 때리기는 번개같이 빨라 피할 겨를도 없었다. 그 동작의 민첩함은 20년 뒤의 탁구 챔피언 주앙저둥(莊則棟)이 라켓을 들어 포핸드와 백핸드 스트로크를 치는 것 같았다. 주위 사람들이 똑똑히 볼 새도 없이, 먼저 손바닥으로 니우청의 왼뺨을 때렸고, 기세를 타고 손을 니우청 얼굴의 오른쪽으로 휘둘렀다가, 손등으로 팍 하고 니우청의 오른뺨을 갈겼는데, 이것이 특히 매서웠다. 니우청의 얼굴에 피가 밴 손가락 자국이 났는데, 니우청의 얼굴에서 피가 난 건지 아니면 자오샹퉁의 손등이 찢어져 피가 난 건지 몰랐고, 동시에 니우청의 오른쪽 어금니에서도 피가 났다. 마지막으로 시원하고 야무지게 왼뺨을 때렸다.

니우청은 따귀를 맞고 앉은 자리에서 바닥으로 떨어졌다. 그는 이미 비루먹은 개처럼 바닥에 넘어져 일어나질 못했다. 그 자신도 어찌 된 일인지 똑똑히 알지 못한 채, 그는 바닥에 무릎을 꿇었다.

니자오가 앙 하고 크게 울기 시작했다. 울면서 소리 질렀다. 때—리지—마!

무엇이 1초인가? 무엇이 100만 년인가?

1초는 아주 순간이다. 100만 년은 질식할 만큼 길다. 그때 우리 조상들과 우리 후손, 우리의 무수한 후손의 후손은 모두 시체가 된다.

모두 존재하지 않는다.

허나 분명히 존재했었다. 모든 사람은 그 자신의 시간 속에 존재한다. 그리고 이미 존재하지 않는 사람에 대해 말하자면, 1초가 100만 년과 같고, 영원과 같다.

이제 더 이상 숨결이 없고, 콧구멍의 벌름거림과 목구멍에 달라붙은 가래가 더 이상 없고, 격동하고 기뻐하고 분노하고 몸부림치고 답답해하는 숨가쁨이 더 이상 없다. 비 온 뒤의 소나무숲의 청신함이 더 이상 없다. 애인 혹은 원수의 몸의 땀내가 더 이상 없다. 술과 밥을 배불리 먹은 뒤의 딸국질이 더 이상 없다. 뼈다귀를 얻지 못한 개에 대한 동정이 더 이상 없다. 분노와 기갈이 더 이상 없고, 위로하는 눈물과 탄식이 더 이상 없다. 더 이상 야성의 배설이 없고, 피 흘리는 콧구멍과 어금니가 더 이상 없다. 더 이상 몸의 악취가 없고, 비누, 향수, 분, 꽃 이런 온갖 쓸데없는 소모품이 더 이상 없다. 음모, 사기, 배신, 강탈, 강간, 침략, 살육, 괴뢰 정부가 더 이상 없다. 진리, 논리, 문명, 진화에 관한 온갖 헛소리가 더 이상 없다. 쓸데없는 온갖 언어, 종이, 성현, 과대망상의 위인이 더 이상 없다. 더 이상 날씨가 춥다고 떨지 않고, 더 이상 누구를 그리워하고 누구에게 그리움을 받지 않는다. 더 이상 헛되이 누구를 설복하고 누구를 감화하려 하지 않고, 더 이상 헛되이 사람들의 이해를 바라지 않는다. 더 이상 삶을 바라지 않고, 쾌락과 행복을 바라지 않고, 따스함과 사랑을 바라지 않고, 누가 오기를 더 이상 기다리지 않는다. 더 이상 눈이 빠지게 기다리지 않고, 더 이상 눈물 흘리지 않고, 더 이상 초조, 우둔, 공포를 드러내지 않는다. 더 이상 죽음을 무서워하지 않고, 부패와 소멸을 무서워하지 않고, 시체가 구둣발에 차이고 뒤집힐 것을 더 이상 무서워하지 않고, 자신의 밭장다리, 입냄새, 가난, 권세 없음, 너무 안 좋은 영어 발음 때문에 더 이상 자학하지 않는다. 빚쟁이, 장모, 약점을 잡은 처, 헌병대의 밀정을 더 이상 피하지 않는다. 잘 먹고 자동차를 타고 외국에 나가고 권세가 있고 호텔의 부드러운 침대가 있고 소파가 있고 모던하고 아름답고 발랄하고 다정한 아내와 정부가 있는 하늘의 총아를 더 이상 부러워하지도 않는다.

요컨대, 더, 이상, 괴로워, 하지 않는다!

깊은 밤, 니우청은 이제까지 느끼지 못한 흥분과 초탈을 느꼈다. 30여 년 동안 이런 정신적이고 육체적인 만족을 갈망하고 추구해왔는데, 오늘밤 그것을 찾았다. 자기의 키 큰 어머니가 생각났다. 고향의 뒤뜰, 그 커다란 배나무와 가지에 주렁주렁하고 땅에 떨어져 깨진 물배가 생각났다. 그는 수만수(蘇曼殊)의 소설 『외로운 기러기』가 생각났다. 지중해를 항행하는 여객선이 생각났다. 시종 아득하면서도 시종 친근한, 시종 갈 수 없는데도 시종 자리를 비워두고 그가 오기를 기다리는 빈방이 생각났다.

그는 갔다. 그는 마침내 스스로 자기 주인이 되었다.

며칠 뒤, 유명한 매국노 관이셴(管翼賢)〔이 사람은 1950년 반란 진압 중에 우리 인민 정부에 의해 총살되었다〕이 편집하는 『실보(實報)』의 한 귀퉁이에 기사가 하나 실렸는데, 제목이 '죽었다 다시 살아나다, 인간의 기문(奇聞)'이었고 부제가 '믿거나 말거나'였다. 기사는 이렇게 씌어 있었다.

본보의 소식에 의하면, 본시의 고등학부 학인(學人) 리우정(黎務正)이 가정 분규로 인해 일전 심야에 자살했다. 리모는 펑저먼(平則門) 앞 홰나무에 목을 맸다. 발견했을 때는 이미 숨이 끊어진 지 오래였고, 온 목에 핏자국이었다. 몸부림칠 때 리모는 발에 신은 신발을 몇 길 저쪽으로 차냈다. 모습이 몹시 참혹했다. 발견하고 풀어 내려 경찰서로 보냈다. 10여 시간 뒤에야 가족을 찾아 시체를 가져가게 했다. 가족들이 그것이 리강사임을 확인한 뒤, 갑자기 리선생의 숨결이 아직 남아 있고 심장에 박동이 남아 있고, 실제로 이미 되살아난 것을 발견했다. 치료를 거친 뒤 죽었다 다시 살아났다. 기자는 이 때문에 일적(日籍)의 유명한 의사 산구차랑(山口次郎) 박사를 방문했는데, 박사는 리모인의 생환은 의학적 근거가 없어 결코 믿을 수 없다고 했다. 또 소식에 의하면, 리군이 목을 맨 것은 모종의 도색(桃色) 사건과 유관한 것 같다. 정천한해(情天恨海)라, 길이 없어도 정은 있는데, 모란꽃 아래 귀신이 되지도 못했구나. 슬픈 일인지 기쁜 일인지 알 수가 없나니, 신문 한 귀퉁이를 빌려 독자들에게 이야깃거리로 내놓을 따름이다.

제23장

니우청은 이렇게 해서 1943년 5월에 죽었다가 다시 살아나, 의학적 근거 없이 베이징을 떠났다. 그는 먼저 쟝수(江蘇)의 한 소도시로 한 동창을 찾아가 몇 달을 빈둥거렸지만 정착하지 못했다. 그리고서 산둥, 허베이를 전전하다가 결국 쟈오둥(膠東) 반도에 터를 잡았다. 바닷가의 한 학교에서 교사가 되고, 교장이 되었다. 산중에 범이 없으면 원숭이가 임금 노릇을 한다. 그 해변 도시에서 니우청은 엄연히 학계의 한 인물이었다. 베이징을 떠난 뒤 니우청은 성격이 좀 변했다. 그는 더욱더 실리를 중시하고 향락을 중시했으며 도의를 가볍게 여기고 염치를 가볍게 여겼다. 허황하게 뜬구름 잡기나 했고, 실리를 추구하는 마음은 있어도 실리를 도모하는 기술이 없기는 했지만. 해변 소도시에서 오래지 않아 사람들에게 괴상한 사람으로 여겨졌다. 그는 그곳의 일본 괴뢰 정부의 관리들과 술친구가 되었다. 1945년, 일본 도적이 패망하기 바로 전에, 그는 일본의 괴뢰 '민중대회'의 대표가 되어 회의를 하러 난징으로 갔다. 그때 왕자오밍은 이미 죽었고, 일본의 괴뢰인 국민 정부의 주석, 왕괴뢰의 후계자는 천궁보(陳公博)였다.

그토록 잔인한 상황 아래 아버지가 떠난 이후로 이 집의 생활이 모종의 전기를 맞았음을 발견하고 니자오는 경이롭지 않을 수 없었다. 니우칭이 떠난 뒤 그들은 작은 집의 두 칸짜리 남방(南房)으로 이사했는데, 방세가 많이 쌌다. 새집으로 이사하자, 다들 한숨 돌리는 것 같았다. 외할머니, 이모, 엄마의 얼굴은 모두 옛날보다 좀더 가벼웠다. 누나만이 어려서부터 좋아한 탄식과 머리 흔드는 동작을 바꾸지 않았다. 물론 그녀의 기분은 갈수록 좋아졌다. 그녀의 '의자매' 활동은 뜨겁게 불타올랐다. 모두들 기념첩을 한 권씩 사서 서로 제자(題字)를 해주었다. 누나의 기념첩에는 저마다 스타일이 다른 어리고 예쁜 붓글씨와 펜글씨가 씌어 있었다.

아름다운 모습,
온유한 마음,
빛나는 눈동자,
네 원대한 앞길을 향하고 있다.
이것이 바로 너,
내 좋은 동생—니핑이다.

다른 페이지에는,

세상이 험하다고 말하지 말라,
우정이 있어 내 마음을 위로한다.

또 한 페이지에는,

개골개골, 개골개골,
너는 논가의 청개구리,
즐겁게 해충을 먹고,
통통한 아이로 자라난다.

또 한 페이지에는,

귀뚜라미가 만추의 추운 밤에 슬피 울 때,
나를 잊지 말아요.
나는 어쩌면 그 밤에 죽을지도 몰라요.

이 마지막 페이지의 제자를 읽고 니자오는 슬퍼졌다.
누나의 기념첩을 읽고서, 그는 언어가 현실보다 더 아름답다는 느낌이 드는 듯했다. 언어는 현실에 위안을 주었다.
누나의 기질은 평범함 속에 괴팍함을 포함하고 있었다. 니자오가 빨간 표지와 까만 속표지와 갖가지 색깔의 종이로 된 기념첩을 펼쳐 보면서 감동하고 있을 때, 니핑이 갑자기 니자오의 손에서 기념첩을 거칠게 빼앗아, 자기의 작은 나무 상자에 넣고, 상자를 잠근 뒤 말했다.
"가, 가, 그만 봐, 내 기념첩!"
니자오는 몹시 화가 났다. 그는 추호도 누나에게 기념첩을 보여달라고 요구하지 않았었다. 니핑이 자발적으로 그에게 기념첩을 갖다 주었고, 그는 니핑이 기념첩을 그에게 보여줄 만큼 그들 사이의 우애가 깊다고 믿었던 것이다. 니핑은 그의 일에 대해 항상 꼬치꼬치 캐물었는데, 관심이 지극해서 아주 자세히 따져 묻고 심한 간섭을 하기까지 했다. 니핑은 자발적으로 즐겁게 단순하게 기념첩을 그에게 넘겨주며, 그가 보게, 그가 누나의 의자매들 사이의 정의(情誼)를 맛보게 했다. 그것이 그의 흥미를 불러일으켰고, 그를 감동시켰고, 누나와 누나의 의자매들에 대한 그의 아름다운 감정을 유발시키고 강화시켰는데…… 그런데 그가 흥미진진하게 보는 바로 그때, 갑자기 아무 이유도 없이 그를 밀어낸 것이었다.

이것도 일종의 권력의 쾌락이란 말인가? 네게 즐거움을 안겨주었다가 금세 다시 중단시키고 네가 서운해하고 안타까워하는 것을 지켜보는 권력 말이다.

기념첩을 뒤적이던 달콤함에서 기념첩을 빼앗긴 뒤의 미움까지, 양자의 거리가 어떻게 이토록 가까운가?

니우청이 나간 뒤 징이는 생계 때문에 걱정이 되었다. 결국 '흔들이'의 도움으로 일자리를 얻어, 한 여자직업학교에서 도서·집기 관리원을 맡았다. 징이가 임신을 했기 때문에, 징전과 징이 두 사람이 공동으로 이 일을 맡기로 이야기가 되었다. 둘이서 한 사람 역할을 하고 한 사람 분의 봉급을 받았다. 이 일을 얻기 위해, 징전과 징이는 허핑먼(和平門) 밖 유리 공장에 여러 번 뛰어다니며 두 개의 증빙 문서를 샀다. 그녀들은 여러 차례 의논을 되풀이하며, 징전과 징이라는 두 이름은 너무 구식이고 학문이 있는 신식 지식 여성 같지 않다고 생각하고, 여자직업학교의 이사장과 교장 눈에 들지 않기 쉽다고 걱정했다. 두 사람은 개명하기로 결정했고, 무슨 이름으로 바꿀 것인가를 놓고 여러 날 열렬히 논쟁하고 토론했는데, 때로는 몹시 흥분하여 깔깔대는 밝은 웃음소리가 호기심 많은 떠벌이의 방문을 유발하기도 했다. 때로는 얼굴이 벌개지도록 논쟁을 하고, 감정을 상하기도 했다. 결국 예상을 훨씬 벗어난 이름이 간신히 선택되었다. 쟝징전은 쟝취에즈(姜却之)로 이름을 바꾸었고, 쟝징이는 쟝잉즈(姜迎之)로 이름을 바꾸었는데, 하나는 거절하고 하나는 맞이하니, 영락없이 한 핏줄의 자매 같았다.

그리고서 이력서를 메웠다. 주로 '취에즈'가 맡았다. 잇달아 사흘 동안 징전은 몸 치장을 하고 나서 정신을 모으고 숨을 죽인 채 먹을 갈고 붓을 가다듬어 해서체로 작은 글씨를 연습했다. 연습하면서, 오랫동안 글을 쓰지 않았더니 무척 서툴러졌다고 한숨을 쉬었다. 옆에 시립한 '잉즈'는 자못 존경심이 들었다. 니핑 남매 둘도 방에 들어와 숨을 죽이고 지켜보며 탄복을 금치 못했다. '취에즈'가 연습하면서 한 장 한 장 쓴 해서는 두 아이가 가져가 감상하고 음미했다. 나흘째 가서야 정식으로 이력서를 썼다. 과연 씌어진 해서는 한 올 흐트러짐이 없고 유(柔) 속에 강(剛)이 있었는데, 금세 학교 측의 눈에 들었다. 그리고는 서류를 올렸고, 그리고는 청탁을 했고, 그리고는 초조하게 기다렸다. 드디어 채용이 되자, 모두들 쟝취에즈 선생의 서법의 공이라고 생각했다. 쟝잉즈 선생이 처음으로 나서서 니자오를 시켜 이모에게 술을 사오고 땅콩, 오향 훈제 두부를 사와 승리를 축하하려고 했다. 취에즈도 처음으로 진심으로 '거절'했다. 곧 신식 직업여성이 될 텐데 술 마시고 취해서야 되겠느냐고 했다.

우선 두 사람이 함께 혹은 번갈아 출근했다. 나중에는 잉즈의 행동이 점점 불편해짐에 따라 주로 취에즈가 출근했다. 이는 집에 수입을 가져왔을 뿐만 아니라, 희망과 생기와 새로운 생활 영역을 가져오기도 했다. 그녀들이 두 여학생을 집으로 데려와 놀았다. 고등학생이었지만, 니자오의 눈에는 아주아주 컸다. 두 여고생은 하나는 단발머리를 했고 하나는 머리를 땋았는데, 그녀들이 두 분 쟝선생님에게 유행가를 가르쳐주었다. '바다를 떠다니며 온갖 상품을 파네'를 부르고

「천애(天涯)의 가녀(歌女)」도 불렀고, '장미야 장미야 너를 사랑해'를 부르고「꽃은 피고 달은 둥글고」도 불렀다. 네 사람의 노래는 한 사람이 곡조가 틀린 다음엔 다른 사람이 곡조가 틀렸고, 다 같이 곡조가 틀리면 깔깔 웃었다.

징전이 매일 아침 화장하는 순서는 여전히 변함이 없었다. 여전히 장엄하고 비분에 겨웠다. 시간이 조금 단축되기는 했을까? 혼잣말을 할 때는 모진 욕설이 좀 줄어들고, 자화자찬하는 말이 좀 많아졌을까? 확실치는 않았다.

학교에서 머리가 하얗게 센 여선생님 한 사람도 왔었다. 그녀의 말투에는 사투리가 섞여 있었는데, 취에즈와 잉즈는 한참을 논증하고 추리하여 그녀들도 동향이라 할 수 있음을 증명하려고 애썼다. 그녀들은 식사를 하자고 그녀를 붙잡았다. 니핑은 이 선생님에 대한 인상이 특히 좋아서, 이 선생님에게 물을 떠다 주기도 하고 그녀가 앉을 의자에 방석을 받쳐주기도 했다. 밥 먹을 때는 노상 이 선생님을 쳐다보며 웃었다. 손님이 오는 일이 너무 드물고 귀했기 때문일까?

식사 도중에, 학교에서 여러 해 일을 한 동료는 두 신출내기에게 도서 및 집기 관리 일을 하는 요령을 소개해주었다. 그중에 어떤 떡고물이 있고, 어떻게 감쪽같이 물품을 숨겨서 자기가 쓰거나 남에게 주느냐—내다 팔 때는 아주 신중해야 한다, 왜냐하면 마각이 드러나기 쉽기 때문이다. 취에즈와 잉즈는 분분히 고개를 끄덕이며 가르침을 받았고, 속으로 깨닫는 바가 있었으며, 눈물이 나도록 감격했고, 자기들이 확실히 일한 경험이 없고 일하는 도리와 학문을 모른다는 것을 인정했다. '큰언니'의 이야기를 좀 듣는 게 10년 공부보다 더 나았으니, 정말로 '인정(人情)에 통달하면 그게 모두 학문이고, 세사(世事)에 밝으면 그게 바로 문장'인 것이었다. 경험이 많은 '큰언니'

는 경험을 다 소개하고 감상을 말했다. 우린 모두 착실한 사람들이고 담도 작아요. 내가 말한 것들은, 부스러기일 뿐이죠. 말할 만한 게 못 돼요, 근본적으로 아무것도 아니라구요. 정말로 솜씨 좋은 사람들은 돌에서도 기름을 짜낸다니까! 우리 중국은, 만청(滿淸)의 황제든 위엔(袁)대총통이든, 장위원장이든 왕주석이든, 누가 세상을 차지해도 마찬가지예요. 중국이 안 망할 수 있겠어요? 중국이 망하지 않으면, 어떻게 천리(天理)가 있다 하겠어요?

손님을 전송하고, 취에즈와 잉즈 자매는 계속 손님의 지도를 토론하고 터득하면서 탄복을 금치 못했다. 그러나 이렇게 말하기도 했다. 이 사람은 너무 치밀하고 너무 음험하니 좋은 사람이 아냐. 앞으로 다른 사람은 몰라도 이 여자를 제일 먼저 조심해야 해! 잠자리에 들었을 때 징이는 갑자기 생각이 나서 니핑을 한바탕 꾸짖었다. 손님이 왔다고 넌 왜 그렇게 살살거리니? 손님이 왔다고 그렇게 시중을 들면 어떻게 하니? 네 아버지도 아니고 네 엄마도 아닌데 뭐 하러 그렇게 효도를 하니? 그래서 니핑은 몹시 풀이 죽었다.

잠시 후, 니자오가 막 잠이 들려는데, 엄마의 한탄이 들렸다. 네 아버지는 좋은 사람이 아니야. 그렇지만 그런 나쁜 꾀는 눈곱만큼도 없지! 그 선생의 10분의 1만 꾀가 있었어도, 벌써 부자가 됐을걸. 이런 사회, 이런 사람, 우리 식구 몇 사람이 불행한 건 당연해!

니자오는 꿈에 아버지를 보았는데, 휘청거리며 미소 짓고 있었다. 긴 팔, 긴 다리가 더 길어 보였다. 말소리는 그의 귓가에다 숨을 불어대는 것 같았다.

아버지는, 불쌍하고 또 미워! 아버지가 목을 맸을 때, 목이 얼마나 아팠을까? 꽈당 하자마자, 금세 죽어갔고, 목에서 피가 뭉텅 쏟아져 나왔어. 어떻게 그럴 수가, 어떻게 그럴 수가…… 그날부터 난 밤이 되면 방 밖엘 못 나갔어. 항상 우리 문 앞에 목을 맨 사람이 있는 것 같았어.

니자오는 자기의 꿈을 누나에게 이야기했다. 누나는 논평하고 탄식하고, 아버지가 목을 맸을 때의 참상을 이야기했다. 그녀는, 아버지가 자살했을 때 그녀가 옆에 있었던 것 같은 그런 투로 말했다. 아예 그녀 자신이 목을 한번 매본 것 같았다.

그녀는 또, 만약 그때 아버지가 정말 죽었더라면 목을 맨 귀신이 되었을 거라고 말했다. 목을 맨 귀신은 다 혀를 길게 늘어뜨렸는데, 숨을 못 쉬기 때문이었고, 산 채로 숨이 막혀 죽었기 때문이었다. 그들의 혀는 혈색을 잃어서 하얗게 변했다. 하얀 혀라니, 얼마나 무시무시한가. 그리하여 하얀 혀를 길게 늘어뜨린 아버지의 혼백이 편히 쉬지를 못하고 밤마다 그들의 주위에서 머뭇거릴 것이었다. 그는 엄마, 이모 그리고 외할머니를 용서하지 않을 것이었고, 그들을 하나하나 놀라 죽게 해서 지옥으로 잡아갈 것이었다. 지옥으로 잡혀가고 나서도 그들은 소송을 할 것이었고, 이혼을 할 것이었다. 그들은 누가 기름솥에 들어가야 하고 누가 허리를 톱으로 잘라야 하고 누가 내생에 개나 늑대나 올빼미로 태어나야 할지 염라대왕의 판결을 기다릴 것이었다.

아무도 상대를 불쌍히 여기지 않을 것이었고, 아무도 상대에게 양보하지 않을 것이었다. 살았을 때나 죽고 나서나.

이것이 갓 열 살이 지난 니핑의 결론이었다.

니핑은 이 말을 하면서 두 눈에 일종의 요사스런 빛을 뿜었고, 그래서 동생으로 하여금 무서움을 느끼게 했고, 동생으로 하여금 '혼자 걸려요'의 의식을 생각나게 했다. 그 의식은 외할머니와 이모가 고향으로 돌아갔을 때 자동적으로 취소되었다. 그뒤로는 다시 되풀이되지 않았다.

유행가를 부르지 않으면 창을 했다. 새집으로 이사온 뒤, 그들의 옆집에는 늙어서 동작이 굼뜬 허리가 굽은 노부인이 있었다. 노부인은 성이 바이(白)이고, 만주족이었는데, 매일 아침 샹피엔 차를 끓여 천천히 차를 마시고 생전 아침밥을 먹지 않았다. 바이씨 노부인은 수연통을 피웠는데, 꾸룩꾸룩꾸룩, 깊이 잠든 고양이 같았고, 니자오는 그 꾸룩 소리가 수연통 용기에서 나는 건지 바이씨 노부인의 가슴에서 나는 건지를 분간할 수가 없었다.

바이씨 노부인은 흐물흐물하게 늙기는 했지만 자칭 연극광이자 마작광이었다. 목이 쉬어 소리가 깨진 징 같았고 뭘 부르려면 기침이 나오고 숨이 막혀 끊어졌다 이어졌다 하는 게 꼭 학질에 걸린 것 같았지만, 그녀는 한사코 말했다. 이 맛을 들어봐요! 다른 건 다 가짜고, 이 맛이 진짜야. 어떤 사람은 미모도 있고 목청도 있고, 스승에게 배우고 연극도 하고, 호금을 배워 각종 곡조를 줄줄 외도, 이 맛은 못 배워, 평생 가도 이 맛은 못 내. 못 믿겠으면, 내 이 맛을 들어봐요.

소삼(蘇三)은, 홍동현(洪洞縣)을 떠나,
몸을 빼어 큰 거리 앞으로 왔네……

그녀는 과연 이 두 구절의 「서피유수(西皮流水)」를 완벽하게 불렀는데, 확실히 무슨 맛이 좀 있는 것 같았다. 그러나 몸이 이미 무거워진 징이가 옛날에 그녀들은 그렇게 부르지 않았다고 말했다. 그녀가 배운 가사는,

소삼은 홍동현을 떠나,

몸을 빼어 큰길 가로 왔네……

"큰길 가가 뭐야, 큰길 가가 어디 경희(京戲)에서 쓰는 말인가, 당신은 방자(梆子)나 불러요, 당신은……" 바이씨 노부인은 논의할 필요를 못 느꼈다. 징전이 동생의 소매를 잡아당겼는데, 나이가 많고 덕망이 있고 재주가 뛰어난 바이씨 노부인에게 무슨 불경이라도 저지를까 봐 걱정해서였다.

그리하여 두 자매는 순순히 바이씨 노부인의 맛을 배워 부르기 시작했다. '큰 거리 앞'이라고 불렀지 '큰길 가'라고 부르지 않았다.

니자오는 '큰 거리 앞'과 '큰길 가'의 뜻을 전혀 알아듣지 못했다. 그는 '큰 거리 앞'을 '큰 누나 돈'으로, '큰길 가'를 '큰 칼 채찍'으로 생각하고 있었다.[59] 그리고 그는 그 가사와 곡조의 반복을 참을 수가 없었다. 그녀들은 한 번 또 한 번 부르고, 하루 또 하루 부르고, 어쩌면 한 세대 또 한 세대 불러서, 너로 하여금 듣기 지겨워 목을 매고 싶게 할 것이다. 그는 소삼을 싫어했다. 바이씨 노부인을 싫어하는 것과 마찬가지로. 소삼은 어떤 사람일까? 이렇게 꾸룩꾸룩 하며 수연통을 부는(그는 분다고 생각했다) 할 일이 없는 허리 굽은 할멈인가?

창을 하는 데 지친 바이씨 노부인은 며느리를 욕했다. 아주 우습고도 아주 날렵하게 욕을 해서, 처음 들었을 때 니핑 남매 둘조차도 거기에 푹 빠졌다.

욕을 다 하고서, 노부인이 생각이 나 물었다. 니자오 아버지는?

니자오는 가슴이 쿵쿵 뛰었다. 그는 도망치고 싶었고, 엄마와 이모가 바이씨 노부인이 며느리를 욕하던 기세를 타고 주거니 받거니 아

---

59 중국어로는 '다 지에 치엔'과 '다 다오 비엔'으로 발음이 같다.

버지를 욕할까 봐 걱정이었다. 짐짓 바이씨 노부인은 니자오를 꼭 끌어안았다. 그가 아주 사랑스럽다는 듯이, 니자오가 자기의 친증손자이고 자기가 방금 그에게 엿을 사주기라도 한 듯이 그렇게.

그러나 니자오는 완전히 기우였다. 징이가 뭐라고 말하기도 전에 징전이 먼저 대답했다. "매제는 상하이에 있어요, 철도 일을 하는데 과장이죠."

"그래요, 그래요." 징이가 말을 받았다. "상하이에서, 철도에서, 과장인데…… 그런데 며칠 전에도 편지가 왔죠…… 그이도 바빠서, 항상 편지를 쓰는 건 아니죠. 늙은 어머니에, 많은 식구가 있어서, 부담이 너무 무거워요!"

나중에 니자오는 많은 시간, 많은 힘을 들이고 엄마와 이모에게 직접 물어보고서야 왜 그렇게 대답을 해야 하는지를 알게 되었다. 이사 온 지 얼마 안 되고, 사람도 설고 땅도 익숙지 않은데, 뭐 하러 사실대로 다 이야기하니? 사실대로 이야기했다가 소문이 나면, 사람들이 얕잡아보고, 웃음거리로 삼고, 업신여기지 않겠니? 그렇다고 우리 집 사정이 너무 좋아 보여도 안 돼, 그렇게 소문이 나면 집주인이 우리를 해치고 우리한테 집세를 올리지 않겠니? 너 알아야 된다, 라고 이모가 말했다. 인생살이는 힘든 거야! 가난하면 남들이 너를 얕보고 부자면 남들이 너를 해친다. 이걸 이르기를 남을 만나면 3할만 말하고, 마음을 다 보여서는 안 된다. 마지막 두 구절의 속담을, 징전은 호광(湖廣) 발음의 '규판(叫板)'⁶⁰ 비슷한 가락으로 읊었다.

바이씨 노부인이 가자, 쟝자오씨도 감상을 말했다. 경희가 뭐 들을 게 있다구, 「여기해(女起解)」는 역시 방자를 들어야지, 직예파(直隸

---

60 중국 전통 연극에서 대사의 마지막 구절에 리듬을 붙여 읊어 다음에 나오는 노래와 이어지도록 하는 것.

派)의 영지초(靈之草)를 들어봐라, 사람들이 소삼을 어떻게 부르는지.

스 차이 지엔 나 아
아이 아이 아이 ― 아이 ― 아이 아이 아이 아이 ―
요우 원 ― 따오 ―
더 ― 후어 나 ― 밍 아 ―

우리 엄마가 정말 잘하네, 자매는 흐느끼며 탄식했다. 그해 영지초가 우리 마을에 와서 무대를 세우고 연극을 했었지…… 그해엔 아버지가 아직 살아 계셨고 우린 아직 시집을 안 갔었지…… 또 무슨 소리야? 또 무슨 소리야? 우리 자매가 이 지경이 될 줄이야 누가 생각이나 했겠어. 또 무슨 소리야!
　방자 이야기가 나오자 그녀들은 금세 무한한 감상에 젖었다. 그녀들에게도 자기들의 천진한 과거가 있었다. 또 무슨 소리야?
　일요일이 되어 취에즈와 잉즈가 모두 집에 있을 때, 바이씨 노부인이 허난 출신의 소학교 선생인 자기 친구를 하나 데리고 마작을 하러 징전과 징이를 찾아왔다. 이 일은 니핑 남매의 커다란 흥미를 불러일으켰다. 그들은 마작의 규칙과 오묘함을 금세 이해했고, 엄마와 이모 뒤에 서서 목을 빼어 패를 보기도 했는데, 구경했다 하면 한두 시간이었다. 물론 그들은 소리를 내지 않았고, 규칙을 지켰다. 그러나 항상 패의 변화와 기쁨을 같이했다. 어떤 때는 패 한 장을 기다리느라 심장이 목구멍까지 뛰었다. 어떤 때는 묵묵히 기도했다. '사병(四餠)' '사병' 한 장만 와라! 또 한 번은 누나가 동생을 끌고 안방으로 들어가 커튼을 내리고 몰래 '재신(財神)님'께 절을 했다. 우리 엄마, 우리 이모가 한번 따게 해주세요, 재신님, 우린 영원히 당신을 숭배합니다!

 그러나 십중칠팔은 세 시간, 네 시간, 다섯 시간, 여덟, 아홉, 열한 시간을 하고 나서, 엄마와 이모가 못내 아쉬워하며 자기 자리에서 일어났다. 그녀들의 얼굴은 창백했고, 그녀들의 눈빛은 희미했고, 실망했고, 쓰라렸다. 더 앉았다 가세요, 여기서 식사하세요, 라고 손님들에게 힘없이 말하기는 했지만, 그녀들 얼굴의 웃음은 실은 울음보다도 더 보기 흉했다. 도대체 왜 이럴까? 패가 너무 나빠. 이모가 말했다. 그녀들은 '나쁜 패'의 운명을 바꾸는 방법을 토론하고 연구했다. 패가 너무 엉망이면 나가서 한바퀴 돌고 오면 재수가 좋아진대. 그렇게도 해봤잖아? 연달아 다섯 판 '끝발'이 안 오르면 변소에 가랬는데, 그렇지만 변소에서 돈 따는 운을 가져온 게 몇 번이나 돼?

 '재수'가 좋아 제일 많이 땄으면서도, 다 놀고 난 바이씨 노부인은 머리를 크게 흔들면서 말하는 것이었다. 내가 이거 무슨 미지근한 패를 친 거지? 이걸 무슨 운이라 하겠어? 요즘 세상에 무슨 좋은 운이 있겠어? 젊었을 때, 스물세 살 나던 그해에, 내가 가마를 타고 마작을 하러 갔었는데, 내가 무슨 패를 잡았는지 알아맞혀봐요? 못 알아맞힐걸? 내가 잡은 패는 청일색(淸一色), 일조룡(一條龍), 문전청(門前淸), 일반고(一般高), 이장(二將), 구청(扣聽), 착오괴감아당(捉五魁坎兒當), 자모(自摸), 제류(提溜), 재신(財神), 원보(元寶), 묘체모자(猫逮耗子), 사계화(四季花)…… 이 패를 잡았더니 전부 눈이 휘둥그레졌지, 이 패로 돈을 몽땅 다 땄어. 생각해봐요, 치는 대로 다 땄으니 얼마나 많이 땄겠어? 내가 다 무섭고 내가 다 얼떨떨하더라구. 스물세 살에 이렇게 원하는 대로 최고의 패를 잡았으니, 앞으로 어떻게 탈이 안 나겠어? 어떡했을 것 같아요? 딴 돈을 나는 한 푼도 갖지 않고 전부 절에다 바쳤지!

모두들, 아이들까지도, 눈이 휘둥그레졌다. 바이씨 노부인이 간 뒤에 징전이 화를 내며 말했다. 저놈의 할망구! 나도 그런 패를 잡을 거야. 그런 패를 다 잡으면 더 이상 마작은 안 할 거야! 그 여자가 정말로 그런 패를 잡았었다고는 못 믿겠어, 그 여자가 잡았다면 내가 왜 못 잡겠어? 바이씨 만주족이 해낸 일을 쟝씨 한족인 내가 못 하겠어? 태공이 낚시질하는 그 강자아(姜子牙)도 쟝씨잖아? 우리 지지 말자구!

잠시 후 그녀가 덧붙였다. 난 따면 무슨 중놈, 중년에게 안 줘, 내가 다 쓰지.

또 잠시 후 그녀는 웃고, 탄식하며 말했다. 정말 미치겠네, 화가 나서 죽겠네.

두 자매는 여자직업학교에서 근무를 잘하고 있었는데, 여름에 사건이 하나 있었다. 여름이 되자, 일본인들이 콜레라(곽란) 예방에 열을 올려, 도처에서 강제로 예방 주사를 놓았다. 하지만 주사의 수준이 낮고 조건이 다 달라서, 예방주사를 맞고 병이 중해졌다거나 감염되었다거나 팔을 잘라냈다거나 죽었다는 소문이 끊임없이 들려왔다. 쟝취에즈는 원래가 의약을 무서워하는 터라 그 소문들을 듣고는 혼비백산했다. 마침 그녀가 출근한 그날 주사 놓는 사람들이 학교로 왔다. 경찰을 데려왔는데, 안 맞으면 안 되는 것이었다. 쟝취에즈는 우선 안 맞겠다고 애걸을 했지만, 안 되었다. 주사 놓는 사람이 그녀를 끌어당겨 소매를 걷었다. 쟝취에즈는 주사 바늘을 보자마자, 외마디 비명을 질렀고, 기절했고…… 웃음거리가 되었다.

1943년 9월,[61] 징전과 징이는 여자직업학교에서 해직되었고 곧 이

---

[61] 베이징 인민문학출판사판과 홍콩 삼련서점판 모두 1944년으로 되어 있으나 내용상으로 보아 1943년이 맞다.

어 징이가 셋째 아이를 낳았는데, 딸이었고, 이때부터 그녀들은 더 이상 일자리를 찾지 않았다. 찾으려야 찾을 수도 없었을 것이다.

아, 이런 생활은 얼마나 침울한가! 니자오로 말하자면, 원래의 그 독채에서의 싸움으로 충만한 생활이 차라리 더 나았다. 그때는 싸움, 미움, 잔인, 다른 사람으로 하여금 자기 말을 듣게 하려는 결사적인 계책, 울음, 소란, 부드러운 그리고 모진 음모, 영원히 단념하지 않는 환상이 가득했었다. 그때 나이 어린 그는 이미 화목에의 희망을, 용서에의 희망을, 광명에의 희망을 이해하고 있었다. 여기로 이사온 뒤에는, 아버지가 떠난 뒤에는, 영원히 노래가 끝나지 않는 소삼, 영원히 잡히지 않는 바이씨 노부인의 이상적인 패가 있을 뿐! 그는 심지어 엄마나 이모가 그런 패를 한번 잡기를 소망하기까지 했다! 그녀들이 그런 노력을 하는 것을 그는 직접 보았는데, 계속해서 패를 돌리고, 패를 보고, 패를 바꾸고 했지만, 헛수고였다. 이것이 삶인가? 언제나 이런 삶을 변화시킬 수 있을까?

1944년의 설날 전야에, 낯선 선생님이 한 분 왔다. 그는 누구에게나 굽실거렸다. 니자오, 니핑을 보고도 서둘러 허리를 굽혔다. 그는 그들을 찾는 데 많은 곡절을 겪었다고 했다. 그는 쟈오둥 반도의 해변 도시에서 왔는데, 니우청 선생의 편지와 아이들에게 줄 명절 케이크, 그리고 초콜릿 한 상자를 가져왔다. 니핑과 니자오는 어리둥절했다. 자기들의 아버지가 여전히 존재하며 그들과 연계가 된다는 것을 그들은 생각지도 못했던 것이다. 그 케이크 위의 크림과 초콜릿을 싼 금박지는 완전히 별세계에서 온 것 같았다.

돈은 안 가져왔어요? 징이가 급히 물었다.

낯선 사람은 담담히 웃고, 고개를 저었다.

징이는 크게 실망하여 한숨을 쉬었고, 품속의 막내가 울기 시작했다.

편지는 이렇게 씌어 있었다.

평얼과 자오얼에게

나는 여기 잘 있으니 걱정할 필요 없다. 지금 설날 선물을 가져가는데, 이건 한 아버지로서의 선량하고 아름다운 축원이다. 내가 항상 마음이 안 놓이는 것은 여전히 너희들의 건강한 성장이다. 건강한 몸이 없으면 아무것도 없다. 매일 아침, 세 끼 식사 후에, 그리고 밤에 자기 전에 이를 닦아야 하고, 칫솔은 위생 기준에 맞는 것을 선택해야 한다. 칫솔 솔이 너무 많고 너무 빽빽한 것이 사실은 치아에 무익하다, 꼭 기억하거라! 영양에 주의해야 하는데, 매끼 다 어육을 먹으라는 것이 아니고, 골고루 먹으라는 거다. 콩으로 만든 음식은 인체에 아주 유익하고 가격도 저렴하다. 더욱이 잊어서는 안 될 것은 목욕인데, 아버지가 없어서 너희들을 목욕탕에 데려갈 수가 없지만, 내가 항상 너희들에게 바라기는, 하루에 반드시 한 번씩 목욕을 해라, 가장 좋기는 두 번이지만, 그리고 또 밭장다리와 팔자걸음에 관한 일은……

너희 엄마하고 외할머니, 이모에게 대신 안부 전하거라. 그들이 새해를 맞아 즐겁고 모든 일이 뜻과 같이 되고 몸 건강하기를 빈다, Happy New Year!

편지를 다 읽고서, 징이는 화를 터뜨리며 욕설을 퍼부었다. 징전은 웃으면서 머리를 흔들었다. 이게 뭐야? 이게 뭐야? 쟝자오씨가 딸을 달랬다. 화내지 마라, 그 사람 죽은 셈 치럼, 그때 죽긴 죽었었잖아?

속집(續集)

제1장

　유럽 방문 마지막 날 오전, 니자오 일행은 M시 소재 한 대학의 동양연구센터를 방문했다. 동양연구센터의 여성 주임은 유럽인의 눈에는 자그맣고 귀여워 보일 형에 속했는데, 큰 눈이 아주 초롱초롱했다. 그녀는 자신이 주로 일본어와 일본의 역사, 문화를 연구했다고 말했다. 그녀의 중국어는 발음이 엉망이었다. 그녀는 자기가 중국에 몹시 흥미를 느끼고 있으며 지금 한 학교에게 태극권을 매주 두 번, 한 번에 45분씩 배운다고 했다. 그녀는 또 중국 요리에 관한 책을 샀는데 벌써 몇 가지 중국 음식을 만들 줄 알았다.
　위대한 중화 문명이로다! 어디를 가도 중국 '쿵푸(功夫)'[무술]와 요리에 대한 칭송을 들을 수 있으니!
　그녀의 사무실은 소나무 향기가 가득했다. 의자나 탁자는 모두 자연(인조 자연?)의 나무 무늬를 내보였고, 장식장에는 인도, 일본, 말레이시아와 중국의 골동품의 복제품이 놓여 있었다.
　자기소개에 의하면, 그녀는 네 아이와 남편이 있는데 매일 퇴근하면 손수 집안일을 처리하고 남편과 아이들을 돌봤다. 그래서 사람들은 그녀를 wonderful woman—놀라운 여자라고 불렀다.
　그녀의 말에 의하면, 서구에서는, 서구뿐만 아니겠지만, 혼인 제도와 가족 제도가 엄중한 도전을 받아 해체되는 과정에 있는 것 같고, 그래서 일종의 반동적 힘과 사조가 격발되었으며, 그렇기 때문에 그들은 동양의 가족 윤리에 대한 가치관을 찬성하고 동경했다.

니자오 일행인 한 중국 학자가 기쁜 빛을 띠면서, 이 점이 중요하다, 돌아가면 반드시 그런 상황을 중국 인민들에게 알리겠다고 얼른 말했다.

자그맣고 귀여운 주임의 눈썹이 아주 섬세하게 깜박거렸다.

그때 소피소원(酥皮小圓) 과자가 한 접시 나왔다. 이것은 그녀가 『중국 요리 수첩』의 소개에 따라 친히 재료를 골라 만들어낸 것이라고 주임은 말했다. 니자오 일행이 분분히 맛을 보니, 향긋하고 파삭파삭하고 달콤하고 짭짤한 게 맛이 좋았다. 속은 분홍색인데, 크림과 딸기 잼을 넣은 것 같았다. 실로 중서합벽(中西合璧)의 과자였다. 여성 주임이 흥미진진하게 물었다. 그럴 듯해요? 중국 맛이 나나요? 모두들 분분히 칭찬하며, 요리 방면의 중서 문화 교류가 장애는 가장 적고 성과는 가장 현저하다고들 했다.

그리고 중국 문화와 중국 역사 이야기가 나왔다. 여성 주임이 말했다, 중국의 문화는 놀라운 문화고, 중국의 역사는 놀라운 역사고, 중국의 생명력은 놀라운 생명력이고, 중국의 지식인은 놀라운 지식인이다. 그녀는 말했다, 이 문화의 발생, 형성, 발전과 오늘에 이르도록 존재한다는 사실 자체가 역사의 기적이고 인류의 기적이다……

그렇지만 최근 100년 동안 우리는 많이 뒤떨어졌다. 한 중국 동지가 끼어들었다.

당신 말은 경제적 측면과 과학 기술 방면을 가리키는 것일 게다. 여성 주임이 말했다. 물론 그것도 중대한 문제지만 문제의 전부는 아니다. 여기서는 갈수록 많은 사람들이 과학 기술과 공업 생산의 발전이 대단히 부정적인 결과를 가져왔다고 생각한다. 이 발달은 마이너스가 플러스보다 더 많다고 생각하는 사람도 있다. 사람들은 갈수록 자연을 보호하고 인간관계를 조정하는 데 주력하는 오래된 문화에 마음이 쏠린다. 당신네의 유구한 역사에 대면 100년은 순간일 뿐이다. 틀림없이 당신네는 따라잡을 수 있고 당신들에게 유용한 일체의 것들을 흡수해서 개조할 수 있다. 예를 들면 인도의 불교가 그렇다. 마르크스도 그렇다. 러시아 혁명도 그렇다. 놀라운 것은 흡수하고 적응시켜 자신의 것으로 개조해내는 당신네의 능력이다. 서구도 할리우드, 코카콜라, 마천루, 인스턴트 식품, 로큰롤 등 미국의 막강한 영향에 직면했다. 여기에는 모순과 갈등이 가득하다. 우리도 마찬가지로 자신의 문화 전통과 문화적 개성을 지켜야 한다.

더욱이 내게 경이로운 것은 당신네 지식인이라고, 여성 주임이 화제를 바꿨다. 지난 1년 동안 나는 중국에서 온 각 방면의 전문가와 학자들을 적잖이 접대했다. 그들 중 다수가 10년의 문화대혁명 기간과 그 이전에 숱한 공격과 박해를 받았다. 내 생각에, 우리네 지식인이 그렇게 많은 불공정하고 무서운 일을 겪는다면 대부분이 살지 못할 거다. 자살하지 않으면 미칠 거다. 미치지는 않더라도 앞으로 소극적 퇴폐적이고 비관적 염세적인 사람으로 변해버릴 거다. 어떤 사람들은 편안히 살면서도 염세적이고 자살하지 않는가. 그러나 중국의 지식인은 다르다. 당신네 처지는 얼마 전에야 겨우 좀 개선되었는데, 벌써 당신네는 조금도 원망하지 않고 국가의 건설 발전 사업에 투신했다. 당신들과 친히 접촉하지 못했더라면 나도 당신네의 낙관과 신념이 강압받아 마음과 달리 지어낸 모습이라고 의심했을 것이다. 그러나 당신네의 낙관과 신념이 진실이라는 걸 나는 이제 안다. 당신네 낙관주의의 원천이 어디에 있는지 내게 말해줄 수 있는가?

그것은 연원이 오랜 일종의 애국주의다.

사회 진보에 관한 이상에서 나오는 거다. 우리는 이상주의자다. 사회주의의 이상은, 세계에 대해, 여전히 흡인력이 가장 크다.

중화민족 특유의 끈기, 인내, 견인불발의 정신이다. 와신상담, 10년 노력, 10년 교훈의 의지와 역량이다.

사람들의 말은 대동소이했다. 니자오는 아무 말도 하지 않았지만, 이 문제에 대해 나름대로 생각이 들었다. 이상했다. 국내에서 그는 이미 온갖 울분을 터뜨리는 말과 불평을 들었으며, 외국의 달이 중국의 달보다 더 둥글다는 식의 농담 반 진담 반의 괴상한 말들을 수없이 들었다. 그런데 오히려 조국을 만 킬로 이상 떠난 뒤에, 보다 차분하게 보다 거시적으로 관찰하고 사고할 수 있고 다른 나라를 참조할 수 있게 된 때에, 그 자신도 경이로워하지 않을 수 없는 것이었다─중국의 존재, 중국의 변화, 중국의 역량은 확실히 놀라웠다.

그러나 이것은 안경을 낀 놀라운 여성 주임에게 이해시키기 어려운 것이었다. 자신의 아이들에게도 이해시키기 어려웠다. 그들과 그들 바로 윗대는 어떤 출발점에서 살았던가. 그들은 이미 얼마나 기나긴 길을 걸어왔는가. 힘들고, 놀랍고, 선택의 여지 없는 길을.

"중국은 신비로우면서도 친근해요." 여성 주임이 마지막으로 말하고, 일일이 악수하며 인사를 나눴다.

점심 식사 후에는 즉시 국제공항으로 달려갔다. 말이 방문이지 총총한 일별, 총총히 넘긴 한 페이지에 불과했다. 비행기표에 씌어진 시간은 오후 1시 45분 이륙이었다. 귀국하게 되자, 니자오는 이 여행 생활과 유럽에 대해 아쉬움도 없지 않았고 '드디어 돌아가게 되었다'는 해방감도 들었다. 기실 그들이 베이징을 떠난 지는 이제 13일이 되었다.

생각지 못했던 것은 자오웨이투가 굳이 특별히 H시에서 비행기를 타고 달려와 그를 전송한 것이었다. 자오웨이투의 얼굴은 그날보다 한결 가라앉아 있었다. 그는 베이징으로 가져가 국내의 자기 친척들에게 전해달라고 니자오에게 부탁할 작은 꾸러미를 가지고 있었다.

"그날 나랑 이야기해줘서 고맙소. 이젠 그렇게 괴롭지는 않을 것 같소. 그렇지만 때론 여전히 모르겠소, 모를 것 같소, 왜 중국인이 된다는 게 이토록 힘들까요? 왜 중국의 혁명은, 중국의 진보는 이렇게 어려워야 하고 이렇게 참혹한 대가를 치러야 할까요? 대가를 좀 적게 치르면 안 될까요? 알다시피 제2차 세계 대전이 끝난 뒤로 여기 사람들은 대부분 전쟁 소리만 들어도, 혁명 소리만 들어도, 겁부터 내는데……"

스피커에서는 이미 이 비행기에 탈 손님들에게 지정된 체크인 카운터에서 탑승 수속을 하라고 요구하는 통고가 흘러나오고 있었다. 여자 아나운서의 음성은 능숙하면서도 부드러웠다.

동료가 니자오에게 수속하러 가자고 재촉했다. 니자오는 자오웨이투에게 겨우, "자네가 너무 젊은 게 아닐까? 나이만을 말하는 게 아니야"라고 말해줄 수 있을 뿐이었다.

그는 손을 흔들어 자오웨이투에게 작별하고 전송 나온 그 나라 관계자들에게 작별했다. 자오웨이투도 그를 향해 손을 흔들었다. 에스컬레이터에 오르자, 그는 자오웨이투에게서 점차 멀어졌다. 자오웨이투가 갑자기 생각난 듯, 소리쳤다. "스부인이요, 꼭……"

사람들 소리가 시끄러웠다. 니자오는 그게 아버지에게 안부 전하라는 것임을 입 모양으로 알아보았다.

물론이지. 물론 안부를 전해야지, 스푸강의 H시의 아파트를 이야기하고 스부인의 생활을 이야기하고 특히 그 정판교의 '난득호도(難

得糊塗)'를 이야기해야지. 그는 이국에서, 이곳에서, 끊어진 지 오래 인 필름을 이은 것 같았다. 그것은 본래 영원히 죽어버린, 영원히 잠든 과거사였다. 그는 그 과거사를, 삶과 사람보다 더 강한 그 원한과 잔인성을, 원한과 잔인성보다 더 침중한 그 권태와 공허를, 얼마나 즐거이 뛰어넘었고 매장했던가. 그는 갑자기 그것들의 흔적을 다시 만난 것인데, 그것은 슬펐다. 약간의 격동도 있었는지 모른다. 그러나 자오웨이투에게 어떻게 대답해야 할지 좀더 알 수 있을 것 같았다. 그의 유년 시대가 가르쳐준 삶을 고치기 위해서라면, 이 모든 대가도 아주 비싼 건 결코 아닐지 모른다.

그러나 베이징행 비행기에 타고서, 두터운 구름 위를 비행하고, 스튜어디스가 모든 승객들에게 가져다준 중국 출입국 관리소와 중국 세관 발행의 '입국 신청서'와 '세관 신청서'를 집어 들게 되자, 베이징에 가까워질수록, 1980년대의 중국 현실에 가까워질수록 그는 점점 무의미하게 느껴졌다. 그는 자기가 가졌던 격동과 슬픔이 부끄러워졌다.

물론, 하나의 이야깃거리는 될 것이다. 이야깃거리라 치자. 그렇지 않으면, 그가 아버지와 또 무슨 이야기를 할 수 있단 말인가?

그러나 이 이야깃거리조차도 이미 불필요해졌다. 니우청은 바야흐로 그의 생명의 막바지를 향해 걸어가고 있었다.

만 일흔 살이 된 니우청은 입원한 지 이미 닷새째였다. 음식을 먹지 않은 지는 이미 10여 일이 되었다. 열이 났고, 숨을 헐떡였고, 위장에 출혈이 있었다. 대변은 아스팔트처럼 검었다. 그는 불편하게 몸을 뒤틀며, 단지 니자오는 언제 귀국하지?라는 말만 되풀이했는데 최후의 도래를 이미 예감한 것 같았다.

'죽음'은 과거에 니우청이 이야기하기 좋아하던 주제였다. "육합의 바깥에, 존재하지만 논하지 않는다"라고 그는 때때로 말했다. 태양계, 지구, 인류는 모두 자기의 시한을 갖고 있다. 그러나 의심할 것도 없이, 이 태양계, 이 지구, 이 인류가 멸망함과 동시에 또다시 새로운 태양계, 새로운 지구, 새로운 인류가 탄생하고 형성된다. 그는 엥겔스가 『자연 변증법』에서 논술한 것을 원용했다. 이 얼마나 고상한 시각인가, 이 얼마나 사람을 초탈하게 만드는가, 라고 그는 찬사를 덧붙였다. 장생불사를 꿈꾸는 사람은 개인적 야심가일 수 있을 따름이었다. 나는 우주 만물에서 나와 우주 만물로 되돌아간다—마지막엔 하나의 '흙찐빵'이 된다. 그는 청년 시절부터 소나무, 잣나무가 늘 푸르게 우거진, 만물이 적막한 묘지에서 소요하기를 좋아하여, 항상 아이를 데리고 묘지를 산보했다. 그는 항상 묘비 하나하나를 묵묵히 바라보며, 죽은 자의 삶과 죽음의 번뇌와 비통을 상상했다. 그리고 그 모든 것의 최종적 해탈을.

병원은 병상이 없다고 했다. 그는 지도적 직무도 없고 고급 직명도 없으며, 사회적 지위도 없고 대표 인물도 아니니, 어느 면에서도 부족했다. 단지 집으로 돌아가 누워 먹지도 마시지도 못하고 피똥을 눌 수밖에 없었다.

니자오가 귀국한 뒤, 이리저리 부탁해서 간신히 병실로 비집고 들어가게 되었는데, 병실에 들어가기 전에 먼저 복도에서 7시간을 허비했다. 의사가 검진해보니, 그는 간헐적으로 호흡이 멎었고 내출혈이 있고 음식은 받지 않았고 온몸을 뒤틀며 고통스러워했다. 상태가 아주 위중했다. 어떻게 된 거요? 환자를 이 꼴로 만들어서야 병원으로 데려와?

니자오는 몹시 미안한 쓴웃음으로 답할 수밖에 없었다.

병이 심해지고서 입원한 건지 입원하고서 병이 중해진 건지, 분간이 안 됐다. 일단 입원을 하자—병상의 시트는 극히 더러웠지만. 임시로 침대를 늘인 탓에 침대가 입구에 바싹 붙어 있어, 문을 여닫을 때마다 환자에게 큰 지장을 주었다—모든 것이 즉각 정식으로 엄중해졌다. 매일 24시간 끊임없이 산소를 공급했다. 산소 탱크는 칠이 벗겨졌고 곳곳에 녹이 얼룩져서 불길한 유도탄 같았는데 병실문 밖에 놓아두었다. 병실이 너무 작았다. 일정한 습도를 유지하기 위해 산소는 먼저 물을 채운 병을 통과해야 했다. 병 속에는 미세한 기포가 간헐적으로 하나씩 나타나 힘없이 끓어오르고는 그뒤엔 잠잠한 상태로 돌아갔다. 그것은 니우청의 생명에 겨우 남은, 억지로 지탱되는 불안정한 생멸(生滅)이었다.

포도당과 생리 식염수를 맞았다. 만능의 링거병은 병상의 난간에 세워진 금속 지지대에 의지가지없이 걸렸는데, 그것의 만능은 병마와 사신(死神) 앞에서 그것이 무능하다는 표지 같았다. 지혈시키고 혈압을 조절하는 약제를 주사했는데, 혈압이 낮아졌을 때는 혈압을 올라가게 하고 반대일 때는 내려가게 했다. 그러자 더 이상 몸을 뒤틀지 않았다. 그는 눈을 감고, 애통하게 신음하듯 무거운 숨을 쉬었는데, 얼굴에 알 수 없는 가느다란 표정이 스쳐 지나갔다. 이런 처치를 한 뒤에, 매일 몇 숟갈의 전분을 삼킬 수 있게 되었다.

저 돌아왔어요, H시 스푸강네 집에 갔었어요. 스푸강은 없고, 스부인이 있데요. 안부를 묻더군요.

아, 아, 좋아, 고맙군. 스부인에게 고마워.

의사에게 물어봤는데, 문제가 심각하진 않다니까, 틀림없이 나을 거예요. 금세 나을걸요. 정성껏 치료할 테니까, 조급해하지 마시고······

아, 아, 좋아. 의사 선생, 고맙소, 고마워.

×××가 뵈러 왔습니다……

고맙소, ×××……

눈을 뜨지 않았다. 본래, 눈을 뜨는 건 니우청에게 벌써부터 의미를 잃은 터였다. 그가 시력을 잃은 지 이미 10년이 다 됐다. '5·7' 간부학교[62]에 도착하고서 오래지 않아 그의 심한 백내장과 녹내장 증세가 나타났다. 수술을 해야 했다. 현(縣) 병원은 아직 그런 수술을 한 적이 없었다. 그때는 맨발의사[63]가 의료계를 점령하고 있었다. 니우청은 갑자기 태도를 표시, 맨발의사라는 이 사회주의의 신생 사물을 결연히 열정적으로 지지한다고 선언했다. 그는 그의 한 쌍의 안구를 가지고 지지할 준비를 했다. 그의 이러한 열정적 지지는 심지어 그에게 개조 감독을 하고 대중 독재를 하던 '좌'파들까지도 입이 딱 벌어지게 했다. '공안 육조(公安六條)'의 규정에 따라 문화혁명에 참가하지 못한 니우청이 '좌'가 되어, 당당한 진정한 붉은 '좌'파를 아연실색하게 한 것이다. 그뒤로 그는 기본적으로 시력을 상실했다. 눈을 맨발의사에게 맡기지 않았으면 반드시 구할 수 있었다고 무슨 방법으로 입증할 수 있겠는가? 니우청은 맨발의사를 원망하고 그를 탓하는 경솔한 친구를 웅변으로 반박했다.

몇 년 뒤 오른쪽 발의 정강이뼈를 부러뜨렸다—본래부터 그의 정강이뼈는 지나치게 가늘었다. 그것 때문에 그는 어려서부터 매우 가슴 아파했다. 반년 뒤 그의 정강이뼈는 붙었지만, 두 다리의 근육이 수축되어버려 일어서려야 일어설 수가 없게 되었다……

입원하고 일주일 뒤, 그가 갑자기 천천히, 그러나 똑똑하게 말했

---

[62] 마오쩌둥의 5·7 지시에 따라 간부들의 노동 개조를 위해 1968년부터 설치된 재교육 기관.
[63] 농촌에서 한편으로 농사를 지으면서 한편으로 의료에 종사하는 사람.

다. "더 오래 끌 필요가 없겠지? 내가 젊었을 때, 어머니가 돌아가시면서 말씀하시길, 사람이 숨을 거두기도 쉽지 않다고 했지. 그 말이 지금 생각나는군."

잠시 후 그는 또 말했다. "저 방이 아직 비어 있구나."

그런 뒤 깊이 잠들었는데, 의학상으로 혼미라고 했다. 뇌연화라고 했다.

나흘이 더 지나고, 여러 번 응급 치료를 받았다. 마침내 때가 되자, 귀를 찌르는 벨소리가 울리고 모든 의사들이 달려오고 인공호흡을 하고 심장 마사지를 하고…… 차라리 의식 같았다. 모든 것이 불필요해졌다. 다들 마음을 놓았다.

이 몸집이 큰 사람이 죽을 때는 오그라들어 눈구멍, 양볼, 가슴과 배가 움푹 꺼졌다. 실을 다 토해내고 오그라든 누에의 번데기 같았다. 번데기의 풍만함마저 없었다.

그는 죽었다라고 니자오가 말했다. 그는 평생 영광을 추구했지만, 자신과 다른 사람들에게 치욕만 가져다주었다. 그는 평생 행복을 추구했지만, 자신과 다른 사람들에게 고통만 가져다주었다. 그는 평생 사랑을 추구했지만, 자신과 다른 사람들에게 미움만 가져다주었다.

징이는 니우청이 죽었다는 소식을 듣고서 그가 죽었으니 사회를 위해 해가 하나 준 거다, 라고 말했다. 나는 그를 증오한다. 죽어도 증오할 거다. 죽도록 증오할 거다. 노쇠한 징이였지만 그의 이야기가 나오자 여전히 얼굴이 시퍼래졌다.

니핑만은 혜안이 있어서, 징이가 그렇게 말하는 것이 사실은 반대로, 니우청에 대한 감정이 남아 있다는 뜻이라고 생각했다.

니우청과 징이의 셋째 아이이며 니핑과 니자오의 누이동생인 니허(倪荷)는 죽을 때까지 자기 아버지를 만나지 않았다. 니자오는 아버지가 위독하다는 소식을 조심스럽게 니허에게 알렸었다. 그러나 끝내 만나지 않았다.

니우청은 실명한 뒤 10년 동안, 니허를 보고 싶어서 거의 미칠 지경이었다. 그는 니자오를 만나고서 몇 번이나 니허를 보고 싶다는 말을 꺼냈다. 니허의 음성을 듣고 니허의 손을 만져보고 싶을 뿐, 니허가 그를 아버지라고 부르지 않겠다 해도 괜찮다고 그는 말했다. 그는 외국의 한 명사의 어머니 이야기를 끌어댔다. 그 어머니는 눈이 멀었는데, 밤낮으로 아들을 그리워했고, 자기 아들을 만져보고 싶어했지만, 자기의 소원을 실현하지 못했다. 아들이 오히려 먼저 죽었던 것이다. 그녀는 유골이라도 괜찮으니 손으로 만지게 해달라고 했다…… 여기까지 말하고는 니우청은 흐느껴 울기 시작했다. 그런 뒤 그는 또, 이미 니자오에게 몇 번이나 이야기했는지도 모르는 파블로프의 개 이야기를 했다. 그는 분노하며 고발하는 말투로, 니허의 태도는 그에 대한 학대고 고의적 냉담이고 고문이고 피만 안 났지 살인이라고 말했다. 그의 울음과 날카로운 언사에 니자오는 동정이 갔지만, 동시에 화도 나고 혐오스럽기도 했다. 그런 식의 말을 니자오는, 해방 전부터 해방 후까지, 유년 시절부터 청년, 중년 시절까지, 몇십 년 동안 들어온 터였으니, 그것으로 충분했다! 멀리 갈 것도 없이, 해방 이후 30여 년 동안, 니자오가 열 몇 살밖에 되지 않던 때부터, 아들이 아버지에게 하소연하고 원망하고 도움을 청하는 게 아니라 반대로 아버지가 아들에게 하소연하고 원망하고 도움을 청하는 손을 뻗었다. 만날 때마다 니우청은 거의 언제나 자기의 불행, 자기의 치욕, 자기의 고통에 대해 이야기했다. 소년, 청년 시대에 그런 말을 듣는 일이 얼마나 견딜 수 없었으며 얼마나 열병을 앓는 것 같았는지에 생각이 미치면, 니자오는 치가 떨리는 걸 금할 수가 없었다. 세상에 이런 아버지가 있는가? 열다섯 살, 열여섯 살, 열일곱 살, 열여덟 살 아이에게 마구 신경질을 부리고 끊임없이 하소연하며 자기 영혼의 무거운 짐을 자기 아이에게 전가하고…… 그러나 아이는 오히려 자립한 뒤 생전 자기 일 때문에 아버지를 괴롭히지 않았다. 만약 삶이 니우청을 차갑게 대했다면, 니우청은 열 배 백 배 더 삶을 낭비하고 그르치고 배반하지 않았는가? 그가 도대체 가정을 위해, 국가를 위해, 사회를 위해, 다른 사람을 위해, 조금이라도 한 일이 뭐가 있는가? 이렇게 생각하다 보면 니자오는 전율할 수밖에 없었다.

　니허의 아버지와의 철저한 결렬은, 니자오가 그 자세한 것은 모르지만, 대략 이렇게 된 것이었다. 니핑과 니자오의 모범적 선도 아래, "새로운 사회의 인간과 인간의 모든 관계는 새롭고 착하고 아름답다"는 신념 아래, 1950년대 후기와 1960년대 초기, 소녀 니허는 대단히 우호적이고 감동적으로 아버지를 대했다. 해방 초기에 이미 아버지는 어머니와 이혼했고, 그녀는 물론 어머니를 따라갔으므로, 그녀의 기억 속에는 그런 아버지가 거의 있어본 적이 없었지만 말이다. 아버지를 대하는 니허의 태도는 여느 딸이 자기 생부를 대하는 것과 다름이 없었다. 그녀는 돼지머리고기를 사서 아버지에게 술안주로 갖다 드렸다. 담배 좀 줄이라고 권하기도 했다. 그녀는 아버지를 만나러 가기 위해 자전거로 1시간을 달렸다. 그러나 니허의 신경은 마침내 아버지의 잔소리와 불평을 견뎌내지 못했다. 아버지와 관계를 끊지 않는다면 아버지에게 붙잡힌 지푸라기 꼴이 될 것임을 그녀는 분명히 인식했다. 아버지는 평생 물에 빠진 채, 누구든지 잡히기만 하면 함께 빠져 죽으려고 할 것이 분명했다. 그녀는 나중에 화가 나는 그만큼 용서할 수 없었다. 그것은 니자오로서도 천만뜻밖이었다.

　그러나 마지막 1년 동안은 니우청은 니허 이야기를 꺼내지 않았다.

그는 이미 희망을 버린 것이었다. 아무 유언도 남기지 않았고, "금세 나을 거예요"라는 말에 대한 의심을 표하지도 않았지만 그는 일어나지 못하리란 걸 안 것 같았다. 최후의 시각에 모든 사람들, 모든 일들에 대한 그의 반응은 "고맙소"라는 것뿐이었다. 그는 마침내 더 이상 사람을 욕하지 않고 더 이상 끊임없이 하소연하지 않고 더 이상 불평하지 않게 되었다.

이런 사람에게는 죽음이 정말로 일종의 위안이고 해탈이란 말인가?

그리고 실제로, 그가 죽은 뒤 그의 친척들은 좀더 편하게, 좀더 단순하게, 좀더 쉽게 살 수 있게 되었다. 한 친척이 그가 죽은 뒤 목을 놓아 통곡했는데, 이 사람이 그를 위해 소리 내어 울어준 유일한 사람이었다. 그녀는 울면서 말했다. 이제 그의 좋은 점이 생각나요. 사실이 그랬다. 오직 그가 죽은 뒤에야 비로소 사람들은 좋은 점이 생각났다. 그의 '소속 단위(單位)'의 관련 지도원도 마침내 그의 죽음으로 인해 한숨을 놓았다. 먼저는 공작 인원이었다가 뒤엔 퇴직 인원이 되고 죽음에 임한 마지막 몇 달간은 '정책 실행'에 따라 '역사적 반혁명'으로부터 '퇴직 노(老)동지'로 변한 인사가 있다는 것은 확실히 그 단위의 '불운'이었다. 마지막으로, 영안실의, 시체를 안치하는 냉장고 옆 컨베이어에서 니우청의 유체와의 고별식이 거행되었다. 고별은 냉담하고 무관심했다. 모두들 이 절차들이 빨리 끝나기를 희망할 따름이었다.

조금이나마 생기를 가져올 수 있었던 것은, 화장터에서 시체를 수습하러 온 젊은 형제들이었다. 가족들이 '규칙'에 따라 그들에게 담배와 백주(白酒)를 바치자 그들은 희희낙락했는데, 득도자의 초탈한 득의양양함이 있었다. 가족들이 애걸을 했지만, 아직 녹지 않고 꽁꽁 얼어붙어 있는 시체가 수송 도중에 영구차에서 마구 덜컹거리는 것을 방지할 수는 없었다. 시체는 직접 화로 앞으로 옮겨졌다. 그곳은 몹시 비참한 생리사별의 관문이었다. 멀리 떨어졌는데도, 거기서 전해져오는 이런저런 죽은 자의 가족들의 미친 듯한, 사람의 간과 폐를 찢는 통곡 소리가 들리기 시작했다. 대성통곡하는 사람들 몇이 비통하게 울면서 막무가내로 화로를 향해 달려가려 하는 아낙을 붙잡고 있었다. 그 울음은 죽은 자를 위한 것이라기보다는 자기 자신을 위한 것이었다. 사람의 한평생, 사람의 한평생, 울음소리로 시작해서 통곡 소리로 끝나는 운명을 누가 벗어날 수 있는가? 자기의 일생을 돌아볼 때 누군들 한바탕 통곡하지 않을 수 있겠는가?

　니우청의 장례 행렬은 유례 없이 조용했다. 모범적이라 할 만큼 조용했다. 눈물도 없었다. 오열도 없었다. 물론 통곡은 더더욱 없었다.

　다른 사람을—누군가를 자기의 죽음으로 인해 진정 가슴 아프게 만들지 않았다는 것, 이것이 아마 니우청이 일생 중에 실제로 한 유일한 좋은 일일 것이다.

　그런 뒤 수속을 하고 값이 저렴한 편인 납골 항아리를 주문했다. 이렇게 하여 영원히 끝났다.

　한 가지 작은 일이 더 있는데, 죽은 자가 죽을 때까지 자기 손목시계를 풀지 않았다는 것이다.

제2장

　니자오뿐만이 아니라 심지어 징이까지도 1949년의 중국혁명의 승리가 일체의 옛날의 고통을 묻어버리리라고 믿었다. 1945년, 침략자 일본이 무조건 항복을 선언했다. 해변 도시에서 교장을 하고 있던 니우청은 오래지 않아 그곳에 진주한 해군 기지의 미국인과 친구가 되었다. 한 번은 한 미국인과 함께 그곳의 해수욕장으로 헤엄치러 갔었는데, 그 미국인이 흉악한 황해 상어에게 그만 한쪽 다리를 잘리는 것을 친히 목격했다. 그 미국인은 출혈 과다로 결국 죽었다. 이 무렵, 항일전쟁의 승리로 애국심이 크게 격발된 소년 니자오는 '국군'의 도래를 열광적으로 환영했다.

　니우청은 나중에 그의 교장 자리를 잃고 실업자의 신분으로 베이핑 — 다시 베이핑으로 개명되었다 — 에 돌아와 '집'으로 돌아갔는데, 더부살이하는 손님 같았고 몸속의 이물질 같았다. 그때 승리를 환호하고 '국군'을 환영하던 니자오의 열정은 이미 현실에 의해 산산이 부서져 있었다. 도처에 탐오가 횡행하고 물가는 폭등하고 부패와 타락이 산적했다. 사람들의 처지는 일본 괴뢰의 지배 아래에서보다 얼마간 개선되었다고 하기가 어려웠다. 아버지의 귀가와 실업은 이 마비된, 겨우겨우 살아가는 가족에게 분쟁과 싸움의 잠복이라는 커다란 위험을 가져왔다. 그러나 필경 니핑과 니자오에게는, 주로 니자오에게였지만, 모종의 위안을 가져왔다. 니핑은 열세 살이었는데, 벌써 어디를 가든지 간에 아버지와 함께 외출하기를 거절했다. 이 고집에 니우청은 불같이 화를 냈는데, 이해할 수가 없어 단지 니핑이 대범하지 못하고 겁이 많다고 생각했다. 그는 흥분해서 말했다. 내가 가장 싫어하는 게 걸핏하면 '아니요'라는 사람이야. 여자아이라면 치장도 해야 하고, 생활도 해야 하고, 자기의 제일 좋은 옷을 입고 싶어도 해야 하고, 당당하고 대범해야지, 좀스럽고 주눅들고 부끄럼이나 타서는…… 이번에 니우청의 '내가 싫어하는' 운운은 징이의 반박과 비난을 필요로 하지 않았다. 니핑이 그의 말이 끝나기도 전에 "허튼 소리!"라고 대답하고 또 "싫어요!"라고 덧붙였기 때문이다. 니핑은 몸을 돌려 가버렸는데, 근본적으로 그런 아버지의 존재를 인정하지 않는 것이어서 무슨 권위가 있고 없고는 더 말할 필요도 없었다. 니우청이 끝내 추궁한다면, 딸은 얼굴을 돌려 차갑게 아버지를 바라보며 말 붙일 여지도 없는 진지한 어조로, "밖에서 충분히 먹고 마시고 놀았잖아요? 먹을 밥이 없다구요? 그래서 돌아왔군요. 또 여자를 하나 얻었다면서요?"라고 말할 판이었다.

　니자오만이 항상 외국어가 섞여 있는 니우청의 허황한 이야기에 대해 약간의 흥미를 남겨놓고 있었다. 니우청이 니자오를 데리고 다래끼를 치료하러 간 적이 있었는데, 광명안과의원에 간 것은 아니었다. 니우청은 니자오를 데리고 식당에도 갔다. 두공(杜公)이 사는 것이었다. 식당에서 식사를 대접받으며 니우청은 노련하고 친절하고 예의발랐다. 자리를 고르는 데서부터 차림표를 보고 웨이터에게 뭔가 주문하기까지, 그는 법도에 꼭 맞게 처리했다. 그러면서 그의 기분과 얼굴빛은 더욱 근사해졌다. 그는 분명한 즐거운 임금님이었다.

나중에 니자오는 아버지에게 대놓고, 좋은 식사 한 끼면 세계관도 바꿀 수 있겠군요라고 말했다. 니우청은 하하 웃으며 고개를 끄덕여 시인하고, 그건 유물론에 맞는 거라고 말했다.

니우청은 아들과 짝을 지어 몇 번인가 목욕을 갔었다. 그 목욕탕의 오래된 종업원이 고마웠다. 그는 몇 년이 지났는데도, 목욕하기 좋아하던 니우청을 잊지 않았다. 니선생님, 안녕하세요? 부자 되세요! 샹피엔(香片)으로 할까요? 아니면 역시 우린 가오모(高末)인가요?

정식 직업을 찾지 못하고 곤경에 빠진 니우청은 1946년 봄에 갑자기, 해방구로 가 공산당에 투신하기로 결정했다. 그 얼마 전에 그는 과거의 한 스승과 한 제자의 편지를 받았는데, 그들은 그때 모두 해방구에 있었다. 그뒤 그는 또 베이핑 군사조정집행부의 공산당 공작요원과 관계를 가졌다. 가 보겠어라고 그는 말했다. 그들이 착취에 반대하고 봉건에 반대하는 데 난 찬성이야. 그들이 지주와 투쟁하는 것도 난 찬성이야. 난 지주 가정 출신이지만, 지주에 대한 투쟁은 아무리 잔혹해도 지나치지 않는다고 생각해. 특히 지주의 여자들, 그것들을 잔인하게 징치해야 해. 당시의 국민당 통치구에는 토지 개혁에 관한 온갖 유언비어가 퍼져 있었다. 가장 끔찍한 종류는 농민이 지주 여자와 투쟁할 때 고양이를 지주 여자의 바짓가랑이에 잡아 넣는다는 것이었다. 니우청은 그 이야기를 듣고는 흥분하며, 지주 여자들은 당연히 그런 방법으로 해치워야 한다고 말하고 손뼉을 치며 즐거워했다. 중국이라는 나라는 이렇게 하지 않고서는 조금도 뒤집을 수가 없어. 모두 다 노동한다는 데야, 늙은이는 늙은 만큼 어린이는 어린 만큼 말야, 난 더더욱 찬성이야……

삶이 이미 이 지경으로 부패했고 이 지경으로 고통스러웠다. 완전히 다른 종류의 사람들, 즉 착취자들의 잔당, 종전대로, 가만히 앉아서 멸망을 기다리는 일체의 삶을 달가워하지 않는, 역사의 틈바구니에 낀 잉여 인간들까지도, 진심으로 폭풍우를 바라고 있었고, 지진이 일어나고, 하늘이 무너지고 땅이 꺼지고, 화산이 폭발하고, 강물이 역류하기를 기원하고 있었다. 이 세상은 한번 뒤집히지 않으면 안 되었고, 대부분의 사람들이 그 점을 의식했다. 그리하여 니우청은 간다고 한 대로 갔다. 혁명하러 갔다. 그의 '혁명'은 오랫동안 습기에 젖은 채 침묵을 지켜온, 벌써부터 '고장' 났다고 생각되어온 폭탄의 폭발 같았다. 그 내막을 아는 사람은 입이 딱 벌어졌다.

진실로 급격하게 혁명한 것은 니자오였다. 그는 기갈 들린 듯 혁명의 이론과 실천을 흡수하고 수용했다. 그는 절대로, 그의 윗대처럼 그렇게 비열하게 살 수 없었다. 그는 빈틈없는 무시무시한 구생활의 암흑과 결사적으로 단절했다. 그는 전장, 형장, 감옥의 선혈을 완전히 믿었다. 그 선혈은 기사회생의 생명수였다. 그 선혈이 있어야만 중국의 그 많은 때를 씻어낼 수 있었다. 그 선혈은 돌이 되어버린 천만 노예들을 구할 것이다. 그는 스스로 자신의 소년의 뜨거운 피를 뿌릴 준비를 했다. 언제라도 좋았다. 혁명은 확실히 횃불이었고 등대였고 태양이었다. 혁명은 구동하는 가장 강력한 모터였다. 혁명이 있은 뒤 시대는 얼마나 달라질 것이며, 삶은 얼마나 달라질 것이며, 그 자신은 얼마나 달라질 것인가! 혁명이 없다면 죽는 게 나았다.

혁명의 정치적 열정은 그로 하여금 많은 사람들에 대한 인식과 태도를 바꾸게 했다. 1949년 베이핑이 해방되었을 때, 그의 눈에 비치는 아버지의 모습은 점차 커졌다. 거기에는 단 한 가지 이유만 있었다. 아버지는 1946년에 해방구로 갔으니 당연히 훌륭하고 위대한 것이었다. 그의 기억 속의 아버지의 모습은 그가 추구하고 동경하는 혁명과 거의 공통점이 없음이 분명했기 때문에, 니자오의 의식 깊은 곳에서는 곤혹스러운 바가 없지 않았지만 말이다. 많은 세월이 지난 뒤, 니자오의 많은 유치한 환상과 황금새와 생명수에 관한 그의 유년의 환상이 다 함께 파괴된 뒤, 그는 비로소 알게 되었다. 혁명은 결코 신화 속의 생명수가 아니고, 결코 일거에 모든 것을 바꿀 수는 없으며, 일거에 인형의 변신을 새롭게 배열할 수는 없는 것이었다. 혁명이 위대하지 못해서가 아니라, 혁명의 길은 그토록 진실하고 곡절이 많고 기나긴 것이기 때문이다. 설사 혁명이란 것이 사람들이 희망하는 것처럼, 사람들이 응낙하는 것처럼 그렇게 이상적일 수 없다고 비판한다 해도, 혁명을 하지 않아도 된다는 것은 아니지 않은가?

혁명 이후의 니자오는 금세, 외할머니 쟝자오씨와 이모 조우쟝씨 — 징전 — 쟝취에즈는 추악하고 몰락했으며 멸망의 운명이라고 단정했다. 그녀들은 지주였기 때문이다. 그녀들에게는 현실적으로 반혁명을 할 능력이 없을 것이었다. 그러나 니자오는 국가 전체, 민족 전체, 사회 전체가 신생을 획득 — 기사회생하는 이때에, 이 두 불쌍한 벌레가 그녀들이 속한 계급과 함께 파괴되고 소멸되어 무덤 속으로 묻히도록 간절히 돕고 싶었다. 그녀들의 멸망이 운명이라면, 좀더 일찍 좀더 빨리 멸망시키자! 그녀들의 일생은 구사회의 무수한 죄악들 중 한 종류의 대표가 아닌가? 기실 혁명이 아니더라도, 그녀들 자신의 부패가 그녀들에게 가장 수치스러운 결말을 가져다주게 되어 있었다. 더욱더 추악하고 무서울지도 몰랐다. 그녀들의 희망 없음과 니자오 세대의 무한한 광명, 무한한 희망은 선명한 대비를 이루지 않는가? 니핑도 용솟음치며 전진하는 혁명의 큰 흐름에 말려 들어가지 않았는가?

1949년, 니우청은 승리자의 모습으로 베이핑으로 돌아왔다. 그는 일률적으로 지급된 회색 간부복을 입고 있었다. 그는 '중급' 대우의 배급을 받고 있었다. 그의 신분은 당시 대단히 유행하던 단기 훈련반 성격의 '혁명대학'의 연구원이었다. 그러나 그의 혁명성은 금세 니자오의 고뇌 어린 회의를 받았다. 왜냐하면 첫째, 그는 해방구로 가서 승리했지만 공산당원은 아니었다. 둘째, 오래지 않아 그는 혁명대학을 떠나 조금도 혁명적이지 않은 사립대학의 초빙에 응해 강사가 되었다.

1950년, 완전히 니자오의 노력과 중재 아래 니우청과 쟝징이의 합의 이혼이 이루어졌다. 이것만으로도 니자오는 혁명을 평생토록 칭송하고 싶었다. 혁명이 없었다면 이 불행하고 무서운 혼인의 정상적 종결은 절대로 생각지 못했을 것이다. 1949년, 니자오는 혁명이 그의 부모를 화해시킬 수 있으리라고 생각했었는데, 보아하니 혁명에는 아직 그런 무소불능의 힘은 없는 것 같았고, 그 점이 유감이었다. 그러나 아버지가 그에게 이혼 이야기를 꺼냈을 때 그는 아버지를 지지했다. 참신한 사회는 장차 참신하고 우애롭고 문명화된 인간과 인간의 관계를 건립할 것이라고 그는 굳게 믿었는데, 부모의 정상적이고 문명화된 이혼은 그 참신한 관계의 일부였다.

정식으로 이혼 수속을 처리하기 전에 니우청의 절박한 요구이자 구체적 안배는 먼저 징이와 아이들과 함께 사진을 찍고 그 다음에 징이와 사진을 찍는 것이었다. 사진 찍을 때 그는 정말로 친절하고 부드러웠다. 세상에 이런 결혼 사진은 봤어도 이런 '이혼 사진'은 본 적이 없다. 이 두 장의 사진에서 니우청의 모습은 자애로운 아버지, 어진 남편, 지극히 인자하고 지극히 자애로운 하나의 예수였다. 그는 팔을 뻗어 처와 자식들을 얼싸안았는데 두 눈에 눈물을 머금은 게 꼭 이 행복한 가정의 상실을 두려워하는 것 같았다. 사진 찍는 과정은 심지어 징이를 착각—그가 이혼할 생각을 바꾸었나?—하게까지 했다. 사실을 말하자면, 징이는 여전히 이혼을 원하지 않았던 것이다.

이혼증을 받은 뒤, 거리의 사무소를 나와 골목을 걸으면서, 니우청은 몹시 울었다. 미안해, 미안해! 그는 거듭 되풀이했다. 목소리는 흐느꼈고, 목울대는 꿀렁거렸는데, 울면서 말하자니 어조가 완전히 바뀌었다. 그 광포하고 오만하며 징이를 초개같이 보던 니우청이 이제 근심 많고 감정 풍부하며 선량하고 연약한 니우청으로 대체되어 있었다. 그 결과 오히려 징이가 훨씬 냉정해져서, 새로운 명사를 사용, 힘껏 니우청을 위로(?)했다. 지난 일은 지나가게 합시다. 우리를 그런 구사회에 살게 한 게 누군지⋯⋯ 앞으로 전도가 양양하고 행복하게 살기를 빌겠어요.

그 다음은 니우청의 두번째 결혼이었다. 결혼한 지 일주일 만에 그들은 크게 싸웠다⋯⋯ 싸움의 정도는 징이와의 싸움보다 부드러웠다고 말하기 어려웠다. 새 아내는 한사코 니우청이 그녀를 속였다고 했다. 뭐가 교수고 뭐가 노혁명가고 뭐가 지난번 혼인을 깨끗이 종결지은 건가⋯⋯ 원래 니우청은 이 정도로 위대한 사람이었다. 신혼 후 사흘 만에 징이와 아이들과의 이혼 사진을 꺼내 새 아내에게 보여주면서 자신의 선량한 휴머니즘을 토로했으니⋯⋯

그 사립대학에서의 근무는 그가 해방 후의 대학에서 강의를 할 능력이 없음을 증명했다. 그에겐 자기 관점, 자기 재료, 자기 지식, 자기 논리라곤 과거에도 없었고 지금도 없었다. 그는 애당초 자기의 기본 도서와 참고 도서조차도 없었다. 그런데 그는 또 기지와 눈곱만큼의 창견은 있어서 기성의 철학 모델과 교과서는 받아들일 줄 몰랐고 또 그러려고 하지도 않았다. 그의 강의는 언제나 앞말이 뒷말에 이어지지 않고, 논점을 못 잡고, 중심을 못 잡고, 맥락과 논리를 못 잡아서, 학생들은 들어도 무슨 말인지 알 수가 없었다. 비록 학생들을 대하는 그의 태도는 아주 좋았고, 강의실 안팎을 불문하고, 마르크스 레닌 이론과 혁명 이론에 대한 충심에서 우러난 찬미의 열정을 토로하고 표시했지만 말이다.

대학 개혁을 하고 나니 그는 가르칠 과목이 없는 대학 강사로 변해버렸다. 연구를 한다고는 하나 그는 마음을 가라앉히지 못했고 깊이 파고들지 못했다. 노처녀가 사랑을 흠모하듯 그는 왕성하고 풍부한 사회생활과 물질생활을 흠모했다. 그의 취미는 두 가지였다. 하나는 외식이고 또 하나는 수영이었다. 소련 전람관의 모스크바 식당이 개업하고 얼마 안 되었을 때, 러시아식 식사를 한 끼 먹기 위해, 그는 마오타이주(茅台酒) 한 병을 가슴에 품고 자전거로 10킬로미터를 달려 찬바람 속에 움츠린 채 두 시간을 기다렸다. 그 꼴은 차라리 거지 같았다.

여름이 되면 그는 수영광으로 변했다. 해방 후 많은 수영장이 생겨났는데, 마오쩌둥 주석도 몸소 수영을 제창했다. 니우청의 취미는 목욕에서 수영으로 발전하여 시대적 진보를 나타냈다. 그는 매일 두서너 시간을 들여 수영을 했다. 그의 수영하는 자세는 좋지 않았고 속도는 느렸으나 퍽 노련하고 유연했다. 물에 한번 들어갔다 하면 두세 시간도 좋고 몇 킬로미터도 좋이 계속 헤엄치며 뭍에 오르지 않았다. 여름만 되면 그는 한 마리 말라빠진 새까만 뱀장어가 되었다.

마흔다섯 살이 넘어 그는 다이빙을 배우기 시작했다. 그는 비틀거리며 3미터 높이의 다이빙대로 올라가 수영장의 수면을 내려다보고 섰다 하면 5분이었다. 그의 뒤에서 줄을 지어 다이빙을 기다리는 개구쟁이 소년들이 기다리다 지쳐서 비웃고 욕하기 시작했다. 빨리요, 겁내지 말아요! 영감님이 무슨 고생이람, 허리를 삐면 장난이 아니라구요. 아니, 저 할아버지 아직도 준비 운동하네!

그가 마침내 100퍼센트 수평으로 박차며 다이빙대를 떠났다. 철퍼덕 하는 소리를 내며 그야말로 물 위에 떨어져 물이 사방으로 튀고 온몸이 붉어졌다. 사방에서 웃음이 터졌다.

그건 대체 다이빙인가, 자살인가?

수영한 뒤, 주머니에 맥주 두 잔에 튀김 한 접시가 아니라 마파두부 한 접시만이라도 살 돈이 남았으면 그의 기분은 신속히 고조될 것이었다. 이제 마흔 몇 살인데, 내 잠재력의 95퍼센트를 아직 발휘 못했다. 지금 사업을 해도 결코 늦지 않아. 나는 헤겔, 노자, 손중산, 왕국유 그리고 루쉰을 연구할 준비를 하고 있다. 마오쩌둥 동지의 천재적 사상으로 동서고금의 모든 철인들의 사상적 유산을 총결 소화할 거야. 그리고 봉건 계급, 부르주아 계급을 비판하겠어. 번역도 할 수 있고, 저술도 할 수 있고, 그리고 또…… 자질이 아주 둔한 자들도 많이들 책을 짓고 학설을 세우고 있잖니? 그건 사업일 뿐만 아니라 좋은 생산이기도 하다. 스스로 손을 써서 의식(衣食)을 충족한다는 거지. 저술이랑 번역을 발표하면 만만찮은 수입이 있을 거란 말야. 원고료 수입이 생기면 너희들에게 새 자전거를 하나씩 사주마……

니자오는 여러 번 아버지가 자신의 잠재력에 대해 평가하는 것을 진정으로 믿었다. 한 사람이 자신의 잠재력이 발휘되지 못하기 때문에 고통스러워하는 것을 지켜보니, 영화 「쉬츄잉(徐秋影) 사건」의 쉬츄잉이 "나는 불행한 씨앗이오, 영원히 싹을 틔우지 못하는 고통을 받고 있소"라고 말하는 것처럼, 그 자체가 사람을 발을 구르며 가슴 아파하게 할 만했다. 니자오는 격정적으로 온갖 아름다운 신사회의 언어를 사용, 아버지를 격려하고 위로했다. 진취적이 되어라, 힘들여 분투해라, 시간을 아껴라, 개인적 이해를 따지지 말아라, 득실에 너무 신경 쓰지 말아라. 근시안적인 개인주의와 과장된 개인적 영웅주의를 극복해라. 목표를 시종여일하게 해라, 각고해서 노동해라, 땀 흘리는 만큼 성과를 거둔다, 천재는 곧 노력이다, 과학에는 평탄한 대로란 없다……

그렇지만 난 성인(聖人)이 아니야. 너한테 벌써 말했잖냐, 두 개의 큰 문제가 나를 억압하고 내 잠재력의 발휘를 방해한다고. 첫째, 내 결혼과 가정. 둘째, 나의 사회적 지위. 벌써 불혹의 나이가 지났는데, 나는 존경도 이해도 못 받고 있어.

니자오는 화를 냈고, 아버지와 논쟁하기 시작했다. 장래가 있는 사람이 이럴 수 있어요? 내인은 변화의 근거고 외인은 변화의 조건이라고 마오주석이 말씀하셨는데, 어째서 아버진 한사코 끝없이 객관을 강조하세요? 안데르센의 동화 본 적 있으세요? 무덤마다 묘비가 있대요. 묘비에는, 여기 한 위대한 시인이 묻혀 있다, 허나 그는 시를 한 줄도 쓰지 못했다라고 되어 있는 거예요. 또 있어요. 여기 위대한 장군이 묻혀 있다, 허나 그는 군대를 지휘할 기회를 얻지 못했다. 여기에 한 발명가가 묻혀 있다, 허나 모든 발명의 아이디어는 그 자신의 머릿속에만 존재했다……

니우청도 비분강개했다. 「아큐정전」이라는 소설에서 지위가 제일 낮은 사람은 계집 중이야. 샤오디(小D)조차 때리지 못하는 아큐가 계집 중의 대머리는 만질 수 있었고, 계집 중은 울면서 "죽일 놈의 아큐"라고 욕할 수밖에 없었거든. 그런데 나는 말이다, 지금의 내 지위는 계집 중만도 못해. 나는 계집 중 다음이야. 샤오디와 왕털보에게 지고 자오(趙) 나으리를 보면 벌벌 떠는 아큐들이 내 머리는 제멋대로 만지거든. 나는 말야, "죽일 놈"이라고 욕도 못해. 무슨 말이냐 하면, 내 주위에 자질도 없고 실력도 없고 혁명적 진실성도 없는 아큐들. 그들이 내 머리는 만져도 된다고 본단 말이야. 그들은 나를 낙후분자라 하고 얌체라 하고 보따리라고 해. 심지어는 내가 아무 일도 않고 오로지 수영만 한다고 비판하기까지 해…… 이러다간, 사표를 내고 조개탄 풍로나 만지며 가정주부가 될 판이야. 아니지, 나는 '부'가 아니지, 나는 가정주 '남'이지.

이런 논쟁은 니자오를 숨 막히게 했다. 다행히 니자오는 즐거운 신생활을 즐거이 껴안았고, 그래서 '계집 중 다음'이니 '가정주남'이니 하는, 머리털을 쭈뼛하게 하는 특이한 말의 자극으로 오래 잠 못 이루거나 하지 않았다.

논쟁이 끝나갈 무렵이면, 니우청이 아들에게 작별을 하려 할 쯤이면(보통은 니우청이 아들을 찾아왔는데, 아들은 바쁘고 아버지는 한가했기 때문이다), 대체로 니우청은 기분을 전환할 줄 알았다. 나는 앞길에 대해 낙관한다라고 그는 말할 줄 알았다. 마르크스-레닌주의와 마오쩌둥 사상이 있으면 극복 못할 곤란이 없다. 이 온갖 곤란과 불평들은 필경은 일시적인 거다. 사회주의 건설과 사회주의 개조의 진전에 따라 이 모든 곤란은 다 구름처럼 흩어질 거다.

이 마지막의 태도 표시는 정말로 거짓인 것 같지 않았다. 한쪽은 구체적 처지에 대한 비할 데 없이 지독한 불평이었고, 한쪽은 수십 년을 하루같이 한결같은, 당에 대한, 마르크스-레닌주의에 대한, 마오쩌둥 사상에 대한 시종 여일한 칭송이었다. 이 두 가지가 아버지에게서 어떻게 통일되는지 니자오는 이해할 수가 없었다. 아버지가 거짓으로 칭송할 필요성과 가능성을 니자오는 조금도 찾을 수가 없었다. 거기엔 가식해야 할 아무런 동기가 없었으니까! 입당? 승진? 이익을 건지려고? 이 모든 계산은 니우청과 무관했다.

1954년, 니우청은 부르주아 실용주의를 비판하는 글을 쓰겠다고 선포했다. 니자오는 이에 대해 자못 회의적이었다. 아버지가 마르크스-레닌주의자였단 말인가? 정말로 웃기는 이야기였고 마르크스-레닌주의에 대한 조롱이었다. 2주일 뒤에 다 썼다. 큰 신문사에 부치고 다시 2주일 뒤에 신문사에서 교정쇄를 보내왔다. 니우청은 미친 듯이 기뻐했다. 만나는 사람마다 신문사에서 보낸 교정쇄를 꺼내 보이고, 만나는 사람마다 그의 글이 곧 모 신문에 발표될 거라고 선포했고, 만나는 사람마다 이것은 그의 사업의 일대 전기고 그의 인생의 한 중요한 전환점이라고 선포하고, 만나는 사람마다 원고료를 받으면 친구들에게 한턱내겠다고 초청을 했다. 그는 또, 동화거(同和居)가 좋을지 수화루(萃華樓)가 좋을지, 오리구이집이 좋을지 해물집이 좋을지 의견을 물었다. 계속해서 여러 날 동안, 걸음걸이가 가벼웠고 얼굴에 웃음이 넘쳤고 의연하고 당당했다…… 신선이라도 된 것 같았다.

재교까지 보고, 그의 글이 내일이나 모레 발표될 거라고 친구들에게나 아이들에게 수도 없이 통지한 뒤에 신문사에서 그 글이 필요없게 되었다고 통지가 왔다.

그는 얼굴이 잿빛이 되었고 거의 땅에 쓰러질 지경이었다. 그는 1시간 반 자전거를 타고 이미 독립해서 살며 일하는 니자오를 찾아왔는데, 말할 때 이가 닥닥 부딪쳤다. 이어서 그는 설사를 하기 시작했는데, 걷잡을 수가 없었다…… 그런 뒤 그는 신문사를 마구 욕했다. 신문사가 그를 갖고 놀았으며 그를 능욕했다고 했고, 신문사 사람이 그의 글의 논점을 표절했다고 했다. 일주일 뒤 그는 퍽 늙어버렸다.

1955년, 그는 숙반(肅反)운동에서 '적발'되었다. 죄명은 반민족과 국제 간첩 혐의였다. 후자가 가리키는 것은 스푸강 등 외국인과의 왕래였다. 비판투쟁을 받는 기간 동안 그는 얌전히 한마디도 원망의 말을 하지 않았다. 그는 항일전쟁 시기 내내, 그의 언행이 민족 반역자들과 거의 한패가 될 뻔했다고 시인했다. 피로써 항전한 노(老)동지 앞에서 그는 자기가 민족의 쓰레기임을 시인했다. 그는 '조국의 재판'을 받겠다는 뜻을 표명했다. 그 말을 할 때 그는 오른손으로 손짓을 하며 윗도리 두번째 단추를 잡아 뗐는데, 그 뜻은 그 자리에서 총알을 맞을 준비가 되어 있다는 것이었다.

한동안 비판투쟁이 있었지만 자초지종은 밝히지도 못한 채 곧 흐지부지되어버렸다. 운동이 끝나고 니우청의 문제는 일반적인 역사 문제에 속한다고 선포되었다. 그러나 니우청은 비분강개하며, 만나는 사람마다 사마천이 궁형을 받은 이야기를 했고, '능욕'이라는 옛날에 잘 쓰던 말을 다시 입에 달았다. 또 회의 중이든 회의 뒤든, 공적 장소든 사적 장소든, 그는 개인적으로 '능욕'을 받았다고 해서 위대한 중국 공산당에 대한 신념, 위대한 마르크스-레닌주의와 마오쩌둥 사상에 대한 신념에 절대로 동요를 일으키지는 않을 것이라고 선언했다. 뒤의 몇 마디 말과 그가 늘 빠뜨리지 않던 그와 비슷한 말들은 그가 평안무사하게 1957년을 넘기도록 도와주었다. 계집 중을 괴롭힌 아큐, 샤오디 같은 인물이라고 그가 생각한 몇몇 동료들이 1957년 '반우파' 투쟁 중에 적발되어 투쟁받고 '우파분자'로 낙인 찍혔는데, 그는 거의 '좌파'에 가까운 즐거운 기분이 들기까지 했다. '반우파' 투쟁은 필요하고 좋은 거라고 생각되었다. 조직 비판투쟁을 거쳐 자신의 권위를 전례 없이 높인 한 정치 공작 간부가 운동 후기에 니우청과 이야기를 나눈 적이 있었다. 대담자는, 당신은 혁명을 더 하자는 건가…… 라고 말했다. 적어도 구두상으로는 그랬다.

니우청은 항상 대담을 인용하고는 웃으면서 자못 그 유머를 즐겼다. 또 그것이 실은 자신에 대한 최대의 모욕이었다고 자조적으로 말하기도 했다.

　1958년, 대약진 중에 그는 몇 차례 용약 자원해서 노동에 참가했다. 그는 구두상으로 노동의 영광과 위대성과 아름다움에 대해 극진하게 찬미했다. 그는 파블로프의 말을 인용, 나는 정신노동도 사랑하고 육체노동도 사랑하지만 내가 더욱 사랑하는 건 육체노동입니다라고 말했다. 그는 또 스피노자의 예를 끌어들였다. 스피노자는 네덜란드의 저명한 철학자로서 평생 렌즈를 갈고 닦으면서 살았다. 니우청은 육체노동이 진실한 것이라고 찬미했지만, 실제로 노동을 하게 되면 엉망이 되었다. 농촌으로 내려갔을 때, 그는 늘 병을 핑계로 쉬었다. 어떤 때는 밭두렁에서 담배 다섯 개비를 잇달아 피우면서 밭으로 내려가지 않았다. 다른 사람들이 흘겨보면 소리를 길게 뽑아, 그 뜻이 노혁명가를 모방하는 데 있는 것 같으면서도 조금도 비슷하지 않게, 동——지, 레닌이 말하길 쉬지 못하면 일할 수 없댔소라고 외쳤다. 하지만 당신은 쉴 줄만 알고 일할 줄은 모르잖소. 흘겨보던 동지가 성난 얼굴로 말했다. 그거야 물론…… 결점이지, 니우청은 크게 웃었다. 그런데 그가 한 번은 39도로 열을 내며 논으로 들어가 풀을 뽑았는데, 20분쯤 하다가는 무논에 넘어져 온몸에 진흙탕을 칠했다. 결과적으로 여러 사람들이 와서 그를 구해주고 돌봐주게 되었다. 한 사람이 분노하여 그의 이런 행위는 고의적 파괴이며, 지식인이 노동에 참가하여 사상을 개조하는 빛나는 사업에 먹칠을 했다고 지적했다. 그뒤, 무슨 좌담회가 열렸다 하면 그는 자기가 무논에 빠졌던 예를 들고, 거기에서 변증법적 유물론의 규율, 인간의 체온의 양이 질로 전화되는 규율, 자기의 나쁜 근성, "유치원에서부터 보충 수업을 시작(이것은 그가 만들어낸 말이었는데, 그즈음 유행하던 '처음부터 배운다'는 식보다 더 생동감이 있었다)"할 필요성을 설명할 수 있다고 말했다. 그 다음은 조장과의 입씨름이었다. 조장이 그에게 농가에 가서 술을 마시고 개고기를 먹어서는 안 된다고 비판했기 때문이다. 그는 격동적으로 물었다. 농민이 술 마시고 개고기 먹는 데 대해 그렇게 이질감을 느끼는 사람은 어떤 사람이오?

1960년, 식품 공급의 곤란이 니우청을 넋 빠지게 했다. 그는 자리에 누운 채 일어나지 않고 신음하며 배고파 죽겠다고 선언했다. 입에 넣을 수 있을 만한 물건이 보이기만 하면 그는 눈을 크게 부릅떴다. 1961년, 그는 값비싼 고급 식당에서 식사할 기회를 얻었다. 그는 먹고 또 먹고, 먹고 또 먹고, 먹고 또 먹었다. 그날 밤 십이지장궤양에 걸렸다. 배 수술을 하고 나서 그는 훨씬 더 늙어버렸다.

1966년 '문화대혁명'이 시작되자, 니우청에게 평소 눈엣가시였던 몇몇 '아큐'가 '공안 6조'의 규정에 근거하여 니는 역사적 반혁명분자로서 혁명에 참가할 수 없다고 선포했다. 그는 조급한 마음에 정신이 하나도 없었고, 녹내장이 심해져 안압이 올라갔다. 그러나 그는 이것이야말로 가장 심각하고 가장 철저한 혁명이라고 생각한다고 가는 곳마다 말했다. 그는 이러한 대혁명을 벌써부터 소망하고 있었고 요구하고 있었고 준비하고 있었다. 이것은 헤겔의 '절대 이념' '절대 정신'과 유사한 혁명이었다. 바로 절대 권위를 대대적으로 세우려는 것이었다. 절대적이지 못한 것, 그것이야말로 부르주아 지식인의 치명적 약점이었다. 그는 문화혁명의 지도자에 대한 경의를 표했다. 그중에는 물론 '경애'하는 쟝칭(江靑) '동지'도 포함되었다. 그는 공경을 다해 자못 정감 있게, 엄숙하기 짝이 없게 그 이름을 뱉었다. 구사상, 구문화, 구풍속, 구습관이라는 '사구(四舊)'의 타파를 옹호한다고 말하면서, 그는 어찌나 흥분했는지 성대의 진동에 이상이 생겨 아주 이상한, 감염력 있는 눈물 어린 목소리를 냈다. 분명히 그는 '사구'와 죽기로 싸울 준비를 하고 있었고, 사구의 영원히 타협할 수 없는 적이었다. 마오쩌둥의 공산당만이 이러한 위대한 소환을 하여 만악(萬惡)의 '사구'에게 싸움을 선포할 수 있다고 그는 말했다. 나 역시 '사구'입니다. 내게는 '사구'라는 것이 스며들어 있고 나는 '사구'에 함몰되었습니다. 그 때문에 고통스러워 살고 싶지 않을 지경이지만 스스로 제거할 수가 없습니다. '사구'는 사람을 죽입니다! '사구'는 중국을 '수정주의'로의 변질과 망국 멸종의 위험 속에 빠뜨립니다! '사구'를 타파함에 나를 타파하고 내 몸을 없애야 한다면, 나는 쌍수를 들어 찬성합니다! 인(仁)을 추구해 인을 얻으면 죽어도 유감이 없습니다. 목숨을 걸고 보위하고 결연히 옹호합니다. 만세, 만세, 만만세!

그의 발언은, 경각심을 품고 주시하며 경청하고 있던 홍위병들과 '금방망이'들과 종전의 '아큐'들을 깜짝 놀라게 했다. '공안 6조'에 규정된 각종 '분자'들에 대해, 그들은 본래 듣는 말마다 비판하고 한 마디 들으면 열 마디 해서 완전히 박살을 내는 데 능수였다. 그러나 사람의 마음을 격동시키는 니우청의 '혁명'적 발언에 대해 어떻게 비판해야 좋을지 그들은 알 수가 없었다. 결국 우두머리인 전정조장(專政組長)급의 인물은 억지로 몇 마디 입에 발린 소리를 할 수밖에 없었다. 니우청 당신 태도가 좋다는 건 인정하겠지만, 오늘 당신 같은 사람에 대해 말하는 건 주로 죄를 밝히고 개조시키는 문제고, 다른 사람이 당신을 혁명시키는 문제지 당신이 혁명하는 문제가 아니오. 자기 신분을 알아야지. 규칙을 따라야지, 멋대로 말하고 행동해선 안 되오, 해산합시다. 얼른 해산하지 않으면, 니우청이 새로 더욱 숭고하고 격앙된 혁명적인 말을 할는지도 몰랐다.

1978년 이후 큰딸 니핑은, 이미 거의 두 눈을 실명한 니우청의 문화혁명 초기의 극좌적 발언을 비웃으며 그를 진짜 어릿광대라 했다. 니우칭은 겸연쩍게 웃으며 말했다. 내가 '사구' 타파를 옹호한 건 진심이야, 진정으로 '사구'를 타파할 수 있기를 지금도 바란다. 유감으로 느끼는 건 오히려 우리가 '사구'를 진정으로 타파하지 못했다는 거야.

공정하게 말하면, 니우칭의 '진보에 대한 요구'는 그의 놀라운 혁명 발언에만 있는 것이 아니었다. 그는 많은 힘을 기울여 마르크스 레닌의 책을 읽기도 했다. 그중 그가 가장 열심히 읽은 것은 레닌의 『유물론과 경험비판론』과 『철학 노트』였다. 『자본론』은 여러 번 읽어도 끝내 진전이 없는 것 같았다. 그러나 레닌의 철학 저작에 대해서는 열심히 읽고 열심히 음미하며, 처음부터 끝까지 붉은 줄을 치고 체크를 하고 동그라미를 치고 메모를 하고 느낌표를 쳤는데, 한없는 정열과 무궁한 기쁨을 느꼈다. 그리고 조금 읽고서 좀 알겠다 싶어 흥이 나기만 하면, 다른 사람에게 이야기하지 못해 안달을 했다. 어떤 때는, 순전히 그 때문에 4전을 소비하여 공중전화를 걸고, 많지 않은 친구들에게 그의 마르크스 레닌 읽기에 새로운 수확이 있다고 이야기했다. 아이들이나 우연히 찾아온, 여러 해 못 본 고향 사람을 만나도 안부는 묻지 않고 마르크스 레닌만 이야기했다. 한번은 바야흐로 긴장 속에 회의를 하고 있던 니자오에게 전화를 걸어 말하는 것이었다. 나 오늘 아주 즐거운 하루를 보냈다, '물리 관념론'에 대한 레닌의 비판을 다시 읽었기 때문인데, 이건 철학의 기본 문제야. 그에게는 그것이 사람의 마음을 격동시키는, 안신입명의 의미를 갖는 문제였다. 아침에 도를 깨우치면 저녁에 죽어도 좋다고 공부자가 말했다. 그는 오늘 한 번 더 '도를 깨우쳤고,' 그래서 기뻤고, 그래서 금주 안으로 니자오와 함께 강락식당에서 '게 요리'를 먹고 싶었다. 그 다음엔, 자기가 보기에 왕털보나 샤오디 같은 인물들이 의젓하게 책을 짓고 학설을 세우고 마르크스-레닌주의를 논하는 걸 마구 욕했다. 그 자들은 옛날엔 모두 성리학과 버클리 주교의 주관적 관념론을 선전했었는데, 그 자질과 그 실력으로—수영도 못하잖아, 그자들이 무슨 마르크스-레닌주의를 알겠냐?

아버지의 '계집 중 다음'이니 '가정주남'이니 하는 불평은 이미 니자오의 신경이 적당히 응대하기도 힘든 느낌이었고, 구체적 내용은 적고 정열만 큰 아버지의 이론은 발휘될수록 점점 그를 못 참게 했다. 아버지는 니자오를 줄곧 좋아했다. 이제 니자오는 그가 불평하고 이론에 대해 말하는 걸 들어주는 거의 유일한 사람이었다. 몸이 건강할 때 니우칭은 끝없이 니자오를 찾아가, 니자오로 하여금 견딜 수 없이 부담스럽게 했다. 그리하여 니자오는 필요한 자기 보호 조치를 하지 않을 수 없었다. 아버지의 초청을 거절하지 않을 수 없었고, 때로는 아버지가 그를 찾아와도 아버지를 한쪽에 내버려둘 수밖에 없었고, 마침내는 축객령을 내리게까지 되었다. 그렇지 않으면, 그의 일, 학습, 생활, 휴식 등이 모두 끝없는, 탐욕스런 방해를 받을 것이었다.

만년에 니우칭은 거의 매일 니자오가 그를 보러 오기를 기다렸다. 그러나 니자오는 너무 바빠, 어떤 때는 한 달 넘어, 어떤 때는 두 달 넘어 한 번씩 왔다. 올 때 니자오는 미안한 감이 있어, 아버지의 생활에 대해 자세한 안부를 묻고 싶었고, 자기와 자기 생활에 대해서도 이야기하고 싶었다. 물론, 니자오는 벌써 일가를 이뤄 아내를 얻고 자식을 낳았으니 이미 큰 변화를 겪은 터였다. 그러나 만났다 하면 니우칭은 애당초 아들에게 말하거나 안부를 물을 기회를 주지 않았다. 니우칭은 아들에게 말할 기회를 잃을까 봐 두려워하는 것처럼 황급히 혼란스럽게 이 이야기 저 이야기 떠들어댔다. 그는 자기가 『아라비안 나이트』의 어부 이야기에 나오는 마귀 같다고 했다. 마귀가 병에 갇혀 바다 깊숙이 가라앉았다. 처음 5만 년 동안 마귀는 나를 구해주는 사람에게 전세계의 금을 다 주리라고 생각했다. 5만 년이 쓸쓸히 지나갔지만 아무도 그를 구해주지 않았다. 두번째 5만 년이 시작되자, 병 속의 마귀는 생각했다. 누군가 나를 구해준다면 전세계의 보석을 다 그에게 주리라. 또 5만 년이 쓸쓸히 흘러갔지만 여전히 아무도 그를 구해주지 않았다. 그러자 사랑이 원한으로 변하고, 희망이 절망의 분노로 변했다. 이것은 헤겔의 변증법이고 파블로프의 심리학 실험을 통해 증명된 것이기도 했다. 병에 갇힌 마귀는 고통스럽게 헛되이 희망도 없이 10만 년을 기다린 뒤 결정했다. 나를 구해내는 자는 잡아먹으리라!

마지막 말을 할 때 그는 목소리가 격앙되었다. 그는 이어서 말했다. 냉담함과 다른 사람을 헛되이 기다리게 하는 것은 감정의 학살이야, 그것은 인류의 가장 엄중한 죄악이야, 비인도적이야…… 이 말을 듣고 니자오는 처음엔 가슴이 쿵쿵 뛰었으나 나중엔 두근거림이 가라앉고 대신 멍청해졌다. 그러고 나서 니우청은, 황급히 흄과 포이어바흐를 이야기했고, 마하주의의 황당성을 이야기했고, 그 다음엔 아는 것이 힘이라고 말했고, 그 다음엔 그가 유감스러워하는 것은 지금까지 비행기를 못 탄 것이다. 비행기를 탈 기회가 있었으면 좋겠다고 말했고, 그 다음엔 흡연의 해로움에 대해 이야기했고, 그 다음엔 마르크스의 박사 논문에 대해 이야기했고, 그 다음엔 구술로 대중적인 철학책을 한 권 쓰려는데 조수가 하나 필요하다고 했고, 그 다음엔 그에게 좀 좋은 담배를 가져다주겠느냐, 지금 나오는 건 3급 담배뿐인데 이건 너무 나쁘다고 니자오에게 물었다. 그리고 소년 시절에

측간에 갈 땐 화장지를 써본 적이 없다고 했다……

니자오가 작별할 시간이 되었다. 니자오는 그의 작별에 대해 아버지가 얼마나 아쉬워하는가를 알아볼 수 있었다. 아버지와 그는, 거의 일종의 '짝사랑'의 관계로 변해 있었고 이 점이 그를 불안하게 했다. 그러나 그는 정말로 아버지에게 더 많은 관심, 희망 그리고 온정을 표시할 수가 없었다. 아버지의 말을 들어주는 일조차도 그로서는 극도의 자제력이 필요했다. 아버지에게 다녀오기만 하면 그는 다음 번 방문까지 더욱 망설여지고, 더욱 가기 싫어지고, 만년에 절망의 바다에 빠진 아버지가 닥치는 대로 잡고 늘어지는 지푸라기 노릇을 하기가 더욱 싫어질 따름이었다.

니우청의 만년은 오히려 아주 좋은 정치 바람을 탔다. 먼저 그가 1946년에 해방구로 간 혁명 경력이 인정되었고, 그의 기왕의 반민족 문제와 국제 간첩 혐의는 부인되었고, 나아가서 그의 '퇴직 휴양 노간부'의 영광된 신분이 인정되어 매달 100퍼센트의 임금이 지급되었고 더 이상 70퍼센트만 나오지 않았다. 이어서 그의 거듭되는 요구로 그에게 조수를 파견했다. 조수는 매일 반나절 와서 그가 구술하는 대로 학술 원고를 썼다. 조수는 일 주일을 나와도 그의 구술의 중점과 논리를 도저히 파악할 수가 없고 무슨 말인지 도저히 알 수가 없자 더 이상 오지 않았다. 노간부와 노지식인을 대우하는 정책을 관철하기 위해, 아주 참을성이 많고 싹싹한 조수로 바꾸어주었다. 조수는 한동안 왔는데, 대단히 예의바른 접대를 받았고, 그 역시 대단히 만족스러워하며 예의바르게 니우청과 그 식구들을 대했다. 그러나 저술은 끝내 완성되지 못했다.

한 번은 니우청이 아주 분명한 감탄조로 한 가지 일을 이야기했다. 그때 니우청은 아직 '5·7' 간부학교에 있었고, 그때 니우청의 눈은 아직, 맨발의사라는 '사회주의 신생 사물'을 지지하다가 손상을 입지 않은 상태였다. 그는 같은 '중대'에 편성되어 노동하던, 제법 이름있는 문화인이었던 한 여성 동지가 자기의 옌안에서의 경력을 늘상 그에게 이야기했다고 말했다. 여성 동지는 옌안의 생활을 추억하면서 "그게 내 일생의 황금시대였어요!"라고 말했다.

여성 동지의 말을 듣고서, 그럼 너의 황금시대는 언제였는가?라고 자문하며 오랫동안 깊은 생각에 잠겼다고 니우청은 말했다. 마지막으로 그가 내린 결론은 이랬다.

나의 황금시대는 아직 시작되지 않았다.

불쌍한가? 니자오는 오히려 경악스럽게 느껴졌다. 아버지는 이미 일흔이 다 된 데다, 두 눈의 시력을 잃었고, 두 다리의 기능을 잃었으며, 그 많던 나날들을 헛되이 낭비하고 잃어버렸다. 그에게는 지금 아무것도 없다. 그런 그가 오히려 무슨 황금시대가 아직 시작되지 않았다는 말을 하다니, 내일 혹은 모레, 내년 혹은 내후년에 빛을 볼 수 있을 것처럼…… 그것은 비관도 낙관도 아니었고, 동정할 가치도 위로할 가치도 없었다. 왜냐하면 그것은 철두철미한 경망스러움이었고, 머리를 떨어뜨리고 어떻게 떨어뜨렸는지도 모르는 파렴치함이었기 때문이다!

그것은 대체 무엇인가? 아버지가 세상을 뜬 지 몇 년이 지난 뒤에도, 니자오는 아버지가 아버지의 시대를 이야기하던 걸 상기하면 여전히 기이한 전율이 느껴졌다. 당당한 사람이, 지식인이, 서양 유학도 했고 해방구에도 갔던 사람이 어떻게 그 모양일 수 있단 말인가? 그는 언어와 개념의 궁핍을 느꼈다. 니자오는 아버지가 어떤 부류의 사람인지 판정할 수가 없었다. 지식인? 사기꾼? 미치광이? 바보? 호인? 매국노? 노혁명가? 돈키호테? 극좌파? 극우파? 민주파? 기생충? 매몰된 자? 못난이? 철부지? 쿵이지(孔乙己)? 아큐? 가짜 양놈? 로댕? 오블로모프? 머리 나쁜 장사꾼? 머리가 아주 좋은 장사꾼? 가련한 벌레? 독사? 낙오자? 초전위파? 쾌락주의자? 건달? 모리배? 책벌레? 이상주의자? 이런 생각을 하다보면, 니자오는 마음이 조급해져서 온몸에 식은땀이 났다.

제3장

　1967년 6월 하순, 중국 서북 변방의 심산유곡을 음매음매 하며 헐떡거리는 장거리 버스가 가고 있었다. 차에는 니자오와 그의 이모 쟝취에즈가 타고 있었다. 해방 이후로 그녀의 호적상의 이름은 줄곧 쟝취에즈였다. 두 사람의 얼굴에는 먼지가 자욱했고 모습이 초췌했다. 니자오는 1950년대의 정치운동에 휩쓸려 좌절된 뒤로 광활한 대서북(大西北)으로 와 있었다. 그는 특별히 베이징으로 가서 이모를 서북으로 데려가는 길이었는데, 이모는 그의 집안일을 도울 것이었다. 그들은 이미 나흘 낮 나흘 밤을 기차를 탔고, 그리고도 사흘을 장거리 버스를 타야 했다. 기차에서 그들의 좌석은 2등석이었다. 쟝취에즈는 졸다가 자리에서 바닥으로 몇 번이나 떨어졌다. 사람들 전부가 바닥으로 떨어진 적도 있었다. 니자오는 너무나 피곤해서 좌석 사이로 들어가 좌석 아래 바닥에 드러누웠다. 바닥은 몹시 더러워서, 콧물과 가래침, 오이 껍질과 계란 껍질, 그리고 온갖 쓰레기가 다 있었다. 그래도 그는 달게 잤다.
　기차에서의 고생에 비하면, 낮에는 가고 밤에는 자는 자동차 여행이 오히려 훨씬 편했다. 그날은 그들의 여행 마지막 날이었다. 자동차는 심산 밀림을 지나고, 초원과 협곡 옆을 지났다. 계속해서 눈 덮인 봉우리, 가문비나무, 양떼, 통나무집, 호수, 골짜기 물, 말떼, 목자…… 등이 가슴을 탁 트이게 했다. "정말 상쾌하구나! 가슴이 탁 트이는구나! 말도 마라 얼마나 좋은지, 난 너무 기뻐, 말도 마라 얼마나 편한지. 정말로 생각지도 못했지, 늘그막에 이렇게 멀리 집을 나와 너 있는 데로 오다니…… 생각해봐라, 지금 나한테 무슨 희망이 있겠니? 무슨 걱정이 있겠니? 무슨 재미가 있겠냐? 뭐 하러 살겠니? 그런 차에 뜻밖에 네가 편지를 보냈지, 내 사나운 팔자에 마침내 복이 터지려나……" 취에즈는 들떠서 거듭거듭 말했다. 그녀가 또 말했다. "얼마나 먼 곳이냐! 저 높은 산! 저 맑은 호수! 내 평생 처음 본다! 이번엔 나도 결심했다, 더 이상 고향 생각 않기로. 시골도 그렇고, 베이징도 그렇고, 나한테 무슨 미련이 있겠니? 가자, 가자, 멀리 갈수록 좋아, 지난 일은 깨끗이 잊을수록 좋아. 세상에 나오고 나서 내가 언제 좋은 일 만난 적이 있었냐? 이번에 겨우 만나서, 조카 따라 멀리 아득히, 하늘끝 바닷가까지 왔지. 이 서북 변방이야말로 이 할멈이 죽을 땅이야……" 그녀는 말하면서 흥분하여 기분이 좋아졌다. 그 희색이 만면한 모습은 그 옛날 화장하고 시 읊고 재채기하던 조우장씨와 흡사했다.

니자오는 조용히 웃었는데, 그 웃음이 쓴지 단지는 분간이 안 됐다. 니자오와 이모의 관계가 소원해진 것은 이미 수십 년이 되었다. 어렸을 때 이모는 그를 아꼈고 그를 총애했고 그를 가르쳤었다. 그러나 1940년대 후반 그가 혁명으로 나아간 뒤, 그는 상당히 의식적으로 외할머니와 이모에 대해 경멸하고 적대시하는 태도를 취했다. 그들은 몰락한 지주 분자다라고 니자오는 추호도 힘들이거나 망설이지 않고 그들의 성분을 판정했다. 그들은 혁명을 두려워했고 해방의 도래에 대해 공포에 젖었는데, 그 자체가 지주의 계급적 본성이었다.

해방 이후 학습을 거친 니자오는 이 두 분자들을 더욱 확고하게 열심히 비판했다. 그는 그들의 흉악함, 그들의 착취, 그들의 혁명에 대한 본능적 적대감을 상기하고, 그들에 대한 비판을 자신의 학습 성과와 사상 총결로 써냈다. 그는 소조 생활 회의에서 그 두 지주 분자의 추악한 모습을 대단히 격렬하게 진실되게 묘사했다. 그뿐만 아니라 니핑과 쟝잉즈까지도 그들과 거리를 두기로 분명히 방침을 정했다.

그리하여 쟝자오씨와 쟝취에즈만이 남아 서로 의지하며 살았다. 그들은 생활을 유지할 경제적 근거를 거의 잃어버렸다. 1947년 그들은 마침내 고향의 모든 부동산을 팔아버리고 베이징에 몇 칸짜리 작은 집을 샀었다. 해방 이후, 그들은 낡은 방 네 개를 세놓고 방세를 받아 살아갔다. 의심할 것도 없이, 그들은 끝내 기생충이었다. 그들은 날로 낡아가는, 제대로 세울 수조차 없는, 훅 불면 주저앉을 것 같은 조개탄 풍로를 두고두고 사용했다. 그들은 끈질기게 수수떡을 쪄 먹었다. 쟝자오씨는 떡을 찔 때 소다를 많이 넣길 좋아했는데, 그렇게 쪄낸 떡은 녹색이 나고 제법 연했으나, 또한 유별나게 '뻑뻑'해서, 입에 넣으면 베갯속으로 쓰는 밀기울을 삼키는 것 같았다. 찐빵을 찔 때도 소다를 사용해서, 찐빵 색깔을 수수떡과 다름없게 만들었다.

니핑이 결혼하고 1950년대 중엽에 아이를 낳은 뒤, 쟝취에즈는 외종손의 유모역을 맡았고, 그리하여 그녀의 생활은 쟝자오씨보다 좀 나아졌다. 궁해질수록 다른 사람이 자기 덕을 볼까 봐 걱정하는 법, 그 무렵 쟝자오씨와 쟝취에즈와 쟝잉즈는 저마다 따로 불을 피워 밥을 했다. 이 가정, 혹은 소위 근친 집단에는 여러 개의 조개탄 풍로가 병존했는데, 자못 가관이었다.

쟝자오씨 풍로 위의 음식이 제일 처졌다. 그러나 그녀는 해방 후의 평안무사로 줄곧 제 행운을 기뻐했다. 1950년대 전국 제1차 보통선

거 때 선거권자 명부에 쟝자오씨의 이름이 올랐고, 물론 쟝취에즈의 이름도 올랐다. 그 때문에 니자오는 주민위원회와 관계했었다. 계급적 입장에 확고히 서서 그는 외할머니와 이모의 계급 성분을 밝혔다. 그러나 정부는 1947년 이전에 도지를 받아 생활한 그녀들의 역사를 추궁할 준비는 하지 않는 것 같았다. 1960년대의 '사청'(四淸)운동, 일명 '사회주의교육운동' 중에도 도시에서 성분을 구분하겠다고 하면서도, 여전히 그녀들을 건드리지는 않았다.

쟝자오씨는 갈수록 눈에 띄게 늙었다. 1960년대 후반이 되자 그녀는 이미 여든 살이 넘었다. 머리카락이 이미 거의 다 빠져, 그녀는 싸구려 염색약을 사다가 자신의 두피를 염색했다. 염색한 모양이 몹시 우스꽝스러웠다. 주변 사람의 물음에 그녀는 여러 차례 대답했다. "나는 죽는 게 조금도 안 무서워. 내가 지금 살아 있지만 아무 재미가 없거든. 골목 입구로 가서 2전어치 식초를 사고, 식초를 사고서는 천천히 돌아갔겠다. 우리 집 대문을 지나치면서도 몰랐는데, 계속 가다가 모퉁이의 늙은 홰나무 아래에 다 와서야, 그제서야 이상한 생각이 드는 거야, 내가 지금 식초 그릇을 가지고 어디로 가는 거지? 내가 뭘 하는 거지? 홰나무 있는 여길 와서 뭘 하려는 거지? 생각해보자, 생각해보자, 음, 이제 생각이 났다. 아, 내가 지금 바보가 된 게 아닌가? 식초를 사가지고 여긴 뭐 하러 왔담? 그제서야 몸을 돌려 돌아갔지. 가자, 가자, 이번엔 집 문을 지나치지 않고 맞춰 섰어. 집으로 돌아와보니 식초 한 그릇이 다 엎질러지고 없는데, 어디에서 쏟았는지도 모르겠더라구. 생각해봐, 이 꼴로 살아봐야 무슨 재미가 있겠어? 나는 죽는 게 조금도 안 무서워, 조금도 안 무섭다구. 죽지 못할까 봐 무섭지. 이 꼴로 늙어서도 죽지 않으려는 사람이 어디 있겠어?"

하늘의 그물은 성겨도 빠져나가지 못한다. 드디어 문화대혁명이 시작되었다. '사구'를 타파하는 홍위병이 쟝자오씨와 장취에즈의 어둡고 더럽고 냄새가 코를 찌르는 작은 방으로 들이닥쳤다. 쟝자오씨의 반응은 이미 오랫동안 기다려온 것 같았다. 해방되던 그해부터 이 날을 기다려온 것 같았다. 기실 여기 사람들은 그녀의 계급 성분에 대해 잘 몰랐고, 별 관심도 없었다. 그러나 홍위병이 방으로 들이닥치자마자 그녀는 바닥에 꿇어앉아 홍위병에게 절을 했다. 머리털이 다 빠지고 두피가 검게 염색된 그녀의 대머리가 바닥에 부딪혀 쿵쿵 소리를 냈다. 이것을 고향에서는 '머리를 박아 절한다'고 했는데, 구사회에서 재산 때문에 쟝위엔서우(姜元壽)와 소송을 할 때, 그녀는 관리를 보면 머리를 박아 절을 했었다. 해방 이래로 그녀는 줄곧 머리를 박아 절하고 싶었으나 아직 못한 것인지도 몰랐다.

그녀는 절을 하면서 말했다. "홍위병 할아버지, 저는 지주예요, 벌써 죽었어야 하는데, 저는 거시기 저……" 그녀는 고개를 들고 취에즈에게 물었고, 취에즈는 '죽어도 죄가 남는다'라고 한다고 말해주었고, 그러자 그녀는 머리를 박아 절을 하며 자기는 '죽어도 죄가 남는다'고 끊임없이 말했다.

홍위병은 죄를 인정하는 그녀의 태도가 좋다고 생각했다. 그러나 다른 사람들보다 좀더 영민한, 안경을 낀 홍위병 아가씨 하나가, 그녀가 홍위병을 '할아버지'라고 부른 것은 사실상 홍위병에 대한 모욕이며 사실상 사람을 욕하는 것이라고 지적했다. 마오주석의 홍위병이 어떻게 지주 할멈의 할아버지가 될 수 있어요? 홍위병이 늙은 지주라고 감히 말하는 거예요? 이 질문에 놀라 쟝자오씨는 바지에 오줌을 쌌다. 다른 홍위병들은 그녀의 이러한 영민한 분석을 제대로 이해하지 못한 데다, 또 쟝자오씨의 늙고 더럽고 냄새나는 모습을 보자, 여기에 더 머물고 싶지 않았다. 이 늙어서도 죽지 않은 지주분자에게 어떻게 정의의 징벌을 가할 것인지 그들은 곰곰이 생각했다. 재물을 빼앗아? 실제로 뺏을 게 없었다. 따귀를 두 대 때리자니, 말라빠지고 퀭한 얼굴은 소리조차 나지 않을 것 같았고, 그녀를 때려봐야 공기의 상쾌한 진동을 일으킬 수 없을 것 같았다. 결국은 역시 그 '안경'이 꾀가 많았다. 그녀가 보니 방안에 대야가 하나 있는데, 대야에는 더러운 물 — 실제로 쟝자오씨가 발을 씻은 물이었다 — 이 있었다. 쟝자오씨는 전족이었기 때문에 늙은 뒤론 종일 티눈이 생기고 물집이 잡혀 어떤 때는 하루에 두세 번씩 발을 씻었다. '안경'은 명령을 내려 쟝자오씨에게 발 씻은 물을 마시게 했다. 물이 많은 편인 데 비해 갈수록 쪼그라드는 쟝자오씨의 몸피는 너무 작은 것 같았고, 그녀 혼자 대야에 가득한 발 씻은 물을 마시는 임무를 완성하기는 어렵겠다고 생각되어 그녀는 안경 빛을 쟝취에즈에게 겨누었다.

쟝취에즈는 확실히 곰 심장에 표범 쓸개를 먹은 사람으로서 부끄럼이 없었다. 그녀는 말했다. "난 지주가 아녜요! 해방 전에 난 베이징여자직업학교의 도서 및 집기 관리원이었어요! 증명이 있어요! 난……"

이렇게 해서 쟝취에즈는 발 씻은 물을 마시지 않았다. 쟝자오씨는 반쯤은 마시고 반쯤은 몸 안팎에 쏟으면서 문화혁명의 관문을 통과한 셈이었다. 쟝자오씨는 거듭 말했다. 홍위병은 정말 좋으셔, 정말 인자하셔, 위에서 그러셨잖아, 그건 하늘의 군대야!

사흘 뒤 쟝자오씨는 설사를 했고 그뒤로 자리에 누워 일어나지 못했다. 엄마, 배가 아파요? 취에즈가 물었다. 안 아파. 어디가 불편해요? 아냐, 불편하지 않아, 괜찮아. 아주 좋아.

마지막 순간에 쟝자오씨는 징전에게 그녀의 몸을 돌려달라고만 요구했다. 마지막 순간에 그녀는 징전만을 알았지 취에즈는 몰랐다. 그녀는 감히 맞은편 벽에 붙은 어록과 초상을 마주한 채로 죽을 수 없었다.

쟝취에즈 말고는 그녀의 죽음을 처리할 사람이 아무도 없었다. 쟝잉즈는 이 늙은 지주분자를 피하며 두려워할 뿐이었다. 화장할 때 어머니는 몸에 담비 가죽 저고리를 입고 있었다고 쟝취에즈가 말했다. 그 저고리는 입은 지 이미 50년이 된 것으로, 고향에서 가져와 지금까지 가지고 있는, 몇 푼쯤 값이 나가는 유일한 물건이었다. 그 옷을 벗기고 나서 죽은 사람을 화장해야 한다고 건의한 사람도 있었는데, 쟝취에즈는 쓰게 웃으면서, 내가 어떻게 그럴 수 있겠어요!라고 말했다.

니우칭은 그 몇 년 뒤에야 쟝자오씨가 발 씻은 물을 마신 이야기를 들었다. 당시 아직 역사 반혁명이란 모자를 쓰고 있던 니우칭은, 쟝자오씨 같은 지주분자는 마땅히 그렇게 대접해야 돼, 라고 말했다. 그는 작은 장수들의 혁명 행동에 완전히 찬성했다. 옛날 토지개혁 중의, 실제로 있기도 했고 없기도 했던 일체의 과격한 행위들에 찬성했던 것과 비슷했다. 니우칭은 전후가 일관되기도 했던 것이다.

외할머니가 이미 세상을 떠났다는 소식을 듣고, 니자오는 이모를 데려와야겠다는 생각이 들었다. 일련의 인생의 좌절을 겪었고 문화혁명의 예외 없는 '대세례'를 겪은 그는 이제 자신과 이모의 관계를 그렇게 엄숙하고 험악한, 불구대천의 것으로 보지 않았다. 그리고 그의 집에서도 확실히 사람을 필요로 했다. 아이를 돌봐줄 사람이 없었던 것이다. 자동차에 타고서 이모가 이렇게 흥분하여 심경을 토로하는 것을 보고, 그는 동정도 되고 약간의 위안을 느끼기도 했다. 필경 그녀는 그의 이모였고, 그의 첫번째 문학 선생이었다. 그 옛날 쟝전은 그의 작문을 고쳐주었고, 그에게 빙심(氷心)과 루인(廬隱)의 저작을 소개해주었다. 도중에 쟝취에즈는 외할머니가 어떻게 죽었는지 이야기해주었고, 그도 서글픈 느낌이 들었다.

지난 일은 뭐든지 생각할 필요 없어요. 내가 이모를 모셔왔으니 우린 동고동락하며 함께 삽시다…… 니자오는 이모를 위로했다.

취에즈의 짐은 아주 적었다. 더 이상 아무 걱정거리도 없다. 집은 이미 반납했고, 엄마도 죽었다. 오로지 조카만 따르겠다고 그녀는 말했다.

유일한 기념품은 '조우씨네 아이'의 색깔이 이미 누렇게 바랜 사진이었다. '조우씨네 아이'는 쟝취에즈가 죽은 남편을 부르는 호칭이었다. 1967년이 되었으니 그는 이미 죽은 지 35, 6년이 되었다. 징전은 그 사진을 꺼내 니자오에게 보여주었다. "내 손자 같지 않니?"

그것이 니자오의 마음을 무겁게 했다. 그것은 침중한 옛일을, 가위눌림과도 같이 생각하기만 해도 숨이 막히는 잔혹하고 암담한 옛일을 생각나게 했다. 해방 이후에 이런 일들은 철저히 매장되었다고 본래 생각했었다. 그런 심정은 니자오로 하여금 자기가 이모를 데려오는 것이 현명한 일인지 아닌지를 회의하게까지 했다. 이 지주 계급의 귀신, 구사회의 귀신, 역사의 귀신을 어떻게 자기 집으로 데려갈 수 있는가? 만약 그 정치운동들과 의외의 좌절들이 없었더라면, 온몸으로 광명의 신생활을 껴안은 니자오는, 무덤으로 들어가도록 운명지어진 이모를 눈꼬리의 남는 빛으로 일별할 가치도 없다고 생각하기까지 했을 것이었다.

그러자 니자오는 또 한탄스러운 느낌이 들었다.

변방의 소도시에 도착하자 취에즈는 어지럽다고 하며 노상 자리에 누워 일어나지를 않았다. 이로 인해 니자오는 다소 불쾌해졌다. 그는 한번은 식사하면서 아이에게 우스운 이야기를 해주었다. 옛날에 게

으른 여자가 있었는데, 남편이 여행을 가면서 그녀의 생활이 안심이 안 돼서 떡을 만들어 여자의 목에 걸어주었다. 남편이 여행 갔다 돌아와보니 여자는 이미 굶어 죽어 있었다. 그런데 떡은 다 먹지 않았고 아직 많이 남아 있었다. 어떻게 된 거냐, 여자는 앞가슴에 걸려 있어 입을 내밀면 닿는 부분의 떡은 먹었다. 좌우 어깨와 등 뒤에 걸려 있는 더 많은 떡은, 손으로 그것들을 잡는 게 귀찮아 먹지 않았고, 그래서 굶어 죽었다.

니자오는 또 변방으로 온 뒤 소수 민족에게 들은, 게으른 여자에 관한 우스운 이야기를 했다. 어느 집에 어느 날 밤 도둑이 들었는데, 도둑은 솥을 훔치다가 주인에게 들켰다. 도둑은 쇠솥을 들고 뛰었고 주인은 도둑 잡아라, 소리치며 그 뒤를 쫓았다. 결국 도둑은 겁이 나서 솥을 땅바닥에 집어던지고 혼자 도망가버렸다. 주인이 와서 솥을 들어보니 솥은 이미 여러 조각으로 깨져 있었다. 그는 이 솥은 어째 이렇게 약할까 하고 이상하게 생각했다. 집에 돌아와보니 부뚜막에 네 귀 달린 쇠솥이 멀쩡히 그대로 있는 것이었다. 어떻게 된 거겠니? 원래 그 집의 여자가 게을러, 하도 솥을 안 씻어서 두꺼운 더께가 앉았던 거야. 도둑은 열심히 훔쳤지만 훔쳐간 건 사실은 솥더께였거든, 그걸 땅에 내던졌으니 부숴지지 않을 도리가 있겠냐?

다들 웃었다. 기실 이야기를 시작할 때 니자오는 별다른 뜻이 없었다. 그러나 어색하게 웃는 이모의 얼굴을 보고서 그는 자기가 너무 각박하게 이야기했음을 의식했다. 이모는 틀림없이, 그가 옛일을 빌려 지금 일을 풍자하고, 빗대어 그녀의 게으름을 공격한다고 생각했을 것이다. 니자오는 후회가 되었다.

그날 밤 장취에즈는 단속적으로 신음을 했다. 어떻게 된 거냐고 물으면 두통이라고 대답했다. 아마도 풍토가 안 맞아 감기에 걸린 걸 거라고, 내일 아침 아스피린을 사다 드리겠다고 했다. 다음 날 진통제를 사왔는데, 약 먹을 때 유리컵을 잡는 쟝취에즈의 손이 몹시 떨렸다. 그녀는 "머리가 빠개지는 것처럼 아파"라고 말했다. 원래부터 이모는 몸이 안 좋아, 늘 두통에 어지러웠고, 늘 신음을 했으며, 늘 며칠이고 자리에 누워 일어나지 않았었다. 집안 식구들은 한결같이 그녀가 게으르고 꾀가 많고 무슨 짓이든 다 할 사람이라고 생각했고, 그녀가 자리에 누워 일어나지 않는 것에 대해 늘 반신반의했다. 의심되는 것은 그녀가 심정이 불편하거나 화가 나서 혹은 고의로 누군가를 난처하게 하려고 이렇게 누워서 스트라이크를 하는지도 모른다는 것이었다. 그래서 이번에도 니자오는 그다지 마음에 두지 않았는데, 쟝취에즈는 진통제를 먹고 잠이 들었다.

  그날은 아내가 인민공사로 여름걷이를 지원하러 간 지 사흘째 되는 날이었다. 아이가 하도 떼를 써서 영화「어린 병사 장가(張嘎)」를 보러 가지 않을 수가 없었다. 집에는 아무도 없었고, 니자오는 아이에게 시달려 짜증이 났다.「어린 병사 장가」는 1960년대 초부터 시작해서 이미 다섯 번이나 본 터였다. 이모는 줄곧 자고 있었는데, 저녁밥을 먹으면서 깨워도 일어나지 않았다. 저녁밥을 다 먹고서 아이의 떼에 못 이겨 아이를 데리고 여섯번째로 재수없는 어린 병사 장가를 보러 갔다. 돌아와서 이모를 불렀으나 이모는 여전히 대답을 안 했는데, 코 고는 소리가 평온했다. 니자오는 피곤하기도 하고 짜증도 나, 아이와 같이 잠들어버렸다. 1시간쯤 잤을까, 니자오는 문득 정신이 들었다. 이거 안 좋은데, 이모가 혼수상태라면? 이렇게 오래 잘 수도 있나? 사고가 났을지도 모른다.

  니자오가 한밤중에 바깥방으로 달려가 보니, 이모는 호흡이 더욱 거칠어졌고 두 볼이 빨갛고 아무리 깨워도 깨지 않았다. 큰일났구나!

밤이 깊었는데 누굴 찾아간담? 결국 머리를 짜내, 이미 잠든 지 오래인, 마차를 모는 소수 민족 이웃집을 두드려 미안하다는 말을 수없이 하고, 아이는 또 다른 소수 민족 이웃집에 맡기고, 한밤중에 징전을 병원으로 옮겼다. 눈에 잠이 덜 깬 당직 의사가 뇌일혈이라고 진단했는데, 척수를 뽑아 검사하니 과연 대량의 피 성분이 나왔다. 척수 추출 검사는 아주 아프다고 들었다. 척수를 뽑을 때의 이모의 소리 없는 경련을 니자오는 보았다. 의사의 표정이 긴장되었고, 니자오는 가슴이 두근거렸다. 비사(鼻飼), 링거, 산소 호흡, 피를 멎게 하는 선학초(仙鶴草) 성분의 주사 등 응급 처치가 사흘간 계속되었다. 니자오는 집에 아무도 없어서 밤새 붙어 있지 못하고 몇 시간에 한 번씩 와보기만 했다. 넷째 날 오전에 왔을 때, 같은 병실 사람이 환자가 웅얼웅얼 말을 하려 하더라고 했다. 그러나 그때는 니자오가 곁에 없어서 상대해줄 사람이 없었다. 니자오는 이모를 한참 불렀지만 응답이 없었다. 그가 말하고 싶었던 것은 다른 게 아니었다. 이모가 마음 놓고 죽게, 그가 책임지고 뒷일을 잘 처리할 거라고 믿어도 된다고 하려는 것일 따름이었다. 쟝취에즈는 생전에 화장은 싫다고 한 적이 있었다. 그건 낙후된 생각이었지만, 니자오는 매장해달라는 그녀의 요구를 만족시켜줄 준비를 했다. 오후에 다시 와보니, 징전―조우쟝씨―쟝취에즈는 숨이 끊어진 지 45분이 지나, 이미 영안실에 안치되어 있었다.

관을 사는 일은 순조로웠다. 죽기 전이나 숨이 끊어진 직후에 죽은 사람의 옷을 갈아입혀주지 못했기 때문에, 죽은 지 여러 시간 뒤에야 니자오와 병원의 내과 주임이 쟝취에즈의 옷을 갈아입혔다. 장례 일을 돕던 열성적인 그곳 토착민이 옷을 갈아입히는 건 여자를 찾아서 해야 한다고 하자, 문화혁명 초기에 적잖이 투쟁을 받은 내과 주임이 화를 내며 말했다. "아직도 그 따위 소리를 하는 거요? 벌써 시체가 경직됐어요. 이 일을 맡아줄 여자를 찾다간 죽은 사람 팔도 못 구부린다구!"

옷을 갈아입힐 때, 이모의 몸이 너무도 여윈 것을 니자오는 발견했다. 이모의 머리카락은 여전히 검고 숱이 많았다. 한참 헤아려 보니, 이모의 임종 때의 실제 나이는 만으로 아직 쉰아홉 살이 안 되었다. 죽은 뒤 그녀의 이빨은 꽉 다물렸고 두 뺨은 푹 꺼졌다. 왜 사람에게 이런 일생을 보내게 하는지, 니자오는 아무리 생각해도 답을 찾을 수가 없고 알 수가 없었다. 하느님이 있다면, 하느님은 모든 사물 중에서 가장 잔혹하고 무정한 것이었다.

문상 온 사람들은 소수 민족의 농민들이었다. 그들은 긴 수염에 긴 두루마기를 입었는데, 니자오와 잘 지냈다. 이모의 불행한 신세에 관한 니자오의 이야기를 듣고서 그들은 눈물을 글썽이고 수염을 쓰다듬으며 탄식했다. 그녀가 만리를 멀다 않고 베이징에서 이곳으로 와 닷새도 못 돼 죽었다는 이야기를 듣고 그들은 자상하게 웃었다. 그들은, 우리 옛날 속담에 따르면, 그건 이곳이 죽은 사람의 자기 땅이라는 뜻이라고 말했다. 그녀는 총총히 고생스럽게 달려와 간신히 자기 땅에서 안식했다. 평생 자기 땅을 접하지 못하다가, 죽은 뒤에 자기 땅에서 영원히 잠들 수 있게 되었다. 괜찮다, 이모는 원래 서북 변방의 사람이었다. 괜찮다, 이모는 정말로 서북 변방에 뿌리를 내린 것이다.

그뒤 니자오는 여러 번 꿈속에서 이모를 만났다. 이모는 얼굴에 흰 분을 발랐고, 눈물 자국이 얼굴에 가득했다. 니자오가 물었다. 죽지 않았어요? 이모는 미소 지으면서 조용히 대답했다. 저 꾀꼬리를 놀래, 가지 위에서 울게 하지 말아요. 울음소리에 내 놀라 꿈 깨면, 아득한 서쪽에 갈 수가 없어요.

'아득한 서쪽'이 오늘날의 서쪽 변방인 건 결코 아니지만, 어쨌든 '서'자가 들어 있기는 했다. 그들은 서쪽으로 왔다. 그것도 일종의 참어이고 징조인 셈일까?

나중에 니자오 일가는 베이징으로 돌아왔다. 그뒤 그곳의 한 젊은 농민이 니자오에게 편지를 보내, 그가 무덤을 찾아가 쟝징전의 망령을 위해 소지를 했다고 했다. 그 젊은이는 전에 쟝취에즈를 위해 무덤 파는 일을 도왔었다. 그는 니자오에게 표지를 남기라고, 그렇지 않으면 무덤들 속에서 이모의 무덤이 인멸될 것이라고 건의했다. 니자오는 아무 표지도 남기지 않았다. 인멸되어야 했다. 누군들 인멸되지 않을 수 있을까? 열녀비도 소용없었다. 혁명을 했고, 새로운 사회가 왔으니, 무수한 피눈물과 공포로 얼룩진 열녀비는 행복한 후인들의 조소거리일 뿐이었다. 그 비들의 내력에 대해 흥미를 느낄 사람은 더 이상 아무도 없을 것이었다. 후인이 선인을 어떻게 이해할 수 있겠는가? 중국의 발전과 변화가 너무 느리다고 누가 말하는가?

니우청은 쟝취에즈의 부음을 듣고, 마귀 하나 줄었군이라고 논평했다. 그는 여전히 점잖지 못하고 악의 어린 단어를 사용했다.

원한이 죽음보다 더 강했다.

제4장

그 밖의 인물들의 운명에 대해서는 주로 우리 독자들 자신의 상상에 맡기기로 하자. 쟝잉즈는 아마도 운이 좋았다고 할 수 있을 것이다. 해방이 되자 그녀는 곧 일을 시작했고, 어머니, 언니와 함께 멸망하는 것을 모면했다. 니핑은 1949년 전후에 혁명의 거센 흐름에 투신했는데, 그뒤로 결코 수월치 않은 삶을, 더구나 낭만적 색채라곤 추호도 없는 삶을 살았다. 자오상퉁 의사는 해방 이후 '부르주아지'로 취급받아 한동안 개조를 하다가 1950년대 초에 죽었다. 두공은 30여 년 동안 줄곧 비판받다가 1977년 그의 처지가 막 조금 좋아지는데 불행히도 병으로 세상을 떠났다. 죽기 일주일 전에 공문이 하나 내려와, 두공을 철저히 평반(平反)[64]해주고 상당히 높은 평가와 상당히 높은 대우를 부여해주었다. 그는 고급 병원의 고급 병실로 옮겨져 '특급 간호'를 받았다. 그는 특급 간호를 받다가 평온하게 세상을 떠났다. 두공은 좀더 오래 살았더라면 좋았을 것이다. 두공이 죽고 오래지 않아 한 일본 친구가 그의 집을 찾아와 가족을 만났다. 일본인은 두공의 영정 앞에서 눈물을 글썽이며 허리를 굽혔다. 그런 뒤 자기소

---

[64] 잘못된 정치적 결정을 바로잡음.

개를 했는데, 그는 전시에 베이징에서 일본 침략자를 위해 일을 했었다. 그가 '협조'를 얻기 위해 두공을 협박하고 회유했지만, 그러나 두공은 정의롭고 늠름했으며 그를 거절했다.

니허는 해방 뒤에야 소학교에 들어갔다. 그녀는 고향 사투리를 할 줄 몰랐고 순전한 베이징 말을 썼다. 그녀는 이모에게 고향의 동요를 배운 적이 없었다. 아버지도 그렇고, 외할머니와 이모도 그렇고, 시종 그녀의 삶에서 아무런 자리를 갖지 못했다. 그녀에게 그들은 너무 낯설었고, 너무 이질적이었다. 나중에 그녀는 의식적으로 자기를 지키기 위해 그들을 천리 바깥으로 거부했다.

그녀는 목청이 좋았다. 나면서부터 사람들에게 그런 인상을 남겼다. 태어나서 울음을 터뜨리자 다른 아이들과 달랐다. 그녀의 울음소리는 맑고 밝은 트럼펫 소리 같았다. 그녀는 스타일이 다른 갖가지 가곡들을 부를 줄 알았고, 늘 업여(業餘) 가창 활동에 참가했다. 그녀는 유명 가수의 창법을 잘 흉내 냈다. 그녀가 「바오베이(寶貝)」를 부르면 꼭 류수팡(劉淑芳) 같았고, 텔레비전 드라마 「혈의(血疑)」의 주제가 「고마워요」를 부르면 일본의 스타 가수 야마구찌 모모에(山口百惠) 같았고, 금상을 받은 영화 「추억」의 주제가 「추억」(「우리는 이렇습니다」라고도 번역되는)을 부르면 미국의 스타 가수 바바라 스트라이샌드 같았다…… 그러나 니자오가 영원히 못 잊는 것은 그녀가 어렸을 때 궈란잉(郭蘭英)의 발성법을 절묘하게 흉내 내어 부른 「부녀 자유가」였다. 1950년 베이징 '소년의 집' 개막식에서 이 노래를 부르고 그녀는 베이징 시장의 접견을 받았다.

……컴컴한 우물 깊이가 만장(萬丈)
……태양도 안 보이고 하늘도 안 보이네.

……끝없는 세월, 끝없는 세월,
……누가 오셔서 우릴 구해주려나.

이것은 아주 자극적이고 강렬하면서 침중한 노래였다. 일곱 살짜리 아이가 이런 노래를 부를 줄 알고 그 슬픔의 깊이를 전달할 수 있다는 것은 그 자체가 우리의 역사, 우리의 위엄 넘치는 혁명의 필연과 역량을 설명해주는지도 몰랐다. 거기에는 일종의 영원한 고통도 있었다.

나중에 니허는 이공 계통을 공부했는데, 공부를 아주 잘했다. 그녀의 남편도 모범적인 공과대 학생이었다. 지금은 두 사람 다 부교수가 되어 있다. 니우청은 평생 부교수 직함을 갖고 싶어했으나 끝내 성공하지 못했었다. 새로운 역사 시기에, 니허의 남편은 여러 차례 시찰 및 연수차 출국하여 선진적인 설계도, 기술 공정, 각종 자료들을 가져왔고 또 4대, 8대 가전제품도 가져왔다. 지금 두 내외는 2세를 키우는 데 전력을 쏟고 있다. 그들의 아들은 총명을 타고나 소학교와 중학교에서 두 번 월반을 했고, 작은 머릿속에 '인재의 조기 육성' '인재의 빠른 육성' 따위의 슬로건이 가득 주입되었다. 어린 아들이 공부할 때 두 내외는 모두 곁에 붙어서 독려하기도 하고 돕기도 한다. 기말 고사가 가까워지면 한밤중까지 붙어 있는다. 그들은 중앙방송의 텔레비전 광고를 보고 배워, 아들이 공부하다 긴장하면 아이에게 로열 젤리를 사 먹인다. 해방 이후 점차 더 이상 폐결핵을 사람들의 건강에 대한 주요한 위협으로 보지 않게 되었고, 더 이상 간유를 주요한 혹은 유일한 강력 자양제로 보지 않게 되었다. 지금 유행하는 것은 로열 젤리, 꽃가루, 비타민 E다. 지금 유행하는 병은, 소설이나 텔레비전 드라마에 나오는 병은 백혈병이다. 지금 유행하는 것은 자기가 실현하지 못한 포부를 다음 세대에게 기탁하는 것이어서, 마흔

살도 되기 전에 이미 다음 세대를 위해 살아가게 된다. 한 세대에서 한 세대로 전해지는 것은, 영원히 빛나는, 영원히 자신에 대한 유감을 포함하는 희망이다.

떠벌이에 대해 좀더 살펴보자. 니우칭이 1943년에 나가버리고 쟝징이 등이 이사 간 뒤에, 떠벌이도 이사했는데, 공교롭게 혹은 공교롭지 않게, 그녀들은 또 이웃이 되었다. 해방 이후 떠벌이 남편은 한 상점의 경리가 되었는데, 오래지 않아 '삼반(三反)' '오반(五反)'을 할 때, 성분이 좋지 않고 탐오 수뢰하는 '호랑이'가 되었다. 비판투쟁이 끝난 뒤 공직을 박탈당했다. 니자오는 이 '죽은 호랑이'가 구부정한 허리로 침울하게 골목 안을 서성거리는 것을 늘 보았다. 그는 길을 가며 두 눈을 내리깔아 아무도 보지 않으려 했고 누구와도 사귀지 않으려 했다. 그런데 곧 한 가지 일이 생겼다. 아주 아름다운 큰 눈을 가진 딸이 한 거물급 인사에게 시집을 갔다. 이때부터 일요일이면 위풍 있는 지프차가 이 골목 안 떠벌이네 대문 앞에 서 있는 것을 볼 수 있었다. 오래지 않아 그녀의 집에 전화가 놓였다. 외로운 전화선은 높은 지위를 뜻했다. 전화와 승용차, 모두 이 골목에 처음 나타난 것들이었다. 떠벌이는 정말로 한바탕 떠벌여댔다.

좋은 시절은 길지 않아, 1957년이 되자 아름다운 큰 눈을 가진 딸이 정치적으로 곤란을 자초했다. 그뒤로 차도 더 이상 오지 않았다. 그뒤로 전화도 떼어갔다. 소문에 의하면, 이 일 때문에 떠벌이 부부와 딸은 한바탕 크게 싸웠다. 딸이 귀한 사위와 이혼하겠다고 고집을 부린 것이다. 그뒤…… 1966년 문화혁명 얼마 뒤, 이 눈이 아름다운 딸은 작은 장수들[65]에게 매를 맞고 스스로 목을 맸다.

---

65 홍위병을 가리킴.

해방 후 떠벌이와 쟝씨 모녀는 여전히 왕래를 가졌지만, 발을 구르며 허공에다 대고 욕을 해대는 일은 더 이상 생기지 않았다. 신사회는 역시 훨씬 문명화되었던 것이다.

마지막으로 독자들에게 잊혀졌을지 모르는 사람에 대해 좀더 이야기하기로 하자. 그 사람은 미스 류다. 니우청이 1942년에 니자오를 데리고 그녀와 함께 양식을 먹은 적이 있다. 시단 백화점에서였다. 니우청은 그녀에게 농담을 했고, 그녀는 듣기 좋은 음성으로 후―처―라고 말했다. 그녀의 이름은 류리펀(劉莉芬)이었고 확실히 아주 예뻤다. 징이―잉즈가 그녀를 이야기할 때도 그녀의 용모에 대해서는 보기 드물게 칭찬했다. 그녀는 니우청에게 첫눈에 마음이 기울었고, 니우청도 정말로 그녀에게 구애하고 싶었다. 나중에 그녀는 그들의 관계에 아무 희망이 없음을 알았다. 그뒤로는 니우청의 모든 것이 그녀를 상심시켰고 분노케 했다. 그녀는 재빨리 니우청과의 관계를 끊었다. 나중에 그녀는 학술상으로 조금 성취가 있었다. 해방 후의 삶의 도정이 어떠했는지는 모르지만, 어쨌든 그녀는 지금도 건재하고 있고, 아직도 분위기가 있으며, 아직도 왕년에 대한 아름다운 회상을 불러일으킨다. 그녀는 지금 남부의 한 대학의 교수다. 얼마 전에는 영국과 프랑스에 초청받아 가서 학술 교류 활동을 했다.

인생 몇십 년. 이 시간은 저마다 분위기가 다른, 사람을 탄식하게 하는 이야기를 엮어내는 데 충분한 시간이다.

제5장

친구! 이 책이 끝날 때가 되니 자네 생각이 난다. 우리가 알게 된 건 고비 사막의 '5·7' 간부학교에서였다. 휴가날이어서 '5·7' 전사(戰士)의 대부분이 시내로 휴가를 갔는데, 나는 당번이었다. 다른 한 당번 '전사'와 함께 먹으려고 식당에서 국수를 만들고 있는데 자네가 왔다. 자네는 내 이름을 알아맞히고는 밀가루 반죽이 잘되었다고 칭찬하면서 반죽은 크고 밀방망이는 작은데 어떻게 고르게 폈느냐고 물었다. 내가 가르쳐주자 자넨 감탄을 금치 못했다. 자네와 내가 같은 도시, 그것도 같은 구, 같은 거리 출신이라는 것을 그렇게 해서 나는 알게 되었다.

자넨 넓은 어깨, 긴 다리에, 눈빛은 총명하게 빛났고, 말솜씨는 위트와 유머가 있었고, 친구 사귀기를 좋아했다. 다만 입술이 너무 얇고 워낙 말이 빨라서 입술 움직이는 모양이 색다른 느낌을 주었다. 그때부터 우린 친구가 되었고, 자네의 시원시원한 사람됨과 시원시원한 말투 그리고 고향 사투리 때문에 나는 크게 웃곤 했다. 따귀 때리는 것을 '귀싸대기'라 한다든지, 구두쇠를 '돈을 갈비뼈에 넣는다'고 한다든지, 취할 만한 점이 없는 걸 '별 볼일 없다'고 하는 건 전부 자네한테 배운 거다. 또 자네가 문화대혁명에 대해 비판하고, 세상

돌아가는 꼴에 대해 욕하고, 온갖 좌 편향의 정책을 규탄하는 데 대해서도 나는 깊이 공감했다. 쓸쓸한 세월 동안 자네 같은 친구가 있었으므로 나는 그렇게 쓸쓸하지만은 않은 느낌이었다.

린뱌오(林彪) 사건 이후로 우리의 간부학교도 차츰 해체되었다. 1973년 이후 우리는 헤어져서 각자 제 갈 길을 갔고, 워낙 바빠 만나기도 어려웠다. 일찍이 장자(莊子)가 말했듯, 같이 곤경에 처해 서로 돕는 것이 강호에서 서로 잊는 것만 못하다. 10여 년 뒤 우리는 만나 이야기할 좋은 기회가 있었다. 그날 우리는 이야기하면서 분주(汾酒)를 마셨는데, 술상에는 안주가 가득했다. 신시기(新時期)의 형편이 많이 좋아졌다는 게 잘 나타났다. 자네는 몹시 늙어 머리는 벗겨지고 목소리는 탁해졌고 얼굴은 주름살투성이인 데다 반점까지 나 있었다. 저승꽃은 아니겠지? 자네는 여전히 이 사람 저 사람 '귀싸대기'를 갈겨주고 싶다고 했고, 10여 년 동안 두 성(省), 세 도시에서, 문화청, 영화사, 전람장, 사범학교, 행정관서, 작가협회, 극장 등 직장을 일곱 번이나 바꿨는데 '바꿀 수록 더 별 볼일 없다'고 했다. 중국에 별 볼일이 있을 턱이 있어? 중국 바깥에 중국을 심판하는 자가 있는 것 같다고 하며 자네는 분개했다. 술은 마실수록 많아졌고, 자네는 자기 잠재력을 발휘하지 못했다고 강조했다. 니기미씨팔, 인생 살다 보면 기회가 온다구. 알겠어? 왕(王)형, 자넨 믿나, 기회만 오면, 내게 기회만 주면 지금도 청장(廳長)이나 장관이 될 수 있다는 걸. 내가 능력이 없는가? 내 능력이야 아주 크지. 뭐, 글을 써? 그런 장난은 안 해, 이놈이 저놈 베껴먹고 저놈이 이놈 베껴먹고, 이놈이 저놈 칭찬하고 저놈이 이놈 칭찬하고, 문예계의 타락상을 자넨 알잖아! 뭐? 외교관을? 외교관이 얼마나 위험한지 자넨 알지, 그걸 일컬어 먹지도 못하고 책임만 진다고 하지. 또 외교관은 외국어를 배워야지. 누가 그걸 배워? 한동안은 다들 러시아어를 배우더니 한동안은 다들 영어를 배운단 말야. 무슨 일이건 다 웃음거리고 유행타기야! 뭐, 열이 있는 만큼 빛이 난다구? 난 제미랄 열이 그렇게 나는데도 열을 내지 못하게 하던걸, 그 썩을 놈들이…… 내 잠재력은 분명 내 몸에서 헛되이 썩고 있어!

자네 생각이 나네, 친구! 자네의 지조, 자네의 박식, 주관이 뚜렷한 자네 성격에 나는 감복했었다. 자네 부친이 국민당 차관이었기 때문에 어려서부터 자넨 핍박을 받았고 무슨 일을 하든 의식적으로 나서지 않았다. 1958년, 자넨 우파분자가 되었고, 바이주안(白專)[66]의 전형이 되었다. 그러나 실력이 필요할 때—예컨대 마오주석의 시(詩), 사(詞)를 번역해야 하는 경우—가 정말로 오자, 그 크고 작은 관료들은 공손히 자네를 청했다. 자네를 청하지 않으면 절대 안 되었거든. 백정이 없으면 산 돼지를 먹는 법, 못 믿겠으면 시험해보라! 사람들은 과거에도 인정하지 않을 수 없었지만, 이제는 더더욱 자네의 가치를 인정했다. "우경 번안풍을 반격하자"라는 문건을 학습할 때, 자네는 담배를 입에 문 채, 사람들이 분분히 태도를 밝히고 있는 가운데 소파에서 잠을 잘 수 있었다. 넉 자나 되게 침을 흘리며 코를 골 수 있었다. 그 자체가 당당했지! 압도했지! 오만했지! 자네를 욕하고 헐뜯던 소인배들도 이 일을 가지고 자네를 어쩌지는 못했다. 자네가 바로 백정이었으니까!

그런데 왜, 왜 지금 자네는 술에 절어 있는가? 한 달이면 보름 이상은 취하고, 그 때문에 온 식구가 다 자네와 싸운다. 심지어는 외동딸에게 귀싸대기를 맞기까지 했다! 아! 특유의 오기를 자학을 통해 표

---

[66] 정치에는 무관심하고 전문 분야에만 파고드는 사람.

현하는 게 이미 몸에 배어버렸단 말인가? 상황이 바뀐 뒤에도 고쳐지지 않는단 말인가? 더 이상, 자신의 재능을 아끼고, 역사의 사명을 느끼고, 당당하고 진지하게 일을 할 수 없단 말인가? 성격의 타성이라 할 수 있을 것이다. 자네가 자학하는 모습을 보면서, 자네의 그 많은 잠재력이 자네의 튼튼한 몸속에 깊이 잠들어 있는 모습을 보면서 자네의 친구들과 가족들은 얼마나 가슴이 아픈지!

그리고 또 친구였던, 내 젊은 시절의 좋은 벗이었던 자네도 생각나는군. 자네는 우리가 발에 못이 박힌 채 자던 나날들을 물론 잊지 못하겠지. 오스트로프스키, 파제예프, 안토노프, 파노바…… 등에 대해 함께 토론하고 나중엔 로맹 롤랑에 대해 토론하던 광경을 잊을 수는 없다. 첫 소설을 써서 서로 바꿔 읽고 함께 토론하던 광경을 물론 잊지 않았을 테지. 내 결혼식에 어떻게 참가했었는지도 물론 잊지 않았겠지. 떠날 때 난 자네 웃옷 주머니에 술에 담근 대추를 잔뜩 넣어주었었다. 나중에 내게 '사고가 발생'한 뒤에 자네는 몹시 안타까워하고 가슴 아파하면서 나를 보러 오고, 나를 벗해주고, 나를 위로해주고, 나를 돌봐주었는데……

그러나 그뒤 사회 정치의 급변이 마침내 자네를 겁먹게 했다. 가족들도 자네에게 경고를 했고, 자네는 나와의 사이에 분명하게 선을 긋기로 결심했다. 신장(新疆)으로 떠나기 전날 밤 자네에게 작별 인사를 하고 싶었는데, 자네는 역시 만나지 않는 게 좋겠다고 답장을 보냈다. 자네(나)는 똑똑하니까 이해하지 못할 리가 없겠지라고 자네는 덧붙였다……

이해 못할 건 없었다. 생각지 못했을 따름이었지. 또 한 친구를 잃게 된 것이 나는 슬펐다. 더욱 슬펐던 건 자네가……

그뒤 여러 가지 일이 있었고, 이제 나는 자네를 더 잘 이해하게 되었으며, 더 이상 그 암담한 추억 때문에 고통스러워하지 않는다. 우리 마야코프스키의 시 한 수를 함께 읽어보세. 지난 일은 연기와 같은 것. 자네는 여전히 항일전쟁 시기에 입당한 노혁명가일세! 자네는 벌써 장관이 될 수 있었는지도 몰라. 평생토록 근면성실한 하급 관리. 자식의 경사를 치를 집조차 해결하지 못했다. 언제까지나 조심스럽고 언제까지나 성실하고 언제까지나 점잖을 터이다. 1959년 이후로 더 이상 로맹 롤랑을 이야기하지 않았고, 1980년대에 들어서는 더욱더 말하고 싶지 않았다. 모두들 자네를 보기 드문 호인이라 하지. 아, 자네는 너무 선량하고 연약해. 누군가가 자네의 주인이 되기를 한없이 기다리고 또 기다리는 건가? 마오타이 한잔 하세. 청년 시대의 그 기세가 드높고 의기가 양양하던 나날들로 언제 다시 돌아갈 수 있는가?

　국외에 있거나 국내에 있는 친구들, 자네들이 생각난다. 그날은 오랜 비 뒤에 갠 날이었다. 날이 저물고 있었다. B시를 방문한 마지막 날이었을 것이다. 그날 밤에는 별 스케줄이 없었다. 영국 회사와 그 나라의 한 회사가 합작으로 만든 유원지를 구경 가자고 자네가 말했다. 우리는 흔쾌히 동의했다. 자동차는 여러 번 커브를 돌고, 철교와 황량한 강변을 지나고, 나란히 열을 지은 보기 흉한 굴뚝과 저장 탱크를 지나 교외의 빈터에 도착했는데, 작은 상품과 작은 공예품 따위가 잔뜩 쌓인 채 자네가 행운을 잡기를 기다리고 있었다. 그 귀여운 장난감이며 괘종시계, 장식품 들은 파는 것이 아니라 룰렛이나 총쏘기 등 도박에 가까운 방법으로 따가는 것이었기 때문이다. 록 밴드가 왕왕대는 가설 식당에서 우리는 맥주를 마시고 닭튀김과 소시지를 먹었다. 수저가 없었으므로 손으로 먹고 향기로운 박하 기름에 적신 종이로 손을 닦았다. 록 밴드의 가수는 실팍하고 키가 크지 않은 금밭의 아가씨였다. 그녀의 나이는 열 몇 살을 넘지 않고 어려서부터 버터를 즐겨 먹었음이 분명하다고 나는 생각했다. 쉬는 동안 휠체어에 앉은 불구자가 아코디언을 타면서 발트 해와 엘베 강의 옛 민요를 불렀는데, 그 소리는 적진을 향해 돌격하는 함성 같았다.

중국의 묘회(廟會)가 생각났다. 해방 전 베이핑의 스차하이(什刹海)가 생각났다. 지붕을 세운 이 식당은 스차하이와 많이 비슷했다. 밤이 되면 눈부신 가스등이 켜졌다. 연꽃 향기와 물고기 비린내가 도처에 퍼졌다. 그때의 '팡산(倣膳)' 식당은 스차하이의 호면(湖面) 위에 세워져 있었다. 거기서는 연잎죽과 고기를 다져 넣은 사오빙(燒餅), 완두떡, 강남콩떡, 그리고 말이 밤가루지 결코 밤가루로 만든 것이 아닌 작은 수수떡을 먹을 수 있었다. 스푸강과 니우청네 식구들은 거기서 대충 몇 번이나 식사를 했을까? 이제 반세기가 다 되어가는 일이다.

무슨 놀이 기구가 좋을까? 자동차 운전? 서로 충돌하는 모습이 권투를 하는 것 같았다. '나는 새'는 사람을 거꾸로 높이 매다는데 몇 분 지나면 흥분도 되고 겁도 났다. 연꽃회전의자는 보기만 해도 눈이 어질어질했다. 나는 회전그네를 선택했다.

동포이고 동료이며 동향인 자네만이 거절했다. 물론, 라싸로 출장을 간다 해도 절대로 비행기를 타지는 않을 자네였다. 오히려 자네는 사고를 피하려면 비행기는 타지 말라고 내게 진심으로 충고한 적이 있었다.

모터가 돌아가기 시작했다. 우리는 그네에 앉아 천천히 돌기 시작했다. 점점 빨라졌고 점점 높아졌다. 마침내 우리의 육체와 생명을 떠맡은 썩지 않는 강철 로프가 지면과 거의 평행이 되었는데, 지면과의 거리가 적어도 30미터는 되었다. 지평선이 우리의 머리 위로 날아올랐다. 산과 강과 지상의 설비들은 마치 오래 누워 있던 노인이 갑자기 일어나 앉은 듯, 갑자기 일어선 듯, 갑자기 꼿꼿이 선 듯했다. 불빛이 출렁거렸다. 네온사인이 선을 그었고 강을 이루었다. 하늘과 땅이 빙빙 돌아갔다. 너는 무서워했고, 환호했고, 크게 소리치고 싶었지만 끝내는 안색이 변했다. 바로 그때 회전 속도가 느려지기 시작했고, 우리는 점점 내려왔고, 지평선은 점점 하강했고, 산과 강은 점점 자기가 있어야 할 곳에 드러누웠고, 너도 자연스러운 미소를 회복하고 한숨을 쉬었다. 다시 빨라지면 다시 상승하고 다시 어지러워지고 다시 소리를 지르고. 다시 느려지면 다시 가라앉고 다시 한숨을 쉬고…… 이렇게 여러 차례 되풀이하고…… 마침내 너는 내려왔다. 너는 여전히 지상에 서 있고, 날개가 나지도 않았고, 비상의 능력도 없고, 여전히 원래와 똑같았다. 비상과 추락이 이어지는 것이 삶과 죽음이 동행하는 것과 아주 비슷했다. 그러나 너는 그 영원한 열정을 체험했고 복습했다. 그 열렬하고 고통스러운 충격은 필경 하늘을 뒤흔들어 뒤집었고, 그리고는 거듭되는 추락, 마침내는 날지 못하는 중력의 위엄, 마침내 부서져버린 마음의 꿈…… 원래의 위치. 다시 가속하면 다시 날아오르고 다시 수직으로 빠르게 회전한다. 다시 늦추면 다시 가라앉고 다시 원위치로 돌아간다. 거듭 날아오르고 거듭 추락한다. 우리는 어떻게 말을 맺을까? 마침내 날아올랐다고, 인류의 영원한 열정과 소망을 마침내 실현했다고, 산과 강과 대지를 마침내 불러일으켰다고 할까? 아니면, 우리의 열정이, 우리의 환상이, 바람을 타고 비상하는 우리의 꿈이 결국은 헛수고였다고, 결국은 중단하고 지면으로 내려와야 했다고 할까?

1985년 여름, 필자는 한 해변 휴양지에서 옛 친구 니자오를 만났다. 그는 이미 쉰 살이 넘었는데 몸은 건강했다. 최근 2년 사는 게 상당히 별 볼일 있었던 모양이다. 그가 함께 수영하자고 했다. 그는 개구리헤엄, 모자비헤엄, 그리고 송장헤엄으로 천천히, 평온하게, 자유자재로 헤엄쳤다. 처음에는 내가 앞에 섰고 그가 뒤에 섰는데, 그와 함께 헤엄치기 위해 가끔 속도를 늦추고 그를 기다려야 했다. 나는 40분쯤 지나자 힘에 부치는 것 같아 돌아가자고 했다. 그가 말했다. 정말 미안하지만, 오늘 난 멀리까지 헤엄치지 않으면 안 되겠어. 어쩌면 이렇게 멀리까지 헤엄치는 건 이번이 마지막일지도 모르잖아? 왕형, 당신 먼저 돌아가. 그가 좀 성에 안 차 하는 것 같기도 했고, 그를 억지로 끌고 갈 수도 없었다. 그를 따라 10분쯤 더 헤엄치다가 결국 더 버틸 수가 없어서 그를 버려두고 혼자 몸을 돌렸다. 주위에는 아무도 없고, 밀려오는 파도, 끝없는 물, 쏴쏴 하는 물을 헤치는 소리, 푸푸 하는 숨을 뱉을 때의 물거품 소리만이 있는데, 하늘과 바다가 모두 회색빛이었고 눈이 부셨고 현기증이 났다. 나는 갑자기 무서워져서 몸을 돌려 그를 찾았다. 그는 갈수록 빨리 멀어지고 있었다. 큰 바다 한가운데를 향해, 어쩌면 태평양 한가운데를 향해 헤엄쳐 가는 것인지도 몰랐다. 방법이 없었다. 도움을 청해도 들리지 않을 것이었다. 할 수 없이 나는 드러누워서 파도에 따라 흔들리며 스스로를 조절하고 진정시키려고 노력했다. 결국 꼬박 두 시간이 걸려서야 결코 유쾌하지 않은 이번 수영을 끝마쳤다.

　나는 바닷가 모래밭에 누워 쉬면서, 산을 무너뜨리고 바다를 뒤엎는 듯한, 비할 데 없이 열렬하고 맹목적인 파도 소리를 들으며 바다의 위대함을 찬탄하고, 바다의 힘, 바다의 헐떡임, 바다의 들끓는 변환이 끝내 소용이 없다는 것을 못내 애석해하고 있었다. 그런 뒤, 탈의실로 가서 샤워를 하고 옷을 갈아입고 바닷가로 돌아갔는데, 니자오는 여전히 그림자도 보이지 않았다. 나는 정말 겁이 나서, 관계 부서에 위급을 알려 구조를 청하고 싶었다. 저물녘이 되어서야 니자오가 아득한 수평선에서 작은 흑점 같은 모습을 나타냈다. 나는 그에게 손을 흔들고 고함치고 펄쩍거렸지만 그는 아무 반응이 없었다. 20분이 더 지나자 그가 마침내 뭍으로 올라왔다. 뭍으로 나온 그는 피곤해 보이지도 않았고 유쾌해 보이지도 않았다. 거리낌 없고 여유만만한, 멋진 사나이인 척하지도 않았고, 자기가 무슨 위험을 겪었는지 혹은 자기의 수영 기술이 얼마나 좋은지 허풍을 떨지도 않았다. 비교가 되는 것 같아 부끄러워진 나는 두 시간 동안 바다에서 헤엄치면서 보고 생각하고 느낀 것을 이야기했다. 내가 한마디 물었다. "왜 그렇게 멀리 헤엄쳐 갔어?"

"생각했어, 멀수록 좋아." 그가 슬쩍 웃고 말했다.

난 자네가 자살하려는 줄 알았어. 내가 농담을 했다.

그는 대답하지 않았다.

그가 갑자기 밑도 끝도 없이 내게 말했다. 지금 베이징이랑 여러 도시에서는 아무 데나 가래침 뱉는 데 반대하는 '운동'이 진행되고 있는데, 그건 정말 좋은 일이네. 내 아버지가 죽어서도 알았다면 기뻐할 거야. 니자오가 물었다. 왕형, 생각해봐, 아무 데나 가래침을 뱉지 않도록 하는 임무를 해결하려면 얼마나 긴 시간이 필요할까?

나는 대답하지 못했다.

그가 말했다. 전국의 도시에서 아무 데나 가래침을 뱉는 일이 대충 없어지려면 몇 세대의 시간이 필요하다고 나는 생각해.

너무 보수적인 거 아냐?

그는 담담하게 웃었다.

저녁에 그는 나를 오래된 서양 식당 분점으로 끌고 가 식사했다. T시의 이 서양 식당은 그의 아버지가 세상에 태어나기도 전에 개업했다고 그가 말했다. 해변 분점은 계절을 탔는데, 반은 노천 좌석이었고 나머지 반의 좌석은 샹들리에가 달린 실내에 놓여 있었다. 실내외에는 은은한 전자 오르간 곡이 낮은 소리로 방송되고 있었다. 거기서 식사하는 사람은 대부분 외국 관광객이었다. 그들은 모두 혈색이 좋고 잘 차려입었다. 그곳은 새우튀김을 아주 잘 만들었는데, 색깔이 사랑스러운 붉은 색이었다. 내가 토마토 케첩을 섞었다고 생각하자 종업원은 새우의 원색이라고 결연히 말했다. 과일 아이스크림(무슨 '산더〔三得〕'라는)은 아주 정교해서 송이송이 생화 같았다. 빙과만 담은 뚜껑 있는 은쟁반도 찬탄을 금치 못하게 했다.

식사 후 우리는 함께 무도회에 참가했다. 뜻밖에도 니자오는 춤을 아주 산뜻하고 능숙하게 추었다. 그가 춤출 때, 여러 쌍의 중국인과 외국인, 남자와 여자의 눈이 그를 주시했다.

니자오가 춤출 때 나는 소설 구상에 깊이 잠겼다. 나는 소설을 한 권 쓰고 싶었다. 소설이 아니라 역사라고 해야 할지도 몰랐다. 내가 본 춤의 역사를 쓰고 싶었다. 해방 전에는 사교춤을 추는 사람들 대부분이 나쁜 사람들이었다. 1948년, 국민당 정권 멸망 전야에, 우한(武漢)에서 큰 추문이 발생했었다. 국민당 군정 요원의 부인과 딸들이 미군 장교들과 함께 춤을 추다가 갑자기 정전이 되었는데, 소문에 의하면 정전이 되자 집단 강간 사건이 발생했다. 국민당의 모든 신문들이 보도하면서 철저하게 조사하라고 떠들어댔다. 1948년에는 또, 상하이의 댄서들이 혁명 행동에 나서 가두시위를 하고 시청을 파괴했다. 어렸을 때 내가 늘 들은 바로는 댄서는 떳떳하지 못한 여자들이었는데, 1948년이 되자 댄서들도 혁명을 했던 것이다.

한편, 혁명의 사람들도 춤을 추었다. 그것을 나는 스메들리 여사의

『중국의 전가(戰歌)』를 읽고서야 알았다. 그 책에는 마오쩌둥, 주더, 펑더화이 등의 혁명 지도자들의 춤추는 모습이 묘사되어 있었다. 어떻게 옌안에서 춤을 출 수 있었을까? 당시 나는 잘 이해가 되지 않았다. 옌안에서는 오직 팔을 끼고 "이것이 최후의 투쟁이다, 단결하여 내일로……"라고 노래해야만 했다.

기억이 잘 안 난다. 왕스웨이(王實味)가 옌안의 춤을 공격한 적이 있었던가?

해방된 뒤 1950년대 전반에 사교춤이 전국에 확산되었다. 그때 나는 공산주의청년단의 일을 했는데, 우리 단구(團區) 위원회는 구(區) 노동조합과 한 건물을 같이 썼다. 건물 앞은 콘크리트 바닥이었다. 매주 토요일 밤이면 노동조합이 무도회를 조직했다. 젊은이들이 자유롭게 사교춤을 추었는데, 그것은 해방된 중국의 새로운 기상이었고 해방 후 사람들이 더욱 행복하게 더욱 현대적으로 더욱 개방적으로 살 수 있다는 표징의 하나였다. 그때 가장 애용된 곡은 「사다리」였다. 폭스트롯을 쳤고 리듬감이 강렬했다. 나도 좋아한 곡이 하나 있었다. 소련 것으로 「대학생의 노래」라 했고 부드러운 테너 독창이 곁들여졌다. 그 청춘의 선회를, 그 모든 것을 신뢰하는 구김살없음을, 그 신생활의 도취를 나는 좋아했다.

1950년대 후반에는 무도회가 없어졌다. 적어도 공개적인 무도회는 전혀 없었다. 극소수의 엘리트라야 춤출 기회를 가질 수 있었을지 모른다.

그뒤는 더 말할 필요가 없다.

1978년 겨울에 들어, 사교춤이 갑자기 회복되어 전국을 풍미했다. 그뒤로 갖가지 나쁜 풍기, 법도에 어긋나는 점잖지 못한 일들이 나타났다고 한다. 춤이 건달, 서양 숭배, 우리 것의 상실, 도덕의 문란, 불류…… 등을 낳았다는 것이다.

1979년 봄 여름이 되자, 갑자기 또 아무도 춤추지 않았다.

1980년대가 시작된 뒤로 춤은 줄곧 오르락내리락했다. 춤 문제에 관해서 아무런 결의, 결정, 지령, 계획, 법령, 조례, 혹은 일반 문건이 없었다는 것은 이상한 일이다. 그러나 춤은 줄곧 정세의 바로미터였다.

천지엔궁(陳建功)의 소설이 조직적인 무도회를 묘사한 적이 있다. 청년 학생들은 춤을 추고 퇴직 노동자가 심판을 본다. 심판은 낮은 목소리로 젊은이에게 경고한다. 자세에 주의하시오! 거리를 유지하시오!

공원도 걱정이었다. 1978년과 1979년에 한번은 많은 젊은이들이 공원에서 춤을 추었는데 청소할 시간이 되어도 그들은 가려 하지 않았다. 그들은 제도를 위반했고, 공공 기물과 문화재와 잔디밭과 화단을 파괴했으며, 동작이 외설스러웠고 말씨가 거칠었으며, 마침내는 공원 관리원을 욕하고 구타하기까지 했다……

무도회를 열려면 일정한 위험을 무릅써야 한다고 했다. 무도회를 열면 갑자기 한 트럭의 '도련님'들이 들이닥쳤고, 청년들이 회장에 충격을 주니, 아니 무도장에 충격을 준다고 해야 하겠다. 어떻게 풍기와 질서를 유지하겠는가?

1984년, 각지에 무도회가 우후죽순으로 생겨났다. 그리고 다들 공개적으로 표를 팔았다. '디스코'를 대담하게 긍정하는 신문 기사도 나타났다. 그러나 '디스코'는 아직 그렇게 공개적으로 대규모로 추지는 않았다. 얼마 뒤, 예컨대 『해방일보』 제1판은 상하이 시 공안국의, 영업성 무도회의 단속에 관한 통고를 실었다.

나중에는 영업성 무도회란 원래 전문적인 파트너가 있는 무도회를 가리키는 것이라는 해석이 나오기도 했다고 한다.

이러한 심리, 거동, 풍습의 상황 변천은 한번쯤 쓸 가치가 있지 않은가?

물론 니자오와 내가 참가한 이번 무도회는 방해가 없었다. 니자오는 그의 아버지 니우청이 춤추기를 몹시 좋아했고 또 퍽 잘 쳤다고 말했다. 그러나 그는 평생토록 춤출 기회를 몇 번밖에 갖지 못했을 것이다. 지금 불빛은 채색등이 명멸하고 있지만, 광둥의 고급 호텔의 사이키델릭 조명처럼 자극적이지는 않았다. 바닥은 미끄러웠다. 남자들과 여자들의 복장과 거동은 사람을 미래에 대한 믿음으로 충만하게 했다.

이날 밤의 반주곡에는 「보헤미아 아가씨」 「녹색 앵무새」 그리고 「지난 여름」이 들어 있었다.

나는, 너, 지난 여름을 특히 좋아한다.

옮긴이의 말

고통의 기록을 통해 다시 묻는 삶의 의미

  현대 중국어로 씌어진 소설 중 우리말로 옮겨져 우리 독자에게 소개된 작품이 이제 적다고만 할 수는 없게 되었지만, 우리 독자들에게 큰 반응을 불러일으킨 경우는 드물었다. 다이허우잉(戴厚英)의 『사람아 아, 사람아』가 베스트셀러가 되었고 루쉰(魯迅)의 중단편 소설이 스테디셀러가 된 것 말고는 대부분 그다지 주목을 받지 못했고, 심지어는 중국에서 1,000만 부가 넘게 팔린 쟈핑와(賈平凹)의 『폐도(廢都)』나 2000년도 노벨문학상 수상작인 가오싱지엔(高行健)의 『영산(靈山)』조차도 그 명성에 어울리는 반응을 얻지는 못했다. 여기에는 여러 가지 이유가 있겠으나 그중 가장 근본적인 이유는 사회 문화적 맥락의 차이가 크다는 데 있을 것이고, 가장 실제적인 이유는 번역 대상으로 선정된 작품들의 대부분이 우리 독자가 보기에(우리 독자의 문학적 수준은 세계적으로 보아도 이미 상당히 높아졌다고 할 수 있다) 그 서술과 묘사가 지나치게 소박하거나 진부하다는 데 있을 것이다.
  이 후자의 문제에 관해 좀 자세히 살펴볼 필요가 있겠다. 중국의 현대소설은 초창기에 대단히 빠른 속도로 발전하여 1930년대에는 상당히 높은 수준에 이르렀는데, 그뒤 소위 사회주의 리얼리즘과 마오쩌둥(毛澤東) 문예 사상의 영향으로 인해 소설로서의 서술과 묘사라는 측면에서 현저히 후퇴하게 되었다. 1970년대 후반 정치 상황이 급변하여 소위 신시기(新時期), 즉 새로운 역사 시기가 시작되자 문학 역시 종래의 굴레를 벗어나게 되었지만, 이미 수십 년간 지속되어 온 문학적 관습의 폐해를 온전히 벗어난다는 것은 쉬운 일이 아니었다. 신시기의 처음 10년 동안 중국 소설은 구태를 벗어나 세계 문학의 수준을 따라잡기 위해 분투했으며 그 과정에서 주목할 만한 성과들을 적지 않게 배출했고, 1990년대에 들어서자 이제는 다른 어느 나라의 소설에 못지않은 높은 수준에 도달했다. 그러나 우리 독자들에게는 이미 중국 소설은 재미없다는 인식이 널리 퍼져 있었고, 그런 탓에 최근 중국 소설의 뛰어난 성과들이 한국에 소개될 기회를 별로 얻지 못했다. 한국에서 인기를 끈(세계적으로도 그랬지만) 중국 영화들 중 다수가 원작 소설이 있으며 기실은 많은 경우 영화보다 원작 소설이 더 재미있음에도 불구하고 중국 소설은 여전히, 우리 독자들에게 이미 형성된 선입견의 벽을 넘지 못한 것이다(지나는 김에 언급하자면, '재미'라는 것도 종류가 여러 가지여서 쉽다고, 혹은 통속적이라고 반드시 재미있는 것도 아니며 어렵다고, 혹은 고급하다고 꼭 재미없는 것도 아니다).

여기 소개하는 왕멍(王蒙)의 장편소설 『변신 인형』은 내게는 너무도 재미있는 소설이다. 왕멍은 신시기의 처음 10년 동안 중국 소설이 세계 문학의 수준을 향해 나아가는 과정에서 가장 중요한 역할을 한 작가이며, 1985년에 씌어지고 1987년에 출판된 『변신 인형』은 중국 소설의 새로운 지평이 열렸음을 인상 깊게 보여준 작품이다. 나는 20세기 중국 소설에서 가장 뛰어난 작가로 전반기의 루쉰과 후반기의 왕멍 두 사람을 꼽는 데 주저하지 않는다.

1934년생인 왕멍은 1950년대에 작품 활동을 시작하여 장편소설 『청춘만세』와 단편소설 「소두아(小豆兒)」 「조직부에 새로 온 청년」 등을 썼고, 1957년 반우파 투쟁에서 우파분자로 낙인 찍힌 뒤 오랫동안 소설 쓰기를 중단했다가 문화대혁명의 급류가 다소 잠잠해진 1970년대 중반 신장(新疆)에서 집필을 재개, 장편소설 『이곳 풍경』(미완)과 몇 편의 단편소설을 썼다. 그리고, 문혁이 끝나고 베이징으로 돌아온 뒤 본격적인 작품 활동을 전개, 수십 편의 중단편소설을 발표하고 1987년에는 드디어, 지금 여기에 소개되는 장편소설 『변신 인형』을 발표했다.* 신시기 초기의 왕멍 소설의 특징을 나는 다음과 같이 두 가지로 요약한다.

　1) 삶에 대한 통찰의 예민함과 사회 문제 반영의 첨예함과 대담함: 왕멍의 눈은 피상적이지 않고 깊으며, 삶과 인간을 단순화·평면화하지 않고 그 복합성과 입체성을 포착하며, 그 눈으로 보아낸 현실의 부정적 측면을 첨예하게 드러낸다.

　2) 표현 형식에 있어서의 대담한 탐구와 개척: 서구 모더니즘의 '의식의 흐름' 수법을 연상케 하는 시공의 비약과 치밀한 내면 묘사, 그리고 다양한 화법의 구사 등 서사적 실험에 대해 적극적이다. 이는 작가가 보아낸 삶의 복합성, 입체성을 표현하기 위한 필연적인 형식 실험이다(혹은 그 반대로 말해야 할는지도 모른다. 이런 형식을 통해서만 그런 복합성, 입체성을 볼 수 있을지도 모른다는 뜻이다).

＊ 1987년의 왕멍은 작가협회 부주석, 중국공산당 중앙위원, 국무원 문화부 부장이라는 신분이었는데, 이 신분이 오래 가지는 않았다. 원래 15세의 나이로 공산당에 입당한 왕멍은 공산주의청년단, 약칭 공청에서 활동했었고, 그래서 같은 공청 출신으로 당시 급진파의 대표였던 후야오방과 자오쯔양이 정권을 잡았을 때 입각했던 것이다. 1989년 천안문사건으로 자오쯔양이 숙청당하면서 공청 출신들은 모두 퇴진했다.

『변신 인형』은 장편소설이라는 형식을 통해 이러한 특징들을 포괄적으로 구현하면서 거기에 하나의 문학적 완성태를 부여해준 작품이다. 또한 『변신 인형』의 독특한 회상 형식은 1990년대에 왕멍이 연달아 써낸 『암살―3322』 『연애의 계절』 『실태(失態)의 계절』 등의 장편소설에 대해서는 일종의 원형이기도 하다. 『변신 인형』이 유년 시절의 회상이라면 1990년대의 장편소설들은 청년 시절의 회상이다.

『변신 인형』은 우선 1940년대 초 베이징 시내의 한 가정 이야기이다. 니우청은 몰락해가는 지주 가문에서 태어나 신식 교육을 받고 유럽 유학까지 한 지식인으로 대학 강사이다. 그는 서구 문명을 동경하고 추구하며 중국의 봉건적 문화와 풍속을 혐오한다. 그러나 그의 동경과 추구에는 활로가 없고 그래서 그의 삶은 고통으로 가득하다. 니우청의 아내 쟝징이 역시 몰락 지주 가문 출신으로 신식 교육을 받았는데, 그녀의 고통은 가정을 돌보지 않는 니우청에게서 비롯된다. 쟝징이의 홀어머니 쟝자오씨와 과부 언니 쟝징전이 이 집에서 함께 살고 있다. 고향의 땅을 소작 주고 도지를 받으며 살고 있는 그녀들은 봉건적인 삶에 철저히 갇혀 있다. 니우청과 세 여자 사이에는 크고 작은 싸움이 그칠 날이 없다. 그리고 소학교 2, 3학년인 니펑, 니자오 남매가 있다. 1942년 가을 어느 날, 사흘간 집에 들어오지 않은 남편의 귀가를 기다리며 쟝징이가 벼르고 있다. 사흘 동안 봉급을 다 쓰고 돌아온 니우청과 세 여자 사이에 한바탕 '악전'이 벌어진다. 쫓겨난 니우청은 폭음을 하고 한밤중에 비를 맞으며 돌아와 쓰러진다. 폐렴에 걸린 니우청은 몇 달간 집에서 요양을 하고, 그 사이에 쟝징이가 임신을 한다. 쟝징이의 임신에 충격을 받은 니우청은 이혼을 결심하고 건강이 회복되자 은밀히 변호사를 찾아 상담한다. 이 사실을 알게 된 쟝징이는 친지들을 초대한 회식 자리에서 니우청을 탄핵한다.

그날 밤 니우청은 나무에 목을 매는데, 끊어졌던 숨이 기적적으로 되살아난다. 죽었다 살아난 니우청은 혼자 베이징을 떠난다.

　소설을 한두 마디 개념적 진술로 요약하기 좋아하는 사람들 같으면, 이 소설의 초판을 낸 인민문학출판사의 편집자가 책 앞머리에 붙인 내용 소개에서처럼, "지식인 가정 내부에서 벌어지는 부르주아지와 봉건주의 두 가지 문화 형태 사이의 목숨을 건 투쟁을 묘사했고, 현대 문명을 동경하지만 아무런 활로를 찾지 못하는 지식인 내면의 분열, 비틀림, 고통과 몰락, 지주 계급의 부패, 완고함, 절망을 드러냈다"고 말하겠지만, 그렇게 요약되어도 좋은 소설이 있다면 그것은 왕멍의 『변신 인형』과는 전혀 다른 모습을 하고 있을 것이다. 왕멍은 위에 소개된 줄거리를 가지고 평면적인 사실주의적 서술을 하지 않았다. 이 점이 중요하다.

　우선 1940년대 초 니우청의 가정 이야기는 1980년 6월 독일에서 47세의 니자오가 회상하는 형태로 서술된다. 니자오는 중국 학자 대표단의 일원으로 독일을 방문한 길에 아버지의 옛 친구 볼프강 슈트라우스(스푸강)를 방문했다가 거기서 '난득호도'라는 편액(그것은 유년 시절 그의 집에 걸려 있던 바로 그 편액이다)을 발견하고, 망각 속에 묻혀 있던 과거사를 회상하게 된다. 이것이 제1장이고, 제2장부터 제23장까지가 1942~43년의 과거사의 서술이다. 그리고 그뒤에 속집 5장이 더 붙어 있다. 속집 제1장은 다시 1980년의 니자오에게로 되돌아와 그의 귀국과 아버지 니우청의 죽음을 서술하고, 제2장은 니자오를 시점으로 1944년 이후의 니우청의 행적을 회술하고, 제3장은 외할머니 쟝자오씨와 이모 쟝징전의 삶과 죽음을 회술하고, 제4장은 작가가 직접 개입하여 다른 인물들의 후일담을 전하며, 제5장은 작가가 자신의 심경을 토로하고 1985년 여름에 니자오를 만난 일을 서술

한다. 사실주의 서술 미학의 입장에서 보자면 서술의 불일치와 산만함 내지 혼란스러움으로 보일 수 있겠으나, 기실은 바로 이 서술 형태에 이 작품의 비밀이 숨어 있다.

당겨 말하면 작중인물 니자오가 바로 작가 왕멍이고 작가 왕멍이 바로 작중인물 니자오이다. 1934년생, 아버지의 고향과 직업, 부모의 불화, 시쓰파이러우 근처의 집, 1946년에 해방구로 간 아버지, 1960년대의 신쟝 생활, 1980년 6월의 독일 방문 등등. 이런 공통점들을 실증주의자들을 위해 일일이 나열할 필요가 있을까? 『변신 인형』은 왕멍의 자전이라고까지 할 수 있다. 그런데 자전이라면 아주 독특한 자전이다. 왜냐하면 작품 속에 작가 왕멍과 언어학자 니자오가(작가와 언어학자는 모두 언어를 다룬다) 함께 등장하기 때문이다. 속집 제5장에서 둘은 함께 해수욕을 하며, 레스토랑에서 니자오는 춤추고 왕멍은 그것을 바라보며 소설을 구상한다. 니자오가 반성되고 서술되는 자아라면 왕멍은 반성하고 서술하는 자아라 할 수 있다. 반성하고 서술하는 자아는 속집 제5장 후반부 이외에도 제1장 첫머리와 제5장 첫머리, 제10장 후반부에서 내적 독백을 하고 독자에게 말을 건네며, 속집 제4장에서는 해설을 하고, 제18장 첫머리와 속집 제5장 전반부에서는 이인칭 서술을 하며 자기 자신을 이인칭으로 부르거나(제18장) 가상적 독자를 이인칭으로 부른다(속집 제5장). 그외에는 대체로 화자가 직접 나타나지 않고 시점 속으로 들어가는데, 시점 역시 단일하지 않아 성인 니자오, 유년 니자오, 니우청, 쟝징이, 쟝징전 등이 번갈아가며 시점이 되고 있다. 이러한 시점의 복합은 화법의 복합과 더불어 진정으로 중요한 이 작품의 내용이 되고 있다. 화법은 직접화법(따옴표를 치기도 하고 치지 않기도 한다), 간접화법, 자유간접화법을 다 사용하며 내적 독백의 비중이 높다. 특히 주목되는 것은 자유간접화법의 애용이다. 직접화법이 인물의 목소리의 주관성을 그대로 드러낸다면 간접화법은 그것을 객관화하거나 화자의 주관성 속으로 흡수한다. 자유간접화법은 그 중간 형태로서 인물의 주관성과 화자의 주관성, 사실의 객관성(혹은 그렇다고 믿어지는 것)을 포괄하며 동시에 드러낸다(우리말은 자유간접화법이 별로 발달되지 않았기 때문에 번역에 많은 어려움이 있었다).

 복합적인 시점과 화법으로 말미암아 인물과 사건은 단순 규정의 틀을 벗어나 그 복잡한 진짜 모습을 드러낸다. 가령, 똑같은 일도 시점에 따라 그 설명과 판단이 달라진다. 니우청의 심정은 그것대로, 쟝징이의 심정은 또 그것대로 나름대로의 진정성을 드러내는 것이며, 그들을 부정하는 니자오의 심정 또한 나름대로의 진정성을 드러내는 것이다. 인민문학출판사 편집자의 말처럼 니우청, 쟝징이, 쟝징전, 쟝자오씨는 간단히 그 삶의 의미가 부정되어도 괜찮은 존재들인가? 그렇지 않다. 그렇게 본다면 그것은 작중의 니자오가 1940년대 후반 혁명에 참여하면서부터 자신의 부모와 이모, 외할머니를 부정하고 증오하며 고발하고 처단한 것과 다를 바가 없다. 확실히 이 인물들은 부정적인 인물들이다. 특히 니우청이 1980년에 70세의 나이로 죽을 때까지 보여주는 온갖 추악한 행태는 인간 자체에 대한 불신을 불러일으킬 정도로 끔찍스럽다. 그러나 그런 니우청조차도 실은 역사적 보응(報應)의 한 희생물이다(왕멍이 원래 생각했던 제목이 바로 '보응'이었다). 이 작품이 그리는 것은 이 인물들의 부정적인 모습 자체가 아니라 봉건적인 것이 어떻게 인간의 영혼을 파괴하는가, 어떻게 인간을 악으로 물들이는가 하는 것이다. 그리고 그 묘사는 한 가족으로부터 사회 전체로, 식민지 반봉건 사회로부터 여전히 봉건성에 침윤되어 있는 사회주의 중국의 사회로, 더 나아가서는 신시기까지 포함하는 20세기 중국 역사 전체로까지 확대된다. 봉건 사회의 음습한 그늘은 지금까지도 인간의 영혼 깊숙이 드리워져 있는 것이고, 그 극복은 여전한 역사적 실존적 과제인 것이다. 여기서 파괴되는 인간들 개개인은 한편으로 자신도 그 파괴 행위의 한 가해자임과 동시에 그 피해자, 희생물이기도 하다. 그렇기 때문에 그들의 삶의 의미를 손쉽게 부정해버릴 수는 없다. 그들의 삶은 왜곡된 모습일망정 어김없이 진정성을 내포하고 있으며 그것이 그들의 삶에 의미를 가능케 해준다. 심지어는 니우청까지도! 이 진정성과 이 의미에 대해 맹목이던 니자오의 시선은 1950년대 후반 정치적 풍운 속에서 그 자신이 온갖 고초를 겪은 뒤 변화되기 시작한다. 『변신 인형』의 시점과 화법의 복합은 바로 그 변화된 시선의 성숙 속에서 가능해진 것으로서, 왜곡된 삶 속에 숨어 있는 진정성과 의미를 향한 민감한 안테나 역할을 한다.

이런 맥락에서 유심히 살펴보아야 할 것은 니자오와 니우청이라는 부자의 관계이다. 니자오는 아버지 니우청을 끝내 증오한다. 그 증오는 유년 시절의 희미한 반감에서부터 독일에서의 회상을 거쳐 아버지의 죽음 이후의 회상에 이르기까지, 때에 따라 정도의 차이는 있으나 끈질기게 지속되며 끊임없이 덧난다. 속집 제5장에서 왕멍과 대화하는 1985년의 니자오도 여전히 그 증오를 벗어나지 못한 상태인 것으로 보인다. 그러나 니자오 이야기를 서술하며 때로 작품 속에 직접 등장하기도 하는 작가 왕멍은, 다시 말해 1985년에 이 작품을 쓰고 있는 왕멍은 왜곡된 삶 속에 숨어 있는 진정성과 의미를 근거로 니우청과의(그리하여 왕멍 자신의 아버지와의) 화해를 이루고 그에 대한 사랑을 획득한다(니우청의 내면에 대한 해학적 묘사는 그 화해와 사랑에서 비롯된다). 『변신 인형』을 쓰는 과정 속에서 그 화해와 사랑이 생성되는 것이라고 할 수 있다. 화해와 사랑이 먼저 있어서 『변신 인형』이 씌어진 것이 아니라 『변신 인형』이 씌어지는 가운데 화해와 사랑이 생성되었다고 보아야 한다는 것이다. 그리고 그 생성의 주체는 작가가 미리 가지고 들어간 관념이 아니라 소설 쓰기 자체, 특히 그 중에서도 시점과 화법의 복합이라는 글쓰기 형태라고 할 수 있다. 물론 그 화해와 사랑이 무조건적인 용서이거나 어떤 포기, 현상 추수적이고 현실 순응적인 일종의 패배주의의 소산인 것은 결코 아니다. 만약에 그랬다면 이 작품의 서술 형태는 지금과는 완전히 다른 모습이 되었을 것이다. 인간의 삶이 모순 위에 있는 것이라고 할 때, 그 모순을 못 보거나(혹은 안 보거나) 보더라도 모순에 굴복하는 것이 아니라 그 모순을 끌어안는 성숙한 태도를 『변신 인형』은 보여준다. 표제가 된 '변신 인형'(머리, 몸통, 다리 세 부분으로 나뉘어 있어 조합하기에 따라 모양이 얼마든지 변하는 장난감 인형)이라는 이미지는, 썩 적절하다고는 생각되지 않지만, 그 모순을 우의한다. 아마도 작중에서 그 모순을 가장 인상 깊게 보여주는 대목은 유년의 니자오에 대한 묘사일 것이다. 그 지옥과 다르지 않았을 환경에서도 니자오의 유년은 신비로 충만한 것이다.

 이 책에 실은 작가 서문은 원래 1988년에 나온 홍콩판의 서문이다(인민문학출판사판에는 서문이 없다). 이 서문에서 왕멍은 『변신 인형』이 '고통의 기록'이며 이 작품을 쓰는 일이 대단히 고통스러운 일이었다고 고백하고 있다. 그는 그 고통(자신과 자신의 부모, 이모, 외할머니, 누나 등이 1940년대에 겪었던)이 기록할 가치가 있다고는 생각해본 적이 없었다. 그런데 드디어 그 기록을 시도하게 되었고 그 기록의 결과가 바로 이 작품인 것이다. 이 고통의 기록은 기록 행위 속에서 삶의 모순을 끌어안는 성숙한 태도를 생성시켰고, 그 성숙한

태도가 고통의 기록을 삶의 의미에 대한 재질의(再質疑)로 승화시켰다. 서문의,

> 어떤 사람은 니우청에 대한 나의 묘사가 너무 각박하다고 한다. 각박한 점이 있다면 그것은 니우청과 비슷한 성격을 가졌고 비슷한 곤경에 처한 모든 사람들이 현실을 대면하고 현실 속에서 자신의 위치를 찾을 수 있기를 내가 희망하기 때문이다. 더 이상 전철을 밟아서는 안 된다.

라는 다분히 계몽주의적인 교훈은 뭔가 마음에 걸려 선뜻 동조하기가 어렵지만, 바로 그 다음 문단의,

> 이상은 현실을 개조하지만, 이상은 반드시 현실의 노력을 통해 현실을 개조해야 하고, 그렇기 때문에 현실도 이상을 개조한다. 이 과정은 비록 고통스러운 것이지만 그래서 오히려 큰 의미가 있는 것이다.

라는 진술에 대해서는 기꺼이 동의할 수 있다. 삶의 모순이라는 현실을 배제한 이상(理想)이 실은 얼마나 인간을 억압하는 것인지! 그렇다, 현실도 이상을 개조한다, 아니, 이상은 현실에 의해 개조되어야 한다. 그러니 『변신 인형』이라는 이 고통의 기록은 가치가 있을 뿐만 아니라 현실에 의한 이상의 개조를 위해 꼭 필요한 것이라고 말해야 하지 않겠는가!

『活動變人形』(北京: 人民文學出版社, 1987)을 번역 텍스트로 삼았고 오자나 탈자로 짐작되는 부분을 확인하기 위해 『活動變人形』

(香港: 天地圖書有限公司, 1988)을 참조했다.

 이 작품의 번역은 이번이 두번째이다. 1988년에 번역하여 1989년에 중앙일보사 간 중국현대문학전집의 제15권으로 출판한 적이 있기 때문이다. 그때 붙인 제목은 『변신하는 인형』이었는데, 아마 세계적으로도 거의 초역이었을 이 번역은, 그러나 부끄럽게도 너무나 엉터리였다(엉터리가 된 이유는 여러 가지였지만 어떻든 간에 변명의 여지가 없다). 절판된 그 번역을 되살릴 요량으로 왕멍과 정식으로 저작권 계약을 했고, 그런 뒤에 다시 살펴보니 도저히 그냥 출판할 수가 없는 상태였다. 왕멍이 한국을 방문하여 서울대학교에서 강연을 할 때 출판의 지연에 대해 양해를 구하기는 했지만, 그뒤로도 개정 작업에 쉽게 착수하지 못했다.

 그러다가 2001년 가을에 나로서는 감동적인 경험을 하나 하게 되었다. 독문학자인 시인 김광규 선생이, 한국을 방문한 함부르크 대학의 중국인 교수 관위치엔(關愚謙)을 만나는 자리에 동석할 기회가 있었는데, 문득 『변신 인형』의 작중인물 자오웨이투(趙微土)가 생각나서 나는 관교수에게 혹시 자오웨이투를 아느냐, 왕멍 소설의 작중인물이고 독일 함부르크 대학에 있는 걸로 되어 있는데 아무래도 실제 인물인 것 같다, 라고 물었다. "내가 바로 자오웨이투요!" 그의 눈빛이 묘하게 빛났고 나는 한순간 할 말을 잃었다. 작가를 만났을 때보다 작중인물을 만났을 때가 비교할 수 없을 정도로 더욱 감동적이라는 사실을 나는 그때 처음 알았다. 우리는 신바람이 나서 왕멍의 실제 삶에 대해 이야기하고 관위치엔의 경력에 대해 이야기했다. 그가 자신은 관우(關羽)의 후손이라고 했고 나는 관평(關平)의 후손이겠지, 관우는 자식이 없고 양자만 있었으니까, 라고 반박했고 내 반박을 그가 인정했고…… 중국어 회화가 짧은 것이 그때만큼 아쉬웠던 적도 없다.

바로 이 '사건'이 계기가 되어 나는 『변신 인형』의 번역 개정을 더 미루지 말기로 마음먹었고, 이듬해 여름 대폭 손을 본 원고를 문학과지성사에 넘길 수 있었다. 그러나 이번엔 출판사 사정이 여의치 않아 또 시간이 지났고 2003년 겨울이 되어서야 비로소 교정쇄가 나왔는데, 교정쇄를 원문과 대조해보니 여전히 문제가 산적해서 다시 손을 보지 않을 수가 없었다. 겨울 내내 그리고 2004년 봄에 걸쳐 아예 새로 번역한다는 기분으로 고치고 또 고친 결과가 지금의 이 책이다. 그러나 여전히 미심쩍다. 속어 방언에서부터 고급한 말에 이르기까지, 그리고 최신 유행어에서부터 고어, 한문에 이르기까지 중국어의 폭넓은 스펙트럼을 마음껏 구사했고 특히 화법에서 까다로운 실험을 한 글이니만큼 번역이 어려울 수밖에 없는 것이기도 하지만 필경은 나의 능력이 부족한 탓이다. 우리말로 자연스럽게 만들기 위해 원문의 뉘앙스를 포기하지 않는다는 원칙하에 작업을 진행했기 때문에 우리말로서는 어색하거나 딱딱한 대목이 많을 것이다. 당연히 더 좋은 우리말 표현이 있을 수 있고 그 이전에 원문 파악의 오류가 여전히 남아 있을 것이다. 독자들의 고마운 지적 덕분으로 재판에서 고칠 수 있기를 바랄 뿐이다. 번역 과정에서 귀찮은 자문에 늘 마다 않고 응해주신 안영희, 허성도, 오수형, 서경호 네 분 교수님에게, 그리고 어지러운 상태의 원고를 잘 살펴주신 문학과지성사 편집부 식구들에게 감사드린다.

2004년 5월
전형준